Sophie McKenzie

Du musst mir vertrauen

Aus dem Englischen
von Ursula Pesch und Friedrich Pflüger

WILHELM HEYNE VERLAG
MÜNCHEN

Die Originalausgabe *Trust In Me* erscheint bei
Simon & Schuster UK Ltd, London

MIX
Papier aus verantwortungsvollen Quellen
FSC® C014496

Verlagsgruppe Random House FSC® N001967
Das für dieses Buch verwendete FSC®-zertifizierte
Papier *Holmen Book Cream* liefert
Holmen Paper, Hallstavik, Schweden.

Deutsche Erstausgabe 01/2015

Redaktion: Werner Wahls
Umschlagillustration und -gestaltung:
© Eisele Grafik-Design, München
Satz: KompetenzCenter, Mönchengladbach
Druck und Bindung: GGP Media GmbH, Pößneck

Printed in Germany
ISBN 978-3-453-41448-8

www.heyne.de

Für Roger, Dana und Alex, mit großer Liebe.

Es ist eine unmögliche Entscheidung. Wie soll ich sie nur treffen?

Ich denke zurück an die vergangenen Wochen und an all die Geschehnisse, die mich an diesen Punkt gebracht haben.

Es spielt keine Rolle. Nichts davon spielt jetzt eine Rolle.

Alles, was zählt, ist diese Entscheidung.

Diese unmögliche Entscheidung.

Einen Monat früher …

Kapitel 1

Die SMS erreicht mich, als ich aus dem Wagen steige. Ich habe so große Angst vor dem bevorstehenden Abend, dass ich den Piepton kaum wahrnehme. Die untergehende Sonne färbt die Skyline von Exeter sacht rosa und orange und lässt die Turmspitzen der Kathedrale schmal und spitz erscheinen. Die Luft ist warm, doch ich zittere. Mein Herz hämmert hart und laut gegen meine Rippen. Will wirft mir einen besorgten Blick zu. Ich nehme das Handy aus der Handtasche und frage mich, ob die SMS wohl von unserem Babysitter stammt. Doch im Display erscheint Julias Name. Einen Moment lang wird mir wärmer ums Herz. Was immer meine beste Freundin mir geschrieben hat, sie wird mich wissen lassen, dass sie in Gedanken bei mir ist und es auf die für sie typische Art formulieren: eloquent, schwungvoll und mit viel Gefühl.

Doch die Nachricht ist kurz und knapp.

Bitte ruf an. Muss mit dir reden.

Mir ist klar, dass ich überreagiere, aber ich fühle mich verletzt. Julia weiß, dass mir vor diesem Dinner graut. Sie weiß, was mich dort erwartet. Oder, genauer gesagt, wer. Und doch geht es in ihrer SMS allein um *sie*.

Vielleicht sollte mich das nicht verwundern. Julia war schon immer ein wenig ichbezogen. Trotzdem passt es nicht zu ihr, das, was mir heute Abend bevorsteht, zu vergessen. Ich klicke die Nachricht weg. Ich habe weder Zeit noch Lust, ihr jetzt zu antworten.

Will legt mir den Arm um die Schulter, als wir die Straße zu dem Haus überqueren, in das Leo und Martha erst vor wenigen Monaten eingezogen sind. Es ist ein Neubau, ein glatter, weißer Quader, der sich abhebt von den Backstein-Stadthäusern zu beiden Seiten.

»Beeindruckend, oder?« Wills Stimme klingt nervös. Ich werfe ihm einen kurzen Blick zu. Bei ihm zeigt sich die Nervosität in dem leicht zusammengepressten Kiefer und der angespannten Augenpartie. Gut. Ich bin froh, dass die Sache auch ihm zu schaffen macht. Denn das sollte sie!

Das Haus ist, offen gesagt, umwerfend und spiegelt mit seinem bis ins kleinste Detail ausgeklügelten Design perfekt die Ambitionen von Leo Harbury wider, Wills Boss. Die Tür öffnet sich, als wir uns ihr nähern. Vor uns steht ein junger Mann im Smoking, ein Tablett mit Champagnergläsern in den Händen. Ich lächle, und er erwidert mein Lächeln.

»Will und Livy Jackson«, stellt Will uns vor.

»Kommen Sie bitte herein.« Der junge Mann tritt einen Schritt zurück, um uns vorbeizulassen. »Leo und Martha sind in dem Raum dort drüben.« Er deutet durch die Eingangshalle auf eine Tür zur Linken. »Toilette und Garderobe zu Ihrer Rechten.«

Ich folge Will. Meine Absätze klappern laut auf den Mosaikfliesen. Das Dekor der Eingangshalle ist stilvoll und einfach. So wie das Haus mit seiner Zurschaustellung von Reichtum Leo Harburys überschäumende Persönlichkeit zum Ausdruck bringt, so zeugen die einfachen weißen Wände und die geschmackvollen Möbel von dem mildernden Einfluss seiner Frau. Ich erblicke mich in dem goldumrahmten Spiegel an der Wand. Ich war heute beim Friseur, aber ich hätte gestern gehen sollen, denn mein sorgfältig zu einem fedrigen Bob geföhntes hellbraunes Haar sieht zu »gestylt« aus. Ich könnte ebenso gut ein Schild mit der Aufschrift tragen: »Eine Frau strengt sich an.« Unwillkürlich lächle ich über diesen Julia-ismus und drehe mich leicht, um mein Hobbs-Cocktailkleid zu prüfen. Es ist nicht übel, sieht aber nach dem aus, was es ist: High Street. Normalerweise würde mir dieser Gedanke überhaupt nicht in den Sinn kommen. Leo und Martha Harbury sind keine Snobs, und obwohl Martha garantiert ein todschickes wallendes Designerkleid trägt, wird sie mit dem für sie typischen warmen Lächeln sagen, wie hübsch ich aussehe. Reiß dich zusammen, ermahne ich mich, jetzt ist es eh zu spät, irgendetwas zu ändern.

Will kaut auf der Unterlippe herum und beobachtet mich. Trotz der grauen Haare an den Schläfen sieht er jung aus – jünger als ich, obwohl er zwei Jahre älter ist – und sehr attraktiv in seinem dunklen Anzug. Ich fingere an der Halskette aus Platin herum, die er mir letztes Jahr zu unserem dreizehnten Hochzeitstag geschenkt hat. Sie fühlt sich heiß an auf meiner Haut, obwohl die Luft in der Eingangshalle eher kühl ist.

Wir erreichen die Tür zur Linken. Partygeräusche dringen zu uns heraus. Ein leises Stimmengewirr, der Klang von Geigen, das Klirren von Gläsern.

»Alles okay mit dir, Liv?«, fragt Will.

Ich nicke, obwohl wir beide wissen, dass es eine Lüge ist. Will nimmt meine Hand, doch ich entziehe sie ihm. Was sicher nicht fair ist. Für ihn ist es schrecklich, hier zu sein, unter diesen Umständen.

Aber es ist schließlich seine Schuld.

»Es tut mir leid«, beginnt er, doch ich hebe die Hand.

Ich will keine Entschuldigungen mehr hören. Schon gar nicht heute Abend.

Ich habe mir sechs Jahre lang Entschuldigungen angehört. Keine von ihnen hat das Rad der Zeit zurückgedreht. Keine von ihnen hat den Schmerz genommen.

Und keine von ihnen wird mich davor bewahren, gleich Catrina begegnen zu müssen.

»Wie viele Leute, hast du gesagt, werden heute Abend hier sein?«, frage ich.

»So um die zwanzig, glaube ich.« Will zieht eine Grimasse. »Paul und Becky natürlich, andere Leute aus der Firma und ein paar Kunden und Vertreter, mit denen wir in der Schweiz und in Deutschland zusammenarbeiten, ihre Partner und Partnerinnen, vielleicht ein paar Leute aus den Staaten ...« Er hält inne. Catrinas unausgesprochener Name füllt den Raum zwischen uns.

Ich wische mir die feuchtkalten Hände an meinem Kleid ab. Leos und Marthas »einfaches Abendessen für Freunde und Kollegen« ist ein alljährliches Ereignis. Doch dies ist unser erster Besuch in ihrem neuen Haus. Natürlich ist »einfaches Abendessen« gelinde gesagt *die* Untertreibung des Jahres. Leo ist ein erfolgreicher Geschäftsmann, der sein Medien- und Marketingunternehmen vor dreißig Jahren gegründet und zu einer großen Erfolgsstory gemacht hat.

»Bereit?« Will greift nach dem Türgriff.

Mein Handy klingelt. Ich fische es aus meiner Tasche. Im Display erscheint der Name *Julia*.

»Wer ist es?«, fragt Will.

»Nur Julia.« Ich drücke den Anruf weg, stelle dann mein Handy aus. Falls es zu Hause ein Problem gibt, kann der Babysitter Will anrufen. Ich kann mich nicht mit Julia befassen. Zumindest nicht im Moment. Ich kann nicht einmal klar denken. Wieder werfe ich Will einen Seitenblick zu. Er sieht verängstigt aus. Seine Hand ruht noch immer auf dem Türgriff. Plötzlich durchfährt mich diese elende Eifersucht, und ich überlege, was er wohl dabei empfindet, Catrina wiederzusehen. Sie hat kurz mit Will zusammengearbeitet, bevor sie nach Paris geschickt wurde, um Leos französisches Unternehmen zu leiten. Ich versuche, mich an das Mädchen auf der Harbury-Media-Website zu erinnern: eine Blondine mit feinen Gesichtszügen und einer Stupsnase, perfektem Make-up und einem verführerischen Lächeln. Oder hatte ich mir das Lächeln nur eingebildet?

»Liv?« Will sieht mich an. Drinnen im Zimmer lacht jemand. »Es tut mir so leid«, flüstert er.

Ich nicke, ohne ihn direkt anzusehen. Am liebsten würde ich mich umdrehen und ihn anschreien, dass Leidtun nichts nützt. Es wird mir nicht die Angst nehmen, nicht den Seelenfrieden geben, nach dem ich mich sehne. Er und Catrina haben ihn mir vor sechs Jahren mit ihren gestohlenen Nachmittagen geraubt. Will war vernarrt in sie. Er leugnete immer, dass es Liebe sei, doch ich sah die Besessenheit in seinen Augen. Und ich hasste sie damals, empfand nackte Wut, dass sie in meine Ehe eingedrungen war, mein Familienleben aufs Spiel gesetzt hatte und drohte, das Gefüge, das die Welt meiner Kinder zusammenhielt, in Stücke zu reißen.

Nie zuvor im Leben habe ich jemanden so sehr gehasst.

Nun ja, vielleicht noch *einen* anderen Menschen.

Will beugt sich zu mir und küsst mich auf die Wange. »Du siehst wunderschön aus.«

Ich schüttle den Kopf. Nicht, dass ich denke, er würde

bewusst lügen, aber nach fast vierzehn Jahren Ehe hört man irgendwie auf, einander zu sehen, und ich denke unwillkürlich, dass er überkompensiert, versucht, nett zu sein. Wie dem auch sei: Was immer er versucht, es ist zu spät. Schmeicheleien werden keinem von uns helfen, den heutigen Abend zu überstehen.

»Wirklich«, beteuert Will und streicht mir eine Haarsträhne aus dem Gesicht.

»Komm.«

Mit einem Nicken öffnet Will die Tür. Der Raum ist voller Leute. Trotzdem fällt mir sofort auf, dass er so geschmackvoll gestaltet ist wie der Rest des Hauses: einige Ledersofas, ein paar ausgefallene Couchtische und einfache cremefarbene Vorhänge an den Fenstern. Moderne Gemälde schmücken die Wände. Will hält meine Hand, während wir den Raum durchqueren. Gespannt halte ich Ausschau nach Catrina. Hier sind garantiert mehr als die rund zwanzig Leute, von denen Will gesprochen hat. Ich entdecke Leo drüben beim Fenster. Er hält Hof. Noch immer redend, schreitet er mit diesem für ihn typischen stolzierenden Gang zum Getränketisch. Ich sehe mich im Raum um. Keine Spur von Blondinen, zumindest nicht von solchen unter fünfzig.

Mit gerunzelter Stirn schaue ich zu Will hoch. Er schüttelt den Kopf.

Ich atme tief aus. Catrina ist nicht da. Noch nicht.

Mit breitem Lächeln kommt ein in der Nähe stehendes Paar auf uns zu. Sie scheinen im selben Alter zu sein wie Leo und Martha, Anfang sechzig.

»Schön, dich zu sehen, Will. Das letzte Mal war bei dieser Konferenz in Basel, stimmt's?« Der Mann hat einen texanischen Akzent. Begeistert schüttelt er Will die

Hand, wendet sich dann an mich, um mir seine Frau vorzustellen.

Sie lächelt, als Will mich daraufhin ebenfalls vorstellt. Ihre Robe – anders kann man es nicht nennen – ist rosafarben und fällt in weichen, seidigen Falten bis auf den Boden. Ich schaue hinab an meinem Cocktailkleid, einem schwarzen, knielangen, mit Spitze besetzten Etuikleid. Ich weiß nicht, ob es nicht vielleicht zu jugendlich oder zu sackartig für mich ist. Seit Zacks Geburt habe ich fast sechseinhalb Kilo zugenommen.

Will und das texanische Paar sind bereits in ein Gespräch vertieft, als ein weiterer junger Mann im Smoking mit einem Getränketablett vorbeikommt. Ich nehme einen Weißwein. Er schmeckt köstlich, trocken und weich mit einer deutlichen Spur von Stachelbeere. Das Stimmengewirr um mich herum hält an. Ich lächle und nicke, obwohl ich nicht zuhöre. Ich kann an nichts anderes denken als an Catrina. Sie ist jünger als ich und hat, soweit ich weiß, keine Kinder. Ich bin mir sicher, dass sie sexy und superschlank ist – und natürlich erfolgreich. Sie ist jetzt seit fast sechs Jahren in Paris und noch immer das jüngste Mitglied der Führungsriege von Harbury Media. Als ich Julia vor wenigen Tagen davon erzählte, hatte sie die Augen gerollt. »Wappne dich, Liv«, sagte sie. »Im schlimmsten Fall hat sie inzwischen eine Haute-Couture-Garderobe, eine unwiderstehliche Pflegeproduktreihe und ein überhebliches Lächeln.«

Bei dem Gedanken an Julia bin ich versucht, mich zu entschuldigen, aus dem Raum zu schlüpfen und im Bad ihren Anruf zu beantworten – im Moment ist es mir egal, dass sie heute Abend vielleicht ein bisschen egoistisch ist, ich muss mit meiner besten Freundin reden –, doch bevor ich dazu komme, sind Martha und Leo da.

Leo strahlt, schüttelt Will die Hand und gibt ihm einen kräftigen Klaps auf den Rücken.

»Gut, dich zu sehen, Sir«, sagt er mit diesem gespielt vornehmen Akzent, den er oft in der Öffentlichkeit an den Tag legt. Sowohl Martha als auch Will behaupten, dass Leo im Grunde genommen längst nicht so selbstbewusst ist, wie er sich nach außen hin gibt, doch er schafft es regelmäßig, mich zu verunsichern. Seine Gegenwart hat etwas Erdrückendes, sein stechender Blick macht mich nervös. »Wie bekommt dir die Beförderung?«

Leo spielt darauf an, dass er Will, seinen Planungsleiter, vor Kurzem auch zum stellvertretenden Geschäftsführer ernannt hat, ein Zeichen der Anerkennung für Wills Talent und seine harte Arbeit. Die Ernennung ist verbunden mit einer kleinen Gehaltserhöhung und sehr viel mehr Stress.

»Sehr gut, danke.« Will errötet leicht.

Leo zwinkert mir zu, lässt den Blick kurz über den Ausschnitt meines Kleides streifen. Ich trete von einem Fuß auf den anderen. Nicht, dass ich denke, Leo wolle mir eindeutige Avancen machen. Er hat nie offen mit mir geflirtet. Doch er hat etwas Ruheloses – man weiß nie genau, was er denkt.

»Livy.« Martha zieht mich an sich und gibt mir einen weichen Kuss auf die Wange. »Du siehst entzückend aus. Wie geht's den Kindern?«

Ich lächle, dankbar für ihre Wärme, und vergesse völlig, dass ich Julia anrufen wollte. Martha erkundigt sich immer nach Hannah und Zack. Sie hat selbst keine Kinder und sagt oft mit einem heiteren Lächeln, dass sie, hätte sie eine Tochter gehabt, sich gewünscht hätte, sie sei so wie ich.

»Den Kindern geht's gut. Bei Hannah spielen so langsam

die Hormone verrückt, aber Zack ist immer noch Zack. Euer neues Zuhause ist übrigens wunderschön.«

»Freut mich, dass es dir gefällt.« Martha legt die Stirn in Falten. »Aber Hannah kann doch noch gar nicht so alt sein?«

»Leider doch. Sie wird im Oktober dreizehn.« Ich ziehe Will das Handy aus der Jackentasche und zeige Martha den Bildschirmschoner: ein Foto von Hannah und Zack, sonnengebräunt in Shorts und T-Shirts, das aus unserem Osterurlaub in Spanien stammt. Während Martha mit fast großmütterlichem Stolz die Kinder bewundert, schlendern Paul und Becky herbei. Es ist schön, sie zu sehen, nicht nur, weil wir uns seit einer Ewigkeit nicht mehr getroffen haben, sondern weil wir schon so viele Jahre lang befreundet sind.

Paul und ich lernten uns beim Geschichtsstudium kennen, wurden jedoch erst nach der Uni wirklich gute Freunde, als Paul einen Job bei Harbury Media annahm und mich Will vorstellte, der bereits dort arbeitete. Kurz danach lernte Paul seine Becky kennen und eine Zeit lang verbrachten wir vier viel Zeit miteinander.

»Zack sieht so süß aus«, schwärmt Becky. »Zum Darniederknien.«

Ich lächle und widerstehe der Versuchung, mit einer Anekdote aufzuwarten. Paul und Becky haben keine Kinder, und mir ist schmerzlich bewusst, dass ihr Interesse an meinen Kindern im Unterschied zu Marthas echter Freude sehr oberflächlich ist. Wie zur Bestätigung wendet Becky sich von dem Handy ab und flüstert Paul etwas ins Ohr.

Ich betrachte sie. Sie haben sich beide gut gehalten: Paul ganz schlank, im Maßanzug und mit nach hinten ge-

geltem Haar, Becky elegant in einem blauen Cocktailkleid. Ich kenne Paul schon so lange, dass ich oft vergesse, dass er Leos Sohn ist – ein Produkt aus dessen erster totgeschwiegener Ehe. Es muss ein komisches Gefühl sein sein, für den eigenen Vater zu arbeiten, doch Paul scheint zufrieden zu sein.

Ich gebe Will sein Handy zurück. Einen Augenblick später führt Leo ihn fort, um mit Werner Heine zu sprechen, einem Kunden aus Deutschland.

Martha und ich sehen einander an. Sie lächelt resigniert.

»Sie hören nie auf zu arbeiten, stimmt's?«

Wehmütig erwidere ich ihr Lächeln. Paul und Becky plaudern noch immer miteinander, hören uns nicht zu. Martha rückt näher heran und senkt die Stimme.

»Es tut mir so leid wegen Catrina«, sagt sie. »Leo hat sie eingeladen, hat mal wieder nicht nachgedacht! Ich habe es erst vor ein paar Tagen erfahren.« Sie verdreht die Augen. »Typisch Mann.«

Ich nicke, mit hochrotem Gesicht. Sie weiß es also. Ich habe mit Martha nie über die Affäre gesprochen – auch mit sonst niemandem, außer Julia. Ich weiß, dass Martha wie immer einfach nur nett sein möchte, aber es fällt mir schwer, mich nicht gedemütigt zu fühlen.

Martha legt mir besorgt die Hand auf die Schulter. Verlegen sehe ich mich wieder im Raum um. Viele der Anwesenden sind Kollegen von Leo und Will. Wie viele von *denen* wissen es? Will versicherte mir damals, er habe bei der Arbeit nie mit jemandem über seine Affäre gesprochen. Es war wohl dumm von mir anzunehmen, dass folglich auch niemand etwas davon mitbekommen, dass es kein Gerede gegeben hatte.

»Es gefällt mir ausgesprochen gut, was du aus diesem

Raum gemacht hast«, säuselt Becky, während Martha mir noch einmal die Schulter tätschelt und dann wieder in den Gastgeberinnenmodus schaltet.

Während Martha und Becky eine ausführliche Unterhaltung über Farrow-&-Ball-Farben beginnen, lenkt Paul meine Aufmerksamkeit auf sich. Im Unterschied zu Leo hat er ein langes, schmales Gesicht ohne jede Spur der breiteren, volleren Gesichtszüge seines Vaters, vielleicht mit Ausnahme der Mundpartie.

»Wie geht's dir, Livy?«, fragt er.

»Gut«, lüge ich.

»Habe ich richtig gehört, dass Hannah sich in einen launigen Teenager verwandelt?«

Durch sein Interesse ermutigt, berichte ich ihm, dass Hannah sich neulich die Beine wachsen lassen wollte, »obwohl sie noch nicht einmal ihre Regel hat«. Paul wirkt bei meinen Worten leicht verlegen, und ich weise mich innerlich zurecht. Er war schon immer ein bisschen prüde. Ich erinnere mich, dass er bei unserem ersten Besuch nach Hannahs Geburt höflich darauf bestand, dass ich ihre Windel direkt in die Mülltonne vor dem Haus brachte. Dagegen war natürlich nichts einzuwenden, aber es signalisierte in gewisser Weise den Beginn des beiderseitigen Rückzugs aus der Freundschaft, die wir vier bis dahin gepflegt hatten. In den vergangenen Jahren sind die gegenseitigen Besuche seltener geworden, alle paar Monate vielleicht, zum Abendessen oder auf einen Drink.

Als Paul mir gerade erklärt, wie ihr Haus – ein weitläufiges viktorianisches Herrenhaus in Topsham – im Verlauf des Sommers umgestaltet werden soll, gesellt sich Becky wieder zu uns. Becky, Mathematiklehrerin an der örtlichen Privatschule, ist zierlich und unglaublich attraktiv, mit glänzendem, zu einem kunstvollen Knoten aufgestecktem schwarzem Haar und Augen, die so dunkel und lebhaft sind wie die ihres Ehemanns. Paul steht als Account Director mit dem Schwerpunkt digitales Marketing in der Hackordnung eine Stufe unter Will und ist auf charmante Weise selbstironisch, ohne falsche Bescheidenheit an den Tag zu legen, behauptet jedoch immer, dass seine Arbeit zwar anspruchsvoll, aber langweilig und seine Frau diejenige sei, die Köpfchen habe.

»Intelligenz *und* Schönheit«, sagt er und sieht Becky voller Bewunderung an.

Sie errötet und küsst ihn auf die Wange. Instinktiv halte ich Ausschau nach Will. Paul und Becky haben im selben Jahr geheiratet wie wir, scheinen jedoch sehr glücklich zu sein, während Will und ich es vor seiner Affäre nur auf sieben Jahre brachten. Seitdem sind wir fast noch einmal so lange verheiratet, aber die zweite Hälfte war schwieriger. Im Moment fällt es mir schwer, nicht neidisch auf ein Paar zu sein, das offensichtlich noch immer verliebt ist.

Ich frage Becky, ob sie sich auf das in Kürze bevorstehende Ende des Schuljahres und auf die Umgestaltung ihres Hauses freut.

»Gott, ja«, sagt sie, »aber vor allem, weil wir ausziehen und die Bauunternehmer bis September ihre Arbeit tun lassen.«

»Wo werdet ihr wohnen?« Mein Blick wandert hinüber zu Will, der mit einigen seiner Arbeitskollegen plaudert. Ich kenne nicht alle Frauen in der Gruppe, mit der er sich unterhält, aber ich bin mir sicher, dass keine von ihnen Catrina ist.

Becky ergeht sich in einer Beschreibung des Hauses

ihrer Eltern in Spanien, wohin sie am Tag nach dem Ende des Schuljahres fahren wird.

»Natürlich werde ich Paul vermissen.« Mit einem zärtlichen Lächeln wendet sie sich ihrem Ehemann zu.

»Und ich dich.« Paul sieht mich an und grinst. »Wegen der Arbeit werde ich erst nach einer Ewigkeit nachkommen können ...«

»Erst nach über einem Monat.« Becky küsst ihn auf die Wange. »Ach, Schatz.«

Ich starre sie an und versuche, das Gefühl von Eifersucht zu verdrängen, dass ich bei ihrer ungezwungenen Vertrautheit empfinde. Selbst in den guten Tagen gehörten Will und ich nie zu den Paaren, die gegenseitig ihre Sätze beenden.

»Und wo wirst du wohnen, bevor du zu Becky fliegst?«, frage ich Paul.

»In einem der Häuser meiner Mutter. Ihr gehören ein paar hier in der Gegend.«

Ich nicke. Ich weiß sehr wenig über Pauls Mutter. Er hatte sich als Teenager mit ihr – und seinem Stiefvater, den er verachtete – überworfen. Die beiden haben zwar noch Kontakt miteinander, aber selbst jetzt steht Paul seiner Mutter offensichtlich nicht nahe. Weder Leo noch Martha erwähnen sie je, aber ich weiß, dass Leos erste Ehe endete, als Paul noch sehr klein war, lange bevor er Martha kennenlernte. Paul hat nie den Anschein erweckt, seinem Vater die Trennung übel zu nehmen. Vielmehr behauptet er immer mit einem schiefen Lächeln, dass er seine Mutter ebenfalls verlassen hätte, wenn er mit ihr verheiratet gewesen wäre.

Eine Weile lang reden und trinken wir weiter. Snowflake, eine hübsche weiße Perserkatze mit blauen Augen, stelzt vorbei und zieht viele bewundernde Blicke auf sich. Will kommt zu uns herüber, und er und Paul beginnen ein Gespräch über Motorräder, der gemeinsamen Leidenschaft, die ihre Freundschaft begründete. Paul hat offensichtlich gerade eine neue Ducati gekauft, und Will macht große Augen, als er ihm erzählt, um welches Modell es sich handelt. Ich weiß, dass er gern ein Motorrad hätte. Sein letztes hat er verkauft, als Hannah noch ein Baby war, damit wir ein neues Auto kaufen konnten, und die Tage, in denen er selbst noch Motorrad fuhr, liegen nun lange hinter ihm.

Becky erzählt noch immer von Spanien – Andalusien, um genau zu sein – und den Wanderungen, die sie und Paul in ihrem letzten Urlaub dort unternommen haben. Inzwischen ist das Lächeln in meinem Gesicht festgefroren. Das liegt nicht nur an der Zurschaustellung des Eheglücks der beiden, sondern auch daran, dass mir nur allzu sehr bewusst ist, dass Catrina bald auftauchen wird. Wenn sie nicht bereits da ist.

Wenige Augenblicke später verkündet Martha, dass sie nach dem Essen sehen muss, und verschwindet in der Küche. Becky folgt ihr. Paul und Will reden noch immer über Motorräder, sodass ich den Blick durch den Raum schweifen lasse. Es ist die Hölle. Mein Glas ist leer. Ich habe den Wein viel zu schnell hinuntergekippt. Der Kellner kommt mit einem Tablett mit Wein und Champagner. Ich bediene mich und presse gerade das kühle, feuchte Glas gegen meine Wange, als Leo herbeischlendert.

»Hi, Dad.« Paul klopft seinem Vater auf den Rücken. »Gute Party. Die Kunden genießen sie.«

Leo würdigt das Kompliment mit einem kleinen Lächeln. Nicht zum ersten Mal fällt mir auf, dass Will in Gegenwart seines Chefs ein wenig in sich zusammensinkt, so als versuche er, mehr Ehrerbietung zu demonstrieren. Ich frage mich, ob Leo es bemerkt.

Wieder vergehen ein paar Minuten. Weitere Gäste treffen ein. Immer wieder schaue ich gebannt zur Tür hin, beobachte, warte. Leos Blick folgt meinem, und er berührt meinen Arm. Seine Berührung hat nichts Unpassendes, doch seine Hand fühlt sich zu schwer an auf meiner Haut.

»Wir wissen es wirklich zu schätzen, dass du gekommen bist, Livy«, sagte er mit ungewohnt sanfter Stimme.

Ich spüre, wie mir die Röte in die Wangen schießt. Auch er weiß von Catrina. Ich sehe mich um. Paul beobachtet mich, während er Will zuhört, der ein klassisches Motorrad beschreibt, das er am Tag zuvor gesehen hat. Weiß auch er es? Weiß Becky es?

Ein paar unerträgliche Augenblicke lang frage ich mich, wie *viel* sie wissen. Catrina hatte eine Weile lang in der Firma gearbeitet. Wahrscheinlich waren sämtliche Typen scharf auf sie. Vermutlich hielt Will sich für den glücklichsten Mann in der Firma, wenn sich beim Kopieren ihre Blicke trafen oder wie auch immer diese schäbige Geschichte begann.

Leos Hand liegt noch immer auf meinem Arm. Ich rücke ein wenig von ihm ab, und er zieht sie schließlich zurück. Als er sich Paul zuwendet, schließe ich die Augen und erinnere mich an die Tage, als mich immer wieder dieselben Fragen und Zwangsvorstellungen quälten. Wie hatte es angefangen? Wie oft? Wie gut war der Sex? Wann und wie und wo wurde ich belogen?

Und während all der Auseinandersetzungen, die dem Geständnis folgten, das ich meinem Ehemann abrang, war Will beherrscht von der Angst, dass ich ihn verlassen würde. Er beharrte darauf, dass es nur ein Ausrutscher gewesen sei – na ja, einer, der zwei Monate dauerte. Dass ich die Liebe seines Lebens sei. Dass unser Zuhause, unsere Kinder und unser gemeinsames Leben seine ganze Welt seien.

Ich vergab ihm – und versuchte zu vergessen. Doch die Erinnerung an die Affäre hat in den vergangenen sechs Jahren mein Vertrauen immer weiter zerstört, wie Säure oder Rost. Es ist paradox: Als ich jünger war, bevor die Sache passierte, stellte ich mir vor, eine Affäre wäre wie eine Atomexplosion und würde meine Ehe auslöschen. Die Realität erwies sich eher als Nagelbombe, die Splitter an unerwarteten Stellen hinterließ. Kein Vernichtungs-, eher ein Zermürbungskrieg – aber möglicherweise genauso tödlich.

Ich öffne die Augen. Paul und Leo beobachten die Tür und wenden mir dann gleichzeitig den Blick zu. Ich sehe selbst dorthin. O Gott. Da ist sie. Sie ist kleiner und kurvenreicher, als ich erwartet hatte, und trägt ein eng anliegendes blaues Kleid. Sie lächelt und hat ein offenes Gesicht, ist aber eher attraktiv als hübsch. Ganz gewiss nicht schön. Ich starre sie an. Ich habe so viel Zeit damit verbracht, mir ein Supermodel in Dessous vorzustellen, dass es mir schwerfällt, dieses normal aussehende Mädchen zu akzeptieren, das ich hier vor mir sehe. Eines ist sicher – sie ist jung. Ihre Haut ist straff und frisch, ihre Augen funkeln.

Ich merke, dass ich sie noch immer anstarre, und wende den Blick ab. Will legt mir die Hand ins Kreuz. *Ich bin da.*

Ich schaue ihn nicht an. Kann es nicht. Ich spüre, wie mir die Röte ins Gesicht steigt, und fühle mich ungeschützt. Ich wünschte, ich wäre nicht hier. Wäre irgendwo anders. Wäre zu Hause und würde Zack eine Geschichte vorlesen oder mir zum x-ten Mal anhören, wie Hannah sich darüber aufregt, dass alle anderen in ihrer Klasse ein iPhone haben.

Will unterhält sich jetzt mit Leo über irgendetwas Berufliches. Ich richte den Blick auf den wunderbaren Parkettfußboden und bemerke, dass der Nagellack an meinem rechten großen Zeh gesplittert ist. Und dann spüre ich, wie Will sich verkrampft. Instinktiv weiß ich, dass Catrina zu uns herübergekommen sein muss. Ich blicke auf. Erstarre. Sie steht vor uns. Das blaue Kleid umschmeichelt ihre Kurven, elegante Ohrgehänge glitzern im Lampenlicht. Sie streckt Will die Hand entgegen, und er muss seine von meinem Rücken nehmen. Sie ist so gestylt, wie Julia es vorhergesagt hat, doch von dem überheblichen Lächeln fehlt jede Spur.

»Will, es ist eine Ewigkeit her«, sagt sie herzlich. Sie hat einen Yorkshire-Akzent. Ich bin verblüfft. Das hatte ich nicht erwartet … diese Mischung aus unprätentiöser Freundlichkeit und mondänem Glanz.

Sie wendet sich mir zu. »Laura, richtig?«

»Livy.«

Wir starren einander an. Wills Angespanntheit ist mit Händen zu greifen.

»Oh, tut mir leid.« Sie ist jung, doch ihre Nase ist leicht tropfenförmig und ihre Augen stehen zu weit auseinander. Sie hat etwas reizvoll Verletzliches, ist aber keine *femme fatale*.

Dennoch bin ich mir sicher, dass der Fehler mit meinem Namen Absicht war. Was zweifellos bedeutet, dass Will ihr noch etwas bedeutet. *Noch immer* etwas bedeutet. Ängstlich schaue ich ihn an. Bedeutet sie ihm auch noch etwas?

Ich beobachte, wie er mit Catrina spricht, versuche, die Körpersprache der beiden zu deuten. Er ist reserviert und verlegen. Liegt das an ihr? Oder nur an der Situation? Catrina gibt sich völlig gelassen, doch ihre Augen verraten sie.

Wills Hand liegt wieder auf meinem Rücken, presst mir das Kleid gegen die feuchte Haut. »Bitte entschuldige uns«, sagt er, »ich möchte meiner Frau noch so viele Leute vorstellen.«

Er führt mich fort. Ich erhasche einen Blick von Catrina, die uns mit einem starren Lächeln im Gesicht hinterherblickt.

»Livy.« Will beugt sich zu mir, während wir den Raum durchqueren. »Geht es dir gut?«

Ich schweige, versuche, die Tatsache zu verarbeiten, dass Catrina ihn noch immer will. Vielleicht habe ich es mir ja nur eingebildet. Ich schaue mich wieder um. Sie beobachtet uns noch immer. Sieht todunglücklich aus.

»Du weißt, wie sehr ich dich liebe, oder?« Wills Stimme an meinem Ohr ist ein drängendes Flüstern.

Ich wende mich ihm zu und schaue ihm direkt in die Augen. Ich erkenne in ihnen kein Verlangen nach Catrina. Nur Besorgnis um mich. Zum ersten Mal, seit wir das Haus verlassen haben, entspanne ich mich ein wenig. Ich habe sie jetzt kennengelernt. Und Will will sie nicht mehr. All das liegt lange zurück. Ist vorbei. Zumindest für ihn.

»Ich glaube, sie mag dich noch immer«, sage ich mit einem gezwungenen Lächeln und sehe ihn prüfend an.

Will schüttelt den Kopf. »Nein«, sagt er. »Und selbst wenn, es würde keine Rolle spielen.« Er senkt die Stimme. »Ich will nur dich, Livy, das weißt du doch, oder?«

Flehend schaut er mich an. Ich nicke, als Martha am

anderen Ende des Raums auftaucht und verkündet, dass das Essen bereit sei.

Die nächste Stunde vergeht wie im Flug. Martha hat Catrina taktvollerweise einen Platz am anderen Ende des Tischs zugewiesen. Ich sehe, dass sie mit Paul und Becky plaudert.

Das Essen ist köstlich und wird von Männern in Smokings serviert, die ruhig durch den Raum gleiten und den Gästen auf silbernen Servierplatten griechischen Salat und danach Lammnüsschen darbieten.

Das Dessert ist eine Auswahl aus verschiedenen Mousses und Törtchen. Anschließend gibt es Kaffee. Der Abend nähert sich dem Ende – bei den Dinnerpartys von Leo und Martha wird es nie spät. Leo ist bekannt dafür, früh aufzustehen, ja, er führt den Erfolg seines Unternehmens sogar auf die *vor* dem offiziellen Arbeitsbeginn geleisteten Stunden zurück – und ich habe fast vergessen, wie gedemütigt ich mich vorhin fühlte, als Leo wieder auftaucht. Seine Wangen sind gerötet, ein leichter Zigarrenduft erfüllt den Raum.

»Krise in Genf«, brummt er. »Mal wieder dieser verdammte Henri.«

Will, der während des gesamten Dinners nicht von meiner Seite gewichen ist, runzelt die Stirn. »Was will er denn jetzt schon wieder?«

Leo erklärt es. Lucas Henri ist, wie ich bereits weiß, Harbury Medias größter Kunde. Er besitzt ein Hightech-Unternehmen mit Sitz in der Schweiz, das mehrere Vertriebsstellen im Südwesten mit Elektronik beliefert. Will hasst ihn aus tiefster Seele. Soweit ich weiß, hasst ihn jeder bei Harbury. »Er hat die schlimmsten Eigenschaften, die ein Kunde nur haben kann, alle in einer Person vereint«, hat Will mir einmal erzählt. »Er weiß nie, was er will, nur, dass du es ihm nicht geliefert hast. Er ist ein Mikromanager. Und er versucht immer, auf zusätzliche Leistungen Anspruch zu erheben, auch wenn sie nicht im ursprünglichen Vertrag standen.« Heute Abend, so scheint es, hat jemand die Termine für eine äußerst kostspielige Marketingkampagne durcheinandergebracht, und Henri dreht durch.

»Er droht, uns den kompletten Auftrag zu entziehen.« Leo seufzt. »Ich brauche dich dort, Will. Du musst mitkommen. Jetzt sofort.«

Will wirft mir einen entschuldigenden Blick zu.

»Ist schon okay«, sage ich. Ich bin an diese kurzfristigen Business-Trips gewöhnt. Sie gehören zu den Nachteilen, wenn man mit jemandem verheiratet ist, der fließend Französisch und Deutsch spricht. Auch Catrinas Französisch muss hervorragend sein, wenn sie in Paris arbeitet. Eifersucht durchbohrt mich.

»Der Händler hat ein Charterflugzeug, das kurz vor Mitternacht startet«, fährt Leo fort. Seine Jovialität ist vollständig verflogen. Er ist ernst und fokussiert, ganz im Business-Modus. Automatisch nimmt Will Haltung an. »Fahr nach Hause und pack deine Reisetasche.«

»Dann werde *ich* wohl auch nach Hause gehen.« Es soll unbeschwert und witzig klingen, doch es schwingt ein leicht verärgerter Unterton mit. Ich sollte mich nicht von meinem Hausfrauenstatus herunterziehen lassen, doch umgeben von starken, erfolgreichen Frauen wie Becky und Julia fällt es mir manchmal schwer, mich nicht ausgegrenzt zu fühlen.

Leo sieht mich an, sein Blick wird weicher. »Tut mir leid, Livy, aber ich brauche meinen besten Mann bei dieser Sache.« Er zögert, tätschelt mir den Arm. Wieder fühlt sich seine Hand zu schwer, ja irgendwie zu aufdringlich an. »Mach dir keine Sorgen. Es ist Genf, nicht Paris, nur Will und ich.«

O Gott, er muss denken, ich würde mir Sorgen machen, dass Catrina mit ihnen nach Genf fliegen könnte. Meine Wangen glühen, doch Leo bemerkt es nicht. Er hat sich wieder Will zugewandt.

»Die Mädchen sind gerade dabei, dir dein Ticket zu mailen. Das war dann alles.« Damit schreitet er davon.

Will öffnet den Mund, schließt ihn dann wieder. Ich bin mir sicher, dass er nicht weiß, was er sagen soll, und dass er sich Sorgen macht, dass dies, nach allem, was er mir heute Abend zugemutet hat, der Tropfen ist, der das Fass zum Überlaufen bringt. Es ist komisch. Will wird bei der Arbeit dafür geschätzt, neurotische Kunden in drei Sprachen besänftigen zu können, bringt jedoch keinen Ton heraus, wenn es um seine Gefühle mir gegenüber geht. Und er ist ein hoffnungsloser Fall, wenn irgendwelche praktischen Dinge wie das Anbringen von Regalen oder die Reparatur des Gartenzauns anstehen.

»Tut mir leid«, stammelt er schließlich.

»Schon in Ordnung.« Ich lächle. Wenigstens entkommen wir jetzt Catrina. »Sowieso werden bald alle gehen.«

Wir verabschieden uns von Martha. Catrina, die sich mit Paul unterhält, schaut auf und winkt uns zu. Ich erwidere ihr Winken mit einem Nicken. Dann machen wir uns auf den Heimweg.

Als wir ins Auto steigen, seufze ich erleichtert auf. Sofort klingelt Wills Handy. Es ist Leo, mit einem Update zur Situation in Genf, die sich von Minute zu Minute zu verschlechtern scheint. Während der kurzen Fahrt zurück nach Heavitree starre ich aus dem Fenster. Ich kenne diese Straßen so gut. Ich wuchs in Bath auf, kam aber vor zwanzig Jahren nach Exeter, um hier auf die Uni zu gehen. Seitdem habe ich niemals woanders gewohnt. Normalerweise stört mich das nicht, doch im Moment habe ich das Gefühl, dass dadurch mein Leben und meine Erfahrungen noch weiter eingeschränkt sind. Zweifellos eingeschränkter als Wills, der aus London stammt – und bereits ein Jahr in Frankreich und Deutschland verbracht hatte, als ich ihn kennenlernte –, und als Catrinas mit ihrem fraglos mondänen Pariser Leben.

Seufzend stellt Will sein Handy aus und erkundigt sich nach meinem Befinden. Ich antworte ziemlich barsch, dass alles in Ordnung sei, und fühle mich dann schuldig, weil ich so kurz angebunden war. Schließlich hat er heute Abend alles in seiner Macht Stehende getan, um mir ein Gefühl der Sicherheit zu geben.

Auf dem Weg zur Haustür nehme ich seine Hand. »Hey.«

Will sieht mich mit einem besorgten Stirnrunzeln an. Ich stelle mich auf die Zehenspitzen, um ihn zu küssen, lasse meine Lippen auf seinem Mund ruhen. Als Antwort nimmt er mich in den Arm.

»Oh, Livy.« Ich spüre seinen warmen Atem an meinem Ohr. In seiner Stimme liegt so viel Gefühl – Erleichterung und Verlangen und Liebe –, dass ich mir plötzlich dumm vorkomme, an ihm gezweifelt zu haben.

»Hey«, sage ich noch einmal, löse mich aus seiner Umarmung und nehme sein Gesicht zwischen meine Hände. »Es ist alles in Ordnung. Mach dir keine Sorgen.«

Will lächelt, dann gehen wir ins Haus. Gott sei Dank sind beide Kinder im Bett und schlafen. Während Will nach oben verschwindet, um seine Reisetasche zu packen, bezahle ich Bethany, unsere Babysitterin, die ein Stück weit die Straße hoch wohnt, und eile dann nach oben, um Will zu helfen. Es gibt kurz Aufregung darüber, wo sich sein Laptop befindet. Wie sich herausstellt, liegt er unter Hannahs in der Ecke des Wohnzimmers. Und dann braust er im Taxi davon zum Flughafen. Wundersamerweise sind die Kinder während seines Aufbruchs nicht aufgewacht, und plötzlich ist es seltsam ruhig im Haus. Ich sehe fern und nehme dann ein ausgedehntes Bad. Erst als ich mich zum Schlafen zurechtmache, erinnere ich mich an Julias frühere Nachricht und den Anruf, auf den ich nicht reagiert habe. Ich schalte mein Handy ein. Sie hat eine Sprachnachricht hinterlassen und mich gebeten, sie zurückzurufen. Sie sagt, es sei wichtig, sodass ich ihr eine SMS schicke und frage, ob sie noch wach ist. Julia antwortet nicht, und da es schon weit nach elf ist, schicke ich eine zweite Nachricht und erkläre ihr, dass Will verreisen musste, die Kinder und ich aber wie geplant morgen Mittag zu ihr zum Lunch kommen.

Ich schlafe tief und fest, viel besser als in der Nacht zuvor, als mir das Dinner noch bevorstand. Ich schrecke hoch, als Zack auf mein Bett hüpft, verstrubbelt und mit dem Geruch nach Schlaf und Schokolade, mit der sein Mund verschmiert ist. Er hechtet unter die Bettdecke und schlingt mir die Arme um den Hals.

»Mummy«, säuselt er mir ins Ohr, die Hände zu Fäusten geballt, und zieht mich an sich. »Ich hatte drei *Ben-Ten*-Spiele nacheinander.«

Ich drücke ihn an mich und spüre das vertraute, intensive Gefühl von Liebe, das Zack in mir weckt. Jetzt, mit sieben, wird er größer und hagerer, ist nicht mehr der pummelige kleine Junge, doch sein großes Verlangen nach körperlicher Zuneigung scheint Gott sei Dank nicht nachzulassen.

»Wann gehen wir zu Julia?«, fragt Hannah, die in der Tür steht.

Ich glaube kaum, dass es einen bissigeren Tonfall gibt als den, mit dem ein zwölfjähriges Mädchen seiner Mutter die belangloseste Frage stellen kann.

Ich betrachte sie über Zacks Kopf hinweg. Hannah lehnt gegen den Türrahmen, hoch aufgeschossen und schlaksig. Das blonde Haar reicht ihr weit den Rücken herab. Sie steht an der Schwelle zur Pubertät – schmalhüftig, langbeinig wie ein Fohlen und mit kleinen Brustknospen. Mit ihrer blassen Haut und den grauen Augen wird sie Kara von Tag zu Tag ähnlicher. Während ich diesen Anblick in mich aufnehme, überfluten mich die Erinnerungen. Kara als kleines Mädchen, die verschmitzt kicherte; Kara mit großen Augen, als sie ihre erste Studentenparty beschrieb; Kara, die weinte, als unser Hund krank war und eingeschläfert werden musste …

Kara, tot.

Ich zittere. Ich habe ihren Leichnam in Wirklichkeit nie gesehen, doch manchmal stelle ich mir ihre steinfarbenen Augen vor, die Augen einer Toten: kalt und hart und leer.

»Mum?« Hannah klingt ungeduldig. »Um wie viel Uhr?«

Ich schüttle die morbiden Gedanken ab und werfe einen Blick auf den Wecker neben dem Bett. Es ist fast zehn. Kein Wunder, dass Zack Schokolade gegessen hat. Ich kann mich nicht erinnern, wann ich das letzte Mal so lange geschlafen habe.

»Hast du Hunger, mein Kleiner?«, frage ich.

Zack nickt, schnüffelt an meinem Hals und pflanzt mir einen dicken feuchten Kuss auf das rechte Ohrläppchen.

»Mich gibt's auch noch.« Hannah klingt jetzt verletzt. Ich schaue zu ihr hinüber.

O Gott, sie wird gleich in Tränen ausbrechen.

»Wir gehen um elf zu Julia.« Ich versuche, trotz Hannahs schwankender Gefühle zu lächeln.

»Gut.« Sie stürmt davon.

Ich seufze und greife nach meinem Handy. Ich lande auf Julias Mailbox und teile mit, dass wir bald bei ihr sind. Julia hat noch immer nicht auf meine SMS von gestern Abend reagiert. Gut möglich, dass sie noch schläft. Mit wem traf sie sich noch mal zurzeit? Einem jüngeren Mann. Er sei blond, »mein Dunkelblonder«, hat sie mir mal genüsslich anvertraut. Ich kann mich nicht an seinen eigentlichen Namen erinnern – oder daran, ob Julia ihn mir überhaupt schon verraten hat.

Ich kriege Zack mit dem Versprechen eines Schinkenspeck-Sandwichs dazu, mein Bett zu verlassen. Mir selbst mache ich auch eins, doch Hannah weigert sich, etwas zu essen.

»Ich esse was bei Julia«, sagt sie.

Ich schüttle den Kopf. Es hat keinen Sinn, mit ihr zu diskutieren. Julia wird für Essen gesorgt haben – es wird Häppchen aus ihrem örtlichen Delikatessenladen geben und ein riesiges Glas Gin Tonic für sie und mich, gefolgt von etwas völlig Ausgefallenem zum Lunch, ohne dass sie auch nur einen Gedanken an ein kindergerechtes Menü verschwendet hätte. »Wachteleier statt Hähnchen-Nuggets«, sagt sie immer und weigert sich, irgendwelche Zugeständnisse zu machen. Nicht einmal damals, als Zack nur Würstchen aß, war sie dazu bereit.

Während des Mittagessens werden Julia und ich Pouilly-Fuissé trinken, ihren Lieblingswein, und für die Kinder wird es einen Krug mit echter Limonade geben. Julia wird in Anlehnung an unsere Gin Tonics zwei Eiswürfel und eine Scheibe Zitrone in Hannahs Glas geben.

»Ein Glamour-Drink«, wird sie mit einem Lächeln und einem Augenzwinkern sagen. »Um dich für den großen Auftritt vorzubereiten.«

Julia hatte schon immer eine besondere Beziehung zu Hannah. In vielerlei Hinsicht sind die beiden sich ähnlich – kühl und egozentrisch, aber auch fähig zu echter Wärme. Ich weiß, dass Hannahs Ähnlichkeit mit Kara Julia genauso zu schaffen macht wie mir. Schließlich war es der Tod meiner Schwester – und unsere ohnmächtige Wut auf den Mörder –, der Julia und mich zusammenbrachte.

Hannah ist um halb elf angezogen und bereit zum Aufbruch – sie trägt hautenge Jeans und eine Seidenweste von mir, die wenig altersgemäß und viel zu groß für sie ist. Doch ich bin zu sehr damit beschäftigt, Zack dazu zu bewegen, sich endlich anzuziehen, um Weste oder Eyeliner zu kommentieren, den sie ziemlich dick aufgetragen hat. Sie bewundert Julia so sehr wie Julia sie. Ich verstehe, warum sie gut aussehen möchte. Auch bei mir bringt Julia diese Seite zum Vorschein.

Sobald Zack fertig ist, schlüpfe ich in mein eigenes Tea-Dress und meine Sandalen. Julia ist immer pünktlich und hasst Unpünktlichkeit bei ihren Gästen. Merkwürdig, dass sie weder auf meinen Anruf noch auf meine SMS geantwortet hat, aber ich denke nicht groß darüber nach, als wir bei Sonnenschein vor dem Haus stehen, in dem sie wohnt.

Und dann öffnet sie die Tür nicht.

Ich runzle die Stirn. Es ist noch nie vorgekommen, dass Julia – ein bekennender Kontrollfreak – eine unsere Verabredungen zum Sonntagslunch verpasst hätte oder zu irgendeinem Termin zu spät gekommen wäre. Trotz ihrer starken, extravaganten Persönlichkeit ist Julia einer der rücksichtsvollsten Menschen, die mir je begegnet sind: mit übertrieben guten Manieren und unverhohlen dankbar für die Stabilität, die meine Freundschaft ihr bietet, den Gegenpol zu der ständigen Veränderung und Anregung, die sie in anderen Bereichen ihres Lebens braucht.

Wir beide sind uns nach Karas Tod nähergekommen. Davor war Julia die Freundin meiner Schwester. Julia – unverheiratet und kinderlos – und ich könnten unterschiedlicher nicht sein. Doch Julia ist die Patin meines ältesten Kindes und der erste Mensch, an den ich mich wandte, als ich von Wills Affäre erfuhr.

»Oh, Süße«, sagte sie mit einem müden Seufzer, »hat Mami dir nicht gesagt, dass du nie alles auf einen Scheißkerl setzen sollst?«

Sie zitiert immer Dorothy Parker – ich habe ihr zum letzten Geburtstag, ihrem 36., eine Sprüchesammlung geschenkt. Ich weiß, dass sie mich, sobald wir die Kinder vor eine DVD gesetzt haben, mit Fragen zu Catrina und der Dinnerparty bombardieren wird.

Ich drücke noch einmal auf die Klingel. Keine Antwort.

»Aber sie ist *immer* da, wenn wir kommen«, sagt Hannah.

Sie hat recht. Julia würde meine Kinder nie enttäuschen und diesen Termin vergessen. Ich überprüfe noch einmal mein Handy. Keine SMS. Bei dem Gedanken an Julias Nachricht, dass sie unbedingt mit mir reden muss, läuft mir zum ersten Mal ein Schauder über den Rücken.

»Was sollen wir nur tun, Mum?«, fragt Hannah ängstlich.

Zack, der spürt, dass sich die Atmosphäre verändert hat, rückt näher zu mir heran.

»Vielleicht funktioniert die Gegensprechanlage nicht.« Ich hole meine Schlüssel hervor. Die Ersatzschlüssel zu Julias Haus- und Wohnungstür hängen an meinem alten Leder-Schlüsselband, so wie meine Schlüssel an ihrem silbernen Tiffany-Schlüsselanhänger. Ich öffne die Eingangstür.

Drinnen rennen die Kinder die Treppe hoch zur Wohnung im ersten Stock. Sie hämmern gegen Julias Eingangstür, doch noch immer keine Reaktion. Bei ihnen angekommen, wünsche ich mir, ich hätte mich umgedreht und wäre weggegangen, als wir noch unten waren, doch jetzt gibt es kein Zurück mehr. Eine seltsame Unruhe erfasst mich, lässt mir die Nackenhaare zu Berge stehen. Wo ist sie?

Ich öffne die Tür und gehe hinein. Trotz des Schlüssels komme ich mir wie ein Eindringling vor. Die Kinder sind plötzlich ganz still und halten sich im Hintergrund. Vielleicht spüren sie, dass etwas in der Luft liegt. Ich weiß es nicht genau, es geht alles viel zu schnell. Und dann sind wir im Wohnzimmer, und Julia liegt dort auf dem Sofa. Und sieht so aus, als würde sie schlafen, aber ich weiß, dass sie nicht schläft.

Es dauert einen langen Augenblick, bevor ich ausatme und mir schlagartig klar wird:

Julia. Meine beste Freundin. Ist tot.

Harry

Ich sehe ein Muster, aber meine Vorstellung kann sich kein Bild vom

Schöpfer dieses Musters machen. Ich sehe eine Uhr, aber ich kann mir den Uhrmacher nicht vergegenwärtigen.

EINSTEIN

Es gibt nur eines, das zählt: Ehrlichkeit. Und ich verspreche Ihnen hoch und heilig, Sie nie anzulügen. Also, keine Lügen. Und auch keine falsche Bescheidenheit. Ich werde ganz offen sagen, wer ich bin und was ich tue.

Lassen Sie uns mit Mythos Nummer eins beginnen: dass ich ein Psychopath bin. Dieses Wort ist so sehr befrachtet, bedeutet tatsächlich jedoch »leidende Seele«. Ist das nicht wunderbar? Wie könnte jemand ungerührt bleiben bei dem Gedanken an einen gequälten Geist? Doch versieh das Ganze mit einem pseudowissenschaftlichen Etikett, und plötzlich klingt das Wort gewichtig und medizinisch, so als sei der Einsatz von Medikamenten erforderlich.

Wie dem auch sei: Es ist eine Fehldiagnose, die auf Angst und Missverständnissen beruht. Weil wir, meiner These zufolge, im Innern alle Psychopathen sind. Denn wessen Seele leidet nicht*? Leben ist Leiden. Das stammt nicht von mir, sondern von Buddha. Und wer könnte es bestreiten? Dennoch ziehe ich den alten Begriff »Psychopath« bei Weitem dem moderneren Wort »Soziopath« vor. Der Begriff Soziopath ist Teil dieses blödsinnigen Jargons – wie »Kadenz« und »Granularität« –, den ich ständig bei der Arbeit höre.*

Entschuldigen Sie, ich greife vor. Lassen Sie mich am Anfang beginnen und erklären, wie meine sogenannte Psychopathie begann. Dabei sollten Sie wissen, dass ich eine relativ angenehme frühe Kindheit hatte. Tut mir leid, Ihre Erwartungen zu enttäuschen, aber so war es nun einmal. Meine Eltern waren völlig normal. Ich wurde weder geschlagen noch sexuell missbraucht oder vernachlässigt. Ich hatte genügend zu essen, ein Bett zum Schlafen und jeden Tag frische Kleidungsstücke. Ein mittelständischer Psychopath. Ha! Haben Sie sich so gedacht, verehrte Vertreter der analytischen Psychologie!

Dann kam Harry zu uns.

Ich kann mir vorstellen, was Sie denken. Harry. Wahrscheinlich ein Onkel oder ein Untermieter. Harry. Missbrauchstäter. Kinderschänder. Päderast.

Nein, Harry war unser Kater. Schwarz und sehr, sehr haarig. Ein uns zugelaufener Kater. Ein interessanter Kater. Sehr wahrscheinlich selbst ein Psychopath. Zweifellos verschlagen und narzisstisch und gewissenlos. Ich glaube nicht, dass Harry sich Gedanken um die Mäuse machte, die er tötete. Er lebte, um sie zu finden, sie zu töten und sie leiden zu sehen. Harry war grausam, und ich hatte kein Interesse an Grausamkeit. Aber ich wollte gern mehr über Harry erfahren. Er hatte einen langen buschigen Schwanz – oberflächlich betrachtet flauschiges Fell; die Haare waren auf jedem Möbelstück zu finden, das wir besaßen –, doch unter dem Fell war der Schwanz wie dicker Draht. Ich war besessen von Harrys Schwanz. Er war nicht das, was er zu sein schien, ganz wie Harry selbst. Weich und doch hart. Stark und doch schwach. In einem Moment da, im nächsten weg.

Ich bin mir sicher, dass Freud meine vorpubertäre Besessenheit von diesem Phallusersatz geliebt hätte. Doch wie so oft bei Freud wäre seine Analyse aufgrund der Grenzen seines eigenen Verständnisses fehlgeschlagen. Denn mein Interesse an Harrys Schwanz war nicht pseudosexuell. Nein. Es erwuchs aus der erstaunlichen Entdeckung, dass alles zwei Seiten haben konnte. Sobald mir dies aufgefallen war, fand ich diese Erkenntnis überall bestätigt. Da war zum Beispiel die nette Mummy, die mir Schokoladenkekse gab, und die gemeine Mummy, die böse wurde, wenn ich herumkrümelte. Und so weiter …

Ich betrachtete Harry immer wieder und dachte über seinen Schwanz nach, und eines Tages wusste ich, dass ich sehen wollte, wie er reagierte, wenn ich ein Stückchen von seinem Schwanz wegnahm. Ich fand ein Notizbuch und schrieb »Wissenschaftliches Experiment« vorn drauf. Na ja, ich war noch klein. Ich notierte mir den Tag und legte zwei Spalten an: eine für das, was ich tat, die andere für Harrys Reaktion.

Das Notizbuch sah so aus:

Montag	*Nahm das schärfste Messer aus dem Messerblock in der Küche. Ging zum Ende des Gartens. Hackte ein Stückchen vom Schwanzende ab.*	*Harry machte viel Lärm und versuchte, mich zu kratzen. Ich ließ ihn los.*
Mittwoch	*Schärfte das Messer mit dem Messerschleifer aus der Schublade. Nahm Harry unter den Arm. Ging zum Ende des Gartens. Hackte noch ein Stück vom Schwanz ab. Einen halben Zentimeter. Ich maß es.*	*Harry wand sich, machte dieses Mal vor und während des Abhackens viel Lärm.*
Freitag	*Tat dasselbe.*	*Harry kann nicht mehr laufen. Warum? Ich hab ihm nicht das Bein abgeschnitten.*
Montag	*Tat dasselbe.*	*Harry wie zuvor. Schwanz wie zuvor.* *Hab's nachgelesen. Schwanz hilft, das Gleichgewicht zu halten. Mum fand Harry neben der Tür. Sah den Schwanz. Denkt, die Tür habe den Schwanz abgehackt. (Dumm.)*
Dienstag	*Harry beim Tierarzt. Der sagt, Harrys Schwanz hat sich infiziert.*	*Harry ist krank.*
Donnerstag		*Harry ist tot.*

Da haben Sie es, mein erstes Experiment. Das erste, aber nicht das letzte.

Keineswegs.

Natürlich war Harry mein letztes Tier und das letzte männliche Wesen. Bald nach Harry kam ich in die Pubertät und meine Gedanken wendeten sich Mädchen zu. Eine Entwicklung, die selbst Freud als normal bezeichnet hätte.

Ich sage Mädchen, aber in Wirklichkeit gab es nur ein Mädchen, das zählte.

Und ihr Vermächtnis ist mein Leben.

Kapitel 2

Irgendwie tragen mich meine Beine hinüber zum Sofa. Der Geruch von abgestandenem Urin hängt in der Luft. Ich starre auf Julia hinab. Ihre Augen sind geschlossen, ein Arm liegt über ihrer Brust. Sie sieht friedvoll aus. Sie trägt eine Jogginghose und ein geripptes Baumwolltop. Der typische Julia-Look für einen Mädchenabend zu Hause. Das dunkelrote Haar, das ein wenig von der feurigen Pracht ihrer Zwanziger zu verlieren beginnt, fällt ihr in unordentlichen Strähnen übers Gesicht. Auf dem Couchtisch steht eine Flasche Jack Daniel's. Ein leeres Glas. Ich registriere jeden Gegenstand einzeln, einen nach dem anderen. Mir ist bewusst, dass Hannah und Zack neben mir stehen. Auch sie starren auf Julia hinab. Einen Augenblick lang hoffe ich verzweifelt, das Ganze sei ein Spiel, dass sie jeden Moment die Augen öffnen und »Buh!« sagen wird.

»Schläft sie, Mummy?«, fragt Zack.

»Ich bin mir nicht sicher«, sage ich.

Aber ich bin es. Ich weiß nicht, was es mir verrät. Vielleicht die Blässe ihres Gesichts oder die Steifheit des Arms auf ihrer Brust. Ich schaue hinunter. Da ist ein Fleck vorn auf ihrer Jogginghose, wo die Muskeln sich entspannt haben und sie sich eingenässt hat.

»Warum riecht es nach Pipi?« Zack umklammert mein Bein.

»Mum?« Hannahs Stimme zittert. Auch sie rückt jetzt näher an mich heran.

Ich muss handeln. Ich muss etwas tun. Ich muss meine Kinder schützen. Diese Gedanken schießen mir durch den Kopf, als ich die Hand ausstrecke und Julias Wange berühre. Sie ist kalt. Ich lasse die Finger hoch zu ihren Schläfen wandern, streiche ihr das Haar aus der Stirn. Ihre Haut – ja alles an ihr – ist steif. Unnatürlich.

Ich fange an zu zittern. Wie kann das passiert sein? Wie kann Julia tot sein? Sie ist erst sechsunddreißig, zwei Jahre jünger als ich.

»Mummy?« Hannah klingt plötzlich so jung wie Zack.

Ich nehme die Hand weg von Julias Gesicht. Die Zeit scheint im Zeitlupentempo zu vergehen. Ich zittere noch immer, kann nicht denken. Innerlich schreie ich, gebe jedoch keinen Ton von mir.

»*Mum?*« Hannahs drängende, verängstigte Stimme zwingt mich zu handeln.

Ich fische das Handy aus meiner Tasche. Wähle 999. Surreal, das Ganze ist surreal.

»Notdienste. Welchen Dienst benötigen Sie?«

»Krankenwagen.«

Hannah ringt nach Luft. Zack lehnt sich noch stärker gegen mein Bein.

Die Frau am anderen Ende der Leitung fragt mich, was passiert sei. Es ist, als würde sie durch einen langen Tunnel mit mir sprechen.

»Wir wollten meine Freundin besuchen.« Ich nenne ihr Julias Namen und Adresse, bin wie erstarrt. »Ich glaube, sie ist … sie ist … Sie ist nicht bei Bewusstsein.« Ich bringe es nicht über mich, es zu sagen. »Meine Kinder sind hier, bei mir.« Ich bete, dass die Frau vom Notdienst dies versteht.

Sie tut es. Ihre Stimme klingt beruhigend, aber fest.

»Atmet Julia?«, fragt sie.

»Ich glaube nicht.« Meine Stimme ist ein heiseres Flüstern. Ich fühle mich verloren. Noch nie habe ich eine Leiche aus nächster Nähe gesehen – weder Dad noch Mum wollten, dass ich Kara sehe. Doch Julia ist offensichtlich tot. Ich habe keinen Zweifel daran, aber ich kann es nicht aussprechen. Die Wahrheit wiegt zu schwer, um sie einzugestehen.

Ein paar weitere Fragen. Die Frau vom Notdienst sagt, ein Krankenwagen sei unterwegs, und will wissen, ob es Hinweise auf einen Kampf gibt, ob das Schloss an der Wohnungstür kaputt sei.

»Nein«, erwidere ich. Es ist mir nicht aufgefallen. »Da steht nur ein Drink.«

Während ich dies sage, greift Hannah nach dem Glas.

»Berühr es nicht«, fahre ich sie an.

Hannah zieht die Hand zurück, fängt an zu weinen. Die Frau vom Notdienst sagt mir, ich solle die Kinder in ein anderes Zimmer bringen. Sie wiederholt, dass ein Krankenwagen unterwegs ist, und sagt mir, ich solle am Apparat bleiben. Aber ich brauche beide Hände, um mit Zack fertigzuwerden, der meine Taille umklammert hält, als würde er umfallen, wenn er losließe.

Ich führe die Kinder aus dem Zimmer. Wir gehen in Julias Schlafzimmer, Hannahs liebsten Ort auf der ganzen Welt. Normalerweise spaziert sie dort umher und lässt die Finger über den riesigen Frisiertisch gleiten, der von Julias Schmuck und Kosmetik überquillt, doch heute drängen wir uns auf dem Bett zusammen.

Ich lege den Kindern die Arme um die Schultern. »Julia hat einen Unfall gehabt«, sage ich. Ich kann die Worte noch immer nicht aussprechen.

»Ist sie tot?« Zack sieht zu mir hoch, die großen blauen Augen vor Entsetzen geweitet.

Warum müssen meine Kinder dies durchmachen? Zum zweiten Mal in zwölf Stunden steigt Wut in mir auf. Doch hier gibt es keine Catrina. Hier gibt es niemanden, dem ich die Schuld zuweisen kann.

Ich nicke. »Tut mir leid, Baby.« Ich ziehe ihn näher zu mir heran. Hannah ebenfalls. Sie weint noch immer. Ungehindert laufen ihr die Tränen über die Wangen und tropfen auf Julias blaues Seidenfederbett. Das Bett ist gemacht. Niemand hat darin geschlafen. Ich registriere dies mit derselben Distanziertheit, mit der mir der Jack Daniel's aufgefallen ist.

Wenige Minuten später summt die Sprechanlage. Ich stehe auf. Zack folgt mir, als ich ins Wohnzimmer gehe, um die Rettungssanitäter hereinzulassen. Mit einem Schlag ändert sich die Atmosphäre. Die Sanitäter – ein älterer Mann und eine jüngere Frau – sind unbeeindruckt von dem, was sie sehen. Sie brauchen nur wenige Augenblicke, um das zu verarbeiten, was gerade erst ganz langsam zu mir vordringt: dass Julia seit Stunden tot ist. Sie sind jetzt mehr um uns drei besorgt. Die Frau führt Zack und mich ins Schlafzimmer, wo Hannah sich am hinteren Ende von Julias Bett zusammengekauert hat. Sie fordert uns auf, uns zu setzen, und spricht ruhig mit den Kindern. Sie sagt, wie leid es ihr tue, dass wir einen solchen Schock erleben mussten. Zack ist jetzt eher fasziniert als bestürzt.

»Ist sie wirklich tot, wacht sie gar nicht mehr auf? Warum hat sie sich bepinkelt?«

Hannah sitzt schweigend da und kaut auf einer Haarsträhne herum. Normalerweise würde ich sie auffordern, die Haare aus dem Mund zu nehmen. Doch im Moment kann ich den Gedanken kaum formulieren. Dann bittet der Rettungssanitäter mich zurück ins Wohnzimmer. Wir stehen in der Türöffnung. Von dort aus kann ich Julias Beine von den Knien abwärts sehen. Ihre Jogginghose ist halb bis über die Waden hochgerollt. Die Zehennägel sind silbern lackiert. Derselbe Farbton, mit dem sie bei unserem letzten Besuch Hannahs Nägel lackiert hat.

»Die Polizei ist unterwegs.« Er hat einen starken nordenglischen Akzent. Seine Stimme wirkt beruhigend. »Sie wird eine Aussage aufnehmen wollen.«

»Die Polizei?« Ich starre ihn an.

Der Mann nickt. »Das ist so üblich, wenn ... bei einem verdächtigen Todesfall.«

Mein Mund ist trocken.

»Wie alt war Ihre Freundin?«

»Sechsunddreißig. Sie war die beste Freundin meiner Schwester. Ich kenne sie, seit meine Schwester ...« Ich verstumme.

»Nun, sechsunddreißig ist viel zu jung, um so plötzlich zu sterben, wenn sie bei guter Gesundheit war. War sie das?«

»Soweit ich weiß ...« Hatte Julia mir vielleicht etwas verschwiegen? Ich denke an die Nachricht, die sie mir am gestrigen Abend geschickt hat.

Bitte ruf mich an. Ich muss mit dir reden.

»Es gibt keinerlei Anzeichen für einen Kampf oder einen Einbruch, aber die Polizei wird wissen wollen, ob Sie oder Ihre Kinder irgendetwas berührt oder verstellt haben.«

Ich schüttle den Kopf. War Julias SMS ein Hilferuf?

Wenige Minuten später trifft die Polizei ein. Plötzlich wimmelt es in Julias schicker, kleiner Wohnung von Menschen. Männer und Frauen in weißen Kitteln und Haarnetzen untersuchen das Wohnzimmer. Eine Polizistin in Uniform spricht mit mir, und ich wiederhole, was ich dem Rettungssanitäter gesagt habe.

»Gibt es jemanden, den wir für Sie anrufen können?« Sie schenkt mir ein freundliches Lächeln.

»Will.« Ich will meinen Mann bei mir haben. Hier. Jetzt. Es ist mir egal, dass er in Genf ist.

Die Polizistin nimmt mein Handy, als ein Beamter in Zivil die Wohnung betritt. Er hat offensichtlich eine leitende Position, denn plötzlich verfallen alle in noch größere Geschäftigkeit. Zielbewusst kommt er auf uns zu. Trotz der grauen Schläfen sieht er nicht viel älter aus als ich.

»Mrs. Jackson, ich bin Polizeikommissar Norris.« Er stellt mir noch mehr Fragen. Dabei geht es vor allem um Informationen über Julias Leben. Hatte sie einen Partner? Irgendwelche bekannten Allergien oder Krankheiten? War sie eine starke Trinkerin? Nahm sie Drogen? Gab es kürzlich irgendwelche Ereignisse wie den Verlust eines Jobs oder das Ende einer Beziehung? Hatte sie Familie?

Ich antworte, so gut ich kann, doch es fühlt sich an, als würde ich durch Schlamm waten. Ich erzähle ihm von Julias Familie und ihrem Job als freiberufliche Journalistin … dass sie nie verheiratet war … dass sie vor Kurzem einen neuen Freund erwähnt hatte, ich seinen Namen jedoch nicht kenne … dass sie seit über zehn Jahren in dieser Wohnung gelebt hat … dass sich in letzter Zeit nichts Ungewöhnliches in ihrem Leben ereignet hat … dass sie gern Jack Daniel's trank, ich sie jedoch selten betrunken gesehen habe, und dass sie definitiv keine Drogen nahm.

Während ich rede, habe ich Julias bissige Stimme im Ohr. *Drogen? Du machst wohl Witze, Süße. Hast du die Haut von Keith Richards gesehen?*

Den Tränen nahe, halte ich inne. Ich kann nicht glauben, dass sie tot ist. Kann nicht glauben, dass ich diese Stimme nie wieder hören werde.

»Warum fragen Sie all das?«

Polizeikommissar Norris räuspert sich. »Wir müssen herausfinden, was passiert ist.« Er zögert. »Hatte Ihre Freundin Ihres Wissens nach Selbstmordgedanken?«

Ich starre ihn an. »Nein«, sage ich mit Nachdruck. »Auf gar keinen Fall. Julia doch nicht.«

Ich folge dem Blick von Polizeikommissar Norris zu der Flasche Jack Daniel's und dem leeren Glas.

»Sie war nicht ... sie hat nicht ...«

Wieder kommt mir Julias Nachricht in den Sinn. *Bitte ruf mich an. Ich muss mit dir reden.*

Ich erzähle Polizeikommissar Norris davon. Er nickt. »Die Autopsie wird uns mehr Informationen liefern.«

Ich schaue hinüber zu dem Bett, auf dem Zack sich an eine junge, hübsche Polizistin in Uniform kuschelt. Hannah kauert noch immer in der Ecke und dreht Haarsträhnen um ihre Finger. Ihr Eyeliner ist völlig verschmiert. Es tut mir weh, sie so aufgelöst zu sehen. Es ist paradox. Als Hannah noch klein war, war ich total überängstlich, wollte sie nie aus den Augen lassen, doch ich hätte mir nie vorstellen können, dass ich sie einmal vor einem Ereignis wie dem heutigen würde beschützen müssen.

Ich wende mich wieder Hauptkommissar Norris zu. »Meine Kinder ...«

Er tätschelt mir den Arm. »Ich werde dafür sorgen, dass einer der Polizisten Sie nach Hause bringt.«

Während er davongeht, kommt die Polizistin mit meinem Handy in der Hand zurück. »Ihr Mann.«

Ich nehme das Handy. »Will?«

»Was um Gottes willen ist passiert? Sie sagen, Julia sei *tot?*«

Wills entrüstete Fassungslosigkeit spiegelt meine eigenen Gefühle so präzise wider, dass ich kein Wort hervorbringe. Hintergrundgeräusche füllen das Schweigen aus. Ich höre Leute plaudern und lachen.

»Liv?«

»Ich weiß nicht«, keuche ich. »Ja, ich meine. Sie ist … tot. Ich weiß nur nicht, warum … wie … Wann bist du zurück?«

»Ähm …« Will zögert. »Weiß ich nicht genau. Leo ist hier. Ich werde ihm die Situation erklären. Das Ganze hier ist ein Albtraum. Der Kunde ist völlig uneinsichtig.«

Die Stimmen im Raum hinter ihm werden lauter. Ich höre zwei: Leos und die einer Frau. Die Frau hat einen Yorkshire-Akzent.

Schockiert ziehe ich die Luft ein. »Ist *sie* da?«

»Was? Wer?« Will weiß, wen ich meine. Ich höre es an seiner Stimme. Er seufzt. »Leo hat sie kommen lassen. Es war eine Anordnung. Er hat es entschieden, *nachdem* wir die Party verlassen haben. Ich wusste es nicht, bis wir uns alle am Flughafen getroffen haben.« Will senkt die Stimme. »Liv, bitte! Catrinas Anwesenheit hat nichts mit mir zu tun.«

Ich blicke zum Sofa hinüber. Zwei Frauen, die von Kopf bis Fuß in weiße Schutzkleidung gehüllt sind, untersuchen Julias Fingernägel. Ich schlucke, kann plötzlich klar denken.

Julia ist tot.

Catrina ist bedeutungslos.

»Ich weiß«, sage ich ins Telefon. »Komm einfach nur zurück, sobald du kannst.«

Will sagt mir, dass er mich liebt. Dann verabschieden

wir uns. Wie versprochen bringt ein Mann in Uniform uns nach Hause. Die Kinder sind in einem entsetzlichen Zustand. Zack klammert, und Hannah hört nicht auf zu weinen. Der Polizist fragt, ob es jemanden gibt, der vorbeikommen und mir helfen könne. Er reicht mir eine Karte mit einer Telefonnummer und eine kleine Broschüre.

»Melden Sie sich unter dieser Nummer, wenn Ihnen irgendetwas einfällt oder wenn Sie Hilfe oder Ratschläge brauchen, um mit dem Geschehenen fertigzuwerden.« Er spult die Namen verschiedener Selbsthilfegruppen und Beratungsstellen herunter. »Sie stehen alle in der Broschüre.«

Ich nehme kaum etwas davon auf. Unser Haus fühlt sich kalt an, obwohl es ein warmer Tag ist. Ich schaue auf die Küchenuhr und bin überrascht, dass es noch nicht einmal ein Uhr ist. Mir kommt es so vor, als sei ein ganzer Tag vergangen, seit wir Julias Wohnung betreten haben. Jahre, seit Will gestern Abend nach der Dinnerparty nach Genf aufgebrochen ist.

Julia ist tot.

Es ist noch immer nicht in mein Bewusstsein gedrungen. Ich mache Bohnen auf Toast, bewege mich wie ferngesteuert durch die Küche. Zack isst. Hannah weigert sich und verlässt den Raum. Zack folgt mir, während ich die Spülmaschine ausräume und die Waschmaschine fülle und anstelle. Ich weiß nicht, was ich tun oder wohin ich gehen soll.

Ich habe dem Polizeibeamten vorhin den Namen von Julias Mutter gegeben. Völlig aufgelöst ruft sie an. Ich höre, dass sie sich schuldig fühlt. Sie und Julia sprachen kaum miteinander. Julia nannte sie »Die Märtyrerin«, wegen ihres Namens, Joanie. In Anlehnung an Jeanne d'Arc.

»Ich kann es nicht glauben«, sagt Joanie immer wieder. »Wie konnte das passieren?«

Ich weiß nicht, was ich ihr antworten soll. Sie erzählt, sie sei unterwegs nach Exeter, von Bridport aus, wo sie wohnt. Sie werde bei Robbie wohnen, Julias Zwillingsbruder. Wenige Minuten später ruft Robbie an. Wir alle haben viel Zeit miteinander verbracht, als wir jünger waren. Tatsächlich hatten Robbie und ich vor ewigen Zeiten ein Date. Es war ein Desaster. Er ist zwei Jahre jünger als ich und war völlig in mich verknallt. Ich fühlte mich schuldig, weil ich kein Interesse an ihm hatte, und versuchte, es ihm so schonend wie möglich beizubringen. Julia hat es nie gesagt, aber ich glaube, sie war erleichtert, dass aus uns kein Paar wurde.

Robbie klingt verwirrt, will Einzelheiten darüber wissen, wie ich sie gefunden habe. Ich beantworte seine Fragen, so gut ich kann, aber die Spannung zwischen uns ist deutlich zu spüren. Das Gefühl des Unbehagens hat nicht allein mit diesem lange zurückliegenden Date zu tun. Robbie und Julia standen sich nicht nahe. Obwohl sie Zwillinge waren, kamen sie nie wirklich miteinander aus. Julia war immer ein bisschen zu wild für den Rest der Familie und schaute ein wenig auf Robbie herab, der einen Ausbildungsplatz im Hotelmanagement einer Hotelkette mit Sitz in Exeter bekam, während sie an der Uni war. Er arbeitete sich nach oben und wurde Conference & Banqueting Manager, doch abgesehen von ein paar Dienstreisen zu anderen Hotels derselben Kette verlief sein Leben so wenig glamourös, wie Julias voller Abenteuer war.

Als Robbie das Telefonat beendet, klingt er genauso verstört wie zu Beginn des Gesprächs. Ich lege mein Handy beiseite und bemerke, dass das Tageslicht langsam schwindet. Hannah ist immer noch nicht wieder aufgetaucht, sodass ich nach oben gehe und versuche, mit ihr zu reden. Doch sie schreit mich an und knallt ihre Tür zu. Ich schlucke meinen Ärger hinunter und tröste mich, indem ich mir mit Zack *Toy Story* anschaue, ja sogar in sein Lachen einstimme, als Buzz steif und fest behauptet, dass er fliegen könne. Ich lasse Zack ein Bad ein und halte ihm später die Hand, bis er einschläft.

Will ruft erneut an. Seine Stimme klingt weich und mitfühlend. Er ist sehr besorgt um mich und die Kinder. Morgen am frühen Abend wird er nach Hause kommen. Ich weine, eine Mischung aus Trauer und Erleichterung darüber, dass er für mich da ist, ein Fels in der Brandung. Bevor ich sie erwähnen kann, erklärt Will mir, wie leid es ihm tue, dass Catrina bei dieser Geschäftsreise dabei ist, und wiederholt, dass er nichts damit zu tun hatte und sie seit ihrer Ankunft kaum zwei Worte miteinander gewechselt hätten.

Ich versichere ihm, dass ich ihm glaube, dass es sowieso keine Rolle spielt, dass Julias plötzlicher Tod alles andere überstrahlt. Will klingt sehr erleichtert, und ich empfinde plötzlich eine starke Zuneigung zu ihm. Ich habe Catrina jetzt kennengelernt. Es ist vorbei – und das ist das Einzige, was zählt. Alles andere ist unwichtig geworden. Will und ich sagen, dass wir einander lieben, und beenden das Telefonat. Ich bin erschöpft, habe den ganzen Tag nichts gegessen. Ich wärme eine Suppe auf und bringe Hannah eine Schale. Dieses Mal isst sie, und weint. Ich nehme sie in die Arme, und ein paar Minuten lang fühlt es sich so an, als würden wir unseren Schmerz miteinander teilen. Doch ich halte meine eigenen Tränen zurück, und als Hannah dies bemerkt, wirft sie mir Gleichgültigkeit vor. Das ist so weit von der Wahrheit entfernt, mir tut das Herz so weh und ich bin so am Boden zerstört, als sich der Schmerz über den Verlust von Julia in mir breitmacht, dass ich Hannah anschreie und ihr an den Kopf werfe, dass sie egoistisch sei.

Hannah brüllt, ich solle ihr Zimmer verlassen; ich tu's, renne in unser Schlafzimmer und werfe mich auf unser Bett, so als sei auch ich erst zwölf und nicht achtunddreißig und eine verheiratete Mutter von zwei Kindern. Dann greife ich nach dem Telefon und rufe meine eigene Mutter an, die so schockiert ist wie alle anderen. Und sie spricht das aus, was ich seit heute Morgen zu verdrängen versucht habe.

»Oh, mein Schatz, es ist genauso wie bei Kara.«

Sofort fühle ich mich zurückversetzt in mein drittes Uni-Jahr. Meine Studentenwohnung. Das Klopfen an der Tür. Die zwei Polizisten mit ernsten Gesichtern. *Bitte, kommen Sie mit, es ist etwas Schreckliches passiert.* Wie nach einer Weile Mum und Dad eintreffen, dann Karas Tutor aus dem ersten Jahr; wir alle mit bleichen Gesichtern im Warteraum versammelt. Dad, der dann losgeht, um den Leichnam zu identifizieren, und Mums leises Stöhnen, das die Stille durchbricht, als er mit zitterndem Mund zurückkehrt.

Kara wurde in einer kalten Februarnacht in ihrem ersten Jahr an der Uni überfallen, als sie am Kanal entlang zu ihrem Studentenwohnheim ging. Sie glauben, ihr Mörder habe sie unter der Brücke angegriffen. Er vergewaltigte sie mit einem Messer und stach sie dann in den Bauch. Sie verblutete auf dem Treidelpfad. Ihr Mörder wurde nie gefunden.

Mir wird übel. Ich beende das Telefonat und sehe nach Hannah. Sie schläft. Im Schlaf sieht sie Kara noch ähnlicher. Kara war ein fröhliches, kluges Kind. Jeder liebte sie. Ihr Tod war ein entsetzlicher Schlag für alle, riss eine tiefe Wunde in unser kleines, vorstädtisches Leben. Er und ich. Dad konnte es nicht ertragen, dass er sie nicht beschützt hatte. Das Gefühl, versagt zu haben, zerstörte ihn. Ich betrachte Hannah. Ihr Make-up ist verlaufen, die Haare hängen ihr ins Gesicht, und ich weiß, dass ich genau dasselbe empfinden würde.

Doch so war es nicht bei Julia. In diesem Punkt hat Mum unrecht. Im Unterschied zu Kara ist Julia friedlich gestorben, vermutlich an einer unerkannten Krankheit. Zumindest sieht es so aus.

Ich versuche, mich beim Einschlafen auf diesen einen tröstlichen Gedanken zu konzentrieren. Ich klammere mich an ihn am nächsten Tag, als ich die Kinder statt in die Schule zu schicken, zu Hause lasse, und am Abend, als Will zurückkommt und mich in den Arm nimmt, während ich weine. Ich klammere mich am übernächsten Tag an ihn, als Julias Mutter anruft und mir endlose Fragen über das Leben ihrer Tochter stellt und in jeder dieser Fragen ihre Verbitterung darüber mitschwingt, dass sie jahrelang kaum miteinander gesprochen haben. Und ich klammere mich am Tag danach an ihn, als Martha vorbeikommt, voller Anteilnahme, und die anderen Mütter am Schultor mich fragen, was passiert sei – irgendwie hat es sich herumgesprochen.

Doch dann kommt der Donnerstag und mit ihm das erste Ergebnis der Autopsie. Julias Mutter ruft an, um mir davon zu berichten. Sie klingt verärgert, gleichzeitig jedoch resigniert.

Julias Leichnam enthielt eine tödliche Dosis Pentobarbital und das Dreifache der legalen Promillegrenze Bourbon.

»Wir müssen den Tatsachen ins Auge sehen«, sagt sie. »Julia hat sich umgebracht.« Die Worte sind zu brutal. Der Gedanke ist unvorstellbar.

»Nein«, sage ich. »Julia hätte sich nie ...«

»Die Autopsie ist eindeutig. Sonst war alles in Ordnung bei ihr.«

»Aber ...«

»Livy, das ist wenig hilfreich.« Julias Mutter ist kalt und hart. »Die Polizei hat auf ihrem Computer Beweise für Websites gefunden, die sie in den letzten zwei Monaten besucht hat; außerdem eine Broschüre über Pentobarbital auf ihrem Schreibtisch.«

»Aber ... Aber da ging es doch um Recherchen für einen Artikel über Selbstmorde in der Modebranche. Sie hat mir davon erzählt«, erkläre ich. »Ein junges Mädchen hat sich umgebracht, und Julia hat nachgeforscht, ob dieser Selbstmord im Zusammenhang damit stehen könnte, dass die Modeindustrie nur spindeldürre Models engagiert.«

Ich ziehe die Luft ein bei der Erinnerung daran, dass Julia den Kopf schüttelte, als sie mir von dem Druck berichtete, unter dem einige der Models standen, mit denen sie gesprochen hatte.

Die denken alle, sie seien zu dick, hatte sie müde gesagt. *Sie lassen das Frühstück aus, ihr Mittagessen besteht aus schwarzem Kaffee und einer Zigarette und zum Abendessen gibt's dann ein Papiertaschentuch. Sie sind schlimmer als die Tänzerinnen ...*

»Es wurde nie ein Artikel veröffentlicht«, sagt Joanie. »Niemand hat sie beauftragt, einen zu schreiben.«

»Ich weiß«, antworte ich. »Es hat sie einfach interessiert.«

»Genau.«

Es folgt ein langes Schweigen. Ich zerbreche mir den

Kopf, überlege fieberhaft, wie ich Joanie davon überzeugen kann, dass Julia sich nie das Leben genommen hätte.

Dann räuspert Joanie sich. »Sie hat einen Abschiedsbrief hinterlassen, Livy.«

Mir dreht sich der Kopf. Julia hat einen Abschiedsbrief hinterlassen? Nein, das widerspricht allem, was ich über sie weiß. »Was steht drin?«

»Bitte, Livy.« Joanies Stimme und Worte durchbohren mich wie ein Messer. »Er war an mich adressiert ... an die Familie. Er ist vertraulich.«

Was sagt sie da? Ich bin – war – Julias beste Freundin. »Bitte.« Mir versagt die Stimme. Der Gedanke, dass Julia eine Nachricht hinterlassen hat, die ich nicht lesen darf, ist mir unerträglich. »Ich muss es wissen, um zu verstehen.«

»Er befand sich auf dem geöffneten Bildschirm, auf ihrem Computer. Die Polizei hat ihn gefunden. Es heißt nur ... *Für meine Familie. Es tut mir leid, ich kann nicht mehr. Bitte macht kein Aufhebens, keine Blumen, keinen Gottesdienst. Behaltet mich nur in guter Erinnerung. Ich liebe euch. Julia.* Er ist sehr kurz. Enthält keine Erklärung.« Jetzt klingt Julias Mutter verletzt. Ihre Stimme zittert. »Das ist sehr schwer für mich.«

»Ich weiß, es tut mir leid.« Ich spreche zwar diese Worte, aber innerlich tobe ich. Ich glaube das nicht ... ich *kann* das nicht glauben! Julia würde nie einen solchen Brief schreiben ... *macht kein Aufhebens*, dabei *lebte* sie für das Drama. Sie hätte auf jeden Fall mit mir gesprochen.

Und dann erinnere ich mich an den verpassten Anruf und die SMS, die sie mir geschickt hatte:

Bitte ruf mich an. Ich muss mit dir reden.

Sie hatte versucht, mit mir zu sprechen. Und ich hatte sie ignoriert.

»Ich werde dich wissen lassen, wann die Beerdigung stattfindet«, fährt Joanie fort. »Es würde mir helfen, wenn du mir eine Liste mit Freunden, Kollegen, Leuten, die wir einladen sollten, mailen könntest.«

»Ich kann auch dabei helfen, Leute zu benachrichtigen«, biete ich an.

»Danke, aber das schaffen wir schon. Ich bin bei Robbie und Wendy.«

Mir stockt der Atem. Es ist irrational, aber ich fühle mich verletzt. Auch um Julias willen. Der Gedanke, dass ihr Bruder und ihre Schwägerin etwas organisieren, was mit ihr zu tun hat, wäre ihr zuwider.

»Bitte, ich würde gern helfen ...«

»Das ist sehr freundlich von dir, aber wir haben alles unter Kontrolle. Es wird Julias Wunsch gemäß eine nichtkonfessionelle Trauerfeier sein.«

Ihrem Wunsch gemäß: *kein Gottesdienst.*

»Also – wir denken, das Krematorium in East Devon.« Julias Mutter schnieft. »Jedenfalls, schick mir bitte diese Liste der Freunde und Kollegen, wenn du Zeit hast.«

Benommen notiere ich mir ihre E-Mail-Adresse und verabschiede mich dann.

Eine Stunde vergeht. Draußen scheint die Sonne, aber ich sitze am Küchentisch, starre ins Leere. Bilder von Julia gehen mir durch den Kopf – leidenschaftlich, stolz, lustig. Ich denke an meine traumatisierten Kinder. Julia liebte sie. Sie liebte mich. Wenn sie niedergeschlagen gewesen wäre, hätte ich es gewusst. Aber sie war glücklich und genoss ihre Arbeit. Sie fuhr auf ihren neuen Lover ab, ihren Dunkelblonden. Sie *liebte* ihr Leben.

Ich schüttle den Kopf. Es kann nicht wahr sein. Ich werde es nicht akzeptieren. Da muss es noch etwas anderes gegeben haben, einen anderen Faktor. Den Rest der Woche kämpfe ich damit, suche verzweifelt nach weiteren Informationen. Ich rufe alle Nummern an, die der Polizist mir gegeben hat. Die Polizei bestätigt, dass die Autopsie und der Abschiedsbrief auf Julias Computer auf Selbstmord hinweisen. Julia starb zwischen zweiundzwanzig Uhr und Mitternacht. Ich denke immer wieder daran, wie hektisch dieser Abend gewesen war und wie ruhig mir dann das Haus erschien, nachdem Will zum Flughafen gefahren war. Wie ich mit dem Gedanken, dass es zu spät sei, Julia anzurufen, ins Bett gegangen war. Wenn ich mich doch nur über die Konvention hinweggesetzt hätte, wie Julia es mit Sicherheit getan haben würde!

Ich rufe die Herausgeber der Haus-, Beauty- und Modemagazine an, für die Julia tätig war. Ich rufe die Blogger und Journalisten an, die ich über sie kennengelernt habe. Ich rufe zwei ihrer Exfreunde an, mit denen ich noch immer in Kontakt stehe. Und ich rede endlos mit Will, der mir geduldig zuhört, während ich mich darüber auslasse, dass Julia nie und nimmer imstande war, sich umzubringen, und dann in seinen Armen weine.

All diese Menschen stimmen mit mir überein, dass es ein Schock ist, seufzen dann und sagen, dass es schwer ist, wir es aber akzeptieren müssen. Sie deuten mehr oder weniger an, dass ich mich nur weigere, die Wahrheit zu akzeptieren, weil ich mich schuldig fühle. Was ich ihrer Ansicht nach nicht tun sollte. Einige sagen mir direkt, dass es nicht meine Schuld ist. Ich will ihnen an den Kopf werfen, dass ich das weiß. Dass das nicht der Punkt ist. Dass es hier nicht um mich geht.

Mum und Will geben mir zaghaft zu verstehen, dass ich mich von Karas lange zurückliegendem Tod beeinflussen lasse. »Aber in diesem Fall gibt es keinen Mörder, nur eine tiefunglückliche Frau, die uns alle an der Nase herumgeführt hat, die gute Miene zum bösen Spiel gemacht hat.« Wills mitfühlender Tonfall täuscht darüber hinweg, dass er wie jeder andere der Meinung ist, dass ich mich vollkommen irre.

Und so vergeht eine weitere Woche. Der Leichnam wird freigegeben, die Beerdigung rückt näher und Julias Geschichte wird neu geschrieben. Sie war nicht wirklich glücklich, sprühte nicht vor Leben, sondern war verschlossen und deprimiert. Immer wieder höre ich von dem psychologischen Berater, zu dem sie in ihren Zwanzigern, nach Karas Tod, mehrere Jahre lang ging. Ebenso werden Julias zahlreiche »Abende zu Hause mit Jack« häufig erwähnt.

»Aber sie hat das ironisch gemeint«, sage ich den Leuten.

Sie schürzen die Lippen, reden über einsames Trinken und zitieren Statistiken zu Bourbon und Selbstmord.

Ich werde der Unterhaltungen überdrüssig, ziehe mich zurück, behalte meine Kinder fest im Auge. Zack kommt auf diese erstaunliche, für kleine Kinder typische Weise wieder auf die Beine – seine Erinnerungen an Julia verblassen bereits. Hannah ist zu Hause verschlossen, doch ihre Lehrer sagen, dass sie sich in der Schule normal verhält.

Das Leben nimmt wieder seinen gewohnten Gang. Ich kutschiere die Kinder herum, gehe einkaufen und bezahle Rechnungen. Doch obwohl alles wie immer scheint, hat sich alles verändert. Mir fällt eine Frau mit Jackie-O-Sonnenbrille und grüner Jacke auf, die aus Waitrose in der Gladstone Road kommt. Sie sieht Julia so ähnlich, dass ich ihr ein paar Schritte folge, bis sie um die Ecke biegt und ich ihre Hakennase und den jugendlichen Schwung ihres Kinns sehe und erkenne, dass sie nicht Julia ist.

Instinktiv greife ich nach meinem Handy, um Julia anzurufen und ihr von diesem Irrtum zu erzählen. Und dann erinnere ich mich. Ich stehe auf der Straße, die Einkaufstaschen schwer in den Händen. Ich kann beinahe ihr sarkastisches Kichern hören: *Ich würde die Antidepressiva absetzen, Liv,* würde sie sagen. Oder: *Erde an Hausfrau: reiß dich zusammen.*

Jeden Tag gibt es etwas Neues, von dem ich ihr erzählen möchte: von dem Bild, das Zack von einem Auto malt, das – aus einem bestimmten Winkel betrachtet – auf bizarre Weise dem Auto ähnelt, das sie fuhr, von der Schauspielerin, die ich in irgendeinem Film sehe, die mich an eine alte, gemeinsame Freundin erinnert. Ich versuche, Will davon zu erzählen, doch die Erinnerungen sind nicht seine, und sowieso ist er mit der Arbeit beschäftigt und erschöpft, wenn er abends nach Hause kommt.

Und so sprechen wir beide immer weniger über Julia, obwohl ich sie immer mehr vermisse und immer wieder alle Möglichkeiten im Kopf herumwälze.

Keine Krankheit. Kein Selbstmord.

Nach und nach sickert ganz still die einzige andere Möglichkeit wie Gift in meinen Verstand ein und stellt alles Bisherige auf den Kopf.

Niemand nimmt aus Versehen Pentobarbital. Man bekommt es nicht einmal ohne Rezept, und Julias Krankenakten bestätigen, dass es ihr nie verschrieben wurde. Ihr Tod war kein Unfall, und er war nicht ihre Entscheidung.

Es bleibt also nur eine Erklärung: Jemand hat Julia umgebracht und es so aussehen lassen, als wäre es Selbstmord gewesen.

Kapitel 3

Will nimmt sich den Tag frei, um mit mir zur Beerdigung gehen zu können. Er findet, die Kinder sollten zu Hause bleiben. Was Zack angeht, stimme ich ihm zu. Zack wird mit Julias Tod auch weiterhin gut fertig und drückt all seine Gefühle in Form von Fragen aus: Was passiert, wenn man stirbt? Hört einfach nur das Herz auf zu schlagen? Wenn das Herz stehen bleibt, kann das Gehirn dann noch denken? Wo wird der Teil von Julia hingehen, der nicht ihr Körper ist? Ist es so, als würde man sich aufs Sofa legen und einschlafen? Wie hat es sich wohl angefühlt? Könnte es mir passieren? Könnte es dir und Daddy passieren?

Ich beantworte die Fragen, so gut ich kann, und versuche, einen Mittelweg zwischen Ehrlichkeit und Beruhigung zu finden. Manchmal werden Leute plötzlich krank, erkläre ich, aber normalerweise nur, wenn sie sehr alt und ihre Kinder erwachsen sind. Zack ist nicht auf den Gedanken gekommen, dass Julia sich das Leben genommen haben könnte – dass eine solche Möglichkeit überhaupt besteht. Ich glaube nicht, dass es ihm hilft, Julias Tod zu verstehen oder zu betrauern, wenn er zu ihrer Beerdigung mitkommt.

Bei Hannah liegt der Fall anders. Sie fragt geradeheraus, was die Polizei mir über Julias Tod gesagt hat. Ich versuche auszuweichen, doch Hannah lässt nicht locker, sodass ich schließlich nachgebe. Beim Anblick ihrer vor Entsetzen geweiteten Augen bereue ich meine Ehrlichkeit. Im Unterschied zu Zack weiß Hannah bereits, dass Selbstmord möglich ist. Aber sie versteht genauso wenig wie ich, warum Julia sich das Leben genommen haben könnte. Ich erkläre ihr, dass ich nicht an Selbstmord glaube, egal was alle anderen denken. Doch Hannah lässt sich davon beeinflussen, dass sämtliche Autoritätspersonen, einschließlich ihres Vaters, gegenteiliger Meinung sind. Sie weint in ihrem Zimmer, zieht mich in einem Moment an sich, um mich im nächsten wieder zurückzustoßen. Sie weigert sich zu reden. Will versucht es. Meine Mutter. Aber Hannah spricht nicht. Ich sehe den Schmerz in ihren Augen. Sie weiß, dass sie Julia sehr viel bedeutet hat, und stellt sich die Fragen, die auch ich mir stelle: Wie konnte Julia uns so einfach verlassen? Warum waren wir ihr nicht genug? Wie konnte sie uns dies antun?

Ich frage mich dies Tag für Tag und komme immer wieder zu demselben einfachen Schluss: Julia hätte sich *nie* umgebracht. Und sie hätte schon gar nicht zugelassen, dass meine Kinder sie finden. Sie wusste, dass wir kommen würden. Unser Sonntagslunch war an den Wochenenden, die Julia zu Hause verbrachte, eine feste Einrichtung. Und wir hatten unseren Besuch nur zwei Tage zuvor bestätigt.

Ich hatte sie angerufen, um zu fragen, wann wir kommen sollten. Sie klang fahrig, ja ungewöhnlich angespannt und beklommen. Auf meine Frage, ob es ihr gut gehe, hatte sie mir erklärt, dass alles bestens sei, ihre Arbeit sie nur sehr in Anspruch nehme. Dann hatte sie etwas Seltsames gesagt, hatte vage angedeutet, dass sie »einer Sache nachgehe«. Auch den neuen Mann in ihrem Leben hatte sie erwähnt, den Dunkelblonden. Hatte er irgendetwas mit dem zu tun, was sie recherchierte? Ich habe Schwierigkeiten, mich an den genauen Verlauf unseres Gesprächs zu erinnern.

Angenommen, sie hatte etwas über ihn herausgefunden ... etwas, was ihr nicht gefiel? Sie machte ein viel größeres Geheimnis um den wirklichen Namen des Dunkelblonden als normalerweise. Warum? War der Mann verheiratet? Und war Julia dahintergekommen? Dieser Gedanke kreist mir im Kopf herum. Es ist unwahrscheinlich, dass Julia eine Affäre hatte. In all den Jahren, die ich sie kannte, hatte sie kein einziges Mal mit einem verheirateten Mann geschlafen. Zumindest nicht wissentlich.

Ging es darum in ihrer SMS vom Samstagabend?

Bitte ruf mich an. Ich muss mit dir reden.

Das frisst mich auf!

Julia starb an einem Samstagabend. Warum war sie da nicht mit dem Dunkelblonden zusammen? Warum hat er sich seit ihrem Tod nicht gemeldet? Gab es einen Streit? Julia hätte sich nie und nimmer wegen eines Mannes das Leben genommen – *man behandelt sie am besten wie Haustiere, die Männer* –, hatte aber vielleicht herausgefunden, dass er verheiratet war, oder etwas anderes, was sie ebenso sehr verabscheute, und die Sache beendet. Der Dunkelblonde war vielleicht unangenehm geworden. Aber wieso gab es dann keinerlei Anzeichen für einen Kampf? Ich sehe wieder Julia vor mir, wie sie friedlich auf ihrem Sofa liegt. Und quäle mich mit dem Gedanken, wie sehr sie es gehasst hätte, in diesem Zustand gefunden zu werden – ihre Jogginghose verschmutzt, die Haare durcheinander.

Ich frage Hannah, ob sie mit zur Beerdigung kommen möchte, um sich von Julia zu verabschieden, doch sie schüttelt den Kopf.

»Da werden lauter Erwachsene sein, Mum. Ich möchte mich ganz allein von ihr verabschieden.«

Ich verspreche, mit ihr nach Bolt Head zu fahren, zu Julias Lieblingsplatz mit Blick aufs Meer. Julia hatte den Kindern erzählt, dass ihr der Ort wegen der Drachen gefalle, die dort so oft durch die Luft flögen. Mir hatte sie gebeichtet, dass sie dort auch mehrere gut aussehende, wohlhabende Männer getroffen und zu schnellem, wildem Sex mit nach Hause genommen habe. Hannah stimmt meinem Vorschlag zu, aber ich sehe, dass es nur ein schwacher Trost ist. Ich erkläre ihr, dass wir auf dem Kliff am Meer sitzen und diese unechten Gin Tonics trinken werden, die Julia immer für sie machte.

»Aber es wird nicht dasselbe sein.« Hannahs Stimme klingt schwach und verloren. Und natürlich hat sie recht.

Will ist verärgert, dass Hannah von dem Selbstmord weiß – er hätte die Sache lieber vor ihr geheim gehalten. Nachdem wir uns am Sonntag darüber gestritten haben, redet er einige Stunden lang kein Wort mit mir. Verletzt ziehe ich mich zurück. Die Stimmung bessert sich, als die Kinder im Bett sind. Wir plaudern über unsere Urlaubspläne im Spätsommer, während wir uns ein Essen vom Imbiss teilen. Das ist unsere Art, einen Streit beizulegen: Wir schieben Probleme zur Seite, statt uns ihnen zu stellen. Es hat mir immer gefallen, dass wir uns selten streiten, doch heute ist mir bewusst, dass unser Schweigen wieder einmal bedeutet, dass nichts wirklich gelöst wird.

Als wir uns am nächsten Morgen gerade für die Beerdigung zurechtmachen, ruft Mum aus Bath an. Sie hat Fieber und Halsschmerzen, ist aber fest entschlossen, trotzdem nach Exeter zur Trauerfeier zu kommen. Ich brauche eine

Weile, um es ihr auszureden. Mum mochte Julia sehr gern, so wie Julia immer eine Schwäche für sie hatte, auch für meinen Vater.

»Sie sind mein zweites Zuhause, Liv«, hatte sie einmal gesagt. »Du weißt gar nicht, welches Glück du hast.«

Schließlich bleiben also nur noch Will und ich übrig. In wohltuendem Schweigen fahren wir zum Krematorium. Ich gehe in Gedanken noch einmal die kurze Trauerrede durch, die ich auf Joanies Einladung hin halten werde. Nachdem sie mich von allen Vorbereitungen ausgeschlossen hat, werde ich wenigstens die Chance haben, über Julia zu sprechen, die Leute daran zu erinnern, wie sie wirklich war. Doch jetzt, wo der Moment näher rückt, lastet die Verantwortung schwer auf mir. Wir sind eine halbe Stunde zu früh, die Trauerfeier beginnt erst um elf, doch Julias Mutter und Bruder stehen bereits draußen, zusammen mit Wendy. Nach mehreren trockenen, sonnigen Wochen ist es heute feucht, der Himmel dunkel und wolkenverhangen.

Robbie entdeckt mich und lächelt. Er sieht seiner Schwester kein bisschen ähnlich, wirkt mit seinen Hängebacken und dem schütteren Haar viel älter als sechsunddreißig. Julia gefiel es, dass man sie oft für die jüngere Schwester gehalten hat, und sie zog ihren Zwillingsbruder gern damit auf, dass er vor der Zeit »alt« aussehe – Sticheleien, auf die Robbie immer ansprang.

Doch trotz der Tatsache, dass er die Haare im Nacken zu lang wachsen lässt, vermutlich um den Haarverlust am Kopf zu kompensieren, sieht Robbie jetzt besser aus als zu irgendeinem Zeitpunkt in seinen Zwanzigern. Auf jeden Fall viel besser als mit seiner Akne-Haut bei jenem viele Jahre zurückliegenden katastrophalen Date. Will behauptet, Robbie sei noch immer in mich verknallt. Er strahlt mich jetzt an und lässt seine Zigarette fallen, als Will und ich näher kommen.

Ich werfe einen kurzen Blick auf den am Boden liegenden glühenden Stummel. Auch Julia und ich haben früher geraucht. Ich kämpfte in dem Jahr, in dem ich Will heiratete, darum, mir das Rauchen abzugewöhnen. Julia rauchte fröhlich weiter bis zu ihrem dreiunddreißigsten Geburtstag, an dem sie aus Gründen, die sie nie wirklich erklärte, einfach beschloss, auf der Stelle aufzuhören. Soweit ich weiß, gab sie die Gewohnheit, zwanzig Zigaretten am Tag zu rauchen, problemlos auf – und verwandelte sich innerhalb einer Woche in eine strikte Nichtraucherin. Ich habe sie nie wieder mit einer Zigarette gesehen.

Joanie schneidet eine unglückliche Grimasse, als wir auf sie zukommen, doch Robbie beugt sich vor, küsst mich freundschaftlich auf die Wange und schüttelt dann Will die Hand. Wendy, eine Fitnesstrainerin mit hagerem Körper und dem dazu passenden Gesicht, blickt finster drein und wirkt in ihrem langen, eng anliegenden schwarzen Rock und der kastenförmigen grauen Jacke so unweiblich und streng wie immer. Das verkniffene Gesicht und der kinnlange, wasserstoffblonde Bob betonen noch den männlichen Stil ihrer Kleidung. Julia konnte sie nicht ausstehen. *Hitler mit einer blonden Perücke,* sagte sie immer mit einem boshaften Kichern.

»Wie geht's euch?«, fragt Robbie.

»Okay. Und ihr, wie kommt ihr damit klar?«

»Wir lassen uns nicht unterkriegen«, sagt Robbie.

Ich sehe Joanie an. Sie schüttelt den Kopf, weicht meinem Blick aus. Wendy tätschelt ihr den Arm. Ich trete von einem Fuß auf den anderen, fühle mich unbehaglich. Robbie öffnet den Mund, möchte offensichtlich gern mit uns plaudern, doch Will kommt ihm zuvor.

»Es tut uns so leid«, sagt er. »Wir sehen uns drinnen. Komm, Liv.«

Er nimmt meine Hand, und wir gehen hinüber zu Paul, Becky und Martha, die gerade angekommen sind und auf der anderen Seite des Parkplatzes stehen. Während der nächsten Viertelstunde füllt sich nach und nach der Platz vor dem Krematorium, hauptsächlich mit mir unbekannten Leuten. Ein paar vereinzelte Freunde und Kollegen von Julia kommen und unterhalten sich leise mit uns. Sie wirken betroffen und ernst.

Nach weiteren fünf Minuten gehen alle nach drinnen. Als wir im Mittelgang stehen, steuert Wendy, die auf dem Parkplatz kein Wort mit uns gewechselt hat, direkt auf uns zu.

»Livy.« Die knochigen Finger, mit denen sie meinen Arm umklammert, fühlen sich an wie Klauen. Die Menschen zu beiden Seiten von ihr weichen einen Schritt zurück. »Ich hätte es draußen schon sagen sollen. Herzlichen Dank, dass du gekommen bist.«

Was? Wut steigt in mir hoch. Ich spüre, dass Will erstarrt. Was bildet sich diese blöde Kuh bloß ein, mich zu Julias Begräbnis willkommen zu heißen? Nachdem sie und Julia sich zerstritten hatten, trafen die beiden sich nur drei- oder viermal, meistens bei den wenigen Familienfeiern, denen Julia nicht fernbleiben konnte.

»Hi, Wendy.« Ich zögere, deute dann auf die Menge. »Es ist schön, dass so viele Leute hier sind.«

»Familie.« Wendy schenkt mir ein schmallippiges Lächeln. »Julia hatte dreiunddreißig Cousins und Cousinen, weißt du.«

Ja, das wusste ich. Es war einer der vielen Unterschiede zwischen uns – Julia war ihrer riesigen Sippe entfremdet, während ich, nach Karas Tod ein Einzelkind, sehr engen Kontakt zu meinen Eltern hatte und zu meiner Mutter noch immer habe.

Wendy räuspert sich. »Sie sind natürlich alle hier, um Julias Mutter beizustehen.« Sie schüttelt den Kopf. »So egoistisch von Julia. Wirklich typisch, dass sie selbst im Tod noch Aufmerksamkeit erheischen will.«

Mir fällt die Kinnlade herunter.

»Ist das nicht ein wenig zu hart geurteilt?«, sagt Will einfühlsam. Ich spüre seine Hand auf meiner Schulter und empfinde große Dankbarkeit. »Wir wissen nicht, was mit Julia los war – warum sie …«

»*Falls* sie es getan hat«, korrigiere ich ihn.

Wendy schnieft verächtlich. »Vielleicht stand sie uns allen gar nicht so nahe, wie wir geglaubt haben.«

Der Seitenhieb gilt offensichtlich mir. Ich möchte Julia und mich verteidigen – möchte Wendy sagen, dass wir uns *alles* erzählt haben. Aber ich weiß, dass es nicht stimmt. Ich habe Julia im Stich gelassen. Habe sie nicht zurückgerufen. Ich wusste nicht, was sie auf dem Herzen hatte.

Ich war nicht da, als sie starb.

Die Musik setzt ein, und Wendy entfernt sich. Das Krematorium ist beinahe voll. In dem Versuch, die spitzen Bemerkungen von Julias Schwägerin zu verdrängen, drehe ich mich zu der Reihe hinter mir um und spreche mit ein paar von Julias Journalistenfreunden. Zumindest sie sind von Julias Tod aufrichtig betroffen. Die Modejournalistinnen tragen elegante schwarze Kleider mit glänzendem Weißgoldschmuck und Designerhandtaschen über dem Arm, die meisten anderen Sommermäntel und hochhackige

Sandalen. Viele von ihnen sehen verstört aus, doch alle sagen dasselbe.

Ich hatte keine Ahnung, dass sie depressiv und eine starke Trinkerin war. Wusstest du davon?

Das war sie nicht, möchte ich ihnen entgegenschleudern. Aber es hat keinen Sinn. Selbst diese zutiefst bestürzten Menschen glauben, dass Julia sich das Leben genommen hat. Ich bin die Einzige, die daran zweifelt.

Es ist eine große Erleichterung, als Paul, Becky und Martha auf den Sitzen neben uns Platz nehmen. Paul hat Julia durch mich kennengelernt, damals an der Uni. Die beiden haben sogar einmal miteinander geschlafen, doch keiner von ihnen war je daran interessiert, die Sache weiterzuführen, und ich bin mir nicht sicher, ob Becky überhaupt davon weiß. In der Zeit, in der Will und ich noch viel mit Paul und Becky unternahmen, war auch Julia oft dabei – doch diese gemeinsamen Treffen liegen nun schon eine ganze Weile zurück. Martha hingegen ist Julia nur wenige Male begegnet und ist, wie ich weiß, einfach hier, um mir Beistand zu leisten.

Die drei sind über Julias Tod so schockiert wie alle anderen.

»Ich wünschte, ich hätte sie besser gekannt«, sagt Becky leise. »Doch sie war immer recht verschlossen. Aber eine liebreizende Person. Voller Leben. Man wäre nie auf den Gedanken gekommen ...«

Ich beiße mir auf die Lippe.

Paul legt die Stirn in Falten. »Es tut mir so leid, Liv. Das muss sehr schwer für dich sein.«

Ich lächle ihn dankbar an. Er seufzt.

»Leo wäre auch gern gekommen, das weißt du doch, oder?«, sagt Martha.

Paul nickt. »Stimmt, aber das lässt sich schwer einrichten, wenn weder Will noch ich in der Firma sind. Er lässt jedoch herzlich grüßen.«

»Unbedingt!«, bestätigt Martha.

»Das ist sehr freundlich von ihm.« Ich höre nicht wirklich zu. Es ist nett von Leo, dass er überhaupt an Julias Begräbnis denkt. Schließlich ist er ihr so wie Martha nur ein paarmal begegnet. Und es ist schön, dass Martha, Paul und Becky sich die Zeit genommen haben zu kommen. Dennoch: Welche Rolle spielt es, wer zu dieser Beerdigung auftaucht, wenn Julias Andenken auf so unangemessene Weise Rechnung getragen wird?

Wendy, Robbie und Joanie tauchen aus dem Warteraum auf und nehmen ihre Plätze vorn im Krematorium ein. Die ersten beiden Reihen sind reserviert für die Familie. Bei dem Anblick ist mir zum Heulen zumute, auch wenn ich mir sage, dass es kleinkariert ist, dies wichtig zu nehmen.

Was zählt, ist Julia. Und doch bricht es mir das Herz, dass ich zur Seite geschoben werde, nur weil ich nicht zur Familie gehöre. »Ich bin so froh, dass Hannah nicht hier ist«, flüstere ich Will ins Ohr. »Sie wäre am Boden zerstört.«

Er nickt.

Alle nehmen jetzt ihre Plätze ein. Ich sitze zum Gang hin, damit ich ungehindert aufstehen und nach vorne gehen kann, um meine Trauerrede zu halten, und ich werde langsam ein wenig nervös. Aber wenigstens hat man mich mit einbezogen. Mein Name steht auf dem Programm, gegen Ende, nachdem Wendy ein Gedicht vorgetragen und Robbie ein paar Worte über das Leben seiner Schwester gesagt hat. Ich kann mir Julias Urteil vorstellen – *dieser hin-*

terhältige Mistkerl wusste *nichts über mich*. Doch dann bin ich an der Reihe, um die Lücken zu füllen.

Während der Trauerfeier werden zwei Musikstücke zu hören sein – ein Lied von einem dieser italienischen Pop-Classic-Tenöre, das Julia gehasst hätte, und zum Schluss »Air auf der G-Saite«. Wunderschön, aber kein Stück, das Julia sich meines Wissens je angehört hat. Gerade als ich darüber nachdenke, geht Joanie an mir vorbei. Sie stützt sich schwer auf Robbies Arm, das Gesicht blass und verschlossen. Ich seufze, fühle mich schuldig. Vielleicht bedeutet das »Air auf der G-Saite« ihnen etwas. *Die einzige G-Saite in meinem Leben wird im Bett bespielt, Süße.* Ich kann Julias ironischen schleppenden Tonfall beinahe hören, als das Stimmengewirr im Krematorium verstummt und Joanie, Robbie und Wendy in der vordersten Reihe ihre Plätze einnehmen. Und dann wird der Sarg hereingebracht. Bei seinem Anblick stockt mir der Atem – der Gedanke, dass darin Julias Leichnam liegt, ist zugleich surreal und grauenhaft.

Ein Mitarbeiter des Krematoriums leitet die Trauerfeier und bedeutet Wendy zu beginnen. Ich muss zugeben, dass sie das Gedicht gut vorträgt. Ihre raue Stimme ist deutlich im Raum zu hören. Nach dem Lied des italienischen Tenors ist hier und da ein Schniefen zu vernehmen. Dann erhebt Robbie sich. Er blickt finster drein, während er spricht. Zuerst glaube ich, dass seine Trauer ihn befangen macht, doch dann wird mir klar, dass er verbittert ist. Nicht was er sagt – lauter nichtssagendes Zeugs darüber, wie erfolgreich Julia als freiberufliche Journalistin war –, sondern sein Tonfall zeigt es mir: Er ist wütend auf sie. Wendys Worte kommen mir wieder in den Sinn.

So egoistisch von Julia! Wirklich typisch, dass sie sogar noch im Tod Aufmerksamkeit erheischen will.

Robbie vermittelt mit jedem Adjektiv dieses Gefühl von Wut. Ich kann es nicht glauben. Er erzählt keine Anekdoten, nichts von Julias Wärme oder Großzügigkeit. Er spricht weniger als drei Minuten, skizziert Julias Karriere und zieht in abfälligem Ton eine Verbindung zwischen ihren vielen Reisen und ihrer Abneigung, sich dauerhaft zu binden. Als er sich wieder setzt, kommt es mir so vor, als bestehe für niemanden ein Zweifel an Julias Selbstmord, auch wenn Robbie ihn nicht erwähnt hat.

Der Mitarbeiter des Krematoriums ruft meinen Namen auf. Die Verantwortung, Julias Andenken gerecht zu werden, lastet schwer auf meinen Schultern. Mir zittern die Knie, als ich nach vorn gehe und meinen Platz neben dem Sarg einnehme.

Ich betrachte die Gesichter vor mir. Einige der Anwesenden weinen. Sie denken alle, Julia habe sich umgebracht, und irgendwie muss ich ihnen deutlich machen, dass das nicht stimmt.

Ich hole tief Luft und richte den Blick fest auf Will. Er lächelt mir ermutigend zu. Ich habe mir aufgeschrieben, was ich sagen möchte. Das Papier zittert in meiner Hand. Doch jetzt, wo ich hier stehe, scheint das Niedergeschriebene nicht mehr das auszudrücken, was zu sagen mir wichtig ist, sodass ich mich einfach von meinen Gefühlen leiten lasse.

»Es ist schwer zu glauben, dass Julia, die so sehr Teil unseres Lebens war, nicht mehr da ist«, beginne ich. »Wir sagen manchmal, dass jemand voller Leben und Energie ist, und genau das traf auf Julia zu. Sie war der lustigste Mensch, dem ich je begegnet bin.« Ich halte inne. Eigentlich wollte ich eine Geschichte erzählen, doch jetzt, wo ich hier vor allen stehe, lasse ich es lieber. »Manchmal brachte ihr Witz Julia in Schwierigkeiten, aber sie hasste Gemeinheit ebenso sehr wie Unpünktlichkeit.« Ein paar Leute nicken. Julias Ungeduld in Bezug auf Unpünktlichkeit war bekannt – sie brach einmal ein Interview mit einem Topdesigner ab, weil er sie warten ließ, während er einen Anruf entgegennahm. »Ja – Julia hatte feste Überzeugungen.« Ich zögere. Es ist nicht das, was ich sagen will. »Was ich meine, ist: Julia war meine beste Freundin. Wir redeten. Die ganze Zeit. Sie hat mir alles erzählt.« Meine Stimme überschlägt sich. »Sie wollte an dem Abend, an dem sie starb, mit mir reden, aber ich war nicht da …« Ich lasse den Blick durchs Krematorium schweifen. Fast alle sehen mich an. In den meisten Gesichtern lese ich Trauer und Mitgefühl. Ich schaue zu Becky hin. Sie lächelt mir zu. Paul drückt ihr die Hand und lächelt ebenfalls. Martha wischt sich eine Träne weg und nickt ermutigend. »Was ich zu sagen versuche«, fahre ich fort, »ist, dass Julia großzügig war – ob es um ihre Zeit, ihr Geld oder ihre Liebe ging. Sie war aufbrausend und bissig und duldete keine Dummköpfe, aber sie war auch verständnisvoll und liebenswürdig und *lustig*. Ich kannte Julia seit dem College, seit sie achtzehn war, und sie strotzte immer vor Energie. Natürlich hatte sie ihre schlechten Tage, aber sie war so voller Lebensfreude. Ihre Arbeit als Journalistin, ihre Kleider und Handtaschen – sie liebte all das … Und ihr Zuhause, ihre Wohnung. Vor allem aber war sie ihren Freunden gegenüber loyal. Wir redeten darüber, gemeinsam älter zu werden. Dass wir, wenn wir irgendwann allein wären, zusammen in einer Wohnung mit ein paar stinkenden Katzen leben würden. Und sie betete meine Kinder an …« Wieder überschlägt sich meine Stimme, und dieses Mal spüre ich, dass mir die Tränen kommen. »Es ist einfach nicht möglich, dass sie … dass sie das getan hat, was alle denken … Es muss … es muss etwas anderes gewesen sein …« Mir versagt die Stimme. Ich kann die Worte nicht aussprechen. Die Menschen im Krematorium verschwimmen vor meinen Augen. Die meisten sehen einander besorgt an. Peinlich berührt.

Und dann steht Will neben mir. Meine Knie geben nach, und ich stütze mich auf ihn und lasse mich zurück zu meinem Sitz führen. Im Krematorium ist es ganz still. Als ich an der vordersten Reihe vorbeigehe, erhasche ich einen Blick von Wendy, Joanie und Robbie. Sie beobachten mich voller Mitleid – und in Wendys Fall voller Verachtung.

Ein tiefer Schmerz nimmt von mir Besitz. Ich habe niemanden überzeugt. Wenn Julia hier wäre und die Situation umgekehrt, hätte sie die Worte gefunden, um der Welt zu sagen, dass ich mir nie das Leben hätte nehmen können. Mir hingegen ist es nicht gelungen, irgendjemanden dazu zu bringen, die Wahrheit zu erkennen. Ich habe Julia enttäuscht. Tränen strömen mir übers Gesicht. Die Menschen, an denen wir vorbeigehen, wenden das Gesicht ab, um nicht mit ansehen zu müssen, wie sehr ich leide. Will bleibt stehen, als wir unsere Sitze erreichen. Ich schaue kurz zum hinteren Ende des Krematoriums. Hinter der letzten Sitzreihe stehen Menschen dicht gedrängt zu beiden Seiten des Eingangs. Alle beobachten mich, weichen jedoch meinem Blick aus.

Alle, außer einem. Er ist groß und wirkt attraktiv in seinem dunklen Anzug. Noch bevor ich das verräterische wirre blonde Haar sehe und erkenne, dass er eindeutig ein paar Jahre jünger ist als die meisten anderen Gäste, weiß ich instinktiv, dass dies Julias Dunkelblonder ist.

Unsere Blicke verfangen sich. Seine Augen brennen vor

Wut. Sein ganzer Körper strahlt Wut aus. Während ich ihn unverwandt anstarre, reißt er den Blick von mir los und verlässt das Krematorium. Will drückt mich auf meinen Sitz. Mein Gesicht glüht vor Verlegenheit. Will scheint den Mann nicht bemerkt zu haben. Er beugt sich zu mir, seine Hand auf meiner, und flüstert mir ins Ohr:

»Alles in Ordnung mit dir, Livy?«

Ich nicke, wische mir über die Augen. Der Mitarbeiter des Krematoriums gibt uns kurz die Gelegenheit, still zu beten oder über unsere Zeit mit Julia nachzudenken. Dann setzt das »Air auf einer G-Saite« ein und die Vorhänge vor dem Sarg schließen sich. Ich schaue mich noch einmal um, doch der blonde junge Mann ist verschwunden.

Bevor ich mich versehe, ist die Trauerfeier vorbei, und alle verlassen das Krematorium. Will legt mir den Arm um die Schulter und führt mich nach draußen. Die Luft ist kühler als zuvor, die Sonne kämpft darum, hinter den Wolken aufzutauchen.

Julias Familie geht mir aus dem Weg, doch mehrere Leute kommen zu uns herüber: Freunde und Kollegen von Julia und ihre beiden Exfreunde. Martha, Paul und Becky sind besonders liebevoll. Sie bekunden ihr Mitgefühl, umarmen mich und versichern mir, dass ich Julia in keinster Weise enttäuscht habe. Ich hasse es, dass meine Trauerrede so bei ihnen angekommen ist – als Bitte um Vergebung. Keiner der Trauergäste zieht die Möglichkeit in Betracht, dass ich in Bezug auf Julias Tod recht haben könnte. Ich frage ein paar von ihnen, ob sie wissen, wie der blonde Typ heißt, der ganz hinten im Krematorium stand, doch niemand kennt ihn. Dieser wütende Blick, mit dem er mich bedachte, bleibt mir im Gedächtnis haften, jagt mir bange Schauder über den Rücken.

Was hat ihn so wütend gemacht? Weiß er etwas über Julias Tod?

Ich versuche, Will meinen Verdacht zu erklären, doch er hört mir nicht zu. Er denkt, dass ich mich in Bezug auf Julia irre – dass Schuldgefühle und Trauer meine Wahrnehmung trüben. Und er weist mich darauf hin, dass die Sache mit dem Dunkelblonden reine Vermutung sei. »In deinem Zustand kannst du dir den wütenden Blick leicht eingebildet haben.«

»Ich habe ihn mir nicht eingebildet.«

»Okay, aber wenn er wirklich etwas mit Julia zu tun hatte, warum hat er sich dann niemandem vorgestellt, Liv?«, fragt Will nicht zu Unrecht.

Ich habe keine Antwort. Ich schaue mich um, als die Menge sich zerstreut und die Menschen sich zu dem Hotel aufmachen, in dem Joanie eine kleine Nachfeier organisiert hat. Von dem Dunkelblonden keine Spur.

Will und ich nehmen ein paar von Julias Journalistenfreunden in unserem Wagen mit. Wir machen Small Talk, bei dem Julia nur flüchtig erwähnt wird. Schon paradox, dass jemand mit einer so starken Persönlichkeit so wenig Einfluss auf seine eigene Beerdigung hat. Ich fühle mich niedergedrückt und allein mit meinem Schmerz. Dieses Gefühl hält auch in dem nichtssagenden Hotel an: beige und modern, die Art von Ort, die Julia gehasst hätte. Es gibt ein paar Gratisflaschen Wein, die schnell geleert sind, und dann nur noch Tee und Kaffee – und die Bar, an der man bezahlen muss. Es ist warm im Raum. Schon bald haben alle Männer ihr Jackett ausgezogen. Dies verstärkt noch die informelle heitere Atmosphäre. Die meisten von Julias Journalistenfreunden sind verschwunden. In einer Ecke sehe ich ein paar Mädchen, die ich von der Uni her kenne, aber sie sind in eine Unterhaltung vertieft und beachten mich nicht.

Paul und Becky sind so fürsorglich, dass ich fast wieder zu weinen beginne. Wie sich herausstellt, ist Beckys Schuljahr gerade zu Ende gegangen – die Privatschulen hören immer vor den staatlichen Schulen auf –, sie wird am nächsten Tag nach Spanien fliegen. Ich bestehe darauf, dass sie und Paul nach Hause fahren, damit sie packen kann und die beiden einen letzten Abend zusammen verbringen können. Nach einigem Zögern brechen sie auf und nehmen Martha mit.

Zum ersten Mal seit dem Ende der Trauerfeier bin ich nun allein und sehe mich im Raum um. Will unterhält sich am Fenster mit Wendy und Robbie. Nach ihren mitleidigen Blicken im Krematorium und Wendys Worten über Julias Egoismus kann ich mich nicht dazu durchringen, mich zu ihnen zu gesellen. Während ich hinüberschaue, klingelt Wills Handy – der Klingelton, den Hannah für ihn heruntergeladen hat, tönt aus der Tasche seines Jacketts, das er über den Stuhl neben mir gehängt hat. Ich blicke zu Will hinüber. Er ist ins Gespräch vertieft und hat sein Handy nicht gehört. Es läutet noch immer, und ich fische es aus seiner Jacketttasche.

Es ist Leo.

»Hi«, sage ich.

»Livy? Oh, sorry. Es tut mir leid, dass ich euch bei der Beerdigung störe.« Leo klingt nicht so, als würde er die Entschuldigung ernst meinen. Sein Ton ist selbstgefällig und allzu aufdringlich, so wie neulich seine Hand auf meinem Arm.

Ich räuspere mich. »Kein Problem, sie ist fast vorbei.« Und tatsächlich, der Raum leert sich schnell.

»Schrecklich, die Sache mit Julia. Ich bin ihr natürlich nur ein paarmal begegnet, aber sie war so voller Leben.«

Ich seufze. Leo ist nicht dumm, aber er greift zu denselben unangemessenen Plattitüden wie der Rest von uns.

»Wie, äh, wie war die Beerdigung?«

»In Ordnung.« Ich bin den Tränen nahe. »Um ehrlich zu sein, sie war überhaupt nicht in Ordnung.«

»Ich weiß.« Leos Stimme klingt mit einem Mal mitfühlend. »Ich bin froh, dass Martha und Paul da waren, um ihr auch in meinem Namen die letzte Ehre zu erweisen.« Dieses Mal scheint er es ehrlich zu meinen.

»Danke.« Ich schniefe. »Entschuldigung. Wolltest du Will sprechen?«

»Ich fürchte, ja. Es geht um einen der französischen Kunden. Ist er in der Nähe?«

Ich gehe zu Will und reiche ihm das Handy. Aber mir ist nicht danach, mit Robbie und Wendy zu plaudern, also entschuldige ich mich und steuere auf die Toilette zu. Während ich den Raum durchquere, halte ich Ausschau nach dem Dunkelblonden. Aber er ist nicht da und wird wohl auch nicht mehr kommen.

Die Angst, die mich vorhin erfasst hat, nistet sich als Knoten in meiner Brust ein.

Der Dunkelblonde weiß etwas darüber, wie Julia wirklich gestorben ist, da bin ich mir jetzt sicher.

Und das macht mir noch mehr Angst.

Georgina

Und Gott sprach: Das ist das Zeichen des Bundes, den ich stifte zwischen mir und euch.

GENESIS, 9,12

Das wird Ihnen gefallen.

Bevor ich Die Eine traf, gab es Georgina. Sie war unsere Babysitterin, als ich etwa zwölf war – und natürlich fand, dass ich zu alt sei, um einen Babysitter zu brauchen. Ich duldete Georgina, weil sie hübsch war, oder mir damals hübsch vorkam.

Es war Sommer – und meine Mutter gab eine Party, um unseren Umzug in ein neues Haus in der Gegend zu feiern. Natürlich war mein Vater nicht da, dafür aber Georgina. Ich erinnere mich, dass sie mit einem gewagt kurzen Rock bei der Party auftauchte. Sie hatte die Haare zu Zöpfen geflochten und die vollen roten Lippen knallrot geschminkt, was ihr zumindest einen Anflug von Erwachsensein verlieh. Die meisten Männer bei der Party – die Ehemänner der Freundinnen meiner Mutter – konnten den Blick nicht von ihr wenden. Doch Georgina war mein *Besitz. Es kam mir gar nicht in den Sinn, dass sie acht Jahre älter war als ich – ganz zu schweigen fast dreizehn Zentimeter größer. Ich war noch nie geküsst worden und beschloss in diesem Moment, dass ich von Georgina geküsst werden wollte und mir dabei nichts im Weg stehen würde.*

Es war warm, ein Sommernachmittag wie aus dem Bilderbuch mit blauem Himmel und einer angenehmen Brise. Die Erwachsenen standen im Garten, tranken Wein und Bier, rauchten und plauderten. Es war alles sehr langweilig und spießig. Georgina selbst, das kleine Flittchen, flirtete heftig und genoss die Aufmerksamkeit all dieser älteren Männer. Ich sagte ihr, ich müsse hinter dem Haus mit ihr reden. Widerstrebend folgte sie mir.

Wir standen zwischen der rauen Backsteinmauer der Küche und den hellblauen Wistarien, die an dem wackligen Holzzaun rankten, der unser Haus von dem der Nachbarn trennte.

»Was gibt's?«, fragte Georgina ungeduldig.

»Küss mich«, sagte ich und blickte zu ihr auf. Das Sonnenlicht fing die feinen Härchen auf ihrer Oberlippe ein und ließ ihre langen blonden Zöpfe glitzern wie Gold.

Georgina lachte. »Bitte schön.« Sie beugte sich vor und küsste mich flüchtig auf die Wange. »Bis dann, Kleiner.« Sie wandte sich ab und hatte eindeutig vor, zur Party zurückzukehren.

Ich war empört. Dies war nicht der Kuss, den ich erwartet hatte. Ich packte sie am Handgelenk, quetschte ihre Haut, als sie versuchte, den Arm wegzuziehen.

»Hör auf«, fauchte sie mich an.

»Nein.« Ich starrte sie voller Selbstvertrauen an. »Küss mich! Oder ich erzähle Mum, dass du ihre Halskette gestohlen hast.«

»Wovon redest du?« Georgina runzelte die Stirn. »Welche Halskette?«

Der fragliche Gegenstand – ein Erbe meiner verstorbenen Großmutter – befand sich tatsächlich in meiner Hosentasche. Ich hatte die Kette einfach selbst genommen – die Party war eine gute Gelegenheit – und freute mich darauf, sie zu verkaufen, wenn ich das nächste Mal im Stadtzentrum war, wo mich niemand ausfragen würde und ich anonym bleiben konnte. Ich kann mich jetzt nicht mehr erinnern, was ich mir von dem Geld kaufen wollte, aber es war nicht das erste oder das letzte Mal, dass ich meiner Familie oder meinen Freunden kleine Gegenstände stahl. Obwohl die Objekte ausnahmslos vermisst wurden, wurde ich seltsamerweise nie verdächtigt. Schon damals habe ich die Spuren zu gut verwischt.

Georgina runzelte noch immer die Stirn. Ich wiederholte meine Drohung.

»Das wirst du deiner Mum nicht erzählen«, sagte sie, doch in ihrer Stimme war eine leichte Unsicherheit zu hören.

Ich quetschte die Haut an ihrem Handgelenk, stärker als zuvor. »Ich schwöre, ich tu's.«

Sie zögerte. »Dann tu's doch, du mieser kleiner Widerling, aber sie wird dir nicht glauben.«

Ich ließ sie los, und sie ging davon, zurück zur Party. Verachtung erfüllte mich. Wie konnte sie an mir zweifeln?

Wenige Minuten später schlich ich mich an meine Mutter heran und informierte sie, dass ich gerade gesehen hätte, wie Georgina die Kette aus dem Schmuckkästchen in ihrem Schlafzimmer entwendet habe. Mum nahm Georgina mit in die Küche. Georgina leugnete alles. Ihr Versuch, meine Anschuldigung als falsch zurückzuweisen, ging jedoch daneben, denn Mum verlangte, ihre Taschen zu sehen, in die ich, als ich Georgina gedroht hatte, natürlich die Kette hatte gleiten lassen.

Mum war schockiert und aufgebracht. Ebenso Georgina, verständlicherweise. Ich sah ihnen von der Küchentür zu und genoss das Spektakel.

Während Georgina das Haus verließ, drohte Mum ihr, dass sie sofort nach der Party ihren Vater anrufen und ihm erzählen würde, was sie gestohlen habe. Das war eine üble Drohung, denn jeder wusste, dass Georginas Vater ein Säufer und Tyrann war. Ich holte Georgina auf halber Strecke ein und versicherte ihr, dass ich Mum erzählen würde, das Ganze sei ein Streich gewesen, wenn sie mich doch noch küssen würde.

Wütend erklärte Georgina sich einverstanden. Sie zog mich hinter den nächsten Fliederbusch und begann, mich zu küssen. Richtig. Mit der Zunge und allem. So etwas hatte ich noch nie erlebt. Als sie nach etwa zehn Sekunden aufhörte, stand ich in Flammen.

»Okay?«, fauchte sie.

Ich deutete auf ihre Brüste. »Zeig sie mir«, forderte ich.

Georgina protestierte.

»Oder meine Mum erzählt es deinem Dad.«

Georgina zögerte, knöpfte dann ihre Bluse auf. Ihre Wut war ein wenig verraucht. Sie war jetzt rot im Gesicht und ihre Hände zitterten. Einer der kleinen Plastikknöpfe sprang ab. Ich hob ihn auf, schaute mir Georginas Brüste genau an und forderte sie dann auf, ihren Rock zu heben.

Wieder zögerte sie, bevor sie ihn hochzog. Ich starrte auf ihre dünnen Oberschenkel, auf das Dreieck aus blauer Baumwolle.

»Runter damit«, befahl ich.

Sie zog den Slip ein Stück weit nach unten und wendete das Gesicht ab. Ich nahm mir Zeit, zu begutachten, was sie enthüllt hatte, und genoss ihre Scham so sehr wie ihren Körper. Nach einer Weile sagte ich ihr, sie könne gehen. Während sie ihre Kleidung wieder richtete, sah sie mir direkt in die Augen.

»Du wirst deiner Mum also sagen, dass die Sache mit der Halskette ein Scherz war, ja?«

Ich drehte mich um und ging davon, rieb den Plastikknopf von ihrer Bluse zwischen den Fingern.

»Bitte«, rief sie mir nach.

Ein Lächeln schlich sich auf meine Lippen.

Ich ging zurück zur Party. Niemand hatte meine kurze Abwesenheit bemerkt. Ich hatte an jenem Tag zweifellos eine finanzielle Einbuße hinnehmen müssen, aber etwas weitaus Kostbareres gewonnen.

Erzählte ich meiner Mutter die Wahrheit?

Was denken Sie?

Wenige Stunden später führte Mum ihr Telefonat, und ein paar Tage später sah ich Georgina auf der Straße mit einem blauen Auge. In der Woche darauf bekamen wir eine neue Babysitterin namens Kim.

Kapitel 4

Auf dem Rückweg setzt Will mich zu Hause ab und fährt dann weiter ins Büro, um sich um den französischen Kunden zu kümmern, von dem Leo gesprochen hat. Er wirkt zerstreut, als er sich verabschiedet, und mir schießt der Gedanke durch den Kopf, dass er vielleicht gleich mit Catrina sprechen wird, die ja in Leos Pariser Unternehmen arbeitet. Die alten Ängste flackern wieder auf. Könnte das Wiedersehen mit ihr erneut sein Verlangen entfacht haben?

Nein, das ist lächerlich. Nichts an Wills Verhalten rechtfertigt diesen Gedanken. Sei nicht albern, sage ich mir, während ich die Waschmaschine anstelle.

Mum ruft an, als ich gerade die nasse Wäsche aufhänge. Sie klingt fürchterlich, völlig heiser und verschnupft. Sie wiederholt immer wieder, wie leid es ihr tut, dass sie nicht zur Beerdigung kommen und mich unterstützen konnte. Ihr Tonfall verrät mir, dass sie die Nase darüber rümpft, dass Will heute Nachmittag wieder ins Büro gefahren ist. Sofort fange ich an, ihn zu verteidigen.

»Leo war wirklich sehr nett, aber Will hat einen zu verantwortungsvollen Posten, um sich den ganzen Tag freinehmen zu können. Du weißt doch, dass er nicht mehr nur Planungsleiter, sondern auch stellvertretender Geschäftsführer ist.«

Mum verfällt in Schweigen. Ich frage mich, ob sie an die Beerdigung meiner Schwester vor achtzehn Jahren zurückdenkt. Sie war so anders als Julias, dass ich nicht an sie gedacht hatte, doch jetzt nehmen mich die Erinnerungen daran gefangen. Während Joanie sich gemäß Julias angeblichem Abschiedsbrief für ein nichtkonfessionelles Krematorium entschieden und darum gebeten hatte, keine Blumen mitzubringen, war die Kirche in der Nähe von Mum und Dad das reinste Blütenmeer. In einer schrecklichen Parodie auf eine Hochzeit füllten Blumen die Seitenschiffe mit süßem Duft – nicht nur die Maiglöckchen und Rosen, mit denen die Kirche geschmückt war, sondern die unzähligen Blumensträuße, die Freunde und Nachbarn, die uns beistehen wollten, innerhalb und außerhalb der Kirche niedergelegt hatten. Auch die Presse war dort.

Ich glaube, Karas Tod berührte viele Menschen. Mädchen in ihrem Alter und deren Freunde standen da mit roten Augen, weinten und hielten einander umklammert. Und auch die Eltern: die Eltern ihrer Freunde und die Freunde meiner Eltern. Sie sprachen mit Mum und Dad, Entsetzen in den Augen.

»Einfach unbegreiflich.«

»Ein so reizendes Mädchen.«

»Der schlimmste Albtraum.«

Dad blockte sie alle mit dem für ihn typischen Feingefühl ab. Ich bin mir nicht sicher, ob Mum sie überhaupt hörte. Sie stand an seiner Seite, nickte und murmelte, doch ihre Augen waren tot. Ich wusste, dass meine Eltern litten, hatte jedoch, erfüllt von meiner eigenen Trauer und noch ohne eigene Kinder, keine Vorstellung von der Tiefe ihres Schmerzes. Ich bin mir nicht sicher, ob ich diesen Schmerz jetzt wirklich nachempfinden kann. Vielleicht will ich es auch gar nicht.

Mum bekommt einen Hustenanfall und erkundigt sich dann nach dem Wetter bei uns.

»Mild«, sage ich. »Ein bisschen stickig, aber okay.«

Wir verstummen beide. Es ist schon seltsam, denn man sollte meinen, Karas und dann Dads Tod hätten uns zusammengeschweißt, doch jeder Todesfall scheint uns nur noch deutlicher zu zeigen, wie unterschiedlich wir sind. Kara war Mums Liebling. Ihr Baby. Während ich die mustergültige ältere Schwester war, die sich in der Schule ins Zeug legte, in allen Fächern hart arbeitete und gewissenhaft jeden Abend Klavier übte, hüpfte und träumte Kara sich durch ihre Kindheit. Sie saß nur selten mehr als ein paar Minuten lang still, konnte sich jedoch hervorragend konzentrieren und hatte ein phänomenales Gedächtnis. Mühelos bekam sie bessere Noten als ich, obwohl sie nur wenig dafür zu tun schien. Sie war auch eine begabte Künstlerin und verbrachte einen Großteil ihrer Freizeit damit, Skizzen von Schauspielern und Popidolen zu zeichnen, für die sie schwärmte.

Kara und Julia waren beide atemberaubend attraktiv, doch abgesehen von ihrer blassen Haut sowohl in Bezug auf ihr Aussehen als auch ihre Persönlichkeit völlig gegensätzlich. Mum hatte einmal gemeint, dass es so sei, als hätten ein Schmetterling und ein Tiger beschlossen, Freunde zu werden. Doch sie mochte Julia. Ich glaube, meine Eltern hofften, dass Julias Gewieftheit die naive, sanfte Kara vor der großen, bösen Welt schützen würde, als sie von zu Hause weg und aufs College ging. Ich stand immer Dad näher, der für mich mit seiner ruhigen, zuverlässigen Art das Rückgrat der Familie verkörperte. Er war es, an den ich mich wandte, wenn ich Trost und Rat brauchte.

Ich verabschiede mich von Mum und wandere rastlos im Haus umher. Plötzlich habe ich wieder das wütende Gesicht des blonden Mannes im Krematorium vor Augen.

Eine starke Dosis Pentobarbital, ein Abschiedsbrief und die Tatsache, dass in Julias Wohnung nicht eingebrochen wurde, mochten für Selbstmord sprechen, doch der wütende Gesichtsausdruck des Dunkelblonden sprach eindeutig dagegen. Ich denke wieder an Julias Nachricht.

Bitte ruf mich an. Ich muss mit dir reden.

Angenommen, sie und der Dunkelblonde hatten sich an jenem Samstag gestritten? Meine Theorie, dass er verheiratet ist und Julia es herausfand, ist nicht das einzig mögliche Szenario. Julia hatte viele Freunde und war selten nur mit einem Mann zusammen. Die Beziehungen zu den wenigen Exfreunden, die ich im Laufe der Jahre kennenlernte, hatten nie länger als drei oder vier Monate gehalten. Sie hatte mir von dem Dunkelblonden erst vor ein paar Wochen erzählt und schien nicht geneigt zu sein, ihn mir vorzustellen. Vielleicht störte es ihn, auf Abstand gehalten zu werden. Viele ihrer früheren Lover hatte es gestört.

Falls sie sich gestritten hatten und Julia nach Hause geeilt war, um den Abend allein zu verbringen, dann würde das nicht nur ihre Nachricht erklären, sondern auch die Tatsache, dass sie sich ein paar Drinks genehmigt hatte. Aber was, wenn der Dunkelblonde später am Abend bei ihr aufgetaucht war? Julia hätte ihn vielleicht in der Hoffnung, dass ein weiteres Gespräch die Beziehung wieder kitten könnte, hereingelassen – was die fehlenden Einbruchspuren erklären würde. Julia war etwa eins achtundsechzig groß und schlank, der Dunkelblonde hingegen groß und muskulös, wie sie mir erzählt hatte. Und in der Tat war der Mann, den ich bei der Beerdigung gesehen hatte, über eins achtzig. Ich hatte mich gewundert, dass es keine Anzeichen für einen Kampf gab, doch wie schwer wäre es für einen so starken, jungen Mann gewesen, sie dazu zu zwingen, das Pentobarbital zu nehmen? Oder hatte er das Medikament einfach in ihren Jack Daniel's gemixt?

Ich schaue wieder auf die Uhr. Auf dem Weg zu Zacks Schule bei Julias Wohnung vorbeizuschauen, ist nur ein kleiner Umweg. Normalerweise hole ich Zack zu Fuß ab, doch wenn ich fahre, bleibt mir mindestens eine Dreiviertelstunde, um vielleicht irgendetwas zu finden, was die Polizei übersehen hat.

Ich schnappe mir meine Schlüssel und mache mich auf den Weg.

Die Luft fühlt sich feucht und schwer an, als ich aus meinem Mini steige. Das Auto habe ich mir auf Julias Vorschlag hin gekauft, trotz Wills Widerstand. Will fand den Mini zu klein als Familienkutsche – sein eigener Rover ist ein Dienstwagen von Harbury Media – und wollte, dass ich mir einen Kombi anschaffe, um die Kinder in der Stadt herumzukutschieren. Als ich die glänzende, scharlachrote Tür des Minis schließe, erinnere ich mich daran, wie Julia ihn bewunderte. »Was für eine Ikone, Livy«, hatte sie geschwärmt.

Hatte ich das Auto gekauft, weil ich wusste, dass sie beeindruckt sein würde? Oder weil ich in gewisser Weise nach Julias eigenem saloppem Lebensstil strebte? Wie dem auch sei – und ich gebe es nur ungern zu: Will hatte recht, dass das Auto zu klein für eine Familie ist.

Meine Hand zittert, als ich vor Julias Haus stehe und den Schlüssel ins Schloss stecke. Als ich das letzte Mal hier war, hatte ich keine Ahnung, dass ich Julia tot auffinden würde. Jetzt ist das Bild ihres auf dem Sofa liegenden Leichnams fest in mein Gedächtnis eingebrannt. *Er ist jetzt nicht da*, sage ich mir. *Ihr Leichnam ist weg. Verbrannt.* Als ich die Tür öffne, frage ich mich zum ersten Mal, was Joanie mit der Asche vorhat. Bis jetzt hat niemand davon gesprochen, zumindest nicht in meiner Gegenwart. Und wenn ich es mir recht überlege, hat auch niemand ein Testament erwähnt. Es würde Julia gar nicht ähnlich sehen, keins gemacht zu haben. Sie war ein bekennender Kontrollfreak und hatte, wie sie mir einmal erklärte, all ihre Papierrechnungen sorgfältig in farblich gekennzeichneten Ordnern abgelegt und ausführlichere Dateien auf ihrem Computer gespeichert.

In der Wohnung ist es gespenstisch still. Irgendwie fühlt sie sich muffig und anonym an, wie ein Hotelzimmer, doch vielleicht liegt das einfach nur daran, dass sie seit vierzehn Tagen unbewohnt ist. Ich werfe einen Blick auf die Fotos an der Flurwand – von unserem gemeinsamen Afrikaurlaub im Jahr nach Karas Tod. Ich hatte erst wenige Monate zuvor Will kennengelernt und Julia zu Tode gelangweilt, weil ich bei jeder Gelegenheit von ihm sprach. Sie versuchte, mich dazu zu bringen, mit den Typen zu flirten, denen wir auf unserer Reise begegneten, doch ich weigerte mich. Das lag nicht nur an der Loyalität gegenüber Will. Mir fällt es seit jeher schwer, mit Menschen zu reden, die ich nicht kenne. Julia hingegen war zum Flirten geboren. Selbst damals, als sie erst neunzehn war, besaß sie das verblüffende Talent, die Aufmerksamkeit des Alphamännchens jedweder Gruppe zu erregen. Natürlich half es, dass sie auffallend schön war. Nicht auf die fragile, elegante Art wie Kara. Julias Gesichtszüge waren nicht regelmäßig oder puppenhaft, doch ihre Augen tanzten, wenn sie sprach, ihr Lachen war ein kehliges, sinnliches Gackern, und sie sah aus, als könne man mit ihr unglaublich viel Spaß im Bett haben.

»Dieses Mädchen strahlt den Sex förmlich aus«, sagte einer ihrer Exfreunde einmal bewundernd.

Nichts davon findet sich in den Fotos von dieser Afrikareise wieder: eine Reihe von Aufnahmen der verschiedenen Tiere, denen wir nahe kamen – Affen, ein Giraffenpaar und mein Lieblingstier, ein Babyelefant.

Ich gehe in Julias Wohnzimmer und halte die Luft an. Ich will nicht hinsehen, aber natürlich wandert mein Blick sofort zu dem Sofa mit dem dunklen Fleck auf dem Sitz. Mit klopfendem Herzen schaue ich weg, zu den Bücherregalen und hinüber zu dem Tisch und den Stühlen, die wie immer unter dem Fenster stehen.

Moment mal. Wo sind die Bilder? Julia besaß ein paar – nichts Wertvolles, nur ein paar abstrakte Gemälde, die ihr gefielen. Ich kenne die Namen der Künstler nicht. Die Wände sind leer – auch der Flachbildfernseher, der in der Ecke des Raumes stand, ist nicht mehr da.

Ich gehe in Julias Schlafzimmer. Ihr Schmuck ist auf der Frisierkommode verstreut. Da liegt so viel herum, dass ich nicht sagen kann, ob eins von den teureren Stücken fehlt. Auf jeden Fall kann ich den Smaragdring mit den Diamanten nirgends entdecken, ein Geschenk von einem ihrer wohlhabenderen Liebhaber. Alan Rutherford, ein Witwer, liebte Julia abgöttisch. Der Ring war nicht das einzige ausgefallene Geschenk, das er ihr machte. Er starb wenige Jahre nach ihrer Trennung und hinterließ Julia zu ihrer Überraschung sein Cottage am Meer in Lympstone, in dem sie offensichtlich hin und wieder ein Wochenende verbracht hatten. Julia vermietete es sofort, um ihr Einkommen aufzubessern. Was wird jetzt damit geschehen?

Noch in Gedanken bei dem Ring und dem Cottage,

schlendere ich in das winzige Gästezimmer, das Julia als Büro nutzte. Ich schnappe nach Luft. Der Computer ist verschwunden und hat in der Mitte ihres Schreibtischs eine große viereckige, von Papieren umgebene Lücke hinterlassen. Sonnenlicht fällt auf die Holzoberfläche und hebt die Staubschicht an den Rändern der Lücke hervor.

Ich umklammere die Stuhllehne, gerate plötzlich in Panik. Wer hat all diese Sachen mitgenommen? Die Polizei? Warum hätte sie das tun sollen? Für sie war ja bereits klar, dass Julia sich das Leben genommen hatte, auch wenn die gerichtliche Untersuchung noch nicht abgeschlossen war.

Ich zücke mein Handy und will Joanie anrufen. Dann fällt mir ein, dass ich ja quasi hier eingedrungen bin und dass erst ein paar Stunden vergangen sind, seit Joanie ihre einzige Tochter beerdigt hat.

Ich stecke mein Handy wieder ein. Es gibt keinerlei Anzeichen für einen Einbruch. Wahrscheinlich hatte Joanie die fehlenden Gegenstände mitgenommen. Vielleicht war sie der Meinung, sie wären bei ihr sicherer als in einer unbewohnten Wohnung.

Es missfällt mir dennoch, aber was soll ich tun? Außerdem bin ich hier, um nach Beweisen dafür zu suchen, dass Julia sich nicht umgebracht hat. Das hat Priorität.

Ich gehe wieder in Julias Schlafzimmer und setze mich aufs Bett, auf dem Zack, Hannah und ich uns erst vor zwei Wochen zusammengekauert haben. Es fühlt sich an, als seien seitdem eine Million Jahre vergangen. Ohne Zugang zu Julias Handy – das Joanie, wie sie mir erzählte, mitgenommen hat – oder zu ihrem Computer weiß ich nicht genau, wonach ich suchen soll. Nach einem Tagebuch? Julia gehörte nicht zu den Menschen, die ihre innersten

Gedanken auf Papier festhalten, aber sie hatte auf jeden Fall einen Terminkalender. Sie weigerte sich immer, einen Kalender auf ihrem Handy oder ihrem Computer anzulegen, und kaufte sich stattdessen einen Moleskine-Kalender. *Es ist ein journalistischer Initiationsritus, Liv, eine Art Channelling mit Hemingway, ohne die toten Stiere …*

Ich wühle in Julias Nachttischschubladen herum. Dabei fühle ich mich wie ein Voyeur, obwohl ich weiß, was ich dort finden werde – Nagelfeile, Handcreme, Taschenbücher, Zigaretten (für Gäste), Kondome (dito), Kulis und Post-its. Keine Spur von ihrem Kalender. Den hatte sie immer in der Handtasche, die sie gerade benutzte. *Ein Mädchen kann nie genug Taschen haben. Oder Schuhe. Oder Orgasmen.* Ich gehe hinüber zu dem großen Einbauschrank und schiebe die Tür auf. Julias Kleider und Tops hängen an einer Stange. Spontan greife ich nach einer Prada-Seidenbluse, halte sie mir ans Gesicht und hoffe, ein wenig von Julias Duft zu erhaschen. Doch ich rieche nur einen Hauch von Chemikalien. Ich seufze. Natürlich hatte Julia sie in die Reinigung gebracht. Im zweiten Teil des Schranks sind Stiefel und Schuhe aufgereiht und an der Stange darüber hängen weiße Blusen und Hosen. Ich durchstöbere den letzten Teil mit Regalfächern, streiche mit den Fingern über die weichen, zarten Dessous, die Julia so gern kaufte. Ich halte einen schwarzen Seidenslip hoch, dann ein Spitzenmieder und erinnere mich, dass Hannah große Augen machte, als Julia ihre neueste Errungenschaft zeigte, einen blauen BH mit passendem blauem Slip aus weichem Satin, versehen mit einer schmalen cremefarbenen Bordüre. Julia hatte gegrinst, als sie Hannahs ehrfurchtsvollen Blick sah. *Schöne Unterwäsche, meine Süße, wird nach finanzieller Unabhängigkeit und einem forschenden Geist immer das größte Geschenk sein, das du dir machst.* Hannah hatte feierlich genickt, so als würde Julia ihr die Schlüssel zum Erwachsenenleben anbieten.

Vielleicht hat sie das ja auch getan. Schon komisch, aber ich habe mich nie darüber geärgert, wie sehr Hannah zu ihr aufschaute. Ich war immer dankbar, dass meine Tochter, die ihre Tante nie kenngelernt hatte, wenigstens eine Patin hatte, die sie anbetete.

In dem riesigen untersten Fach stapeln sich Handtaschen. Kleine und große, High-Street- und Designertaschen, die Julias lebenslange Suche nach *der einen, perfekten Tasche für jede Gelegenheit* bezeugen.

Mir steigen Tränen in die Augen, als ich daran denken muss, dass sie dieses Ziel nun nicht mehr erreichen wird.

Herrgott noch mal, Livy, reiß dich zusammen, murmle ich vor mich hin. Handtaschen sind ja wohl das geringste Problem.

Ich wühle ein bisschen herum. Julias Kelly Bag ist nicht da. Ebenso wenig die erlesene Chanel-Tasche und die winzige Versace-Schultertasche. Ich öffne die Taschen, die Julia in meiner Gegenwart am häufigsten benutzt hat. Die dritte hatte sie vor Kurzem in der High Street gekauft. Meiner Meinung nach war sie nichts Besonderes, doch Julia war völlig ekstatisch, als sie sie fand – *ein super Prada-Imitat, Liv,* hatte sie mir gesagt, so stolz, als hätte sie das Ding selbst entworfen.

Der Kalender steckt in der Innentasche. Meine Kehle ist trocken, als ich ihn herausnehme. Es fühlt sich plötzlich so an, als berühre ich ihr Leben auf eine viel stärkere Weise als bei den Kleidern und Taschen.

Ich blättere zu der Woche, in der Julia starb. In ihrer kräftigen Handschrift ist dort unser Sonntagslunch notiert, doch abgesehen von ein paar beruflichen Terminen gibt es für den Rest der Woche kaum Einträge. Der Donnerstag, zwei Tage vor ihrem Tod, ist gekennzeichnet mit: *A. H. 21 Uhr.* Einen Moment lang überlege ich, wer »A. H.« ist, und wende mich dann der Woche nach ihrem Tod zu. Dort finde ich lediglich einen Zahnarzttermin.

Mir wird schwer ums Herz. Ich hatte so sehr gehofft, einen Hinweis auf ihre Gemütsverfassung zu finden, doch der Kalender gibt nichts her. Das Fehlen von Terminen würde sicherlich nur als weiterer Beweis für Selbstmord aufgefasst werden.

Ich blättere vor zur laufenden Woche und starre auf das heutige Datum. Die Seite ist leer. Schon bizarr, dass Julia diese Seite vielleicht umgeblättert hat und sich nie hätte träumen lassen, dass dies das Datum ihrer eigenen Beerdigung sein würde. Ich zittere und nehme mir die nächste Seite vor. Und finde für morgen, Dienstag, folgenden Eintrag:

Shannon, 22:30 Uhr, Aces High

Ich starre darauf. Aces High ist eine Single-Bar in Torquay, laut Julia ein *Magerfleisch-Markt, voller magerer, prolliger Frauen und Männer ohne Klasse ...*

Warum wollte sie dort jemanden treffen? Julia hasste Bars wie diese genauso wie auch Torquay selbst. Und wer ist Shannon? Ich bin mir sicher, dass Julia keine Freundin mit diesem Namen hat. War es vielleicht ein Mann? Shannon ist ein Mädchenname, aber es könnte sich ja ebenso gut um einen Nachnamen handeln.

Ich bin neugierig und schöpfe Mut. Denn stärker als die beruflichen Termine oder der Zahnarzttermin weist dieses Treffen darauf hin, dass Julia in die Zukunft schaute, bevor sie starb. Vielleicht klammere ich mich an einen Strohhalm, doch ich betrachte es als Fügung, dass ich dies gefunden habe.

Den größten Teil der folgenden vierundzwanzig Stunden bin ich damit beschäftigt, mir zu überlegen, wie mein nächster Schritt auszusehen hat: Ich muss zum Aces High gehen und Shannon treffen. Obwohl vermutlich niemand da sein wird, denn aller Wahrscheinlichkeit nach hat diese Person bereits von Julias Tod erfahren. Aber ich muss es wenigstens versuchen.

Ich schiebe es vor mir her, Will davon zu erzählen – ich weiß, dass er mit allen möglichen logischen Gründen aufwarten wird, weshalb ich nicht zu einer Verabredung gehen sollte, die eine Fremde und eine inzwischen tote Person getroffen haben. So betrachtet, klingt es verrückt. Dennoch: Wer immer Shannon auch sein mag, er oder sie weiß vielleicht, worüber Julia mit mir reden wollte. Oder vielleicht sogar etwas Wichtiges darüber, wie sie gestorben ist.

Ich sehe die Gästeliste für die Beerdigung durch, die Joanie mir vergangene Woche gemailt hat. Darauf steht niemand mit dem Namen »Shannon«. Ich rufe Joanie an, weil ich wissen will, ob es nicht noch Freunde oder Familienmitglieder gibt, die ich nicht kenne – und sie außerdem nach all den Dingen fragen möchte, die in Julias Wohnung fehlen –, aber sie geht nicht ans Telefon. Das überrascht mich nicht. Julia hat sich oft darüber beklagt, dass ihre Mutter alle Anrufe danach sortiert, ob sie sie annehmen will oder nicht. Andererseits verstehe ich, dass Joanie im Moment mit niemandem reden möchte. Wahrscheinlich ist sie sowieso noch bei Robbie und Wendy.

Egal. Ich werde hingehen. Ich werde ins Aces High gehen, zu Julias Verabredung mit Shannon. Wenn niemand da ist, habe ich nichts verloren außer ein paar Stunden meiner Zeit.

Im Laufe des Tages werde ich immer nervöser – und bin immer weniger in der Stimmung, Will von meinem Vorhaben zu erzählen. Ich könnte ihn bei der Arbeit anrufen, tue es aber nicht. Es ist fast acht, als er nach Hause kommt. Ich könnte, ja, sollte vielleicht sofort mit ihm reden. Doch ich zögere. Er ist müde und mürrisch, und ich beschließe zu warten, bis er sich bei einem Glas Wein und einem Teller Pasta ein bisschen entspannt hat.

Ich habe bereits mit den Kindern gegessen, sodass Will sich eine Gabel schnappt und die restlichen Spaghetti Bolognese einfach aus dem Kochtopf isst, während er sich vor den Fernseher fläzt. Abgesehen von einem »Gute Nacht« für die Kinder hat er kaum ein Wort gesagt, seit er nach Hause gekommen ist. Ich lese Zack eine Geschichte vor, lösche dann das Licht in seinem Zimmer und gehe nach unten. Ich habe vor, es Will jetzt zu sagen. Wirklich. Doch er schaut sich gerade auf dem History Channel einen Dokumentarfilm über die Landung der Alliierten in der Normandie an, und sein Gesichtsausdruck sagt: »Ich bin gerade ganz weit weg, bitte stör mich nicht«, sodass ich es wieder nicht fertigbringe, es ihm zu sagen.

Ich räume die Küche auf und sehe dann nach Zack. Er schläft bereits friedlich. Ich scheuche Hannah ins Bad, damit sie sich die Zähne putzt. Wie immer protestiert sie dagegen, dass sie unter der Woche um neun ins Bett gehen und um halb zehn das Licht ausmachen muss. Ich vergewissere mich, dass sie im Bett liegt und liest, gehe dann in mein eigenes Zimmer und lege ein wenig Make-up auf. Ich werfe mich nicht in Schale – Jeans und Sandalen werden es tun –, doch ich möchte nicht völlig fehl am Platz wirken, sodass ich ein Seidentop und Ohrringe wähle. Ich gehe noch einmal in Hannahs Zimmer und bestehe darauf, dass sie das Licht ausschaltet. Sie behauptet, dass sie nicht müde sei und das Kapitel zu Ende lesen wolle. Clevere Mittelschichtkinder, die wissen, wie sehr ihre Eltern Bücher schätzen, lassen sich keine Gelegenheit entgehen. Ich gebe nach und warte ein paar Minuten. Natürlich ist sie um zwanzig vor zehn immer noch nicht fertig, aber ich habe das Gefühl, dass dies zu einem langwierigen Kampf ausarten könnte, sodass ich die Wandleuchte einfach ausschalte, während Hannah noch auf die Seite schaut.

Sie verflucht mich. Normalerweise würde ich mich auf eine Auseinandersetzung mit ihr einlassen. Oder Will holen, damit er mir Rückendeckung gibt. Heute ignoriere ich sie. Wenn ich um halb elf in Torquay sein will, muss ich in den nächsten zehn Minuten losfahren. Außerdem erwarte ich schon einen Streit mit Will. Ich kann mich nicht auch noch in einen mit meiner Tochter verwickeln lassen.

Einen Moment lang empfinde ich einen tiefen Groll, dass mir gegenüber Hannah so oft die Rolle des Buhmanns überlassen wird – dass Will sich der Verantwortung für die Schlafenszeiten entzieht, es sei denn, ich rufe ihn in einer Krise zu Hilfe. Ich erinnere mich daran, dass dies unser Deal war, als Zack geboren wurde. Ich würde meinen Job als Referendarin für Familienrecht aufgeben, der kaum die Kosten für Hannahs Tagesmutter abdeckte, während Will das große Geld nach Hause bringen und die Kinder während der Woche mir überlassen würde.

Hausfrau sein ist auch ein Job, hatte Julia damals ironisch gesagt. *Nur ohne Status, Gehalt oder die Chance, befördert zu werden.*

Als ich gerade nach unten gehen will, bin ich plötzlich unsicher, ob ich so einfach gekleidet in einem Nachtklub auftauchen kann. Ich kehre zurück in mein Schlafzimmer und tausche die flachen Sandalen gegen meine offenen Lanvin-Schuhe mit Keilabsatz ein. Julia fand sie bei einem Ausverkauf und kaufte sie mir – wissend, dass sie perfekt sitzen würden – im vergangenen Jahr zu meinem Geburtstag. Ich spähe in Hannahs Zimmer. Trotz ihrer Beteuerungen, nicht müde zu sein, schläft sie bereits, das Buch, das sie las, noch immer trotzig in der Hand. Im Schlaf sieht sie Kara am ähnlichsten, und beim Anblick ihres ruhigen Körpers sehe ich wieder das Bild von Karas leblosen Augen vor mir. Ich zittere und kann nicht anders: Ich berühre Hannahs Arm, um sicherzugehen, dass ihre Haut warm ist. Ich lege das Buch beiseite und decke Hannah zu, streiche ihr das feine, seidige Haar aus dem Gesicht und ziehe die Bettdecke hoch bis über ihre Schultern. Inzwischen bin ich vielleicht nicht mehr ganz so neurotisch und überängstlich wie früher, doch ehrlich gesagt fühle ich mich nur dann wirklich sicher, wenn ich weiß, dass sie schläft.

Mit einem Seufzer wende ich mich ab und eile nach unten. Ich muss los. Sofort.

»Will?« Ich stehe einen Moment lang in der Wohnzimmertür, bevor Will sich von der Sendung losreißt, die er sich gerade anschaut, und mich gereizt ansieht. Er guckt genauer hin, als er bemerkt, wie aufgebrezelt ich bin.

»Liv, was ist los?«

»Ich muss noch weg.«

»Was?«

»Ich hoffe, es dauert nur ein paar Stunden.«

Will sieht so verwirrt aus, dass ich mich schrecklich

fühle, was es mir nur noch schwerer macht, ihm mein Vorhaben zu erklären. Ich drehe mich um und steuere auf die Haustür zu.

Will folgt mir. »Wovon redest du eigentlich? *Wohin* gehst du? Es ist Viertel vor zehn, Herrgott noch mal.«

Ich erreiche die Haustür. »Julia hatte eine … eine Verabredung in einem Nachtklub mit jemandem namens Shannon, um halb elf«, sage ich. »Ich hab's in ihrem Terminkalender gefunden. Ich will dort sein, wenn diese oder dieser Shannon auftaucht.« Ich öffne die Tür.

»Bist du jetzt völlig übergeschnappt?« Will kommt mit großen Schritten auf mich zu. »Kannst du mir mal erklären, warum du das tun willst?« Er steht direkt neben mir. »Wer immer es auch sein mag, er wird sowieso nicht da sein. Er wird wissen, dass Julia tot ist.«

»Nicht unbedingt. Und wenn nicht, kann ich es ihm sagen.«

»Aber es ist schon *spät*, Liv.« Er blickt mich völlig entsetzt an, deutet hinter sich, dann nach oben, wo die Kinder schlafen. »Du wirst eine Ewigkeit weg sein. Es ist *verrückt*.«

»Nein, ist es nicht«, sage ich. »Im Übrigen bist du auch oft noch lange unterwegs.«

»Wegen der *Arbeit*. Das ist was anderes«, blafft Will. »Sowieso solltest du nicht allein gehen. Nicht in einen Klub. Wer weiß, wer ›Shannon‹ ist. Das ist gefährlich.«

»Meine Güte! Ich bin achtunddreißig. Und du kannst nicht mitkommen. Du musst bei den Kindern bleiben. Sie schlafen beide. Sie werden nicht einmal merken, dass ich weg bin.«

Will sieht mich völlig sprachlos an.

»Es wird schon alles gut gehen«, sage ich.

»Nein, Livy.« Er findet seine Stimme wieder, als ich die Tür öffne. »Das ist Wahnsinn. Du bist total auf Julias Tod fixiert. Hannah leidet darunter.«

»Was?« Ich starre ihn an. Woher kommt das jetzt plötzlich?

»Es ist die Wahrheit.« Will sieht mir direkt in die Augen. Früher fand ich diesen finsteren intensiven Blick sexy. Jetzt bin ich nur wütend.

»Ich bin nicht fixiert, und Hannah ist einfach in einem schwierigen Alter. Und sie ist durcheinander wegen Julia, was völlig normal ist.«

»Es ist mehr als das.«

»Ich glaube nicht ...«

»Sie ist ruhiger als früher. Introvertiert. Sie lächelt fast nie. Ihr Selbstvertrauen ist völlig dahin.«

»*Was?*« Ich erkenne das Bild nicht, das er malt. »Das ist lächerlich. Hannah kommt nur gerade in die Pubertät. Es sind ... Es sind eher die Hormone als irgendetwas anderes.«

»Ich habe keine Lust, mich darüber zu streiten.« Will verdreht die Augen. »Der Punkt ist, dass du nicht einfach so mir nichts dir nichts weggehen kannst.«

»Wieso nicht? Du tust es doch auch ständig.« Wutentbrannt verlasse ich das Haus und stapfe zu meinem Mini.

Will ruft an, noch bevor ich das Ende der Straße erreicht habe, aber ich gehe nicht ran und er hinterlässt keine Nachricht. Ich schäume vor Wut über den Blödsinn, den er von sich gegeben hat. Zum einen irrt er sich völlig in Bezug auf Hannah. Sie ist im Moment einfach nur ziemlich zickig. Julias Tod hat daran nicht viel geändert. Und die ungeheure Frechheit, mir zu sagen, ich könne nicht einfach weggehen, wo er doch genau das tut, wann immer die Arbeit es verlangt. So wie neulich, als er nach Genf flog.

Ich rege mich wieder ab, als ich durch Exeter fahre. Die Straßen sind praktisch leer. Es ist seltsam, so spät und ohne Will noch unterwegs zu sein. Früher einmal war das völlig normal. Jetzt bin ich ehrlich gesagt ein bisschen nervös – nicht nur, weil ich gleich einen Fremden treffen werde.

Haben Ehe und Mutterschaft mein Selbstbewusstsein untergraben?

Oder liegt es einfach nur daran, dass ich Julia vermisse?

Mit Anfang zwanzig bin ich oft ausgegangen, doch meistens war Julia dabei, die mit jeder Situation zurechtkam.

Vor der nächsten Ampel hat sich eine Schlange gebildet. Während ich darauf warte, dass die Ampel auf Grün springt, betrachte ich das japanische Paar in einem Türeingang, das sich gemeinsam über ein Handy beugt. Die beiden sehen so jung, so hoffnungsvoll aus, haben das Leben noch vor sich. Ich lehne den Kopf gegen das Wagenfenster und beobachte sie, während Regen an der Scheibe herabläuft.

Mein Leben ist schon fast zur Hälfte vorbei, und ich habe das Gefühl, dass es noch nicht mal richtig begonnen hat. Was habe ich, abgesehen von den Kindern, wirklich erreicht? Ein guter Abschluss in Geschichte und ein paar langweilige Jahre in einem Anwaltsbüro sind nicht gerade prickelnd. Früher habe ich von einem Lehrstuhl geträumt: davon, Abhandlungen zu schreiben, Vorträge bei glamourösen Konferenzen zu halten und Hochschulabsolventen zu betreuen, die ihren Master oder Doktor machen, um dann nach Hause zurückzukehren zu meinem attraktiven, liebevollen Ehemann und der Brut hübscher Babys. Ich würde alles erfolgreich meistern, und eifrige Studenten, wie das Mädchen, das ich einst gewesen war, würden mich voller Bewunderung ansehen und als Vorbild und Inspiration betrachten.

Ich erreiche Torquay und halte an, um eine Gruppe junger Frauen in kurzen Röcken und mit nackten Beinen über die Straße zu lassen. Es regnet leicht, doch die Mädchen scheinen es nicht zu bemerken. Ein paar Augenblicke später sind sie kichernd an mir vorbeigestöckelt und haben einen leeren Bürgersteig hinterlassen, der im Licht der Straßenlaternen schimmert.

Die Musik ist ohrenbetäubend. Das ist mein erster Gedanke. Der zweite ist, dass ich schon seit einer Ewigkeit nicht mehr in einem Nachtklub war. Aces High hat die Form einer Raute, mit mehreren thematisch gestalteten Räumen, die um eine große Bar mit Glasoberfläche angeordnet sind. Ich habe weniger Zeit gebraucht als erwartet, um hierherzukommen, es ist gerade erst zwanzig nach zehn und der Klub praktisch noch leer. Die Türsteher und das Mädchen in dem Aces-High-T-Shirt haben mir, ohne mich eines weiteren Blickes zu würdigen, einen Stempel auf die Hand gedrückt, doch jetzt habe ich das Gefühl, dass mich alle anstarren. Die Männer, die an der Bar hocken, tun dies zweifellos. Aber die checken ja jeden ab.

Ich verlasse den Barbereich und betrete schrecklich unsicher das erste Themenzimmer. Der glitzernde Diamond Room mit den hohen, winzigen Stehtischen wird von künstlichem Kerzenlicht beleuchtet. Er ist leer. Ich gehe weiter durch einen Bogen in den Klubraum. Er riecht muffig und wirkt mit seiner unechten Holzverkleidung und den schwarzen Ledersesseln ziemlich düster. Auch in diesem Raum ist niemand. Als Nächstes kommt der Heart Room. Im Unterschied zu den beiden vorherigen Räumen macht er zumindest einen gemütlichen Eindruck. Drei oder vier rosafarbene Sofas sind um einen herzförmigen Couchtisch angeordnet. Drei junge Frauen, bauchfrei und mit Stöckelschuhen, starren auf ein Handy und kichern. An der Tür stehen zwei Männer und beobachten sie. Keiner von ihnen hält mich auch nur eines zweiten Blickes für würdig.

Ich schaue auf die Uhr. Fünf vor halb elf. Ich gehe weiter in den Spade Room. An den dunkelvioletten Wänden hängen Ketten und Masken und in der Ecke des Raums eine Peitsche von der Decke. Es gibt keine richtigen Sitze, nur schwarze Steinplatten auf Chromsockeln. Sie sehen aus wie Foltertische. Was stark an den »Red Room of Pain« erinnert. Ich bin ziemlich verlegen. Zwei Männer sitzen in entgegengesetzten Ecken. Sie starren mich beide an. Sicher ist keiner von ihnen Shannon, sage ich mir, und gehe zurück in die Bar. Allmählich füllt sie sich, doch einige Hocker sind noch frei. Ich hieve mich auf einen am hinteren Ende, von dem aus ich die gesamte Bar überblicken kann. Hier, wo mehr los ist, fühle ich mich wenigstens nicht mehr so exponiert. Ich schaue mich um. Julias Beschreibung der Bar – *Magerfleisch-Markt* – kommt mir in den Sinn. Die Frauen sind nicht nur völlig aufgedonnert und knapp bekleidet, sie strahlen auch Verzweiflung aus. Einige sind jung und lachen, doch andere, vor allem die älteren, haben ein verbissenes Lächeln im Gesicht. Und was die Männer angeht: Sie wirken mit ihrem kalten Blick raubtierhaft und unattraktiv. Zumindest auf mich. Der muskulöse Barkeeper kommt herüber, und ich bestelle einen Weißwein. Ich fahre, aber ein Drink ist okay. Ich brauche ihn, um meine Nerven zu beruhigen. Der Barkeeper bringt ihn und stellt ihn auf eine kleine, weiße kreisförmige Serviette. Er sieht mich nicht an.

Die Bar füllt sich immer mehr. Die meisten Mädchen kommen zu zweit oder in Gruppen, alle aufgetakelt, mit weit ausgeschnittenen Tops und superkurzen Röcken. Aufgeregt schauen sie in die Runde. Auch einige der Männer kommen in Gruppen – Jagdrudel. Andere gehen am Rand der Bar auf und ab – einsame Wölfe.

Ich schüttle mich, bin viel zu zynisch. Schließlich handelt es sich nur um die Partnersuche in ihrer nacktesten, offensichtlichsten Form. Natürlich sehen die Leute hier einander hoffnungsvoll an. Es ist eine Single-Bar.

22:40 Uhr. Sicher ist Shannon bereits da. Ich verfluche mich, nicht bedacht zu haben, dass es ziemlich hoffnungslos ist, einen völlig Fremden in einer Bar ausfindig zu machen. Heißt das, dass Julia sich schon einmal mit Shannon getroffen hat? Ich verstehe nicht, wieso sie sich überhaupt hier verabredet hat. Sie hasste Orte wie diesen. Zumindest hat sie das immer behauptet. Ich nippe an meinem Wein und habe plötzlich das Gefühl, beobachtet zu werden. Ich schaue auf. Ein Mann im mittleren Alter auf der anderen Seite der Bar starrt mich an. Schnell wende ich den Blick ab. Das Letzte, was ich jetzt brauche, ist, angequatscht zu werden.

Die Angst davor treibt mich zum Handeln. Shannon wird kaum mit einem Namensschild um den Hals hier eintreffen. Und ich bin nicht hierhergekommen, um so leicht aufzugeben. Ich halte mein Glas hoch und winke dem Barkeeper zu. Einen Augenblick später steht er vor mir.

»Noch einen Wein?«, fragt er. Er hat sein Hemd bis unten aufgeknöpft, und ich kann es mir nicht verkneifen, auf sein Sixpack zu starren, während er spricht.

»Äh, nein, danke.« Ich muss brüllen, um mir bei dieser lauten Musik Gehör zu verschaffen – etwas Unmelodisches mit einem dröhnenden Bass. »Ich wollte nur fragen, ob Sie hier jemanden kennen, der Shannon heißt?«

Zu meiner Verwunderung nickt der Barkeeper. »Klar.« Er deutet mit dem Daumen auf die andere Seite der Bar, wo eine junge Frau mit rundem Gesicht und lockigem Haar auf einem Hocker sitzt.

Als der Barkeeper davonschlendert, beobachte ich sie mit wild klopfendem Herzen. *Das* ist Shannon? Sie ist weniger aufreizend gekleidet als die meisten Mädchen hier. Ihr Kleid ist zwar hauteng, hat aber keinen tiefen Ausschnitt. Ein Mann nach dem anderen spricht sie an. Shannon schaut sie nur einen Moment lang an, lächelt und murmelt dann etwas. Innerhalb von dreißig Sekunden hat sie drei von ihnen abgewehrt.

Wer immer sie auch sein mag, ich bin beeindruckt. Ich lasse mich von meinem Hocker gleiten und gehe um die Bar herum. Neben ihr ist kein Sitz frei, sodass ich stehen bleibe. Aus der Nähe sehe ich, dass sie wirklich hübsch ist, auf eine weiche, puppenhafte Art: große blaugraue Augen und lange Haare mit hellen Strähnchen und weichen Locken.

»Sind Sie Shannon?« Ich umklammere mein Weinglas.

Sie nickt, Misstrauen im Blick. »Ja. Warum?«

»Was ist Ihr Geheimnis?«, frage ich mit einem gewollt ungezwungenen Lachen. »Die Typen loszuwerden.«

Sie sieht mich neugierig an. Vermutlich ist es eine seltsame Frage in einer Single-Bar. »Ich sage ihnen, der Barkeeper sei mein Freund. In Wirklichkeit ist er jedoch nur ein Kumpel. Er ist nämlich schwul.«

Ich folge ihrem Blick hin zu dem muskulösen Barkeeper. Mein Herz setzt einen Schlag lang aus. Ich hole tief Luft. »Sie sind hier, um Julia Dryden zu treffen, richtig?«

Shannon antwortet nicht, doch ihre Augen verraten mir, dass sie Julias Namen kennt.

»Ich bin Julias Freundin. Ich habe Ihren Namen in ihrem Terminkalender gesehen«, quassele ich weiter. »Ich musste Sie treffen, um herauszufinden ...«

Shannon runzelt die Stirn. »Julia kommt nicht?«

Ich beiße mir auf die Lippe. Sie weiß es nicht. Was heißt, dass ich es ihr sagen muss. Und es fällt mir immer noch schwer, die Worte auszusprechen, der Wahrheit ins Gesicht zu sehen.

»Julia ist gestorben«, erkläre ich. Die Musik ist ohrenbetäubend. Shannon reißt die Augen auf. »Sie ist vor zwei Wochen gestorben. Bitte, ich muss wissen, was ... warum sie sich mit Ihnen treffen wollte.«

Entsetzt rutscht Shannon von ihrem Hocker. »Was ist mit ihr passiert? Wer sind Sie?«

Ich spüre, dass die Menschen um uns herum uns anstarren, bin jedoch fest entschlossen, Shannon am Weggehen zu hindern. Verzweifelt greife ich nach ihrem Arm.

»Ich bin Livy Jackson. Ich war eine gute Freundin von Julia. Bitte ...«

»Nein.« Shannon zieht ihren Arm weg. Weicht einen Schritt zurück. »Warum sind Sie hier?«

»Ich möchte nur herausfinden, warum Julia mit Ihnen reden wollte.« Ich bin jetzt den Tränen nahe.

Ich entdecke Angst in Shannons Augen. »Woher wussten Sie von meinem Treffen mit Julia?«

»Ich habe es Ihnen doch gesagt, es stand in ihrem Terminkalender.«

»Ich kann nicht mit Ihnen reden.«

»Warum? Bitte, ich …«

Doch Shannon hat sich abgewandt und bahnt sich bereits einen Weg durch die Menge. In Anbetracht ihrer schwindelerregend hohen Absätze ist sie erstaunlich schnell. Ich folge ihr. Sie eilt durch den Klubraum. Ich hinterher. In der Ecke gibt es einen Notausgang, der mir vorhin nicht aufgefallen war. Shannon drückt die Tür auf. Flitzt nach draußen. Ich renne ihr hinterher, doch als ich den Notausgang erreiche, schlägt eine große Hand die Tür zu.

Es ist der Barkeeper.

»Sorry, Madam«, sagt er mit gespielter Höflichkeit. »Aber Sie haben Ihren Drink noch nicht bezahlt.«

Mist. Ich sehe nach unten. Noch immer halte ich das Weinglas in der Hand. Ich stelle es ab, suche in meiner Tasche nach meinem Geldbeutel, fische eine Zehn-Pfund-Note heraus und drücke sie dem Barkeeper in die Hand. Er tritt zur Seite, um mich hinauszulassen. Ich stürme durch den Notausgang ins Freie.

Die Luft fühlt sich kühl an auf meinem Gesicht. Ich befinde mich in einem Seitensträßchen, gegenüber den hohen Mauern eines mehrstöckigen Parkhauses. Eine leere Plastiktüte weht über den Asphalt. Von Shannon ist nichts zu sehen. Ich steuere auf das hell beleuchtete Ende der Gasse zu, die auf die Hauptstraße führt. In der Gasse ist es dunkel und gespenstisch, doch darauf verschwende ich jetzt keinen Gedanken. Ich will nur Shannon finden. Ich habe die Hälfte geschafft, renne in Richtung Verkehrslärm und Licht.

Und dann taucht am Ende der Gasse eine Gestalt auf und versperrt mir den Weg.

Ich bleibe abrupt stehen. Das Licht der Straßenlaternen fällt auf sein blondes Haar. Er ist groß und jung und sein Blick ist auf mich gerichtet. Er kommt auf mich zu, und ich sehe sein Gesicht deutlicher.

Es ist der Mann von der Beerdigung. Der Mann, den ich für Julias »Dunkelblonden« gehalten habe.

Ich sehe mich um, hoffe, eine Art Fluchtweg zu finden – eine geöffnete Tür ... einen Ausgang ...

Doch es gibt nichts, wohin ich fliehen könnte.

Kapitel 5

Ich stehe wie angewurzelt da, starr vor Angst. Der Mann kommt langsam auf mich zu. Er wirkt wütend. Mein Herz pocht wie wild. Lauf, sage ich mir. Doch ich habe keine Chance, an ihm vorbeizukommen. Es ist zu spät.

Dann steht er vor mir, die Stirn in Falten gelegt. Plötzlich wird mir klar, dass er eher verwirrt als wütend aussieht.

»Du bist Livy, oder? Bei der Beerdigung – hast du gesagt, du würdest nicht glauben, dass Julia sich umgebracht hat?«

Ich starre ihn an, verwundert über das plötzliche Gefühl der Vertrautheit, das seine Worte auslösen.

»Stimmt.« Eine Reihe von Fragen schießt mir durch den Kopf, aber ich bin noch immer zu verängstigt, um mich richtig konzentrieren zu können. Und dann lässt der Mann die Schultern sinken, und mir wird klar, wie angespannt er gewesen ist. »Tut mir leid«, sagt er. »Ich hätte bei der Beerdigung mit dir reden sollen, aber es war alles so ...« Er zögert. »Ich bin Damian Burton. Ich war – ein Freund von Julia. Ein *guter* Freund ...«

»Ihr Geliebter?« Mein pochendes Herz beruhigt sich wieder ein wenig.

Damian nickt. »Ich war mir nicht sicher, wie viel sie von mir erzählt hat – wenn überhaupt.«

»Ich kenne nur einen Spitznamen.«

Er zieht die Augenbrauen hoch. »Du meinst, der Dunkelblonde?« Er lächelt. Aus der Nähe, im Lampenlicht, stelle ich fest, dass er mit seinem kräftigen Kinn, den weichen, ebenmäßigen Zügen und den haselnussbraunen Augen noch besser aussieht, als ich bei meinem flüchtigen Blick bei der Beerdigung gedacht hatte. Meine Angst schwindet weiter. Dieser Mann war Julias Lover. Ich verstehe noch immer nicht, warum er hier ist, aber er stellt keine Bedrohung mehr für mich dar. Doch wieso bin ich mir da so sicher? Schließlich kann sich hinter einem netten Lächeln und einem attraktiven Gesicht ein Abgrund des Bösen verbergen.

»Er ist eine Anspielung auf meine Initialen. D. B. Dunkelblond.«

»Typisch Julia«, sage ich.

»Ja.«

Ein Windstoß fegt durch die Gasse, lässt den Müll knistern, der aus den Mülltonnen quillt, und erfüllt die Luft mit dem Gestank von verfaulendem Gemüse.

»Warum bist du hier?«, frage ich. »Woher wusstest du, dass *ich* hier bin?«

»Ich komme seit Julias Tod alle paar Abende hierher«, sagt Damian. »Ich bin reingekommen und habe dich mit diesem blonden Mädchen gesehen. Dann hat mich jemand angesprochen, und als ich mich umgesehen habe, warst du verschwunden, also bin ich vorne rausgegangen. Hab dann gesehen, wie das blonde Mädchen die Straße hochging, und gedacht, dass du auch rauskommst, durch den Notausgang, was dann ja auch der Fall war.« Er hält inne.

Ich warte darauf, dass er weiterspricht. Dieser Mann hat eindeutig nicht vor, mir Schaden zuzufügen – zumindest nicht hier und nicht jetzt. Aber was treibt er in dieser

Single-Bar – wenn nicht aus dem offensichtlichen Grund? Und was will er mir eigentlich sagen?

»Julias Beerdigung war schrecklich, oder?«, sagt er mit leiser Stimme.

Ich blicke überrascht auf. In seinen Augen spiegelt sich aufrichtiger Schmerz.

»Es war alles falsch. Hatte nichts mit ihr zu tun«, fährt Damian fort. »Dieser fürchterliche Bruder … Ich habe ihn nie kennengelernt, aber sie bezeichnete ihn immer als ›hinterhältigen Mistkerl‹.«

Ich nicke. Julia hatte Robbie oft so genannt.

»… und sie hätte die Musik und die Blumen gehasst. Und dass alle behaupteten, sie sei ein bemitleidenswertes Opfer gewesen. Es war, als gäbe es ein Drehbuch und als würden alle versuchen, Julia dort hineinzuzwängen.«

Es ist unfassbar, aber er spiegelt exakt meine eigenen Gedanken wider.

»Das Einzige, das Sinn gemacht hat, waren deine Worte«, sagt Damian. »Ich meine, Julia hatte mir natürlich von dir erzählt, aber als ich dich sah, wurde mir klar, wie sehr du sie geliebt hast, wie *tief* eure Freundschaft war.«

»Julia hat mit dir über mich geredet?«

»Na klar. Sie war so stolz auf dich. Und auf Hannah und Zack.« Er hält einen Augenblick lang inne, als er merkt, wie überrascht ich bin, dass er die Namen meiner Kinder kennt, und räuspert sich dann. »Sie sagte, du hättest den Mut gehabt, dich zu – zu Will, oder? – zu bekennen und die Beziehung durch alle Höhen und Tiefen des Ehelebens aufrechtzuerhalten. Und sie betete deine Kinder an. Sagte, sie hätte immer zu viel Angst gehabt, um auch nur daran zu denken, Mutter zu werden.«

»Zu viel Angst?« Ich kann mir kaum vorstellen, dass

Julia vor irgendetwas Angst hatte. »Sie hat immer gesagt, sie *wolle* keine eigenen Kinder.«

»Ja, das hat sie«, stimmt Damian mir zu. »Aber da steckte mehr dahinter als die Tatsache, dass sie einfach keine Erdmutter war.«

Das Ganze ist surreal. Damian klingt, als habe er Julia wirklich gekannt. Sie *verstanden*. »Wie lange wart ihr …?«

»… zusammen?« Damian seufzt. »So um die sechs Monate.« Er scheint noch etwas sagen zu wollen, verfällt aber wieder in Schweigen.

Sechs Monate? Mein Misstrauen ist wieder geweckt. Das stimmt *garantiert* nicht. Julia war nie so lange mit jemandem zusammen.

Damian sieht mich an. »Wenn sie ehrlich wäre, hat Julia mir einmal gesagt, wolle sie deswegen keine Kinder haben, weil sie Angst davor habe … jemanden so sehr zu lieben, dieses Risiko einzugehen.«

Der nächste Windstoß lässt Müll um unsere Füße wirbeln. Mein Blick bleibt an einer Burgerverpackung hängen, und ich erinnere mich an meine erste Begegnung mit Julia, ein paar Wochen, nachdem sie und Kara Freundinnen geworden waren. Die beiden hatten gerade ihr Studium aufgenommen und waren vor Aufregung, zum ersten Mal nicht mehr zu Hause zu wohnen, völlig aus dem Häuschen. Ich war in meinem dritten Unijahr – erschöpft von der Trennung von einem Freund und schon lange nicht mehr begeistert davon, mich selbst um die Miete, das Einkaufen und die Wäsche kümmern zu müssen. Ich erinnere mich, dass die beiden Burger verputzten, während sie sich für Halloween zurechtmachten. Kara trug winzige Shorts und ein Mieder und hatte sich stark geschminkt. In meinen Augen sah sie lächerlich aus, wie ein kleines Kind, das Hure spielt. Julia trug einen ähnlichen Look, wirkte jedoch viel überzeugender – sie hatte sich das Haar zu einer wilden Mähne toupiert und die leicht schräg gestellten Augen mit einem Kajalstift umrahmt, sie trug einen kurzen Lederrock über einer zerrissenen Strumpfhose. Ich war unerwartet in Karas Studentenheim aufgetaucht und versuchte mit allen Mitteln, sie wenigstens dazu zu bringen, eine Bluse über ihrem Mieder zu tragen. Wie immer fügte Kara sich schweigend – ich wusste, dass sie die Bluse überziehen würde, damit ich endlich den Mund hielt, und sie wieder ausziehen würde, sobald sie außer Sichtweite war –, doch Julia verlor bald die Geduld.

»Hör endlich mit dem Bemuttern auf, Livy. Du übertreibst es wirklich«, hatte sie gesagt. »Geh und krieg deine eigenen Kinder und lass Kara in Ruhe.«

Ich mochte sie nicht, und das änderte sich auch in den nächsten Monaten nicht, vor allem, als sie dann die gesamten Weihnachtsferien mit Kara bei unseren Eltern in Bath verbrachte. Ich versuchte, nachsichtig zu sein – schließlich war es traurig, dass Julia sich von ihrer eigenen Familie so abgeschnitten fühlte –, doch trotz ihres Charmes hatte ich Probleme damit, dass unsere Traditionen unterwandert wurden. Erst nach Karas Tod, als all unsere früheren Streitigkeiten kleinkariert und belanglos schienen, wurden wir Freundinnen. Denn das Ironische war, dass Kara an jenem Abend, an dem sie vergewaltigt und ermordet wurde, Jeans und Turnschuhe getragen hatte – rein gar nichts Aufreizendes. Ich bin mir immer noch nicht sicher, was das bedeutete: dass Julia recht damit hatte, dass ich mir keine Sorgen machen sollte, oder dass es falsch von mir war, Kara ständig dazu bewegen zu wollen, sich anders zu kleiden, und damit ihr Selbstbewusstsein zu untergraben.

»Livy?« Damian hat etwas gesagt, aber ich habe kein Wort davon mitbekommen. Ich sehe ihn an. »Hast du Lust auf einen Drink?« Er deutet aufs Aces High. »Ich meine nicht die Bar. Ein Stück die Straße hoch gibt es ein Pub, wo es viel netter ist.«

»Klar.«

Wir gehen zum Lamb and Flag, einem altmodischen Pub mit schäbigen Möbeln und einem großen Pooltisch im hinteren Teil. Es wundert mich, dass Damian es hier viel netter findet als im Aces High. Es hat nichts Ausgefallenes oder Designerhaftes, und Damian wirkt zu jung und stylish für einen solchen Ort. Sein Haar schimmert im grellen Licht der Deckenleuchte: eine attraktive Mischung aus Braun- und Gelbtönen. Ich kenne Frauen, die viel Geld dafür bezahlt haben, damit ihre Haare so aussehen, doch bei Damian wirken sie völlig natürlich. Ich warte, während er an der Bar Mineralwasser für uns kauft – auch er fährt –, das wir zu einem ruhigen Ecktisch mitnehmen.

»Was machst du beruflich?«, frage ich, als wir uns hinsetzen.

»Ich bin Grafikdesigner«, antwortet er. »Darüber habe ich Julia kennengelernt – bei Aufnahmen für ein Magazin, für das ich arbeite. Ich ging damals mit dem Model aus. Dann tauchte Julia auf …«

Bei dem Gedanken, dass Julias Sexappeal überwältigend genug war, um einen äußerst attraktiven jüngeren Mann von einer Frau loszueisen, die für ihr Aussehen bezahlt wurde, schmunzle ich in mich hinein.

»Du bist also nicht verheiratet?«, frage ich in Erinnerung an meinen früheren Verdacht.

»Nein.« Damian zieht die Stirn in Falten. »Natürlich nicht. Julia hätte sonst nie was mit mir angefangen.«

Pause. »Du hast mir immer noch nicht erklärt, warum du mit mir reden wolltest«, sage ich endlich.

»Okay.« Damian holt tief Luft. »Der Grund dafür ist … na ja, ich glaube auch nicht, dass Julia sich umgebracht hat.«

Erleichterung übermannt mich, dass ich endlich nicht mehr allein bin, und ich muss die Lippen zusammenpressen, um nicht in Tränen auszubrechen.

»Was du bei der Beerdigung gesagt hast, hat mir gezeigt, dass du es nicht glaubst«, fährt Damian fort. »Aber …«, er zögert. »Die Sache ist … Hast du einen bestimmten Grund für diese Annahme? Oder liegt es einfach daran, dass du sie so gut kanntest, dass du es einfach nicht glauben kannst?«

Ich stelle mein Glas ab. »Vor allem Letzteres«, gebe ich zu. »Außer, na ja, sie hat mir an dem Abend, an dem sie starb, eine SMS geschickt. Sie sagte, sie müsse unbedingt mit mir reden. Jeder andere scheint dies für einen Hilferuf zu halten, aber …«

»Aber sie wollte *wirklich* mit dir reden«, unterbricht Damian mich. »Ich *weiß*, dass sie das wollte. Wir haben uns deswegen gestritten. Das ist der Grund, warum ich an jenem Abend nicht bei ihr war …« Er hält inne, und in seinen Augen spiegelt sich Schmerz bei der Erinnerung daran. Er nimmt einen Schluck Mineralwasser. »Julia wollte dir etwas Wichtiges sagen. Ich hab sie gefragt, worum es geht, aber sie weigerte sich, es mir zu erzählen. Sie sagte, sie müsse zuerst mit dir reden, bevor sie mit jemand anderem darüber sprechen könne. Sie war so verdammt loyal …« Er schüttelt den Kopf.

Erleichterung und Dankbarkeit erfüllen mich, entfachen in mir einen Sturm der Gefühle. All dies ist eine Bestätigung der schrecklichen Gedanken, mit denen ich seit über vierzehn Tagen lebe. Allein. Bis zu diesem Augenblick war mir nicht klar, wie schwer es auf mir lastete, dass ich die Einzige war, die *nicht* an Julias Selbstmord glaubte. Die glaubte, dass jemand anderer ihr das Leben genommen hat. Und doch meldet sich mein Argwohn wieder. Woher soll ich wissen, dass Julia an jenem Abend nicht mit mir über Damian reden wollte? Kann ich wirklich sicher sein, dass Damian mir die Wahrheit erzählt und nicht einfach nur das, was ich hören will?

»Was ist mit dem Abschiedsbrief?«, frage ich.

Damian verdreht die Augen. »Ich weiß, was drinstand. Hab Julias Mutter dazu gebracht, ihn mir vorzulesen. *Ich kann nicht mehr … Bitte macht kein Aufhebens …* Also wirklich! Julia hätte so was nie und nimmer geschrieben.«

»Ich weiß.«

»Und er wurde auf ihrem Computerbildschirm gefunden, also nicht mit der Hand geschrieben. Und es gab keine Unterschrift. Was im Grunde genommen heißt, dass derjenige, der sie umgebracht hat, ihn geschrieben haben könnte.«

Ich nicke, hänge an jedem seiner Worte. Ich will so sehr glauben, was Damian sagt, dass ich die Tränen aufsteigen fühle. »Tut mir leid, aber ich habe das nicht erwartet. Ich habe dich nicht erwartet.«

Damian zieht die Augenbrauen hoch. »Komisch. Genau das hat auch Julia einmal zu mir gesagt.« Er durchbohrt mich mit seinem Blick. Er ist auf diese offene, selbstbewusste Art männlich, auf die Julia immer abfuhr. Ich hingegen habe immer ruhige, grüblerische Männer vorgezogen. Ich rutsche auf meinen Stuhl hin und her. »Weißt du, worüber Julia mit mir reden wollte?«

Damian sieht mich unverwandt an. »Es hatte mit Kara zu tun«, sagt er.

»Mit meiner *Schwester?*« Ich runzle die Stirn. »Was meinst du damit?«

Damian zögert.

»*Sag's* mir. Was weißt du?«

Damian beugt sich vor. »Ich weiß, dass Kara vor achtzehn Jahren ermordet wurde. Ich weiß, dass du und Julia nach ihrem Tod Freundinnen wurdet. Und dass der Mörder nie gefasst wurde.«

Ich starre ihn an, erneut überrascht, dass Julia ihm all das erzählt hat. Abgesehen von unseren Unterhaltungen über die Ähnlichkeit von Hannah und Kara hatten Julia und ich seit Jahren nicht mehr richtig über meine Schwester gesprochen. Natürlich erwähnten wir sie, aber Mum und Dad waren diejenigen, an die ich mich an all den Jahrestagen wandte: an Weihnachten und den Geburtstagen mitten im Sommer, die Kara ewig jung bleiben ließen, während wir Übrigen alterten. Julia versuchte, mehr über Kara zu reden, doch all ihre Erinnerungen drehten sich um das gemeinsame Leben an der Uni, die Jungs und die Partys. Ich kannte die Kara, die Julia kannte, nicht wirklich, die junge Frau, zu der meine kleine Schwester sich entwickeln wollte.

»Es tut mir leid, dass ich nicht eher zu dir gekommen bin.« Damian lehnt sich zurück. »Ich stehe einfach unter Schock, seit – Julia. Ich wusste nicht, ob es richtig war …«

»*Was* wollte Julia mir von Kara erzählen?«

Damian reibt sich die Stirn. »Okay, ich weiß nicht, wie ich das sagen soll, denn ich weiß, dass Julia dir nie etwas davon erzählt hat …« Er zögert.

»Nun mach schon.«

»Sie hat mir erzählt, sie würde sich schuldig fühlen, dass sie Kara in jener Nacht nicht beschützt hätte. Vor allem, dass sie nicht mit ihr nach Hause gegangen sei. Sie hat sich die ganze Zeit schuldig gefühlt. *Immer.*«

Das überrascht mich jetzt wirklich. Ich erinnere mich, dass Julia vor achtzehn Jahren heftige Gewissensbisse quälten, weil sie bei der Party geblieben war und Kara allein nach Haus hatte gehen lassen. Doch alle beteuerten ihr, dass das, was Kara passiert war, nicht ihre Schuld sei, und ich schätze, ich hatte schließlich angenommen, dass sie uns glaubte. Tatsächlich dachte ich, *ich* sei die Schuldige. Ich war Karas große Schwester. Ich hätte da sein sollen, um sie zu beschützen.

»*Immer* schuldig gefühlt?« Sicher übertreibt Damian.

»Ja, immer. *Sehr sogar.* Sie hat gesagt, es sei ihre Schuld, dass Kara überhaupt bei der Party war, dass Kara nicht gehen wollte, dass sie sie dazu gedrängt habe. Dann wollte Kara nach Hause und bat Julia mitzukommen, doch Julia amüsierte sich zu gut. Da war ein Typ, der ihr gefiel ...« Er nimmt noch einen Schluck Mineralwasser. Sein Glas hinterlässt einen nassen Ring auf dem rissigen Holztisch, und er wischt den Flecken mit der Hand weg. »Ich weiß, dass sie es dir nicht gesagt hat, aber sie hat es sich nie verziehen, dass sie nicht für deine Schwester da war, und sie hat immer versucht herauszufinden, wer sie umbrachte. Woche für Woche verbrachte sie Stunden damit, Spuren zu verfolgen. Manchmal fuhr sie sogar an andere Orte, um Hinweisen nachzugehen.«

»Nein.« Ich kann es nicht glauben.

»Doch.« Daniel beugt sich vor, sieht mich eindringlich an. »Deswegen ist sie nach der Uni in Exeter geblieben.

Sie hätte einen Job in Bristol oder in London bekommen können – hätte vielleicht für ein bekanntes Modemagazin arbeiten können, aber sie entschied sich für Exeter und die Chance, wann immer möglich Hinweisen nachzugehen.«

Ich starre ihn an. Ich bin so daran gewöhnt, mein eigenes Leben als beschränkt und Julias als ein einziges großes glamouröses Abenteuer zu sehen, dass ich Schwierigkeiten habe, mir vorzustellen, dass ihr Leben in irgendeiner Weise hätte eingeschränkt sein können. Und doch erklärt dies Julias viele Kurztrips. Sie war immer zu Seminaren und Konferenzen unterwegs, jedenfalls sagte sie das. Manchmal erzählte sie mir Einzelheiten von den Menschen und den Orten, die sie besuchte, manchmal blieb sie seltsam vage. Ich nahm sie immer beim Wort, wenn sie sagte, dass die Reise zu langweilig gewesen sei, um etwas davon zu berichten. »Bitte, Liv«, sagte sie dann, »es reicht, dass ich es *einmal* erleben musste.«

War sie tatsächlich Hinweisen zu Karas Tod gefolgt? Ich kann mir beim besten Willen nicht vorstellen, was sie herausgefunden haben könnte.

»Aber die Polizei hat vor sechzehn Jahren ihre Ermittlungen eingestellt. Es hieß, es gäbe keine Beweise. Keine Zeugen. Keine DNA.«

»Ich weiß.« Damian zuckt die Schultern. »Aber Julia konnte nicht aufhören.«

Ich lehne mich zurück, versuche zu begreifen. »Ich kann nicht glauben, dass Julia mir all das verschwiegen hat.«

»Sie hat nicht mit dir darüber geredet, weil sie dir keine Hoffnung machen wollte«, erklärt Damian. »Es war ihre Privatangelegenheit. Ich bin nur durch Zufall auf die

Dateien gestoßen, obwohl ich glaube, dass sie zu diesem Zeitpunkt mit jemandem darüber sprechen wollte. Doch an dem Abend, an dem sie starb, war es anders. Sie musste mit dir reden.« Er holt tief Luft. »Sie wollte dir sagen, dass sie weiß, wer er ist … Dass sie ihn gefunden hat.«

Mir gefriert das Blut in den Adern. *»Ihn?«*

Damian nickt. Das Licht fängt das Grün in seinen haselnussbraunen Augen ein. »Ihn«, sagt er. »Karas Mörder.«

Kara

Alles zu tun, wozu man in der Lage ist, heißt, ein Mann zu sein; alles zu tun, was man gern tun würde, heißt, ein Gott zu sein.

NAPOLEON BONAPARTE

Meine Kindheit verlief, wie ich bereits erklärt habe, völlig normal. Ah, Nostalgie, dieses »Land der verlorenen Zeit«, jene glücklichen Erinnerungen an dieses andere Land, wo alles anders läuft. Blablabla. Ich gehöre nicht zu denen, die die Vergangenheit idealisieren. An dieser Stelle möge der Hinweis genügen, dass ich alle üblichen Entwicklungsstadien durchlief und früh erkannte, dass meine Mutter und mein Vater zutiefst unzulängliche menschliche Wesen waren, wenn auch in sehr unterschiedlicher Hinsicht.

Die ersten Jahre als Teenager waren schwierig für mich, doch sobald ich ein bisschen fülliger geworden war und mich mit den unausweichlichen Veränderungen meines Körpers abgefunden hatte, lief alles bestens in der Schule. Ich brauchte nicht viel zu arbeiten und hatte genug Freunde, wenn ich wollte.

Heute betrachte ich meine Teenagerzeit als Phase des Experimentierens und der Entdeckungen. Natürlich war damals alles anders. Doch die Hormone waren dieselben, und ich brauchte eine Weile, um herauszufinden, wie ich mit Mädchen umgehen musste. Ein paar sind mir im Gedächtnis geblieben.

Kerry-Ann aus Schottland mit den Pickeln und den widerspenstigen Haaren war das erste Mädchen, mit dem ich Sex hatte. Sie verlor ihre Jungfräulichkeit – dankbar und mitleiderregend – in einem Bushäuschen mit Blick aufs Meer. Dann kam die nuttige Samantha, eine Weile später Melissa, mit der ich ein paar Wochen lang ausging – und die bald danach einen Selbstmordversuch unternahm. Ich lernte eine Menge von diesen Mädchen – ich fand heraus, dass man sie normalerweise dadurch gewann, dass man sauber und aufgeschlossen war und lächelte, und dass das bisschen an Anziehungskraft, das sie auf mich ausübten, schon bald nachließ. Ich genoss weibliche Gesellschaft. Genieße sie immer noch. Aber keins dieser Mädchen hatte mir etwas Besonderes zu bieten. Ich lief ihnen gern nach, hatte sie aber schnell wieder über.

All das änderte sich mit Kara.

Wir lernten uns an einem Herbstabend in einer Bar kennen. Seit den zuvor erwähnten Mädchen waren Jahre vergangen, und mein Erwachsenenleben hatte sich bis dahin als gewaltige Enttäuschung erwiesen. Ich hatte zwar keinen Mangel an Geliebten, aber nie so etwas wie wahre Liebe empfunden. Doch als ich an jenem Abend in die Bar kam und Kara sah, kam es mir so vor, als würden sich alle anderen dort Anwesenden in Luft auflösen, wie Nebel, der um ein wunderschönes Kunstwerk wabert.

Kara war ein Engel, ein Bild der Unschuld. Sie war schlank, hatte lange Beine und kleine Brüste und sah – zumindest verglichen mit den meisten anderen Mädchen in der Bar mit ihrem dick aufgetragenen Make-up und ihren nuttigen Kleidern – so frisch und sittsam aus. Kara hatte das Haar zu einem Pferdeschwanz gebunden, der ihr wie eine seidig glänzende, blonde Peitsche bis zur Mitte des Rückens herabhing. Sie trug ein kurzes schwarzes Kleid und flache schwarze Schuhe. Nichts Gewagtes, nichts Auffälliges.

Lieber Leser, ich wollte sie. Ich plante meinen Angriff. Sie war von anderen Studentinnen umgeben, sodass ich wartete, bis sie allein zur

Toilette ging, um ihr dann zufällig beim Gang zum Zigarettenautomaten über den Weg zu laufen. Niemand sah uns, als ich sie fragte, wie sie an der Uni zurechtkomme, und ihr erklärte, dass sie jederzeit mit mir reden könne, wenn sie irgendetwas in Exeter verwirrend oder erdrückend finde … dass ich die Stadt gut kenne und ihr sehr gern helfen würde. Blablabla. Nur, dass ich es diesmal ernst meinte.

Kara schenkte mir ein schüchternes Lächeln, und ich stellte ihr weitere Fragen: über ihr Privatleben, ihre Hoffnungen und Träume. Wir sprachen nicht lange miteinander und ehrlich gesagt erinnere ich mich an keine ihrer Antworten, nur an die Vollkommenheit ihres süßen Gesichts und an das Versprechen ihres Dufts. Sie wirkte jünger als die Mädchen, mit denen sie dort war, und schien dennoch so wie ich eine alte Seele zu sein.

Ich wollte sie unbedingt haben. Aber Kara war schüchtern, nicht bereit, keusch. Einer der Gründe dafür, dass ich so viele Jahre lang unentdeckt geblieben bin, ist, dass ich keine Handschrift hinterlasse. Ich wähle meine Methoden entsprechend der Situation. (Der andere wichtige Grund ist der, dass ich unglaublich vorsichtig bin.) Mein Handeln folgt also keinem Muster, doch es liegt ihm ein Ziel zugrunde … und dieses Ziel kristallisierte sich an jenem Abend mit Kara heraus und allem, wofür sie stand. Selbst damals wusste ich, dass Vonnegut – oder wer immer der Typ war, von dem er die Zeile übernahm – recht hatte, als er sagte, die traurigsten Worte seien »es hätte sein können«.

Denn trotz all meiner heimlichen Versuche, Kara für mich zu gewinnen, betrachtete sie mich immer nur als Freund. Und so verging die Zeit. Sie zog sich dahin, ein tödlicher Horizont. Objektive Zeit. Subjektive Zeit, getragen, wie Barnes sagt (und ich paraphrasiere), innen am Handgelenk, nahe am Puls. Ewigkeiten vergingen. Ich wartete auf eine Eingebung. Das ist mir jetzt klar. Natürlich lernte ich auch. Aber in der Schwebe, schlafwandelnd, wassertretend. Nicht wirklich lebendig.

Bis zu jener Nacht im Februar. Ich war ihr vorher schon oft gefolgt und tat es auch an jenem Abend. Ich war natürlich allein, während Kara – mein scheuer Vogel, der am liebsten in Gesellschaft flatterte – auf einer Party war. Aus den Fenstern im ersten Stock drang laute Musik, während ich wartete. Und wartete, ja, meine Zeit erwartete, »wie die Geduld auf einer Gruft«. Ha! »War das nicht Liebe?«

Zu meinem Erstaunen und Entzücken verließ Kara kurz nach eins die Party, allein. Ich folgte ihr die Straße entlang. Sie trug Jeans und eine Jacke und schaute sich immer wieder nervös um. Ich wartete, bis sie an der Überwachungskamera vorbei war, eilte dann zu ihr hinüber und gab mich überrascht, sie zufällig hier zu treffen. Und sie lächelte, ganz schüchtern und vertrauensvoll, und blickte mit diesen großen Rehaugen zu mir hoch. Kara war anders als die meisten jungen Mädchen in der Stadt, die auf laute, vulgäre und unangenehme Weise über Sex sprachen. Meine arme Kara fand Huren wie diese sicherlich peinlich. Ich wusste, dass sie noch Jungfrau war, auch wenn sie es mir natürlich nie gesagt hatte.

Dies war meine Chance. Ich war vorbereitet. Die Werkzeuge steckten bereits in meiner Tasche: mein Messer, mein Plastikmantel, meine Handschuhe und meine Maske. Es musste heute Abend passieren. Und das Schicksal hatte es in Bezug auf den Ort gut mit mir gemeint. Wir waren direkt am Kanal – eine schnellere Route nach Hause als die, die Kara hatte nehmen wollen, doch völlig sicher, jetzt, wo ich sie begleitete. Die Stufen waren ganz in der Nähe, und ich führte Kara direkt zum Treidelpfad am Kanal und wich damit der nächsten Überwachungskamera aus, so wie ich auch der letzten ausgewichen war. Die nächste Brücke war nur wenige Meter entfernt. Prickelnde Vorfreude erfasste mich. Es würde geschehen.

Wir spazierten am dunklen Wasser entlang über den Treidelpfad, den Blick auf die schimmernden kleinen Wellen gerichtet. Ich hielt mich dicht an der Wand, im Schatten. Ich hätte sie dort nehmen können, aber ich wusste, dass ich auf die Brücke warten musste. Ein einziger Schrei – und, vergessen Sie nicht, dies war mein erstes Mal, ich beherrschte noch nicht die Kunst, jemanden so an der Kehle zu packen, dass weder Raum für Luft noch Worte bleibt – hätte alles vermasselt.

Wenn ich heute an Kara denke, dann habe ich sie so vor Augen, wie sie damals aussah: in Jeans und Turnschuhen, den Blick beim Gehen auf den Kanal gerichtet, während die Brise mit unsichtbaren Fingern ihr weiches blondes Haar anhob. Ich wollte diese Haare in der Faust halten. Unbedingt. Während wir über den Pfad schlenderten, wuchs meine Erregung. Ich schaue jetzt zurück und sehne mich nach der Reinheit meiner Absicht bei jenem ersten Mal. Ich lauschte ihrem leichten Schritt auf dem feuchten Stein, dem Plätschern des Wassers gegen das Ufer, hatte den typischen Kanalgeruch in der Nase. Ich hielt Abstand, blieb im Schatten, bis wir die Brücke erreichten. Dort war es vollkommen dunkel. Einen Moment lang konnte ich nichts sehen. Ich sah mich um. Die Welt war still. Verlassen. Ich rannte hinüber, schnell und leise. Meine Schuhe steckten bereits in Plastiküberzügen, kein Risiko, Fußabdrücke zu hinterlassen. Das Aufleuchten ihres blonden Haars, als sie sich mir zuwandte. In der Stille hörte ich, wie sie Luft japste. Ein aufgeregtes Keuchen. Sie wusste, dass ich über sie herfallen würde.

Dann nahm ich mein Messer. »Dein erstes Mal«, murmelte ich ihr mit schmelzender Stimme ins Ohr. »Und meins.« Ich sah es an ihrem Blick, dass Kara mich wollte, aber nicht wusste, wie sie es zum Ausdruck bringen sollte. Sie war eine Göttin, eine jungfräuliche Königin.

Sie musste sterben, weil es einfach unmöglich war, sie mir in unserer realen Welt vorzustellen, in der das Leben »hässlich, brutal und kurz« ist. Aber sie lebt weiter in meiner Erinnerung. Es stimmt, dass der Lehrer kommt, wenn der Schüler bereit ist. Kara war meine Lehrerin. Sie änderte alles. Machte mich zu dem Mann, der ich heute bin.

Als es vorbei war und ich mich zum Gehen wandte, fiel mir das Schimmern von Metall ins Auge. Ein altmodisches Medaillon um ihren Hals. Ich nahm es und steckte es in meine Tasche. Endlich kannte ich *meinen Lebenssinn. Seit jener Nacht hatte ich nie wieder das Gefühl, ein »Leben stiller Verzweiflung« zu erdulden, so wie es die meisten Menschen tun. Denn es gibt nichts Verborgenes, das nicht aufgedeckt wird, und meine Aufgabe auf dieser Erde ist es, die dunkelste Scham eines Menschen zu kennen und sie ihm in seinen letzten, wunderbaren Augenblicken vor Augen zu führen.*

Mit Kara wurde ich erwachsen. Sie war der Prüfstein für alles, was folgte. Mein Leitstern, der mich sicher nach Hause brachte.

Kapitel 6

Julia wusste, wer Kara ermordet hatte?

Niemals! Sofort bin ich wieder misstrauisch. Und wütend.

Ich starre Damian an. Er beobachtet mich aufmerksam. »Ich glaube dir kein Wort.« Meine Wut nimmt noch zu, als ich dies sage. »Julia hätte nie achtzehn Jahre lang im Alleingang sinnlose Nachforschungen betrieben. Und sie hätte es mir mit Sicherheit gesagt, wenn sie es getan hätte.« Ich stehe auf. »Sie hätte mir auch gesagt, wenn … wenn sie Gefühle für dich gehabt hätte. Sie hat mir nichts davon erzählt.«

»Ich weiß.« Damian legt die Stirn in Falten. »Ich weiß, das kommt jetzt völlig unerwartet, aber …«

»Und wieso bin ich dir dann nie begegnet?« Ich trete einen Schritt zurück und verschränke die Arme. »Wenn ihr beiden es so ernst gemeint habt, warum hat Julia nichts gesagt? Du stehst nicht einmal in ihrem Kalender.«

»Du notierst dir die Treffen mit Menschen, die du fast jeden Tag siehst, nicht in deinem Terminkalender«, erwidert Damian. »Und außerdem wollte Julia nicht eingestehen, was sie empfand – nicht einmal sich selbst.« Einen Moment lang verzieht er das Gesicht zu einem schiefen, sexy Grinsen. Er wirkt so … Ich ringe um das richtige Wort. Authentisch. Selbstsicher. Es ist schwer, ihm nicht zu glauben. Er beugt sich vor, sein Gesichtsausdruck flehend. »Ich kannte Julia. Besser als jeder andere. Ich *sah* sie. All die Ängste, die sie verbarg, all die kleinen Unsicherheiten. Und ich wusste auch, dass sie gern Pouilly-Fuissé und Jack Daniel's trank und dass ihr Lieblingsort Bolt Head am Meer war. Ich weiß, dass ich wahrscheinlich völlig eingebildet klinge, doch die Wahrheit ist, dass Julia mehrmals versucht hat, die Beziehung zu beenden. Jedes Mal rief sie nach ein paar Tagen wieder an. Und mir war immer klar, dass sie es tun würde.«

Ich blicke ihn prüfend an, in seinen Augen schimmert Intelligenz. Und seine Anziehungskraft ist nicht zu übersehen. Seine unbeschwerte, bedächtige Art ergänzt sich mit Julias scharfem Witz. »Okay – mag sein.« Ich werde nie wirklich wissen, wie lange Damian und Julia zusammen waren oder was sie für ihn empfand. Aber die Sache mit Kara ist ganz bestimmt Unsinn. »Wenn Julia wirklich glaubte, Karas Mörder gefunden zu haben, warum ist sie dann nicht zur Polizei gegangen?«

»Das wollte sie tun – sobald sie es dir erzählt hätte. *Mit dir*«, erklärt Damian. »Aber dann wurde sie ermordet, sodass …«

»Warum bist *du* dann nicht zur Polizei gegangen?«

»Bin ich. Das heißt, die Polizei war in ihrer Wohnung, als ich an dem Abend vorbeikam, an dem es … an dem es passiert ist. Ich war zu wütend, um vorher anzurufen, aber … aber, ich wollte mich mit ihr versöhnen, also bin ich hingegangen.« Damian schließt die Augen. Bei dieser Erinnerung huscht ein Schatten über sein Gesicht. »In ihrer Wohnung herrschte Hochbetrieb. Sie hatten ihren Leichnam weggebracht, doch überall wimmelte es von Polizisten, die alles durchsuchten. So habe ich davon erfahren …« Er zittert, öffnet dann die Augen. »Ich wusste, dass es kein Selbstmord war, kein Selbstmord sein *konnte*, obwohl die Bullen eindeutig davon ausgingen. Aber für mich war die Sache klar: Julia hatte herausgefunden, wer Karas Mörder war, und der Mörder hatte sie umgebracht, damit sie ihn nicht verriet. Ich habe der Polizei alles erzählt, was ich wusste, aber ich glaube, in ihren Ohren klang das völlig verrückt, vor allem weil sie nichts finden konnten, was meine Geschichte bestätigt hätte. Ich glaube sogar, dass meine Aussage, Julia glaube, nach so vielen Jahren den Mörder identifiziert zu haben, sie noch mehr davon überzeugt hat, dass sie – Probleme hatte … ein bisschen wahnhaft war. So wie sie die SMS an dich, ›Ich muss mit dir reden‹, als Hilferuf interpretiert hat …«

»Warte.« Ich hebe mein Glas, um ihn zum Schweigen zu bringen. Ich kann nicht glauben, dass irgendetwas von all dem stimmt. Und doch, warum sollte Damian es erfinden? »Wenn Julia wirklich Nachforschungen angestellt hat, dann muss es Aufzeichnungen geben – irgendetwas … Ich war tausendmal in ihrer Wohnung. Ich habe nie etwas dergleichen gesehen.«

»Natürlich gab es die.« Damian fährt sich mit der Hand durchs Haar. »Sie hatte Karten und Papiere von der gerichtlichen Untersuchung und Kopien aller Polizeiakten – keine Ahnung, wie sie da rangekommen ist. Ich glaube, dass es da mal einen Typen von der Polizei gab, den sie um den Finger gewickelt hatte, oder?«

Ich nicke. Der Polizeibeamte, den Damian meint, ist der Mann, der Julia den Smaragdring mit den Diamanten geschenkt hat, der in ihrer Wohnung fehlte, und der ihr das Cottage in Lympstone hinterließ, als er starb. Er war Kriminaloberkommissar und etliche Jahre älter als Julias sonstige Lover. Ich lernte ihn nie kennen. Damals, so viele Jahre nach Karas Tod, war es mir nie in den Sinn gekommen, dass es einen Zusammenhang mit dem Mord geben könnte, doch Alan Rutherford war aus der Gegend und musste Zugang zu allen möglichen Akten gehabt haben.

Als ich von seiner offensichtlichen Zuneigung zu Julia hörte, hatte ich nur überlegt, ob ein solider, älterer Exbulle nicht vielleicht genau das war, was sie brauchte. Mir dreht sich der Magen um, als ich mich daran erinnere, dass Julia ihn nur wenige Wochen nach seiner Pensionierung abservierte, weil er angeblich zu leidenschaftlich wurde. Jetzt frage ich mich unwillkürlich, ob es nicht eher daran lag, dass er ihr nicht mehr nützlich war. Ich bin mir sicher, dass Julia ihn wenige Jahre später, als er starb, praktisch vergessen hatte – das er sie in seinem Testament bedacht hatte, kam für sie jedenfalls völlig unerwartet. »Sein Name war Alan Rutherford.«

»Okay, Julia hat ihn also benutzt, um an alle möglichen Informationen heranzukommen. Und sie dann selber ergänzt. Sie hat immer alles in der Truhe am Bettende versteckt. Sie hat die Sachen mit alten Kleidungsstücken zugedeckt, die sie nicht mehr trug.«

Ich kenne die Truhe, von der er spricht. Ich habe unzählig Male darauf gesessen. Als Julia noch studierte, zeigte sie mir regelmäßig ein paar der ausgefalleneren Dinge, die sie darin aufbewahrte. Aber das liegt sehr, sehr lange zurück. Ich habe den Inhalt der Truhe seit Jahren nicht mehr gesehen, habe keine Ahnung, ob Damian die Wahrheit erzählt.

»Was ist denn mit all dem Zeugs, all den Aufzeichnungen passiert?«

»Das ist der Punkt. Sie waren nicht da, als ich an dem Samstagabend hinkam, während die Polizei ihre Wohnung durchsuchte.«

Wieder macht sich mein Magen bemerkbar.

»Ich glaube, dass ihr Mörder – wer auch immer sie zwang, das Pentobarbital zu nehmen –, ich glaube, dass er alles auf Julias Computer gelöscht und alle Notizbücher und Aufzeichnungen mitgenommen hat. Deswegen konnte die Polizei nichts finden«, fährt Damian fort.

Ich starre ihn an. Meint er es wirklich ernst?

»Und noch was. Wer auch immer er war, er muss gewusst haben, dass sie im Internet Recherchen über Selbstmord angestellt hat. Er musste dann nur die Pentobarbital-Broschüre auf ihrem Schreibtisch liegen lassen, um den Eindruck zu verstärken, dass sie einen Selbstmord geplant hatte.«

Mir gefriert das Blut in den Adern. »Aber das heißt, sie muss ...«

»... den Mörder gekannt haben«, sagt Damian grimmig. »Ich weiß. Das erklärt auch, warum es keine Anzeichen für einen Kampf gab. Julia muss den Betreffenden in ihre Wohnung gelassen haben, und der muss dann, nachdem er sie getötet hat, die Papiere mitgenommen, die Dateien über Kara gelöscht und diesen Abschiedsbrief geschrieben haben.«

»Woher weißt du, dass die Informationen über Kara *tatsächlich* zerstört ... gelöscht wurden?«

»Zum Teil von der Polizei, zum Teil von Julias Mutter.« Damian seufzt. »Ich habe dem Beamten – Polizeikommissar Norris – gesagt, er solle auf ihrem Computer und in der Truhe nachsehen.« Damian stöhnt. »Natürlich stand ich unter Schock, und als Norris sagte, es gebe keine Dateien, da wusste ich nicht, was ich tun sollte.« Er seufzt. »Die Polizeibeamten waren nicht unfreundlich – sie haben meine Daten aufgenommen und gesagt, sie würden mich später noch vernehmen. Ich hab dann meine Aussage gemacht, aber ich bin mir nicht sicher, ob sie mir überhaupt geglaubt haben, dass ich Julias Freund war. Es war nicht gerade hilfreich, dass Julia praktisch niemandem meinen Namen gesagt hatte, nur ›Dunkelblonder‹. Auf jeden Fall habe ich seit der Autopsie nichts von der Polizei gehört.« Er hält inne und runzelt die Stirn. »Wobei es mich nicht überrascht, dass sie keine Notiz von mir genommen hat. Sie hat *nichts* von dem geglaubt, was ich ihr gesagt habe.«

»Was meinst du damit?«, frage ich.

»Nichts.« Damian zögert. »Nur, dass ich in ihren Augen einfach nur Julias neuste Eroberung war, niemand Wichtiges.«

Ich lenke die Unterhaltung zurück auf Julias Mutter.

»Du hast eben erwähnt, du hättest außer mit der Polizei auch mit Julias Mutter gesprochen. Was hat sie gesagt?«

»Nichts Hilfreiches.« Damian zieht eine Grimasse. »Die Polizei hatte ihr Julias Computer gegeben, nachdem sie mit der Untersuchung fertig war. Und ihr erzählt, was ich über all die fehlenden Dateien gesagt hatte. Sie tat es kurzerhand ab. Als ich sie dann anrief, hat sie mir dasselbe gesagt – dass weder auf dem Computer noch in Julias Unterlagen etwas über Karas Tod zu finden sei, aber ich weiß nicht einmal, ob sie genau nachgesehen hat …«

»Ich glaube, Joanie hat ein paar Sachen aus Julias Wohnung mitgenommen«, sage ich. »Schmuck, Bilder, sogar ein paar Handtaschen …«

»Wahrscheinlich.« Damian seufzt. »Sie will nicht mehr mit mir reden. Ich habe ihr gesagt, Julia hätte einen ganzen Ordner über Kara. Dass auf der Festplatte wahrscheinlich noch Informationen gespeichert seien, die jemand, der genauer nachsehen würde, als die Polizei es getan hatte, sicherlich finden könnte. Doch Julias Mutter weigerte sich, mir den Computer auszuhändigen. Sie hat einfach akzeptiert, dass Julia seltsam und folglich labil und folglich selbstmordgefährdet war. So wie alle anderen.«

Ich öffne und schließe den Mund, ohne ein Wort zu sagen. Ich begreife nicht, was er sagt. Es ist unmöglich, kann gar nicht sein. Ich spüre eine Enge in der Brust. Ich weiß nicht, ob es an der Vorstellung liegt, dass Julia so lange ohne mein Wissen gehandelt hat, oder an dem Gedanken, dass sie möglicherweise herausfand, wer meine Schwester vor all den Jahren ermordet hatte. Prüfend sehe ich Damian an. Was empfand Julia wirklich für ihn?

Damian erwidert meinen Blick. Seine Lippen glänzen vom Mineralwasser weich im Lampenlicht. »Ich habe Julia geliebt, und sie hat mich geliebt«, sagt er leise, als könne er meine Gedanken lesen. »Sie hasste es, wie verletzlich ihre Gefühle sie machten, hat deshalb mit sich gekämpft. Und sich geweigert, irgendjemandem von mir zu erzählen, aber es ist wahr. Schau mal.« Er holt sein Handy heraus, blättert vor zu einem Foto und hält es mir hin. Es ist ein Foto von ihm und Julia. Damian sieht gut aus in seinem dünnen Pullover und den funkelnden Augen, die direkt in die Kamera blicken, die er offensichtlich hält. Julia sitzt neben ihm, hat ihm das Gesicht zugewandt. Sie strahlt … lächelt – und ihr Blick verrät, was ich nur als grenzenlose Liebe beschreiben kann. Ich bin wie gelähmt. So habe ich sie noch nie gesehen. Damian drückt auf den Punkt in der Mitte des Displays und das Foto erwacht zum Leben. Julia lacht, schaut Damian an. Er blickt weiterhin in die Kamera und sieht höllisch sexy aus. Doch es ist Julia, von der ich den Blick nicht wenden kann. Sie sieht so weich aus, so *verliebt*. Mit einem Schlag erinnere ich mich wieder daran, wie kalt und starr ihr Gesicht im Tod war. Ich schaue weg.

»Tut mir leid«, flüstert Damian. »Ich weiß, wie schwierig es ist, sich Fotos von … von ihr – anzuschauen.«

In mir toben widerstrebende Gefühle. Diese Julia habe ich nicht gekannt: ihr Herz in Damians Händen und wegen Karas Tod offenbar so sehr von Schuldgefühlen gequält, dass sie die zweite Hälfte ihres Lebens damit verbrachte, den Mörder zu finden.

»Ich habe ihr eine Woche, bevor sie starb, einen Heiratsantrag gemacht.« Damians Stimme verrät, wie aufgewühlt er ist. Schockiert reiße ich den Mund auf. »Sie hat ›Ja‹ gesagt.« Seine Lippen zittern leicht.

»Aber …« Ich glaube das nicht! Er denkt sich das *sicher* nur aus. »Aber Julia hat *nichts* davon erzählt«, stottere ich.

»Ich weiß.« Damian seufzt. »Ich weiß, dass ich dir wie ein irrer Fantast vorkommen muss, aber wir hatten vor, Ende des Monats einen Ring zu kaufen … dann wollte sie es allen sagen.«

Ich starre aus dem Fenster. Die Straße ist belebt. Eine Gruppe kreischender Mädchen eilt vorbei. Die Lichter des Aces High flimmern auf dem Asphalt.

»Warum bist du immer wieder zurück in den Klub gegangen?«

»Weil Julia zwei Tage vor ihrem Tod dorthin ging.« Damian setzt sein Glas fest auf dem Tisch ab. »Als wir uns danach trafen, war sie völlig – aufgewühlt. Ich hab sie gedrängt, mir zu sagen, wo sie war. Du kannst dir vorstellen, wie das für mich klang, als sie sagte, sie sei in einer Single-Bar gewesen, mir aber nicht erzählen wollte, warum …«

Ich ringe nach Luft, erinnere mich an die Initialen A. H.

in Julias Terminkalender, zwei Tage vor ihrem Tod. Ich hatte da vorher keinen Zusammenhang gesehen, aber vielleicht stand »A. H.« für Aces High. Verblüfft schaue ich Damian an. Dies ist der erste richtige Beweis dafür, dass er die Wahrheit sagt. »Erzähl weiter«, fordere ich ihn auf.

»Ich hab dann nicht weiter nachgebohrt, doch am nächsten Tag, dem Freitag, ging Julia wieder aus und wollte mir dieses Mal *kein Wort* darüber sagen, wo sie gewesen war. Ich habe sie an dem Abend noch getroffen, und ich war total sauer. Ich meine, sie hatte vor knapp einer Woche meinen Heiratsantrag angenommen, sodass es sich anfühlte, als würde sie einen Rückzieher machen. Aber Julia wiederholte nur immer wieder, dass sie nichts sagen könne. Da bin ich davongestürmt. Am nächsten Tag, dem Samstag, haben wir dann am frühen Abend miteinander geredet. Da hat sie endlich gestanden, dass sie herausgefunden hat, wer Karas Mörder ist, sie müsse unbedingt mit dir reden, sagte sie.«

»Und ihr habt euch wieder gestritten?«, frage ich.

Damian nickt betreten. »Ich habe nicht verstanden, warum sie mir nicht sagen konnte, was sie herausgefunden hatte.« Er stöhnt. »Ich weiß jetzt, dass ich überreagiert habe, aber es war so *frustrierend*. Julia hat einfach nur immer wieder gesagt, dass sie zuerst mit dir sprechen müsse. Ich dachte, sie würde übertreiben, um mich wegzustoßen, wie sie es vorher schon mal getan hatte.« Unglücklich zuckt er die Schultern. »Ich war ein Idiot. Aber ich hatte es satt, dass sie immer wieder Barrieren zwischen uns aufbaute. Ich hab gesagt, sie müsse mir vertrauen, denn sonst würde alles, was wir je zueinander gesagt hätten – einschließlich unserer Verlobung – nichts bedeuten.«

»Hat sie jemals den Namen Shannon erwähnt?«

»Nicht, dass ich wüsste. Nein, ich bin mir sicher, dass sie es nicht getan hat. Warum?«

»Shannon war das Mädchen, mit dem du mich im Aces High gesehen hast.« Ich erzähle ihm von den Einträgen in Julias Terminkalender und ihrem geplanten Treffen mit Shannon am heutigen Abend. Während ich rede, überläuft es mich eiskalt. Ist es möglich, dass Julia davon ausging, dass es zwischen Shannon, dem Aces High und Karas Mörder irgendeine Verbindung gab? Ich kann mir nicht vorstellen, wie die aussehen könnte, aber wenn Julia zwei Tage vor ihrem Tod tatsächlich im Aces High gewesen ist und sich ihr Verhalten danach wirklich geändert hat, dann *muss* es einen Zusammenhang geben.

»Vielleicht ist das Bindeglied der Ort, nicht Shannon«, sage ich. »Schließlich war Shannon noch ein Kind, als Kara starb.«

»Schon, aber Kinder haben trotzdem Augen und Ohren.« Damian runzelt die Stirn. »Vielleicht hat Shannon damals etwas gesehen, was mit Karas Tod zu tun hatte. Was immer es war, wir müssen sie finden.« Er trinkt sein Glas leer.

»Der Barkeeper im Aces High kennt sie«, sage ich. »Vielleicht hat er einen Nachnamen oder eine Telefonnummer.«

Wir gehen zurück zum Aces High, doch der Barkeeper weigert sich, Informationen über Shannon herauszurücken – eine frustrierende Sackgasse nach all den Enthüllungen des heutigen Abends. Als wir wieder auf dem Bürgersteig stehen, schaue ich auf meinem Handy nach, wie spät es ist. Fast Mitternacht, viel später, als ich gedacht hatte, und mein Handy, dass ich vor Stunden auf stumm gestellt hatte, zeigt mir an, dass ich einen Anruf von Will verpasst habe. Ich beiße mir auf die Lippe, fühle mich schuldig.

Wir schlendern zu meinem Wagen. Mir schwirrt der Kopf. Ich fühle mich wie erschlagen von all den Informationen und bin doch so aufgedreht, so zielstrebig. Bevor ich fahre, tauschen Damian und ich Telefonnummern aus und vereinbaren, am nächsten Tag miteinander zu telefonieren und zu überlegen, was wir als Nächstes tun sollen.

Zu Hause ist alles dunkel, außer oben, im vorderen Zimmer, unserem Schlafzimmer, in dem Will sicher auf mich wartet.

Er sitzt im Bett, als ich hochkomme, seinen Laptop auf den Knien.

»Na, hast du dich amüsiert im Nachtklub?«, fragt er sarkastisch.

Ich zucke zusammen. Ärger und Schuldgefühle steigen in mir hoch. »Bitte nicht.« Ich setze mich neben ihn und erzähle, dass Shannon weggelaufen ist, als ich mit ihr reden wollte, und dass ich mit Damian gesprochen habe.

»Er ist Julias ›Dunkelblonder‹«, erkläre ich. »Ich glaube, sie hat ihn mehr gemocht, als sie zugeben wollte.«

Will zieht eine Augenbraue hoch. »Das klingt nicht nach Julia.«

Ich will eigentlich nicht auf alle Einzelheiten der Unterhaltung eingehen, habe andererseits aber das Gefühl, dass ich Will eine Erklärung schulde. Also erzähle ich ihm alles, worüber Damian und ich gesprochen haben, und blicke dann in der Erwartung hoch, Betroffenheit in Wills Blick zu sehen. Stattdessen sehe ich Skepsis.

»Was ist los?«

Er zuckt die Schultern.

»Glaubst du nicht, dass Julia Karas Mörder gefunden hat?«

Will verzieht das Gesicht. »Ich glaube, dass sie ihn finden *wollte*, aber ich weiß nicht, wie ihr das hätte gelingen sollen, wo es doch vor achtzehn Jahren der gesamten Polizeitruppe von Devon und Cornwall nicht gelungen ist.«

»Aber was ist mit all dem Zeug, das laut Damian in ihrer Wohnung fehlte, als er an dem Abend, an dem sie gestorben ist, dort war? Alle Unterlagen über Kara verschwunden und alle Informationen auf ihrem Computer gelöscht?«

Will verfällt in Schweigen.

Ich gehe ins Bad und putze mir die Zähne. Ich muss mit Joanie reden. Ich muss sie nach den Sachen fragen, die in Julias Wohnung fehlen – und mir außerdem Julias Computer ansehen. Damian war ebenfalls der Meinung, dass wahrscheinlich Joanie die Wertsachen mitgenommen hat. Vielleicht hat sie auch die Unterlagen mitgenommen. Ich kann sie durchsehen. Ich kannte Julia und Kara besser als jeder andere. Ich sollte in der Lage sein, Hinweise zu entdecken – Notizen oder Anhaltspunkte, die für andere Leute vielleicht nichtssagend waren.

Ich gehe zurück ins Schlafzimmer. Will hat seinen Laptop auf die Kommode gestellt, sich gegen sein Kissen zurückgelehnt und die Hände hinter dem Kopf verschränkt. Sein Blick folgt mir, als ich das Zimmer zu meiner Seite des Betts durchquere.

»Die Polizei hat nichts Verdächtiges in der Wohnung gefunden, oder?«, fragt er. »Nichts auf dem Computer, keine Papiere?«

»Stimmt. Aber wie gesagt, der Mörder hat alles mitgenommen oder gelöscht.« Ich lege mich zu ihm ins Bett. Will sieht mich noch immer mit ernster Miene an.

»Was?«

Er holt tief Luft. »Livy, ich will dir nicht die Hoffnung nehmen. Ich weiß, dass dies wirklich wichtig für dich ist. Aber ich glaube, du übersiehst etwas.«

Ich runzle die Stirn. »Und was?«

»Du hast nichts weiter als Damians Behauptung, Julia *habe* herausgefunden, wer Karas Mörder war, und es *hätten* Unterlagen oder Informationen auf dem Computer existiert. Die Polizei hat ihn offensichtlich nicht ernst genommen. Warum solltest du das tun?«

Mir läuft ein Schauder über den Rücken, als ich mich daran erinnere, dass Damian mir erzählt hatte, die Polizei habe ihm kein Wort geglaubt. Was hatte er damit gemeint? *Warum* hatte sie ihm nicht geglaubt? Hatte das wirklich nur daran gelegen, dass sie seine Beziehung mit Julia nicht ernst nahm?

Ich weiß, dass Will recht hat, misstrauisch zu sein. Aber ich will es nicht hören. Ich drehe mich ostentativ zur Seite und ziehe mir die Bettdecke über die Schultern. Mit einem Seufzer macht Will das Licht aus.

Ich schließe die Augen, aber es dauert lange, bis ich einschlafe.

Kapitel 7

»Mum, Zack hat das ganze Müsli aufgegessen. *Schon wieder!*«

Hannahs Gejammer reißt mich aus meinen Gedanken. Auch wenn Will Damians Behauptungen keinen Glauben schenkt, ich muss es genau wissen. Ich bin nach wie vor entschlossen, Joanie dazu zu bringen, mir einen Blick in Julias Papiere und ihren Computer zu erlauben. Nach unserer Begegnung bei der Beerdigung habe ich jedoch keine große Hoffnung, dass sie sich meinen Verdacht überhaupt anhören, geschweige denn zulassen wird, dass ich ihm nachgehe.

»Im Schrank steht noch eine Packung«, sage ich geistesabwesend und blicke kurz hinüber zum Küchentisch, wo meine Kinder sich an entgegengesetzten Enden auf ihre jeweils eigene Art mit dem Frühstück beschäftigen. Will ist natürlich schon lange, bevor sie aufgestanden sind, zur Arbeit gefahren.

Zack sitzt vor einer riesigen blauen Schale Müsli, aus der die Milch schwappt, während er sein Frühstück hinunterschlingt, um möglichst schnell fertig zu werden und etwas anderes tun zu können. Hannah hingegen hat zwei Stühle in Beschlag genommen und hängt da wie eine viktorianische Dame auf einer Chaiselongue. Ihr Make-up und mehrere Spiegel sind um ihre eigene, noch leere Schale angeordnet und sie streicht mit zarten Fingern über jeden einzelnen Gegenstand.

»Warum muss *ich* sie holen?« Schmollend blickt sie zu mir hoch. »Das ist nicht fair. Ich muss immer alles machen.«

»Herrgott noch mal!« Ich bin nicht in der Stimmung, mich mit ihr zu streiten. Wir hatten heute Morgen schon eine Auseinandersetzung über den Zustand ihres Zimmers. Ich stapfe an ihrem Stuhl vorbei, hole eine neue Packung Müsli aus dem Schrank und greife unter die Lasche. Ich bin unkonzentriert und reiße mir am Karton die Haut auf. Es brennt, und Blut sickert in einer dünnen roten Linie aus der Wunde. Ich zucke zusammen, ärgere mich dann über mich selbst, weil ich so ungeschickt bin.

Zack schlingt den Rest seines Müslis in zwei riesigen Bissen hinunter, steht auf, umfasst seine Schale mit beiden Händen und trägt sie zur Spüle, so wie ich es ihm beigebracht habe. Ich stelle die neue Schachtel neben Hannahs Platz, und sie greift wütend danach. Zack, der seine Schale abgestellt hat, stürmt die Treppe hoch. Ich weiß, dass er sich die Zähne putzen und in einer Minute nach unten kommen, sie entblößen und mich anhauchen wird, um mir zu zeigen, dass sie »minzig frisch« sind. Dann wird er seine Schuhe anziehen und mich umarmen. Manchmal kommt es mir so vor, dass meine Tochter im Gegensatz zu meinem Sohn, der sich mühelos den Tagesabläufen anpasst, nur deshalb existiert, um Sand ins Getriebe zu streuen. Dies ist einer der Punkte, in dem sie sich komplett von meiner Schwester unterscheidet, die sich auf eine eher passive Art des Widerstands spezialisiert hatte.

Im Moment bedenkt Hannah mich mit bösen Blicken, während sie Müsli in ihre Schale rieseln lässt. Ein Auge ist geschminkt – was sie wunderschön macht, mit weichem pfirsichfarbenem Lidschatten und nur einem Hauch Mascara. Ich mag es nicht, dass sie schon mit zwölf mit Make-up zur Schule geht, aber die Regeln erlauben einen dezenten natürlichen Look, denn ich weiß, dass sie sich in der Schule schminken wird, wenn ich es ihr zu Hause nicht erlaube. Außerdem trägt Hannah nur wenig Make-up auf und hat – so wie früher Kara – ein Händchen für das Visuelle. Ich mache mir eher Sorgen, dass sie so wie Kara auf ungesunde Weise von ihrer Figur besessen ist und oft heimlich versucht, Mahlzeiten auszulassen.

»Müsli ist *so* widerlich«, sagt sie verachtungsvoll.

»Vor fünf Minuten wolltest du welches. Und es ist Bio-Müsli«, erwidere ich.

Hannah starrt mich feindselig an. Mir ist bewusst, dass sie fähig ist, eine Meinungsverschiedenheit über Müsli in einen Dritten Weltkrieg ausarten zu lassen, sodass ich schnell die Taktik wechsle. »Wie wär's denn mit Porridge?« Ich versuche, die Ruhe zu bewahren, indem ich mich auf ihre langen, schmalen Finger konzentriere, die unsicher über verschiedene Töpfchen mit Pickelcreme streichen. Sie ist noch ein richtiges Kind, ob sie es wahrhaben will oder nicht.

»Ich hasse Porridge«, knurrt sie.

Kopfschüttelnd verlasse ich die Küche.

Meine Hände schwitzen, als Julias Mutter später am Morgen mit dem für sie typischen barschen Ton meinen Anruf entgegennimmt. Ich gebe vor, mich mit einem alten Freund in der Gegend von Bridport zu treffen, und sage, dass ich auf dem Weg dorthin gern bei ihr vorbeischauen würde. Joanie ist einverstanden, doch ihre Stimme verrät mir, dass ihre Begeisterung sich in Grenzen hält.

Ich genieße es, bei Sonnenschein durch die ländlich geprägten Grafschaften Devon und Dorset zu fahren. Zu dieser Jahreszeit, in der die Wiesen saftig und grün sind, ist es hier am schönsten. Als es in der Nähe von Lyme Regis für eine Weile langsamer vorangeht, erinnere ich mich, dass ich vor vielen Jahren in einem Hotel hier in der Nähe an einer Tagung teilgenommen habe. Damals wusste ich es nicht, aber es war der Höhepunkt meines Berufslebens. Mein Boss schätzte mich, wollte mich schnell voranbringen, nachdem ich einen Essaywettbewerb gewonnen hatte. Doch ich fühlte mich hin- und hergerissen zwischen der juristischen Laufbahn, die möglicherweise vor mir lag, und meinem lange gehegten Traum, in die akademische Welt zurückzukehren. Ich strotzte vor Selbstvertrauen – wovon die Tatsache zeugte, dass mich im Laufe des Wochenendes drei Männer anzumachen versuchten. Lächelnd gab ich jedem von ihnen einen Korb. Will hatte mir gerade einen Heiratsantrag gemacht, und wir hatten vor, in Exeter ein Haus zu kaufen und zu renovieren. Das Leben schien voller Möglichkeiten zu stecken. Zwischen meiner Arbeit und meinem Privatleben herrschte eine perfekte Balance.

Als ich von der A35 abbiege, kommt mir der Gedanke, dass mein Leben schrumpfte, als ich heiratete, dass ich ironischerweise, indem ich meinen Mädchennamen Small aufgab, einen Weg zu einem engeren, beschränkteren Leben einschlug.

Ich parke vor Joanies großem, frei stehendem Haus. Es verwundert mich immer wieder, dass Julia hier aufwuchs. Weder in dem Haus aus den Dreißigerjahren noch in der ruhigen, belaubten Straße ist irgendetwas von Julia zu finden, die das wilde Stadtleben liebte. Für Joanie allein ist das Haus eigentlich viel zu groß, doch sie weigerte sich immer, einen Umzug in Betracht zu ziehen, selbst nachdem Julias Vater vor ein paar Jahren an Krebs gestorben war und die Rechnungen sich stapelten. Julia sprach bezeichnenderweise immer sehr abschätzig über die Inflexibilität ihrer Mutter, ihre Weigerung, sich zu verändern. Damals fragte ich mich, ob die Geschichte wirklich so einfach war. Julia behauptete, ihre Mutter sei mit einem »Gen für Märtyrertum« geboren worden und würde bis ins Grab darüber klagen, dass sich die Welt gegen sie verschworen habe. Doch Julia hatte kaum Zeit mit ihren Eltern verbracht, seit sie zur Uni gegangen war – wie also konnte sie irgendetwas über Joanies Gemütsverfassung wissen?

Ich streiche meinen Rock glatt, als ich auf den gepflegten Rasen im Vorgarten zugehe. Eine warme Brise zerzaust mir das Haar. Zu beiden Seiten des Tores stehen, Plastikwachen gleich, schwarze Mülltonnen. Mein Herz pocht, als ich an der Haustür klingle. Sofort öffnet Joanie die Tür.

»Hi.« Ich schenke ihr ein Lächeln.

»Hallo.« Joanie erwidert mein Lächeln nicht. Ihre Stimme klingt kalt, und einen Moment lang frage ich mich, ob sie mich überhaupt ins Haus bitten wird. Sie trägt ein Baumwolltop und eine lange Hose. Ihr Haar ist ordentlich frisiert und zeigt keine Spur grauer Ansätze. Sie hat eine erstaunlich glatte Haut und ist noch immer sehr schlank. Eingehend betrachte ich ihr Gesicht. Ich finde darin nichts von Julia wieder, außer vielleicht in der Form der Augen und der Nase.

»Komm rein«, sagt Joanie schließlich.

»Danke. Schön, dass ich kommen durfte.« Ich lächle

wieder, versuche, mich einzuschmeicheln. Joanie schürzt die Lippen. Sie hat Falten um den Mund, eine Hinterlassenschaft der vierzig Zigaretten am Tag.

»Ich gehe später aus, zum Mittagessen«, sagt Joanie, während sie die Tür öffnet. »Aber ich kann dir eine Tasse Tee anbieten.«

Ich will ihr gerade versichern, dass ich nicht die Absicht habe, lange zu bleiben, als Robbie plötzlich hinter ihr auftaucht. Ich bin so überrascht, ihn zu sehen, dass ich nach Luft schnappe.

Joanie gibt ein gereiztes Dz-dz von sich, wobei ich nicht genau weiß, ob es mir gilt, weil mich Robbies Gegenwart so aus der Fassung bringt, oder Robbie, weil er herumhüpft wie ein übergroßes Hündchen.

»Hi, Livy. Gott, es ist *toll,* dich zu sehen«, sagt er überschwänglich.

»Äh, dich auch.« Ich spüre, dass ich rot werde.

»Mum hat gesagt, dass du vielleicht vorbeikommst.« Robbie segelt an seiner Mutter vorbei, um mir einen dicken Kuss auf beide Wangen zu drücken. »Was führt dich nach Bridport? Ich bin gestern gekommen, um Mum zu besuchen. Hab mir im Hotel ein paar Tage freigenommen. Wenn ich gewusst hätte, dass du kommst, hätte ich dich mitnehmen können.«

Er komplimentiert mich an Joanie vorbei und ins Wohnzimmer, während ich meine Geschichte von einem »alten Freund in der Gegend« wiederhole. Ein flüchtiger Blick auf die ziemlich steife, förmliche Einrichtung erinnert mich daran, wie viel älter als meine eigene Mutter Julias Mutter ist. Fast eine andere Generation. Der Rasen vor der Terrassentür ist in sorgfältigen Streifen gemäht. Ein verkohlter Fleck in der Ecke – vermutlich von einem Gartenfeuer, obwohl eigentlich nicht die Jahreszeit dazu ist – bildet einen scharfen Kontrast zu den gepflegten Rosenbeeten. Im Unterschied zu unserem überwucherten Garten zu Hause ist hier keinerlei Unkraut zu sehen.

»Möchtest du einen Tee? Einen Kaffee?« Robbie weicht mir nicht von der Seite, als ich mich an einem Ende der Couch niederlasse.

Joanie hockt sich in den Sessel gegenüber. Aus der Nähe sehe ich, unter welcher Anspannung sie steht.

»Nein, danke.«

Robbie nickt und nimmt neben mir Platz – zu dicht. Ich rücke von ihm ab. *Verschwinde, du hinterlistiger Mistkerl.* Das würde Julia sagen.

Aber ich bin nicht Julia.

»Wie geht es Wendy?«, frage ich.

»Danke, gut.« Robbie fährt sich mit den Fingern durchs Haar, das hinten über seinen Hemdkragen ragt. Dass er nicht begreift, dass es noch mehr auffällt, wie kahl er auf dem Kopf wird, wenn er seine Haare im Nacken lang wachsen lässt? »Wendy ist im Moment zu Hause bei den Kindern. Ich helfe Mum gerade dabei, einige von Julias Sachen durchzusehen.«

»Das muss schwer für euch sein.« Ich zögere. »Äh, vielleicht kann ich dabei helfen?«

»Nicht nötig.« Joanie schürzt die Lippen. »Wir sind übrigens eigentlich sehr beschäftigt«, sagt sie spitz.

Ich schlucke. Ich muss eindeutig direkter sein, auch wenn Joanie es mir sicherlich nicht einfach machen wird. »Es tut mir leid, einfach hier hereinzuplatzen. Ich … Ich war so aufgewühlt wegen Julia. Ich *bin* so aufgewühlt …«

»Das sind wir *alle*«, sagt Joanie gefühlvoll.

»Natürlich.« Ich zögere. »Die Sache ist die: Es gibt da

ein paar Dinge beziehungsweise unbeantwortete Fragen, die mir Kopfzerbrechen machen.«

Joanie runzelt die Stirn. Ich spüre Robbies Anwesenheit. Er hockt mir noch immer zu dicht auf der Pelle und beobachtet mich gespannt. Unversehens fällt mir wieder der Tag ein, an dem ich ihn kennenlernte. Er selbst ging nicht zur Uni, kam aber regelmäßig nach Exeter, meistens, um sich rücksichtslos in Julias Freundeskreis hineinzudrängen. Ich begegnete ihm eines Abends, als er mit Julia und Kara ausging. Ich fühlte mich nicht sonderlich von ihm angezogen bei dieser ersten Begegnung. Seine Schwester – die ihn erbarmungslos aufzog – schien ihn nervös zu machen und ich ihn seltsamerweise einzuschüchtern. Er wusste jedenfalls nicht, wie er mit mir reden sollte, und schwankte zwischen Schüchternheit und Angeberei. Eine Weile lang fragte ich mich, ob er vielleicht schwul sei – er schien sich in Gegenwart von Frauen so unbehaglich zu fühlen. Jetzt wird mir klar, dass es bei einer Mutter wie Joanie verwunderlich gewesen wäre, wenn er sich anders verhalten hätte.

»Unbeantwortete Fragen?« Joanies Stimme klingt stahlhart. »Hat das was mit … mit deinem Gefühlsausbruch bei der Beerdigung zu tun?«

»Gewissermaßen.« Ich beginne mit meiner vorbereiteten Geschichte, erkläre, dass Shannon vor mir weglief, als ich sie im Aces High traf. Da ich nicht verraten will, dass ich durch Julias Terminkalender von dem Treffen wusste, sage ich einfach, Julia habe erwähnt, dass sie Shannon treffen wolle und dass es aus irgendeinem Grund wichtig sei. »Shannon wartete an der Bar. Sie wusste nicht, dass Julia tot war, und sah völlig verängstigt aus, als ich es ihr erzählte.«

»Das muss sehr verstörend für dich gewesen sein«, sagt Robbie übertrieben mitfühlend.

Ich nicke, weiche seinem Blick aus. Eine schwarze Katze kommt durch die offene Tür hereinspaziert, während Joanie mich anstarrt. Ich streichle ihr den Rücken und beobachte dann, wie sie über den Teppich schleicht und sich an Joanies Beinen reibt.

Joanie tätschelt die Katze, und ich erinnere mich, dass Julia mir erzählt hat, ihre Mutter habe *ihren verdammten Haustieren viel mehr Zuneigung entgegengebracht* als Robbie und ihr – *sie hatte immer Katzen, nie Hunde, die* echte *Liebe brauchen.*

»Julia hat dir also erzählt, dass sie dieses Mädchen treffen wollte, aber nicht, warum?« Joanie zieht eine Augenbraue hoch und einen Moment lang erhasche ich einen Blick von Julia: schneidend sarkastisch und nicht auf den Kopf gefallen.

Robbie, der nach wie vor neben mir hockt und mich aufmerksam beobachtet, lehnt sich zurück. Sein starrer Blick macht mich nervös. Angesichts seines offenkundigen Interesses und Joanies unverhohlener Verachtung entgleitet mir zusehends unsere Unterhaltung.

»Wie schon gesagt, es gibt unbeantwortete Fragen«, sage ich. »Ich weiß, dass Damian – Julias Freund – sich bei euch gemeldet hat, und er ist, äh, auch beunruhigt. Er glaubt, Julia habe Nachforschungen angestellt über …«

»Stopp.« Joanie hebt die Hand, die Handfläche mir zugewandt. »Livy, ich habe dich immer gemocht. Ich weiß, dass ihr gute Freundinnen wart, Julia und du. Aber du maßt dir zu viel an.« Sie zögert, lässt die Hand sinken. »Ja, es tut mir leid, aber ich muss dich etwas fragen.«

»Nein, Mum.« Robbie lehnt sich vor, wirkt plötzlich nervös.

»Worum geht's?« Ich presse die Lippen aufeinander. Ich befinde mich gerade in einem so großen Gefühlschaos, dass ich nicht weiß, ob ich schreien oder weinen soll – womöglich beides.

»Ich muss dich fragen, ob du in Julias Wohnung warst, seit – jenem schrecklichen Tag.«

Meine Wangen brennen. Was hat meinen unerlaubten Besuch verraten? Ich blicke in Joanies kalte, vorwurfsvolle Augen, und ein Schauer durchläuft mich. Ich sehe weder Wärme noch Besorgnis, nur Feindseligkeit. Kein Wunder, dass Julia ihre Mutter als emotionalen Vampir beschrieb.

»Livy?«

Ich räuspere mich. »Ich war noch mal da, *einmal*. Ich hatte Schlüssel. Julia hat mir ihren Ersatzschlüssel gegeben und ich ihr meinen.«

Joanie nickt. »Das hatte ich mir schon gedacht. Was heißt, dass das hier *deine* sein müssen.« Sie greift in ihre Handtasche und reicht mir meine Ersatzschlüssel, die vermutlich an Julias silbernem Tiffany-Schlüsselanhänger gehangen hatten.

»Ja, äh, danke.«

»Ich hätte Julias Satz jetzt gern zurück, bitte.«

Meine Finger zittern, als ich Julias Schlüssel von meinem Schlüsselring nehme. Wie bei der Beerdigung habe ich auch jetzt das Gefühl, einen kleinen, aber bedeutsamen Teil von ihr zu verlieren. Ich händige Joanie die Schlüssel aus.

»Und was hast du mitgenommen?« Joanies Frage ist so direkt, dass ich beinahe nach Luft schnappe.

»Was? *Nichts*.«

Joanie schürzt die Lippen. Es ist nicht zu übersehen, dass sie mir nicht glaubt. Dann fällt mir ein, dass Julias

Computer und Fernseher sowie ein paar Bilder, Handtaschen und Schmuckstücke fehlten.

»Ich habe nichts mitgenommen«, beteuere ich. »Ihr Fernseher und der Mac und Sachen aus ihrem Schlafzimmer – sie waren schon weg, als ich dort war. Ich ... Ich dachte, *du* hättest sie mitgenommen.«

»Ja, das haben wir.« Robbie lächelt, deutlich bemüht, die Situation zu entschärfen. »Mum und ich haben ein paar von den wertvolleren Sachen mitgenommen, sobald die Polizei es uns erlaubt hat.«

Joanie zieht gereizt eine Augenbraue hoch. »Wir haben das natürlich aus Sicherheitsgründen getan. Julia hat nämlich kein Testament hinterlassen, aber die wertvolleren Schmuckstücke waren in ihrer Versicherung aufgeführt.«

»Oh, verstehe.« Einen Moment lang bin ich schockiert. Julia war immer so gut organisiert, dass es untypisch scheint, dass sie ihre Angelegenheiten nicht in einem Testament geregelt hatte. Andererseits, so überlege ich, hatte sie keine Kinder, sodass sie vielleicht dachte, es bestehe kein zwingender Grund dazu.

»Wir haben nachgesehen, ob von den teuren Gegenständen nichts fehlt«, fährt Joanie fort. »Alles war da, außer einem Artikel: einem Smaragdring mit Diamanten, dessen Wert auf über achttausend Pfund geschätzt wurde.« Sie starrt mich mit kalten Augen an. »Ich hätte nichts dagegen gehabt, wenn du ein oder zwei Andenken mitgenommen hättest, aber das geht wirklich zu weit.«

Mir fällt die Kinnlade herunter. Joanie denkt, ich hätte den Ring *gestohlen?*

Ich sehe zu Robbie hinüber. Er schaut weg, unfähig, mir in die Augen zu blicken. *Mein Bruder, dieser hinterhältige Mistkerl, ist* so *ein Feigling*. Julias Stimme klingt mir im Ohr. Vielleicht mag Robbie mich noch, aber eindeutig nicht genug, um mich gegenüber seiner Mutter zu verteidigen.

»Ich habe nicht ... Ich würde nie ...«, stammle ich.

Schweigen.

Eine Erinnerung durchbohrt mich, hart und schmerzhaft wie ein Speer. Auch als Kara starb, fehlte Schmuck, ein Silbermedaillon, das Julia ihr als Weihnachtsgeschenk auf einem Markt gekauft hatte. Es war ein hübsches kleines Ding und viel mehr wert, als Julia dafür bezahlt hatte. Vorne drauf war ein geschwungenes »K« eingraviert. Kara hatte das Medaillon geliebt. Ich erinnere mich, wie stolz sie das Geschenk vorzeigte. Sie hatte ein Foto von sich und Julia in das Medaillon gesteckt – lächelnde Köpfe, aufgenommen an irgendeinem Passfotoautomaten. Kara freute sich riesig und trug das Medaillon ständig um den Hals. Nach ihrem Tod war es verschwunden. Julia beteuerte, dass Kara es an dem Abend, an dem sie starb, getragen habe. Wenn das stimmt, dann hat ihr Mörder es entweder mitgenommen, vermutlich wegen seines Geldwerts, oder es war abgerissen und in den Kanal gefallen, als er sie unter die Brücke schleifte. Wie auch immer, die Kette tauchte nie wieder auf. Und jetzt ist Julias Ring verschwunden. Ist das Zufall? Oder ist es ein Zeichen für etwas Unheilvolleres?

Ich schaue Joanie an. Sie beobachtet mich noch immer mit verschleiertem, unnahbarem Blick. Robbie beobachtet mich ebenfalls, formt mit den Lippen »Tut mir leid«. Wenigstens hält er mich nicht für eine Diebin.

»Ich habe Julias Ring nicht genommen«, sage ich.

Skeptisch neigt Joanie den Kopf zur Seite. »Ich verstehe wirklich, dass Julia dir viel bedeutet hat, Livy. Wie gesagt, wenn du mich direkt um ein Andenken gebeten hättest, hätte ich dir gern ...«

»Ich *habe* ihn nicht genommen. Ich habe *nichts* genommen und ich *will* auch nichts.« Ich habe einen Knoten im Hals. Mir schwirrt der Kopf: nicht nur wegen Joanies ungerechter Anschuldigung, sondern auch, weil das Fehlen eines teuren Rings ein neues Bild auf Julias Tod werfen könnte. »Angenommen, Julias Mörder hat den Ring genommen?«, platzt es aus mir heraus.

»Also wirklich!«

»Livy, nicht«, fügt Robbie hinzu.

»Ich will nur die Wahrheit über ihren Tod.«

»Die Wahrheit?«, blafft Joanie. »Die Wahrheit ist, dass Julia stur und egoistisch war. Mitte zwanzig ging sie mehrere Jahre lang zu einem Therapeuten, wie du weißt – und auch wenn sie in letzter Zeit nicht mehr hinging, sie war immer noch labil.«

»Nein«, protestiere ich. Es stimmt, dass Julia nach der Uni etwa ein Jahr lang zu einem Therapeuten ging. Sie hat nie viel von dieser Erfahrung erzählt, ich weiß aber, dass die Therapie ihr half, mit Karas Tod fertigzuwerden.

»Tut mir leid, Livy, aber es ist die Wahrheit«, sagt Robbie.

»Genau!« Joanie lehnt sich zurück. Ihre Hände umkrampfen die Armlehnen ihres Sessels. Ihre Fingerknöchel sind weiß, ihr Kiefer angespannt.

»*Nein*«, wiederhole ich.

»*Es reicht,* Livy«, beharrt Joanie. »Ich verstehe, dass dich die Sache mitgenommen hat, und ich weiß, dass es Damian nicht anders geht. Ich glaube, ihr beiden fühlt euch schuldig, weil ihr Julia nicht davon abhalten konntet, sich umzubringen. Ich jedenfalls tue es, weiß Gott. Aber wir müssen alle stark sein. Wir müssen die Realität akzeptieren und uns nicht in abwegige Vermutungen verrennen.«

»Ich glaube, da ist mehr dran als …«

»Es reicht, habe ich gesagt.« Joanies Stimme wird lauter. Sie steht auf, durchquert den Raum und schaut durch die Terrassentür nach draußen. »Es ist so schon schwer genug, Livy. Ich bin wirklich enttäuscht, dass du abstreitest, den Ring genommen zu haben.«

Hilflos wende ich mich an Robbie.

»Wir beschuldigen dich nicht«, sagt er.

»Doch, das tut ihr.«

»Ja, das tun wir«, faucht Joanie. »Soweit ich weiß, hatte sonst niemand einen Schlüssel. Damian hatte keinen. Keiner ihrer anderen Freunde. Nur du. Und es gab keinen Einbruch, also …«

Ich weiß nicht, was ich sagen soll, um sie davon zu überzeugen, dass ich nicht der Dieb bin. »Wenn du mich in Julias Computer oder in ihre Unterlagen schauen lässt, dann finde ich vielleicht einen Hinweis, etwas, das beweisen hilft, was ich sage.«

Joanie dreht sich zu mir um. Ihre Augen sind wie Eis. Sie deutet auf die verbrannte Stelle auf dem Rasen. »Wir haben die Unterlagen vernichtet. Den Computer auch. Er hatte nur einen geringen Wiederverkaufswert, und Robbie meinte, es würde mich nur verstören, ihn hier im Haus zu haben.«

Ich blicke von ihr zu Robbie, zu schockiert, um zu sprechen. Robbie nickt, bestätigt die Worte seiner Mutter. Ich sehe, dass er sich unbehaglich fühlt.

»Ihr habt ihre Papiere *verbrannt?*«

Joanie nickt.

»Und ihren *Computer?*«

»Ja, jedenfalls die Festplatte. Da war nichts Wichtiges drauf, ein paar Artikel für die Arbeit, alte Rechnungen und so was. Es schien sicherer, als sie einfach wegzuwerfen. Dasselbe gilt für die Papiere.«

»Aber sie hätten wichtig sein können.« Ich springe hoch, schaue ihr jetzt direkt ins Gesicht. »Da hätten Sachen drauf sein können, die Julia etwas bedeutet haben ...« Vielleicht Informationen über Shannon und die Identität von Karas Mörder. Letzteren Gedanken spreche ich nicht laut aus.

Joanie schüttelt den Kopf. »Ich denke, darüber haben wir bereits genug geredet, Livy. Danke für die Schlüssel zu Julias Wohnung. Ich werde sie dem Makler aushändigen, sobald alle rechtlichen Fragen geklärt sind. Ich glaube nicht, dass ...«

»Makler?«

»Ja, wir werden die Wohnung sobald wie möglich verkaufen. Und ihr Cottage in Lympstone. Es dürfte nicht allzu lange dauern. Wie gesagt, ich glaube, es ist wohl das Beste, wenn du jetzt gehst.«

Ein Gefühl der Leere macht sich in mir breit, das nichts mit Karas viele Jahre zurückliegendem Tod oder dem Gedanken zu tun hat, dass auch Julias Leben ein gewaltsames Ende genommen haben könnte. Es ist das entsetzliche Gefühl, dass ihre gesamte Vergangenheit ausgelöscht wird – so wie zuvor ihre Geschichte neu geschrieben wurde, um sie zum Opfer zu machen. Bald wird es von meiner besten Freundin keine greifbare Spur mehr geben. Und ich kann nichts dagegen tun.

»Ihr verkauft die Wohnung?«, flüstere ich.

Joanie deutet ein Nicken an und geht dann zur Wohnzimmertür. Ich registriere, dass sie zu Hause richtige Schuhe trägt, mit mittelhohen Absätzen. Benommen lasse ich mich nach draußen führen. Robbie, der kein Wort mehr gesagt hat, seit Joanie das Verbrennen von Julias Sachen erwähnte, umarmt mich, während Joanie die Haustür öffnet.

»Bis bald«, flüstert er, sein Atem warm an meinem Ohr, seine Stimme so leise, dass Joanie ihn nicht hören kann. Einen Moment lang verspüre ich das Bedürfnis, ihm in typischer Julia-Manier an den Kopf zu werfen, dass er mich seiner Mutter gegenüber hätte ruhig besser verteidigen können, aber natürlich tue ich es nicht. Stattdessen wende ich mich wie betäubt Joanie zu. Sie küsst mich flüchtig auf die Wange – ihre Lippen sind kalt und hart – und ich stolpere über die Auffahrt zu meinem Auto.

Auf dem Bürgersteig schaue ich noch einmal zurück, doch Joanie hat die Tür schon geschlossen. Ich hole tief Luft, Tränen stehen mir in den Augen. Joanies Mülltonnen starren mich anklagend an. Die Sachen von Julia, die Joanie und Robbie verbrannt haben, müssen sich in diesen Mülltonnen befinden. Plötzlich rast mein Puls. Ich blicke wieder zum Haus hin. Von den beiden ist nichts zu sehen.

Ohne nachzudenken, öffne ich die erste Tonne. Der penetrante Gestank von Katzenpisse, vermutlich von einem Katzenklo, schlägt mir entgegen, doch ich rieche auch verbranntes Papier. Ich greife in die Tonne und nehme zwei weiße Müllbeutel heraus. Ich stelle sie auf dem Bürgersteig ab und mache mich an die zweite Tonne. Diese enthält einen einzigen großen schwarzen Sack. Der Geruch nach Verbranntem ist unverkennbar. Ich greife mir den Sack, trage ihn zusammen mit den Müllbeuteln zu meinem Wagen, verstaue alles auf dem Rücksitz und steige dann schnell ein. Ein letzter flüchtiger Blick zum Haus, aber weder Joanie noch Robbie sind am Fenster zu sehen.

Ich starte den Motor und manövriere das Auto auf die Straße. Während ich wegfahre, stelle ich mir vor, wie schockiert Julia wäre, wenn sie mich jetzt sehen könnte: »Livy Small wuppt alles«, würde sie sagen, die Augen vor Verwunderung weit aufgerissen. »Hausfrau. Mutter. Diebin.«

Kapitel 8

Zack muss schon bald von der Schule abgeholt werden, und Damian und ich durchwühlen noch immer im Garten hinter unserem Haus Joanies Müll.

Ich hatte Damian während der Heimfahrt angerufen. Welche Motive er auch haben mochte, es gab sonst niemanden, an den ich mich wenden konnte, und wie erwartet war er sofort bereit, mir zu helfen. Falls es ihn schockierte, dass ich Joanies Müllbeutel gestohlen hatte, zeigte er es nicht. Er machte sich einfach daran, ihren Inhalt zu durchsuchen und zu sehen, ob sich irgendetwas finden ließ, das uns zu Julias Nachforschungen über Karas Mörder führen würde. Es ist eine mühevolle Arbeit. Wir sind schon anderthalb Stunden dabei und haben noch immer nichts gefunden.

Nach einem trockenen sonnigen Beginn hat der Tag sich in einen dieser grässlichen, wolkenverhangenen, feuchten Sommertage verwandelt, und wir sind beide schmutzig und verschwitzt. Damian macht eine Zigarettenpause. Es ist seine zweite Zigarette, seit er hergekommen ist. Ich bin überrascht. Julia war vehement gegen das Rauchen, nachdem sie es selbst aufgegeben hatte. Keiner ihrer früheren Freunde würde es gewagt haben, sich in ihrer Gegenwart eine Zigarette anzustecken. Ich weise Damian darauf hin. Er grinst und sagt, dass sie sich darüber gestritten hätten. Anscheinend hatte er den Streit gewonnen und Julia ihn dafür geliebt, dass er ihr die Stirn bot. Eine wohltuende Brise streift unsere Gesichter, während wir unsere Erinnerungen austauschen. Damian lacht – ein herzliches, dröhnendes Lachen –, als ich ihm erzähle, dass Julia den Kindern im vergangenen Jahr zu Weihnachten ein Brettspiel geschenkt hat, das sie sich gewünscht hatten, doch vergessen hatte, dass man Batterien dafür brauchte. Nach einem langen Blick in Zacks enttäuschtes Gesicht und einem schnellen, ergebnislosen Durchstöbern ihrer Küchenschubladen hatten plötzlich Julias Augen aufgeleuchtet. »Sie hat gesagt, sie wisse, wo sie noch welche habe«, erkläre ich. »Also bin ich ihr ins Schlafzimmer gefolgt und hab gesehen, wie sie die Batterien aus ihrem Vibrator nahm.«

»Typisch Julia!« Noch immer grinsend, schüttelt Damian den Kopf, doch seine Stimme verrät mir, wie sehr Julia ihm fehlt.

Ich erwidere sein Lächeln, erwärme mich immer mehr für ihn. Er spricht mit so großer Zuneigung von Julia, und ich fühle mich getröstet, bin nicht länger allein mit meinem Schmerz.

Ich wende mich wieder dem Inhalt der drei Müllbeutel zu, der auf unserem verwilderten Rasen verstreut ist. Das meiste davon ist Asche. Ich beobachte, wie die Kringel und Fetzen über den Rasen trudeln, und denke dabei an Julia. Morbid, ich weiß, aber ich habe völlig vergessen, Joanie zu fragen, was sie mit Julias Asche vorhat. Was immer sie entscheiden mag – wird man mich überhaupt dazu einladen?

Meine Gedanken wandern zu der einzigen vergleichbaren Zeremonie, an der ich je teilgenommen habe. Julia selbst war nicht dabei, als wir Karas Asche im Herbst nach ihrem Tod verstreuten. Mum und Dad wollten, dass wir drei dies alleine tun. Damals war es mir nicht in den Sinn gekommen, dass Julia sich durch unsere Entscheidung ausgeschlossen fühlen könnte. Es tut weh, dass ich es nun weder herausfinden noch wiedergutmachen kann.

Wir hatten den Botanischen Garten in der Nähe unseres Hauses in Bath ausgewählt. Ich ging zwischen meinen Eltern, hatte mich bei ihnen untergehakt, während wir uns an frühere, glücklichere Besuche erinnerten. Als Kara und ich heranwuchsen, waren wir oft dort gewesen. Ich erforschte gern die Schlupfwinkel und Gesteinsritzen im Felsgarten, während Kara – die das Leben immer leichter nahm als ich – auf dem Gras herumrannte und sich lauthals darüber freute, wie hübsch die feuerfarbenen Ahornbäume aussahen.

Wir verstreuten Karas Asche im Great Dell, einem ehemaligen Steinbruch. Mum sah sich immer wieder ängstlich um, denn das Verstreuen von Asche war verboten. Dad nervte ihre Ängstlichkeit, ihr Bedürfnis, Regeln zu befolgen. Früher hatte auch er sich an Konventionen und Regeln gehalten, doch die Regeln hatten sein wunderschönes, geliebtes Mädchen nicht vor ihrem entsetzlichen Schicksal bewahrt, und ihr Verlust erschütterte ihn zutiefst und ließ sein Weltbild ins Wanken geraten. Ich sehe ihn jetzt wieder vor mir, wie er sich mit schmerzverzerrtem Gesicht dagegen wehrte, so wie Mum und ich den Tränen freien Lauf zu lassen.

Ich schüttle mich. Dies ist nicht der Moment, sich in Erinnerungen zu ergehen. Zum einen muss ich gleich Zack abholen. Zum anderen muss ich mich darauf konzentrieren, wie ich Will das Durcheinander auf unserem Rasen erklären soll.

Damian hat seine Zigarette ausgedrückt und studiert den kleinen Haufen mit Gegenständen, die das Feuer überlebt haben. Bis jetzt haben wir abgesehen von ein paar Essensresten nur verschiedene Stücke Metall, Plastik und verkohlten Karton gefunden.

»Ich komme mir vor wie ein Paparazzi«, sage ich seufzend.

Damian blickt hoch. Er hat einen dunklen verschmierten Flecken auf der Wange und Asche im Haar. Er sieht wirklich verdammt gut aus.

»Irgendwas Brauchbares dabei?«, frage ich.

Er kniet sich wieder auf den Rasen. »Findest du es nicht seltsam, dass Joanie und Richard alles *verbrannt* haben?«, fragt er. »Es ist so – *endgültig*.«

Ich zucke die Schultern. »Ja, schon. Aber Joanie meinte, Julias Sachen im Haus zu haben würde sie zu sehr verstören – nachdem sie aufgehört hatte, mich als Diebin zu beschuldigen.«

»Findest *du* das auch? Dass es verstörend ist, Julias Sachen zu sehen? Ich meine, selbst wenn es das wäre, würdest du sie dann nicht irgendwohin packen, wo du sie nicht anschauen musst, statt alles gerade mal zwei Wochen nach ihrem Tod zu vernichten?«

Ein Windstoß weht noch mehr Asche über den Rasen. Ich streiche mir die Haare aus dem Gesicht. »Was willst du damit sagen? Auf Julias Computer waren sowieso keine Informationen. Die Polizei hat ihn untersucht, bevor Joanie und Robbie ihn mitnehmen durften.«

»Ich sage nur, dass es seltsam ist.« Er hält ein Bruchstück der Festplatte hoch. »Vielleicht sollten wir das analysieren lassen, sehen, ob da noch was drauf ist, etwas, was die Polizei vielleicht übersehen hat.«

Ich nicke zustimmend, schaue dann wieder auf die Uhr. In fünf Minuten muss ich allerspätestens los, um Zack abzuholen. Ich hocke mich neben Damian und betaste den Rand von einem von Julias Moleskine-Notizbüchern. Der Inhalt wurde vollständig zerstört, nur ein Stück des Ledereinbands hat das Feuer überlebt. Als ich es hochhebe, entdecke ich darunter eine Visitenkarte mit einer Reihe winziger roter Herzen am unteren Rand. Ich hebe die Karte auf. Jedes Herz sieht ein bisschen anders aus. Das erste ist ganz, das zweite wird von einem Pfeil durchbohrt, das dritte ist zickzackförmig in zwei Hälften geteilt: ein gebrochenes Herz. Dann beginnt das Muster von Neuem. Es sieht aus wie ein Logo.

Der obere Teil der Visitenkarte ist verbrannt. Nur der Nachname »Walker« steht noch da und ein Teil des Vornamens:

-nnon Walker

Mein Herz setzt einen Schlag aus, als ich auf den Namen starre. Könnte dies Shannons Visitenkarte sein? Ich halte sie Damian unter die Nase.

»Was denkst du?«

Er sieht mich an. »Shannon *Walker*? Die Shannon, mit der Julia gestern Abend im Aces High verabredet war?«

»Das muss sie sein«, sage ich. »Was heißt, dass Julia sich schon vorher mit ihr getroffen haben muss. Denn sonst hätte sie die Karte ja nicht gehabt.«

Damian nickt. »Julia war zwei Tage vor ihrem Tod im Aces High. Vielleicht haben sie sich da getroffen.«

»Vielleicht hat ja Shannon ihr gesagt, wer Karas Mörder war.«

Wir starren einander an. »Lass uns ›Shannon Walker‹ googeln«, schlägt Damian vor.

Wieder schaue ich auf die Uhr. »Ich kann nicht.« Ich schneide eine Grimasse. »Ich muss Zack abholen.«

»Okay, ich mach's.« Der Wind weht Damian eine Haarsträhne ins Gesicht. Er streicht sie weg und zögert einen Moment lang, bevor er fragt: »Soll ich hier warten, bis du zurückkommst? Oder soll ich lieber gehen?«

Einen Augenblick lang bin ich unsicher, was ich sagen soll. Es fühlt sich riskant an, Damian allein im Haus zu lassen. Und abgesehen von allem anderen: Was wird Will sagen, wenn er unerwartet nach Hause kommt? Andererseits scheint Damian Julia so sehr geliebt zu haben, dass ich mir nicht vorstellen kann, dass er ihr irgendetwas zuleide getan hat – oder mir etwas zuleide tun würde. Der Schmerz in seinen Augen kann einfach nicht vorgetäuscht sein.

»Ich weiß, dass Julia nicht wollte, dass du ihre Freunde kennenlernst. Aber hat sie irgendwen von *deinen* Freunden kennengelernt?«, frage ich.

Damian schüttelt den Kopf.

Trotz all meiner Bedenken tut er mir sehr leid. Es muss schrecklich sein, niemanden zu haben, mit dem man einen so großen Verlust teilen kann. Auch wenn Will und die anderen Leute, die Julia kannten, meine Ansichten über ihren Tod für abwegig halten, können sie doch zumindest einen Teil meines Schmerzes nachempfinden.

»Warte doch drinnen auf mich«, sage ich. »Du kannst meinen Laptop nehmen.«

Ich nehme das Auto, um Zack abzuholen, und lasse Damian mit der Aufforderung, sich einen Tee oder Kaffee zu machen, am Küchentisch zurück.

Ich bin fahrig auf dem Weg zur Schule und übersehe beinahe eine rote Ampel. Ein paar andere Mütter stehen plaudernd vor dem Schultor. Ende nächster Woche ist das Schuljahr zu Ende und am Samstag findet das traditionelle Sommerfest statt. Megan Matthews vom Eltern-Lehrer-Ausschuss versucht noch in letzter Minute zu organisieren, dass wir Kuchen und andere Leckereien mitbringen und uns auf die vielen Stände verteilen.

Abwesend erkläre ich mich einverstanden, ein Blech voll Brownies zu backen, und beobachte, wie Megan, einen Stift hinterm Ohr, herumsaust. Fehlt nur noch das Klemmbrett! Megan hat – wie ich – früher für eine Anwaltskanzlei gearbeitet. Ich hörte auf, als ich vor über zwölf Jahren mit Hannah schwanger war, und habe es nur zur Rechtsreferendarin gebracht. Megan gab ihren Job erst auf, als letztes Jahr ihr drittes Kind geboren wurde, und war eine äußerst erfolgreiche Wirtschaftsanwältin. Wie es aussieht, vermisst sie ihren Job.

Zack taucht an der Tür seines Klassenzimmers auf und hält Ausschau nach mir. Als er mich am Tor entdeckt, strahlt er übers ganze Gesicht. Er rennt über den Schulhof, stürzt sich in meine Arme und drückt mich fest an sich.

»Heute hab ich in der Pause ein Wahnsinnstor geschossen«, prahlt er. »Ich bin an sechs Spielern vorbei und es gab einen Doppelpass, dann hab ich einen Volley gespielt und der Ball ist im Netz gelandet.«

»Hey, super!« Ich erwidere seine Umarmung. Ich habe nur eine vage Vorstellung von dem, was er sagt, und es erstaunt mich immer wieder, wie redegewandt Zack mit einem Mal ist, wenn es um Fußball geht – ansonsten hat er immer Mühe, irgendeine Begebenheit zu erzählen.

Als ich zehn Minuten später den Schlüssel in unsere Haustür stecke, habe ich die schreckliche Vision, dass ich das Haus leer vorfinden werde, mit Sicherheit aber unsere Computer verschwunden sind. Denn was weiß ich schließlich schon von Damian?

Aber er hockt noch immer über meinem Laptop am Küchentisch. Er steht auf, um Zack zu begrüßen, doch der rauscht an ihm vorbei und nimmt ihn kaum zur Kenntnis. Ich verfrachte Zack vor den Fernseher und gehe dann zurück zu Damian.

»Was hast du gefunden?«, frage ich.

»Eine ganze Reihe Shannon Walkers, aber keine, auf die deine Beschreibung des Mädchens im Aces High passt«, sagt er. »Es ist schwierig, jemanden auf Facebook oder Tumblr zu finden. Da gibt es so viele Leute mit demselben Namen.« Er hält inne. »Hast du einen Scanner? Wenn wir das Herz-Logo kopieren und online stellen, finden wir vielleicht einen Eintrag.«

»Klar, äh, wie machen wir das?«

»Kein Problem.« Damian zwinkert mir zu.

Ich gebe Zack ein Safttütchen und verspreche, ihm gleich ein Sandwich zu machen, nehme dann Damian mit nach oben in Wills Büro. Der Drucker/Scanner steht auf einem Regal über Wills Computer. Ich schalte das Gerät ein, surrend erwacht es zum Leben.

Fünf Minuten vergehen. Damian scannt das Logo und stellt es gekonnt in eine Bilder-Suchmaschine ein, von deren Existenz ich nicht einmal etwas wusste. Sofort taucht ein Eintrag auf.

Honey Hearts.

»Was ist das denn?«, fragc ich.

»Keine Ahnung.« Damian klickt den Link an. Eine Website wird eingeblendet. Grau auf Rosa. Oben, gleich über dem Menü, eine Reihe mit diesen Herzen, ständig wiederholt. Ich blicke über Damians Schulter und lese den Text:

Beziehungen sind auf Vertrauen aufgebaut. Doch was passiert, wenn dieses Vertrauen gebrochen wird? Wir von Honey Hearts verstehen, wie schwierig es ist, mit Ängsten zu leben – und haben es uns zum Ziel gesetzt, Ihnen dabei zu helfen, die Wahrheit zu verstehen, damit Sie mit Ihrem Leben fortfahren können, entweder mit wiedergewonnenem Vertrauen zu Ihrem Partner oder mit dem für Sie nötigen Wissen. Wir helfen Ihnen, bedeutsame Entscheidungen zu treffen, die Sie dazu befähigen werden, Ihr Leben wieder in vollen Zügen zu genießen.

Unsere Dienstleistung steht Menschen beiderlei Geschlechts und jedweder sexueller Orientierung zur Verfügung. Unsere gut ausgebildeten, professionellen Honeys werden Ihren Liebsten/Ihre Liebste testen und Ihnen davon berichten, wobei absolute Diskretion garantiert ist. Können Sie Ihrem Partner vertrauen oder ist er ein Herzensbrecher?

Mit Honey Hearts werden Sie es herausfinden.

»Es ist eine Agentur, die Leute auf ihre Treue testet.« Verwirrt ziehe ich mir einen Stuhl herüber und setze mich neben Damian. »Ich hab davon gehört, aber …«

Damian sieht mich an, die Stirn in tiefe Falten gelegt. »Warum sollte Julia …?«

Ich schüttle den Kopf. »Lass uns nachsehen, ob Shannon auf der Site zu finden ist.«

Das Home-Page-Menü bietet Links zu Preisen, zu einer Über-uns-Seite, zum Impressum und zu Honeys zum Buchen. Die angegebene Adresse befindet sich in Exmouth, etwa ein halbe Autostunde von hier.

Damian klickt die Seite »Honeys zum Buchen« an. Sie skizziert die Rahmenbedingungen des Services, erklärt, dass die Kunden einen Mann oder eine Frau auswählen können, von denen sich ihr Partner wahrscheinlich angezogen fühlt. Immer wieder wird betont, dass die Honeys nie über eine Unterhaltung hinausgehen und stets auf »absolut diskrete, professionelle Weise« agieren.

Ich bin fasziniert. Es wäre mir damals, vor sechs Jahren, nie in den Sinn gekommen, dass ich jemanden engagieren könnte, der Will ausspioniert. Eine solch dramatische Vorgehensweise hätte mir viel zu sehr nach Hollywood gerochen. Ich hatte jedoch überlegt, ihm selbst zu folgen. Ich starre auf das Foto unserer Kinder neben dem Computer und erinnere mich, wie klein sie damals noch waren und wie nichts ahnend, dass unsere Familie in Gefahr war auseinanderzubrechen.

Ich schöpfte erstmals Verdacht, als Will irgendwann früh morgens nach Hause kam und behauptete, die ganze Nacht durchgearbeitet zu haben. Ich hatte mir nichts dabei gedacht, als er abends anrief. Er arbeitete oft bis spät in die Nacht hinein. Doch er hatte etwas Verstohlenes am nächsten Morgen – und er roch auch anders, als ob er sich mit einer neuen, stark parfümierten Seife gewaschen hätte.

Ich spielte im Lauf des Tages immer wieder darauf an. Wills Verärgerung über meine Hartnäckigkeit brachte mich so auf die Palme, dass ich ihn schließlich ganz direkt fragte, ob er mit jemandem geschlafen habe. Will leugnete es empört. Ja, er leugnete die Affäre noch zwei Wochen lang. Er sagte, ich sei paranoid, und ich fing schon an, es selbst zu glauben. Dass er mich in diesem Glauben ließ, hat mir immer am meisten wehgetan.

Nach dieser ersten Nacht achtete er darauf, pünktlich nach Hause zu kommen. Trotzdem hatte ich ein ungutes Gefühl, und zweimal war er nicht im Büro, als ich dort anrief, nachdem ich ihn nicht auf seinem Handy erreicht hatte. Ich wurde fast verrückt in diesen dreizehn Tagen, quälte mich mit bösen Ahnungen, die Will einfach abtat und belächelte – bis zum Donnerstag der darauffolgenden Woche, als er eine SMS erhielt und ins Nebenzimmer ging, um sie zu lesen. Als er später im Bad war, um zu duschen, schaute ich mir heimlich die Nachrichten auf seinem Handy an. Mit zitternden Händen fand ich Catrinas SMS – *wünschte, du wärst in diesem Moment in mir* – und eine Unterhaltung der beiden, die fast zwei Monate zurücklag: eindeutig, leidenschaftlich und wie ein Messer in meinem Herzen.

Damian klickt jetzt den Bildergalerie-Link an, und das Geräusch holt mich zurück in die Gegenwart. Hier finden sich zwanzig oder mehr Fotos: in der Mehrzahl Frauen, aber auch ein paar Männer. Ich überfliege sie schnell. Ist Shannon dabei? Die Honeys gibt es in allen Formen und Größen: von Blonden mit tiefem Dekolleté bis zu schlanken, athletischen Brünetten. Sie sind alle ausgesprochen hübsch, wenn auch auf unterschiedliche Weise, und mit Ausnahme von einer oder zweien deutlich unter dreißig.

»Da.« Damian deutet auf eine Blonde in der Mitte der Auswahl.

Ich schaue genauer hin. Das ist Shannon, eindeutig, dieselben großen blauen Augen und das lockige Haar mit den hellen Strähnchen.

»Widerlich«, zischt Damian.

Ich sehe mir noch einmal Shannon an. Sie ist dezenter gekleidet als die meisten anderen Mädchen und zeigt mit ihrem T-Shirt und der Jeans zwar Kurven, aber wenig Haut. So wie im Aces High. »Sie sieht nicht *so* nuttig aus«, sage ich.

»Ich meine nicht *sie*«, erwidert Damian barsch. »Ich

meine die ganze Sache. Mädchen zu buchen, um Männer in die Falle zu locken. Es ist falsch. Das heißt doch, Probleme herausfordern, wenn du deinem durchschnittlichen Typen ein hübsches Mädchen hinterherschickst. Und was beweist das Ganze schon?«

Ich starre ihn an, schockiert über seine Antwort. Und dann glaube ich zu wissen, was los ist. »Glaubst du, Julia hat sie angeheuert, damit ... damit, äh, sie sich an *dich* heranmacht?«

»Nein«, sagt er wütend. »Zumindest dieses Mädchen«, er deutet auf Shannon, »hat mich *nicht* angemacht. Julia muss sie aus einem anderen Grund getroffen haben. Ich weiß noch nicht aus welchem, aber ...«

»Vielleicht sollte Shannon den Mann verführen, den Julia für Karas Mörder hielt?«

Damian nickt. »Gut möglich, aber warum? Sie hätte ihn doch auch selbst ansprechen können. Oder zur Polizei gehen. Und was soll es überhaupt helfen, irgendein beliebiges Mädchen zu engagieren? Was sollte die herausfinden?«

»Ich weiß es nicht. Ich verstehe es nicht.«

»Ich auch nicht.« Damian zeigt auf den Bildschirm. »Aber wie gesagt, ich verstehe *nichts* von dem ganzen Zeug.«

Ich zucke die Achseln. »Ich schon. Nicht, warum Julia Shannon engagiert hat, aber ich kann verstehen, warum eine Frau, die betrogen wurde, sichergehen möchte, dass ihr Mann es nicht wieder tut.«

»Und wo bleibt da das Vertrauen?«

»Na ja, vielleicht hat er das Vertrauen ja zerstört«, sage ich heftiger als beabsichtigt. Meine Wangen brennen.

Damian spürt, dass er einen Nerv getroffen hat. Plötzlich fallen mir wieder all die Dinge ein, über die Julia mit ihm gesprochen hat. Höchstwahrscheinlich hat sie ihm auch von Wills Affäre erzählt. Mein Gesicht glüht noch stärker. Damian berührt meinen Arm.

»Tut mir leid, es kommt mir einfach nicht richtig vor.« Er räuspert sich. »Wenigstens haben wir Shannon Walker gefunden. Und was jetzt? Wie sollen wir es anstellen, mit ihr zu reden?«

Ich schaue wieder auf den Bildschirm. Die Antwort ist offensichtlich. »Ich werde Kontakt mit Honey Hearts aufnehmen müssen«, sage ich. »Ich werde so tun müssen, als wolle ich Shannon engagieren – ich sehe keine andere Möglichkeit herauszufinden, was Julia von ihr wollte.«

Ich erledige den Anruf spät am nächsten Vormittag, als das Haus leer ist. Beim dritten Klingeln geht eine Frau an den Apparat.

»Honey Hearts, Sie sprechen mit Tallulah. Was kann ich für Sie tun?«

Ich hole tief Luft. »Ich würde gern einen Termin machen. Ich interessiere mich für …« Ich zögere, weiß nicht, wie ich es formulieren soll.

»Für unseren Service?«, sagt Tallulah sachlich. »Natürlich, ich brauche nur ein paar Angaben zu Ihrer Person.«

Ich nenne ihr meinen Mädchennamen Small statt meines Ehenamens Jackson, den ich schon den größten Teil meines Erwachsenenlebens benutze.

»Und Sie verdächtigen Ihren Partner möglicher Untreue?«

»Äh, ja.«

»Tut mir sehr leid«, sagt Tallulah forsch, aber freundlich. »Ich werde für Sie ein Treffen mit Alexa Carling vereinbaren. Sie ist unser Account Director.«

»Gut.«

Wir besprechen noch ein paar praktische Details, dann lege ich auf und lasse mich in einen Sessel fallen. Die Anzugjacke, die Will gestern getragen hat, liegt vor mir auf dem Couchtisch. Er weiß nichts von Honey Hearts. Nach seinem Theater wegen meines Besuchs des Aces High und seiner skeptischen Reaktion auf Damians Behauptung, Julia habe herausgefunden, wer Kara ermordet hat, verspüre ich keine Lust, mich ihm anzuvertrauen. Nachdem ich das Honey-Hearts-Logo auf Wills Computer wieder gelöscht hatte, fand ich es ohnehin überflüssig, ihm zu erzählen, dass Damian im Haus gewesen war. Zack hatte ihn kaum wahrgenommen, und Damian war schon weg, bevor Hannah zurückkam. Wenn ich Will erzählt hätte, dass Damian bei uns war, hätte ich ihm auch von meinem Besuch bei Joanie und dem »Diebstahl« der Müllbeutel berichten müssen, ganz zu schweigen von der Entdeckung, dass Shannon Walker bei Honey Hearts arbeitet. Ich habe den Kindern erzählt, da sei Müll in den Garten geraten, und ein Spiel daraus gemacht, die Abfälle zu beseitigen. Hannah hat zunächst natürlich die Nase gerümpft, dann jedoch richtig Ehrgeiz entwickelt und mit großer Begeisterung die Asche auf einen Haufen gefegt. Es fiel mir leicht, nichts zu sagen, als Will um halb neun nach Hause kam. Er war müde und gereizt, kaum fähig, sich dazu aufzuraffen, sich nach meinem Tag zu erkundigen oder mir zuzuhören, als ich ihm vage antwortete.

Den Termin bei Honey Hearts habe ich für Montagmorgen vereinbart. Ich rufe Damian an und erzähle ihm davon. Er klingt so beunruhigt wie gestern. Er muss sich fragen – auch wenn er es geleugnet hat –, ob Julia ein Honey-Hearts-Mädchen engagiert hat, um *seine* Treue zu testen. Allerdings wäre das völlig untypisch für Julia. Wenn sie Damian tatsächlich der Untreue verdächtigt hätte, hätte sie ihn zur Rede gestellt, so wie sie mich damals gedrängt hat, Will zur Rede zu stellen, als ich ihr von meinem Verdacht erzählte, er habe eine Affäre. Ich kann mir allerdings nicht vorstellen, welchen Zusammenhang mit der Suche nach Karas Mörder es da gegeben haben sollte.

Wie konnte mein Leben in nur wenigen Tagen so auf den Kopf gestellt werden, dass meine Gedanken nicht länger um das Abholen der Kinder von der Schule und die Wäsche kreisen, sondern um Verführung und Mord?

Das Wochenende zieht sich dahin. Will bringt Zack wie jeden Samstagmorgen zu seinem Fußballspiel. Früher verbrachten Hannah und ich dann Zeit miteinander und bastelten, als sie noch klein war, backten später dann Kuchen oder gingen in die Stadt zum Shoppen. Jetzt will Hannah nichts mehr mit mir unternehmen. Wie ist sie so schnell groß geworden? Sie ist noch nicht einmal ein Teenager. Ich hatte erwartet, dass sie sich zurückziehen würde, aber nicht so bald. Wir streiten uns wieder über ihr Zimmer, in dem nun ein heilloses Durcheinander herrscht. Hannah hasst es, wenn ich ihr Zimmer betrete, doch ich bestehe darauf, die Tassen und Schalen einzusammeln, und drohe ihr an, ihre Wäsche nicht mehr zu waschen, falls sie sie nicht auf der Stelle sortiert. Als ich ein paar saubere Pullover in ihren Schrank räume, fällt mir plötzlich etwas aus unechtem Leopardenfell ins Auge. Es ist ein gefütterter BH aus billigem Nylon. Ich schnappe nach Luft, als ich ihn herausnehme, und finde darunter einen passenden Tanga. An beidem hängt noch das Preisschild. Ich bin entsetzt. Wann hat sie das Zeugs gekauft? Wann um Himmels willen hat sie vor, es zu tragen? Ob ihr klar sei, welche Signale solch billige, vulgäre Unterwäsche aussendet, frage ich und versuche dabei, ruhig zu bleiben, doch Hannah beharrt schmollend und tränenüberströmt darauf, dass sie keineswegs zu jung ist, solche Dinge zu tragen, sodass ich bald schon völlig frustriert nur noch schreien kann.

Wir werden beide hysterisch, und zitternd vor Angst und Wut verlasse ich ihr Zimmer. Instinktiv möchte ich Will anrufen, doch die Vorwürfe, die er mir vor ein paar Tagen gemacht hat, klingen mir noch in den Ohren: Er denkt ohnehin schon, dass Hannah aufgrund meiner »Fixierung« auf Julias Tod verschlossen und unsicher ist. Diese Unterwäsche wird das Fass endgültig zum Überlaufen bringen.

Stattdessen rufe ich Mum an.

»Ich würde es verstehen, wenn sie einfach nur schöne Unterwäsche haben wollte. Sie hat sich immer so gern Julias Dessous angesehen«, jammere ich. »Aber dieser Müll …«

»Gehört das nicht einfach zum Erwachsenwerden?«, fragt Mum sanft. »Du wolltest auch mit zwölf einen BH haben, und du brauchtest nicht wirklich einen.«

»Mich regt nicht auf, dass sie erwachsen werden will«, seufze ich, »sondern dass die Sachen, die sie ausgewählt hat, so völlig geschmacklos sind.«

Mum seufzt ebenfalls und weist mich dann darauf hin, dass Hannah sich mit ihrem Taschengeld nichts anderes als einen schäbigen Nylon-BH leisten kann. Zu Recht versichert sie mir, dass die eigentlichen Übeltäter die Hersteller und die Geschäfte sind, die nuttige Unterwäsche für kleine Mädchen verkaufen.

Nach einer Weile beruhige ich mich und nehme mir vor, Hannah meine Sichtweise noch einmal weniger emotionsgeladen darzulegen. Sie hat sich auf dem Sofa zusammengerollt und einen Musiksender im Fernsehen eingeschaltet. Es ist dasselbe wie mit der Unterwäsche. Ich hasse es, dass die jungen Frauen auf dem Bildschirm so stark sexualisiert werden und in Bikinis herumwirbeln, und versuche zu erklären, warum. Hannah sieht mich voller Verachtung an, als ich ihr einschärfen will, dass die Identität und der Wert einer Frau nie allein von ihrem Körper abhängen sollten.

»Halt den Mund, Mum«, fährt sie mich an. Ihre Stimme trieft vor Verachtung. »Wir reden schon in Sozialkunde über all das Zeugs.«

Wieder einmal den Tränen nahe, beschwere ich mich darüber, wie sie es wagen kann, so mit mir zu reden, und schalte dann den Fernseher aus. Sie geht auf mich los, und schon wieder stecken wir mitten in einem Streit. Offensichtlich bin ich realitätsfremd und habe faschistische Erziehungsmethoden. Alle anderen Mädchen haben coole Mütter. Und iPhones. Sie hasst mich. Sie kann es kaum abwarten, von zu Hause wegzukommen.

Verletzt und ohne die geringste Ahnung, wie ich mit ihr umgehen soll, verziehe ich mich in die Küche und backe Brownies für Zacks Schulfest am Nachmittag. Ich bin wütend und aufgebracht, als ich die Butter und den Kakao in eine Schüssel pfeffere. Oben schlägt eine Tür zu. Ich möchte hochgehen und versuchen, das kleine Mädchen zu finden, die süße, liebevolle Tochter, die in ihrem Inneren verborgen ist, aber ich habe Angst. Angst vor Zurückweisung und Angst vor meinen eigenen aufgewühlten Gefühlen. Nie zuvor hat mich jemand so in Rage gebracht wie Hannah.

Vielleicht hat Will recht, wenn er sagt, dass es meine Schuld ist, wie Hannah sich in letzter Zeit verhält. Ich rede mit ihm, als er zurückkommt, und meine Stimme zittert, als ich ihm die Unterwäsche zeige.

»Glaubst du, es ist eine Reaktion darauf, dass ich immer so überängstlich war? Oder … oder weil sie spürt, dass ich im Moment so stark mit Julias Tod beschäftigt bin, wie du gesagt hast?«

Will ist sichtlich schockiert über die Unterwäsche und behauptet – wie schon zuvor –, dass Hannah vor allem meine Zeit und Aufmerksamkeit braucht. »Ich glaube, du musst einfach für sie da sein, Livy, und es nicht so persönlich nehmen, wenn sie sich über Dinge aufregt.«

Ich schüttle den Kopf. Will versteht es nicht. Hannah *will* meine Zeit und Aufmerksamkeit nicht mehr. Und wie soll ich es *nicht* persönlich nehmen? Er und Hannah verstehen sich noch immer gut. Das liegt wahrscheinlich und ironischerweise daran, dass sie – zumindest während der Woche – nicht so viel Zeit miteinander verbringen. Will ist nach der Arbeit meistens so müde und geistesabwesend, dass er nur an den Wochenenden wirklich Zeit für die Kinder hat. Zack ist auf seine unkomplizierte Art glücklich, wenn sie zusammen Fußball spielen und Will sich seine Spiele ansieht. Hannah bittet Will am Wochenende regelmäßig, ihr bei den Hausaufgaben zu helfen – auch wenn sie die Hilfe, wie ich vermute, nicht immer wirklich braucht –, was er bereitwillig tut. Anschließend kuscheln sich die beiden oft auf dem Sofa zusammen und sehen sich Dokumentarfilme an, an denen Hannah, da bin ich mir sicher, nicht das geringste Interesse hat.

Am Nachmittag gehen wir vier zu Zacks Schulfest – wobei Hannah die ganze Zeit schmollt, dass sie gezwungen wird, sich dazu herabzulassen, in ihre Grundschule zurückzukehren. Sie verhält sich ihren ehemaligen Lehrern gegenüber äußerst reizend und ist, sobald wir beide allein sind, wieder ekelhaft zu mir. Will fährt anschließend mit uns nach Shaldon, doch die Sonne scheint, sodass zu viele Menschen am Strand sind. Nur eine halbe Stunde vom Meer entfernt zu wohnen hat Nachteile: Wir sind so daran gewöhnt, die Hälfte des Jahres die Küste für uns zu haben, dass es uns schwerfällt, sie während der Sommermonate mit anderen zu teilen.

Ich bin erleichtert, als wir schließlich wieder zu Hause sind. An Wochenenden wie diesen vermisse ich Julia sehr. Sie kam immer auf einen Kaffee und einen Plausch vorbei. Ich erzählte ihr dann, dass Hannah schwierig sei, und sie lachte hämisch und sagte etwas wie: *Oooh, Mutter von pubertierendem Mädchen steht unter Realitätsschock!*

Ich telefoniere mit Mum und Martha, während die Kinder fernsehen. Später am Abend treffen Will und ich uns mit Paul auf einen Drink. Er ist jetzt allein, da Becky ihre Eltern in Spanien besucht, und wohnt vorübergehend in einer der Mietwohnungen seiner Mutter. Er vermisse Becky schmerzlich, erzählt er, habe jedoch bei der Arbeit viel zu tun und skype jeden Abend mit seiner Frau. Es macht mich ganz neidisch, wie seine Augen aufleuchten, wenn er über Becky spricht, wie sehr er sich noch immer nach ihrer Gesellschaft sehnt, wie verloren er sich ohne sie fühlt. Wir bestellen eine Flasche Wein, und Will und Paul unterhalten sich angeregt über Pauls neue Ducati und die Vor- und Nachteile irgendeiner Harley-Davidson.

Mein Selbstmitleid wächst, als ich daran denke, dass Will und ich inzwischen kaum über irgendetwas anderes miteinander reden als über die Kinder und unsere häusliche

Situation. Als wir jünger und noch keine Eltern waren, hatten wir gemeinsame Interessen – Musik und Filme und sogar das Durchstöbern von Antiquitätenläden. Doch irgendwie ist davon nichts geblieben.

Während Will mit Paul plaudert, fällt mir auf, wie attraktiv mein Mann immer noch ist, vor allem in Augenblicken wie diesen, in denen sein Gesicht so lebhaft ist und seine Stimme so enthusiastisch klingt. Mir wird bewusst, dass Paul derjenige ist, der diese Seite in ihm hervorbringt – dass ich Will seit Jahren nicht mehr so erlebt habe, wenn wir beide allein sind.

Als ich wenige Minuten später zur Toilette gehe, erreicht mich eine SMS von Damian, der wissen will, ob es bei meinem Besuch bei Honey Hearts und bei unserem Plan bleibt, uns Informationen zu beschaffen. Ich versichere ihm, dass ich bereit bin, alles dazu Nötige zu tun, und verfalle dann wieder ins Grübeln. Jetzt, wo ich Damian nicht direkt vor mir habe, kommen mir erneut Zweifel. Ich weiß einfach so wenig über sein Leben. Ich öffne den Browser auf meinem Handy und suche seinen Namen.

Nichts. Der Name Damian Burton erscheint zwar auf Facebook, Twitter und Tumblr, aber ich finde kein Profil, das auch nur im Entferntesten zu der Person zu passen scheint, die ich kennengelernt habe. Ich schränke meine Suche auf Exeter und seinen Grafikdesignerjob ein. Immer noch nichts. Merkwürdig, oder? Ich gebe meinen eigenen Namen ein. Erst nach vier Seiten mit Ergebnissen finde ich einen Hinweis auf mich selbst bei Facebook, aber schließlich habe ich ja auch keinen Job. Ich suche nach Will, dann nach Julia und Paul. Jeder von ihnen ist aufgrund seiner Tätigkeit innerhalb von Sekunden im Internet zu finden.

Warum also gibt es keinerlei Spuren von Damian Burton?

Hayley

Woran du dein Herz hängst und worauf du dich verlässest, das ist in Wahrheit dein Gott.

MARTIN LUTHER

Und so verging die Zeit. Nach Kara war ich mir sicher, dass ich weit mehr vermochte, als ich je angenommen hatte. Es war ein berauschendes Gefühl, mein Potenzial zu erkennen. Ich glaube, ich befand mich eine Weile lang in einem Schwellenzustand und ließ dieses neue Bewusstsein von mir Besitz ergreifen.

Lange Zeit nahm Kara den wichtigsten Platz in meinen Gedanken ein. Natürlich war ich persönlich mit ihr verbunden – und bei vielen Gelegenheiten Zeuge von Livys und Julias Trauer. Doch noch mehr beschäftigte mich, dass mein Leben – sowohl mein Berufs- als auch mein Privatleben – in eine Art Krise geraten war. Ich hatte das Gefühl festzustecken ... Nicht, dass irgendetwas nicht in Ordnung gewesen wäre, sondern eher, dass nichts sich wirklich richtig anfühlte. Nach dem Triumph mit Kara war dies ein Absturz.

Und so kroch das Leben mit kleinen Schritten von Tag zu Tag dahin. Im Lauf der Jahre entwickelte ich eine Vorliebe für Rich-Tea-Kekse, starken schwarzen Tee und Single-Malt-Scotch – die torfige Sorte. Und was noch wichtiger war: Ich bekam mit, wie unglaublich beschränkt und borniert die Staatsbehörden sind. Ist es denn zu fassen, dass man die Suche nach Karas Mörder, die in den ersten Monaten so fieberhaft und leidenschaftlich betrieben wurde, allmählich aufgab und leise sterben ließ wie einen alten Hund in einer kalten Küchenecke? Die Polizei – und es fällt mir nicht leicht, dies zuzugeben – war meiner nicht wert. Wie überaus enttäuschend!

Tja – ich lebte, ich arbeitete, ich spielte. Ich hatte kurze, flüchtige

Affären. Es gab leichte Triumphe und kleine Erfolge. Es war einfach, meine wirklichen Interessen geheim zu halten, selbst vor meiner Frau. Zu einfach. Und äußerst langweilig; in der Tat »lästig, schal, öde und unersprießlich«. Es dauerte jedenfalls nicht lange, bis ich erneut das Verlangen verspürte. Kurz danach kam Hayley. Ich lernte sie auf einer meiner Geschäftsreisen ins Ausland kennen. Sie sprach mich in einer Hotelbar an, weil sie mein Englisch hörte und dachte, ich als Landsmann könne ihr vielleicht, solange ihr Mann noch an der Rezeption eincheckte, vorübergehend Schutz vor der Aufmerksamkeit zweier Männer an einem Tisch in der Nähe bieten. Ihr Ehemann hatte sie losgeschickt, um einen Drink zu besorgen, aber die Bar war ebenso wie der Empfang überlaufen und unterbesetzt, und Hayley – die nicht die Hellste war – hatte Angst vor den lärmenden Betrunkenen und nahm an, dass es einem Landsmann vielleicht nicht gleichgültig wäre, was mit ihr geschah. Zumindest dachte ich das, als ich die Panik in ihrem Blick sah. Später begriff ich, dass sie eher Angst hatte, ihren Göttergatten zu verärgern, als von den Betrunkenen angepöbelt zu werden. Wie schon gesagt, die Bar war überfüllt, und es war praktisch unmöglich, bedient zu werden. Ich war gerade dabei, meinen Laphroaig auszutrinken, und wollte zurück in mein eigenes Hotel. Doch irgendetwas zog mich zu Hayley hin. Sie hatte die Aura einer in die Bedeutungslosigkeit zurückgefallenen Frau, die die besten Jahre längst hinter sich hat. Davon zeugten ihre schlaffe Haut, die Krümmung ihres Rückens und die drei winzigen Leberflecke auf ihrem rechten Handrücken. Sie trug ein graues Seidenkleid mit dazu passenden Schuhen – elegant selbst für das Hotel, in dem wir uns befanden, mit seinen prachtvollen Kronleuchtern und Mahagonimöbeln. Die Träger ihres Kleids waren dünn und schimmerten auf ihren sonnengebräunten Schultern. Ich starrte unwillkürlich hin, als ihr ein Träger über die Schulter rutschte und sich an den Pashmina-Schal schmiegte, den sie sich umgelegt hatte.

»Bitte«, sagte ich mit einem Lächeln, »lassen Sie mich Ihnen helfen.« Ich streckte die Hand aus und berührte die Haut unter dem Träger. Während ich den Träger wieder auf ihre Schulter schob, ließ ich Hayley nicht aus den Augen. Sie reagierte mit einer kaum merklichen Bewegung, einem Zwischending zwischen einem Zucken und einem Zittern. Ich nahm den Finger weg und bemerkte den blauen Fleck auf ihrem Oberarm und die Verzweiflung in ihren Augen. Da wusste ich, dass ich sie haben musste.

Wir unterhielten uns noch ein wenig. Ich stand zu dicht neben ihr, wusste, dass sie Interesse hatte. In den folgenden zwei Minuten verstand ich auch, dass Hayley sich wie ein getretenes Hündchen nach Liebe sehnte und dass ihr Mann sie schlug. Nicht, dass sie es mir erzählt hätte, aber es war deutlich zu merken – an den hochgezogenen Schultern und dem Flehen in ihrem Blick. Und meine Vermutung wurde bestätigt, als ihr widerlicher Ehemann sie schließlich in der Bar fand. Er war klein und hässlich, hatte schütteres Haar und eine fette Wampe. Er warf mir einen verachtungsvollen Blick zu, als er zu uns herüberstolzierte, und verlangte dann zu wissen, wo sein Drink sei.

Ich schmolz dahin, als Hayley es ihm stammelnd erklärte. Eine Weile lang hielt ich quer durch den Raum Augenkontakt und ließ mich dann von der Menge verschlucken. Am nächsten Tag stand ich vor ihrem Hotel und wartete. Um 8:36 Uhr verließ der Ehemann das Gebäude, im Anzug und mit einer Aktentasche unter dem Arm. Knapp über eine Stunde später tauchte Hayley auf. Zögernd schaute sie auf die Straße hinaus. Sie sah adrett aus mit ihren schwarzen Jeans und der roten Baumwollbluse. Ich folgte ihr, als sie zaghaft zu den örtlichen Designerläden ging, wartete, bis sie wieder aus einer Boutique auftauchte, und stieß dann »zufällig« mit ihr zusammen. Sie strahlte und lächelte mich an, als sie mich sah. So leicht war das! Ich lud sie zu einem Kaffee ein. Binnen einer halben Stunde schüttete sie mir ihr Herz aus. Dass ihr Mann harten Sex liebte. Sie ging natürlich nicht ins Detail, doch meine Fantasie lieferte mir das, was sie mir in ihren Erklärungen vorenthielt. Sie erzählte mir, wie wütend er wurde, wenn sie versuchte, sich gegen ihn zur Wehr zu setzen, und wie verletzt sie sei, dass sie ihm egal zu sein schien. Ich beugte mich vor, berührte mit den Lippen leicht ihre Wange.

»Wenn du mir gehörtest«, flüsterte ich, »würde ich es mir zum Lebensziel setzen, dich zu befriedigen.« Verlegen und mit vor Freude errötetem Gesicht wand sie sich auf ihrem Stuhl.

Leicht. Leicht. Leicht.

Wir beschlossen, uns später zu treffen und mit der Straßenbahn aufs Land zu fahren. Ich trug eine Baseballkappe, die ich mir tief ins Gesicht gezogen hatte. Hayley blinzelte, als sie die Kappe sah. Ich erklärte ihr, dass ich wisse, dass sie nicht sonderlich elegant sei, meine Tochter sie mir jedoch geschenkt habe, bevor sie an Leukämie gestorben sei. Dass ich die Kappe aus sentimentalen Gründen trage. Hayley sperrte Mund und Nase auf, als ich ihr meine rührselige Geschichte auftischte. Ich ließ kein Detail unerwähnt: das Mitgefühl der Krankenschwestern, die Tortur der Chemotherapie, den unaussprechlichen Schmerz, das eigene Kind sterben zu sehen. Hayley hing mir an den Lippen. Ich glaubte die Geschichte schließlich selbst. Ha!

Aus der Straßenbahn und in die freie Natur. Die Unterhaltung floss munter dahin. Ich erklärte, dass der Tod meiner Tochter zur Zerrüttung meiner Ehe geführt habe. Dass es seitdem niemanden mehr gegeben habe – keine Gesellschaft ... keinen Sex. Dabei lächelte ich schüchtern und wagte es dann zu sagen: »Obwohl ich es wirklich vermisse, von jemandem im Arm gehalten zu werden – diese Intimität ...« Hayley machte ein Riesentheater um mich, noch bevor wir den Wald erreichten, auf den ich zugesteuert war. Doch ich hielt mich zurück, bis wir uns tief im Inneren des Wäldchens befanden, wo die Erde noch feucht war. Hayley hielt mir das Gesicht hin, damit ich sie küsste, bot sich mir an. Also nahm ich sie und schmeckte sie, zog ihr den Gürtel aus der Jeans und knöpfte ihre Bluse auf. Während Hayley eine Flasche Wein aus ihrem Strohkorb holte, zog ich mir Handschuhe und Maske an, nahm dann ihren Gürtel und schlang ihn mir um die Fäuste.

Sie drehte sich um, sah mich, und ihr letzter Laut war ein irritierender Seufzer der Niederlage. Anschließend säuberte ich die gezackte Klinge meines Messers, sammelte dann Hayleys Kleidungsstücke ein und packte ihre wie auch meine Sachen in meine Tasche. Letzten Endes wurde ihr dummer Ehemann des Mordes für schuldig befunden. Es waren die alten blauen Flecken an ihren Armen und auf ihrem Rücken, die ihn, zusammen mit seinem dürftigen Alibi, zu Fall brachten.

Ich verfolgte den Fall aus der Ferne. Der Mangel an Spuren am Tatort verwirrte die örtliche Polizei. Wie immer hinterließ ich keine Spuren meiner DNA, und ich hatte alles, was Hayley und ich dabeihatten – unsere Kleidungsstücke, die Picknicksachen, alles – auf der Mülldeponie nahe der Straßenbahnhaltestelle tief unter anderem Müll begraben. Hätte die Polizei ihre Arbeit ordentlich gemacht, hätte sie das Zeugs natürlich gefunden. Im Lauf der Zeit habe ich gelernt, dass ich alle möglichen Hinweise hinterlassen kann, ohne mir Sorgen machen zu müssen, dass man mir mit ihrer Hilfe auf die Spur kommt. Ich erwarte nicht, dass Sie mich verstehen, doch Risiken wie diese machen das Unternehmen aufregender.

Ich behielt nur eines: die Schnalle von Hayleys Gürtel. Sie faszinierte mich: eine Schlange, eingeflochten in einen Kreis, mit dem Dorn als langem, gefährlichem Giftzahn.

Ich erzähle von Hayley und nicht von den anderen aus der damaligen Zeit, weil sie mir zeigte, dass ich tief in meinem Inneren – auch wenn es ein Leben nach Kara gab – noch immer nach einer größeren, tieferen Herausforderung für meine »Barke, wild und finster« suchte.

Und schon bald bot sich mir diese Chance.

Kapitel 9

Das Honey-Hearts-Büro liegt im zweiten Stock eines hässlichen, betonklotzartigen Bürogebäudes im Zentrum von Exmouth. Damian und ich treffen uns in einem Café ein Stück weit die Straße hoch, um ein letztes Mal unseren Plan durchzugehen. Eigentlich möchte ich ihn fragen, wieso sein Name nicht im Internet auftaucht, bin wegen meines bevorstehenden Termins jedoch zu nervös, um diese Unterhaltung jetzt zu führen. Ich werde Damians Hilfe in der nächsten halben Stunde womöglich gut gebrauchen können und kann es nicht riskieren, dass er sich davonschleicht, weil ich herumspioniert habe. Ich nehme mir vor, ihn später danach zu fragen, und mache mich auf den Weg in die Agentur. Mir pocht das Herz bis zum Hals, als ich den wenig einnehmenden Empfangsbereich betrete. Das Honey-Hearts-Logo verläuft am Rand der Rezeption und an den Wänden entlang. Auf dem Tisch steht eine große Vase mit orangefarbenen und gelben Gerbera. Ansonsten wirkt der in Beige gehaltene Raum mit den faden abstrakten modernen Drucken an den Wänden sehr nüchtern. Die Empfangsdame wäre hübsch, wenn sie ihr Gesicht nicht unter einer dicken Schicht Make-up verborgen hätte. Sie ist jedoch sehr liebenswürdig, bietet mir eine Tasse Tee an, während ich warte, und tätschelt mir freundlich die Schulter, als sie meinen Mantel nimmt.

Ich fülle ein Formular aus, mehr oder weniger eine

schriftliche Version der Fragen, die man mir am Telefon gestellt hat. Wieder verwende ich meinen vollen Vornamen, Olivia, und meinen Mädchennamen Small. Nach wenigen Minuten taucht eine schlanke gepflegte Frau auf, die ich auf Ende fünfzig schätze. Sie trägt ein Geschäftskostüm und Schuhe mit hohen spitzen Absätzen. Ihr Gesicht ist verdächtig faltenfrei, die Haut an ihrem Hals hingegen verknittert und ein bisschen schlaff. Ich höre im Geiste schon, wie Julia verkündet: *Die könnte glatt einem Madonna-Video entsprungen sein.*

»Olivia?« Sie streckt mir die Hand entgegen und ich schüttle sie. »Ich bin Alexa Carling. Wenn ich bitten darf?«

Sie führt mich in das nächste langweilige, beigefarbene Büro. Das Fenster liegt zu einem Hof mit Topfpflanzen hin. Rosafarbene Rosen schmücken den Schreibtisch. Ich könnte genauso gut in einer Bank oder in einem Anwaltsbüro sein.

»Bitte nennen Sie mich Alexa«, sagt die Frau mit einem höflichen Lächeln.

Das hatte ich mir weiß Gott anders vorgestellt, hatte etwas viel Schäbigeres oder aber Glamouröseres erwartet.

Alexa bietet mir ein Glas Wasser aus dem Krug auf ihrem Schreibtisch an und deutet dann auf das Sofa vis-à-vis. Jede von uns lässt sich an einem seiner Enden nieder. Alexa studiert das Formular, das ich gerade ausgefüllt habe. Mit einem erneuten Lächeln blickt sie auf.

»Wie fühlen Sie sich?«

Die Frage verblüfft mich. »Äh, okay«, stammle ich.

»Gut«, sagt Alexa. »Viele Leute fühlen sich nämlich schuldig, sobald sie hier sind. Sie fangen an, sich Gedanken zu machen, was sie hier tun, nachdem sie diesen unglaublich mutigen Schritt, der zuvor nur eine vage Idee war, tatsächlich gewagt haben.«

Ich nicke.

Alexa beugt sich vor und fixiert mich mit ihren stahlblauen Augen. »Ich bin hier, um Ihnen zu sagen, dass Sie sich keine Sorgen machen müssen. Sie sind nicht allein, und Sie werden nicht verrückt. Sie haben einen Verdacht, und wir sind hier, um herauszufinden, ob er berechtigt ist oder nicht.«

Verlegen zapple ich auf dem Sofa herum. Alexas Worte gehen mir ziemlich nahe. Ich führe mir vor Augen, dass genau das ja der springende Punkt ist. Dass ich diese Geschichte überhaupt nur deshalb durchziehen kann, weil ich genau verstehe, wie sich die Angst anfühlt, betrogen zu werden – und warum jemand das Bedürfnis verspüren könnte, seinen Partner in die Falle zu locken.

»Also, äh, wie genau funktioniert diese … diese Sache mit der Sexfalle?«

Alexa räuspert sich.

»Nun, als Erstes sollten Sie mir von Ihrer Beziehung erzählen, ein paar Details über sich und Ihren Partner, Ihre Lebensumstände, Ihre Jobs, Ihr Privatleben. Das ist nötig, damit ich von Ihnen beiden ein Profil erstellen kann. Anschließend sprechen wir darüber, was genau Sie herausfinden wollen. Welchen Verdacht Sie haben. Und dann brauchen wir nur noch ein Mädchen zu finden, auf das er unserer Meinung nach abfahren könnte. Ich habe ein paar Mappen …« Alexa deutet auf ein Regal mit Mappen zu ihrer Rechten. Im Fach darunter stehen Aktenordner mit der Aufschrift »Kunden«, alphabetisch sortiert. Mein Blick bleibt einen Moment lang an dem A–D-Ordner hängen.

D für Julia Dryden. Sind darin die Einzelheiten ihres Arrangements mit Shannon aufbewahrt?

Ich wende mich wieder Alexa zu. »Und dann …?«

»Dann sagen Sie uns, wo wir den Mann finden, und wir schicken das Mädchen, das wir ausgewählt haben, los, um zu testen, wie er auf ein wenig Flirten reagiert. Unsere Mädchen tragen ein Abhörgerät, sodass Sie sich später die gesamte Unterhaltung anhören können. Und sie nehmen aus Sicherheitsgründen eine Freundin mit. Wir sind sehr verantwortungsbewusst, Olivia. All unsere Honeys sind gut ausgebildet. Diskretion hat absolute Priorität. Bei der ersten Begegnung sollen die Honeys wenn möglich herausfinden, ob der Mann schon einmal untreu war, und sehen, ob er nach ihrer Telefonnummer fragt, um ein Date zu verabreden. Bevor Sie unseren Bericht erhalten, warten wir ab, ob es tatsächlich zu diesem Date kommt, ob der Mann sich wirklich meldet. Sie treffen sich mit dem ausgewählten »Honey« zweimal: einmal vor deren erstem Treffen mit Ihrem Mann und einmal nach dem zweiten. Verstehen Sie?«

Ich nicke. Wenn Julia Shannon als »Honey« gebucht hatte, dann machen die beiden Treffen Sinn, von denen ich aufgrund ihres Terminkalenders weiß. Das erste, um die Falle zu stellen, und das zweite, das Julia verpasst hatte, damit Shannon ihr den Bericht liefern konnte. Das heißt, falls Julia Shannon überhaupt gebucht hatte.

Ich *muss* es herausfinden.

»Gut.« Alexa lehnt sich zurück, die manikürten Hände im Schoß gefaltet. »Ich denke, es ist dann an der Zeit, dass Sie mir von Ihrem Partner erzählen, wenn Sie nichts dagegen haben.«

Ich beginne mit meiner Geschichte von einem Ehemann,

den ich verdächtige, eine zweite Affäre zu haben. Während ich spreche, wird mir die Ironie der Situation bewusst. Wills Namen nenne ich nicht, aber ich erzähle unsere tatsächliche Geschichte … die von vor sechs Jahren, als er erst morgens nach Hause kam und nach dieser anderen Seife roch. Ich vergesse fast den eigentlichen Grund meines Besuchs, als mir die Tränen kommen und ich noch einmal das Gefühlswirrwarr durchlebe, das ich damals empfand; dass mich am meisten Wills Bereitschaft traf, mich im Zweifel zu lassen.

»Es hat sich alles als wahr erwiesen, und jetzt habe ich das Gefühl, dass es wieder passiert.« Ich wische mir über die Augen. »Ich bin mir *sicher*, dass er lügt. Ich kann es nur nicht beweisen.«

Alexa sieht mich einen Moment lang prüfend an. »Höchstwahrscheinlich hat er sich in eine Situation manövriert, in der er sich von seinen eigenen Aktionen in die Enge getrieben fühlt. Es gibt jetzt keinen Ausweg mehr, ohne dass er jemandem Schmerzen zufügt, und er versucht, das zu vermeiden.« Sie seufzt. »Er fühlt sich wie eine Ratte in der Falle.«

Ich hole tief Luft, muss mich zusammenreißen. Es ist egal, welche Geschichte ich Alexa auftische. Ich muss sie nur so überzeugend bringen, dass sie zu einem Treffen mit Shannon Walker führt, damit ich sie direkt fragen kann, wen sie für Julia verführen sollte. Und warum.

Alexa macht sich auf einem Klemmbrett Notizen, während ich spreche. Ich hatte mir mehr Hightech vorgestellt, doch in Wirklichkeit operiert Honey Hearts noch immer vorrangig mit Papier. Es ist alles deprimierend alltäglich.

Mitfühlend hört sich Alexa meine Geschichte an. Sie fragt nach ein paar Details: womit mein Mann seinen

Lebensunterhalt verdient, welche Hobbys und Interessen er hat und wie seine sexuelle Vergangenheit aussieht. Wieder halte ich mich so weit wie möglich an die Wahrheit.

»Wir waren Anfang zwanzig, als wir uns kennenlernten. Also nicht viele Exfreundinnen.«

»Wie sieht's mit seinen Ausgehgewohnheiten aus? Trifft er andere eher in einem Café? Oder im Pub?« Alexa hält inne. »Es hilft uns, das zu wissen, damit wir sichergehen, dass Honey die richtigen Signale aussendet, wenn sie sich mit ihm trifft.«

Ich nicke, denke darüber nach. Wieder ist es einfacher, sich an die Wahrheit zu halten. »Auf keinen Fall auf einen Kaffee«, sage ich. »Er mag eigentlich nur Tee. Er trinkt nicht besonders viel: ein Glas Rotwein oder einen Single-Malt-Whisky, obwohl er normalerweise freitags nach der Arbeit auf ein paar Drinks in den Pub geht.«

»Hobbys?«

»Er mag Motorräder, hat aber seit Jahren keins mehr.« Ich denke an den Berg von Motorradmagazinen in unserer Garage, dann an Wills lange Unterhaltung mit Paul neulich im Pub. So wie Will Motorräder liebt, liebte ich früher die Fotografie. Bevor die Kinder kamen, unternahmen Will und ich lange Spaziergänge, damit ich die Hochmoore und die Klippen am Meer fotografieren konnte. Ich hatte damals sogar eine Hasselblad. Jetzt mache ich nicht mal mehr mit dem Handy Fotos, außer von den Kindern. Nie scheint Zeit für irgendetwas anderes zu bleiben. Ich reiße mich aus meinen Gedanken. »Er arbeitet viel, sodass kaum Zeit für andere Hobbys bleibt.«

Alexa nickt, während ich spreche, hört aufmerksam zu und macht sich Notizen. Als ich sage, dass ich kein Foto von Will dabeihabe, weist sie mich darauf hin, dass ich auf jeden Fall eines zu meinem Treffen mit dem »Honey« mitbringen muss. Schließlich nimmt Alexa die beiden großen Mappen aus dem Regal.

»Wie würden Sie den ›Typ‹ Ihres Mannes beschreiben?« Sie legt sich die erste Mappe auf den Schoß.

»Blond«, sage ich entschieden.

»Ah.« Alexa zieht die Augenbrauen hoch. *Wie vorhersagbar*, gibt ihr Gesichtsausdruck nur allzu deutlich zu erkennen.

Ich führe mir Shannon vor Augen.

»Ich glaube, er würde auf eine Blonde abfahren, sie darf aber nicht zu nuttig aussehen. Eher babydoll-artig, Sie wissen schon, große blaue Augen – unschuldiges Lächeln und so. Und jung, wenn auch nicht *zu* jung. Vielleicht Mitte zwanzig.«

Alexa blättert eine der Mappen durch, wählt rund zehn Seiten aus. Sie reicht mir die Mappe.

»Dies sind all unsere Blondinen unter dreißig«, sagt sie.

Mein Mund ist trocken, als ich die Seiten überfliege. Die Mädchen sehen alle sehr ähnlich aus: attraktiv, aber nicht einschüchternd schön, mit guter Figur und einladendem Lächeln. Keine von ihnen ist Shannon.

Meine Handflächen schwitzen, als ich die Mappe schließe und meine Hand obendrauf lege.

»Mit einigen von ihnen könnte es funktionieren«, gebe ich zu. »Aber keine ist so gut wie das Mädchen, das ich vor der Vereinbarung dieses Termins auf Ihrer Website gesehen habe. Sie sieht genauso aus wie diese Ex von ihm, auf die er immer noch scharf ist.«

»Okay.« Alexas Blick ruht einen Moment länger auf mir als nötig. Hat sie mich durchschaut? Mir zieht sich der Magen zusammen.

»Zeigen Sie mir das Mädchen.« Sie führt mich zu dem Computer auf ihrem Schreibtisch, beugt sich vor und klickt sich schnell durch zur Bildergalerie.

Ich fahre mit dem Finger an den Fotos entlang nach unten und tue zunächst so, als könne ich sie nicht finden. Schließlich zeige ich auf das Foto von Shannon.

»Sie«, sage ich. »Sie wäre perfekt für ihn. Wissen Sie, er sagt immer, dass er nur hinschaut, aber nicht anfasst, aber …«

»… aber wir alle wissen, wie leicht das eine zum anderen führen kann.« Alexa seufzt. »Ich fürchte, das ist ein altes Bild. Dieses Mädchen arbeitet nicht mehr für uns.«

Ich blicke sie entgeistert an. Wie ist das nur möglich, dass Shannon hier nicht mehr arbeitet? Sie war vor weniger als einer Woche im Aces High, um Julia zu treffen …

»Sie arbeitet nicht mehr für Sie?« Ich bringe ein gekünsteltes Lachen hervor. »Ist sie jetzt bei einer anderen Agentur?«

»Nein, nein«, sagt Alexa leicht gereizt. »Sie ist nur letzten Mittwoch einfach nicht zu einem Termin erschienen und in puncto Pünktlichkeit gilt bei uns das Nulltoleranzprinzip.«

Mein Herz setzt einen Schlag lang aus. Ich habe Shannon am Dienstagabend noch gesehen. Ist sie aufgrund dieses Treffens – und der Nachricht von Julias Tod – nicht zur Arbeit gegangen?

»Haben Sie sie rausgeworfen?«, frage ich in der Hoffnung, dass Alexas Antwort mir einen Hinweis auf Shannons Gemütsverfassung gibt.

»Nicht sofort«, antwortet sie. »Ich habe zweimal versucht, sie anzurufen, aber sie ging nicht ans Telefon. Dann habe ich ihr die Nachricht hinterlassen, dass sie gefeuert ist. Ich habe daraufhin nichts von ihr gehört. Sehr unprofessionell, ich weiß, aber was soll man machen?«

»Und das war's?«

Alexa zuckt die Schultern. »Ich nehme stark an, dass sie auf und davon ist. Manchmal passiert das, die Mädchen sind jung.«

Ich starre auf Shannons Foto auf dem Computerbildschirm und eine andere Möglichkeit schleicht sich in meinen Kopf. Was, wenn Shannon nicht freiwillig gegangen ist?

Was, wenn jemand auch sie umgebracht hat?

»Olivia?«

Ich schaue auf. Alexa sieht mich neugierig an.

»Ich habe einen Alternativvorschlag. Schauen Sie, das ist Brooke.« Sie zeigt auf ein Honey in derselben Reihe wie Shannon und vergrößert dann Brookes Foto, damit ich sie richtig sehen kann. Auch eine blonde Mittzwanzigerin mit funkelnden Augen, doch ohne Shannons koketten Schalk.

Ich denke fieberhaft nach. Mir schwirrt noch immer der Kopf. Ich kann nicht fassen, dass Shannon verschwunden ist, dass ich mit all meinen Ermittlungsbemühungen anscheinend in einer Sackgasse gelandet bin. Dann reiße ich mich zusammen. Ich kann das nicht akzeptieren. Noch nicht. Es muss eine Möglichkeit geben herauszufinden, ob Julia Shannon darauf angesetzt hat, jemanden zu verführen, wer der Betreffende war und warum. Ich schiele hinüber zu den Honey-Hearts-Akten in Alexa Carlings Regalen.

»Dürfte ich wohl eben die Toilette benutzen, während ich über all dies nachdenke?«, frage ich.

Alexa lehnt sich auf ihrem Stuhl zurück. »Selbstverständlich. Nehmen Sie sich so viel Zeit, wie Sie brauchen.« Sie runzelt noch immer die Stirn, und mir wird klar, dass sie sich Sorgen macht, ich könnte kalte Füße bekommen. Dass ich gleich zur Tür hinausgehen werde, und mit mir auch mein Geld.

»Es ist eine schwere Entscheidung«, erkläre ich, als ich auf die Tür zusteuere.

»Ich weiß«, sagt Alexa herzlich. »Ich war in derselben Situation wie Sie, Olivia. Ich bin jetzt glücklicher Single, aber beide Ehemänner haben mich betrogen. Es war niederschmetternd. Bei meinem ersten Mann hatte ich keine Ahnung, dass etwas nicht stimmte, bis er uns eines Tages Knall auf Fall verließ. Und bei dem zweiten war es noch schlimmer – er hat mich und die Kinder mittellos zurückgelassen.« Sie seufzt. »Wissen ist Macht, Olivia. Ich kann Ihnen versichern, dass es nur ganz selten vorkommt, dass eine unserer Kundinnen das Buchen unserer Honeys bereut, egal, was die Mädchen herausfinden. Denn wenn Ihr Partner nicht reagiert, bekommen Sie die Bestätigung, auf die Sie hoffen. Und wenn doch, haben Sie Beweise statt böse Ahnungen.«

Ich nicke, eile dann durch den Gang zur Damentoilette. Sobald ich in einer der Kabinen bin, schreibe ich Damian, wie vereinbart, eine SMS. Ich nehme mir Zeit im Bad, putsche mich hoch für das, was ich als Nächstes tun muss. Ich schaffe es gerade noch bis in Alexas Büro, als im Empfangsbereich das Spektakel losgeht. Alexa steigt die Röte ins Gesicht, als Damians aufgebrachte, zornige Stimme zu uns herüberdringt.

»Wie können Sie es wagen, eine Ihrer Schlampen zu schicken, damit sie versucht, mich ins Bett zu kriegen, und meine Frau auszubeuten und ihr einzureden, ich würde mich mit anderen Frauen treffen! Man sollte Sie alle ins Gefängnis stecken.«

»Bitte, Sir, beruhigen Sie sich«, fleht die Empfangsdame. »Ich bin mir sicher, dass es sich um ein Missverständnis handelt.«

Ich sehe zu Alexa hinüber. Gespannt lauscht sie der Unterhaltung.

»Ich verlange, diejenige zu sehen, mit der meine Frau gesprochen hat. Alexa Carling. Wo ist sie? Holen Sie sie auf der Stelle!«, brüllt Damian.

»Tut mir leid, aber Mrs. Carling ist in einer Besprechung, Sir. Wenn Sie mir vielleicht Ihren Namen nennen könnten, dann ...«

»Ich nenne Ihnen *gar* nichts«, schreit Damian. »Holen Sie sie aus der Besprechung!«

Alexa sieht mich mit zugleich besorgtem und entschuldigendem Gesichtsausdruck an. »Tut mir leid, Olivia. Das ist noch *nie* zuvor passiert.«

»Schon in Ordnung«, sage ich mit rasendem Puls. »Gehen Sie nur. Ich werde hier warten.«

Alexa trippelt davon, und ich husche zu dem Regal mit den Fallakten. Ich ziehe A – D heraus. Wenn Julia Shannon tatsächlich engagiert hat, wird sie kaum ihren richtigen Namen Dryden verwendet haben, aber ich weiß nicht, wo ich sonst anfangen soll. Die Fälle sind durch farbige Plastikfolien voneinander getrennt, auf denen oben die Namen der Kunden stehen. Dann folgen eine Kopie des Formulars, das sie zu Beginn ausfüllen müssen, und die Seiten mit den Notizen, die sich Alexa während des Gesprächs mit ihnen macht. Es gibt Fotos und Notizen von den Honeys selbst, Einzelheiten über die unter Beobachtung stehenden Männer sowie schriftliche Berichte über die

Begegnungen mit ihnen und in manchen Fällen nummerierte Hinweise auf Aufzeichnungen, die vermutlich andernorts aufbewahrt werden.

Ich blättere die Ds durch, von hinten nach vorn. Eine Auswahl von Honeys rauscht an mir vorbei: hübsche Mädchen mit funkelnden Augen. Ich blättere von Dursley zu Denham. Kein Dryden. Mir wird schwer ums Herz – Julia hat also nicht ihren richtigen Namen verwendet. Das ist keine Überraschung, lässt mich jedoch mit einem Gefühl der Hoffnungslosigkeit zurück. Ich höre, dass Damian im Empfangsbereich noch immer herumbrüllt, während Alexa mit kühler, ruhiger Stimme vergeblich versucht, ihn zu beruhigen. Er wirkt sehr überzeugend.

Ich wende mich wieder dem Aktenordner zu, blättere einfach weiter. Vorbei an Derby und Dawson zu Davis. Einige, aber nicht alle Seiten sind mit dem Buchstaben »B« gekennzeichnet. Was bedeutet das?

Plötzlich entdecke ich Shannon. Ihr Foto ist vorn auf einer Fallakte befestigt. Ich schaue zum oberen Rand der Seite. Der Name der Kundin ist Julia D'Arc. Unwillkürlich muss ich lächeln. Benutzte Julia einen Teil des Spitznamens, den sie ihrer Mutter verpasst hatte, als Decknamen? Eilig überfliege ich die Seite. Dabei fällt mir auf, dass sie nicht mit »B« gekennzeichnet ist wie einige andere.

Draußen schreit Damian immer noch herum. Alexa droht damit, die Polizei zu rufen, wenn er nicht verschwindet. Mir bleibt nicht viel Zeit. Ich fahre beim Lesen mit dem Finger über die Seite, mein Verstand kann kaum verdauen, worüber die Augen in Windeseile hasten. Julia berichtet von Problemen in einer langfristigen Beziehung mit einem Mann, den sie verdächtigt, eine Affäre zu haben. Dies *muss* eine Tarnung sein. Was heißt, dass die

Sache *zweifelsohne* auf irgendeine Weise etwas mit Karas Mörder zu tun hat.

Mein Finger wandert zum Ende der Seite, zum Namen des Mannes, um den es geht, und ich bin wie vom Schlag getroffen. Ich sauge tief die Luft ein, bin bis ins Mark erschüttert.

Denn der Mann, den Julia mit Shannons Hilfe der Untreue überführen wollte, ist mein Ehemann.

Kapitel 10

Ich taumle zurück. Ein paar Augenblicke lang scheint der Raum sich um mich zu drehen. Draußen macht Damian noch immer ein Riesenspektakel. Auch die Stimme von Alexa Carling, die ihn zu beruhigen versucht, ist lauter geworden.

Ich schaue wieder in die Akte. Wills Name steht dort schwarz auf weiß am Ende der Seite:

Gegenstand der Untersuchung: Will Jackson.

Er ist es. Zweifelsohne. Mein Finger wandert zum Beginn der nächsten Seite. Ich versuche zu verstehen, was Julia über ihn gesagt hat, komme aber nicht weiter als bis zur ersten Zeile:

Subjekt wird als kontaktfreudig und selbstsicher beschrieben, bekleidet einen Führungsposten und steht in dem Ruf ...

Draußen schlägt eine Tür zu. Plötzlich wird mir bewusst, dass das Geschrei im Empfangsbereich verstummt ist. Schritte hallen durch den Gang und nähern sich. Alexa Carling wird jeden Moment zurück sein. Ich schließe den Aktenordner, stelle ihn zurück ins Regal, haste zurück zum Sofa und setze mich, gerade als Alexa den Raum betritt.

»Entschuldigen Sie bitte«, sagt sie ruhig. »Nun, wie sieht's aus? Wollen wir Brooke nehmen?«

Ich schüttle den Kopf. »Tut mir leid«, stammle ich. »Ich brauche wirklich mehr Zeit, um darüber nachzudenken.«

»Selbstverständlich, aber ...«

»Es ist eine schwere Entscheidung.« Ich stehe auf. Irgendwie bringen meine zitternden Beine mich zur Tür. Im letzten Augenblick denke ich noch daran, mich umzudrehen und Alexa für ihre Zeit zu danken. Ich registriere, dass sie verwirrt und ein bisschen frustriert aussieht. Und dann bin ich draußen. Durch den Gang, vorbei an der Rezeption und nach unten, hinaus auf die Straße. Ich schaue die Straße hinunter. Damian wird im Café auf mich warten, aber ich kann ihm noch nicht gegenübertreten. Ich gehe in die entgegengesetzte Richtung. In meinem Kopf herrscht ein heilloses Durcheinander.

Während ich laufe, beginnt es zu regnen. Weiche Tropfen prasseln mir auf den Kopf und in den Nacken. Die Menschen um mich herum suchen eilig Schutz in den Eingängen der Geschäfte. Ich gehe weiter, versuche zu begreifen, was ich gerade entdeckt habe. Julia hatte eine Frau engagiert, die versuchen sollte, meinen Mann zu verführen. Warum hatte sie das nur getan? In den Notizen war keine Rede davon, dass er verheiratet sei, wohl aber, dass Julia schon lange mit ihm zusammen war.

Das kann nicht wahr sein, oder? Julia war mit Damian zusammen. Sie hatte sich bestimmt nicht mit Will getroffen. Das hätte sie mir nie angetan. *Will* hätte mir das nie angetan. Oder doch? Mein Mann und meine beste Freundin. Bilder schießen mir durch den Kopf. Mir wird übel. Panik kriecht in mir hoch. Wenn Julia und Will mich miteinander betrogen haben, dann ist nichts mehr sicher. Rein gar nichts. Von Angst getrieben, haste ich immer schneller den Bürgersteig entlang.

Ich biege um eine Ecke und bleibe stehen. Zwinge mich, tief Atem zu holen. Ich muss die Sache ruhig durchdenken, rational. Ich kauere mich in einen Hauseingang, wische mir den Regen vom Gesicht und gehe die Möglichkeiten durch.

Der erste und offensichtlichste Grund dafür, dass Julia eine Frau engagierte, um Will der Untreue zu überführen, ist der, dass sie *tatsächlich* eine Affäre mit ihm hatte – und ihn verdächtigte, uns beide zu betrügen. Das kann ich aber einfach nicht glauben. Julia hätte *nie* auf diese Weise unsere Freundschaft verraten, und trotz der Zweifel, die mich hin und wieder überkommen, wenn ich darüber nachdenke, bin ich mir sicher, dass Will mir seit seiner viele Jahre zurückliegenden Affäre mit Catrina treu gewesen ist. Außerdem habe ich Will und Julia tausendmal zusammen gesehen und nicht ein *einziges* Mal irgendein Knistern zwischen ihnen gespürt.

Viel wahrscheinlicher ist, dass Julia, die einen starken Sinn für Loyalität hatte, dachte, Will treffe sich mit jemand anderem, und mehr herausfinden wollte, bevor sie ihn zur Rede stellte oder es mir direkt sagte. Ich seufze. Das mag zwar glaubhafter sein, kommt mir aber dennoch unwahrscheinlich vor. Denn wenn Julia den Verdacht gehabt hätte, Will habe eine Affäre – wäre sie ihm dann nicht einfach selbst gefolgt? Sogar einen Privatdetektiv zu engagieren hätte doch sicherlich mehr Sinn gemacht als ein Honey von Honey Hearts zu buchen.

Was mich zu der dritten und letztlich entsetzlichsten Möglichkeit bringt: Dachte Julia möglicherweise, Will habe irgendetwas mit Karas Tod zu tun? Sie war offensichtlich davon überzeugt, dass Shannon den Schlüssel zur Wahrheit in der Hand hielt, und hatte unerbittlich darauf bestanden, dass sie zuerst mit mir reden müsse, bevor sie zur Polizei ging. Ich war davon ausgegangen, das habe damit zu tun, dass Kara meine Schwester war, doch jetzt frage ich mich, ob Julia mich nicht vielmehr warnen wollte. Ich denke an Hannah und Zack, und das Blut gefriert mir in den Adern. Sie sind nicht nur meine, sondern auch Wills Kinder.

Nein, es ist völlig ausgeschlossen, dass Will etwas mit dem Mord an Kara zu tun hat. Und ebenso, dass Julia dies für möglich hielt.

Ich denke zurück an den Tag, an dem wir uns kennenlernten, doch es gelingt mir nicht, die Ereignisse auseinanderzuhalten: mein Zusammentreffen mit Will und die beginnende Freundschaft zwischen Julia und mir. Es scheint jetzt alles so lange her, ein Wirrwarr von Ereignissen, die alle miteinander verflochten sind, durchbrochen von ein paar einzelnen schmerzlichen Erinnerungen.

Kara starb im Februar, und ich stolperte wie betäubt durch die letzten Wochen des Frühjahrssemesters meines Abschlussjahrs. Rückblickend kann ich nicht sagen, was ich mit meiner Zeit anfing, aber ich schrieb garantiert keine Essays und bereitete mich auch nicht auf irgendwelche Prüfungen vor. Ich erinnere mich, dass ich zusammengerollt auf dem Sofa in unserer Mietwohnung lag und stundenlang ins Leere starrte und dass meine Mitbewohnerinnen auf Zehenspitzen um mich herumschlichen. Damals war ich wie durch eine Wand vom Rest der Welt getrennt, von den Menschen, die nicht damit leben mussten, dass ihre Schwester ermordet worden war. Ich aß kaum etwas, obwohl Leute, an deren Namen ich mich nicht mehr erinnere, mir Essen hinstellten. Ich nahm es kaum wahr, wenn der Fernseher an- und ausgeschaltet wurde. Ich kroch vom Sofa ins Bett und wieder zurück, ließ das Leben an mir vorbeiziehen. Dieser Zustand hielt über einen Monat lang an. Ich raffte mich nur auf, um meine Eltern zu besuchen. Bei einem dieser Besuche erfuhr ich dann, dass meine Eltern Julia eingeladen hatten, die Osterferien bei uns zu verbringen. Ich weiß noch, dass ich ein wenig sauer war, mich dann jedoch mit ihrer Ankunft abfand. Was spielte es schon für eine Rolle? Spielte überhaupt noch irgendetwas eine Rolle? Kara war tot, ihr Leben, ihre Schönheit und Unschuld zerstört, und ich hatte sie nicht beschützt.

Julia hauchte mir wieder Leben ein, uns allen. Sie kam zu uns nach Hause und kümmerte sich liebevoll um meine Eltern, legte die Zeitung meines Dads neben seinen Sessel und half meiner Mutter in der Küche beim Gemüseschneiden. Die Trauer hatte ihre Kanten geglättet, und sie versuchte wohl einfach, praktische Hilfe anzubieten, gab uns letztlich jedoch viel, viel mehr. Es war, als hielte Julia ein Seil zu einem neuen Leben ohne Kara in den Händen, auf das wir, wie wir wussten, zusteuern mussten. Am zweiten Tag ihres Besuchs klopfte sie an meine Zimmertür und sagte mir freundlich, aber bestimmt, dass ich meinen Eltern mehr helfen müsse. Ich schwieg zunächst und drehte den Kopf zur Wand, doch Julia gab nicht nach. Schließlich ging ich auf sie los, brüllte, sie solle sich verpissen und sich um ihre eigenen Angelegenheiten kümmern. Julia wich nicht von der Stelle, ertrug meine Wut, solange sie konnte, und fing dann schließlich selbst an zu schreien. Ich weiß nicht mehr, was wir uns an den Kopf warfen, doch ich war heiser, als ich irgendwann brüllte, dass ich Kara vermisste, dass ich die Welt dafür hasste, sie mir weggenommen zu haben, dass ich unglaublich wütend sei, dass sie nicht mehr da war. Der entsetzliche Schmerz brachte mich um, meine Beine gaben nach und in Tränen aufgelöst brach ich auf dem Fußboden zusammen. Alles war still, und ich dachte, Julia sei gegangen. Dann schaute ich auf und sah, dass auch sie, gegen die Wand gelehnt, auf dem Fußboden saß und mich beobachtete. In ihren Augen spiegelte sich meine eigene Qual.

Ich war immer der Meinung gewesen, Julia habe mich nach Karas Tod gerettet, aber vielleicht retteten wir uns gegenseitig. Auf jeden Fall verbrachten wir den Rest meines Abschlussjahres fast ausschließlich miteinander. Nach jenen Osterferien war ich in der Lage, mich wieder meinem Studium zu widmen, und irgendwie schaffte ich mein Abschlussexamen in Geschichte – dank meiner früheren harten Arbeit sogar mit sehr gutem Erfolg.

Im August jenes Jahres machten Julia und ich Urlaub auf Ibiza, wo wir eine winzige Ferienwohnung hatten. In dieser Woche fiel mir zum ersten Mal auf, welch magnetische Anziehungskraft Julia auf Männer ausübte. Sie schlief während des Urlaubs mit mehreren Typen – Männern, die sie in den Klubs kennenlernte, die wir besuchten, und mit denen sie sofort Sex hatte. Schockierend schnell, wie mir schien, an Stränden, auf Parkplätzen, unter Bäumen. Ich gewöhnte mich daran, dass sie plötzlich von der Tanzfläche verschwand, vertraute jedoch darauf, dass sie bei Tagesanbruch wieder zurück sein würde, um gemeinsam mit mir nach Hause zu gehen. Es wurde nie laut ausgesprochen, aber es war klar, dass sie mich nicht allein zu unserer Wohnung zurückgehen lassen würde. Nicht nach Kara.

Als ich wieder nach Hause kam, hatte ich zum ersten Mal eine klare Vorstellung von meiner Zukunft. Ich kämpfte mich durch einen Jurakurs für Quereinsteiger, in dem ich mir viel älter vorkam als alle anderen Studenten, obwohl die meisten von ihnen in meinem Alter waren.

Julia, die jetzt im zweiten Studienjahr war, ging wieder zur Uni. Wir wohnten nun zwar an verschiedenen Enden der Stadt, redeten aber immer noch ständig miteinander und trafen uns so oft wie möglich.

Ein paar Monate später lernte ich durch Paul dann Will kennen. Paul und ich hatten uns seit dem Ende unseres Studiums nur selten gesehen, wollten uns aber in jenem Dezember kurz vor Weihnachten auf einen Drink treffen. Er hatte gerade eine untergeordnete Stelle bei Harbury Media angetreten, dem Unternehmen seines Vaters. Wie zu erwarten, waren auch mehrere seiner Kollegen im Pub, einschließlich Will, seit knapp über einem Jahr bei Harbury.

Will war damals vierundzwanzig, zweieinhalb Jahre älter als ich, und strahlte ein ruhiges, natürliches Selbstvertrauen aus. Ich erinnere mich, dass mich sein schicker Anzug und seine durchdringenden blauen Augen beeindruckten, als er mir einen Drink ausgeben wollte. Ich versuchte, ihm einen Korb zu geben, doch er ließ sich nicht abweisen. Er plauderte mit den anderen Harbury-Mitarbeitern, zog jedoch jedes Mal, wenn ich hochblickte, meine Aufmerksamkeit auf sich. Ich weiß noch – und ich muss lachen, wenn ich so viele behagliche Ehejahre später daran denke –, dass ich ihn damals mit seinem unglaublichen Charisma, dem nach hinten gegelten Haar und dem irgendwie grüblerischen Gesichtsausdruck für gefährlich und sexy hielt.

Ich sagte »Nein«, als er sich an diesem ersten Abend mit mir verabreden wollte. Andere Männer hätten sich vielleicht davongeschlichen, doch Will neigte nur den Kopf zur Seite und fragte, wovor ich mich verstecke.

»Vor nichts«, erwiderte ich.

Doch er schüttelte den Kopf und sagte, er sehe die Traurigkeit in meinem Blick und würde sich von meinen Ängsten nicht vertreiben lassen. Vielleicht war es nur eine Phrase, aber ich war einsam, und es fühlte sich gut an, jemanden zu haben, der hinter mein kühles, aufgesetztes Lächeln schaute. Ich ließ mich auf ein Date für das folgende Wochenende ein, und während wir Meeresfrüchte aßen und Weißwein tranken, fragte er nach meiner Familie. Langsam und unter Qualen erzählte ich ihm von Kara.

Ich versuche mich zu erinnern, ob es damals irgendwelche Anzeichen dafür gab, dass Will meine Geschichte bereits kannte. Er hatte von dem Mord gehört, erinnerte sich aber nicht an Karas Namen. Er bekundete sein Entsetzen und sein Mitgefühl, sodass mir Tränen in die Augen traten. Ich versuchte, sie zurückzuhalten, doch Will nahm meine Hand.

»Weine nur«, sagte er. »Ich glaube nicht, dass du deine Trauer schon auf jede mögliche Weise verarbeitet hast.«

Ich wusste, was er meinte. Ich hatte mit Mum geweint und mit Julia und allein. Doch selbst nach all diesen Monaten hatte ich noch mit niemandem über Kara gesprochen, der nicht bereits wusste, was ihr passiert war. Ich hatte keinem Fremden ihre Geschichte, meine Geschichte erzählt. Auf *diese* Weise hatte ich noch nicht getrauert.

»Ich hätte mich um sie kümmern müssen«, schluchzte ich. »Sie war noch ein Kind.«

»Hey.« Will drückte mir die Hand. »Es war nicht deine Schuld.« Und dann lächelte er sanft. »Und wer kümmert sich um dich?«

Ich weinte noch ein wenig und ging dann zur Toilette, wo ich im Spiegel meine fleckigen Wangen und roten Augen sah. Mein Herz machte einen seltsamen Hüpfer.

Denn wenn dieser coole, sorgfältig gekleidete Marketingtyp sich trotz meiner Tränen und fleckigen Wangen für mich interessierte, dann sprach wohl doch mehr für mich, als ich gedacht hatte.

Als ich wieder zurück am Tisch war, ritt Will nicht auf Karas Tod herum. Er zeigte kein morbides Interesse, nur Besorgnis um mich. Später erzählte er mir, er habe sich an jenem Abend in mich verliebt, weil er gesehen habe, wie sehr ich meine Schwester liebte, wie viel ich ertragen konnte und welch tiefe Gefühle ich hatte. Dennoch definierte er mich im Gegensatz zu vielen meiner Freunde an der Uni nie – da bin ich mir sicher – über den Tod meiner Schwester.

Julia hatte mich also vielleicht gerettet, weil sie meinen Schmerz teilte, aber Will rettete mich, indem er dahinterschaute.

Es ist völlig ausgeschlossen, dass er der Mörder meiner kleinen Schwester ist. Oder dass Julia – die ihn mochte und respektierte – dies geglaubt haben könnte.

Ich gehe denselben Weg wieder zurück und weiter zu dem Café, in dem Damian auf mich wartet. Es regnet noch immer, und ich bin völlig durchweicht. Meine Jacke klebt mir am Rücken, die Haare an meinen Wangen. Damian sitzt an einem Tisch beim Fenster und schaut hinaus. Als ich hereinkomme, steht er auf, die Stirn sorgenvoll in Falten gelegt.

»Alles in Ordnung mit dir?«

»Nein.«

Erwartungsvoll sieht er mich an. Ich zögere einen Moment lang, nehme dann ihm gegenüber Platz und erzähle ihm alles, was ich bei Honey Hearts herausgefunden habe.

Damian hört mir schockiert zu. Er ist offenbar genauso

verwirrt wie ich, dass Will derjenige ist, den Shannon verführen sollte.

»Julia hat nie erwähnt, dass sie glaubt, er sei dir untreu – ganz im Gegenteil. Sie war immer so beeindruckt davon, wie ihr euch wieder zusammengerauft habt, nachdem … nach diesem einen Mal …«

Ich ziehe die Augenbrauen hoch, spüre, wie mir die Röte in die Wangen steigt. Er weiß also von der Affäre. »Julia hat dir davon erzählt?«

Damian nickt verlegen. »Sie sagte, dass es lange her sei und dass Will danach ein anderer Mensch zu sein schien; ich glaube, sie sagte *erwachsener.*« Er hält einen Moment lang inne. »Sie mochte ihn als Freund, sagte, er sei ein guter Vater und würde gut zu dir passen.«

Aus irgendeinem Grund beruhigt es mich mehr als alles andere, Julias Meinung über meine Ehe von jemandem zu hören, dem sie eindeutig vertraute. Ich erinnere mich, dass sie damals zwar wütend auf Will war, mir aber nicht ein einziges Mal vorschlug, ihn zu verlassen. *Er hat einen Fehler gemacht, und es tut ihm leid, Liv,* sagte sie. *Er verdient eine zweite Chance. Das tun wir alle.* Ich lächle bei der Erinnerung daran, dass sie kurz zögerte und ihre Augen funkelten, bevor sie hinzufügte: *Ich würde ihn jedoch dafür bezahlen lassen. Mindestens ein paar anständige Diamanten und einen Urlaub in der Karibik.*

Draußen regnet es noch immer, und das Café ist dunkel und deprimierend. Damian starrt mich stirnrunzelnd an.

Ich lehne mich zurück und seufze. »Also – wenn Will nicht der Grund war, weshalb Julia diese Shannon engagiert hat, warum hat sie es dann überhaupt getan?«

Damian wendet den Blick ab. Mich verlässt der Mut. Ich will erst gar nicht darüber nachdenken, welchen Verdacht er haben könnte. Wozu er Will vielleicht für fähig hält.

»Ich muss mit ihm reden«, sage ich bestimmt. »Muss herausfinden, ob Shannon ihn wirklich angesprochen hat. Was sie gesagt hat.«

Damian sieht mich an. »Wir sollten auch versuchen, Shannon zu finden, um zu erfahren, was Julia ihr gesagt hat. Standen auf dem Formular, das du gesehen hast, irgendwelche Kontaktdaten?«

»Nicht für Shannon. Ist mir jedenfalls nicht aufgefallen.«

»Und das Datum von Julias Termin bei Honey Hearts? Stand das darauf?«

»Ich glaube nicht.« In diesem Punkt bin ich mir weniger sicher. Die Wahrheit ist, dass ich nicht nach einem Datum gesucht hatte. »Ich hatte nicht viel Zeit und …«

»Schon okay. Wir wissen, dass sie den Termin vor dem Treffen mit Shannon im Aces High gehabt haben muss. Es spielt keine sonderliche Rolle, wann das war.« Damian denkt einen Augenblick lang nach. »Moment mal, hast du nicht gesagt, sie nehmen jemanden mit zu den Treffen? Eine Freundin, zur Sicherheit?«

Ich schüttle den Kopf. »Erst wenn das Mädchen den Typen trifft. Im Grunde genommen sind es fünf Schritte: Erstens, der Kunde geht zu Honey Hearts und bringt die Sache ins Rollen. Zweitens, dem Kunden wird ein Honey zugewiesen, und die beiden treffen sich dann – das war Julias Termin mit Shannon zwei Tage vor ihrem Tod. Drittens, das Mädchen spricht den Typen an, und möglicherweise verabreden die beiden dann viertens ein ›Date‹. Fünftens, das Mädchen erstattet dem Kunden Bericht – das war das Treffen im Aces High, zu dem ich gegangen bin, dasjenige, das in Julias Kalender stand.«

»Wir wissen also nicht, ob diese Shannon je versucht hat, deinen Mann zu verführen.«

»Sie *muss* es getan haben. Warum wäre sie sonst zu diesem zweiten Treffen aufgetaucht? Sie war da, um Julia davon zu berichten.« Mir bleibt die Luft weg, als ich begreife, was das zu bedeuten hat. Shannon Walker *muss* sich an Will herangemacht haben. Was hatte sie gesagt? Wie hatte Will reagiert?

»Schon möglich, aber sicher können wir uns da nicht sein«, sagt Damian. »So wie wir auch keine Ahnung haben, wie wir Shannon finden sollen.«

Ich seufze. »Umso wichtiger ist es, dass ich mit Will rede.«

»Das wird nicht leicht sein«, murmelt Damian.

Er hat recht. Zum ersten Mal seit meiner Begegnung mit Shannon im Aces High bedaure ich, wie viel ich vor Will geheim gehalten habe. Wenn ich ihm sofort erzählt hätte, dass ich ins Aces High gehe, dann wäre die jüngste Entwicklung vielleicht kein so großer Schock.

Damian und ich verabschieden uns und vereinbaren, am nächsten Tag wieder miteinander zu reden, wenn ich die Gelegenheit hatte, mit Will zu sprechen. Wie betäubt fahre ich nach Hause. Erst später fällt mir ein, dass ich schon wieder völlig vergessen habe, Damian danach zu fragen, warum er nicht im Internet zu finden ist. Den Rest des Nachmittags bin ich völlig durcheinander, kann Zack kaum zuhören, als er begeistert von seinem Fußballspiel in der Pause erzählt. Ich fühle mich schuldig, dass ich so geistesabwesend bin – und mir ist nur allzu bewusst, wie schnell die Zeit vorbei sein wird, in der Zack mir noch von allem, was er erlebt hat, berichten möchte.

Wie zur Bestätigung stapft Hannah, als sie nach Hause kommt, ohne auch nur »Hallo« zu sagen, gleich nach oben in ihr Zimmer. Ich folge ihr die Treppe hoch, versuche, meinen Ärger hinunterzuschlucken. Ich schaue zur Tür hinein, lächle und will sie fragen, wie es ihr geht, doch Hannah explodiert, noch bevor ich ein Wort sagen kann.

»Was willst du? Warum folgt du mir *immer* überallhin?«

»Tu ich doch gar nicht.« Ich umklammere den Türrahmen, versuche angestrengt, nicht auszuflippen. »Ich wollte nur …«

»Ich räume am Wochenende auf«, brüllt sie. »Mensch, Mum, die Schule ist so stressig und jetzt bist du wirklich gemein.«

»Herrgott noch mal, Hannah. Ich wollte fragen, ob du was trinken oder essen möchtest«, fahre ich sie an.

»Nein, will ich nicht.«

»Kein Grund, so unhöflich zu sein.«

»*Du* bist diejenige, die unhöflich ist. Du bist diejenige, die hier in meinem Zimmer ist. Ich will dich hier nicht haben.«

»Weißt du was, Hannah? Ich will auch gar nicht hier sein.« Ich gehe wieder nach unten, setze mich an den Küchentisch, stütze den Kopf in die Hände und zittere vor Wut und Schmerz.

Eine einzelne Träne rinnt mir die Wange hinab. Ich wische sie weg. Will hat recht, ich nehme Hannahs Ausbrüche zu persönlich, aber es ist schwer, mein kleines Mädchen und dazu auch noch meine beste Freundin verloren zu haben. Wenn Julia hier wäre, würde sie mich mit einer klugen, prägnanten Beobachtung und dem für sie so typischen schmutzigen Lachen aufmuntern. Die Tatsache, dass sie nicht hier ist und nie wieder hier sein wird, macht alles noch zehnmal schlimmer.

Zack spaziert herein, spürt meine Traurigkeit und bietet mir auf die einzige ihm mögliche Art Trost. Er vergräbt seinen Kopf in meinem Bauch und schlingt mir fest die Arme um die Hüften. Ich lasse ihn Angry Birds spielen, während ich Tee koche. Hannah latscht, eine Viertelstunde nachdem ich sie gerufen habe, herein und besitzt dann die Dreistigkeit, sich zu beschweren, dass ihr Shepherd's Pie kalt ist. Beide Kinder strahlen, als Will schon um halb sieben nach Hause kommt. Er umarmt Zack, küsst Hannah flüchtig auf die Stirn und drückt mir dann einen Kuss auf die Lippen.

»Du hast ja richtig gute Laune.« Ich versuche, Will anzulächeln, habe jedoch nur seinen Namen auf dem Honey-Hearts-Formular vor Augen.

»Wir haben die Sache mit Henri endlich geklärt«, sagt er grinsend.

»Das hat lange gedauert«, erwidere ich, während ich überlege, wie in aller Welt ich das Gespräch beginnen soll, das ich mit ihm führen muss.

Will seufzt. »Ich weiß. Verdammt lange.« Er hält einen Moment lang inne. Als er weiterspricht, höre ich den Stolz in seiner Stimme. »Der Kunde hat ein paar nette Dinge über mich gesagt. Und Leo hat mir vor dem gesamten Team gedankt, was immer das wert sein mag.« Er lacht, aber ich weiß, wie viel Leos Lob ihm bedeutet.

»Alle Achtung!« Ich stelle mich auf die Zehenspitzen und küsse ihn auf die Wange. Zack, der Will unbedingt zeigen will, wie viele Punkte er bei Angry Birds erzielt hat, zieht ihn bereits am Arm. Will und ich können später miteinander reden, wenn die Kinder im Bett sind. Ich murmele, dass ich mich um das Abendessen für uns beide kümmern werde, umarme ihn dann und atme den vertrauten Duft seiner Anzugjacke ein: Wolle und Aftershave und einen Hauch von Büro.

Siehst du?, sage ich mir. *Keine fremd riechende Seife. Alles wird gut.*

Es wird ein guter Abend – zumindest der erste Teil. Wie üblich bessert sich Hannahs Laune gewaltig, jetzt, wo ihr Vater da ist, und Will wirkt heute ungewöhnlich entspannt. Das zeigt mal wieder, wie wichtig seine Laune für die Atmosphäre im Haus ist. Kommt er mürrisch und müde von der Arbeit zurück, ist sie irgendwie vergiftet.

Als Hannah um neun nach oben in ihr Zimmer verschwindet, habe ich endlich die Chance, mit Will zu reden. Seit dem Abendessen hat er den größten Teil der Zeit versucht, auf seinem Handy Zacks Punktestand bei Angry Birds zu erreichen, zwischendurch einen Bericht auf seinem Laptop gelesen und an seinem Whisky genippt. Als ich mich zu ihm ins Wohnzimmer geselle, legt er mit einem Seufzer beide Geräte beiseite.

»Kannst du dir vorstellen, wie demütigend es ist, bei etwas von deinem siebenjährigen Sohn geschlagen zu werden?«

Ich lache und schließe dann leise die Tür. »Kann ich mit dir reden?«

Will schwingt die Beine vom Sofa und setzt sich mit besorgter Miene auf. »Klar, was ist los?«

Ich hocke mich auf den Stuhl ihm gegenüber und beuge mich vor. Mein Herz rast, als ich ihm erkläre, dass Damian und ich beschlossen hätten, Shannon Walker aufzuspüren.

»Davon hast du mir nichts gesagt.« Wills Blick verfinstert sich.

»Du hättest doch nur gedacht, ich sei besessen oder was auch immer. Aber mal im Ernst, Will, da geht etwas wirklich Verdächtiges vor.« Die Worte sprudeln nur so aus mir heraus, als ich ihm erkläre, dass Damian und ich Shannons

Spur bis zu Honey Hearts zurückverfolgt haben, und ihm dann beichte, dass ich heute Morgen in der Agentur war.

»Du hast *was* getan?«

»Ich habe heimlich einen Blick in Julias Akte geworfen.«

»Ich kann nicht glauben, dass du das getan hast.«

»Hab ich aber. Und ich habe etwas herausgefunden. Julia hat Shannon Walker engagiert. Das war die Verbindung zwischen den beiden.«

»Komm schon, Liv.« Will schüttelt den Kopf. »Das klingt nicht nach Julia. Nicht ihr Stil.«

»Ich weiß.« Ich schlucke. »Das ist genau der Punkt … Ich glaube, sie wollte nicht ihren Freund Damian, den Dunkelblonden, testen. Er hat gesagt, er habe Shannon noch nie gesehen und – na ja, da stand auch nicht *sein* Name in der Akte.«

Will runzelt die Stirn. Ich beobachte ihn gespannt. Er verrät keinerlei Schuldgefühle, verhält sich auch nicht so, als würde er die Geschichte bereits kennen … wissen, worauf ich hinauswill. Ich glaube nicht, dass er es weiß.

»Also – was willst du mir eigentlich sagen, Liv? Ich verstehe dich nicht.«

Ich hole tief Luft. »Ich verstehe es auch nicht, aber ich muss dich danach fragen. Denn der Mann auf dem Formular, dessen Treue Julia testen wollte, warst du.«

Will starrt mich verständnislos an. »Ich?«

Ich nicke.

»Du glaubst, Julia hatte den Verdacht, ich sei untreu?« Seine Augen durchbohren mich. »Was … mit dir? Mit *ihr*?« Sein Gesichtsausdruck ist hart und kalt. »Und?«

Ich winde mich auf meinem Stuhl. »Vielleicht hat sie so was gedacht, aber nein, ich glaube nicht wirklich …«

»Oh, gut.« Seine Stimme trieft vor Sarkasmus. »Solange du mir vertraust!«

Ich zögere. »Bitte, Will, sei nicht wütend. Es ist nicht meine Schuld, dass dein Name dort stand.«

»Leck mich am Arsch, Livy.«

Ich ringe nach Luft. Will beschimpft sonst so gut wie nie jemanden – und schon gar nicht mich. Er blickt hoch, hat die Hände zu Fäusten geballt. Seine Halsader pocht.

»Und welche Aussage erwartest du jetzt von mir?«, fragt er.

»Diese Shannon.« Ich zittere. Er sieht so wütend aus. »Sie war blond und blauäugig. Hübsch. Mitte zwanzig, würde ich sagen.«

Will zieht die Stirn in Falten. »Willst du wissen, ob sie mich angemacht hat? Ist es das? Du denkst, ich hätte mit irgendeiner Nutte aus einer schäbigen Agentur geschlafen?«

»Nein.« Die Verachtung in seiner Stimme treibt mir die Tränen in die Augen. »Nein, natürlich glaube ich nicht, dass du mit ihr geschlafen hast. Ich versuche nur herauszufinden, was Julia vorhatte. Ich denke, es könnte mit ihrem Versuch zusammenhängen, Karas Mörder zu finden. Es gibt da einfach viele Dinge, die keinen Sinn ergeben. Julias Mutter ist überzeugt, dass einer von Julias Ringen fehlt. Und sie glaubt tatsächlich, ich hätte ihn genommen. Und dann hat die Polizei zwar Julias Wohnung und ihren Computer durchsucht, aber keine von ihren Dateien zu Kara gefunden. Ich glaube, Shannon weiß etwas.«

Ungläubig breitet Will die Arme aus. »Herrgott, du hast nichts weiter als Damians Behauptung, dass es Dateien *gegeben habe*.« Will wird lauter. »Und es ist unerhört, mir zu unterstellen, ich hätte mit dieser …«

»Ich beschuldige dich *nicht*, mit ihr geschlafen zu haben«, beharre ich. »Ich behaupte nicht einmal, du hättest in irgendeiner Weise reagiert. Ich versuche nur, zu verstehen, warum Julia sie engagiert hat. Du kannst doch sicher verstehen, warum ich fragen muss?«

Will steht auf und geht zum Fernseher hinüber. Seine Hände sind noch immer zu Fäusten geballt. Er dreht sich um und fixiert mich mit einem wütenden Blick.

»Ich habe absolut keine Ahnung, warum Julia meinen Namen auf ihr Formular gesetzt hat, aber was mich wirklich wütend macht, ist, dass du voreilige Schlüsse ziehst, was es *bedeutet*. Vielleicht war es ein *Scherz*. Vielleicht war es gar nicht Julia. Vielleicht war es ein anderer Mann namens Will Jackson. Begreifst du nicht? Wenn du nach Problemen suchst, findest du sie.«

»Aber …«

»Wie kannst du auch nur in *Betracht ziehen*, ich wäre mit jemand anderem zusammen gewesen? Gott, haben die letzten sechs Jahre … Haben sie *nichts* bedeutet?«

»Das sage ich ja gar nicht.« Meine Stimme überschlägt sich. »Ich will nur …«

»Nun gut, die Antwort ist, ich habe mich nicht mit dieser *Shannon* oder sonst jemandem getroffen.« Er hält inne. »Und was den Unsinn mit Kara angeht, so langsam wird die Sache lächerlich. Auch wenn du das Gegenteil behauptest, du bist von der Idee besessen, dass Julia ermordet wurde. Und bekommst überhaupt nicht mehr mit, was um dich herum los ist.«

»Was bekomme ich denn nicht mit?«

»Na ja, abgesehen von der Auswirkung, die es auf Hannah hat, gibt es da auch noch uns. Wir haben seit Wochen nicht mehr miteinander geschlafen. Nicht, seit

Julia gestorben ist. Und davor auch schon eine Zeit lang nicht.«

Ich sperre den Mund auf. Will hat recht, auch wenn es mir nicht aufgefallen war. Ich weiß nicht, was ich sagen soll. Ich denke zurück an unser erstes Mal. Nicht den ersten Versuch. *Der* war eine Katastrophe. Ich war so gehemmt und unwillig, die Kontrolle zu verlieren, dass ich das Ganze auf halbem Weg abbrach und davonrannte. Nein, ich denke an den darauffolgenden Abend, an dem Will mir zu meinem Erstaunen noch entschlossener als in der Nacht zuvor nach Hause folgte, Stunden damit verbrachte, mich ins Bett zu quatschen, und mich dann berührte, bis ich zum ersten Mal in meinem Leben lange genug losließ, um einen Orgasmus zu bekommen.

»Ich … Ich habe es nicht …«, stammle ich. Sex nimmt in diesen Tagen, ja nahm schon vor Julias Tod so wenig Raum in meinem Denken ein, dass es irgendwie schockierend ist zu erkennen, dass ich mich nicht mehr daran erinnern kann, wann Will und ich das letzte Mal miteinander geschlafen haben – oder wann ich das letzte Mal Lust dazu verspürt habe. Ich möchte mit ihm darüber reden, doch als ich nach den richtigen Worten suche, winkt Will ab.

»Vergiss es«, sagt er.

Ich starre ihn an. Das ist typisch für uns: Wir umkreisen ein Problem mit Andeutungen und Schüssen aus dem Hinterhalt, packen es aber nie direkt an. Ich öffne den Mund, will darauf pochen, dass wir darüber reden, doch bevor ich etwas sagen kann, legt Will schon wieder los.

»Der Punkt ist, dass du mir vertrauen musst. Und du musst akzeptieren, was Julia passiert ist. Du musst dein Leben weiterleben. Julia hat sich umgebracht. Unter all dieser Dreistigkeit und diesem Witz verbarg sich eine traurige, einsame Julia.« Er senkt die Stimme. Seine Worte sind wie Geschosse. »Weißt du, Livy, die Wahrheit ist, dass du Julia nicht retten konntest. Und auch nicht ihr Dunkelblonder, der dich die ganze Zeit anstachelt.«

»Er stachelt mich nicht an, Herrgott noch mal.« Wut steigt in mir hoch. Jeder Gedanke daran, über unser Sexleben zu sprechen, ist vergessen. »Und es ist nicht fair von dir zu sagen, dass ich dir nicht vertraue. Ich bin nur ...«

»Warum hast du dann angenommen, diese Shannon hätte versucht, mich zu verführen, und ich hätte es dir nicht erzählt?«, zischt Will. Die Vene an seiner Schläfe tritt gefährlich hervor. Er hat die Fäuste geballt. Ich kann mich nicht erinnern, wann er das letzte Mal so aufgebracht war.

»Das habe ich nicht«, sage ich. »Das heißt, das wollte ich nicht. Ich vertraue dir, es ist ...«

»Ja?«, schnaubt Will. »Du weißt, dass ich alles getan habe, um dir zu beweisen, dass ich treu bin. Jahrelang habe ich mit deinen Verdächtigungen gelebt und konnte mich *nie* beklagen, weil es ja alles meine Schuld war.«

Ich halte die Luft an, erschlagen von der Gewalt seiner Worte.

»Die heilige Livy, aber weißt du was? All deine guten Taten haben nicht ausgereicht, um Julia davon abzuhalten, sich umzubringen, weil sie nicht die war, für die du sie gehalten hast. Ich glaube, *das* ist es, was dir wirklich zu schaffen macht. *Deswegen* kannst du nicht akzeptieren, dass sie sich das Leben genommen hat. Weil du nicht ertragen kannst, wie unvollkommen du dich dadurch fühlst.« Er stürmt aus dem Zimmer.

Bis ins Mark getroffen, sinke ich auf meinen Stuhl. Warum ist er so gemein? War es wirklich so abwegig, ihn nach etwas zu fragen, was mich genauso verwirrt wie ihn? Seine Reaktion ist wirklich übertrieben.

Moralische Entrüstung ist eins der drei untrüglichen Zeichen für Schuldgefühle, hatte Julia einmal mit einem Augenzwinkern gesagt. *Neben zu nett sein und betteln.*

Zutiefst verletzt sitze ich da. Ich höre, wie Will die Treppe hochstapft. Ich warte zehn Minuten ... fünfzehn ... und gehe dann in der Hoffnung, dass wir noch einmal miteinander reden und die Sache klären können, nach oben. Doch Will hat sich in Zacks Zimmer zurückgezogen und liegt mit fest geschlossenen Augen auf dem oberen Bett. Ich flüstere seinen Namen, aber er reagiert nicht. Ich verschwinde wieder und werfe dann einen Blick in Hannahs Zimmer. Sie ist mit den Kopfhörern im Ohr eingeschlafen. Ich nehme sie heraus und decke Hannah zu. Dann schleiche ich in mein eigenes Zimmer. Ich bin völlig erschöpft, gleichzeitig jedoch hellwach. Ich rolle mich auf dem Bett zusammen und sehe zu, wie die Sekunden verstreichen. Mit jedem Ticken der Uhr bohrt sich der Schmerz, den Will mir mit seinen harten Worten zugefügt hat, tiefer in mich hinein. Stunden vergehen, und ich liege da, verletzt und gedemütigt. Ich würde so gern Julia anrufen und ihr erzählen, was passiert ist. Sie hat nie ein voreiliges Urteil gefällt und mich immer zum Lachen gebracht, selbst wenn ich zutiefst verzweifelt war.

Das Wissen, dass ich sie nicht anrufen kann, schmerzt unsäglich. Nie zuvor habe ich mich so allein gefühlt. Ich vermute, dass ich schließlich gegen zwei eingeschlafen bin. Als ich aufwache, weil Zack auf dem Bett neben mir herumhüpft, dauert es nur wenige Augenblicke, bis mir klar wird, dass Will bereits ins Büro gegangen ist und ansonsten alles drunter und drüber läuft. Keins der Kinder ist angezogen, und in fünf Minuten müssen wir das Haus verlassen, damit ich sie rechtzeitig bei der Schule absetzen kann.

Ich rufe Hannah zu, dass sie sich fertig machen soll, während ich Zack dabei helfe, sein Hemd zuzuknöpfen, drücke den Kindern dann Croissants in die Hände und verfrachte sie ins Auto. Bis dahin spielt Hannah mit, doch dann meckert sie wild herum, dass ihr Croissant nicht mehr frisch ist, dass sie sich die Haare waschen wollte und dass ich als Mutter nichts tauge, weil ich sie nicht pünktlich geweckt habe. Ich ignoriere ihre Meckerei, so gut ich kann. Ich weiß, dass sie es hasst, zu spät zu kommen, weil dieser Regelverstoß unweigerlich mit Nachsitzen bestraft wird. Ich konzentriere mich darauf, sie vor dem Unterrichtsbeginn um halb neun bei der Schule abzuliefern. Wir schaffen es in letzter Minute. Dann geht es weiter zu Zacks Schule. Er hält meine Hand, während wir seinen Klassenraum betreten. Nächstes Jahr – schon viel zu bald – wird man die Eltern bitten, sich von ihren Kindern auf dem Schulhof zu verabschieden, statt sie ins Klassenzimmer zu bringen. Bei diesem Gedanken spüre ich einen Kloß im Hals. Wills Wut lastet schwer auf mir. Nach seinem Zorn und Hannahs Verachtung ist die Aussicht, Zacks liebevolles Bedürfnis nach Zuwendung zu verlieren, niederschmetternd.

Auf der Fahrt nach Hause halte ich die Tränen zurück. Doch sobald ich mich hinter geschlossenen Türen befinde, heule ich einfach los. Dann mache ich mir einen Kaffee und putze mir die Nase. Ich muss mich zusammenreißen. Hannah wird ihrer Antipathie irgendwann entwachsen und Will sich wieder beruhigen.

Noch während ich dies denke, klingelt es an der Haustür. Ich wische mir über die Augen und betrachte mich im

Vorübergehen im Flurspiegel. Ich sehe okay aus, auch wenn meine Augen ein wenig gerötet sind. Zu meinem Erstaunen steht Martha vor der Tür.

»Hi.« Erstaunt sehe ich sie an. Ihr angespannter Blick straft ihr typisch warmes Lächeln Lügen. »Martha? Was machst du …? Komm rein.« Ich erwidere ihr Lächeln.

Martha schüttelt den Kopf und deutet auf den auf der Bordsteinkante parkenden Wagen. Die Sonne spiegelt sich auf den Fensterscheiben, doch ich kann gerade noch erkennen, dass Paul hinter dem Steuer sitzt. Er sieht, dass ich hinüberschaue, und lässt das Fenster herunter.

»Hi, Livy! Wie geht's?« Er winkt.

»Gut, danke.« Ich winke ebenfalls und wende mich dann Martha zu. »Was ist los?«

»Paul fährt mit mir zum Apple Store im Princesshay, um einen neuen Computer zu kaufen. Dann treffen wir Leo zum Mittagessen, und danach steige ich sofort in den Zug, um ein paar Tage mit meiner Mutter in Schottland zu verbringen …«, redet sie drauflos. Ich starre in ihr besorgtes Gesicht und werde immer verwirrter.

»Ich verstehe nicht …«

»Ich musste dich einfach sehen, bevor ich wegfahre«, fährt Martha fort. »Ich habe Leo versprochen, es nicht zu tun, aber es ist nicht richtig, dich im Dunkeln zu lassen. Ich glaube, wenn es um mich ginge, würde ich wollen, dass jemand es mir sagt. Und … und sowieso, du weißt, wie viel du mir bedeutest, Livy.« Sie tritt von einem Fuß auf den anderen.

Ich greife nach ihrem Arm. So bekümmert und verzweifelt habe ich Martha noch nie erlebt. »Martha, ich verstehe nicht. Was ist los? Mich worüber ›im Dunkeln lassen‹? Hör mal, warum kommst du nicht rein, damit …«

»Nein.« Martha greift in ihre Handtasche, zieht einen Seidenschal heraus und drückt ihn mir in die Hand. »Nimm ihn. Ich habe Paul gesagt, er sei deiner, damit er auf dem Weg zum Computerladen hier anhält. Ich habe ihm auch gesagt, es würde nur eine Minute dauern ...« Sie schaut in Richtung Auto.

»Du hast eine Ausrede gebraucht, um herzukommen?« Ich ziehe die Augenbrauen hoch.

Martha holt tief Luft. »Es geht um Will«, sagt sie mit gedämpfter, ängstlicher Stimme. »Leo und ich geben uns die Schuld wegen dieser verdammten Party – und dieser Geschäftsreise nach Genf.«

Es schnürt mir die Brust zu. Ich weiß, was sie sagen wird, und die alten Ängste melden sich wieder, dringen wie Säure in meine Lunge.

»Es tut mir so leid, dass du es von mir erfahren musst, aber Leo hat es gestern Abend erwähnt, und ich habe mich seitdem damit gequält, ob ich überhaupt etwas sagen soll.« Sie zögert, und ein tiefes Gefühl der Demütigung erfasst mich.

»Nun sag schon.«

»Will hat wieder mit dieser entsetzlichen Frau geschlafen, als Leo sie nach Genf geschickt hat. Gott, Livy, es tut mir so leid.« Martha legt die Stirn in Falten und sieht mich angespannt an.

Ich lehne mich gegen den Türrahmen, umklammere den Seidenschal in meiner Hand. Mir wird übel. Will hat es also doch getan. Trotz all seiner Beteuerungen, seiner Behauptungen, seiner Empörung – er hat wieder mit Catrina geschlafen.

Mir dreht sich der Kopf. Nein. *Nein*. Es *kann* nicht wahr sein. Leo muss das, was er gesehen hat, missverstanden haben. Oder vielleicht hat er Will mit jemand anderem verwechselt.

»Was genau hat Leo gesagt?«, frage ich.

Martha tritt von einem Fuß auf den anderen. »Nicht viel mehr, als ich dir bereits gesagt habe. Er … er hat gesagt, er habe gesehen, dass Will sie zum Abschied geküsst hätte, als er sich morgens um fünf oder so aus ihrem Zimmer schlich.«

Ich sehe es im Geiste vor mir. Kann es nicht ertragen. Martha schaut über die Schulter zu Paul hin, der noch immer im Auto wartet. Er späht durch das Fenster und beobachtet uns.

»Ist alles in Ordnung mit dir, Livy?« Martha greift nach meiner Hand, doch ich weiche zurück. Es ist irrational, doch ich hasse sie dafür, es mir erzählt zu haben. Mein Mann hat mich betrogen, und ich bin die Letzte, die es erfährt. Schlimmer noch, es ist dieselbe Frau, mit der er mich schon einmal betrogen hat. Das lässt sich nicht als Ausrutscher abtun. Und er hat mich belogen. Wenn in dieser Sache, wie oft dann noch? Wie viele Affären hat er noch gehabt?

»Oh, Livy.« Martha ist voller Mitgefühl und Reue. »Es war doch richtig, dass ich was gesagt habe, oder?«

Es kostet mich unendliche Mühe hochzublicken und ihren Blick zu erwidern. Es ist nicht fair, meinen Zorn an ihr auszulassen. Martha tut nur, was sie für richtig hält.

»Natürlich. Ich bin dir dankbar«, bringe ich mit trockener Kehle hervor. Martha gibt ein Zwischending zwischen einem Seufzer und einem Stöhnen von sich. »Hör mal, ich bleibe da. Egal, was Leo denkt. Ich sage Paul, dass sich meine Pläne geändert haben und …«

»Nein.« Ich hole tief Luft. »Es ist schon okay.« Mir

kommt wieder Julias Honey-Hearts-Akte und Wills Name auf dem Berichtbogen in den Sinn. Sie muss gewusst haben, dass er untreu war, entweder mit Catrina oder mit irgendeiner anderen. *Deswegen* wollte sie mit mir reden. Es hatte rein gar nichts mit Karas Tod zu tun. Der Gedanke erfüllt mich mit einer seltsamen Mischung aus Verzweiflung und Erleichterung.

»Bist du dir sicher, dass du zurechtkommst?«, fragt Martha ängstlich.

Ich nicke. Sie will nach wie vor, dass ich ihr die Absolution erteile, ihr sage, dass es in Ordnung ist, dass sie mir die schreckliche Wahrheit gebracht hat. »Es geht mir gut, wirklich.« Ich nehme ihre Hand und drücke sie leicht. »Ich weiß es zu schätzen, dass du hergekommen bist. Es war sicher nicht leicht.«

Martha erwidert meinen Händedruck, aber ich nehme ihre Berührung kaum wahr. Will hatte Sex mit Catrina an dem Tag, an dem die Kinder und ich Julia tot in ihrer Wohnung auffanden. An eben dem Tag, an dem ich am Telefon geweint und er gesagt hatte, er könne erst am nächsten Abend zurückkommen. Egoistisches Arschloch! Galle steigt mir in die Kehle. Eine entsetzliche, funkelnde Wut.

»Schon okay, es geht mir gut«, wiederhole ich und lasse Marthas Hand los. »Geh nur, sonst kriegst du noch Probleme mit Leo.«

Martha sieht mich unglücklich an. »Bist du sicher, dass es dir nicht lieber wäre, wenn ich bleibe?«

Ich hole tief Luft, unterdrücke meine Wut. »Nein, nein, geh nur. Und danke.«

Ich beobachte, wie Martha zum Eingangstor geht. Sie dreht sich um und winkt mir zu. Ich winke zurück. Dann steigt sie neben Paul ins Auto und ich schließe die Haustür.

Wie betäubt durchquere ich den Flur. Alles, was ich für wahr gehalten habe, ist eine Lüge. Julias Tod, Damians Behauptungen und Shannon Walkers Verschwinden verblassen zu Hintergrundgeräuschen. Ich kann nur an Will und seine Lügen denken. Meine Wut wird immer größer. Will hat mich zum Narren gehalten. Ich hatte ihn damals zurückgenommen, weil sein Bedauern und seine Liebe so ehrlich zu sein schienen. Doch tatsächlich war ich ein Idiot. Es war alles Schwindel. Er hat in den letzten sechs Jahren wahrscheinlich jede gebumst, die er kriegen konnte.

Ich höre auf, hin und her zu laufen, lasse meinen Gedanken freien Lauf. Julia hatte es herausgefunden. Es müssen also irgendwo Beweise zu finden sein. Denn ich bin mir jetzt sicher, dass es nicht nur Catrina ist.

Und ich muss es wissen: mit wem, was und wann. Alles. Ich weigere mich, so wie beim letzten Mal in Ungewissheit zu leben. Selbst nachdem ich gestern Wills Name auf Julias Formular entdeckt hatte, hätte ich nicht im Traum daran gedacht, seine Sachen zu durchwühlen, aber jetzt bleibt mir keine andere Wahl. Ich muss wissen, was er vor mir verbirgt.

Ich beginne unten im Schrank. Es ist mild draußen, und Will hat seit Wochen kaum noch einen Mantel getragen. Das Einzige, was ich in seinen Taschen finde, ist Kaugummipapier. Ich gehe nach oben und durchsuche seine Anzüge. Mein Blick fällt auf die Jacke, die er an jenem Abend trug, an dem er nach Genf flog. Ich taste sie ab. Ich erwarte halb, eine Telefonnummer zu finden, mit Lippenstift auf eine Serviette geschrieben. Doch ich finde nichts, rein gar nichts. Natürlich nicht. Will würde eine Nummer auf seinem Handy oder auf seinem Computer speichern.

Ich gehe nach oben und schalte den Hauptcomputer ein. Will und Hannah haben ihre eigenen Laptops, sodass ich nicht viel erwarte, doch es ist das einzige Gerät, zu dem ich Zugang habe. Will hat sein Handy und seinen Laptop mit zur Arbeit genommen.

Ich schaue im Computer nach – den vor allem Zack für seine Lego-Computerspiele benutzt hat – und durchwühle dann die Regale und den Schreibtisch. Außer Wills alten Arbeitsunterlagen ist hier nichts zu finden. Ich lehne mich auf meinem Stuhl zurück. Es ist hoffnungslos. Falls Will sich mit jemandem trifft, wird der Beweis dafür so wie zuvor auf seinem Handy zu finden sein, oder an seinen Kleidungsstücken.

Ich stehe auf und gehe ins Bad. Wir haben es im vergangenen Jahr renovieren lassen, da sich meine Idee, ein neues, direkt mit unserem Schlafzimmer verbundenes Bad zu bauen, als zu teuer erwiesen hatte. Es ist ein großer Raum, hell und luftig, doch überladen mit Hannahs neonfarbenen Toilettenartikeln, die über die ganze Fensterbank verstreut sind. Wenigstens befinden sich all die Plastikspielzeuge und Bälle, für die Zack jetzt zu alt ist, die aber noch immer regelmäßig in der Wanne landen, im Netz am Ende des Bads. Ich gehe hinüber zum Wäschekorb und beginne, Kleidungsstücke herauszuziehen. Obendrauf liegen zwei von Hannahs Schulblusen, darunter eine ihrer Jeans und ein paar ihrer einfachen weißen Baumwollslips – ein himmelweiter Unterschied zu dem Leopardenhaut-Nylonslip, den sie sich selbst ausgesucht hat. Vielleicht sollte ich ihr einen BH aus derselben weißen Baumwolle kaufen. Sie braucht keinen, aber nachdem ich dieses gefütterte Ding in ihrem Schlafzimmer gefunden habe, ist mir klar, dass sie einen haben möchte. Es spielt nicht wirklich eine Rolle, ob sie mit den anderen Mädchen in ihrer Klasse mithalten will oder aber einfach mit Ungeduld darauf wartet, dass sie einen Busen bekommt. Ich sollte mich nicht über ihre Ängste hinwegsetzen. Mum hat recht – ich wollte in ihrem Alter auch unbedingt einen BH haben.

Ich betrachte Hannahs Jeans – sie ist kaum getragen, genau wie die drei Baumwolltops, die ich als Nächstes aus dem Korb nehme. Ich schüttle den Kopf. Wie kann sie nur seit der letzten Wäsche vor zwei Tagen all diese Kleidungsstücke getragen haben? Sie hat sich wohl alle drei Stunden umgezogen.

Ich greife tiefer in den Korb hinein, vorbei an Zacks Schlafanzug und meiner eigenen Unterwäsche zu der Hose, die Will am Sonntag getragen hatte. Sorgfältig untersuche ich die Taschen und anschließend das Hemd, das zuunterst im Korb liegt.

Nichts.

Frustriert hebe ich die auf dem Fußboden verstreuten Handtücher auf. Ich hatte angenommen, sie seien heute Morgen in der Hektik von den Stangen gefallen, doch alle vier sind feucht und zerknittert. Wenn man bedenkt, dass Hannah heute kaum zehn Minuten im Bad war, dann hat sie sich wirklich selbst übertroffen. Ich schnüffle an den Handtüchern. Zwei von ihnen riechen zu muffig, um sie wieder aufzuhängen. Zähneknirschend werfe ich sie zusammen mit dem Rest der Wäsche in den Korb und nehme alles mit nach unten.

Wie in Trance lade ich die Waschmaschine. Mein Handy klingelt. Es ist Robbie, Julias Bruder. Ich kann ihn im Moment nicht verkraften und schalte das Handy einfach aus. Damian wird auch bald anrufen, um mit mir zu besprechen, wie wir Shannon Walker ausfindig machen sollen. Es kommt mir plötzlich so unwichtig vor. Was immer Shannon mir auch erzählen mag, wenn ich sie gefunden habe, ich werde mich nicht schlechter fühlen als im Moment. Ein Teil von mir möchte einfach aus dem Haus gehen – Will verlassen. Aber was ist mit unseren Kindern? Kann ich es ihnen antun? Und sowieso ist es wichtiger, Will entgegenzutreten, ihn dazu zu zwingen, die Wahrheit zu beichten, bevor ich eine endgültige Entscheidung treffe.

Seine wütenden Worte vom Vorabend gehen mir im Kopf herum. Wie kann er es nur wagen zu behaupten, ich würde mir über Julia Illusionen machen, wenn er selbst mich weiß Gott wie viele Jahre hinters Licht geführt hat? Wie kann er es wagen, mir ein schlechtes Gewissen zu machen, weil ich ihn nach dem Honey-Hearts-Formular gefragt habe?

Wie kann er es wagen, mir all das anzutun? Schon wieder.

Ich greife in den Schrank neben der Waschmaschine, doch die Schachtel mit dem Waschpulver ist leer. Leise fluchend stürme ich aus dem Hauswirtschaftsraum, um eine neue Packung zu holen. Die Tür zur Garage befindet sich neben dem Regal mit dem Waschmittelvorrat. Sie ist der einzige Ort im Haus, an dem Will vertrauliche Informationen aufbewahren würde. Er ist der Einzige, der je dort reingeht, um den Wagen zu waschen oder seiner riesigen Sammlung von Motorradmagazinen, die ich nicht im Haus herumliegen haben will, noch ein paar hinzuzufügen.

Ich stelle die Waschmaschine an und gehe dann in die

Garage. Ich bin mir nicht sicher, wonach ich suche – vielleicht nach einem nach Parfüm duftenden Hemd, das er außer Sichtweite ins oberste Regalfach gestopft hat, vielleicht nach einem Geschenk für Catrina, das unter all dem Zeugs für die Autowäsche vergraben ist. Bilder von den beiden schießen mir durch den Kopf. Ich sehe ihr Gesicht, den Kopf vor Ekstase leicht nach hinten geneigt, und Will voller Verlangen auf ihr. Eifersucht und Hass durchströmen mich so stark wie die Lebenskraft in meinen Adern.

Ich mache mich daran, sämtliche Zeitschriften, die sich in drei an der Seite stehenden Regalen türmen, von der Wand wegzuziehen. Nichts lauert hinter oder zwischen ihnen. Ich überlege kurz, ob vielleicht irgendwo in der Garage meine alte, einst heiß geliebte Hasselblad verstaut ist. Wen führe ich hier eigentlich an der Nase herum? Selbst wenn ich sie finden würde, ich wüsste nicht, was ich, natürlich abgesehen von den Kindern, fotografieren sollte – was mich wieder einmal daran erinnert, wie eingeschränkt mein Leben seit meiner Heirat geworden ist. Ich beiße die Zähne zusammen. Ich habe viel für Will, für unsere Familie geopfert.

Ich nehme mir die gegenüberliegenden Regale vor, in denen Will die Sachen aufbewahrt, mit denen er unser Auto wäscht und poliert, sowie mehrere Stapel ungelesener Do-it-yourself-Broschüren, die er heruntergeladen hat, als er vage Pläne für den Bau eines Geräteschuppen hatte. Will ist für praktische Dinge nicht zu gebrauchen. Er kann gerade mal einen Stecker austauschen oder eine Sicherung wechseln. Die Wahrheit ist, dass er immer darauf brennt, ein Projekt in Angriff zu nehmen, doch das Interesse verliert, lange bevor es abgeschlossen ist – eine perfekte Metapher für seine Einstellung zu unserer Ehe.

Ich untersuche alle Regale sorgfältig. Nichts Verfängliches. Ich knie mich hin und schaue unter die Bank gegenüber den Regalen. Sie ist leer, abgesehen von ein paar Stiefeln. Ein Paar – blaue Plastikstiefel mit einem Bild von Thomas, der Lokomotive, darauf – steht ordentlich unter der Bank. Ich ziehe es heraus. Zack wurde es schon vor Jahren zu klein. Hinter den Stiefeln befindet sich Wills Werkzeugkasten. Den hatte er sich vor ein paar Jahren zu Weihnachten gewünscht, und so wie die Geräteschuppen-Broschüren sieht er so neu aus wie an dem Tag, an dem Will ihn ausgepackt hat. Ich öffne ihn. Nägel und Schrauben, noch in Plastikverpackung, fallen mir ins Auge. Ich hole Hammer und Schraubenzieher heraus, fingere dann an der Rolle Kupferdraht herum, die neben dem Maßband liegt. Etwas funkelt mir entgegen.

Mein Magen verknotet sich, als ich herausnehme, was neben dem Kupferdraht liegt. Ich halte Julias Smaragdring mit den Diamanten in der Hand.

Kapitel 11

Ich hocke auf dem staubigen Garagenboden und starre den Ring an. Es besteht kein Zweifel daran, um welchen Ring es sich handelt. Julia trug ihn fast jeden Tag. Ich kenne die winzigen Diamanten, die um einen ovalen Smaragd angeordnet sind, so gut wie die Details meines eigenen Verlobungsrings.

Dies ist der Ring, den ich laut Joanie gestohlen haben soll. Was zum Teufel hat er in Wills Werkzeugkasten in unserer Garage zu suchen? Mein Verstand arbeitet auf Hochtouren, versucht, die einzelnen Puzzleteile zusammenzusetzen:

Julia engagierte ein Mädchen von Honey Hearts, das Will verführen sollte.

Will hat mit Catrina geschlafen und wahrscheinlich dann auch mit anderen.

Will hat Julias Ring. Aber warum? Wie? Hat er ihn *gestohlen*?

Warum hätte er das tun sollen? *Wann* hätte er das tun können? Ich denke zurück an den Abend, an dem Julia starb. Die Autopsie hat ergeben, dass der Tod zwischen zweiundzwanzig Uhr und Mitternacht eingetreten ist und dass Julia das Pentobarbital rund eine halbe Stunde, bevor sie an Atemversagen starb, genommen haben muss. Wir waren bis kurz vor zehn bei den Harburys. Will kam mit mir nach Hause und fuhr dann gleich zum Flughafen. Ich weiß nicht genau, wann er dort ankam, aber sein Flug ging kurz vor Mitternacht. Hätte er Zeit gehabt, um bei Julias Wohnung anzuhalten und ihr die tödliche Dosis Pentobarbital unterzuschieben?

Es ist lächerlich. Undenkbar. Verrückt. Ich denke diese Worte, doch der Ring in meiner Hand sagt mir, dass alles möglich ist.

Irgendwie schaffe ich es zurück in die Küche, wo ich mich auf einen Stuhl am Tisch fallen lasse. Was, wenn Will und Julia eine Affäre hatten? Oder wenn Julia herausfand, dass Will eine Affäre mit einer anderen hatte?

Vielleicht kam er dahinter, dass sie davon wusste.

Vielleicht konfrontierte sie ihn direkt damit.

Vielleicht drohte sie, mir von seiner Untreue zu erzählen.

Könnte Will sie umgebracht haben, damit sie nichts verriet?

Könnte er auch Kara umgebracht haben?

Nein.

Will ist nicht fähig, einen Mord zu begehen. Er ist nicht im Geringsten gewalttätig. Er war noch nie auch nur nahe dran, mich zu schlagen, nicht einmal, den Kindern einen Klaps zu geben. Er fängt Spinnen mit einem Glas ein und lässt sie dann vor dem Fenster wieder frei, statt ihnen etwas zuleide zu tun, verdammt noch mal.

Und doch: Der Ring ist da. Wer sonst könnte ihn in Wills Werkzeugkasten versteckt haben? Wer könnte ihn aus Julias Wohnung mitgenommen haben? Außer mir hatten nur Joanie und Robbie Zugang zu ihr. Und niemand außer Will und mir geht *je* in die Garage.

Mein Handy klingelt. Es ist Damian. Wie in Trance sage ich »Hallo«, doch er scheint es nicht zu merken. Er ist gespannt zu erfahren, wie Will auf meine Frage nach einem Treffen mit Shannon Walker reagiert hat.

Ich reiße mich zusammen. Bevor ich mit Damian über irgendetwas rede, *muss* ich mehr über ihn herausfinden. Mein Misstrauen wächst im Moment ohnehin ins Unermessliche, und ich muss wissen, wieso er nicht im Internet zu finden ist.

»Ich wollte dich schon längst fragen …«, beginne ich. »Ich habe deinen Namen gegoogelt und konnte keinen *einzigen* Hinweis auf dich finden, nicht in den Social Media und auch nicht über deinen Job als Grafikdesigner. Wenn du einen Job hast, muss dein Name doch auftauchen.«

Am anderen Ende der Leitung ist es einen Moment lang still. »Es gibt einen Grund dafür, Livy«, sagt Damian schließlich.

»Erzähl.«

»Ich werde es dir erklären, aber – es ist kompliziert … Ich würde es dir lieber direkt sagen statt am Telefon. Denn du hast recht, es ist merkwürdig. Aber es gibt einen guten Grund dafür. *Ehrlich.*«

Ich hole tief Luft. »Tut mir leid, aber wenn du möchtest, dass ich dir vertraue, musst du es mir jetzt sagen.«

»Okay.« Erneute Stille. »Ich verwende bei der Arbeit einen anderen Namen: Damian Chambers. Die Firma heißt Gramercy Designs. Das kannst du nachprüfen.«

»Okay …« Ich weiß nicht genau, wie ich reagieren soll. Warum hat er das nicht längst erwähnt? »Wusste Julia davon?«

»Ja. Sie wusste alles von mir. Ehrlich, Livy, ich werde es dir genau erklären. Die ganze Sache. Es gibt gute Gründe, versprochen.«

Er klingt so aufrichtig, dass mein Ärger verfliegt. »Vielleicht gab es auch einen guten Grund, weshalb Shannon Honey Hearts verlassen hat«, sage ich etwas sanfter.

»Vielleicht, aber ich bezweifle es.« Damian erklärt, er wolle versuchen, Shannons Telefonnummer und Adresse ausfindig zu machen. Während er spricht, wandern meine Gedanken zurück zu Will. Für *seine* Lügen gibt es keinen guten Grund.

»Ich habe Gaz, diesen Kumpel von mir, gebeten, sich das Stück von der Festplatte aus Julias Computer anzusehen«, fährt Damian fort.

»Okay.« Ich bin in Gedanken noch immer bei Will. »Gut.«

»Livy?« Damians Stimme verrät Besorgnis. »Du klingst echt seltsam. Hör mal, ich verspreche, dass ich dir die Sache mit der Namensänderung genau erkläre, wenn wir uns sehen. Es ist nichts Schlimmes, hat nichts mit der Suche nach Karas Mörder zu tun.«

»Es liegt nicht an dir.« Erneut steigt dieses Gefühl der Demütigung in mir auf, ein bitterer Geschmack in meiner Kehle. »Es ist *nichts*.«

»Komm schon«, sagt er sanft. »Ich höre doch, dass etwas nicht stimmt. Was hast du rausgefunden? Hast du mit Will gesprochen?«

Ich zögere. »Es ist schwer ...« Mir versagt die Stimme. Ich kann nicht laut über meine Scham reden.

»Okay, warte«, sagt Damian bestimmt. »Ich komme vorbei.«

Ich versuche halbherzig zu protestieren, doch Damian will davon nichts wissen und legt auf. Ich sitze da und starre auf den Küchentisch, scheine keinen zusammenhängenden Gedanken fassen zu können. Ein Wirrwarr von Bildern und Vorstellungen kreist mir im Kopf herum. *Catrina mit Will. Julia mit Will. Shannon mit Will.*

Es übersteigt mein Fassungsvermögen.

Ich raffe mich dazu auf, online nach Damian Chambers zu suchen, und tatsächlich, da ist er – Chefdesigner bei Gramercy Designs, genau wie er gesagt hat. Die Zeit vergeht. Ich habe keine Ahnung, wie lange ich schon hier sitze. Schließlich klingelt es, und ich schleppe mich irgendwie durch den Flur und öffne die Tür. Damian kommt herein.

»Was ist los, Livy? Was ist passiert?« In seinem Blick liegt echte Besorgnis.

Ich wende mich ab, will noch immer nicht laut zugeben, was Will getan hat, will nicht, dass es dadurch real wird.

Damian zieht mich an sich, schlingt die Arme um mich und streicht mir über den Rücken. Ich lasse es geschehen, bin zu betäubt, um mich über diese Intimität zu wundern.

Dann tritt er einen Schritt zurück und schaut mir in die Augen.

»Rede mit mir«, sagt er.

»Es ist Will«, stoße ich mit einem Schluchzen hervor. Ich will Damian nicht alles erzählen, doch nachdem ich angefangen habe, gibt es kein Halten mehr. Es bricht einfach aus mir heraus: dass Will seine Affäre mit Catrina wieder hat aufleben lassen, dass er es abgestritten hat, dass ich Julias Ring gefunden habe – und dass ich nicht weiß, wie ich mit all den tiefen, dunklen Ängsten und Verdächtigungen umgehen soll, die mir im Kopf herumwirbeln.

Damian ist abwechselnd schockiert und verwirrt. Er wiederholt seine Überzeugung, dass Julia keine Affäre mit Will hatte – aber wenn schon! Es erscheint mir immer wahrscheinlicher, dass Julia von Wills erneuter Affäre mit Catrina erfahren hat und Shannon von Honey Hearts engagierte, um Beweise in der Hand zu haben.

Damian stimmt mir zu. »Es ist wirklich die einzige Erklärung, die Sinn macht«, sagt er nachdenklich. »Es erklärt, warum Julia zu Honey Hearts ging und Shannon engagierte. Ich vermute, dass Will herausfand, dass Julia ihm nachspionierte, bevor Shannon die Chance hatte, ihn anzusprechen. Er ging wahrscheinlich bei ihr vorbei, um sie zur Rede zu stellen, und dann …« Er zögert.

»Nein«, sage ich bestimmt, als ich merke, worauf er hinauswill. »Niemals.«

»Komm schon, Livy«, sagt Damian seufzend. »Das macht Sinn, vor allem, nachdem du jetzt den Ring gefunden hast. Ich denke nicht, dass Will wirklich vorhatte, sie kaltblütig umzubringen, sondern vielleicht nur, ihr Angst einzujagen, damit sie den Mund hält.«

»Was, und er hatte dann zufällig eine tödliche Dosis Pentobarbital in der Hosentasche?«

»Ich weiß nicht.« Damian starrt mich unverwandt an. »Aber wenn man alles berücksichtigt … Ich meine, Will ist manchmal geschäftlich im Ausland, oder? Du hast erzählt, er sei an dem Abend, an dem Julia starb, nach Genf geflogen.«

»Ja, aber …«

»Na ja, vielleicht läuft die Geschichte ja schon viel länger, als wir gedacht haben. Vielleicht hat Will das Pentobarbital bei einer seiner früheren Geschäftsreisen besorgt. Ich habe nach Julias Tod nachgesehen. An vielen Orten außerhalb Großbritanniens ist es nicht schwierig, es sich online zu beschaffen.«

»*Nein.*« Ich muss dem jetzt ein Ende setzen. »Du willst einfach nur glauben, dass Julia sich nicht das Leben genommen hat. Du verdrehst alles so, dass es in dein Bild passt, weil du dich schuldig fühlst und …«

»Ich verdrehe nichts.« Damians Stimme wird lauter.

»*Du* hast Wills Namen auf dem Honey-Hearts-Formular gefunden. *Du* hast Julias Ring in seinem Werkzeugkasten gefunden.«

Wütend starren wir einander an. Wieder einmal werde ich daran erinnert, wie wenig ich von ihm weiß, was er mir alles verschwiegen hat.

»Warum hast du deinen Namen geändert?«, frage ich. »Du hast gesagt, du würdest es mir erzählen, sobald wir uns sehen.«

Damian blickt mich einen langen Moment lang an und schaut dann hinüber zur Anrichte und der halb ausgetrunkenen und wieder mit einem Korken versehenen Flasche Wein.

»Ich könnte das nicht«, sagt er.

»Was könntest du nicht?«

»Die Flasche halb ausgetrunken stehen lassen.« Er begegnet meinem Blick, holt dann tief Luft. »Ich bin trockener Alkoholiker. Seit meinem letzten Drink sind fünf Jahre und drei Monate vergangen.«

Erstaunt sehe ich ihn an, lese Scham und Stolz in seinen Augen.

»Also … na ja … Burton«, sagt er. »Ich hab angefangen, den Namen zu benutzen, als ich den Entzug gemacht habe. Nach Richard Burton, du weißt schon, dem Schauspieler.«

Ich nicke.

»Es war nur ein Spiel. Ich behielt meinen richtigen Namen für die Arbeit, die Steuern und all das Zeugs. Mein Seelenklempner sagt, ich hätte es getan, um Intimität zu vermeiden. Ich weiß nicht. Ich habe ihn in privaten Zusammenhängen benutzt, mit Leuten, die ich nicht kannte.«

»Einschließlich Julia?«

»Vor allem Julia. Ich war so verdammt nervös, als ich sie kennenlernte, hab ihr jedoch schon nach wenigen Dates die Wahrheit erzählt ... Es tut mir wirklich leid, dass ich es dir nicht gleich gesagt habe, aber ich wusste, dass sie den Namen Damian Burton, D. B. – du erinnerst dich, der Dunkelblonde – verwendet haben würde, falls sie dir etwas von mir erzählt hatte. Es war leichter, nicht zusätzlich zu allem anderen, was ich dir sagen musste, auch noch diese verdammte Geschichte erklären zu müssen.«

»Okay.« Ich betrachte ihn eingehend. Seine Erklärung macht Sinn, aber wie kann ich mir sicher sein, dass er die Wahrheit sagt? Und wenn er in diesem Punkt lügt, könnte er in jedem anderen ebenfalls lügen.

Wir reden weiter, drehen uns immer wieder im Kreis. Es fühlt sich surreal an.

»Das Einzige, was nicht dazu passt, dass Julia Will einer Affäre verdächtigte, ist, dass sie mir erzählt hat, sie habe herausgefunden, wer Karas Mörder sei«, sagt Damian schließlich. »Entweder die beiden Sachen stehen in keinerlei Zusammenhang oder ...« Er hält inne, aber ich weiß, was er sich zu äußern scheut: *Oder Julia glaubte, dass Will Kara umgebracht hatte, und wollte, dass Shannon von Honey Hearts ihn irgendwie dazu brachte, die Tat einzugestehen.*

Mich fröstelt. Damian steht auf und füllt den Wasserkessel.

»Es tut mir alles so leid, Livy.« Ein trauriges Lächeln huscht über sein Gesicht.

Ich schlürfe den Tee, den er gemacht hat – schwach, nicht zu viel Milch, genau, wie ich ihn mag –, während wir schweigend dasitzen, beide in Gedanken versunken. Nach einer Weile weiß ich: Es gibt nur einen denkbaren nächsten Schritt. »Ich werde noch einmal mit Will sprechen, wenn er nach Hause kommt.« Ich schaue auf die Uhr. Es ist kurz nach halb drei. Kaum zu glauben, wie weit der Tag schon fortgeschritten ist.

»Dann werde ich bleiben«, sagt Damian bestimmt. »Du weißt nicht, wie er reagiert, wenn du ihn wegen des Rings zur Rede stellst.«

Ich schlucke, erinnere mich, warum ich eigentlich in die Garage gegangen war. »Das Problem ist, dass alles damit zusammenhängt, dass er sich wieder mit Catrina trifft, und ich kann Will auf keinen Fall sagen, dass Martha mir davon erzählt hat. Ich würde sie dadurch nur in Schwierigkeiten bringen.«

»Er wird es wahrscheinlich zugeben, zumindest die Affäre.« Damian lehnt sich auf seinem Stuhl zurück. »Die meisten Leute wollen die Schuld nicht mit sich herumschleppen, sondern ihr Gewissen erleichtern. Ich habe es jedenfalls getan, als ich das eine Mal untreu war. Meiner Freundin am College. Sie hatte erfahren, dass ich einen One-Night-Stand hatte. Es war eine Erleichterung, ihr die Wahrheit zu sagen.«

Ich schürze die Lippen. Ich kann mir nicht vorstellen, dass Will irgendetwas beichten oder sich auch nur im Entferntesten erleichtert fühlen wird. Höchstwahrscheinlich wird er alles leugnen. Und obwohl Julias Ring und ihr Honey-Hearts-Formular stark auf eine geheime Verbindung zwischen den beiden hinweisen und Marthas gequälte Aussage ein Beweis dafür ist, dass Will die Affäre tatsächlich wieder hat aufleben lassen, habe ich keinerlei konkrete Beweise.

»Wie hat deine Freundin reagiert?«

»Sie hat mich verlassen«, sagt Damian mit einem Seufzer.

Wir unterhalten uns noch eine Weile. Ich sage Damian, dass er nicht dableiben muss, doch er besteht darauf. Ich bin dankbar dafür, dass er sich um mich sorgt, doch je mehr Zeit vergeht, desto schwerer fällt es mir, mit ihm zu reden.

Ich fühle mich so elend, so benommen, dass ich völlig überrascht bin, als Zack mit einem dicken Stapel bunter Bilder unter dem Arm aus der Schule kommt und mit einem breiten Grinsen erklärt, dass sie heute all diese Bilder mit nach Hause nehmen durften, weil morgen die Sommerferien beginnen. Was bedeutet, dass Hannahs Schuljahr übermorgen endet.

Mir wird schwer ums Herz. Ich liebe meine Kinder zu sehr, um ihnen beim Scheitern der Ehe ihrer Eltern einen Platz in der ersten Reihe zu wünschen. Hannah kommt wie immer missmutig nach Hause und geht direkt nach oben in ihr Zimmer. Sie würdigt mich kaum eines Blickes, schenkt jedoch zumindest Damian, den ich als einen Freund von Julia vorstelle, ein liebenswürdiges Lächeln.

Etwa eine Stunde später lasse ich Damian unten zurück und gehe hoch ins Bad. Emotional erschöpft breche ich beim Anblick unseres Schlafzimmers fast zusammen – beim Anblick des Betts, in dem Zack gezeugt wurde, von Wills Jeans, die auf dem Teppich liegt, und der Fotos von unserer Hochzeit, die auf dem Fensterbrett stehen. Mein Handy klingelt. Schon wieder Robbie. Ich ignoriere den Anruf. Dieses Mal hinterlässt Robbie eine Nachricht auf dem Anrufbeantworter – eine wehleidige Bitte »um einen Plausch«, wenn ich einen Moment Zeit habe. Das ist das Letzte, was ich jetzt gebrauchen kann. Ich lasse mich aufs Bett fallen, und wieder kommen mir die Tränen. Nie zuvor habe ich mich so allein gefühlt.

Einen Augenblick später höre ich laute Stimmen von unten.

»Entschuldigung, aber wer sind Sie?« Will ist früher nach Hause gekommen. Er klingt müde und irritiert – und misstrauisch. »Wo ist Livy?«

Damians Antwort kann ich nicht verstehen. Dann sind Schritte auf der Treppe zu hören und kurz danach steht Will in der Schlafzimmertür, mit finsterem Blick.

»Was ist hier los?«, will er wissen.

Damian ist ihm die Treppe hinauf gefolgt, Zack an seiner Seite. Die beiden Männer starren sich wütend an. Damians Gesichtsausdruck ist unverhohlen feindselig.

»Will, das ist Damian, Julias Freund«, sage ich schnell. »Damian, das ist mein Mann, Will.« Ich sehe Damian flehend an. »Würdest du bitte mit Zack unten warten?«

Damian gibt mir mit Blicken zu verstehen, dass ich rufen soll, wenn ich ihn brauche, und geht dann mit einem murrenden Zack wieder nach unten.

Will schüttelt den Kopf. »Was ist los? Warum ist dieser Mann hier? Ich will duschen und …«

»Ich weiß von Catrina.« Ungeplant platzen die Worte aus mir heraus. »Willst du wegen ihr jetzt duschen?«

»Was?« Will starrt mich an. Sein Gesichtsausdruck verfinstert sich. »Herrgott noch mal, Livy, wovon redest du?«

Ich stehe auf und gehe ans Fenster hinüber. Draußen ist es gewittrig und wolkenverhangen, viel dunkler als sonst am frühen Abend.

»Wir müssen reden.«

»Was du nicht sagst!«, blafft Will. Er lässt sich aufs Bett fallen. »Würdest du mir bitte erklären, was hier vor sich geht?«

Ich bewege mich auf ihn zu. Julias Ring brennt in meiner feuchtkalten Hand. Ich öffne die Faust und halte ihn Will unter die Nase.

»Den habe ich in der Garage gefunden.«

Will sieht mich an, als sei ich verrückt geworden. »Was ist das?«

»Julias Ring.« Ich beobachte ihn gespannt. »Ich habe dir schon davon erzählt. Julias Mutter denkt, ich hätte ihn gestohlen.«

»Und was hatte der in unserer Garage zu suchen?« Will ist eindeutig verwirrt. Einen Moment lang zaudere ich, doch dann fällt mir wieder das Honey-Hearts-Formular mit dem Namen Will Jackson ein und Marthas gequältes Gesicht, als sie mir von Will und Catrina berichtete.

Ich hole tief Luft. »Ich hatte gehofft, du würdest es mir sagen.«

Will reißt die Augen auf. »Ich?« Er setzt sich aufrecht. Sein Blick verrät erst Verwirrung, dann Entsetzen. »Du denkst, *ich* hätte ihn genommen?«

Ich setze mich neben ihn aufs Bett und lege den Ring zwischen uns. »Ich weiß nicht, was ich denken soll«, sage ich. »Erstens finde ich heraus, dass Julia bei Honey Hearts eine Frau engagiert hat, die versuchen sollte, dich zu verführen.«

»*Das* schon wieder?« Ungläubig schüttelt Will den Kopf.

»Zweitens finde ich Julias fehlenden Ring in unserer Garage, die du als Einziger benutzt.«

Empört und abwehrend verschränkt Will die Arme.

»Und drittens.« Meine Stimme überschlägt sich. »Und drittens habe ich herausgefunden, dass du und Catrina – dass ihr während dieser Reise nach Genf zusammen wart.«

Will sieht mich ungläubig an. »Herausgefunden? Wie?

Wovon redest du, verdammt noch mal? Wie kannst du etwas ›herausfinden‹, was überhaupt nicht passiert ist?«

»Das spielt jetzt keine Rolle.« Ich zögere. Mein Herz droht zu zerspringen. »Willst du es etwa abstreiten?«

»Ich weigere mich, auf eine derartige Frage zu antworten.« Will kneift die Augen zusammen. »Nichts von all dem macht Sinn, Livy. *Kein. Bisschen.* Es ist so, als würdest du Puzzleteile zwingen, sich zusammenzufügen, aber sie ergeben kein Bild.« Er hält inne. »Du bist paranoid. Es ist genau wie damals, als Hannah noch klein war und du zur Übermutter wurdest. Du hast dich total in die Sache verrannt und verhältst dich völlig irrational.«

Was? Will er mich auf den Arm nehmen? Mit klopfendem Herzen rücke ich von ihm weg. »Du solltest die Sache mit Catrina nicht leugnen. Du hast es schon mal getan und …«

»Ich habe nicht mit ihr geschlafen, verdammt noch mal!«, brüllt Will.

Ich zittere am ganzen Körper. »Ich glaube dir nicht.«

Wir sehen uns an, es entsteht eine kleine Pause.

»Okay.« Will greift nach Julias Ring. »Bist du dir sicher, dass *du* ihn nicht genommen hast, so wie Joanie gesagt hat?«, fragt er boshaft.

»Natürlich n…«

»Wenn das Julias Ring ist, dann gehört er jetzt ihrer Mutter.« Will schreitet zur Tür. »Ich lasse ihn Robbie morgen von der Arbeit per Kurier schicken.«

»Will, bitte …«

Er hält die Hand hoch, die Handfläche mir zugewandt, um mir Einhalt zu gebieten. »Ich halte das nicht mehr aus, Livy. Die Arbeit ist anstrengend. Ich brauche diesen Blödsinn nicht, wenn ich nach Hause komme. Ich verstehe, dass du wegen Julia durcheinander bist, aber das geht zu weit. Mich beschuldigen, mit Catrina geschlafen zu haben und …«, er hält Julias Ring hoch, »… den hier gestohlen zu haben. Als Nächstes beschuldigst du mich auch noch, Julia umgebracht zu haben.«

Ich sehe ihn unverwandt an, und seine Augen weiten sich vor Schreck, als er meinen Gesichtsausdruck bemerkt.

»O Gott«, sagt er angewidert. »Ich glaub das nicht!«

Er macht Anstalten, das Zimmer zu verlassen. »Ich werde in ein Hotel ziehen«, sagt er. »Dir die Chance geben, darüber nachzudenken, was du hier tust.« Er deutet mit dem Daumen auf die Treppe. »Und warum dieses Arschloch hier ist.«

»Gut«, zische ich wütend und hasserfüllt. »Vielleicht nimmst du dir auch ein wenig Zeit nachzudenken – über alles, was du wegen einer billigen Nummer kaputtgemacht hast.«

Will stürmt die Treppe hinunter. Ich eile ihm nach und erhasche einen Blick von Hannah, die mit offenem Mund vor ihrer Zimmertür steht. Zack ist nirgendwo zu sehen, doch Damian ist im Flur, die Hände zu Fäusten geballt.

»Dieser Mann bleibt nicht hier, Liv«, befiehlt Will.

Damian richtet sich zu voller Größe auf. Seiner Ansicht nach deutet alles darauf hin, dass Will Julias Mörder ist, schießt es mir durch den Kopf.

»Ich komme schon zurecht«, sage ich zu Damian. »Du kannst ruhig gehen, wenn Will gleich weggeht.«

Will stampft an mir vorbei in die Küche, um seine Jacke und seine Aktentasche zu holen, kehrt dann in den Flur zurück und steuert auf die Haustür zu.

»Daddy?«, ertönt Hannahs zittrige Stimme von oben.

Will und ich schauen gleichzeitig zu ihr hin.

»Es ist alles in Ordnung, Hanabana«, sagt Will. »Ich muss einfach weg wegen der Arbeit.«

Wie aus dem Nichts taucht plötzlich Zack auf, stürzt sich auf Will und umklammert seine Knie. Will hebt ihn hoch und umarmt ihn, hat den Blick aber immer noch auf Hannah gerichtet. Sie nickt, aber ich weiß, dass sie nur so tut, als würde sie glauben, was Will gerade gesagt hat. Ein tiefes Gefühl der Scham erfüllt mich.

Will setzt Zack wieder ab. Er verabschiedet sich und sieht Damian dann vielsagend an. Damian wirft mir einen fragenden Blick zu.

»Alles okay. Geh nur«, sage ich.

Und dann folgt er Will zur Tür hinaus. Plötzlich ist es still im Haus. Zack verzieht sich ins Wohnzimmer. Er ist an die plötzlichen Abwesenheiten seines Vaters gewöhnt und hat die Spannungen offensichtlich nicht registriert – und falls doch, dann kann er sie nicht einordnen. Ich drehe mich zu Hannah um. Sie schaut mich verachtungsvoll an. Ich öffne den Mund, um mich zu verteidigen, ihr die Wahrheit über ihren kostbaren Vater zu erzählen, und schließe ihn dann wieder. Sie ist erst zwölf. Es wäre nicht fair.

»Dad wird bald zurück sein«, beruhige ich sie, obwohl ich nicht weiß, ob das stimmt. Oder ob ich überhaupt will, dass er zurückkommt.

Hannah starrt mich nur zornig an, geht dann zurück in ihr Zimmer und schlägt die Tür hinter sich zu. Ich schleppe mich in die Küche und bereite geistesabwesend das Abendessen vor. Während ich die Nudeln in das kochende Wasser gebe, beschließe ich, mit den Kindern für ein paar Tage zu meiner Mutter zu fahren, sobald das Schuljahr zu Ende ist. Das wird uns allen eine kleine Verschnaufpause bieten – und mir die Chance, über meine Ehe nachzudenken.

Damian schickt mir eine SMS, will wissen, ob alles okay ist. Ich glaube, er macht sich wirklich Sorgen, Will könne zurückgekommen sein, um mich umzubringen. Ich versichere ihm, noch immer wütend, dass mein Mann zwar ein verlogenes, untreues Arschloch sein mag, aber bestimmt kein Mörder.

Damian reagiert nicht darauf, schickt aber die Nachricht, dass er nach wie vor versucht, Shannon aufzuspüren, und mich auf dem Laufenden halten wird.

Das reicht mir nicht. Ich brauche *jetzt* Antworten. Wo ist Shannon? Was ist ihr passiert? Mir läuft es kalt den Rücken hinunter, als ich mir vorstelle, dass Julias Mörder sie ausfindig gemacht haben könnte. Ich sage mir, dass ich überreagiere, dass es unzählige Erklärungen dafür geben kann, dass sie Honey Hearts verlassen hat. Und doch lässt der Gedanke mir keine Ruhe. Ich versorge die Kinder mit Essen, gehe dann online und suche nach Berichten über Vermisste und mysteriöse Todesfälle.

Es ist eine deprimierende Arbeit – ein langer bedrückender Katalog. In der vergangenen Woche gab es nur zwei wirklich ungeklärte Morde. In Bristol wurde vor ein paar Tagen eine Frau erstochen, doch sie war jünger als Shannon. Eine andere stürzte von einem hohen Balkon in den Tod, war aber älter, Ende dreißig. Ich finde nichts, was in irgendeinem Zusammenhang mit Shannon stehen könnte.

Ich versuche, Julias Tod, Shannons Verschwinden und meinen Streit mit Will zu verdrängen und rufe Mum an. Sie hat die Grippe überstanden und freut sich riesig darauf, die Kinder für ein langes Wochenende bei sich zu haben. Ich verspreche, gleich am Donnerstag nach Hannahs letzter Schulstunde loszufahren. Zack ist aus dem Häuschen. Er liebt Mums Haus mit dem großen Garten, dem Großbildfernseher und dem endlosen Vorrat an Schokoladenkeksen. Hannah ist, wie nicht anders zu erwarten, wütend, doch zu meiner Erleichterung erwähnt sie nicht die Auseinandersetzung, die sie vorhin miterlebt hat. Ich vermute, dass sie nicht genau gehört hat, was Will und ich im Einzelnen gesagt haben.

»Aber ich gehe am letzten Tag nach der Schule mit meinen Freunden aus«, jammert sie. »Es ist eine *Tradition*.«

»Wie kann es eine Tradition sein?«, spotte ich. »Es war dein *erstes* Jahr an dieser Schule.«

»*Super.*« Hannah verkrümelt sich in die Ecke und schmollt.

Ich bin versucht zu sagen, dass es mich nicht unbedingt mit Freude erfüllt, ein paar Tage mit *ihr* zu verbringen, erinnere mich dann aber daran, dass ich die Erwachsene in dieser Beziehung bin, dass Hannah geradezu eine Expertin darin ist, mich auf die Palme zu bringen, und dass die Situation nur noch schlimmer werden wird, wenn ich reagiere.

Der nächste Tag ist eine Tortur. Martha ruft aus dem Urlaub an, um zu fragen, ob es mir gut geht. Damian tut dasselbe. Will ruft an, um mit den Kindern zu sprechen. Ich versuche, mit ihm zu reden, doch er geht sofort wieder in die Luft, als ich ihn frage, ob er sich immer noch mit Catrina trifft.

Warum gibt er es nicht zu? Er muss doch wissen, dass die Wahrheit so wie beim letzten Mal irgendwann ans Licht kommen wird.

Schließlich rufe ich Paul an. Er arbeitet Tag für Tag im selben Büro wie Will. Sicher hat er mitbekommen, dass

Will und Catrina ihre Affäre wieder haben aufleben lassen. Möglicherweise hat Leo – oder Will selbst – ihm davon erzählt. Doch als ich ihn an der Strippe habe, bringe ich es nicht fertig, ohne Umschweife zur Sache zu kommen. Stattdessen frage ich ihn ganz vage, ob Will ihm in letzter Zeit »anders« vorgekommen sei.

Paul ist zu taktvoll, um direkt zu fragen, ob ich eine Affäre meine.

»Will hat ein bisschen Stress bei der Arbeit«, meint er nachdenklich. »Na ja, jetzt, wo du es sagst … Irgendwie scheint er in den letzten Wochen ein bisschen zerstreut zu sein, seit dieser Geschäftsreise nach Genf.« Er hält inne. »Livy, habt ihr zwei Probleme? Kann ich irgendetwas tun?«

Weder Will noch Leo haben ihm also gesagt, was sie wissen. Das überrascht mich nicht wirklich, doch sein Hinweis darauf, dass Will seit der Reise, die ihn wieder mit Catrina zusammengebracht hat, »irgendwie zerstreut« ist, beruhigt mich nicht gerade. Ich kann mich nicht dazu überwinden, Paul die ganze erniedrigende Wahrheit zu erzählen, sodass ich ihm einfach sage, dass es mir gut geht, und das Gespräch dann beende. Den Rest des Abends verbringe ich auf dem Sofa und versuche, den Schmerz mit einer Kombination aus Rotwein und Fernsehmüll zu betäuben.

Im Gegensatz zu meiner düsteren Hoffnungslosigkeit ist der Donnerstag strahlend und sonnig. Zacks Schuljahr endete bereits gestern, aber er ist schon auf und total begeistert, dass er, noch im Schlafanzug, mitfahren darf, um Hannah an der Schule abzusetzen. Wieder zu Hause packe ich für uns drei eine Tasche. Wir brauchen nicht viel – ich habe in Mums Schrank im Gästezimmer etliche alte Sachen hängen, und Hannah hat bereits eine eigene Tasche mit einer sorgfältigen Auswahl an Outfits gepackt.

Zack und ich backen Kekse, die wir zu Mum mitnehmen wollen, holen dann Hannah ab und fahren nach Bath. Es herrscht dichter Verkehr, und wir brauchen über zwei Stunden, bis wir dort sind. Wir essen an Mums Küchentisch zu Abend und sehen dann fern. Mum spürt zweifellos, dass etwas nicht stimmt, stellt jedoch keine Fragen, und ich rücke nicht freiwillig mit Informationen heraus.

Vor Karas Tod redeten wir viel miteinander. Wir stritten uns, erzählten uns aber auch von unseren Gefühlen und unseren Sorgen. Jetzt unterhalten wir uns nur noch über belangloses Zeugs. Manchmal erzähle ich ihr von Problemen mit den Kindern – wie von Hannahs Leopardenfell-Dessous –, aber nichts wirklich Persönliches … und schon gar nichts über meine Beziehung mit Will.

Als die Kinder im Bett sind, lege ich mich aufs Sofa, beobachte, wie Mum im Sessel am anderen Ende des Raums döst, und frage mich, wann wir aufgehört haben, uns einander anzuvertrauen. Vielleicht nach Dads Tod. Vielleicht war uns beiden plötzlich bewusst, dass wir nur noch uns hatten, und wir wollten es nicht riskieren, zu persönlich zu werden und möglicherweise einen Streit zu provozieren. Ich verstehe es nicht wirklich. Vielleicht will ich es auch gar nicht. Unsere Beziehung gefällt mir so, wie sie ist: einfach und stabil. Trotz der Erinnerungen an Dad und Kara, die dieses Haus birgt, empfinde ich es immer als tröstlich, hier zu sein. Mums Einrichtungsstil hat sich seit unserer Kindheit nicht geändert, und das Haus ist so wie eh und je mit ihrem Willow-Pattern-Porzellan überladen. Und auf den weichen Sofas im Wohnzimmer liegen noch immer die selbst gemachten Zierkissen aus den Achtzigerjahren, die Mum damals nach Mustern in *Good Housekeeping* genäht hat.

Gegen acht ruft Will an, um mit den Kindern zu sprechen. Ich gehe der Form halber ans Telefon, aber wieder ist er kalt und distanziert. »Irgendwelche Pläne für heute Abend?«, frage ich leichthin.

»Nur das Übliche, Saufen und Rumhuren.«

Und das war's.

Am nächsten Morgen ruft Damian an und berichtet, dass sein Freund Gaz nahe dran sei, ein paar Daten auf dem Stück Festplatte von Julias Computer wiederherzustellen. »Und ich glaube, ich habe auch Shannon ausfindig gemacht«, erklärt er. »Ich habe eine Freundin bei der Empfangsdame von Honey Hearts anrufen lassen. Sie hat so getan, als sei sie eine alte Bekannte von Shannon und habe leider den Kontakt mit ihr verloren. Die Empfangsdame hat ihr Shannons Handynummer *und* ihre Adresse gegeben. Das Handy ist abgemeldet, aber zumindest wissen wir jetzt, wo sie wohnt.«

»Wo?«, frage ich.

»In Torquay, nicht weit vom Aces High. Ich fahre jetzt dorthin.«

Ich überrede ihn, auf mich zu warten, und hinterlasse Mum die Nachricht – das ganze Haus schläft noch –, dass mir gerade ein Zahnarzttermin eingefallen sei und ich sofort nach Hause fahren müsse, am späten Nachmittag aber zurück wäre. Es ist eine ziemlich lahme Ausrede, doch etwas Besseres fällt mir auf die Schnelle nicht ein.

Als ich losfahre, merke ich, dass ich den Weg eingeschlagen habe, den Kara und ich früher zur Schule gegangen sind. Ich spüre wieder die vertrauten Gewissenbisse bei der Erinnerung an die vielen Versuche, meine verträumte kleine Schwester, die zu alt war, um niedlich, und zu jung, um cool zu sein – zumindest in den Augen der Mädchen aus meiner Klasse, die ich beeindrucken wollte –, einfach stehen zu lassen.

Ich fahre so schnell es der Verkehr zulässt zurück nach Exeter und bin fast eine Stunde schneller als bei der gestrigen Fahrt. Ich parke vor unserem Haus und steige aus. Sofort entdecke ich Damian, der ein paar Meter weiter neben einem rauchblauen Cabrio steht. Es ist ein klassischer Mercedes – aus den späten Achtzigern, würde ich sagen – mit einem großen quadratischen Kofferraum. Die Sonne schimmert auf dem Metall, und Damian, der gegen die Tür lehnt, sieht mit seiner Aviator-Sonnenbrille, den Jeans und dem schwarzem Shirt wahrlich aus wie ein Model. Blonde Wellen fallen ihm ins Gesicht, während er sich darauf konzentriert, eine Zigarette aus der Schachtel zu ziehen. Unwillkürlich starre ich ihn an, gebannt von diesem Anblick. Mehreren vorbeikommenden Frauen geht es eindeutig so wie mir. Doch Damian, der noch immer mit seiner Zigarette beschäftigt ist, nimmt weder sie noch mich wahr.

»Schönes Auto«, sage ich.

Er sieht auf und grinst. Das Lächeln erhellt sein Gesicht, macht ihn noch attraktiver. Ich spüre, wie mein Körper reagiert – ohne Vorwarnung. Ich werde rot, schockiert über das Verlangen, das mich mit einem Mal packt. Wo zum Teufel kommt das her? »Ja.« Er zieht die Nase kraus. »Aber hohe Unterhaltskosten.«

Er öffnet die Beifahrertür, und verwirrt steige ich ein. In dem Versuch, mich wieder zu sammeln, konzentriere ich mich auf das Innere des Wagens. Die Sitze sind aus Leder, das Armaturenbrett aus glänzendem Walnussholz. Ich kann mich nicht erinnern, wann ich das letzte Mal in einem solchen Wagen mitgefahren bin. Seit Will sein Motorrad abgeschafft hat, kauft er nur noch zweckmäßige moderne Autos wie Ford oder Toyota. Ich lege den Sicherheitsgurt an und wende mich Damian zu.

»Wo genau fahren wir hin?«

»In die Innenstadt von Torquay.« Er schiebt sich die Sonnenbrille auf den Kopf und fährt los. Das Auto – und natürlich Damian darin – zieht mehrere bewundernde Blicke auf sich.

»Ich wette, Julia liebte es«, sinniere ich.

»Mein Auto?« Damian schenkt mir ein wehmütiges Lächeln. »Das hat sie. Sie liebte schöne Dinge.«

Dich eingeschlossen. Ich sage es nicht, denke es aber.

Es ist ein warmer Tag, und nach meiner langen Fahrt auf der Autobahn fühlt es sich gut an, mit offenem Verdeck zu fahren und den Wind in den Haaren zu spüren. Wir erreichen Torquay, wo Damian vor einem unansehnlichen Wohnblock hält.

»Shannon wohnt im ersten Stock«, sagt Damian. »Bist du bereit?«

Ich nicke, doch in Wahrheit habe ich Angst. Gleich werde ich vielleicht wissen, warum Julia Shannon beauftragt hat, Will zu verführen.

Mein vorheriges Verlangen weicht einem Gefühl der Beklemmung, während ich Damian die Treppe hinauf in den ersten Stock folge. Er bleibt vor Shannons Wohnung stehen und drückt auf die Klingel. Schweigend warten wir. Man hört nur den Straßenverkehr, sonst nichts. Niemand kommt an die Tür.

»Vermutlich ist sie noch nicht zu Hause«, sage ich.

Damian zögert einen Augenblick, nimmt dann einen

langen Messingstift mit flacher Spitze aus der Hosentasche und führt ihn ins Schloss ein. »Auf geht's.«

Ich starre ihn an. »Du willst hier einbrechen?«

»Wie sollen wir sonst reinkommen?« Damian nimmt ein Paar Latexhandschuhe aus der Tasche und streift sie über. Stirnrunzelnd reicht er dann mir ein Paar. »Willst du, dass ich es lasse?«

Ich zögere, aber nur einen Moment lang. Schließlich kann Shannon alles Mögliche passiert sein. Und ich brauche Antworten.

»Nein.« Ich nehme die Handschuhe und trete einen Schritt zurück, um ihm Platz zu machen.

Damian schließt die Augen und bewegt den Stift hin und her. Ich beobachte ihn und frage mich, woher in aller Welt er weiß, wie man ein Schloss knackt. Er mag mir ja gebeichtet haben, dass er ein trockener Alkoholiker ist, doch es gibt eindeutig vieles, was er mir noch *nicht* erzählt hat. Seine Bemerkung bei unserem ersten Treffen, dass die Polizei ihm kein Wort geglaubt habe, hallt in meinem Kopf wider.

Ein Geräusch im Erdgeschoss vertreibt diese Gedanken. Ich gehe auf Zehenspitzen den Flur entlang und spähe mit klopfendem Herzen die Treppe hinunter. Ein junges Paar ist auf dem Weg nach oben. Ich eile zurück zu Damian. Auf seiner Stirn glänzt Schweiß.

»Ich hab's gleich«, flüstert er.

»Beeil dich.«

Noch während ich dies sage, gibt das Schloss nach und mit einem »Pop« öffnet sich die Tür. Damian lächelt mich triumphierend an, drückt dann auf die Türklinke. Die Tür öffnet sich zu einem schmalen Flur mit cremefarbenen Wänden.

»Komm.«

Plötzlich wird mir die Ungeheuerlichkeit unseres Unternehmens bewusst – Einbruch in eine fremde Wohnung. Doch während ich zögere, unfähig die Schwelle zu überschreiten, höre ich das junge Paar lachen. Die Schritte kommen näher. Die beiden haben fast das Ende der Treppe erreicht. Das Herz pocht mir bis zum Hals. Ich darf hier nicht vor der offenen Tür gesehen werden.

Meine Angst, entdeckt zu werden, ist größer als die, das Gesetz zu brechen, sodass ich, die Latexhandschuhe noch immer in der Hand, Damian in Shannons Wohnung folge.

Annalise

Gott hat mich schnell gemacht, und wenn ich laufe, spüre ich seine Freude daran.

ERIC LIDDELL

Ah, Annalise. Sie war etwas Besonderes. Nicht sie als Person, natürlich. Im Unterschied zu meiner Kara zeichnete sie sich weder durch Unschuld noch durch Schönheit aus. Doch Annalise stellte für mich eine besondere Herausforderung dar. Sie wies mir den Weg, auf dem ich mich noch heute befinde, den Weg hin zu dem Mann, der zu sein ich berufen bin.

Nach der Sache mit Hayley hatte ich eine Reihe kleinerer Affären. Einen Großteil meiner Zeit verwendete ich darauf, sie geheim zu halten. Meine Frau ist nicht dumm, und ich sorgte dafür, dass sie weiterhin Aufmerksamkeit bekam. Denn trotz allem, was Sie vielleicht denken mögen: Ich liebe Frauen. Ich liebe ihr Aussehen, ihre Art zu fühlen.

Am meisten liebe ich es, sie dabei zu beobachten, wenn sie sich ergeben. Doch das ist eine andere Geschichte.

Zurück zu Annalise. Eine Zeit lang glaubte ich, sie selbst sei möglicherweise die wahre »große Herausforderung«, auf die ich seit Kara gewartet hatte. Sie war zweifellos intelligent, hatte ihren Abschluss an der Universität Oxford gemacht und einen hochkarätigen Job. Doch all das täuschte über eine neurotische Unsicherheit hinweg, deren Ausmaß ich bei unserer ersten Begegnung nie vermutet hätte. Die Begegnung fand in einem Sitzungszimmer ihrer Firma statt. Annalise war eine potenzielle Kundin, die überlegte, ob sie Geschäfte mit uns machen sollte oder nicht. Wie so oft bei der Arbeit war mir auch bei diesem Meeting langweilig, und sie zog meine Aufmerksamkeit auf sich, weil sie meine Präsentation so lebhaft unterstützte. Sie war wortgewandt, ihre Kommentare sachdienlich, und als sie bei ihrer abschließenden Bemerkung ihre glatte blonde Mähne nach hinten warf, spürte ich das vertraute Kribbeln im Bauch – das Kribbeln in den Fingern. Ich wusste, dass es außerordentlich riskant war. Dank unserer Geschäftsbeziehungen gab es Verbindungen zwischen uns, die ich nicht würde verbergen, geschweige denn vermeiden können. Doch dies steigerte nur meine Erregung. Nach dem Meeting dankte ich ihr für ihre Unterstützung und bekundete meine Bewunderung für die überzeugende und intelligente Art, in der sie diese zum Ausdruck gebracht hatte.

Wie erwartet, zeigte Annalise keinerlei Neigung, auf meine Schmeicheleien hereinzufallen. Sie nickte nur und ging von dannen.

Mein Interesse war jetzt erst recht entfacht, und durch eine Reihe beiläufiger Erkundigungen fand ich heraus, dass Annalise dafür berühmt war, Männern eine Abfuhr zu erteilen. Umso besser, dachte ich. Es war kein Problem, per E-Mail mit ihr in Kontakt zu treten … Natürlich ein weiteres Risiko, eine Spur zu hinterlassen, doch nach Hayley war ich äußerst zuversichtlich, dass ich jedes nur erdenkliche Problem in den Griff bekommen würde. Auf meine ersten drei E-Mails – charmant, witzig und ungezwungen – erhielt ich höfliche, aber abweisende Antworten. Also unternahm ich größere Anstrengungen. Eines Tages wartete ich draußen vor ihrem Büro auf sie. Ich gab vor, hocherfreut zu sein, ihr zufällig zu begegnen, und erklärte ihr in brillant selbstbewusstem Stil, dass ich aus geschäftlichen Gründen wieder hier *sei. Selbstverständlich sah Annalise mich skeptisch an, genau wie ich es hatte bezwecken wollen, und ich gestand ihr, dass ich eigentlich hier sei (und das war mein Geniestreich), um einer ihrer Kolleginnen den Hof zu machen, und zwar der persönlichen Assistentin des Managing Directors, ein junger Hüpfer.* Das *glaubte Annalise. Ich sah, dass sich ihre Einstellung mir gegenüber änderte. Es war natürlich eine hochriskante Taktik, aber ich zweifelte keine Sekunde lang daran, dass sie bei einer Frau wie ihr die richtige war. Solange sie glaubte, ich sei leicht zu haben, hatte ich für sie keinen Wert. Doch ich war zuversichtlich, dass sich ihre Perspektive ändern würde, sobald sie glaubte, ich habe keinerlei Interesse an ihr. Und ich hatte recht. »In meinem Herzen blühte die Hoffnung«, und ich wurde belohnt: zuerst mit ihrem Interesse und schon bald mit ihrer grenzenlosen Liebe.*

Ich ließ noch immer Vorsicht walten und sorgte dafür, dass dieses Mal keiner meiner Kollegen von der Affäre erfuhr. Selbst als ich genau wusste, dass sie mir verfallen war, nahm ich mir Zeit, sie an Land zu ziehen. Zwei Monate, nachdem wir uns kennengelernt hatten, schliefen wir am Ende unseres dritten Dates zum ersten Mal miteinander.

Danach änderte sich alles. Während der folgenden drei Monate verlor Annalise nach und nach das Feuer, das sie bei diesem ersten Meeting ausgezeichnet hatte, und zeigte ihr wahres Gesicht, vor allem als unerträgliche Schwätzerin. Sie redete wie ein Wasserfall über ihre Gefühle, über meine Gefühle, über das, was wir beide dachten und getan hatten und tun sollten. Es kostete mich enorme Disziplin, sie nicht auf der Stelle umzubringen.

Endgültig brachte sie das Fass zum Überlaufen, als sie drohte, meiner Frau von der Affäre zu erzählen – und endlos darüber redete, wie wir uns fühlten und dass wir füreinander bestimmt seien, wobei ihr oberflächliches Selbstvertrauen zerrann und eine Lache bleichgesichtiger, rotäugiger Unsicherheit hinterließ. Igitt!

Natürlich konnte ich sie nicht geradewegs umbringen, so verlockend es auch war, sie auf der Stelle loszuwerden. Nachdem ich sie verlassen hatte, brauchte ich drei Wochen, um sicherzustellen, dass alle Verbindungen abgebrochen waren und keine Spur des Kontakts zwischen uns mehr blieb. Es war eine aufregende Zeit, da ich mit dem gewaltigen Risiko lebte, dass sie zu meiner Frau oder jemand anderem gehen würde. Sie kannte so viele Menschen, die auch ich kannte. Das Einzige, was mir in die Hand spielte, war das Wissen, dass Annalise sich gedemütigt fühlen würde, sollte unsere Affäre bekannt werden. Ich nahm mir zwei Wochen Zeit, um unser letztes Treffen zu planen, meine Sternstunde. Ich hatte alles abgesichert: von dem Alibi, das ich konstruierte, bis hin zur Vernichtung oder Vermeidung aller Hinweise auf dieses Treffen, von Handy-Protokollen bis hin zu Überwachungskameras.

Ich verwendete Säure. Ein völlig neuer und, wenn ich das sagen darf, äußerst befriedigender Modus Operandi. Ich räumte auf und verließ ihre Wohnung, wobei ich als Andenken eine winzige vergoldete Brosche mitnahm. Ich wusste, dass die Polizei mich verhören würde. Es war kein Geheimnis, dass wir uns getroffen hatten – es gab ihre alten Telefonaufzeichnungen und die Zeugenaussagen –, doch mein Alibi war wasserdicht, und ich konnte die Polizei davon überzeugen, dass unsere Beziehung nie über Freundschaft hinausgegangen sei und dass wir im letzten Monat vor ihrem Tod nicht miteinander gesprochen hätten. So nah dran, entdeckt zu werden, war ich noch nie, auch wenn die Polizei mich schon zu einem frühen Zeitpunkt aus ihren Nachforschungen ausschloss. Doch ich war immer zuversichtlich, dass ich obsiegen würde. Und ich tat es.

Wie ich es immer getan habe.

Und immer tun werde.

Kapitel 12

Shannons Wohnung entspricht nicht annähernd meinen Erwartungen. Aufgrund der kurzen Zeit mit ihr im Aces High und meinem lange gehegten Vorurteil gegenüber Torquay hatte ich mir ihr Zuhause irgendwie geschmacklos vorgestellt und schäme mich, jetzt, wo ich hier bin, meines Snobismus. Denn Shannons Wohnung ist wunderschön. Sie ist klein, doch jedes Möbelstück einfach und stilvoll. Kein High-Street-Stil, sondern teure Designerstücke. Zumindest nehme ich das an. Damian, der sich mit derlei Dingen eindeutig besser auskennt, spaziert mit offenem Mund durchs Wohnzimmer.

»O Gott, das ist ja ein Flap-Diamond-Sofa«, sagt er im Flüsterton. »Und ein Eames-Sessel.«

Ich stehe mitten im Raum und mühe mich damit ab, die Latex-Handschuhe überzustreifen, die er mir gegeben hat. Damian hatte für seine nur wenige Sekunden gebraucht. *So* leicht konnte das doch sicher nur einem Arzt oder Dieb fallen! Stirnrunzelnd gehe ich hinüber zu den Sideboards, über denen eine Reihe Regale hängen, die mit einfachen Glasornamenten geschmückt sind. Die Wohnung ist nicht nur wunderschön, sie ist auch ordentlich. Es gibt nicht viel, wo man Dinge aufbewahren könnte.

»Wie kann sich eine Mitarbeiterin von Honey Hearts all das leisten?«, frage ich.

»Vielleicht hatte sie einen zweiten Job.« Damian beugt sich über den Glastisch vor dem Sofa.

»Oder einen Sugardaddy«, murmele ich und öffne das erste von zwei Sideboards. Drinnen finde ich Glasvasen sowie einen Stapel *Vogue* und *Harpers & Queen*. Ich sehe in das zweite, praktisch leere Sideboard, gehe dann zum Balkon, drehe den Schlüssel um, der im Schloss steckt, und trete nach draußen. Von hier aus hat man eine herrliche Sicht über die Gemeinschaftsgärten. In der Ferne glitzert über den Dächern ein kleiner Flecken blauen Meers.

»Lass uns nachsehen, ob wir irgendwo anders etwas Nützliches finden«, schlägt Damian vor.

Wir beginnen, die Wohnung zu durchkämmen. Es gibt nicht viel, was uns weiterhelfen könnte. Die Küche enthält nur eine beeindruckende Sammlung hochwertiger Geräte, von denen die meisten anscheinend unbenutzt sind, einen mit Delikatessen wie eingelegten Okraschoten und Wasabi gefüllten Schrank und einen Kühlschrank mit nur einem Block Parmesankäse und drei Flaschen aromatisiertem Wodka. Damian durchwühlt in Höchstgeschwindigkeit die Besteckschublade, wobei er erstaunlich wenig Lärm macht.

»Du bist wie ein Profi hier eingebrochen.« Ich schaue in einen Schrank mit lauter Gläsern.

Damian zuckt die Schultern und schließt die Schublade.

»Wie hast du das Schloss nur aufgekriegt?«, frage ich. »Ich meine, wo hast du das gelernt?«

»In meiner Zeit am College.« Damian weicht meinem Blick aus.

»Aber ...«

»Livy, das ist jetzt nicht der richtige Zeitpunkt ... Wir sollten hier nicht länger bleiben als nötig.«

»Okay«, stimme ich ihm widerstrebend zu. Irgendwie

würde ich ihn gern weiter bedrängen, doch er hat recht: Je eher wir hier rauskommen, desto besser.

Wir gehen in Shannons Schlafzimmer, wo Damian den Inhalt des Kleiderschranks untersucht und mit behandschuhten Fingern an der Reihe von Tops und Kleidern entlangfährt. »Sie hat *alles*«, sagt er ehrfurchtsvoll. »Prada, Westwood, Versace …«

Ich erinnere mich wieder daran, wie Shannon gekleidet war, als ich sie traf – und auf dem Foto der Aces-High-Website. Ihre Kleidungsstücke waren eng, aber im Gegensatz zu denen der meisten Mädchen nicht nuttig. Ich betrachte die Schuhe auf dem Boden des riesigen Kleiderschranks. Es gibt drei lange Reihen. Ich entdecke mindestens fünf von Louboutin mit der unverwechselbaren roten Sohle.

»*Wow!* Das Zeugs hier muss Tausende wert sein.«

Damian nickt. »Vielleicht hat sie jemanden erpresst? Wenn Julia ihr von deinem Mann erzählt hat, dann hat sie vielleicht versucht, *ihm* Geld abzuknöpfen?«

Ich starre ihn an. Seine Wangen sind gerötet, seine Augen glänzen.

»Nein«, sage ich bestimmt, wütend darüber, dass er verzweifelt versucht, alles so zu drehen, dass es seine Theorie von Will als dem Mörder bestätigt. Denn was muss er von mir denken, dass ich mir Will als Ehemann ausgesucht habe? »Sowieso haben Will und ich … also, *so* viel Geld haben wir nicht.«

»Okay.« Er macht ein langes Gesicht.

Ich beiße mir auf die Lippe. Schließlich ist dieser Versuch allein Damians Wunsch geschuldet, Julias Mörder zu finden.

Und dieser Wunsch wiederum ein Zeichen dafür, wie sehr er leidet.

»Vielleicht versteht Shannon es einfach nur, Geld zu machen«, sage ich. »Sie könnte Finanzmaklerin sein oder ein Talent dafür haben, Aktien richtig einzuschätzen. Komm, lass uns nach einem Laptop oder einem Handy suchen, etwas, das uns vielleicht verrät, wo sie sich gerade aufhält.«

»Es sieht nicht so aus, als sei in den letzten Tagen jemand hier gewesen«, murmelt Damian, als er die oberste Schublade einer kleinen Kommode durchsucht, in der nur ein paar alte Ausgaben des *Heat Magazine* liegen.

Ich schüttle den Kopf, denke an das letzte Mal, dass ich ein Schlafzimmer durchsucht habe: In Julias Wohnung wimmelte es von persönlichem Krimskrams, selbst nachdem Joanie die wertvolleren Sachen mitgenommen hatte.

»Oder sie hat nie wirklich hier gewohnt.«

Damian schlägt die seidene Bettdecke zurück. Die Bettlaken sind zerknittert. Er presst das Gesicht in eins der Kissen.

»Parfüm.« Er blickt hoch. »Ich glaube, sie hat hier gewohnt.«

»Aber wo ist sie dann hin?« Ich betrachte die Frisierkommode in der Ecke. Obendrauf stehen nur ein paar halb volle Flaschen Bodylotion, einige Teelichthalter und Parfümflaschen. In einem Kästchen, das so aussieht, als habe es vielleicht Schmuck enthalten, liegt nur eine einzelne Creole.

Seufzend lasse ich mich auf einen Stuhl vor der Frisierkommode fallen und ziehe die oberste Schublade auf. Zwei Tuben Handcreme, eine Packung Tarotkarten, ein Feuerzeug und eine Handvoll Kleingeld fallen mir ins Auge. Ich greife hinten in die Schublade und finde eine Packung Teelichter. Ich sehe kurz zu Damian hinüber. Er hält ein Seidennachthemd hoch. Es ist lang, schwarz und für eine Person gemacht, die viel kleiner ist als ich. Trotz der Spitze im Brustbereich und der dünnen Spaghettiträger sieht es eher sexy als nuttig aus.

»Wunderschön«, murmle ich.

»Stella McCartney«, sagt Damian ehrerbietig.

Er legt das Nachthemd wieder unter die Decke und zieht sie glatt.

»Du bist aber gut erzogen«, sage ich mit einem Lächeln.

»Strenge Mutter und zwei ältere Schwestern.« Er grinst.

Ich schaue aus dem Fenster – ein öder Blick auf die Straße vor dem Wohnhaus.

»Also, was haben wir gefunden?«, fragt Damian.

Ich ziehe Bilanz. »Wir wissen, dass sie ordentlich und sauber ist. Es gibt so gut wie keinen Staub, sodass sie noch nicht lange weg sein kann, aber sie hat den Kühlschrank leer gemacht, bevor sie ging.«

»Oder jemandem die Anweisung hinterlassen, es zu tun.«

»Du meinst, sie macht vielleicht mit jemandem gemeinsame Sache?« Ich runzle die Stirn.

»Nein, ich meinte, dass sie vielleicht eine Putzfrau hat«, sagt Damian mit einem verschlagenen Grinsen. Er schaut sich um. »Fehlt irgendwas, das man bei jemandem zu Hause, in der Wohnung eines Mädchens, erwarten würde?«

Ich folge seinem Blick. »Keine Fotos, kein Schmuck, nichts Persönliches«, sage ich.

»Genau.« Er nickt. »Es sieht so aus, als hätte sie die wichtigsten Sachen gepackt und sei verschwunden.«

Ich schaue hinab auf den Nachttisch neben mir. Er ist aus Kirschholz, genau wie der auf der anderen Seite des Betts. Eine einfache Glaslampe und ein Notizblock mit einem dicken schwarzen Stift an der Seite sind alles, was sich darauf befindet.

Ich nehme den Block in die Hand und knipse die Lampe an. Im Licht ist ein einzelnes Wort zu erkennen.

»Schau mal. Hier steht ›Magalan‹.«

Damian zieht die Nase kraus. »Was bedeutet das? Ist es ein Name?«

Ich lege die Stirn in Falten. Das Wort klingt vertraut, aber ich weiß nicht mehr, woher ich es kenne. Ich schließe die Augen, versuche, mich zu erinnern. Ich habe es schon einmal von Julia gehört, da bin ich mir sicher.

Am anderen Ende der Wohnung geht mit einem Knarren die Eingangstür auf. Schritte hallen im Flur wider.

Ich springe vom Bett hoch. Damian reißt die Augen weit auf, als die Schritte in unsere Richtung kommen. Ich lasse den Notizblock auf den Boden fallen. Uns bleibt keine Zeit wegzulaufen. Es gibt nichts, wo wir uns verstecken könnten.

Einen Sekundenbruchteil später öffnet sich die Schlafzimmertür.

Ein junger Mann mit Brille und schmuddeligem Pullover steht im Türrahmen. Er hält einen A4-Umschlag in der Hand.

»Äh, Livy Jackson?«, sagt er.

Entgeistert starre ich ihn an. »Woher wissen Sie meinen Namen?«, stammle ich.

Verlegen zuckt er die Schultern. »Ein Mann hat mich gebeten, Ihnen den hier zu geben.« Er hält den Umschlag hoch.

Damian geht mit großen Schritten auf ihn zu. »Welcher Mann?« Er packt den Boten am Arm. »Woher wusste er, dass Livy hier sein würde?«

Der Bote weicht zurück, seine Augen weiten sich. »Ich habe ihn nicht gesehen«, sagt er schnell. »Der Typ hat mich einfach angerufen, sagte, er sei ein Kumpel von dieser Poppy – dass er meine Nummer von ihr bekommen hat.«

»Welcher Kumpel?«, frage ich.

Der Mann zuckt die Schultern, hält mir dann wieder den Umschlag hin. Ich nehme ihn. Er enthält etwas Festes, Kantiges. Mein Name ist in großer, schwarzer Schrift auf die Vorderseite gedruckt.

»Was genau hat dieser Mann dir aufgetragen?«, fragt Damian.

»Er hat gesagt, ich soll zur Mülltonne draußen vor dem Haus gehen, den Briefumschlag nehmen, hierherkommen und ihn Ihnen geben. Wenn ich dann wieder nach unten käme, würden unter derselben Mülltonne fünfzig Pfund auf mich warten.«

Der Bote wendet sich ab.

»Warte.« Während Damian spricht, reiße ich den Umschlag auf. Er enthält ein weißes Blatt Papier, auf dem vier große bunte Holzbuchstaben kleben, die von einem Kinderpuzzle stammen. Sie ergeben ein einziges Wort:

STOP

Was hat das zu bedeuten? Ich sehe Damian an, als mir die entsetzliche Wahrheit dämmert. Wenn derjenige, der dies geschickt hat, weiß, dass ich hier bin, dann muss er auch wissen, warum. Was heißt, dass dies eine Botschaft von Julias Mörder sein muss, ein Befehl, mit den Nachforschungen über ihren Tod aufzuhören.

»Woher wusste er, dass ich hier bin?«, flüstere ich.

Damian schüttelt den Kopf.

Mit zitternden Beinen setze ich mich aufs Bett. Ich sehe mir die bunten Holzbuchstaben genauer an. Sie kommen mir bekannt vor. Das »S« ist mit einer Schlange verziert, das orangefarbene »O« hat oben einen roten Filzstiftflecken.

Mit einem Schlag wird mir klar, dass diese Buchstaben aus einem alten Puzzle von Hannah und Zack stammen.

»Hey!« Damian jagt dem Boten hinterher, der durch die Tür verschwindet. »Komm zurück.«

Ich sitze da und starre die Buchstaben an. Wer immer mir diese Botschaft geschickt hat, er muss in meinem Haus gewesen sein. Er weiß, wer ich bin, wo ich wohne und wo die alten Puzzlespiele meiner Kinder aufbewahrt sind. Mein Herz hämmert hart und schmerzvoll in meiner Brust.

Draußen sind Rufe zu hören. Damian brüllt und flucht. Ich eile zum Fenster. Er steht auf der Straße. Von dem Boten ist nichts zu sehen. Ich schaue direkt nach unten und der mehrere Meter unter mir liegende Hof scheint mir entgegenzukommen. Einen Moment lang packt mich eine entsetzliche Höhenangst. Dann sehe ich, dass Damian zum Haus zurückstapft.

Ein Angstschauder überläuft mich, als ich wieder vom Fenster zurücktrete, dann durch den Flur und hinaus aus Shannons Wohnung haste. Ich ziehe die Eingangstür hinter mir zu und renne zur Treppe.

Der Mörder weiß, wer ich bin. Er weiß, wo ich wohne. Er war in der Nähe meiner Kinder.

Ich stürme die Treppe hinunter, treffe Damian im Erdgeschoss. Als wir nach draußen gehen, berichtet er mir atemlos: »Da lagen fünfzig Pfund unter der Mülltonne, genau wie der Typ gesagt hat. Ich habe ihn noch mal nach diesem Mädchen gefragt, dieser Poppy … nach dem

Mann, der ihn engagiert hat – woher er ihn kannte, ob er einen Akzent hatte. Aber der Typ ist einfach weggerannt.«

Ich nicke. Meine Beine fühlen sich noch immer an wie Pudding, und ich kann mich nicht richtig auf seine Worte konzentrieren. Angst schnürt mir die Kehle zu. Ich halte das Blatt Papier mit den »STOP«-Buchstaben hoch.

»Die stammen aus einem alten Puzzle von Zack«, erkläre ich.

»O Gott.« Damian packt mich am Arm und zieht mich in Richtung Auto. »Hör zu, Livy. Ich wette, die fünfzig Pfund wurden erst unter die Tonne gelegt, *nachdem* der Bote den Umschlag gefunden und uns gebracht hat.«

Entsetzt starre ich ihn an. »Du meinst, derjenige, der die Botschaft und das Geld hinterlassen hat, war *hier*? Könnte noch immer hier sein und uns *beobachten*?«

»Ja«, sagt Damian kurz. »Komm.«

Er öffnet mit der Fernbedienung den Wagen, als wir uns ihm nähern. Ich hantiere an der Tür herum, während Damian um das Auto herumeilt und auf der anderen Seite hineinspringt. Ich schlage die Tür zu, schaue die Straße hinauf und hinab. Außer ein paar spielenden Kindern ist niemand zu sehen. Ihre fröhlichen Rufe verstärken meine Angst nur noch.

Damian lässt den Motor aufheulen. Einen Augenblick später brausen wir davon. Seine Hände umklammern das Steuer. Er hat die Schultern hochgezogen. Ich werfe einen Blick auf den Tacho. Er zeigt schon fast hundert an.

Ohne den Blinker zu setzen, nimmt Damian die erste Abzweigung. Ein Wagen hupt.

»Fahr langsamer«, sage ich. Ich drehe mich um und schaue nach hinten. Die Straße ist leer.

Damian fährt weiter, wie ein Besessener.

»Fahr langsamer, niemand folgt uns.« Ich lege ihm die Hand auf den Arm.

Zitternd lockert Damian den Griff um das Steuer und verlangsamt das Tempo. Vor der nächsten Abzweigung setzt er den Blinker und drosselt das Tempo noch weiter, um die Kurve zu nehmen. Ich lehne mich zurück und hole tief Luft. Ich zittere am ganzen Körper. Eine Weile lang schweigen wir. Schließlich hält Damian an. Er zieht eine Packung Zigaretten aus seiner Hemdtasche und zündet sich eine an.

»O Gott.« Er nimmt einen langen, kräftigen Zug. »Wer zum Teufel hat diesen Typen geschickt?«

»Wer immer es auch war, er kennt mich.« Während ich dies sage, geht mir die ganze Tragweite dieser Aussage auf. »Er hat Julia umgebracht und will, dass ich aufhöre, nach ihm zu suchen, und wenn ich das nicht tue, wird er mich verfolgen und … und …« Ich deute auf das Stück Papier mit den bunten Holzbuchstaben, unfähig, die Angst in Worte zu fassen, dass dieser Mann nicht nur mir, sondern auch meinen Kinder etwas antun könnte.

»Okay.« Damian bläst den Rauch aus. »Okay, lass uns vernünftig darüber nachdenken.« Er hält inne. »Hast du irgendeine Ahnung, wer das geschickt haben könnte, wer er ist?«

»Nein, natürlich nicht.«

Damian schaut mir in die Augen. »Glaubst du … Könnte es vielleicht Will gewesen sein?«

»Nein.« Ich starre ihn an. »Nie und nimmer.«

»Wieso bist du dir da so sicher? Er kommt leichter an die Sachen deiner Kinder heran als jeder andere.«

Ich presse die Hände zusammen, suche nach den richtigen Worten. »Will mag eine Affäre gehabt haben – eine ganze Reihe von Affären«, sage ich langsam, »aber er hätte Julia nicht umbringen können. Oder sonst jemanden. Und er würde mir nie etwas antun.«

Damian sieht mich an. Ich kann mir denken, welche Fragen ihm durch den Kopf gehen:

Und Julias gestohlener Ring in Wills Werkzeugkasten?

Und Shannon Walker, die von Julia engagiert wurde, um Will zu verführen?

Und Wills Lügen?

Einen langen Augenblick lang schweigen wir. Die Luft um uns herum ist plötzlich stickig.

»Will war es nicht«, behaupte ich steif und fest.

Damians Gesichtsausdruck verrät noch immer Skepsis. »Okay, und was sollen wir jetzt tun?«, fragt er.

Ich schaue mich um, habe vor lauter Angst eine Gänsehaut. Sind wir in diesem Moment in Gefahr? Doch sicher nicht auf dieser ruhigen, belaubten Straße. Gott sei Dank sind die Kinder bei Mum.

Ich halte das Blatt Papier mit den »STOP«-Buchstaben hoch. »Das hier bedeutet, dass wir der Wahrheit über Julias Tod nahe gekommen sein müssen, denkst du nicht?«

»Ja.« Damian holt tief Luft. »Also, wie gesagt, was willst du tun?«

»Wir könnten zur Polizei gehen«, schlage ich vor.

Damian runzelt die Stirn. »Und was sollen wir sagen? Dass jemand dir ein paar Stücke aus einem alten Puzzle geschickt hat?«

»Ein Puzzle aus meinem eigenen Haus.«

»Das heißt nicht, dass derjenige, der es geschickt hat, Julias Mörder ist.« Damian verharrt kurz. »Wir müssen unbedingt Shannon finden. Sie ist der Schlüssel zu allem … Sie kann uns sagen, was Julia herausgefunden hat – warum

Wills Name auf dem Honey-Hearts-Formular stand – damit wir was Konkretes in der Hand haben.«

»Wir haben nur einen einzigen Hinweis«, sage ich. »Das Wort auf ihrem Notizblock: Magalan.«

»Ist dir inzwischen eingefallen, wo du es schon mal gehört hast?«

»Ich habe es von Julia gehört. Ich kann mich aber nicht genau erinnern, in welchem Zusammenhang …« Ich zögere, bin mir unsicher.

»Vielleicht ist es ein Nachname?«, meint Damian. »Wie wär's mit einem Exlover? Oder – verdammt, denkst du, es könnte der Name der Person sein, die sie umgebracht hat?« Angst und Anspannung liegen in seinem Blick. Er greift nach einem Strohhalm. Schon wieder.

»Ich weiß es nicht.« Ich gehe in Gedanken die Namen derer durch, die ich aus Julias Vergangenheit kenne: die beiden Exfreunde bei der Beerdigung – Charlie Framley und Tom Harrison – und die Männer, von denen ich nur gehört hatte. Da gab es einen Simon, einen Marty, zwei Sams und einen Jonny, plus Alan Rutherford, den Polizisten … *Alan.*

Ich schließe die Augen, spüre die Sonnenwärme auf meinen Lidern, bin einer Ohnmacht nahe. In meinem Kopf höre ich Julias Stimme:

Er hat mir das verdammte Ding in seinem Testament vermacht, hatte sie gesagt. *Obwohl es nach ihm und seiner Frau benannt ist.*

Ich reiße die Augen auf, einen Moment lang blendet mich das Sonnenlicht.

»Magalan ist der Name des Cottages in Lympstone. Das ihr der Typ von der Polizei, Alan Rutherford, vermacht hat.«

»Magalan ist ein Haus?«

»Ja, der Name setzt sich aus seinem Namen und dem seiner verstorbenen Frau zusammen: Maggie und Alan.

Damian verzieht das Gesicht. »Echt?«

»Ja, Julia fand das auch seltsam.« Ich lächle bei der Erinnerung daran, wie fassungslos Julia war, dass zwei Erwachsene einen solchen Namen für ihr Haus gewählt hatten. Ich fand es niedlich, doch es war ja auch das Jahr vor Wills Affäre, und ich war hochschwanger mit Zack und unglaublich glücklich mit meinem gut aussehenden, liebevollen Ehemann und meinem goldigen, anhänglichen kleinen Mädchen.

»Livy?«

Ich drehe mich zu Damian um. »Was?«

»Ich hab dich gefragt, ob du jemals dort gewesen bist, in diesem Cottage.«

Ich nicke. »Ein- oder zweimal, vor Jahren, aber dann hat Julia beschlossen, es zu vermieten, um ein bisschen nebenbei zu verdienen.«

Damian nickt. »Das hat sie mir gegenüber auch erwähnt, aber wir waren nie dort.«

»Aus welchem Grund könnte Shannon den Namen des Hauses aufgeschrieben haben?«

»Julia muss ihr davon erzählt haben«, sagt Damian. »Weißt du, wo genau es ist?«

»Ja.« Ich schaue auf meine Armbanduhr. Es ist erst kurz nach elf. Wir schaffen es noch gut nach Lympstone und dann zurück nach Exeter, bevor ich wieder zu Mum und den Kindern fahre.

»Sollen wir?« Damian zieht die Augenbrauen hoch.

Ich nicke, und er lässt den Motor an.

In den nächsten paar Minuten sprechen wir nur wenig.

Damian fährt schnell, und aus seinen Surround-Sound-Lautsprechern plärrt Tanzmusik. Er fragt, ob ich Stille vorziehe oder lieber auf seinem MP3-Player für uns Musik auswählen möchte. Ich antworte, dass mir die Musik gefällt, die wir gerade hören.

Und das tut sie.

Es ist verrückt, aber hier im Auto mit der Sonne im Gesicht und dem dröhnenden Bass, der durch meinen Körper pulsiert, fühle ich mich in einer Art Schwebezustand, fern von jeder Realität: dem Boten in Shannons Wohnung, Wills Affäre und meinen Ängsten in Zusammenhang mit Julia.

Das Gefühl endet, sobald wir uns Lympstone nähern. Damian schaltet die Musik aus, damit ich ihn zu Julias Cottage dirigieren kann, das rund eine halbe Meile außerhalb des Dorfes liegt. Es ist einer dieser schönen Julitage, trocken und sonnig, doch als wir in der Nähe des Cottages halten, fröstelt mich. Ob Shannon wohl da ist? Oder sind wir umsonst hierhergekommen? Ich steige aus dem Auto und strecke mich. Damians Mercedes sieht zwar toll aus, ist aber, ehrlich gesagt, nicht sonderlich bequem.

Bei strahlendem Sonnenschein gehen wir über den Bürgersteig zu Julias Cottage. Der Name Magalan ist in Blassblau über die Eingangstür gemalt. Der Garten vor dem Haus ist ein Meer aus Blüten und Farben und sieht sehr gepflegt aus. Jemand muss sich viel Arbeit damit gemacht haben, denn es kostet Mühe, Wildblumen so gut aussehen zu lassen, ohne dass sie sich überall ausbreiten. Julia muss einen Gärtner für diese Arbeit bezahlt haben – sie selbst hatte nämlich keinen grünen Daumen.

Ich töte alle Pflanzen, Liv, sagte sie immer. *Ich bin der Todesengel für Grünpflanzen.*

»Hübsch«, sagt Damian.

Ich spähe durch das Fenster neben der Eingangstür. Das Cottage ist kleiner, als ich es in Erinnerung hatte – zwei Zimmer oben und zwei unten, mit einem kleinen Garten hinter dem Haus, der direkt zum Strand führt. Ich sehe ins Wohnzimmer – dunkel und kühl, mit einfachen, schlichten Möbeln, wie Julia sie liebte, sowie ein paar blumigen Kissen als Zugeständnis an den schmucken Charakter des Häuschens selbst. Die Küche liegt dahinter. Es ist niemand zu sehen.

Ich drücke auf die Klingel. Ihr musikalisches Läuten hallt durchs Haus. Nichts rührt sich.

Ich seufze. »Scheint keiner da zu sein.«

»Verdammter Mist.« Damian klingt so verzweifelt, wie ich mich fühle.

Hinter uns ist ein Klicken zu hören. Ich wirble herum.

Da ist sie, am Gartentor. Shannon Walker. Sie hält zwei M&S-Lebensmitteltaschen in der Hand und sieht uns völlig entsetzt an.

»Was macht ihr hier?« Sie weicht einen Schritt zurück.

»Warte.«

»Bitte.«

Damian und ich sprechen gleichzeitig.

Shannon mustert uns misstrauisch. Sie trägt Jeans, ein enges T-Shirt und silberne Chanel-Ohrringe. Das blonde Haar hat sie zu einem Pferdeschwanz zusammengebunden. »Ihr wart an dem Abend im Aces High«, sagt sie. »Beide.«

»Stimmt«, erwidere ich schnell. »Ich war gekommen, weil du eine Verabredung mit Julia hattest. Sie war meine Freundin.« Ich werfe Damian einen flüchtigen Blick zu. »*Unsere* Freundin.«

»Wie habt ihr mich gefunden?«, fragt Shannon.

Ich zögere, will nicht zugeben, dass wir in ihre Wohnung eingebrochen sind und nach Hinweisen gesucht haben.

»Ich hab doch gesagt, ich war Julias Freundin. Ich habe mich an Alan Rutherford erinnert ...« Ich deute auf den Namenszug »Magalan« über der Eingangstür, »... den Typen, der ihr das Cottage vermacht hat.«

Shannon sieht mich unverwandt an. Ich spüre, dass sie die Situation abwägt, überlegt, ob sie uns vertrauen soll oder nicht.

»Hat Julia dir gesagt, dass du herkommen sollst?«, frage ich.

»Weißt du, wer sie umgebracht hat?«, platzt Damian heraus.

Er ist vollkommen angespannt, ganz unterdrückte Energie und kraftvolle Präsenz. Shannon wirft ihm einen argwöhnischen Blick zu, sieht dann wieder mich an.

»Du hast gesagt, du seist Livy Jackson, richtig?«

Ich nicke. »Hat Julia dir von mir erzählt?« Ich denke an Wills Namen auf dem Honey-Hearts-Formular. »Sie hat dich gebeten, meinen ... Will Jackson, das war der Mann, mit dem du – sprechen solltest, stimmt's?«

Shannon runzelt die Stirn, kommt dann durch das Tor und über den kleinen Pfad auf uns zu. Sie trägt hochhackige Sandalen, die auf den Ziegelsteinen leise klappern. »Dieser Typ, dein Mann, Will Jackson – er war nur eine Tarnung«, sagt sie. »Die ganze Honey-Hearts-Geschichte war eine Tarnung.«

Ich bin verwirrt.

»Was soll das heißen?«, frage ich.

»Genau das, was ich sage.« Shannon erreicht die Eingangstür, und ich trete zur Seite, um sie vorbeizulassen. »Julia hat nur so getan, als würde sie mich engagieren.«

»Warum?«, will Damian wissen.

Shannon zuckt die Schultern. Sie greift in ihre Vuitton-Tasche und fischt einen Schlüsselbund heraus.

»Wie kommt's, dass du hier wohnst?«, frage ich.

»Julia hat gesagt, sie lasse es zwischen zwei Vermietungen streichen. Und mir erklärt, wo der Ersatzschlüssel ist. Sie sagte, wenn ihr etwas passiere, wenn sie nicht zu unserem zweiten Treffen komme, solle ich herkommen und es niemandem sagen. Das habe ich getan, direkt nachdem ich euch im Aces High sah.«

»Warum glaubte Julia, dass ihr etwas passieren könne?«, fragt Damian.

Shannon taxiert ihn, lässt die stark ausgeprägten Linien seines Gesichts und das schwarze Shirt auf sich wirken. Mir rutscht das Herz in die Hose.

»Wegen mir«, sagt Shannon. »Wegen dem, was ich ihr erzählt habe.«

Kapitel 13

»Ihr kommt besser herein«, sagt Shannon.

Benommen folge ich ihr und Damian durch die Eingangstür ins Wohnzimmer. Die Honey-Hearts-Geschichte scheint also eine Art List gewesen zu sein. Aber wozu?

»Ich bin gleich wieder da.« Shannon legt ihre Schlüssel auf den Beistelltisch, bringt ihre Einkäufe in die Küche und stellt die Taschen auf den Boden neben ein Paar Turnschuhe.

Damian geht ihr hinterher. Ich sehe mich im Wohnzimmer um. Die Regale an einer Wand sind leer und abgebeizt. Neben ihnen auf dem Fußboden stehen ein Topf Farbe und zwei große Flaschen Terpentinersatz. Die Regale an der gegenüberliegenden Wand wurden bereits cremefarben gestrichen und glänzen. Ebenso die Kommode in der Ecke. Sie stammt aus meinem Elternhaus. Mum hatte vor vielen Jahren das Haus entrümpelt und Julia ein paar der Möbel überlassen. Die Kommode habe ich völlig vergessen. Langsam gehe ich hinüber und lasse die Hand über das Holz gleiten. Ich bin nicht vorbereitet auf das ungerahmte Foto, das im mittleren Regalfach liegt. Es zeigt Julia und Kara, die sich lachend in den Armen halten. Kara trägt das Medaillon, das Julia ihr geschenkt hatte, dasjenige, das verloren ging, als sie starb. Gott, die beiden sehen so jung aus! Und so schön.

In meiner Kehle nistet sich ein Kloß ein, als ich das Foto in die Hand nehme.

»Das ist deine Schwester, stimmt's?«, fragt Shannon.

Ich drehe mich um. Sie und Damian stehen hinter mir.

Ich nicke, bringe kein Wort heraus.

Damian betrachtet das Foto. »Ist das Julia als Teenager? Sie hat mir nie Fotos gezeigt«, sagt er mit gedämpfter Stimme.

»Es muss kurz vor Karas Tod gemacht worden sein.« Ich versuche, das Zittern in meiner Stimme zu unterdrücken.

»Julia gab mir das Foto, als wir uns kennenlernten«, erklärt Shannon. »Sie wollte mir Kara zeigen, erzählte mir, dass sie ermordet wurde. Und … Und sie wollte mir Karas Medaillon zeigen.«

»Ich verstehe nicht«, stammle ich. »Warum wollte sie, dass du das Medaillon siehst?« Mir schwirrt noch immer der Kopf. Was in aller Welt hat Honey Hearts damit zu tun? Warum gab Julia vor, Shannon zu engagieren? Wofür diente Will als »Tarnung«?

Shannon zieht die Stirn kraus. »Karas Medaillon war der Grund dafür, dass sie mich gefunden hat.«

»Wie bitte?« Ich räuspere mich. In meinem Kopf herrscht nur noch Chaos. »Ich verstehe nicht.«

Ich kann deutlich Damians Anspannung spüren: »Bitte. Erzähl uns, was Julia dir gesagt hat.«

»Sie hat gesagt, das Medaillon sei verschwunden, als Kara ermordet wurde. Sie gab mir das Foto als … als Beweis.«

»Aber warum?«, frage ich. »Als Beweis wofür?«

Shannon seufzt, zieht dann den Ausschnitt ihres T-Shirts herunter, um die Kette zu enthüllen, die sie um den Hals trägt. Sie zieht sie aus, kommt zu mir herüber und reicht sie mir.

Vorsichtig öffne ich das Medaillon. Das Foto aus dem

Passfotoautomaten von Julia und Kara, lächelnd, Wange an Wange, springt mich an. Ich umklammere das Medaillon, halte nach all den Jahren wieder ein kleines Stück von Kara in der Hand.

»Es gehörte meiner Schwester.« Ich kann kaum noch atmen. »Es gehörte Kara.«

Ich drehe das Medaillon um. Da ist der winzige Kratzer, gleich links neben dem Scharnier. Kara hatte das Medaillon an einem kalten Tag im Januar, dem Monat, bevor sie ermordet wurde, auf dem Parkplatz vor einem Pub fallen lassen. Es war Dads Geburtstag, und er und Mum kamen nach Exeter, um den Tag mit uns zu verbringen. Es war das letzte Mal, dass wir vier zusammen waren.

Ich blicke auf, in Shannons Augen. Ihr Gesichtsausdruck ist mitfühlend. Seufzend nimmt sie das Medaillon wieder entgegen.

»Wo hast du das her?«, frage ich im Flüsterton.

Shannon wirkt mit einem Mal ängstlich. Instinktiv weiß ich, dass sie glaubt, genug gesagt zu haben.

»Bitte.« Ich merke, dass ich den Atem anhalte, und schnappe nach Luft. Wilde Gedanken schießen mir durch den Kopf. Shannon kann nicht älter als sechs oder sieben gewesen sein, als Kara ermordet wurde. »Was weißt du? Warst du dort? Hast du meine Schwester gesehen? Was ist mit Julia?«

»Woher hast du das Medaillon?«, drängt Damian. Er lässt seine Zigarettenschachtel auf den Couchtisch fallen. Seine Stimme klingt angespannt.

»Ich hab's von jemandem bekommen«, sagt Shannon. Sie weicht vor uns zurück. Das Stück Wand hinter ihr ist so wie die Möbel frisch gestrichen. »Der Typ, der es mir gegeben hat, schuldete mir Geld. Ich hab ein paar Jungs vom Aces High dazu gebracht, auf ihn Druck auszuüben …«

Sie fängt meinen Blick auf. »Versteh mich nicht falsch, sie sind Softies, diese Typen, auch wenn sie tough *aussehen*. Der Versager, der mir Geld schuldete, hat schließlich ein bisschen Geld ausgespuckt und ein paar Kleinigkeiten wie das Medaillon, die ich dann verkaufen wollte.«

»Wer?«, frage ich. »Wer schuldete dir Geld, wer gab dir das Medaillon?«

Shannon ignoriert mich. »Ich habe versucht, es auf eBay zu verkaufen. Da hat Julia es dann gesehen. Sie nahm Kontakt mit mir auf, aber … aber ihre Nachricht klang seltsam. Sie bot mir weitaus mehr, als das Ding wert ist, und sie wollte sich mit mir treffen. Höchstpersönlich. Ich dachte, es sei eine Falle, dass das Medaillon vielleicht heiß war … deswegen habe ich aus Sicherheit das Treffen mit ihr im Aces High vereinbart, wo ich Leute kenne, und ich habe das Medaillon nicht mitgenommen, damit …«

»Warte. Langsamer.« Ich bin noch immer völlig verwirrt. »Was ist mit Honey Hearts? Was hat die Agentur mit all dem zu tun? Du hast gesagt, die Sache mit Will sei nur eine Tarnung gewesen. Was hast du damit gemeint? Eine Tarnung wofür?«

»Wer hat dir das Medaillon gegeben?«, hakt Damian nach. Er wendet sich mir zu. »Verstehst du nicht? *Das* ist es, was Julia herausfand. Sie fand heraus, dass derjenige, der Shannon das Medaillon gegeben hat, Karas Mörder ist.« Er richtet seine Aufmerksamkeit wieder auf Shannon. »Stimmt doch, oder?«

»Gewissermaßen«, gibt Shannon zu. »Julia wusste, dass es eine Verbindung zwischen dem Medaillon und dem Mörder gab. Deswegen wollte sie, dass ich herkomme, falls ihr irgendetwas passieren sollte – oder jemand mich bedroht.«

»Wir wurden vorhin auch bedroht«, sage ich. Im Geiste sehe ich die auf ein Blatt Papier geklebten »STOP«-Buchstaben vor mir.

»*Ihr* wurdet bedroht?« Shannon wird kreidebleich. »Wo? Wann?«

Ich schaue zur Seite, will nicht zugeben, dass wir in ihre Wohnung eingebrochen sind. »Heute Morgen«, erkläre ich. »Ein Typ hat uns die Nachricht überbracht, wir sollten verschwinden.«

»Ist euch jemand *gefolgt*?« Shannons Stimme wird lauter.

»Äh, ja.« Mein Herz hämmert gegen meine Rippen.

»Hat er gesehen, wohin ihr gegangen seid?« Ich höre die Panik in Shannons Stimme. »Könnte er euch *hierher* gefolgt sein?«

»Wir sind in Damians Auto davongefahren«, sage ich. »Ich glaube nicht …«

»Und das steht *hier*?« Sie sieht Damian an. »Dein Auto ist *hier*? Jetzt?«

»Ja«, sage ich. »Bitte, Shannon …«

»O mein Gott!« Shannon kneift die Augen halb zu. »Ich muss hier weg. Sofort. *Gott*, ich kann nicht glauben, dass ihr dieses Risiko …« Sie dreht sich um und läuft die Treppe hoch.

»Warte.« Damian stürmt ihr nach. Ich hinterdrein.

Der obere Teil des Cottages ist kleiner, als ich es in Erinnerung habe. Nur zwei winzige Schlafzimmer und ein noch kleineres Bad. Die Fachwerkbalken sind viel schäbiger als unten, doch es stehen schon ein paar Farbtöpfe bereit. Shannon eilt in das Schlafzimmer zur Rechten. Sie zieht einen Louis-Vuitton-Koffer unter dem Bett hervor, wirft ihn auf die Bettdecke und schiebt sich dann an mir vorbei zur Kommode.

»Bitte, Shannon, du *musst* mit uns reden«, beharre ich. »Wer könnte uns deiner Meinung nach gefolgt sein? Wer bedroht mich? Hat *er* dir das Medaillon gegeben?«

»*Sag* es uns«, fordert Damian.

Shannon ignoriert uns, wirft einfach ein Kleidungsstück nach dem anderen in ihren Koffer.

»Bitte!« Ich bin den Tränen nahe.

»Es reicht.« Damian geht mit großen Schritten zum Bett und schlägt den Kofferdeckel zu. »Ich bringe dich, wohin du willst, aber du musst uns sagen, woher du das Medaillon hast.«

Schweigen. Die Stille trommelt in meinen Ohren.

»Okay«, sagt Shannon schließlich. »Aber wir müssen zuerst hier raus. Jemand könnte euch gefolgt sein.« Sie deutet auf den Koffer. »Ich bin fertig.«

»Gut.« Damian verschließt ihn und hebt ihn vom Bett. »Lasst uns gehen.«

Ich folge den beiden wieder nach unten. Das Foto von Julia und Kara liegt auf dem Sofa, wo Damian es vorhin hat fallen lassen. Ich nehme es und stecke es vorsichtig in meine Handtasche. Wir verlassen das Cottage.

Shannon zieht die Eingangstür zu und verschließt sie mit zitternden Fingern. Damian ist schon unterwegs zu seinem Auto. Ich folge ihm, ungeduldig, hier wegzukommen.

»Oh, Mist«, murmelt Shannon. »Ich hab was vergessen.« Sie schließt die Tür wieder auf. »Bin gleich wieder da.«

Sie verschwindet im Haus. Ich warte auf dem Bürgersteig, wippe mit dem Fuß. Damian lädt den Koffer in den Kofferraum. Irgendetwas liegt im Weg: eine Flasche. Er schiebt sie zur Seite und sie bleibt mit dem Etikett nach oben liegen: Es ist Whisky, Talisker.

Was macht ein trockener Alkoholiker mit einer vollen Flasche Whisky im Kofferraum? Damian richtet sich auf und sieht sich um. Er entdeckt mich auf dem Bürgersteig und kommt herüber.

»Wo ist Shannon?«

Ich deute auf das Cottage, bin in Gedanken noch immer bei dem Whisky. »Sie hat was vergessen.«

Damian runzelt die Stirn.

Ich muss ihn fragen.

»Warum hast du Whisky im Auto, wenn du nicht trinkst?«, frage ich.

Damian wird rot. »Es hilft zu wissen, dass er da ist und ich ihn nicht anrühre.«

Ich sehe ihn ungläubig an.

»Im Ernst«, sagt er. »Ich habe dann die Kontrolle darüber, ob ich trinke oder nicht. Ich bewahre ihn im Auto auf, außer Sichtweite. Dann habe ich ihn nicht vor der Nase, weiß aber, dass er da ist.«

»Okay.« Ich weiß nicht, was ich sagen soll, ob ich ihm glauben soll oder nicht, also schweige ich. Wir beobachten die Eingangstür, warten darauf, dass Shannon wieder auftaucht. Und warten.

Eine Minute vergeht. Zwei.

»Irgendetwas ist passiert.« Damian geht zur Tür, hämmert dagegen. »Shannon!«, brüllt er.

Keine Antwort. Beunruhigt sehen wir uns an. Ich drücke ganz fest auf die Klingel. Es läutet schrill und drängend.

»Verdammt.« Damian drückt gegen die Tür. Sie ist verschlossen. »*Verdammt!*« Er wirft sich dagegen. Wieder. Härter. Wieder. Die Tür gibt nach und fliegt auf. Ich folge ihm nach drinnen, habe plötzlich ein Déjà-vu-Erlebnis. Der nächste Einbruch. Es fühlt sich surreal an.

Im Cottage ist es ruhig. Still.

»Shannon«, brüllt Damian. Er eilt die Treppe hoch.

Ich stehe im Wohnzimmer neben dem Tablett mit Lackfarbe und Terpentinersatz und höre, wie Damian durch den kleinen Flur in Shannons Schlafzimmer stampft. Die Küchentür ist geschlossen. Ich durchquere den Raum und öffne sie. Eine Tüte Milch aus einer von Shannons Einkaufstaschen liegt auf dem Boden. Shannons hochhackige Sandalen stehen daneben. Die Turnschuhe, die zuvor hier standen, sind verschwunden. Die Hintertür zum Strand steht offen. Eine Brise lässt sie gegen den Rahmen schlagen. Ich eile zur Tür und spähe hinaus. Der steinige Strand ist verlassen. Ich kontrolliere ihn in beide Richtungen, entdecke nur ein älteres Paar ganz in der Ferne, das, auf Stöcke gestützt, spazieren geht.

Von Shannon keine Spur.

Einen Augenblick später stürzt Damian nach draußen. Er bleibt stehen, sucht nach beiden Seiten den Strand ab, so wie ich es gerade getan habe.

Ich zeige auf die Sandalen. »Sie hat sie gegen Schuhe ausgetauscht, in denen sie laufen kann.« Die Erkenntnis trifft mich wie ein Schlag. »Sie ist abgehauen.«

»*Nein.*« Damian stürmt über den Pfad, der den Garten hinter dem Cottage von den Steinen am Strand trennt. Er rennt, so schnell er kann, biegt dann nach links ab und verschwindet wahrscheinlich durch eine Lücke zwischen den Häusern. Von dort, wo ich stehe, kann ich es nicht sehen. Wieder schaue ich den Strand hinauf und hinab. Eine Gruppe von Müttern mit Kinderwagen spaziert lachend den Pfad entlang.

Ich gehe zurück ins Cottage. Shannon ist weg. Unsere einzige Spur zur Wahrheit über Julias – und Karas – Tod ist verschwunden. Verzweiflung macht sich in mir breit.

Ich versuche mich damit zu trösten, dass Will laut Shannon mit all dem nichts zu tun hat. Dann fällt mir ein, was Martha mir erzählt hat. Julias Honey-Hearts-Besuch mag zwar ein Ablenkungsmanöver gewesen sein, aber Will hat dennoch mit Catrina geschlafen. Ich lege meine Handtasche hin und setze mich aufs Sofa, den Kopf in die Hände gestützt. Der Schmerz über Wills Untreue ist unerträglich.

Gleich darauf kommt Damian zurück. Er ist völlig außer Atem und auf seiner Stirn glänzt der Schweiß.

»Konnte sie – nicht sehen«, keucht er und stößt eine Flasche Terpentinersatz um, als er sich mit einem Stöhnen aufs Sofa fallen lässt. Geistesabwesend stelle ich die Flasche wieder auf und schaue mich im Zimmer um.

»Warum ist sie weggelaufen? Wir haben ihren Koffer, all ihre Sachen sind hier …« Damian blickt zu mir auf. Er nimmt eine Zigarette aus der Schachtel, die er zuvor auf den Couchtisch geworfen hat, und rollt sie zwischen den Handflächen.

»Sie muss furchtbare Angst gehabt haben«, sage ich. »Du hast sie gehört. Sie denkt, dass uns jemand hierher gefolgt ist.«

»Julias Mörder«, sagt Damian.

»Vielleicht auch Karas Mörder.«

Einen Moment lang schweigen wir. Angenommen, Shannon hat recht? Angenommen, er ist uns *tatsächlich* gefolgt?

»Wenn Shannon Angst hatte, sollten wir vielleicht auch Angst haben.«

Damian zieht die Augenbrauen hoch. »Du denkst, wir sollten verschwinden? Shannon kommt doch bestimmt irgendwann zurück, um ihre Sachen zu holen.«

»Ich weiß nicht.« Ich sehe mich im Zimmer um. »Ihre Handtasche ist nicht mehr da, die hat sie wohl mitgenommen. Das heißt, sie hat Geld.« Ich seufze niedergeschlagen. »Ich wüsste nicht, warum sie zurückkommen sollte. Auf jeden Fall nicht so bald.«

Damian springt auf. »Dann müssen wir nachsehen, was wir hier finden können.«

»Okay.« Ich zögere. »Aber angenommen, es ist uns *tatsächlich* jemand gefolgt?«

Stirnrunzelnd fährt er sich mit der Hand durchs Haar. »Lass uns das Haus zehn, maximal fünfzehn Minuten durchsuchen, um zu sehen, ob wir irgendwas finden, das uns vielleicht einen Hinweis darauf gibt, woher Shannon das Medaillon deiner Schwester hat. Wir können es dann mitnehmen und uns später genau ansehen.«

Wir arbeiten uns systematisch durch die Schubladen und Schränke in der Küche. Sie enthalten nichts, was auch nur im Entferntesten relevant wäre. Ich räume Shannons Einkäufe auf die Anrichte und jeder von uns nimmt sich eine Plastiktüte. Damian eilt nach oben, während ich mir im Wohnzimmer alles schnappe, was einen zweiten Blick wert sein könnte. Es ist nicht viel, nur ein Bündel Kassenzettel auf der Frisierkommode und eine Schuhschachtel mit Fotos unter dem Couchtisch.

Wenige Minuten später eile ich die Treppe hoch. Damian durchsucht gerade die Kommode in Shannons Schlafzimmer. Seine Plastiktüte quillt schon fast über. Wieder dieses Déjà-vu-Gefühl.

»Irgendwas Nützliches?«, frage ich.

Er zuckt die Schultern. »Nicht wirklich.« Während er spricht, klingelt sein Handy.

Es ist Gaz, Damians Freund, der die Festplatte aus Julias Computer unter die Lupe genommen hat. Er hat ein paar Fragmente wiederhergestellt und wird sie Damian mailen.

Ich gehe nach nebenan ins Gästezimmer, in dem nur ein Bett mit zwei Nachttischchen, ein Bücherregal und ein Schrank stehen.

»Ich glaube nicht, dass hier viel zu finden ist«, rufe ich. »Noch zwei Minuten, dann sollten wir nehmen, was wir haben, und von hier verschwinden.«

Damian ist einverstanden. Ich öffne den Schrank. Nur Designerkleider. Ich nehme mir das Bücherregal vor. Dies sind Julias Bücher, darauf würde ich wetten. Wie Kara hatte sie an der Uni Psychologie studiert, und ich erinnere mich, welche Ehrfurcht sie damals vor meinem Diplom in Geschichte hatte – und vor all den Büchern, die ich ihrer Meinung nach gelesen haben musste.

Mein Buchgeschmack lässt deine Reiselektüre hoch intellektuell erscheinen, hatte sie mir einmal gesagt. *Wenn ich lese, will ich einfach nur flüchten und nicht denken müssen.*

Ich lasse die Finger über die Buchrücken gleiten. Sie fühlen sich alt und staubig an. Ich kenne keinen der Autoren, doch die Einbände sind alle in entsetzlichen Gold- und Rosatönen gehalten.

Das feste Zuschlagen einer Tür unten im Cottage lässt mich herumfahren.

»Damian?« Ich gehe zur Tür.

Er ist noch immer in Shannons Schlafzimmer, kauert auf Händen und Knien und schaut unter ihr Bett.

Ich rieche Zigarettenrauch, dann den scharfen Geruch von Terpentinersatz.

Als ich mich zur Treppe umdrehe, höre ich das Knistern von Flammen. Mir zieht sich der Magen zusammen, als dichter schwarzer Rauch nach oben steigt. Ich gehe einen Schritt darauf zu. Die Zeit bleibt stehen. Ich öffne den Mund.

»Feuer!«, höre ich mich selbst rufen. »Damian! *Feuer!*«

Kapitel 14

Sofort ist er neben mir.

»Verdammt!« Hektisch sieht er sich um.

Ich stehe wie angewurzelt da, starre gebannt auf den Rauch. Flammen prasseln und züngeln auf der Treppe unter uns. Der Geruch ist beißend, erstickend. Es ist völlig ausgeschlossen, an den Flammen vorbei nach unten zu kommen.

Ich blicke zurück ins Gästezimmer. Auf der gegenüberliegenden Seite gibt es ein Fenster.

»Komm.« Ich haste hinüber, entschlossen, das Fenster zu öffnen und hinauszuklettern.

Mit einem Ruck ziehe ich am Rahmen. Er ist verschlossen. Meine Finger nesteln am Riegel herum. Damian schiebt meine Hand weg und öffnet ihn mit einer einzigen Bewegung. Er schiebt den Rahmen hoch. Blickt hinaus.

»Mist, Mist, Mist.« Ich stöhne vor Angst.

»Wir müssen aufs Dach klettern«, sagt Damian. »Nach unten springen können wir nicht.«

Ich drängele mich an ihm vorbei, um selbst aus dem Fenster zu schauen. Es gibt einen breiten Sims, ansonsten geht es steil hinab zu den Pflastersteinen am Boden. Mir wird übel, als ich hinunterblicke. Damian hat recht. Es ist zu tief, um zu springen. Er lässt sich bereits auf den Sims hinab. Ich blicke nach draußen, schaue den Strand auf und ab. Wo sind die Leute geblieben? Die Mütter mit den Kinderwagen sind nur noch kleine Flecken in der Ferne.

Ein Mann läuft mit seinem Hund in die entgegengesetzte Richtung. Ich schreie hinterher, doch er hört mich nicht.

»Komm.« Damian richtet sich auf dem Sims auf, der gerade breit genug ist, um darauf stehen zu können. Er hält sich mit den Fingern an den Dachziegeln oberhalb des Fensters fest.

»O Gott.« Ich schaue über die Schulter. Rauch quillt in den Raum hinter mir.

Draußen klettert Damian nach oben, aufs Dach. Ich sehe, wie seine Beine an mir vorbeiziehen, und krieche dann selbst hinaus auf den Sims. Ich zittere am ganzen Körper, mein Herz schlägt wild gegen meine Rippen.

»Bitte, hilf uns, *bitte*«, flüstere ich. Ich weiß nicht, zu wem ich bete. Als Kara starb, verloren meine Eltern ihren Glauben. Ich hatte schon vorher keinen.

Ich schiebe mich ein wenig weiter nach draußen, stehe seitlich mit einem Bein auf dem Sims, während sich das andere noch im Schlafzimmer befindet. Ich blicke hoch. Der Himmel zeichnet sich strahlend blau gegen die roten Ziegel ab. Damians Füße verschwinden über der Dachrinne direkt über mir. Er liegt flach auf dem Dach. Dreht mir das Gesicht zu. Es ist rot vor Anstrengung. Er streckt mir die Hand entgegen.

»Livy, hier!«

Ich schaue noch einmal zurück ins Schlafzimmer, kann die Tür nicht mehr erkennen. Dichter Rauch füllt die Luft, brennt mir in der Kehle. Nur einen Moment noch und die Flammen werden mich erreichen. Ich muss was tun!

Ich greife nach dem Rahmen über meinem Kopf, richte mich vorsichtig auf. Jetzt stehe ich auf dem Fenstersims, zwinge mich, nicht nach unten zu schauen. Eine schwitzende Hand umklammert die Dachrinne. Ich habe das seltsame Gefühl, mich außerhalb meines Körpers zu befinden und zu beobachten, wie ich mich am Dach festkralle.

Vorsichtig, Livy, brich dir keinen Nagel! Ich höre Julias ironische Stimme so deutlich in meinem Kopf, dass ich mich beinahe umdrehe, um zu sehen, wo sie ist.

»Livy.« Damians Stimme reißt mich aus meinen Gedanken. »Nimm meine Hand. Greif nach den Ziegeln. Die Dachrinne wird dein Gewicht nicht halten.«

Ich brauche einen Moment, bis ich begreife, was er sagt.

»Cheers!«, murmele ich und bin mit einem Mal wieder ganz in der Realität.

Damian lässt ein bitteres Lachen hören. »Jetzt erinnerst du mich an *sie*.«

Ich hole tief Luft und taste mit einer Hand nach dem Ziegelrand. Damian packt mein anderes Handgelenk.

»Hab dich«, sagt er. »Jetzt schieb dich hoch.«

Ich beuge die Knie und schiebe mich hoch. Eine Hand umklammert die Ziegel. Der Schmerz in meinen Fingern ist unerträglich. Damian hält mein Handgelenk so fest, dass es wehtut. Plötzlich macht es »Ratsch!«. Meine Hose reißt. Der Stoff flattert mir gegen die Fußknöchel, als ich höher steige, den Körper gegen die Ziegel gepresst. Ich versuche, besseren Halt zu bekommen. Damian zieht mich. Wieder dieses Reißgeräusch, diesmal meine Bluse. Meine Wange schrammt am heißen Ziegel entlang. Die Sonne brennt, das Blut pocht in meinen Schläfen.

Mit einem Stöhnen hievt Damian mich weiter hoch. Ich spüre die Dachrinne unter meinen Füßen und stütze mich am Metall ab. Mein Knie brennt. Noch einmal ein Festklammern an den Ziegeln. Ein letztes Hochwuchten. Und ich bin oben, liege flach auf dem Dach direkt unterhalb von Damian.

Ich schnappe nach Luft. Damian lässt meine Hand los.

»Alles okay?«

»Ja«, krächze ich. Ich zittere noch immer, und mein ganzer Körper schmerzt, aber ich bin auf dem Dach. Rauchfahnen dringen aus dem Fenster und umwehen uns. Wir befinden uns auf der zum Strand hin liegenden Seite des Dachs. In der Ferne sind Menschen zu sehen. Ich weiß nicht, ob sie den Rauch schon bemerkt haben. Aber das werden sie sicher bald. Jemand wird die Feuerwehr rufen. Ich greife nach meinem eigenen Handy, gerate durch die Bewegung jedoch aus dem Gleichgewicht. Ich rutsche ein Stück die Dachziegel hinunter, gerade als das Cottage von einer Reihe kleiner Explosionen erschüttert wird. Entsetzt schaue ich nach oben. Damian hat nicht mitbekommen, dass ich gerutscht bin. Er bewegt sich langsam vorwärts, Zentimeter für Zentimeter. Er hat recht. Es ist gefährlich, an Ort und Stelle zu bleiben. Ich schiebe die Gedanken an einen Notruf für den Moment beiseite und folge ihm. Jeder Muskel meines Körpers ist angespannt. Das Dach ist abgeschrägt, und es ist schwer, das Gleichgewicht zu halten. Die Sonne brennt mir auf den Kopf. An den scharfen Kanten der Ziegel scheuere ich mir Ellbogen und Knie auf.

Ich krieche weiter. Der Abstand zwischen Damian und mir wird mit jeder Sekunde größer. Ich versuche, mein Tempo zu beschleunigen. Rauch dringt aus den Fenstern, steigt hoch in die Luft über mir. Ich denke an die Frisierkommode, dann an meine Handtasche, die noch immer irgendwo im Haus liegt, und die beiden Plastiktüten, die wir mit Shannons Sachen gefüllt hatten, vielleicht unseren einzigen Spuren – all das geht gerade in Rauch auf. Damian kriecht weiter, Zentimeter um Zentimeter. Er erreicht den Rand des Dachs. Zitternd lande ich schließlich neben ihm. An der Seitenwand führt eine Eisenleiter hinab zu einer schmalen Gasse zwischen zwei Häuserreihen, die den Strand mit der Hauptstraße verbindet. Diese Gasse muss Shannon genommen haben.

Es ist wieder ein halsbrecherischer Balanceakt, die Beine seitlich vom Dach zu schwingen. Ich klettere hinter Damian her die Eisenleiter hinab, als plötzlich in der Ferne die Sirene eines Feuerwehrwagens ertönt. Seit ich den Rauch auf der Treppe entdeckt habe, können kaum fünf Minuten vergangen sein. Es fühlt sich wie eine Ewigkeit an. Als ich den Boden erreiche, schaue ich an mir hinunter. Meine Bluse ist schmutzig, die Tasche zerrissen. Auf der rechten Seite meiner Hose ist ein langer Riss. Ich spüre, dass meine Wange und meine Arme zerschrammt und abgeschürft sind. Damian hat die Kletterei besser überstanden. Seine Kleidungsstücke sind noch heil, sein schwarzes Hemd sieht nur ein bisschen staubig aus.

»Lass uns zurück zu meinem Wagen gehen«, sagt er.

»Denkst du, wir sind dort sicher?« Meine Hände zittern noch immer. »Der Mann von vorhin, er muss uns *doch* gefolgt sein.«

»Ich weiß, aber wir müssen hier weg.« Damian legt mir den Arm um die Schulter und führt mich durch die Gasse zur Straße.

Sein Wagen steht nur wenige Meter entfernt. Vor dem Magalan-Cottage hat sich eine Menschenmenge gebildet. Alle beobachten die Flammen, bemerken uns nicht. Das Feuerwehrauto nähert sich mit heulender Sirene. Damian bringt mich zu seinem Wagen. Als Fluchtfahrzeug lässt es einiges zu wünschen übrig, denn es ist nicht nur auffällig, sondern im Vergleich zu moderneren Autos auch relativ langsam. Als wir losfahren, betrachte ich mich im Beifahrerspiegel. Zumindest mein Gesicht sieht nicht so schlimm aus, wie ich befürchtet habe. Da ist nur eine Schramme auf meiner linken Wange. Ich fühle mich verloren ohne meine Handtasche.

»Da drin.« Damian deutet auf das Handschuhfach. Ich hole eine Packung Papiertaschentücher heraus, nehme eins, spucke hinein und reibe mir den Schmutz vom Gesicht.

Meine Hände zittern noch immer.

Als wir um die Ecke biegen, schaue ich über die Schulter. Julias Cottage wird völlig niederbrennen. Alles, was sich darin befindet – von Shannons Designerklamotten bis hin zu dem Foto von Julia und Kara –, ist verloren. Für immer.

Eine Träne steigt mir ins Auge, läuft die Wange hinab. Ich wende das Gesicht ab, damit Damian sie nicht sehen kann.

»Wegen mir musst du dir die Tränen nicht verkneifen.« Ich spüre, dass er eine Grimasse zieht. »Ich habe noch nie solche Angst gehabt.«

»Was sollen wir jetzt tun?« Ich bringe nur ein heiseres Flüstern zustande. »Wenn er deinem Auto hierher gefolgt ist, dann wird er merken, dass es verschwunden ist.«

»Wir müssen den Wagen irgendwo stehen lassen. Ich wollte nur … Verdammt, ich weiß nicht …«

»Wir müssen zur Polizei gehen. Ihr alles erzählen.«

Damian zuckt die Schultern. »Ihr was erzählen? Dass wir gerade einem Feuer entkommen sind?«

»Dass jemand versucht hat, uns umzubringen«, sage ich gereizt. Damian *muss* doch kapieren, dass man in solchen Fällen zur Polizei geht. »Ich habe Zigarettenrauch gerochen, kurz bevor das Feuer ausbrach. Der Mann muss uns von Shannons Wohnung in Torquay gefolgt sein. Er muss unten gewesen sein und eine Zigarette und vielleicht den Terpentinersatz benutzt haben.«

»Aber Zigaretten und Terpentinersatz beweisen nicht, dass das Ganze Absicht war. Wahrscheinlich waren es *meine* Zigaretten dort unten. Ich habe sogar Terpentinersatz auf dem Fußboden verschüttet. Und *wir* haben die Tür aufgebrochen, als wir wieder nach reingegangen sind.«

»Du meinst, wenn wir der Polizei erzählen, jemand habe das Feuer gelegt, wird es so aussehen, als wollten wir versuchen, die Schuld auf jemand anderen zu schieben?«

»Genau.« Verzweifelt schüttelt Damian den Kopf. »Wenn wir zur Polizei gehen, müssen wir erklären, warum wir überhaupt in dem Cottage waren, und wenn wir das erzählen, wird es schwierig sein, die Sache mit dem Einbruch in Shannons Wohnung unter den Tisch fallen zu lassen.«

»Aber wir können das doch alles erklären, wenn wir nur sagen ...«

»Nein.« So wütend habe ich Damian bislang noch nicht erlebt. »Auf gar keinen Fall!«

Ich lehne mich zurück. In meinem Kopf geht's drunter und drüber. Mit wütendem Gesichtsausdruck umklammert Damian das Lenkrad.

Er verbirgt etwas vor mir, hat *von Anfang an* etwas verborgen. Es hat mit der Polizei und mit Einbrüchen zu tun – etwas Kriminelles, da bin ich mir sicher. Ich nehme mein Handy aus der Tasche, öffne den Browser und gebe im Suchfeld seinen wirklichen Namen ein: Damian Chambers. Dann füge ich abwechselnd die Wörter »festgenommen«, »angeklagt« und »verurteilt« hinzu.

Sekunden später starre ich mit offenem Mund auf das Ergebnis. »Du bist auf Bewährung! Wegen Wohnungseinbrüchen!«

Damian schweigt.

»Damian?«

»Okay.« Er zögert. »Aber ich habe dich nicht angelogen, Livy.«

»Und du denkst, damit ist alles in Ordnung?« Zornig starre ich ihn an. »Und was ist mit dem Schlösserknacken, das du angeblich auf dem College ›gelernt‹ hast?«

»Habe ich«, sagt er leise. »Ein anderer Abhängiger hat es mir gezeigt. Wir waren die meiste Zeit nicht bei Sinnen, dachten, wir wären wie die Typen in *Natural Born Killers* ... «

Er registriert meinen entsetzten Blick.

»Wir haben *nie* jemandem wehgetan«, sagt er schnell. »Wir haben Zeugs gestohlen, um es zu verkaufen, wegen des Geldes.«

»Für Drogen?«

Er nickt. Es folgt eine lange Pause. »Inzwischen fühlt sich das alles so an, als sei es jemand anderem passiert.«

»Erzähl es mir«, sage ich. »Bitte.«

»Okay. Es ist Jahre her. Damals war ich an der Kunsthochschule. Davor hatte ich nur ein bisschen Ecstasy genommen und ein paar Joints geraucht.« Er zögert. »Dann fing ich an, Kokain zu nehmen, um morgens in Gang zu kommen. Abends hab ich dann Party gemacht und ... und mit dem Trinken ... Na ja, irgendwann war ich dann bei einer Flasche Whisky pro Tag gelandet. Bald konnte ich mir das Ganze natürlich nicht mehr leisten, also sind dieses Mädchen und ich schließlich in Wohnungen eingebrochen. Wir nahmen, was immer wir tragen konnten. Schmuck, Laptops, Kameras.« Er blickt mich kurz an. Scham steht ihm ins Gesicht geschrieben. »Rückblickend kann ich nicht glauben, dass sie mich nicht eher geschnappt haben. Schließlich wäre ich fast im Gefängnis gelandet. Aber meine Strafe wurde zur Bewährung ausgesetzt. Ich machte eine Entziehungskur. Sie hat nicht wirklich funktioniert, sodass Mum und Dad nach ein paar Rückfällen eine Privatklinik für mich gesucht haben. Sie haben ihr Haus verkauft, um dafür zu bezahlen, dass ich trocken wurde. Und dann hat es geklappt. Ich nahm keine Drogen mehr. Ich ging wieder aufs College. Hab mein Leben verändert. Wie schon gesagt, es ist über fünf Jahre her, seit ich irgendwas getrunken habe. Ich gehe noch immer zu den AA-Treffen.«

»Okay.« Ich versuche zu begreifen, was er gesagt hat. »Du bist also als Einbrecher aktenkundig. Willst du *deswegen* nicht mit der Polizei reden? Ist das der Grund, weshalb du damals meintest, sie hätte dir kein Wort geglaubt?«

»Ja.« Damian hält den Blick auf die Straße gerichtet, eine verlassene Schnellstraße, die auf beiden Seiten von Bäumen gesäumt wird.

»Wusste Julia davon?«

»Natürlich.« Damian blitzt mich von der Seite an. »Ich habe es ihr sofort erzählt. Sie ist großartig damit umgegangen, hat gesagt, jeder verdiene eine zweite Chance. Manchmal sagte sie plötzlich mitten in einem Streit: ›Wie kommst du voran mit diesem Indichgehen und dieser furchtlosen moralischen Inventur, mein Kleinkrimineller?‹« Bei dieser Erinnerung huscht ein trauriges Lächeln über sein Gesicht. »Sie pochte immer darauf, ich hätte noch die Chance wiedergutzumachen, was ich meinen Eltern angetan habe, wohingegen sie Kara ihr Leben nie zurückgeben könne. Sie sagte, ich solle hart daran arbeiten, ›Wiedergutmachung zu leisten‹.«

Ich schaue hinab auf meinen Schoß.

»Hör mal, Livy, nicht nur meine Vergangenheit hält mich davon ab, zur Polizei zu gehen«, fügt Damian seufzend hinzu. »Denk nur daran, wo wir eingebrochen sind.«

»Das Cottage?«, sage ich. »Warum sollte jemand annehmen, wir wollten es zerstören?«

»Glaubt Julias Familie nicht, du hättest ihren Ring gestohlen? Vielleicht denkt sie auch, du wolltest das Cottage haben und seist wütend geworden, weil du es nicht bekommen hast.«

Er hat recht. Ich fühle mich orientierungslos, als habe die Welt sich auf ihrer Achse verschoben, sodass nun alles ein wenig anders aussieht als noch vor wenigen Tagen.

»Wir müssen trotzdem das Auto irgendwo stehen lassen.« Ich versuche, meine Gedanken zu sammeln. »Es ist immer noch möglich, dass uns jemand folgt. Wir sollten also nicht sofort zurück nach Exeter fahren. Wie wär's mit Honiton? Da gibt es am Bahnhof eine Parkgarage. Wir können dein Auto dort lassen. Da wird es sicher sein. Und wir können einen Zug nehmen nach – wohin auch immer. Ich habe im Moment kein Geld, aber …«

»Mist, deine Handtasche.« Er sieht mich entsetzt an. »Ich hab nur daran gedacht, dass wir die Plastiktüten mit Shannons Sachen verloren haben.« Er biegt von der Schnellstraße ab und fährt langsamer, als wir uns einer Ampel nähern.

Ich wende das Gesicht ab, damit Damian die Träne nicht sieht, die mir übers Gesicht tropft.

»Hey.« Seine Stimme klingt weich.

Ich spüre seine Finger an meiner Wange, wende ihm das Gesicht zu. Wir schauen einander in die Augen, und einen furchterregenden Moment lang denke ich, dass er mich gleich küssen wird. Dann räuspert er sich und lässt die Hand sinken.

»Ich bezahle für die Fahrkarten, für alles, was du brauchst, bis du wieder nach Hause fahren kannst«, bietet er schroff an.

»Danke.« Ich wische mir über die Augen. Die Ampel springt auf Grün, und wir fahren schweigend weiter. Meine Gedanken springen hin und her. Ich kann mich nicht konzentrieren. Wenn ich die Augen schließe, sehe ich das Feuer, dann den Boten von heute Morgen, dann Damian, der mich anschaut und dessen Finger über meine Wange streichen. Meine Hände zittern noch immer.

Mehr als alles andere sehne ich mich nach Will. Ich habe einen Kloß im Hals. Ich würde ihn so gern anrufen, damit er mir helfen, mich beruhigen kann. Doch wie kann ich ihm vertrauen? Shannon hat zwar gesagt, Julia habe seinen Namen nur als »Tarnung« für was auch immer benutzt, aber er hat mich trotzdem angelogen. Er ist trotzdem untreu gewesen.

Der Wagen stoppt, und ich öffne die Augen. Wir sind am Bahnhof von Honiton angekommen. Wir steigen aus. Nach kurzem Überlegen beschließen wir, Fahrkarten nach London zu kaufen, doch schon lange vorher in Salisbury auszusteigen und dort die Nacht zu verbringen. Eigentlich hatte ich vorgehabt, zurück nach Bath zu fahren, zu Mum und den Kindern, halte es jedoch für ein zu großes Risiko. Womöglich bringe ich sie noch in Gefahr. Trotz all unserer Vorsichtsmaßnahmen könnte uns immer noch jemand folgen. Und Salisbury liegt nur eine Autostunde von Bath entfernt. Wenn es sein muss, kann ich ein Taxi nehmen.

Damian holt seinen Laptop und Shannons Koffer aus dem Kofferraum und schleppt beides mit zum Fahrkartenschalter, wo er uns zwei Einzelfahrscheine nach London kauft. Der Mann am Schalter runzelt die Stirn, als ich neben Damian auftauche und er meine zerrissene Bluse registriert.

Ich durchwühle Shannons Koffer, ziehe ein blaues T-Shirt heraus, das ein wenig größer aussieht als die anderen, und verschwinde in der Damentoilette, um mich zu waschen und umzuziehen. Meine Hose muss ich wohl anbehalten. Ich kann mich gerade so in eins von Shannons Tops quetschen, doch ihre Designerjeans ist mindestens zwei Nummern zu klein. Schließlich reiße ich den Stoff direkt unterhalb der Knie ab und rolle die Hosenbeine dann hoch. Der Effekt ist besser als erwartet. Die kurze Hose passt gut zu meinen Sandalen und meinen von den letzten sonnigen Wochenenden gebräunten Beinen. Als ich mich im Spiegel betrachte, kommt es mir sogar so vor, als säße die Hose lockerer als noch vor wenigen Wochen, als habe ich seit Julias Tod abgenommen.

Freut mich, dass irgendwas Gutes dabei herausgekommen ist, meine Süße, höre ich sie kichern.

Ich schaue genauer hin. Abgesehen von den Sorgenfalten um die Augen habe ich schon lange nicht mehr so gut ausgesehen. Zugegeben, meine Haare sehen ziemlich unordentlich aus, doch meine Gesichtszüge wirken akzentuierter und ich habe eine gesunde Gesichtsfarbe. Dieses Wissen macht mich ruhiger. Ich schrubbe mir das Gesicht und binde mir die Haare mit einem von Shannons schwarzen Haarbändern zusammen.

Damian zieht die Augenbrauen hoch, als ich wieder aus der Toilette auftauche.

»Du siehst toll aus«, stellt er fest. Seine Direktheit macht mich verlegen. Wie lange ist es her, dass Will mir ein Kompliment zu meinem Aussehen gemacht hat? Abgesehen von dem seinem schlechten Gewissen geschuldeten Versuch, mir bei der Party von Leo und Martha am Abend von Julias Tod zu schmeicheln, hat er schon seit Langem nicht mehr spontan etwas über mein Äußeres gesagt. Dennoch: Vielleicht sehe ich ja aus irgendeinem Grund anders aus. Ich schaue an mir hinunter. Shannons T-Shirt sitzt knalleng, obwohl mein Busen definitiv kleiner ist als ihrer. Es betont jede meiner Kurven. Unsicher lege ich mir die Hand auf den Bauch.

Zehn Minuten später trifft der nächste Zug nach London ein, und wir steigen zu. Ich hole mein Handy aus der Hosentasche – es hat die Flucht aus dem Cottage erstaunlich gut überstanden – und rufe Mum an. Über ihr Handy erreiche ich sie schließlich. Sie wirkt abgelenkt. Im Hintergrund höre ich Jahrmarktsgeräusche – Musik, metallisches Rasseln und aufgeregte Stimmen. Ich erkläre ihr schnell, dass ich zufällig meine Freundin Mandy getroffen habe und wir die Nacht durchmachen wollen, sodass ich, wenn sie nichts dagegen hat, erst morgen zurückkomme. Mum klingt überrascht, nimmt die Nachricht jedoch gelassen hin. Sie ist schließlich daran gewöhnt, die Kinder zu haben. Letzten Sommer waren sie ein langes Wochenende allein bei ihr, während Will und ich nach Madrid gereist sind.

Ich frage, ob ich die Kinder sprechen kann. Zack kommt sofort an den Apparat, begeistert von dem Karussell, auf dem er gerade gefahren ist. »Ich bin gaaaanz schnell rauf und runter und rauf und runter gefahren, Mummy.« Ich lächle und sage, dass ich ihn vermisse. Er akzeptiert meine längere Abwesenheit mit derselben arglosen Leichtigkeit, mit der er praktisch alles angeht.

Dann will Mum das Handy an Hannah weiterreichen.

Ich höre, dass sie Hannah drängt ranzugehen, doch Hannah sagt nichts.

Mum ist wieder am Apparat. »Tut mir leid, Liebes, sie ist damit beschäftigt, Zuckerwatte zu essen.«

»Schon okay«, unterbreche ich sie. Ich habe es satt, mich mit meiner Tochter zu streiten. Im Moment habe ich weitaus wichtigere Sorgen. »Ich melde mich heute Abend wieder.«

Ich beende das Telefonat. Damian beobachtet mich mit neugierigem Gesichtsausdruck.

»Wenn man Kinder hat, wird offensichtlich alles anders«, sinniert er.

»Das tut es«, bestätige ich.

Er zögert einen Moment lang und beginnt dann, Fragen zu Zack und Hannah zu stellen: zum Beispiel wie alt sie sind und welche Schulfächer sie am liebsten mögen. Sein Interesse amüsiert – und rührt – mich.

»Kannst du dir vorstellen, eines Tages Vater zu werden?«, frage ich.

Er nickt. »Ich denke schon. Es war etwas, worüber Julia und ich gesprochen haben – etwas, was wir beide wollten.«

Mir fällt die Kinnlade herunter. Will er mich auf den Arm nehmen? »Ich … Ich wusste nicht … *Julia?*«

»Ich weiß.« Er grinst. »Sie behauptete immer, sie habe kein Interesse daran, Mutter zu sein, aber, wie gesagt, das lag an ihrer Angst vor der Verantwortung. Ich habe das sofort gemerkt.« Er starrt aus dem Fenster. Ich folge seinem Blick. Felder und Bäume rauschen vor einem blassblauen Himmel an uns vorbei. »In der Woche, bevor sie starb, als wir uns verlobt haben, da hat sie gesagt, dass sie in den nächsten paar Jahren Kinder haben will.«

»Wow.« Wieder bin ich sprachlos. Ich habe gedacht, ich würde Julia besser als jeder andere auf der Welt kennen. Wie kann sie mich selbst noch nach ihrem Tod so überraschen?

Wir steigen in Salisbury aus und suchen uns einen kleinen Gasthof. Obwohl ich an der Rezeption verlegen nach Einzelzimmern frage, hat das Ganze irgendwie den Kick des Unerlaubten. Ob es das ist, was Will fühlt, wenn er mit Catrina schläft? Der Gedanke versetzt mir einen Stich. Damian erklärt, dass wir morgen weiterreisen werden und bezahlt im Voraus in bar. Dann gehen wir nach oben.

Mein Zimmer ist einfach, aber sauber, mit weißen Laken auf dem Bett und Möbeln aus Kieferholz. Damian erklärt, er wolle sich gleich an den Computer setzen, um zu sehen, ob Gaz aus dem Fragment von Julias Festplatte etwas hat herausholen können. Während der traumatischen letzten Stunden hatte ich den Anruf von Gaz und diese zusätzliche Spur fast vergessen.

Ich dusche und gehe danach durch den Flur zu Damians Zimmer. Er sieht verstört aus, als er mich hereinlässt.

»Was ist los?«, frage ich.

Er deutet auf den geöffneten Laptop auf der Frisierkommode. »Es ist eine E-Mail von Julias Computer. Da waren Hunderte von Fragmenten. Gaz hat sie gefiltert und nach Schlüsselwörtern gesucht. Ich hab mir angesehen, was er gefunden hat, und dies ist die einzige Mail, die relevant zu sein scheint. Sie besteht nur aus Bruchstücken, aber … na ja, sieh sie dir selbst an.«

Ich gehe hinüber und schaue auf den Bildschirm. Das Datum, drei Tage vor ihrem Tod, und der Name des Absenders – Julia Dryden – sind vorhanden, doch der Name und die E-Mail-Adresse des Empfängers fehlen, und die

Nachricht selbst ist nur zum Teil erhalten. Es sind nur wenige Worte.

… wie kannst du es wagen, mir zu drohen? Dies ist mein …

Ich erstarre.

»Wem schreibt sie deiner Meinung nach?«, fragt Damian. »Sie hat nie erwähnt, dass jemand sie bedrohte.«

»Ich weiß es nicht, und ich habe keine Ahnung, wie wir dies anhand dieser paar Worte herausfinden sollen.« Ich schaue wieder auf das Sendedatum. »Glaubst du, die Mail könnte etwas mit dem zu tun haben, was sie über Kara in Erfahrung brachte?«

»Hier sind noch ein paar Bruchteile aus der E-Mail. Ich habe nur kurz einen Blick darauf geworfen, bevor du gekommen bist. Siehst du?« Damian scrollt die Seite herunter. Keins der anderen Fragmente klingt so wütend wie das erste, doch mehrmals taucht das Wort »Geld« auf.

»Vielleicht war da Erpressung im Spiel«, meint Damian.

Ich schüttle den Kopf. Es ist so frustrierend: lauter Andeutungen und Möglichkeiten, jedoch nichts, was uns einen Tipp gibt, worum es tatsächlich geht. Und dann fällt mein Blick auf die letzten der noch erhaltenen Wortfetzen. Ich schnappe nach Luft und deute auf den Bildschirm. Damian folgt meinem Blick. Er liest die Zeile laut vor:

»… so typisch für dich, du hinterhältiger Mistkerl …«

Er dreht sich mir zu, und ich sehe in seinen Augen dasselbe Licht des Verstehens, das auch in mir brennt.

»Hinterhältiger Mistkerl«, sage ich langsam. »Das ist Julias Bruder Robbie. Sie nannte ihn immer so. Ich habe nie gehört, dass sie es zu jemand anderem gesagt hätte.«

Damian nickt. Entgeistert starre ich ihn an. »Glaubst du wirklich, Robbie könnte ihr etwas angetan haben?«

»Ich weiß es nicht«, antwortet er.

Wir beide ziehen ziemlich voreilige Schlüsse, geht mir plötzlich auf. Bei der »Drohung«, von der Julia spricht, könnte es sich um alles Mögliche gehandelt haben. Und abgesehen von dem »hinterhältigen Mistkerl« gibt es keinerlei Hinweis darauf, dass Robbie der Adressat der E-Mail war. Sie könnte genauso gut an Damian gerichtet gewesen sein.

Das behalte ich aber für mich.

»Könnte Robbie etwas mit Karas Tod zu tun haben?« Damian legt die Stirn in Falten. »Er und Julia waren Zwillinge, also ist er genauso alt wie sie – und wie Kara war. War er auf derselben Uni? Julia hat es mir nie erzählt.«

»Nein, er war nicht auf der Uni. Er wohnte zu Hause bei Joanie in Bridport, wo die beiden aufwuchsen. Aber er kam immer nach Exeter und ging mit uns aus. Er war sogar ein bisschen in mich verknallt; Will glaubt, er sei es immer noch. Julia fand das urkomisch.« Mir schwirrt der Kopf. Mit einem Mal fühle ich mich erschöpft. Ich lasse mich aufs Bett fallen. Könnte Robbie seine eigene Schwester umgebracht haben? Könnte er vor all den Jahren Kara umgebracht haben? Er hat sich bei der Beerdigung wahrlich nicht sehr freundlich über Julia geäußert, aber das macht ihn noch nicht zum Mörder.

»Noch ein Verdächtiger«, sage ich ausdruckslos. »Und noch immer kein einziger Beweis.«

Damian setzt sich neben mich aufs Bett. Er ist tief in Gedanken versunken. Ich nutze die Gelegenheit, ihn genauer zu betrachten. Seine Nase ist breit, sein Kinn kräftig. Und seine Lippen und Augen wirken einen Touch arrogant. Ich begreife, warum Julia ihm verfallen war. Er ist stark und männlich genug, um für eine Frau wie sie eine Herausforderung darzustellen, hat aber auch etwas Weiches, Ungeformtes und im Grunde genommen Kontrollierbares. Damian spürt, dass ich ihn anstarre, und dreht sich zu mir um. Er sieht zutiefst unglücklich aus. Eine Welle des Mitgefühls erfasst mich. Ich weiß, wie sehr er leidet, weil er sie nicht beschützt hat, so wie ich leide, weil ich Kara nicht beschützt habe. Er weiß nicht, ob er sie hätte beschützen *können*. Er weiß nicht, was geschehen ist. Und ohne dieses Wissen kann er nicht mit ihrem Tod abschließen.

Ich sehe keine Schuldgefühle in seinen Augen, keine verborgene Absicht. Er liebte sie wirklich und wird von der Trauer um sie verzehrt. Es ist fast unerträglich, in sein Gesicht zu schauen und so viel von meinem eigenen Schmerz wiederzuerkennen. Ich fühle mich zurückversetzt zu jenem Tag vor vielen Jahren, als ich meine Trauer um den Verlust meiner Schwester in Julias Augen widergespiegelt sah.

»Ich vermisse sie so«, sagt er mit gebrochener Stimme. Seine Augen glänzen.

Auch mir steigen die Tränen in die Augen, und ich nehme seine Hand und drücke sie.

Damian beugt sich herüber, und wir halten einander in den Armen. Sein Körper fühlt sich warm an. Ich spüre die Muskeln seiner Arme, die er gegen meine Seiten presst. Verlangen erfüllt mich, und ich kämpfe gegen den Drang an, den Kopf zur Seite zu neigen, um seinen Mund zu finden. Natürlich tue ich es nicht. Sage mir, dass es keine Lust ist. Nicht wirklich. Es ist einfach das tiefe Verlangen, von jemandem fest in den Armen gehalten zu werden. Denn ich kann mich nicht erinnern, wann Will und ich uns das letzte Mal richtig umarmt haben.

Bei dem Gedanken an Will durchbohrt mich Eifersucht. Wo ist Will? Ist er vielleicht gerade mit jemandem zusammen?

Damian weicht zurück und wischt sich wütend über die Augen. »Tut mir leid, verdammt, ich wollte nicht ... Gott – tut mir leid.«

»Du brauchst dich nicht zu entschuldigen ...« Ich räuspere mich, als vor meinem inneren Auge ungebeten ein Bild von Will und Catrina auftaucht, die sich küssen. »Okay – bis jetzt haben wir viele einzelne Informationen, aber nichts, was einen Sinn ergibt. Es sieht so aus, als habe jemand – möglicherweise Julias Bruder Robbie – sie bedroht.« Ich halte inne. »Und dann ist da noch Karas Medaillon, das jemand Shannon gegeben hat, um seine Schulden zu bezahlen.«

»Und Honey Hearts«, fügt Damian hinzu und richtet sich auf dem Bett auf.

Ich stehe auf und gehe zum Fenster hinüber. Die Sonne steht noch immer hoch am strahlend blauen Himmel. »Julia muss so wie ich mit Alexa Carling gesprochen und dann Shannon ausgewählt und engagiert haben – aber warum? Sie hatte doch schon Kontakt mit ihr über eBay aufgenommen. Und Shannon hat gesagt, die Sache mit Will sei eine Tarnung gewesen. Aber wofür? Ich verstehe das alles nicht.«

Damian runzelt die Stirn. »Moment mal, wir gehen davon aus, dass Julia zu Honey Hearts ging, *bevor* sie Shannon im Aces High traf, aber was, wenn sie erst *danach* dort war? Was, wenn ihr Treffen mit Shannon sie zu Honey Hearts *führte*?«

Ich starre ihn entgeistert an. »Aber wir wissen, dass sie Shannon das erste Mal am Donnerstagabend sah, nur zwei

Tage vor ihrem Tod. Wie hätte sie da die Zeit haben sollen, zu dieser Agentur zu gehen, bevor sie am Samstag starb? Man muss einen Termin machen, und Julia hätte frühestens am Freitagmorgen dort anrufen können.«

»Das hätte Julia nicht abgehalten.« Aufgeregt springt Damian auf die Füße.

Adrenalin durchflutet mich. Wir sind an etwas dran. Ich spüre es. Ich denke angestrengt nach, versuche, mich zu erinnern, was Shannon gesagt hat. »Okay, Julia nimmt also mit Shannon über eBay Kontakt auf und gibt vor, das Medaillon kaufen zu wollen, das Shannon dort anbot. Karas Medaillon.«

»Richtig.« Damian läuft zum Fenster, dann wieder zurück zum Bett. Er setzt sich, runzelt die Stirn.

»Gut«, sage ich langsam. »Angenommen, Julia trifft Shannon und erfährt, von wem sie das Medaillon bekommen hat. Sie wird versuchen, besagte Person ebenfalls ausfindig zu machen, oder?«

Damian blickt auf. »Du glaubst, sie hat bei Honey Hearts gearbeitet?«

»Das passt zu dem, was wir wissen«, versichere ich. »Julia erfährt am Donnerstag, woher Shannon das Medaillon hat. Am Freitag geht sie zur Agentur. Samstagabend erzählt sie dir, dass sie weiß, wer der Mörder ist. Direkt danach versucht sie, es mir zu sagen.«

Damian blinzelt heftig. »Ja. Was heißt, dass Julia genau dasselbe tat wie *du*. Sie engagierte Shannon als Tarnung dafür, an Informationen heranzukommen«, sagt er aufgeregt.

Ich nicke. »Informationen über Karas Mörder.«

»Ja.«

Ich verschränke die Arme. Wir sind nah an der Wahrheit

dran, ich spüre es. »Wir müssen Shannon wiederfinden. Sie zwingen, es uns zu erklären.«

»Und schnell«, fügt Damian grimmig hinzu. »Bevor derjenige, der das Feuer gelegt hat, sie findet – oder uns.«

Wir reden noch eine Stunde lang, überlegen, wo Shannon hingegangen sein könnte. Sie hatte gesagt, sie habe Freunde im Aces High. Vielleicht lohnt es sich, noch einmal dorthin zu gehen und herumzufragen. »Sie kannte den Barkeeper. Vielleicht arbeiten dort noch andere Freunde von ihr«, meint Damian. »Vielleicht hat einer von ihnen eine Idee, wohin sie gegangen sein könnte.«

Nach einer Weile bin ich so müde, dass es mir schwerfällt, noch klar zu denken. Damian gähnt, steckt mich damit an.

»Hey, wir sind beide erschöpft.« Ich gähne wieder. »Lass uns ein bisschen schlafen und dann unten etwas essen. Wir können später über alles Weitere reden.«

Damian stimmt mir zu, und ich kehre zurück in mein Zimmer. Ich lege mich aufs Bett, decke mich zu. Das Fenster steht ein wenig offen, doch ich höre nur das beruhigende Rauschen des Windes in den Bäumen. Ich kann nicht glauben, dass ich hier in diesem fremden Zimmer bin und Damian, den ich kaum kenne, sich nur ein paar Türen weiter befindet. Ich drehe mich auf die Seite, beobachte die Tür. Noch immer pocht mein Herz laut, doch trotz meiner Angst fühle ich mich lebendig. Ich habe ein Ziel, etwas, was mich antreibt. Mir wird bewusst, wie viel von meiner Zielstrebigkeit ich in den letzten Jahren verloren habe.

Und wie sehr ich dieses Gefühl vermisse.

Ich habe vor, eine Weile lang wach zu liegen und unseren nächsten Schritt zu planen. Doch kaum habe ich die Augen geschlossen, schlafe ich auch schon ein.

Als ich aufwache, ist es fast dunkel. Ich blinzle. Das Zimmer ist kühler, aber unter der Decke ist mir warm. Ich setze mich auf und schaue auf die Uhr. *O Gott*, es ist schon Viertel vor neun! Ich muss Stunden geschlafen haben. Mein ganzer Körper fühlt sich steif an, und die Schramme an meiner Wange brennt. Bei der Erinnerung an das Feuer überfällt mich ein Zittern.

Es klopft. Erschöpft stolpere ich zur Tür. Es ist Damian. Sein Gesicht ist vom Duschen leicht gerötet, und sein schwarzes Hemd sieht sauber und gebügelt aus. Er lächelt, als ich ein Gähnen unterdrücke.

»Du auch?«

Ich nicke. »Ich bin gerade erst aufgewacht.«

»Die Küche hat noch geöffnet«, sagt er. »Wollen wir runtergehen? Ich sterbe vor Hunger.«

»Klar.« Instinktiv will ich mir schnell noch ein bisschen Make-up auflegen, erinnere mich dann aber, dass es sich in meiner Handtasche befindet, die in Flammen aufgegangen ist. Wieder zittere ich.

»Ich habe nichts von meinen normalen Sachen dabei.« Meine Stimme klingt schwach und verloren, viel pathetischer als beabsichtigt.

»Hey.« Damian tätschelt mir den Arm. Bei der Berührung seiner Hand läuft mir ein Schauder anderer Art über den Rücken. »Wir kümmern uns morgen darum, okay?«

»Danke.« Ich folge ihm hinunter zum Abendessen. Zuerst verspüre ich keinen Appetit, doch sobald das Brot kommt, stellt sich ein Bärenhunger ein.

Ohne eine Pause verputzen wir zwei Gänge: in der Pfanne gebratenen Kabeljau und Treacle Tart. Dazu trinkt Damian Wasser, ich nehme ein Glas Rotwein. Ich frage einfach nach dem Hauswein, doch Damian nimmt die

Weinkarte und wählt mit erstaunlicher Kenntnis einen köstlichen Rioja aus.

»Ich dachte, du hättest damals Whisky getrunken«, sage ich.

»Ich habe getrunken, was immer ich in die Hände bekam.« Er verzieht das Gesicht zu einem schiefen Lächeln.

»Ich hätte dich trotzdem nicht für einen Weinkenner gehalten. Woher hast du dein Wissen über spanische Rotweine?«

Er lacht. »Von meinem Vater. Er meinte, Frauen seien beeindruckt, wenn man sich mit Weinen auskenne. Irgendwie altmodisch, ich weiß.«

»War ... Ist er auch so streng? So wie deine Mutter? Deine Eltern scheinen erstaunlich zu sein, so, wie sie dich unterstützt haben.«

»Das sind sie. Nein, Dad ist ein echter Softie. Er steht ein bisschen unter dem Pantoffel, aber ich glaube, es gefällt ihm, zu Hause herumgeschubst zu werden, nachdem er den ganzen Tag der Großindustrielle war.«

Meine Gedanken wandern zu meinen eigenen Eltern. Als Heranwachsende empfand ich Bath als unglaublich öde. Ich muss lachen, wenn ich daran denke, dass Exeter mir im Vergleich trendy – ja sogar gefährlich – vorkam und dass ich es nicht abwarten konnte, von zu Hause weg und zur Uni zu gehen. Als ich zwei Jahre später erfuhr, dass Kara sich entschlossen hatte, mir nach Exeter zu folgen, war ich wütend. Ich hatte das Gefühl, sie wolle mir meine Freiheit stehlen ... bei meinen Entscheidungen mitmischen. Ich kam nicht auf die Idee, dass sie vielleicht Angst hatte, von zu Hause wegzugehen, und dieselbe Uni wählte wie ich, weil ihr dieser Schritt weniger beängstigend erschien, solange ich da war und mich um sie kümmerte. Sie mit allem vertraut machte. Sie beschützte.

Die alten Schuldgefühle melden sich wieder. Ich versuche, sie zu ignorieren, mich auf Damians Vorschlag zu konzentrieren, morgen früh nach Exeter zurückzufahren und noch einmal in die Agentur zu gehen.

»Du könntest auch versuchen, mit Robbie zu reden«, meint Damian. »Ihn über diese Mail aushorchen, die Julia ihm geschickt hat.«

Ich stimme ihm zu und schaue dann auf meinem Handy nach den Abfahrtszeiten des Zugs. Nach dem Essen schlägt Damian einen kleinen Spaziergang vor. Der Abendhimmel ist wolkenverhangen, die Luft schwül. Ein Gewitter braut sich zusammen.

Ich sehe auf die Uhr und stelle schockiert fest, dass es schon fast elf ist. Viel zu spät, um die Kinder anzurufen. Auch Mum wird gleich ins Bett gehen. Ich fühle mich schuldig. Dann fällt mir ein, dass ich auch den ganzen Tag nichts von Will gehört habe. Ich frage mich, ob er Mum angerufen und herausgefunden hat, dass ich nicht da bin.

Warum hat er mich nicht angerufen?

Ist er mit Catrina zusammen?

Damian deutet auf eine kleine private Grünanlage, die an eine Reihe hoher Häuser grenzt. Ich bin in Gedanken noch immer bei Will, als Damian zu meiner Überraschung über den Zaun springt.

»Das sollten wir nicht«, sage ich.

Er grinst mich an. »Komm schon, Livy, leb ein bisschen.«

Ich lächle über diesen juliaesken Satz und klettere ebenfalls über den Zaun.

Damian hält meine Hand, als ich nach unten springe.

Und hält sie fest, als wir über das Gras spazieren. Ich werde rot, bin dankbar, dass es dunkel ist. Mein Herz schlägt schneller – und das nicht, weil wir hier eingedrungen sind. Ich versichere mir selbst, dass Damian nicht wirklich an mir interessiert sein kann. Dass er einfach nur nett ist.

Wir schlendern zu der Baumgruppe hinüber, und er lässt meine Hand los. Aus einer der Wohnungen in den gegenüberliegenden Häusern dringt Musik. Die Luft ist süß und feucht. Ich denke wieder an Will und daran, dass er nicht angerufen hat, um zu fragen, wie es mir geht. Andererseits habe ich ihn ja auch nicht angerufen. Dazu bin ich zu aufgewühlt. Verletzt. Eifersüchtig. Wütend. Vor allem wütend. Will hat mich angelogen, hat mich lächerlich gemacht. Schon wieder. Und ich habe es zugelassen.

»Du bist ganz anders, als ich gedacht habe.« Damians Stimme durchbricht unser Schweigen.

Neugierig sehe ich ihn an. »Wie meinst du das?«

»Julia hat gesagt, du seist die Vernünftige: die klassische Mum, Salz der Erde, Herz der Familie und so.« Er zögert. »Bevor ich dich kennenlernte, habe ich irgendwie gedacht, dass du ein bisschen, ich weiß nicht, ja, vielleicht ein bisschen *bieder* wärest. Mit einem kleinen Leben.«

Ich lache gequält. »Small – wie der Name, so das Wesen. Das klingt ganz nach mir. Auf jeden Fall verglichen mit Julia.«

»Nein.« Damian runzelt die Stirn. »Nein, das stimmt nicht. Ich verstehe jetzt, warum ihr beiden euch so gut verstanden habt. Julia lebte die glamouröse Seite des Lebens und ließ dich daran teilhaben, und sie fühlte sich durch dich geerdet. Aber das machte … macht dein Leben nicht klein.«

»Nein?«

Die Bäume werden dichter, je mehr wir uns den Häusern nähern. Die Musik wird lauter.

»Dein Leben ist nicht klein«, sagt Damian. »Du hast dich einfach nur zu sehr daran gewöhnt, an seinen Rändern zu leben.«

Verdutzt blicke ich ihn an. Der Song endet, und der Radio-DJ kündigt das nächste Stück an, aber ich höre nicht wirklich zu. Ich denke über Damians Worte nach, spüre instinktiv, dass er recht hat. Als der schwebende Klang einer Gitarre zu uns herüberweht, geht ein Ruck durch ihn.

»Julia liebte diesen Song«, sagt er.

Ich höre genauer hin. Die schwermütige Gitarre wird jetzt von einer Männerstimme begleitet. Ihr Klang ist mir irgendwie vertraut, aber mir fällt weder der Name des Sängers noch des Songs ein. Ein weiterer Beweis dafür, wie eng mein Leben geworden ist. Ich kann mich nicht erinnern, wann ich aufgehört habe, Musik zu hören. Wahrscheinlich irgendwann, nachdem die Kinder geboren waren.

»Was ist das?«, frage ich.

»*Why Worry* – Dire Straits«, sagt Damian. »Eins von Julias heimlichen Vergnügen.«

Ich sehe ihn ungläubig an. »Julia hasste die Musik aus den Achtzigern.«

Damian grinst. »Offiziell, ja. Hey, komm her.« Er greift wieder nach meiner Hand und zieht mich an sich.

Ich lasse mich von ihm halten und führen, spüre den Druck seiner Hand auf meinem Rücken. Mit der anderen hält er noch immer meine Hand. Und wir tanzen. Die Nacht ist dunkel und ruhig, die Musik schwermütig. Wir bewegen uns im Gleichklang, langsam, und ich schließe die Augen. Wieder erfüllt mich Verlangen, und ich lege meine Wange an Damians. Ich bin total aufgeregt, mein Puls rast. Ich habe keine Ahnung, was ich hier tue – die Welt und der Rest meines Lebens scheinen Lichtjahre entfernt zu sein.

Die Musik verklingt, und eine neue Melodie ertönt. Der Beat ist stärker, rhythmischer. Auch dieser Song kommt mir bekannt vor, aber ich kann ihn nicht einordnen.

»Yes!« Damians Griff um meine Hand verstärkt sich, er presst die andere Hand fester gegen meinen Rücken. Wir bewegen uns schneller.

Ich öffne den Mund, um zu fragen, wozu wir jetzt tanzen, als der Gesang einsetzt und die unverwechselbare Stimme von Elvis Presley zu hören ist. Ich erkenne den Song mit seiner mitreißenden Melodie und dem flotten Rhythmus wieder. Ich habe keine Zeit für Befangenheit, während Damian mich im Takt der Musik herumwirbelt.

Es macht Spaß. Ich hatte vergessen, wie viel Spaß es machen kann zu tanzen. Ich habe seit Jahren nicht mehr getanzt.

Ich lasse mich von Damian führen. Er ist ein großartiger Tänzer, seine Bewegungen sind weich und rhythmisch. Ich bin atemlos, lache. Die Schrecken des Tages sind vergessen, als wir über das weiche Gras gleiten.

Doch dann verklingt auch dieser Song, und es folgt Radiowerbung. Und die Welt stürzt wieder auf mich ein. Drüben auf der Straße fährt ein Auto vorbei. Ein anderes hupt in der Ferne. Ein Stück weit entfernt brüllen zwei Männer. Damian und ich hören auf, uns zu bewegen, stehen still und halten uns noch immer in den Armen. Sekunden vergehen. Die Radiowerbung endet, und die Erkennungsmelodie des Senders ertönt. Ich verstehe den Namen des Senders nicht, doch plötzlich endet die Musik und eine männliche Stimme verkündet:

»Dies sind die 23-Uhr-Nachrichten.«

Ich trete einen Schritt zurück. Damian lässt mich los, aber nicht den Blick von mir. In seinen Augen liegt ein Ausdruck, den ich nicht verstehe: eine Mischung aus Verlangen und Leid. Er legt ganz leicht den Kopf schief, eine kaum merkliche Bewegung, aber deutlich wie die Radiostimme im Hintergrund: eine Einladung zum Küssen.

Ich trete noch einen Schritt zurück, plötzlich ängstlich. Ich senke den Kopf, weiche seinem Blick aus. Und dann konzentriere ich mich wieder auf das Radio und die Worte des Nachrichtensprechers.

»... wurde als Shannon Walker, fünfundzwanzig, identifiziert. Der Leichnam wurde heute Abend am Strand nahe Exmouth ans Ufer gespült. Ein Sprecher der Polizei bittet alle, die Informationen über Shannon Walkers letzte Stunden haben, sich zu melden ...«

»O Gott!« Ich wende mich wieder Damian zu. Auch er lauscht, Entsetzen im Blick.

»Er hat sie gefunden«, keucht er. Angst fährt mir in die Knochen. »Er hat sie schließlich doch gefunden.«

Sandra

Ich glaube, dass sich Gott, als er den Menschen erschuf, gewaltig überschätzt hat.

OSCAR WILDE

Und so kommen wir zu Sandra. Ich musste lange warten, bis ich sie fand. In der Zwischenzeit gab es andere Ablenkungen: einfache Affären, Enttäuschungen bei der Arbeit, das Gefühl, dass das Leben an mir vorbeiging, und zwar mit »Dampfsträngen« und »heiserem Power-

oder Terrorgetöse«, wie Amis schreibt. Doch nichts davon berührte mich wirklich in meinem Inneren. Ich schlief, wartete, vertraute meinen Instinkten und meinem Glauben, dass das Opfer auftaucht, wenn der Mörder bereit ist, um einen meiner früheren Einträge zu paraphrasieren.

Es war kein vielversprechender Beginn. Im Unterschied zu Annalise zeichnete sich Sandra weder durch Intelligenz noch durch berufliche Fähigkeiten aus. Genau genommen, besaß sie überhaupt keine nennenswerten Qualitäten. Und doch … ich habe nie, mit Ausnahme von Kara natürlich, ein derartiges Verlangen verspürt, einen Menschen in mein Leben hineinzulassen. Es war überwältigend. Vielleicht meine ultimative Herausforderung. Denn wissen Sie, ich hätte Sandra schon wenige Minuten, nachdem ich sie kennenlernte, töten können. Und doch wartete ich. Ich wartete, um mich selbst auf die Probe zu stellen. Um zu sehen, wie lange ich meine Ungeduld zügeln konnte. Damals wurde mir klar, dass ich selbst der Rivale war, auf den ich gewartet hatte. In diesem Moment zerfiel die Welt, die Mitte hielt nicht mehr. Ich löste mich auf und wurde wiedergeboren. Sandra war nichts an sich, repräsentierte jedoch meine eigene Wiedergeburt.

Wir lernten uns vor ein paar Jahren an einem heißen Sommertag im Dartmoor kennen. Ich war nach dem Besuch eines Kunden unterwegs nach Hause und dachte gerade daran, dass ich ein paar Blumen als Geschenk für meine Frau und, wenn ich schon dabei war, wohl auch Milch kaufen musste, als ich auf einer einsamen Straße an Sandra vorbeifuhr. Sie war mit ihren zwei kleinen Kindern unterwegs (beide Mädchen, von verschiedenen Vätern), und ich sah im Vorbeifahren ihren latschigen Gang, der mir alles verriet. Ich weiß nicht genau, warum ich an die Seite fuhr. Ich war mir nur plötzlich sicher, dass Sandra die Nächste sein würde. Ich stieg aus dem Wagen und wartete, dass sie vorbeikamen.

»Hallo«, grüßte ich.

Sandra beäugte mich misstrauisch. Ihr Haar, ein Durcheinander von entsetzlichen Strähnchen, musste dringend geschnitten werden, und ihre

Kleider waren fürchterlich. Die beiden kleinen Mädchen hatten dreckverschmierte Arme und Beine. Sandra trug eines auf dem Arm, das andere hing quengelnd an ihrem Rockzipfel. Alle drei sahen erschöpft aus.

»Darf ich Sie mitnehmen?« Ich lächelte entwaffnend und deutete auf das kühle Innere meines Wagens.

Sandra runzelte die Stirn.

Ich schaute hinüber zu dem Foto, das ich auf dem Armaturenbrett angebracht hatte, und hoffte, ihr Blick würde meinem folgen.

»Ist das Ihre Familie?«, fragte sie.

»Ja, das ist sie«, erwiderte ich. »Ziemlich groß.«

Sandra zögerte. Das ältere Mädchen jammerte. »Bitte, Mummy.« Sandra zögerte noch immer.

»Schon in Ordnung. Ich habe nur angehalten, weil Sie und die Kinder so müde aussahen und ich helfen wollte«, sagte ich mit einem reumütigen Achselzucken. »Aber ich verstehe vollkommen. Man kann heutzutage nicht vorsichtig genug sein.«

Ich ging zu meinem Auto. Stieg ein. Fasste nach dem Türgriff, bereit, die Tür zuzuziehen.

»Okay, äh, danke.« Sandra wurde rot.

Und schon stiegen sie ein. So kinderleicht war das.

Ich zeigte mich von meiner besten Seite, als ich sie zu ihrem kleinen Häuschen im Moor fuhr. Sandra war offenkundig einsam und unglücklich. Ich lockte sie langsam aus der Reserve, indem ich ihr Komplimente über ihre Kinder machte und sie wegen der schwierigen Aufgabe bedauerte, die Mädchen allein großziehen zu müssen. Ich griff zu meiner alten Lieblingsgeschichte, der von meiner an Leukämie gestorbenen Tochter. Ich dachte, dass sie genau das Richtige für Sandra wäre. Und das war sie auch. Als ich sie schließlich am Ende ihrer Straße absetzte, war sie bereit für ein weiteres Treffen. Wir tauschten nicht einmal Telefonnummern aus, sondern verabredeten einfach, dass ich sie am folgenden Samstagnachmittag abholen würde, wenn die Mädchen bei Sandras Mutter wären.

Wir trafen uns und spazierten durchs Moor zum River Dart. Wir begegneten mehreren Paaren, was mich in meinem Entschluss bestärkte, die Sache nicht zu schnell voranzutreiben. Sandra, gähn, brannte darauf, mir ihre Geschichte zu erzählen, in der, wie vorherzusehen, eine Reihe brutaler Exfreunde vorkamen. Begeistert erzählte sie mir, dass es ein großer Schritt gewesen sei, den letzten brutalen Kerl, der sie gedemütigt hatte, zu verlassen, dass sie ihrem Leben eine neue Wende gab … bla, bla, bla … Stammelnd erzählte ich ihr, dass meine Frau mich nicht verstehe, dass wir nur eine Scheinehe führten. Und dann küsste ich sie – ach so sanft – nahe der Stelle, wo der Dart in einen winzigen, von Felsen umgebenen See fließt. Während ich in die kühlen, dunklen Tiefen starrte, nahm ein Plan in meinem Kopf Gestalt an.

Und so wartete ich. Ich hielt mich am folgenden Freitag zurück, als Sandra und ich uns wieder für ein paar Stunden trafen. Und am Wochenende danach, als sie ihre Töchter mitbrachte, um mich ihnen richtig vorzustellen, wie sie mit einem dämlichen, schüchternen Lächeln sagte. Beide Male hätte ich sie auf jede erdenkliche Weise umbringen können. Ich war weiß Gott gelangweilt genug, um es zu tun. Mein Eindruck von Sandras Persönlichkeit hatte sich seit unserem ersten Treffen nicht im Geringsten verändert. Ich dachte oft an Kara, wenn ich sie beobachtete. Wie so viele andere, zu denen ich mich hingezogen fühlte, hatte Sandra eine winzige Ähnlichkeit mit meinem Engelsmädchen: das feine, blonde Haar. Obwohl Sandras der Chemie zu verdanken war. Und doch waren die Unterschiede überwältigend. Kara war heiliger Boden gewesen. Sandra war ein hässliches Stück Ödland: schmutzig und verschandelt. Dennoch war es eine so süße Qual, die Belohnung zu verschieben, der Versuchung zu widerstehen.

Am darauffolgenden Freitag hatte ich nur ein paar Stunden, aber ich wusste, dass es an der Zeit war. Ich beschloss, das Beste daraus zu machen, selbst als Sandra mit frischen Strähnchen im Haar und der jüngeren ihrer Töchter auftauchte, die krank gewesen war und an diesem Tag nicht bei ihrer Großmutter bleiben wollte. Ich sollte erklären, dass Sandra, die wusste, dass ich verheiratet war, ihrer Mutter nicht erzählt hatte, dass sie mich traf. Dies war das Schöne an unseren Spaziergängen über Land. Wenige Zeugen. Keine Erklärungen. Begrenztes Risiko.

Es war ein heißer, stickiger Tag, der dritte in Folge mit Temperaturen um die dreißig Grad. Sandra stand von Beginn an unter Spannung, angelte nach Komplimenten zu ihrer neuen Frisur – sie hatte ihre blonden Locken mit einer abscheulichen schmetterlingsförmigen Haarspange nach hinten gesteckt. Ich wusste, dass sie erwartete, von mir verführt zu werden. Ich küsste sie, während ihr kleines Mädchen hinter einem Felsen spielte.

»Warte«, kicherte sie völlig albern und nervtötend.

»Ich kann nicht warten«, stöhnte ich und täuschte sexuelles Verlangen nach ihr vor. »Ich will dich, ich brauche dich.« Oder so was in der Art. Wie auch immer: Meine Worte zeigten Wirkung. Sandra erlaubte es mir, sie zu entkleiden. Dann führte ich sie ins Wasser, das aufgrund der heißen Sonnentage ein bisschen wärmer war als sonst. »Damit wir ganz für uns sind«, flüsterte ich. Sie errötete und bedankte sich murmelnd für meine Rücksichtnahme. Ich führte sie weiter ins Wasser hinein und wich dann zurück. Zögernd sah sie mich an. Wir waren jetzt beide nackt und bis zum Hals im kühlen See. Unsere Kleidungsstücke lagen auf dem trockenen Gras, dahinter standen Bäume. Das kleine Mädchen befand sich außer Sichtweite hinter dem Felsen mit ihrem Malbuch oder ihrer Puppe. Ich sagte Sandra, ich wolle mit ihr unter Wasser schwimmen. Sie nickte, und ich zog sie hinab in die Tiefe. Die Sonne funkelte auf der Wasserfläche über uns, während ich ihre Hand hielt und mit ihr näher zu dem Felsen hinschwamm, den ich bei einem früheren Solobesuch entdeckt hatte. Die Steine, die ich an Ort und Stelle gelassen hatte, waren noch da. Wir schwammen weiter. Sandra ging der Atem aus. Sie zerrte an meiner Hand, gab mir zu verstehen, dass ich sie nach oben ziehen sollte.

Ich deutete auf den Felsen, hielt einen Finger meiner freien Hand hoch. »Nur noch einen Moment«, signalisierte ich. »Sieh mal.« Und das dumme Weibsbild tat, wie ihm befohlen. Ich ließ meine Hand an ihrem Bein hinabgleiten und schob ihren Fuß mit einer gekonnten Bewegung in das Loch in den Felsen. Ich hob den Stein auf, den ich im Voraus auf dem Grund des Teichs platziert hatte, und klemmte damit ihr Bein ein. Während ich den Stein festhielt, damit er nicht verrutschte, drehte ich mich zu ihr um, damit ich ihr Gesicht sehen konnte. Meine Anstrengungen hatten mich ebenfalls außer Atem gebracht, doch fasziniert beobachtete ich, wie Sandras Körper zuckte, die Bewegungen langsamer wurden und sie dann schließlich zusammensackte. Ich nahm die Hände vom Stein. Unfähig, noch länger den Atem anzuhalten, schoss ich triumphierend an die Oberfläche, die frische, warme Luft. Mit geöffneten Augen blinzelte ich das Wasser weg. Drehte mich um. Und sah ein paar Füße in kleinen rosafarbenen Turnschuhen.

Sandras Tochter stand auf den Felsen, neben dem Haufen mit unseren Kleidungsstücken, den Mund zu einem schockierten »O« verzogen. Sie starrte in den Teich. Ich folgte ihrem Blick. Sandra war deutlich unter Wasser zu sehen, ihr nackter Körper, fleckig und rosa, schwebte aus seinem Gefängnis nach oben. Das kleine Mädchen drehte sich mir zu. Mit einem Schauer der Erregung wurde mir klar, dass sie die allererste Zeugin eines meiner Morde war. Ich empfand Stolz. Dann stieß das kleine Mädchen einen dünnen, hohen Schrei aus. Sofort verließ ich das Wasser. Ich riss sie in die Arme, die Hand auf ihrem Mund. Ich sprang hinein, tauchte wieder unter. Das war natürlich nicht geplant, doch all meine bisherigen Morde hatten mich hierzu befähigt: zu dieser Gelassenheit unter Druck, dieser sicheren Entscheidungsfindung. Das Mädchen sackte in meinen Armen zusammen. Niamh, so hieß sie, war noch keine drei. Ich ließ sie mit dem Gesicht nach unten im Wasser schweben, direkt über ihrer Mutter, und verließ dann das Wasser.

Ruhig und gelassen zog ich mich wieder an und beseitigte meine Fußabdrücke. Das war nicht schwierig. Das Gras beim Wasser war weich und saftig, aber schon von vorherigen Spaziergängern deutlich heruntergetreten. Ich sah mich noch einmal um. Ich war mir ziemlich sicher, wie die Polizei die Szene interpretieren würde. Sandra ging nackt baden, geriet unter Wasser in die Falle, bekam Panik und ertrank. Ein außergewöhnlicher Unfall. Ihre kleine Tochter fiel ins Wasser – oder sprang hinein, um ihre Mutter aufzuwecken – und starb ebenfalls. Ich hatte keine Spuren an den Körpern und keine Spur von mir selbst am Tatort hinterlassen. Ich untersuchte Sandras Kleidungsstücke auf verräterische Spuren. Alles war in Ordnung: keine Haare, kein Gewebe, keine Fingerabdrücke. Ich nahm ihre schmetterlingsförmige Haarspange und ging zurück zum Auto. Dann wechselte ich die Kleidung – einfach, um sicherzugehen – und fuhr davon. Meine ursprünglichen Kleidungsstücke warf ich in eine Mülltonne auf der anderen Seite des Dartmoor.

Ich war pünktlich zu Hause, voll von den jüngsten Geschichten über die Arbeit. Ich heuchelte Interesse am Tag meiner Frau, platzte innerlich jedoch vor Stolz. Ich hatte die Belohnung hinausgezögert. Ich hatte improvisiert, um mit dem Kollateralschaden fertigzuwerden. Und ich hatte triumphiert. Wieder einmal.

Kapitel 15

Die Sonne schimmert auf dem Glaspalast, als unser Zug daran vorbeirauscht. Zu unserer Rechten sind Felder und Bäume zu sehen, zartgrün und braun. Es ist wieder ein wunderschöner Tag, doch Damian und ich reisen in angespanntem, beklommenem Schweigen.

Nachdem wir die Nachricht von Shannons Tod gehört hatten, waren wir wie betäubt in unseren Gasthof zurückgekehrt. Wir saßen eine Weile lang in der leeren Bar und versuchten, unsere Nerven zu beruhigen. Dann gingen wir schlafen.

Getrennt.

Der Mord an Shannon – und ich bin mir so sicher wie Damian, dass sie vorsätzlich getötet wurde – hielt mich den größten Teil der Nacht wach. Ich hatte fürchterliche Angst, schob einen Stuhl unter die Klinke meines Hotelzimmers und stand mehrmals auf, um nachzusehen, ob die Tür auch richtig verschlossen war.

Selbst jetzt, Stunden später, bin ich noch immer voller Angst. Damian geht es nicht anders. Er spielt nervös mit einer Zigarette herum und raucht sie nur deswegen nicht, weil es im Zug verboten ist. Seit gestern Abend ist da etwas zwischen uns, eine neue Art von Verlegenheit, doch ich will jetzt nicht darüber nachdenken.

Ich möchte unbedingt Will anrufen. Aber ich bin zu verletzt und zu wütend, um mit ihm zu reden. Es spielt keine Rolle, ob er einmal oder hundertmal mit Catrina geschlafen hat; es spielt keine Rolle, ob es im Lauf der Jahre viele Frauen oder nur sie gegeben hat. So oder so, es ändert alles. Ich kann meine Gefühle nicht länger unterdrücken. Muss den Tatsachen ins Auge sehen. Vor allem der, dass unser gemeinsames Leben zerbrochen ist. Wills erste Affäre hinterließ eine tiefe Wunde in unserer Beziehung. Doch zumindest glaubte ich damals noch, dass wir sie heilen könnten. Jetzt ist alles ein einziger Scherbenhaufen. Will hat unsere Ehe zerstört, und ich sehe für uns keinen Weg mehr zurück. Und während ich dies denke, muss ich an Hannah denken, die mit der beginnenden Pubertät zu kämpfen hat, und an den süßen, liebevollen Zack. An den Schmerz, den unsere Trennung den beiden zufügen wird.

Und kann es nicht ertragen.

Damian und ich reden während der Fahrt nach Hause kaum miteinander. Ich weiß nicht, was ich davon halten soll, wie er mich gestern Abend ansah, wie nahe wir dran waren, uns zu küssen, wie leicht das zu mehr hätte führen können. In meiner momentanen Verfassung ist es schwierig, noch irgendetwas klar zu sehen. Die Paranoia vernebelt mein Gehirn. Meine Ängste laufen Amok. Ich verdächtige alle und jeden, Julia umgebracht zu haben. Vielleicht hat Will eine dunkle Seite, die ich nie gesehen habe. Vielleicht hat Damian alles, was wir durchgemacht haben – von dem Boten in Shannons Wohnung bis hin zu dem Feuer in Julias Cottage – als eine Art ausgeklügelten doppelten Bluff geplant. Vielleicht ist Julias Bruder Robbie ein Psychopath, dessen kleines, normales Leben nur eine Reihe kranker Wünsche und böser Taten verdeckt.

Unser Zug nähert sich Exeter, und ich reiße mich aus meinen entsetzlichen Grübeleien, um Mum anzurufen. Sie erzählt, dass Zack schon seit Stunden auf ist, Hannah aber immer noch im Bett liegt. Ich schaue auf meine Armbanduhr. Es ist fast zehn. Ich sage Mum, dass sie Hannah wecken soll, wenn sie in einer halben Stunde noch immer nicht auf ist, und dass ich später bei ihnen sein werde, aber noch nicht genau weiß, wann. Dann plaudere ich mit Zack, der ganz hin und weg ist von seinem »Käferparadies«, das er in Omas Garten angelegt hat, »mit einem Zuhause für Käfer unter einem Stein und ein paar Blumen für die Bienen und ein bisschen Erde für Würmer«.

Als ich mein Telefonat beende, erreichen wir Exeter. Nach der Kühle des klimatisierten Waggons fühlt sich die Luft warm und feucht an. Während wir durch die Sperre zur Fahrkartenkontrolle gehen, räuspert Damian sich.

»Willst du noch immer zum Aces High gehen?«, fragt er.

Mit einem Ruck bin ich wieder in der Realität, bei dem Plan, den wir gestern Abend geschmiedet hatten, bevor wir von Shannons Tod erfuhren.

»Was hat das noch für einen Sinn?«, frage ich. »Wir wollten ja nur versuchen, Shannon wiederzufinden. Aber jetzt …«

Damian lässt die Schultern hängen. »Ich weiß, aber ich kann nicht aufgeben. Ich muss wissen, wer Julia umgebracht hat.« Er hält inne. »Wer auch immer es ist, er hat wahrscheinlich auch Shannon umgebracht. *Und* deine Schwester.«

Ich nicke. Auch ich fühle mich Kara und Julia gegenüber verpflichtet, es herauszufinden.

Als wir ins Sonnenlicht hinaustreten, seufzt Damian. »Wie wär's, wenn wir ins Aces High gehen und versuchen herauszukriegen, ob jemand weiß, von wem Shannon das Medaillon hatte? Sie hat doch erzählt, sie habe einen von den Typen dort dazu gebracht, Druck auf die Person auszuüben, die ihr Geld schuldete. Vielleicht können wir sie finden.«

»Okay, aber der Betreffende wird wohl kaum zugeben, jemandem gedroht zu haben.« Ich überlege. »Vielleicht solltest *du* ins Aces High gehen, und ich frage mal, ob Robbie Zeit hat, sich später mit mir zu treffen. Je mehr ich darüber nachdenke, desto sicherer bin ich mir, dass er etwas damit zu tun hat. Er hat Joanie dazu gebracht, Julias Computer zu zerstören …«

»Ich bin ganz deiner Meinung«, sagt Damian. »Aber der Gedanke, dass du dich allein mit ihm triffst, gefällt mir überhaupt nicht.«

»Mach dir keine Sorgen. Ich werde versuchen, mich mit ihm zum Mittagessen in Exeter zu verabreden, dann sind wir an einem öffentlichen Ort.«

»Okay. Aber sei vorsichtig.«

Wir eilen zu einem Taxistand, wo Damian mir Geld für ein Taxi gibt. Ich muss praktisch den gesamten Inhalt meiner Handtasche ersetzen, von den Haustürschlüsseln bis hin zu den Kreditkarten. Allein der Gedanke daran macht mich schon ganz müde.

»Du versprichst also, dass du vorsichtig bist, wenn du mit Julias Bruder redest?« Damian sieht mich besorgt an.

»Ich verspreche es.«

»Okay, na dann …« Damian zögert. »Vergiss nicht, es auszunutzen, dass er dich einmal sehr mochte, es vielleicht immer noch tut.«

Seine Worte hallen mir in den Ohren wider, als ich beobachte, wie er zum Aces High davongeht. Ich atme tief durch und rufe dann Robbie an. Er geht sofort ran, scheint hocherfreut zu sein, von mir zu hören.

»Ich hatte sehr gehofft, dass du zurückrufen würdest.«

»Zurückrufen?« Einen Moment lang bin ich völlig verwirrt. Dann fällt mir wieder ein, dass er mich vor ein paar Tagen, kurz bevor ich Julias Ring fand, angerufen hat. »Genau.« Ich will gerade vorschlagen, dass wir uns später treffen, doch bevor ich den Satz aussprechen kann, fragt Robbie, ob wir nicht gleich irgendwo einen Kaffee zusammen trinken können.

»Ich muss in einer Stunde zur Arbeit ins Hotel, aber ich könnte jetzt aus dem Haus schlüpfen, wenn du möchtest. Können wir uns in zehn Minuten treffen? Wendy wird nichts merken.«

Er spricht so schnell, mit so viel Enthusiasmus, dass ich ihm kaum folgen kann, doch der Hinweis auf seine Frau lässt die Sache beunruhigenderweise so klingen, als würde er ein geheimes Rendezvous vorschlagen.

»Soll ich zum Hotel kommen?«, frage ich, um ihm klarzumachen, dass meine Absichten völlig ehrlich sind.

»Gott, nein«, wehrt Robbie mit Nachdruck ab. »Ich will nicht zur Arbeit gehen, bevor ich nicht muss. Es gibt dort garantiert wieder irgendein Problem, das gelöst werden muss. Und dann werde ich sofort wieder hineingezogen. Wie wär's mit dem Top Tiffin?«

»Was ist das?«, frage ich.

»Ein neues Café etwa fünf Minuten entfernt von der Kathedrale. Können wir uns gleich dort treffen?«

Widerstrebend erkläre ich mich einverstanden. Ich hatte eigentlich zuerst zu Mum nach Heavitree fahren wollen, um mich umzuziehen – außerdem gefällt es mir ganz und gar nicht, dass Robbie sich davonschleicht, um sich hinter dem Rücken seiner Frau mit mir zu treffen. Andererseits will ich das Treffen auch nicht aufschieben und mache mich sofort zu dem Café auf, das er vorgeschlagen hat. Als ich ankomme, sitzt er bereits in ein Buch vertieft da und trommelt nervös mit den Fingern auf den Tisch. Ich werfe einen Blick auf den Einband: Julian Barnes, *Vom Ende einer Geschichte*. Einen Moment lang stehe ich da und beobachte ihn. Nach wenigen Augenblicken schaut Robbie erwartungsvoll zur Tür. Er entdeckt mich und strahlt.

Stark verunsichert, gehe zu ihm hinüber. Robbie schaltet demonstrativ sein Handy aus, bevor er fragt, was ich trinken möchte. Ich sage, dass ich gern einen Cappuccino hätte, und schalte ebenfalls mein Handy aus. Er geht zur Theke hinüber und bestellt unsere Getränke. Als er zurückkommt und sich hinsetzt, bedenkt er mich wieder mit einem Lächeln.

»Es ist *so* schön, dich zu sehen, Livy. Du siehst hinreißend aus. Das fand ich schon, als du neulich bei Mum warst. Ich kann dir gar nicht sagen, wie sehr ich mich freue, dass du angerufen hast. Ich hatte schon Angst, dass du, nachdem Mum dich beschuldigt hat, diesen Ring mitgenommen zu haben …«

Ich werde rot, weil mir plötzlich wieder einfällt, wo der Ring schließlich aufgetaucht ist. Ich betrachte Robbies offenes Gesicht. Weiß er es? Ist dieses Treffen irgendwie ein Trick? Bis zu diesem Moment hatte ich völlig vergessen, dass Will, als er mir den Ring abnahm, fest entschlossen war, ihn Robbie am nächsten Tag zurückzugeben. Hat er das auch getan?

»Was ist los?«, fragt Robbie. Unsicher streicht er die Haare glatt, die sich im Nacken über seinen Hemdkragen kringeln. »Tut mir leid, ich wollte dich nicht verärgern, indem …«

»Das hast du nicht.« Ich berühre seinen Arm.

Robbie wird rot. Ich schaue nach draußen. Trotz der Hitze ist der Himmel verhangen. In der Ferne zieht eine dunkle Wolke auf.

»Es tut mir leid, wenn ich, äh, deine Pläne durcheinandergebracht habe.« Ich halte inne.

»Das muss dir nicht leidtun.« Robbie lächelt mich noch immer an. »Mir tut es jedenfalls nicht leid.«

Die Atmosphäre verändert sich, wird angespannt. Mit einem Mal bin ich mir des lüsternen Funkelns in Robbies Augen nur allzu bewusst. Ich rücke von ihm ab, fühle mich nicht wohl in meiner Haut. Ich sollte besser gleich auf den Punkt kommen. »Eigentlich wollte ich dich etwas fragen«, sage ich. »Ich habe ... eine E-Mail gefunden, die Julia geschrieben hatte. Ich glaube, sie hat sie an dich geschickt, kurz bevor sie starb. Sie ist wütend. Es geht um, na ja, ich bin mir nicht sicher, aber ...« Ich zögere, bin nicht bereit, unumwunden zu sagen, dass die Mail impliziert, dass Robbie seine Schwester bedroht hat.

Seine Gesichtszüge verkrampfen sich, eine winzige unfreiwillige Bewegung der Muskeln. »Es tut mir leid, Livy, aber Julia hatte mir seit Jahren keine E-Mails mehr geschickt.« Und ich merke an der Art, wie er am Satzende leicht die Stimme hebt: Er lügt.

Ich sehe ihn unverwandt an, überlege, was ich sagen soll, wie ich ihn aus der Reserve locken soll. »Also, sie hat eine Mail geschickt und klang darin wütend.«

Robbie fühlt sich offensichtlich unbehaglich. »Livy, ich habe keine Ahnung, welch unverschämtes, manipulatives Zeugs Julia in einer beliebigen Mail geschrieben haben könnte, aber ich würde dem nicht zu viel Bedeutung beimessen.« Er runzelt die Stirn. »Wie kommt's, dass *du* sie gesehen hast?«

Ich lehne mich auf meinem Stuhl zurück, bin unsicher, was ich sagen soll. Der Kellner kommt mit unserem Kaffee. Er stellt ihn auf den Tisch. Schwarzen Kaffee und ein Kännchen mit heißer Milch. Ich will gerade darauf hinweisen, dass ich Cappuccino bestellt hatte, als Robbie sich über den Tisch beugt und meine Hand nimmt.

»Ich habe Café americano bestellt. Den haben wir bei unserem ersten und einzigen Date getrunken, erinnerst du dich?« Er lächelt.

Ich sehe ihn ungläubig an. Das kann doch nicht sein Ernst sein! »Mensch, Robbie, das war vor achtzehn Jahren.«

»Ich weiß, aber ich erinnere mich daran, als sei es gestern gewesen.«

Seine Hand liegt noch immer schwer und feucht auf meiner. Es kostet mich große Überwindung, sie ihm nicht zu entziehen. Ich starre auf den Dampf, der aus unseren Kaffeetassen hochsteigt. Julias schneidende Worte vor all diesen Jahren klingen mir im Kopf.

Mein Bruder, dieser hinterhältige Mistkerl, verehrt dich total. Könntest du nicht mit ihm reden, Liv? Ihn dazu bringen, zu Hause das Zimmer mit mir zu tauschen? Mum hat ihm das große Zimmer überlassen, und ich muss mich mit dieser verdammten Besenkammer begnügen. Mach schon, er würde alles für dich tun.

Würde er das wirklich? Damians Vorschlag, ich solle Kapital daraus schlagen, dass Robbie mich mag, schießt mir durch den Kopf. Ich schaue auf. Robbie sieht mich mit einem an Verehrung grenzenden Gesichtsausdruck an. Ich schlucke, erwidere dann seinen Blick und versuche, gefühlvoll und interessiert zu wirken. »Um ehrlich zu sein, ich erinnere mich auch«, sage ich. »Ich kann nur nicht glauben, dass du …« Ich blicke hinab auf unsere Hände. Robbie drückt meine Finger, ermutigt mich weiterzusprechen. »Ich kann nicht glauben, dass du dasselbe empfindest wie ich, das heißt – falls du es tust?« Mein Gesicht brennt. Ich kann das nicht. Ich benehme mich wie eins dieser Honeys und fühle mich scheußlich und schuldig. Ob sich die Frauen von Honey Hearts je so fühlen? Oder tun sie einfach nur ihre Arbeit, ohne sich darüber Gedanken zu machen?

Robbie umfasst meine Hand noch fester, und ich zwinge mich aufzuschauen, ihm in die Augen zu sehen.

»Ich denke oft an diese Zeit«, sagt er mit warmer Stimme.

Sanft erwidere ich den Druck seiner Hand. Ich spiele mit dem Feuer, aber ich kann nicht aufhören. Ich muss ihn dazu bringen, mir zu vertrauen, sich mir zu öffnen, mir zu sagen, was er weiß.

»Manchmal frage ich mich, ob wir das, was wir damals hatten, vielleicht einfach für selbstverständlich genommen haben«, fährt Robbie leise fort. »Ich glaube … vielleicht habe ich dich zu leicht gehen lassen. Manchmal wissen wir erst, was wir verloren haben, wenn es zu spät ist. Weißt du, was ich meine?«

Ich schaue zur Seite. »Ja«, flüstere ich.

Du meine Güte!

»Manchmal wünsche ich mir, wir könnten das Rad der Zeit zurückdrehen – zu der Zeit vor Wendy, vor Will«, sagt Robbie.

Ich spüre, dass er mich ansieht, auf meine Antwort wartet. Ich hole tief Luft und drücke wieder seine Hand.

»Ich weiß«, sage ich sanft. »Aber wie weit wir auch zurückgehen, da ist immer Julia.«

Robbie seufzt. »Ja, Julia. Alle liebten Julia, aber ehrlich,

Livy, wenn du sie so gekannt hättest wie ich … Sie war *so* ein Aas.«

Mir fällt die Kinnlade herunter. Ich habe ihn zwar bei der Beerdigung gehört, doch auf so etwas bin ich nicht vorbereitet.

»Ein Aas?« Meine Stimme klingt hohl.

»Meistens ging es bei dem, was sie sagte, doch nur um Effekthascherei. Lauter leeres Gewäsch«, schimpft Robbie verbittert. »Sie hat mich gern verspottet. Sie war gehässig zu mir und Mum und sehr manipulativ, *immer*.«

Ich starre ihn an. Es stimmt, dass Julia von Anfang an sehr abschätzig über ihre Familie geredet hat. Sie fuhr nur ganz selten nach Hause, selbst nachdem ihr Vater gestorben war. Dabei lebte Joanie nur eine Autostunde entfernt. Aber sie war sicherlich nicht so schlimm, wie Robbie sagt. Okay, sie bezeichnete ihre Mutter als »emotionalen Vampir« und ihren Bruder als »hinterhältigen Mistkerl«, doch Julias Wortwahl war oft sehr harsch. Und es war ja nicht so, als wären Joanie und Robbie Engel. Julia erzählte immer Geschichten darüber, wie sie sich über sie lustig gemacht hatten. *Über alles, Livy,* hatte sie mir einmal gesagt. *Wie ich aussehe, wie ich mich kleide, meine Arbeit, mein Liebesleben. Mum und Robbie tun so, als sei ich eine totale Versagerin.* Ich entziehe Robbie meine Hand und nippe an meinem Kaffee. »Ich wusste nicht, dass du sie so gesehen hast.«

»Aber es ist die Wahrheit.« Er blickt mich ängstlich an. »Ich weiß, dass du ihre Freundin warst und dass sie es verstand, so zu tun, als sei sie ein netter, normaler Mensch, aber der war sie nicht. Sie war gemein und grausam, und sie ließ nie jemanden nah an sich heran. In Wirklichkeit waren andere ihr doch gleichgültig.«

Ich schüttle den Kopf. Das stimmt nicht. *Ich* stand Julia nahe. Sie erzählte mir alle wichtigen Dinge.

Eine kleine Stimme meldet sich in meinem Kopf. *Ja, außer dass sie seit Jahren nach Karas Mörder suchte, dass sie ein Mädchen von Honey Hearts engagiert hatte und Will als Teil einer Tarnung benutzte und dass sie sich trotz ihrer Behauptungen, Damian sei nur eine weitere Affäre, in ihn verliebt hatte.*

»Julia war eine gute Freundin.«

»Wirklich? Wenn sie eine so gute Freundin war, warum hat sie dir dann nicht gesagt, dass sie vorhatte, all ihr Geld ihrem Freund zu hinterlassen, Damian soundso.«

»Was?« Ich starre ihn an. »Woher weißt *du* es denn?« Mein Puls beschleunigt sich.

Robbie klingt abweisend. »Hör mal, Livy, ich werde dir die Wahrheit sagen, weil ich nicht will, dass gleich von Anfang an irgendwelche Unwahrheiten zwischen uns stehen. Ich habe *tatsächlich* wenige Tage vor Julias Tod eine Mail von ihr bekommen, und sie *war* wütend auf mich.«

»Wieso … Worum ging es?«

Robbie verdreht die Augen. »Ich hatte ihr einfach gesagt, dass sie ein Miststück ist.«

Ich ziehe die Stirn kraus. »Ich verstehe nicht …«

»Mum braucht Geld«, erklärt Robbie. »Das Haus, in dem sie lebt, kostet viel mehr, als sie an Rente bekommt. Ich helfe ihr, so gut ich kann, aber Wendy und ich haben schon genug zu schultern mit der Hypothek und den Kindern … Mum hat seit dem Tod von Dad zu kämpfen, und im letzten Jahr ist es noch schlimmer geworden mit all den Kürzungen und den lächerlich geringen Sparzinsen. Aber sie will unbedingt in dem Haus bleiben. Also habe ich Julia vor einem Monat oder so vorgeschlagen, doch vielleicht das Cottage in Lympstone zu verkaufen und mit dem Geld einen Teil von Mums Haus zu kaufen.«

Ich sehe wieder das Cottage vor mir. Und das Feuer.

Robbie beugt sich vor. »Es war nicht unzumutbar. Julia hätte ihr Geld nach Mums Tod zurückbekommen. Es ist ja nicht so, dass wir um Almosen gebeten hätten, aber Julia drehte durch.«

»Tatsächlich?« Es schnürt mir die Brust zu. Julia hat mir *nichts* von all dem erzählt.

»Sie hat mich angeschrien. Gesagt, ich sei ein Tyrann. Sie hat mich beschimpft. *Wüst* beschimpft. Ehrlich, Livy, sie war wie besessen. Und dann hat sie eine völlig gemeine Mail geschickt und mir vorgeworfen, ich hätte sie bedroht. Sie schrieb, sie würde gar nicht daran denken, Mum zu helfen, sondern ein Testament machen und alles ihrem verdammten Freund vererben. Sie hat sogar gesagt, sie *hoffe*, Mum würde ihr Haus verlieren. Und dass sie dafür sorgen werde, dass Mum und meine Kinder – ihre *Neffen*, Livy – dass *keiner* von uns je einen Penny von ihr bekomme.«

Mein Herzschlag dröhnt mir in den Ohren. Ich weiß nicht, was ich denken soll. Oder sagen soll. »Julia war oft … Hunde, die bellen …«

»Hör auf, sie zu verteidigen.« Robbie nimmt einen Schluck Kaffee und stellt die Tasse dann mit einem wütenden Geklapper wieder zurück auf die Untertasse. »Sie kannte diesen Damian erst seit ein paar Monaten. Sie wäre nie bei ihm geblieben. Sie war unfähig, jemanden richtig zu lieben. Sie war ein *Psycho*, Livy. Ein verdammter Psycho.«

Mir stockt der Atem, und ich gehe auf Distanz. »Ihr habt also für den Fall, dass sie ein Testament gemacht hat, ihren Computer und ihre Papiere verbrannt?«

»Oh, sie hat natürlich eins gemacht. Ich habe die Datei

sofort gefunden. Aber sie war nicht dazu gekommen, es irgendwo registrieren zu lassen. Wir haben es also rechtzeitig entdeckt. Ich wollte nur versuchen, Mum zu helfen. Warum sollte ein Lover, den sie kaum kannte, das Geld bekommen? Mum und Dad haben ihr ganzes Leben hart für mich und meine Schwester gearbeitet, doch wenn Julia über sie geredet hat, konnte man meinen, sie hätten uns als Kinder ständig misshandelt.«

»So etwas hat sie nie gesagt.« Meine Gedanken überstürzen sich. Wusste Damian, dass Julia ihm alles hinterlassen wollte? Falls er es wusste, lässt es seinen Wunsch, ihre Dateien zu durchsuchen, in einem völlig anderen Licht erscheinen. Es hätte ihm sogar ein Motiv gegeben, sie zu töten.

»Zu mir schon. Bitte versteh mich, Livy. Ich habe meine Schwester geliebt, egal welch gemeinen Unsinn sie von sich gegeben hat.« Robbie nimmt wieder meine Hand. Seine Augen bohren sich in meine, flehen mich an. »Ich bin nicht rachsüchtig, aber wie gesagt, ich will dich nicht anlügen. Ich will … Ich würde dich gern wiedersehen. So wie heute. Oder vielleicht zum Abendessen …?«

»Was ist mit Wendy?« Ich ziehe meine Hand weg.

»Wendy und ich – wir wahren nur den Schein, wegen der Kinder und all dem. Aber es ist keine … Es ist schon lange keine richtige Beziehung mehr.«

Die Worte kommen ihm so leicht von den Lippen. Er strahlt in der Tat Ehrlichkeit und Zielgerichtetheit aus. Er will mich. Das gibt er mir zu verstehen. Klingt Will auch so, wenn er jemanden verführt? Hat er auch so geredet bei seinem ersten Flirt mit Catrina?

Robbie trinkt einen Schluck Kaffee. Ich nippe an meinem. Er ist kalt.

»Außerdem ist da noch Will«, sage ich.

Robbie legt den Kopf schief. »Du vertraust ihm nicht«, sagt er. »Und das aus gutem Grund.«

Ich sehe ihn mit offenem Mund an.

»Julia hat mir vor ein paar Jahren von seiner Affäre erzählt«, fährt Robbie fort. »Es tut mir leid, dir das zu sagen, aber sie hat da mal wieder eine ihrer Schimpftiraden losgelassen.«

Ich schließe den Mund, bin wie betäubt. »Wie meinst du das?«

»Julia wollte mich damit verspotten. Äh ... ›Deine Frau ist so ein Luder, du hinterhältiger Mistkerl. Du bleibst nur bei ihr, weil du ein erbärmlicher Feigling bist. Und sowieso würdest du nie eine andere dazu bringen, mit dir zu schlafen.‹ So in der Art.« Er seufzt. »Sie hat wortwörtlich gesagt: ›Will ist wenigstens Manns genug, sich zu nehmen, was er will.‹«

»Nein.« Mir wird übel. Robbie denkt sich das aus. Julia mochte Will immer gern – war aber in Bezug auf die Affäre völlig auf meiner Seite. »Das hat Julia nicht wirklich gedacht.«

»Wer weiß, was sie wirklich gedacht hat«, sagt Robbie. »Das ist doch genau der Punkt. Als wir jünger waren, hat sie den Leuten erzählt, ich sei schwul. Ich meine, es ist nichts falsch daran, schwul zu sein, aber ich *war es nicht*, deswegen hat es wehgetan.« Er streicht sich übers Haar. »Wahrscheinlich hat sie es dir auch gesagt, stimmt's?«

Ich lehne mich auf meinem Stuhl zurück. Eine lange vergessene Erinnerung taucht plötzlich wieder auf. Bevor ich Robbie kennenlernte, hatte Julia mir tatsächlich gesagt, er sei schwul. Ich war der Meinung gewesen, ich sei selbst zu diesem Schluss gekommen, aber jetzt erinnere ich mich, dass ich es zuerst von Julia gehört hatte. Und sie bekräftigte es ein paar Wochen später noch einmal, nachdem klar war, dass er mich mochte, und behauptete, seine Schwärmerei für mich sei eine Art Ersatzhandlung. *Er betet dich an, aber für ihn bist du wie eine Göttin – unberührbar. Denn eigentlich ist er schwul. Im Ernst, Livy, ich hab gesehen, was er sich online anschaut.*

»Du meinst, er verbirgt seine Homosexualität?« Ich hatte eine Grimasse geschnitten und mich gefragt, wieso jemand in unserem Alter die Notwendigkeit verspürte, seine sexuelle Orientierung zu verbergen.

Ja, Süße, Robbie ist ein verkappter Schwuler.

Es kam mir nie in den Sinn, dass sie lügen könnte. Ich überlege, ob ihre Worte einen Einfluss auf mich hatten. Hatte die Tatsache, dass ich Robbie für schwul hielt, eine Rolle gespielt, als er mit mir ausgehen wollte? Ich kann mich nicht mehr erinnern.

»Sie hat dir das doch gesagt, oder?«, fragt Robbie verbittert. »Stell dir vor, Livy, Julia hat dafür gesorgt, dass wir nicht zusammenkamen.«

»Nein.« Ich trinke meinen kalten Kaffee aus. Es ist Zeit, dieser Litanei von Anschuldigungen ein Ende zu setzen. »Julia hat Dinge gesagt, die sie vielleicht nicht hätte sagen sollen, aber ich glaube nicht, dass sie grausam sein wollte. Und ich glaube sowieso nicht, dass ich damals mit dir ausgegangen wäre.« Ich hole tief Luft, mache mir Sorgen, dass ich zu unfreundlich geklungen habe.

Robbie sieht mich unglücklich an. »Aber was ist mit dem, was du – vorhin gesagt hast?«

Ich schlucke. »Du warst nicht das Problem.« Ich weiß, dass dies nur die halbe Wahrheit ist. »Ich war damals, direkt nach Karas Tod, nicht in der Lage, mit irgendjemandem auszugehen.«

»Natürlich nicht.« Er verfällt in Schweigen.

Wir haben beide unseren Kaffee ausgetrunken. Mir schmerzt der Kopf. Ich will hier raus und über alles nachdenken, was er mir gesagt hat. Habe ich mich wirklich so in Julia getäuscht? Und wenn Robbie in Bezug auf ihr Testament recht hat, wirft das dann ein neues Licht auf Damians Interesse herauszufinden, was ihr wirklich passiert ist? Kann ich ihm – oder seinen Motiven – wirklich vertrauen? Er hat bereits zugegeben, dass er ein Exdieb ist. Andererseits hätte er, wenn er Julia umbringen wollte, sicherlich erst die Registrierung ihres Testaments abgewartet. Doch meine nagenden Zweifel bleiben.

»Ich muss gehen.« Ich stehe auf.

»Wann sehe ich dich wieder, Livy?« Robbie erhebt sich ebenfalls. Er zeigt ein strahlendes Lächeln, aber seine Stimme klingt leise und fast bedrohlich in meinen Ohren. Ich zittere, trotz der Hitze des Tages und der Wärme des Cafés.

»Ich weiß nicht.« Ich fühle mich unbehaglich. Überlege, ob es nicht einen formellen Anlass gibt, bei dem wir unsere Beziehung wieder in normale Bahnen lenken können. »Vielleicht, wenn deine Mutter beschlossen hat, was sie mit Julias Asche tut?«

Robbie zieht ein langes Gesicht. »Oh, Livy, es tut mir so leid, aber Mum hat das bereits geklärt. Na ja, sie hat sie – in einer Urne im Krematorium gelassen.« Besorgt lehnt er sich vor. »Ich könnte mit dir dort hingehen, wenn du möchtest, obwohl das ja nicht gerade ein Date wäre.« Er lacht.

Ich schlucke. Mir wird schwindlig bei dem Gedanken, wie Julias Familie mit ihren sterblichen Überresten umgegangen ist.

»Äh, nein, ist schon okay. Ich bin sicher, dass wir uns sowieso bald sehen.«

»Auf jeden Fall.« Robbie lächelt erleichtert. »Mach dir keine Gedanken wegen des Kaffees. Ich bezahle«, sagt er.

»Danke.« Ich hebe die Hand und deute ein Winken an, doch bevor ich ihn davon abhalten kann, kommt Robbie auf mich zu und pflanzt mir einen Kuss auf die Wange.

»Tschüs.« Ich werde rot, drehe mich um und verlasse peinlich berührt das Café.

Draußen schalte ich wieder mein Handy ein. Dunkle, tief hängende Wolken verfinstern den Himmel und in der City von Exeter wimmelt es von Touristen und Leuten, die ihre Wochenendeinkäufe machen. Meine Kleider kleben mir auf der Haut. Will hat mir eine kurze SMS geschrieben – *Ruf mich an, es ist dringend* – und Damian eine Nachricht auf dem Anrufbeantworter hinterlassen. Er hat im Aces High nichts herausgefunden und wartet auf mich bei der Kathedrale. Es sind nur wenige Minuten bis dorthin, und ich schicke ihm schnell die Nachricht, dass ich unterwegs bin. Vielleicht wird Damian ja schlau aus dem, was Robbie mir gesagt hat. Ich weiß immer noch nicht, ob ich ihm wirklich vertrauen kann, doch so wie ich war auch Damian Zielscheibe des Cottagebrands. Das muss zu seiner Verteidigung herangezogen werden, egal, wie sehr seine Vergangenheit auch gegen ihn spricht.

Die Straße zur Kathedrale ist brechend voll. Ich dränge mich an einer Gruppe lachender und kreischender italienischer Teenager vorbei. Gerade versuche ich, den Mut aufzubringen, Will anzurufen, als er sich meldet. Ich zögere. Mir graut davor, mit ihm zu reden.

Andererseits ist es auch keine Lösung, ihm auszuweichen.

Ich wische mir mit dem Ärmel einen Schweißtropfen von der Stirn und presse das Handy an mein Ohr.

»Will?« Ich fühle mich innerlich taub.

»Livy«, sagt Will kurz angebunden. »Wo, verdammt noch mal, steckst du?«

Ich schnappe nach Luft, bin schockiert, wie wütend er klingt. »In bin in Exeter. Warum?«

Am anderen Ende der Leitung herrscht Schweigen. Ich erreiche die Kathedrale. Vor mir breitet sich die Grünfläche aus.

»Will?«

»Ist Mandy bei dir?«, fragt er sarkastisch.

Mir wird schwer ums Herz. Er weiß, dass ich Mum gesagt habe, ich sei bei meiner Freundin Mandy. Und irgendwie weiß er auch, dass ich überhaupt nicht bei ihr gewesen bin.

»Äh, nein …«, stammle ich. »Jetzt nicht, ich …«

»Lass den Scheiß«, faucht Will. »Ich *weiß*, dass du Mandy nicht einmal *gesehen* hast. Du hast Mum angelogen. *Unsere* Kinder angelogen.« Er hält inne, sein Atem geht stoßweise. »Wo also bist du, Liv? Was machst du?«

Die Grünfläche vor der Kathedrale ist brechend voll: Touristen, die ihre Fotos schießen, Verkäufer, die plaudernd auf dem Rasen sitzen und ihre Arbeitspause genießen, Liebende, die einander in den Armen halten.

»Ich bin nicht die Einzige, die gelogen hat.« Ich halte Ausschau nach Damian.

Er lehnt rund zwanzig Meter entfernt gegen die Mauer der Kathedrale und raucht. Er spürt, dass ich ihn beobachte, und schaut herüber. Eine Gruppe von Mädchen beäugt ihn im Vorbeigehen. Er bemerkt es nicht, sieht nur mich an.

Will schnaubt. »Fang nicht wieder damit an. Ohnehin«, seine Stimme wird finster, »ist das nicht der Grund, weshalb ich dich alle zwei Minuten angerufen habe.«

»Was ist denn passiert?« Mir läuft es eiskalt den Rücken herunter. Will klingt so bedrohlich.

Am anderen Ende der Leitung herrscht Schweigen. »Alles okay mit dir?«, formt Damian mit den Lippen, als ich zum ihm hinübergehe.

»Will?«, frage ich. »Was meinst du damit? Was ist los?«

»Unsere Tochter«, sagt Will, »ist verschwunden.«

Kapitel 16

»Wie meinst du das, Hannah ist weg?« Mein Herz pocht heftig. Damian steht neben mir im Schatten der Kathedrale und beobachtet mich aufmerksam.

»Ich meine«, faucht Will, »dass sie sehr früh heute Morgen vom Haus deiner Mutter davongelaufen ist, zum Zug nach Exeter. Und auf dem Handy kann ich sie nicht erreichen.«

Mir stockt der Atem. »Aber ich habe doch erst vorher mit Mum gesprochen. Sie sagte, Hannah sei noch im Bett.«

»Das hat sie gedacht, bis vor zwanzig Minuten vielleicht. Dann ist sie hingegangen, um sie zu wecken, wie du ihr geraten hast, aber da war Hannah weg.«

»Nein.« Ich kann es nicht glauben.

»Doch, Liv. Deine Mutter wollte dich anrufen, aber dein Handy war ausgeschaltet. Ich bin bei der Arbeit. Leo hat mich ins Büro bestellt, zu einer Scheiß-Besprechung mit Werner Heine und den Düsseldorfer Kunden. Alle zwei Minuten gehe ich aus der Besprechung und versuche, dich zu erreichen, aber dein Handy …«, sein Ton wird schneidend scharf, »hast du ja abgestellt.«

Ich stöhne beim Gedanken an die vergangene halbe Stunde im Café mit Robbie. »Warte mal«, sage ich. »Du sagst, Hannah sei nach Exeter gefahren. Woher weißt du …?«

»Sie hat deiner Mutter eine SMS geschickt, die sie erst

bemerkt hat, als Hannah schon weg war. Sie ist etwa vor eine Stunde abgeschickt worden. Soll ich sie vorlesen? Da steht: *Gerade in Exeter angekommen zum Shoppen, wenn Mum das kann, dann ich auch, oder?* Die letzten Worte spuckt er fast aus.

»O Gott.« Meine Beine drohen den Dienst zu versagen. Ich lehne mich an die kühle Steinmauer der Kathedrale. Damian streicht mir über den Arm. Ich lasse es geschehen. In meinem Kopf dreht sich alles vor Angst.

»Da hast du's, Liv. Unsere zwölfjährige Tochter, die von deinem Verhalten in letzter Zeit deiner Meinung nach völlig unberührt ist, ist davongelaufen, weiß der Teufel wohin und mit wem, und weiß der Teufel, was sie treibt.« Er zieht scharf die Luft ein.

»Nein.« Ich habe Tränen in den Augen. Die Vorstellung, dass Hannah allein unterwegs ist, erschüttert mich bis ins Mark. Wenn sie nun ausgeraubt wird? Oder noch schlimmer? Mir läuft es eiskalt den Rücken hinunter. Wenn der Mann, der uns gestern verfolgt hat, nun ihr auf den Fersen ist? Vielleicht ist sie in schrecklicher Gefahr. Und das ist allein meine Schuld.

»Hannah ist ein vernünftiges Mädchen«, sage ich, um Will – und mich – zu beruhigen. »Sie sagt, dass sie shoppen will. Exeter ist ja nicht gerade South Central L.A., oder? Sie kennt sich dort aus. Bestimmt wird alles gut gehen.«

»Warum geht sie dann nicht an ihr Handy?«, ruft Will.

»Sie schaltet doch oft den Klingelton aus – oder ignoriert ihn einfach.«

»Nicht, wenn *ich* sie anrufe.«

»Aber du *rufst* sie ja nicht an«, sage ich. »Jedenfalls so gut wie nie. Ich telefoniere jeden Tag mit ihr, wenn sie etwas für die Schule vergessen hat oder wenn sie auf dem Heimweg ist.«

»O Gott.« Will versagt die Stimme. Seine Wut ist verflogen. »Gott, Livy, ich habe solche Angst.«

»Ich auch.« Mir schießen Tränen in die Augen, und für einen Augenblick verschmilzt alles in dieser gemeinsamen Liebe und Angst um unsere Tochter.

Damians Stirn zeigt tiefe Furchen. Er zieht mich zu sich, legt den Arm um meine Schulter und ich lehne mich an seine Brust. Es ist mir egal, ob sich das nun schickt, ob man Damian überhaupt trauen darf, ob er wirklich um Julia trauert oder mich nur als Ersatz benutzt. Das hier ist meine Schuld. Ich habe Hannah so schlecht behandelt, dass sie weggelaufen ist – möglicherweise einem Mörder in die Arme.

»Wenn etwas passiert …« Will bricht ab, und ich höre die Worte, die er nicht sagt: *Weil du dich so in diese unsinnige Sache mit Julia hineingesteigert hast … und dir einbildest, ich hätte eine Affäre …*

»Ich weiß.« Ich weine, aber Damians Hemd dämpft meine Stimme. Er stricht mir übers Haar. »Hey«, sagt er leise. »Hey.«

Am anderen Ende der Leitung zieht Will scharf die Luft ein. O Gott, hat er das eben gehört?

»Ist Julias Freund bei dir?«, fragt Will bitter. »Hast du mit ihm die Nacht verbracht? War dein Telefon deswegen aus?«

»Nein«, beteuere ich. Ich mache mich von Damian los. »Ich versuche jetzt sofort, Hannah zu erreichen. Ich bleibe dran. Irgendwann *muss* sie sich ja mal melden.«

»Das will ich auch hoffen«, antwortet Will. »Ich muss jetzt zurück in die Besprechung. Ich rufe in ein paar Minuten wieder an.«

Er legt auf. Ich erkläre Damian, was passiert ist. In der Ferne hört man leises Donnergrollen.

»Shit. Was willst du jetzt tun?«

»Ich werde versuchen, sie zu erreichen. Vielleicht hat sie ja die Lust am Shoppen schon verloren – viel Geld kann sie nicht dabeihaben – und ist bereits auf dem Weg nach Hause.« In meinem Kopf drängen sich lauter andere Möglichkeiten, und ich spreche nicht weiter. Selbst wenn Julias Mörder sie nicht erwischt hat, könnten ihr eine Million andere schreckliche Dinge zugestoßen sein: Vielleicht wurde sie an einer Straßenecke von Männern gekidnappt oder in ein Auto gelockt. Nein, jetzt sehe ich doch zu schwarz. Solche Dinge geschehen so gut wie nie. Außerdem ist Hannah nicht dumm. So leicht lässt sie sich nicht täuschen. Oder?

»Okay.« Damian nickt.

Er wartet, während ich Hannah anrufe und auf die Mailbox spreche, dass ich jetzt nach Hause gehe. Das soll sie auch sofort tun, falls sie in der Nähe ist, oder mich anrufen, damit ich sie mitnehmen kann. Ich versuche, nicht zu ärgerlich zu klingen. Wills Nachricht war bestimmt ziemlich wütend, und wenn es Hannah gut geht – und ich zwinge mich zu der Einsicht, dass es keinen Beweis für das Gegenteil gibt –, dann will ich nicht, dass sie sich aus Angst vor Ärger nicht nach Hause traut. Ich rufe auch zu Hause an, fall sie schon dort ist, aber niemand nimmt ab.

Es fängt an zu regnen, als wir von der Kathedrale die Straße hinaufgehen. Die Touristen strömen in die gleiche Richtung. Viele suchen in den Ladeneingängen Schutz. Regentropfen laufen mir übers Gesicht, und ich sehe Damian von der Seite an. Seine Stirn ist noch immer zerfurcht. Es kommt mir vor, als wäre sie das, seit wir von Shannons Tod erfahren haben.

Ich überlege, ob wir ein Taxi rufen sollen, aber die Haltestelle nach Heavitree ist gleich um die Ecke. Wahrscheinlich bin ich mit dem Bus schneller zu Hause.

»Ich fahre jetzt nach Hause«, sage ich zu Damian

»Klar. Möchtest du, dass ich mitkomme?« Während er spricht, wird der Regen wieder stärker. Er legt den Arm um meine Schulter und führt mich zum Bushäuschen. Sonst wartet niemand, aber auf der anderen Straßenseite gehen viele Menschen vorüber. Plötzlich schäme ich mich furchtbar. Wenn mich nun jemand, der mich kennt, so mit Damian sieht? Dann denke ich daran, dass Julia tot ist, dass Will mich betrügt und dass Hannah verschwunden ist – und der Gedanke, dass mich jemand mit Damian sehen könnte, ist dagegen so belanglos, dass man darüber lachen könnte.

Wir stehen unter dem Schutzdach. Laut Fahrplan müsste in drei Minuten ein Bus kommen. Damian lächelt mich so gütig an, dass ich mich an ihn anlehne und hemmungslos weine. Damian zieht mich an sich, und mein Kopf liegt wieder an seiner Brust. Ich weiß gar nicht, wann mich Will das letzte Mal so gehalten hat – voller Trost und Zuneigung. Deshalb weine ich noch heftiger.

Ich verliere das Gefühl dafür, wie viel Zeit vergangen ist. Als ich aufsehe, nieselt es nur noch. Autos und Lieferwagen sausen vorbei. Menschen hasten auf beiden Straßenseiten. Damian sieht mich voller Sorge und Mitgefühl an. Und mit einem Mal bin ich in seinem Blick gefangen, ganz flatterig im Bauch. In diesem Moment will ich nur, dass er mich küsst. Und während ich noch denke, dass dies keinen Sinn ergibt, neigt er den Kopf und drückt seine Lippen auf meine.

Ich öffne den Mund und lasse seinen Kuss ein. Ich verliere mich in seiner Hitze, seiner Lust. Ich vergesse, wo ich bin. Ich vergesse alles.

Für ungefähr zehn Sekunden.

Dann mache ich mich los. Damian sieht auf mich herunter, will mehr. Sein Gesicht ist leicht errötet und er hält mich mit seinen starken Händen fest. Mir schießt der aufregende Gedanke durch den Kopf, wir könnten nach Hause gehen und uns lieben. Eine fantastische Vorstellung.

Ich seufze. Genau das ist es – reine Fantasterei. Das Verlangen in Damians Blick gilt nicht mir. Es ist nur der Versuch, den Schmerz für ein paar Minuten nicht ertragen zu müssen. Julia hat er geliebt und liebt sie noch immer. Er ist verletzt, tief traurig und wütend darüber, dass sie ihm genommen wurde. Was mich angeht … ich fühle mich zu ihm hingezogen, keine Frage. Er ist ein Typ, den man einfach mögen – vielleicht sogar begehren – muss. Aber eigentlich bin ich verwirrt und unsicher wegen allem, was passiert ist. Wenn man es recht besieht, ist das, was in diesem Moment zwischen uns geschieht, für mich genauso unwirklich wie für ihn.

Ich hole Luft und trete einen Schritt zurück. »Entschuldige«, sag ich.

»Das brauchst du nicht.« Er schüttelt den Kopf.

»Ich muss jetzt nach Hause«, sage ich, aber es klingt nicht ganz entschlossen. »Ich muss es weiter bei meiner Tochter versuchen. Und ich muss dort sein, wenn sie zurückkommt.«

Damian nickt. Das Leuchten seiner Augen verblasst. Er tritt zurück und lässt mich los. »Ruf mich später an, ja?«

Ich nicke. Dann geht er davon. Ich rufe Hannah noch einmal an. Keine Antwort. Ein paar Minuten später kommt ein Bus, und ich bin in einer Viertelstunde zu Hause. Meine eigenen Schlüssel sind beim Brand im Cottage verloren gegangen, und ich wühle unter dem Ahorn, den wir zum Andenken an Kara im Vorgarten gepflanzt haben, nach dem Ersatzschlüssel. Hannah ist offensichtlich nicht hier, denn sonst hätte sie diesen Schlüssel benutzt. Ich gehe ins Haus und versuche es noch einmal bei ihr. Immer noch keine Antwort. Ich schreibe Will und Mum per SMS, wo ich bin und dass es nichts Neues gibt. Dann versuche ich es sofort wieder bei Hannah. Ich sage, sie soll zurückrufen und gleich nach Hause kommen. Dass ich mir Sorgen um sie mache, dass ich mit ihr reden möchte und dass ich sie lieb habe.

Wieder vergehen zehn Minuten. Noch immer kein Anruf. Will ruft übers Festnetz an, damit unsere Handyanschlüsse erreichbar bleiben. Er ist außer sich. Wir besprechen, ob wir die Polizei rufen sollen, sind uns aber einig, dass das im Augenblick keinen Sinn hat.

»Die werden überhaupt nichts unternehmen«, erklärt Will. »Dazu ist sie noch nicht lange genug verschwunden. Genau genommen ist sie noch gar nicht vermisst, sie geht nur nicht ans Telefon.«

Er hat natürlich recht. Hannahs letzte Nachricht war die SMS an ihre Großmutter vor anderthalb Stunden, als sie gerade in Exeter angekommen war. Will und ich versuchen sie erst seit ungefähr fünfzig Minuten zu erreichen.

»Wie lange dauert deine Besprechung denn noch?«, frage ich.

Will seufzt. »Eine halbe Stunde vielleicht. Höchstens vierzig Minuten.«

Ich atme tief durch. »Dann gehen wir danach zur Polizei. Dann sind das zwei Stunden seit ihrer SMS an Mum.«

»Okay.« Will klingt etwas ruhiger, jetzt, wo wir einen Plan haben. »Wenn diese Besprechung nicht wäre, würde ich jetzt in Exeter herumfahren und nach ihr suchen, aber ...«

»Aber so aufs Geratewohl ist das doch zwecklos«, sage ich. »Und wer sagt uns, dass sie überhaupt in Exeter ist? Sie kann es sich doch anders überlegt haben.«

»Schon möglich.« Ich glaube, er ist den Tränen nahe. »Himmel, Liv, ruf mich an, wenn du etwas hörst.«

Ich verspreche es und lege auf. Die Angst frisst mich auf. Ich habe noch nicht gewagt, Will davon zu erzählen, aber die Möglichkeit, dass der Mann, der Damian und mich verfolgt hat, nun Hannah in seiner Gewalt hat, raubt mir den Verstand. Er kennt uns. Julias Cottage hat er in Brand gesteckt, um uns umzubringen, da bin ich mir ziemlich sicher. Und Shannon muss er auch ermordet haben.

Mein Handy klingelt. Ich reiße es hoch. Es ist Paul. Er spricht, bevor ich etwas sagen kann.

»Hi, Livy, entschuldige, dass ich übers Handy anrufe – ich weiß, dass du für Hannah erreichbar sein willst. Ich bin mit Will bei der Arbeit – Dad hat mich zum Einsortieren von Akten eingespannt – aber ich bin damit durch und könnte bei dir vorbeikommen, bis Will fertig ist. Ihn nimmt die Sache furchtbar mit, und dir geht's wahrscheinlich nicht anders.« Er hält kurz inne. »Was meinst du? Ich könnte dir ein bisschen Gesellschaft leisten.«

Ich muss schluchzen. »Ja«, sage ich. »Danke, Paul.«

Er legt auf, und ich versuche es wieder bei Hannah. Ich hinterlasse noch eine Nachricht – in Tränen diesmal. Ich flehe sie an, mich anzurufen, wenn sie kann. Ich gehe im Wohnzimmer auf und ab. Dann kommt mir ein Gedanke, und ich renne hinauf ins Schlafzimmer zu meiner Kommode. Den widerlichen BH mit Leopardenmuster samt Tanga habe ich hier in die unterste Schublade gestopft.

Die Sachen sind weg.

Ich gerate sofort wieder in Panik. Hat Hannah die Wäscheteile mitgenommen? Hat jemand mit ihr darüber gesprochen? Damit sie die Sachen trägt?

Schreckliche Gedanken kreisen in meinem Kopf. Ich haste in Hannahs Zimmer und stelle ihren Schrank und ihre Kommode auf den Kopf. Die Leopardenwäsche fällt mir zu meiner Erleichterung fast sofort in die Hände. Zumindest hat sie die Sachen nicht für eine heimliche Begegnung aus dem Haus geschmuggelt. Und dann fällt mir ein, dass es noch andere Wäscheteile geben könnte, von denen ich gar nichts weiß, die ihr womöglich jemand anderes gekauft hat.

Weitere quälende Gedanken bestürmen mich. Hannah sieht Kara so ähnlich. Ist das auch dem Mann aufgefallen, der uns angegriffen hat? Hat er sich ihr Vertrauen erschlichen? Sie entführt? Nein, das ist nicht möglich – immerhin hat er uns nur gestern in Shannons Wohnung in Torquay gesehen. Aber mein Verstand ist im freien Fall, meine Befürchtungen unendlich.

Ein paar Minuten später kommt Paul mit dem Fahrrad an. Er muss alle Geschwindigkeitsbeschränkungen gebrochen haben. Ich falle ihm auf der Schwelle in die Arme und weine hemmungslos. Er bugsiert mich ins Haus zurück und gießt uns beiden je ein Glas von Wills Whisky ein. Ich nippe kurz, wische mir dann mit den Fingern unter den Augenlidern und putze mir die Nase.

Paul tätschelt mir die Hand. »Bestimmt geht's ihr bestens, Livy. Du weißt doch, wie Kinder sind.«

Ich zögere. Der Drang, Paul von dem Mann zu erzählen,

der mich umbringen wollte, ist kaum auszuhalten. Ich weiß nur nicht recht, womit ich anfangen soll.

»Vielen Dank, dass du gekommen bist«, beginne ich.

»Bitte, Liv.« Paul zuckt mit den Schultern. »Wie lange kennen wir uns jetzt? Das ist doch das Mindeste, das ich tun kann. Ich meine, ich bin zwar nicht Julia, aber du bist trotzdem eine meiner ältesten Freundinnen. Wer sonst kennt dich noch mit Dauerwelle und einem *Riot-Grrrl*-T-Shirt?«

Ich drücke ihm die Hand und muss unwillkürlich lachen.

»Ganz zu schweigen von deiner Hasselblad«, seufzte Paul. »Ständig hast du Bilder mit diesem Ding geschossen ... Was ist eigentlich damit passiert?«

Ich zucke mit den Achseln. Dass ich nicht genau weiß, wo die Kamera hingekommen ist, kommt mir wie ein Sinnbild für alles vor, was in meinem Leben schiefläuft.

»Egal.« Paul räuspert sich. »Ich weiß, auch hier liegen die Dinge ein bisschen anders. Ich meine mit dir und Will – dass ihr ... äh, Probleme habt. Deswegen hast du mich doch Anfang der Woche angerufen und dich über Will erkundigt, nicht wahr?«

Ich sehe auf. »Hat Will etwas gesagt?«

»Nein, das war Dad.« Paul schüttelt matt den Kopf. »Ich habe ihn gestern Abend auf euch beide angesprochen, und er hat mir erzählt, was in Genf passiert ist, was er gesehen hat. Das war ein Riesenschock. Ich meine, ich war ja nicht selbst in Genf und hatte keine Ahnung. Ich mache ja nicht so viele Dienstreisen wie Mr. Polyglott.«

Bei dieser Bemerkung über Will schleicht sich eine gewisse Schärfe in seine Stimme, und mir schießt durch den Kopf, dass Paul es Leo möglicherweise übel nimmt, dass er Will zum stellvertretenden Geschäftsführer befördert hat.

»Ich beklage mich ja nicht«, fügt er schnell an. »Ich arbeite wirklich lieber direkt mit den Kunden. Dad weiß, dass ich für diesen ganzen Management- und Verwaltungsmist nicht geschaffen bin. Will dagegen macht das alles großartig – er ist dafür geboren.«

»Richtig«, sage ich.

»Hey.« Paul tätschelt mir den Arm. »Ich war es doch, der euch einander vorgestellt hat, oder? Er hat sich wie ein Idiot benommen, aber wenn jemand aus diesem Schlamassel herausfindet, dann ihr beide.«

Ich nicke und muss an den Abend in der Bar denken, als ich Will zum ersten Mal begegnet bin – wie jung wir damals waren, das ganze Leben noch vor uns. Ich sehe aufs Handy und beschwöre es zu klingeln. Will sollte bald aus der Besprechung kommen. Noch zwanzig Minuten, dann werden wir endgültig die Polizei einschalten.

»Ich weiß gar nicht mehr … wie lange war Kara damals verschwunden, bevor man sie fand?«, fragt Paul leise und mitfühlend.

»Nur ein paar Stunden«, sage ich. »Julia kam von der Party nach Hause, bemerkte, dass sie nicht da war, und wählte sofort 999. Kurze Zeit später fand ein Jogger Kara am Kanal.«

»Arme Julia«, meint Paul und blickt dabei so versonnen drein, dass ich mich frage, ob ihm gerade ihre eine gemeinsame Nacht vor achtzehn Jahren durch den Sinn geht.

Ich denke an Robbies hässliche Version von Julia, dann an Damians idealisierte und verspüre plötzlich den heftigen Wunsch, dass jemand ohne persönliches Motiv sein Urteil über meine beste Freundin spricht.

»Du hast sie gern gehabt, oder?«, frage ich. »Ich meine, ich weiß, dass ihr beide – dieses eine Mal, aber …«

Paul wendet sich mir zu. »Man konnte Spaß haben mit Julia«, sagte er bestimmt. »Und dich und die Kinder hat sie sehr gern gehabt.« Er überlegt. »Abgesehen davon war sie aber total am Arsch, wenn du mich fragst. Ständig diese Männergeschichten.« Für eine Sekunde blitzt Missbilligung in seinen Augen auf, aber dann wird sein Ausdruck sanfter, und er seufzt. »Wie schon gesagt, arme Julia. Und du ebenso. Bei einem Kind muss die Sorge ja noch schlimmer sein.«

Ich beiße mir auf die Lippe. Wieder bin ich nahe daran, Paul alles zu erzählen.

Mein Handy klingelt. Mit klopfendem Herzen greife ich danach.

Bitte lass es Hannah sein.

Aber auf dem Display erscheint kein Name. Nur die Worte: *Rufnummer unterdrückt.*

Wieder packt mich Panik, und ich drücke das Gerät ans Ohr.

»Hallo«, sage ich. »Wer ist da?«

Julia

Ich kann nicht an einen Gott glauben, der ständig gepriesen werden will.

FRIEDRICH NIETZSCHE

Zugegeben, das mit Julia habe ich nicht kommen sehen. Sie sehen, ich kann auch bescheiden sein! Ich kannte sie natürlich gut, aber ich hatte keine Ahnung, dass sie achtzehn Jahre lang versucht hatte, den Mörder ihrer besten Freundin ausfindig zu machen. Unglaublich zäh, aber genau so war Julia. Ein seltsames Wesen: so kaputt und gleichzeitig so clever, von innen so hässlich und von außen so schön, so unglücklich und gleichzeitig so voller Lebenslust.

Das etwas nicht stimmte, bemerkte ich einige Tage nach dem Vorfall. Jemand war an meiner Schachtel gewesen, und Karas Medaillon war verschwunden. Ich wusste sofort, wer es genommen hatte und warum: um es zu Geld zu machen, natürlich. Ich stellte den Dieb zur Rede; nur ein schwacher Trost war, dass ich zuvor behauptet hatte, die Schachtel gehöre jemand anderem – einer Person, die der Dieb hasste und der er nicht traute. Ich fragte, wo das Medaillon jetzt sei und erhielt zur Antwort, es sei anonym über eBay verkauft worden – nicht allerdings, dass es Shannon, diese Schlampe, gewesen war, die es verkauft hatte. Der Nichtsnutz fürchtete Vergeltung und erwähnte sie mit keinem Wort. Dafür räumte er ein, dass ihn Julia wenige Stunden zuvor aufgespürt und ausgequetscht hatte. Noch wütender wurde ich, als ich erfuhr, dass der Dieb ihr den Namen des vermeintlichen Eigentümers der Schachtel und des Medaillons verraten hatte und dass Julia deshalb höchstwahrscheinlich Karas Mörder zu kennen glaubte. Ich war natürlich froh, dass sie nicht mich dafür hielt, aber sie kam der Sache nun doch näher, als mir lieb sein konnte. Es war im Grunde nur eine Frage der Zeit, bis sie herausfand, dass die Schachtel eigentlich mir gehörte, und dann würde es schwer werden, ihr zu erklären, wie ich an das Medaillon gekommen war.

Ich handelte sofort.

Julia hätte ich bestimmt nicht als Opfer gewählt, aber das Schicksal stellte sie mir in den Weg, und ich nahm ihre Ermordung als Herausforderung an: Unfälle hatte ich schon mehrfach inszeniert und Mädchen in den Selbstmord getrieben. Diesmal allerdings wollte ich den Selbstmord selbst inszenieren. Ich wusste, dass Julia über Suizide in der Modebranche recherchiert hatte. Einige Monate zuvor hatten wir uns sogar über die verschiedenen Selbstmordmethoden unterhalten und darüber, wie leicht passende Medikamente übers Internet zu beschaffen waren.

Ich ging also mit der Broschüre und dem Pentobarbital zu ihrer Wohnung. Ich umging die Überwachungskamera an der Straßenecke und schlich mich nach oben. Sie wollte mich eigentlich nicht hereinlassen, aber dann erzählte ich ihr, ich sei ebenfalls auf Karas Mörder gestoßen und bräuchte ihren Rat, wie ich am besten vorgehen solle, und da gab sie nach. Das war schon ziemlich schlau von mir, weil ich natürlich wusste, dass sich Julia im gleichen Dilemma befand. Livy hätte an diesem Abend nur ans Telefon zu gehen brauchen, dann wäre die ganze Geschichte heraus gewesen. Mir lief ein Schauer über den Rücken, als ich begriff, dass ich um ein Haar zu spät gekommen wäre.

Julia war völlig aufgewühlt. Wir setzten uns. Ich bat um einen Bourbon. Fürchterliches Zeug. Wie schon erwähnt, bevorzuge ich Single Malt. Ich wusste aber, dass Julia eine Flasche offen hatte. Das hatte sie immer. Und als ich ihr erzählte, was ich über das verflixte Medaillon »herausgefunden« hatte, berichtete auch sie mit sichtlicher Erleichterung, was sie wusste (allerdings ohne Shannon auch nur zu erwähnen). Unsere Geschichten fügten sich nahtlos ineinander. Das war ja auch kein Wunder, weil ich alle Informationen geliefert hatte! Arme Julia. Sie war so nah dran und hatte in vielem richtiggelegen. Und trotzdem hatte sie am Ende den falschen Schluss gezogen.

Sie log allerdings darüber, wo sich das Medaillon jetzt befand. Vielleicht fing sie auch an, mich zu verdächtigen, oder es lag einfach in ihrer Natur, Menschen zu täuschen. Sie deutete jedenfalls an, das Medaillon sei an einem sicheren Ort vergraben, und nur sie könne es finden. In Wirklichkeit war es natürlich noch immer bei Shannon, die es beim Treffen der beiden zwei Tage zuvor aus Argwohn nicht mitgebracht hatte.

Das geruchlose Pentobarbital hatte ich bereits in ihren Whisky geschmuggelt und kurze Zeit später starb sie dort auf dem Sofa, wo sie saß. Ich wischte alle Oberflächen sauber und achtete dabei auf Haare und Fasern. Sie selbst hatte ich gar nicht berührt. Nichts deutete auf mich hin. Ich löschte auf ihrem Computer alle Dateien, die mit Kara zu tun hatten, tippte den Abschiedsbrief, legte die Broschüre über Pentobarbital auf den Schreibtisch und ging so vorsichtig, wie ich gekommen war. Alle Unterlagen über Kara nahm ich mit und dazu – wie immer – ein kleines Erinnerungsstück.

Und das war's, dachte ich. Erledigt. Endgültig.

Zwar hatte ich das Medaillon nicht, aber ich war mir sicher, dass niemand danach suchen würde. Außerdem war ich davon überzeugt, dass niemand Julias »Selbstmord« bezweifeln würde. Allerdings hatte ich mich in beidem verschätzt.

Macht aber nichts. Das Medaillon habe ich mir schon besorgt.

Und schon bald werde ich mich um die kümmern, die noch immer danach suchen.

Kapitel 17

»Hallo, Livy?« Es ist eine Frauenstimme.

»Ja?« Ich bin völlig perplex. Ich kann an nichts anderes als an Hannah denken. Wer immer das ist, ich muss sie so schnell wie möglich aus der Leitung werfen. Paul beobachtet mich über den Küchentisch, die Augen weit aufgerissen. »Wer sind Sie?«

»Ich bin Sally Collins, die Mutter von Romayne. Äh, Hannah hat mich gebeten, Sie anzurufen.«

Ich springe hoch. »Ist Hannah bei Ihnen? Geht es ihr gut?«

»Ja, ja, ihr geht's gut. Wir waren zusammen einkaufen. Wie ich höre, haben Sie ihr mehrere Nachrichten aufs Handy gesprochen. Es tut mir furchtbar leid, dass sie Ihnen nicht Bescheid gesagt hat. Die Mädchen haben mir beide in die Hand geschworen, dass Sie wissen, wo wir sind.«

Ich zittere vor Erleichterung, meine Glieder sind wie Gummi. Ich plumpse auf einen Stuhl. Paul am Tisch gegenüber erhascht meinen Blick. Er deutet auf sein Handy, und ich nicke – er möchte Will anrufen und ihm die Neuigkeiten mitteilen.

»Können Sie mir mal Hannah geben?«, frage ich.

Es gibt eine kurze Pause, und ich höre gedämpfte Stimmen. Ich wappne mich, nicht nachzugeben, falls Hannah wie gestern nicht mit mir reden will. Ganz offensichtlich fürchtet sie sich vor dem Gespräch – sonst hätte sie nicht die arme Sally vorgeschoben.

Ein paar Augenblicke später ist sie dann aber am Apparat.

»Mum?« Sie kling verheult.

»Oh, Hannah, Liebling, Gott sei Dank geht's dir gut. Wir haben uns deinetwegen beide solche Sorgen gemacht!«

Am anderen Ende der Leitung bleibt es still. Dann sagt Hannah ganz leise: »Daddy ist furchtbar wütend auf mich, oder?«

»Das sind wir alle beide, Liebes«, sage ich und versuche, streng zu klingen. Paul ist aus dem Zimmer gegangen. Ich höre, wie er draußen im Flur mit Will spricht. »Aber weißt du, was wir am *meisten* hatten – und zwar seit wir versuchten, dich auf dem Handy zu erreichen? *Angst!*«

»Aber ich habe eure Nachrichten nicht bemerkt. Wir waren bei Top Shop und ...«

»Es geht nicht darum, das du nicht ans Telefon gegangen bist, Hannah, sondern darum, dass du abgehauen bist. Versetze dich mal in unsere Lage. Unsere kleine Tochter läuft davon und ...«

»Aber ich bin schon *zwölf*«, fällt sie mir ins Wort und klingt schon wieder trotzig wie eh und je.

»Ich weiß das«, antworte ich in beruhigendem Tonfall. »Ich weiß, du bist viel erwachsener, als uns beiden bewusst ist, aber es kommt nicht infrage, dass du einfach allein losziehst und in den nächsten Zug steigst – niemand hat dir so etwas erlaubt.«

»Ich habe doch Granny eine SMS geschickt.«

»Eine Nachricht hinterlassen und um Erlaubnis fragen sind aber zwei Paar Stiefel.« Ich versuche so versöhnlich wie möglich zu klingen. »Und du weißt das auch. Du bist ein kluges Mädchen. Du weißt doch selbst, dass so etwas nicht infrage kommt, oder?«

»Ja, Mum«, sagt sie ganz leise. Sie klingt ganz zerbrechlich. »Es tut mir leid.«

Ich hole tief Luft. »Wo bist du denn jetzt?«

»In Princesshay«, antwortet sie. »In einer Pizzeria.«

»Nun, ich möchte, dass du sofort nach Hause kommst«, sage ich leise, aber entschlossen. »Ich komme dich abholen.«

»Kann nicht Romaynes Mum mich nach Hause bringen? Wir werden gleich losfahren, wenn wir gegessen haben. Wir haben die Pizzas schon bestellt.«

Ich zögere, wäge die Vor-und Nachteile gegeneinander ab. Einerseits will ich Hannah so schnell als irgend möglich wieder zu Hause haben – weil ich solche Ängste um sie hatte, aber auch, damit sie begreift, dass es Konsequenzen hat, wenn sie einfach so wegläuft. Außerdem würde Will das ebenso sehen. Andererseits wäre es wohl nicht fair gegenüber Sally Collins, wenn wir das Mittagessen unterbrechen, das sie bereits bestellt hat, und Hannah wird fast ebenso schnell zu Hause sein, wenn jemand anderes sie bringt.

»Gib mir noch einmal Romaynes Mum«, sage ich.

Ich höre Teller scheppern, und es werden Stühle gerückt, als sie wieder zum Tisch geht und das Handy weiterreicht. Dann ist Sally wieder dran.

Sie bietet sofort an, Hannah gleich nach dem Essen nach Hause zu bringen und entschuldigt sich noch einmal dafür, dass ihr entgangen ist, dass Hannah den Ausflug nicht mit mir abgesprochen hat. Ich bedanke mich, lege auf und seufze tief, als Paul in die Küche zurückkommt.

»Will möchte, dass du ihn anrufst«, sagt er. »Er sagt, seine Besprechung sei gerade zu Ende.«

»Okay, danke.«

Paul nimmt seine Jacke von der Stuhllehne. »Dann ist alles in Ordnung mit ihr?«

Ich nicke.

»Gut.« Er zögert.

»Du brauchst nicht gleich wieder zu verschwinden«, sage ich. »Wirklich nicht.«

Paul lächelt betrübt. »Ich habe noch zu tun«, meint er. »Und dann muss ich bei Dad vorbeischauen. Martha ist immer noch fort. Und Becky auch, wie du weißt, also – ruf mich an, wenn ich etwas tun kann oder wenn du eine Schulter zum Ausweinen brauchst.« Er überlegt kurz. »Ich weiß, Will und ich arbeiten im selben Büro, aber er hat mir nichts darüber gesagt und, nun, wir beide waren zuerst befreundet, Liv. Ich hoffe ja, dass es nicht so weit kommt, aber wenn ihr beide das nicht auf die Reihe kriegt, dann bin ich für dich da, und zwar jederzeit. Verstanden?«

»Danke, Paul.« Ich umarme ihn und bringe ihn zur Tür. »Sag Leo einen Gruß.«

Paul fährt mit dem Fahrrad davon, und ich rufe Will an. Er ist immer noch wütend, aber er klingt dann doch etwas erleichtert, als ich ihm von meinem Telefonat mit Hannah berichte.

»In zehn Minuten habe ich *noch* eine beschissene Telefonkonferenz mit irgendwelchen Deutschen! Danach komme ich gleich nach Hause.« Er macht eine kurze Pause. »Wir müssen reden, Liv.«

»Über Hannah?«

»Und über uns beide.«

»Okay«, sage ich. »Später. Heute Abend.«

Die Aussicht auf dieses Gespräch schlägt mir schon jetzt auf den Magen.

Als Nächstes rufe ich Mum an und versichere ihr, dass

es Hannah bestens geht. Sie hört sich etwas mitgenommen an, weint aber nicht, obwohl ich merke, dass sie sich zusammennehmen muss. Im Gespräch gewinnt sie allmählich Abstand. Ich weiß, dass sie an Kara denkt, aber genau wie ich spricht sie das nicht aus. Während wir die sich aufdrängenden Erinnerungen umkreisen, muss ich daran denken, was Damian gesagt hat.

Dein Leben ist nicht klein. Du hast dich einfach nur zu sehr daran gewöhnt, an seinen Rändern zu leben.

Vielleicht habe ich diese Lebensweise von Mum gelernt. Auf alle Fälle verhalten wir uns beide so, wenn wir zusammen sind.

Nach einer Minute nimmt Zack den Hörer. Im Gegensatz zu Mum weint er ungeniert und sagt, dass er nach Hause kommen will. Ich spreche noch mal mit Mum und entschuldige mich dafür, dass ich unsere gemeinsame Zeit mit den Kindern unterbrochen habe. Mum wischt meine Bedenken beiseite und meint, das sei unter diesen Umständen völlig unwichtig. Ich sage, dass entweder Will oder ich selbst bald vorbeikomme und Zack holen komme. Dann rufe ich Will noch einmal an.

Er bietet sofort an, Zack gleich nach seiner Telefonkonferenz abzuholen. Ich bin einverstanden und sage, dass ich zu Hause auf Hannah warten werde.

»Wir werden zum Abendessen alle hier sein«, füge ich möglichst fröhlich an.

»Ja, wie eine verdammte, fröhliche Familie«, seufzt Will.

Er klingt so elend. Ich muss unwillkürlich schluchzen. Vielleicht tut uns beiden diese Krise ja gut. So müssen wir uns der Sache stellen und können sie ein für alle Mal lösen. Denn eines ist mir nun klar geworden: Ich werde ihm nie wieder trauen können.

Meine Gedanken wandern zu Damian. Wie es ihm wohl geht? Ich könnte ihn ja anrufen und mit ihm versuchen, die ganzen Puzzleteilchen, auf die wir gestoßen sind, irgendwie zusammenzufügen. Aber zuerst brauche ich eine Tasse Tee. Dass Paul mir einen Scotch eingeschenkt hat, war ja keine schlechte Idee. Ich hatte daran genippt, aber um diese Tageszeit vertrage ich keinen starken Alkohol – und die Milch im Kühlschrank ist auch nicht mehr gut. Fürs Abendessen ist ebenfalls nichts im Haus. Mein Geldbeutel mit den Karten ist natürlich weg, und Bargeld kann ich auch fast keines finden. Ich krame eine alte Bankkarte heraus, für ein Konto auf meinen Mädchennamen, das ich so gut wie nie benutze. Ich schlüpfe rasch in Jeans und ziehe ein langärmeliges Top über. Es ist inzwischen merklich kühler geworden. Der Regen hat die Luft offenbar reingewaschen.

Ich fahre zu Sainsbury's. Hannah muss bald zurück sein, und ich haste an den Regalen mit Hundefutter vorbei in den hinteren Teil des Ladens zu den Milchprodukten, als vor mir plötzlich ein bekanntes Gesicht um die Ecke biegt.

»Leo, hi.« Wills Chef ist wirklich der Letzte, den ich zu treffen erwartet – und gewünscht – habe, aber ich ringe mir ein Lächeln ab und begrüße ihn. »Was tust du denn hier? Ich dachte, du bist mit Will im Büro?«

»Bin gerade erst dort weg«, dröhnt er, »und auf dem Heimweg noch kurz hier vorbei.« Aus seinen Augen strahlt echte Wärme. Er trägt eine Cordhose. Der offene Kragen des sorgfältig gebügelten Baumwollhemds lässt Büschel von grauer Brustbehaarung erkennen. »Will hat mir das mit Hannah erzählt. Gott sei Dank ist nun alles in Ordnung.« Er schüttelt den Kopf. »Kinder … Der arme Will –

ich hätte wirklich nicht erwartet, dass er nach alldem heute Nachmittag tatsächlich sein Deutsch auf die Reihe kriegt. Er ist unglaublich, einfach unglaublich.«

Ich merke, dass mir nach diesem überschwänglichen Lob für Will die Wangen glühen. Um das Thema zu wechseln, plappere ich los, wie seltsam es mir vorkommt, ihn im Supermarkt zu treffen. Leo schaut etwas verwirrt und meint, das sei gar nicht so überraschend, weil er und Martha nur ein paar Minuten entfernt wohnen, allerdings in der entgegengesetzten Richtung von unserem Haus.

»Nicht deshalb«, räume ich ein und werde wieder rot. »Ich konnte mir nur nicht vorstellen, dass du selbst fürs Essen einkaufen gehst.«

Leo lacht, tief aus dem Bauch. »Naja, Martha ist ja noch immer fort, und ich muss mich dieses Wochenende allein durchschlagen. Gestern Abend war ich unterwegs.« Er senkt vertraulich die Stimme, spricht aber immer noch sehr viel lauter als ich. »Habe *viel* zu viel getrunken. Nachher kommt Paul, um das Fußballspiel anzusehen. Er bringt auf dem Weg etwas zu essen mit.« Er hebt seinen Einkaufskorb, in dem ein paar Dosen Katzenfutter, eine Dose Tee und ein Beutel mit Fertigsalat liegen. Er zeigt auf den Salat. »Gesundheitskampagne …«

»Richtig, genau, Paul sagte, dass er dich später treffen würde.« Ich erzähle ihm, dass Paul vorbeigekommen war, um mich moralisch zu unterstützen.

»Guter Junge«, meint Leo anerkennend. »Er hält treu zu seinen Freunden. Schon immer.«

Treu, im Gegensatz zu Will. Ich sehe, dass Leo den Schatten bemerkt, der über mein Gesicht huschen muss. Auch seine Züge entgleisen.

»Shit, Livy, es geht nicht … Wir müssen darüber reden«, sagt er plötzlich. »Es tut mir leid, dass Martha dir erzählt hat, was – in Genf vorgefallen ist.«

Ich starre ihn an. Er weiß Bescheid? Martha wollte ihm doch unbedingt verschweigen, dass sie mit mir gesprochen hat.

»Es war klar, dass sie es dir erzählen würde«, sagt Leo und verzieht das Gesicht. »Wenn man fünfzehn Jahre mit jemandem verheiratet ist, dann weiß man, wenn er etwas vor dir verbirgt.«

»Stimmt.« Ich muss über die Ironie seiner Bemerkung lächeln. »Hoffentlich bist du nicht zu hart mit Martha ins Gericht gegangen. Sie wollte nur einer Freundin helfen.«

»Ehrlich gesagt mache ich mir eher Sorgen um dich .... Als sich meine erste Frau und ich trennten, ist für mich eine Welt zusammengebrochen. Ich war völlig verzweifelt. Paul habe ich damals lange Zeit nicht gesehen.« Er schüttelt den Kopf. »Ich weiß, das lässt sich nicht vergleichen, aber ich verstehe, wie verletzt du sein musst.«

Seine Güte treibt mir Tränen in die Augen. Beschämt und gerührt wende ich mich ab. »Sag nicht solche Sachen«, flüstere ich. »Sonst fange ich gleich an zu weinen.«

»Oh, Livy.« Leo schüttelt langsam den Kopf. »Will ist so ein Dummkopf. Ich wünschte, ich hätte bloß nichts gesehen ...«

Ich erinnere mich daran, was Martha gesagt hatte: Will und Catrina, die sich zum Abschied küssen, als er aus ihrem Hotelzimmer kommt. Ich verschließe meine Augen vor dem Bild. Ich komme mir so dumm vor. So unerträglich dumm. Und in diesem Augenblick weiß ich, dass ich Will verlassen muss. Wenn ich mir ein Fünkchen Würde bewahren will, darf ich ihm nicht noch einmal eine Chance geben. Für die Kinder wird das nicht gut sein, aber eine zaudernde und unglückliche Mutter ebenso wenig. Vielleicht habe ich mich tatsächlich zu sehr daran gewöhnt, an den Rändern meines Lebens zu leben. Nun, von heute an werde ich wieder in seinen Mittelpunkt zurückkehren und alles mit anderen Augen betrachten, meine Familie mit eingeschlossen.

Nur zu, Mädchen, höre ich Julia sagen. *Aber vergiss nicht, dass du einem alten Dogma keine neuen Tricks beibringen kannst.*

»Was wirst du tun?« Leos Stirn zeigt tiefe Furchen. Er wirkt so gütig und väterlich, dass mir eine Träne aus dem Auge quillt und die Wange herunterläuft. Wenn nur Dad hier wäre. Er ist schon Jahre tot, aber immer dann, wenn ich seine uneingeschränkte und ungekünstelte Zuneigung wirklich brauchen könnte, fehlt er mir am allermeisten. Am Gang gegenüber schlendert ein Mann selbstbewusst zu einem Aufsteller mit Teespezialitäten. Während ich ihn beobachte, muss ich an Wills lässigen Gang denken, und mir ist, als würde mir das Herz in der Brust verschrumpeln.

»Ich weiß nicht«, flüstere ich. »Ich weiß es einfach nicht.«

Alles, was Damian und ich unternommen haben, um die Umstände von Julias Tod aufzuklären, kommt mir mit einem Mal völlig sinnlos vor. Nichts von alldem wird sie zurückbringen. Die Uhr lässt sich nicht zurückdrehen.

Und nichts wird Will und mich wieder zusammenbringen.

Leo tätschelt mir den Arm; seine Hand ist groß und schwer. »Ruf Martha und mich an, wenn wir etwas tun können.« Er beugt sich vor, küsst mich auf die Wange und geht.

Seine Güte ist rührend – aber dennoch empfinde ich vor allem Demütigung.

Und Verlust.

Ich schaffe es gerade noch bis zu den Milchprodukten, bevor ich die Fassung verliere. Ich bleibe stehen und tue, als würde ich die Eispackungen in der Truhe untersuchen. Tränen laufen mir übers Gesicht. Der Schmerz erfasst meinen ganzen Körper. Wie kann Will so etwas getan haben? Bilder von ihm und Catrina drängen sich in meinen Kopf. Ich kann es nicht ertragen. Ich sehe, wie sie sich küssen, wie sie sich für ihn auszieht, den Blick voller Verlangen. Mir ist, als würde ich den Verstand verlieren. Als würde ich tatsächlich verrückt werden.

»Genug.« Ich sage es laut, damit die Bilder verschwinden. Ich zwinge meine Aufmerksamkeit auf die Kühltruhe vor mir. Zack mag Erdbeere. Hannah möchte lieber Schokolade. Ich will gerade beide Sorten nehmen, als ich die Fürst-Pückler-Packungen entdecke. Sehr gut. Dann können Will und ich den Vanille-Teil haben.

Ein letztes gemeinsames Abendessen noch, dann sage ich ihm, dass er das Haus für immer verlassen muss.

Hannah legt Messer und Gabel zusammen und schiebt den Teller weg. Ausnahmsweise hat sie einmal alles aufgegessen – ich habe Eintopf mit Kartoffelpüree gekocht – und die ganze Zeit still am Tisch gesessen. Ich kann ihr friedliches Benehmen trotzdem nicht unbedingt als gutes Zeichen sehen. Sie hat nicht widersprochen, als Will mit Zack nach Hause kam und ihr mit ernster Miene eine Woche Hausarrest ankündigte und sie ermahnte, nie wieder wegzulaufen, ohne uns Bescheid zu sagen. Ich finde, er ist gut damit umgegangen, war nicht zu streng, aber hat ihr feste Grenzen gesetzt. Sie hielt den Kopf die ganze Zeit gesenkt und verschwand dann in ihr Zimmer. Jetzt wirkt sie betrübt und geistesabwesend. Ich beschließe, dass sich Will und ich später in der Garage aussprechen müssen, wo uns die Kinder nicht hören können.

Zack ist immer noch am essen, sein ganzer Mund ist mit Soße bekleckert. Ich beuge mich vor und wische ihm die Lippen mit einem Küchentuch sauber. Er wirft mir einen Blick zu, strahlt mich mit seinen langen Wimpern glücklich an. Ich betrachte sein junges, rundes Gesicht und wünsche, er könnte immer so bleiben wie jetzt. Die Gewissheit, dass er sich in ein paar Jahren in einen mürrischen, schlaksigen, pickligen Teenager verwandeln wird, ist kaum zu ertragen.

Ich blicke auf. Will beobachtet mich. Er nimmt seinen und Hannahs Teller und stellt sie auf der Arbeitsplatte über der Spülmaschine ab.

»Ich habe zum Nachtisch Eis gekauft«, sage ich.

»Nein danke«, sagt Hannah und steht auf.

»Für mich auch nicht.« Will dreht sich um und geht aus dem Zimmer.

Ich sehe Zack an. Er schlingt eine große Ladung Eintopf hinunter.

»Hast du Erdbeere?«, fragt er erwartungsvoll.

Ich hole ihm das Eis und mache mir eine Tasse Tee. Oben höre ich Hannah in ihrem Zimmer herumlaufen. Will hat im Wohnzimmer den Fernseher angeschaltet. Schönes gemeinsames Abendessen! Zehn Minuten sitzen wir zusammen am Tisch, dann fällt jeder wieder in seinen gewohnten Trott. Ich kaue auf meiner Lippe. Wenn Will und ich uns trennen, dann hat das positive und negative Auswirkungen. Diese eingefahrenen Alltagsgewohnheiten wird es aber in jedem Fall ändern.

Ich räume die Spülmaschine ein und frage mich, wie ich

es so weit kommen lassen konnte, dass ich nicht nur koche, sondern dann auch noch allein aufräume. Ist das wirklich meine eigene Schuld? Als ich zu arbeiten aufgehört habe, war ich mir natürlich einig mit Will, dass ich den Haushalt mache und er sich auf seine Karriere konzentriert, aber warum kann er mir nicht trotzdem beim Abräumen helfen? Ich könnte ihn natürlich darum bitten, klar, und Hannah und Zack genauso, aber warum muss ich überhaupt fragen? Will sollte einfach *sehen*, dass ich Hilfe brauchen könnte. Er sollte sie einfach *anbieten*.

Missmutig schiebe ich einen Teller in den Geschirrspüler. Zack schluckt den letzen Löffel Eiscreme hinunter, und sein Mund ist jetzt in verschiedenen Schattierungen von Rosa verschmiert.

»In zwanzig Minuten geht's ins Bad«, rufe ich.

»Darf ich Temple Run spielen?«

»Klar.«

Er trollt sich; ich schabe den restlichen Eintopf in eine Tupper-Box und lasse sie stehen, bis sie in den Gefrierschrank kann.

Die nächste Stunde kriecht förmlich vorüber. Will taucht nicht aus dem Wohnzimmer auf, während ich Zack erst ins Bad und dann in seinen Schlafanzug stecke. Als ich das Licht ausknipse, ist er innerhalb von Sekunden eingeschlafen. Ich gehe nach nebenan zu Hannahs Zimmer und bleibe in der Tür stehen. Sie schaut auf vom Bett, wo sie mit untergeschlagenen Beinen sitzt und mit dem Kopfhörer Musik hört. Sie schaltet die Musik aus.

»Alles in Ordnung, Hanabana?«, frage ich.

Eigentlich ist das Wills Spitzname für sie, und ich bin darauf gefasst, dass sie mir sagt, ich solle sie nicht so nennen, oder dass sie schmollt und mich zum tausendsten Mal auffordert, ihr Zimmer zu verlassen. Aber sie tut nichts von alldem. Sie nickt nur und hört weiter ihre Musik.

Als ich es gedämpft hinter mir zischen und wummern höre, ist mir klar, dass ich jetzt mit Will reden muss. Ich gehe ins Wohnzimmer.

»Sollen wir?«, frage ich.

Will sieht mich an und schaltet wortlos den Fernseher aus.

Mein Herz pocht heftig, als er mir hinaus in die Garage folgt. Dort im Licht der Neonröhren ist es kühl und hell. Es riecht nach Holz und Benzin. Ich starre auf Wills Sammlung alter Motorradmagazine und dann hinunter auf die Stelle, wo ich Julias Ring gefunden habe. Mir kommt es vor, als wäre mein bisheriges Leben nun zu Ende. Als würde sich nach diesem Gespräch alles für immer ändern.

Kapitel 18

Will und ich stehen uns mitten in der Garage gegenüber. Man kann sich nirgends hinsetzen, aber das ist gut so. Allzu bequem sollten wir es jetzt besser nicht haben.

»Nun?«, sagt Will.

»Catrina.« Dieses eine Wort, hart und klar wie Glas, dass es mich im Hals sticht.

Will sieht mich wütend und misstrauisch an. »Ich habe doch schon gesagt, Liv, dass ich nicht mit ihr geschlafen habe.«

Ich starre ihn an. In meinem Bauch ballen sich Hass und Erniedrigung zusammen. Wie kann er mir ins Gesicht sehen und einfach so lügen?

»Man hat euch gesehen«, sage ich. »In Genf.«

»Was?« Will blickt ungläubig drein. »Was redest du da? Wo gesehen? Und wobei? Wir haben doch überhaupt nichts getan!«

»Du bist mitten in der Nacht aus ihrem Hotelzimmer gekommen. Du … Du hast sie an der Tür geküsst.« Die Vorstellung von Will und Catrina – eng umschlungen und noch erhitzt vom Ehebruch – zerschneidet mir das Herz.

»Wer hat das behauptet?« Die Furchen in seiner Stirn werden noch tiefer.

Ich sage nichts, will Martha und Leo noch nicht als meine Quellen preisgeben.

Will schüttelt den Kopf. »Das ergibt überhaupt keinen Sinn. Am ersten Abend habe ich Catrina nur im Flugzeug und dann im Wagen zum Hotel gesehen. Sie hat vor mir eingecheckt und ist auf ihr Zimmer gegangen. Ich weiß nicht einmal, *welches* Zimmer. Am zweiten Abend war sie noch in der Bar, als ich ins Bett ging. Das war der Abend nach Julias Tod. Ich machte mir Sorgen um dich. Und um die Kinder, weißt du, weil sie sie gesehen hatten. Ich war aufgebracht, weil ich nicht zu Hause war. Ich war nicht einmal …«

»Leo hat dich gesehen.« Mir zittert die Stimme. »Vor Catrinas Zimmer. Ungefähr morgens um fünf.«

Will macht große Augen. »*Leo* hat das gesagt?«

Ich nicke. »Aber Martha zuerst. Sie wusste es von ihm. Inzwischen habe ich aber auch mit ihm gesprochen. Er hat es bestätigt.«

Stille. Will ist wie vor den Kopf geschlagen. »Ich weiß nicht … Ich kann mir nicht vorstellen … was Leo glaubt gesehen zu haben, aber er hat sich auf jeden Fall geirrt.«

»Er hat euch beim Küssen gesehen.«

»Nein!« Will redet immer lauter. »Nein, ich *schwöre* dir – nichts dergleichen ist passiert.«

Ich atme aus, ein langer, tiefer Seufzer. Nicht einmal das gönnt er mir. Er ist nicht fähig, seine Schuld einzugestehen.

Will schüttelt den Kopf und angelt in der Tasche nach seinem Handy. »Jetzt soll mir Leo einmal *selbst* sagen, was er gesehen hat. Ich kann das nicht glauben.«

»Nein«, sage ich. »Das ist nicht fair Leo gegenüber. Und Martha.«

»Nicht fair gegenüber …?« Will starrt mich zornig an und zieht das Telefon heraus. »Ist das vielleicht fair gegenüber *mir* – oder *uns*? Die lügen doch, Liv, oder … oder du hast das missverstanden … oder …«

»Habe ich *nicht.*« Ein giftiger Gefühlscocktail brodelt in meinem Magen, dass mir fast übel ist. Ich fühle mich tief gedemütigt, habe ein schlechtes Gewissen, dass Leo in diese peinliche Situation gerät, bin aber zugleich wütend, weil er mir diese furchtbare Nachricht gebracht hat, und mehr als wütend auf Will, weil er mich betrogen hat und dann auch noch anlügt. Und über allem schmerzt mein missbrauchtes Vertrauen. Mein Blick fällt auf den Werkzeugkasten. Mir fällt Julias Ring ein. Und mit einem Mal bin ich mir sicher, dass sich Will über den Ehebruch hinaus schuldig gemacht hat.

»Julia ist wohl auch dahintergekommen, was?«, frage ich. »Hat sie von Catrina gewusst? Oder war da sonst noch jemand?«

»Nein.« Will hebt das Handy ans Ohr. »Julia wusste überhaupt nichts. Weil es nichts zu wissen gab – und gibt.«

»Warum hast du ihren Ring weggenommen und hier versteckt?«

»Das *habe* ich doch gar nicht!«

»Hier kommt doch sonst niemand herein, Will, es *kannst* nur du gewesen sein.«

»Das stimmt nicht«, entgegnet Will. »Jeder, der bei uns im Haus war, kann auch in der Garage gewesen sein – der Schlüssel hängt am Haken im Hauswirtschaftsraum.«

Das stimmt. Plötzlich kommen mir Zweifel. Die STOP-Botschaft mit dem Kinderpuzzle kommt mir in den Sinn. Wer sie geschickt hat, muss in unserem Haus gewesen sein. Und wer die Puzzleteile mitgenommen hat, kann auch den Garagenschlüssel gefunden haben. Will ist immer noch am meisten verdächtig, aber ich bin mir nicht mehr so sicher wie zuvor.

Ich wechsle zu einer Sache, bei der ich mir sicher bin. »Wenn du mit dem Diebstahl des Rings nichts zu tun hast, warum hast du ihn dann nicht an Robbie zurückgeschickt, wie du es versprochen hast?«

»Himmel, ich habe ihn per FedEx an Joanie in Bridport geschickt!« Will setzt das Telefon wieder ab. »Leos Handy ist ausgeschaltet. Ich probier's auf dem Festnetz.« Er scrollt herunter und versucht es erneut.

Ich kaue meine Unterlippe. Ich glaube, ich habe mich im ganzen Leben noch nicht schlimmer gefühlt als jetzt.

»Hi, Paul, hier ist Will ... Ja, alles okay ... Ist Leo da?«

Ich halte den Atem an und warte, bis Paul den Apparat an Leo weitergegeben hat. Sie müssten beide da sein. Leo sagte ja vorhin selbst, Paul würde etwas vom Takeaway zu essen mitbringen.

»Und wann wird Leo zurück sein? Ah ja.« Will nickt zu dem, was Paul ihm sagt. »Gut, dann probier ich's später noch mal.« Er schaut mich an. »Leo kommt erst spät wieder zurück. Paul weiß nicht, wo er ist.«

Ich atme tief aus. Ich weiß nicht, ob ich froh sein soll darüber, dass Leo entweder seine Pläne geändert hat oder, was wahrscheinlicher ist, keine Lust hat, mit Will zu sprechen.

»Kümmere dich nicht um Leo. Du machst alles nur zehnmal schlimmer, wenn du nicht zugibst ...«

»Wie könnte es noch zehnmal schlimmer werden, Livy?« Er wird wieder laut. »Was zum Teufel soll an dieser Scheißsituation noch schlimmer werden?«

Ich muss schlucken. »Ich wollte nur ...«

»Ich weiß, dass wir in einer Sackgasse stecken, und das schon eine ganze Weile«, sagt Will. »Ich weiß, dass du mir nicht vertraust – schon länger.« Er reibt sich die Stirn.

»Doch, das habe ich.« In mir kochen die Gefühle hoch. »Ich *habe* dir vertraut, und du hast mich für dumm verkauft.« Meine Stimme überschlägt sich.

»Warum glaubst du mir nicht?«, fragt Will, dessen Stimme ebenfalls bricht.

»Weil ... wie könnte ich?«

»Dann glaubst du Leo eher als mir?«

»Leo hat keinen Grund, mich anzulügen.«

»Im Gegensatz zu mir, meinst du?«, sagt Will. »Liv, ich belüge dich nicht.«

Wir starren uns an.

»Du hast schon einmal gelogen«, sage ich. »Vor sechs Jahren.«

»Aber damals war es doch anders«, beteuert Will. »Du weißt, dass es anders war. Zack war gerade geboren und ... Großer Gott, Livy, du warst wie besessen von ihm. Es war, als würde ich überhaupt nicht existieren. Als hättest du dich in deine Rolle als Mutter verliebt und ich war nur noch – eine wandelnde Geldbörse.«

Ich wende mich ab. Seine Klagen von damals, er spiele in der Familie nur noch beim Unterhalt eine Rolle, sind mir nur zu geläufig. So war es nie, jedenfalls nicht für mich. Außerdem ist das nicht von Belang. Nicht für das, worüber wir uns jetzt unterhalten.

»Jetzt gib nicht auch noch mir die Schuld«, sage ich. »Du *liebst* es, bei der Arbeit zu sein. Du magst, was du tust. Schon immer.«

»So pauschal stimmt das nicht.« Will seufzt. »Komm schon, Liv. Glaubst du wirklich, ich *will* immer bei der Arbeit sein? Ich wäre gern mehr zu Hause. Ich bin manchmal richtig neidisch auf dich – wenn du mit den Kindern und dem Haushalt fertig bist, findet sich hier und da immer mal eine freie Stunde. Du könntest sogar wieder mit dem Fotografieren anfangen – oder den Master machen, von dem du früher immer geredet hast.«

Ich starre auf den staubigen Boden. »So leicht ist das nicht.«

»Für mich ist es auch nicht leicht«, fährt Will fort. »Es ist schrecklich, wenn einem nicht vertraut wird.«

Ich sehe auf und meine verärgert: »Und wessen Schuld ist das?«

»Glaubst du, ich weiß nicht, dass es meine Schuld ist? Dass ich nicht seit sechs Jahren bereue, was geschehen ist? Ich dachte, langsam wird alles wieder besser, aber jetzt ... jetzt ...«

Ich habe das Gefühl, dass wir beide an einem Abgrund stehen und nur die ungeheure Tiefe des Sturzes hält uns vom Springen ab.

»Es funktioniert nicht«, sage ich.

»Ich weiß.«

Wir sehen uns an.

»Liebst du mich noch?«, fragt Will. »Ich liebe dich nämlich noch immer.«

Ich habe einen Kloß im Hals. »Ich weiß nicht«, gebe ich zu.

Will nickt, und die Wut weicht aus seinem Blick. Wieder schweigen wir beide lange. Ich komme mir wie ausgehöhlt vor – als wäre alle Hoffnung und alles Leben in unserer Beziehung zu Asche verbrannt. Alles, was ich anfasse, stirbt. Kara. Julia. Meine Ehe.

»Ich will, dass du ausziehst«, sage ich.

»Nein, Liv, um Himmels willen. Ich konnte ja noch nicht einmal mit Leo reden. Was er sich dabei eigentlich denkt. Du hast nicht ...«

»Du hast nicht das Recht, mir zu sagen, was ich tun soll, Will. Das hast du verwirkt. Alles, was wir hatten, hast du weggeworfen, verflucht noch mal«, fauche ich. Mein Magen ist in Aufruhr, die Eingeweide ein Meer von ätzender Säure. Alles ist Gift.

Will starrt mich an, und sein Mund zittert vor Wut und Schmerz.

»Wir brauchen Abstand, zumindest für eine Weile«, sage ich.

»Und die Kinder?«, fährt er mich zornig an. »Was ist mit den Folgen, die es für sie haben wird? Insbesondere Hannah? Ich kann so etwas nicht tun, Liv. Wir könnten doch …«

»Wir müssen ausprobieren, wie uns eine Trennung bekommt. Ich sage ja nicht, dass du dich nicht ändern kannst. Die Kinder kannst du sehen, wann immer …«

»Herrgott im Himmel«, fährt Will wieder hoch. »Jetzt bestimmst du schon, wann ich die Kinder sehen kann. Das ist …«

»… das ist unsere einzige Möglichkeit.« Ich starre ihn an und weiß, dass ich entschlossen aussehe, äußerlich zumindest. Er gibt es einfach nicht zu. Damit haben wir auch keine Möglichkeit, das Ganze zu verarbeiten. Ich traue ihm nicht. Werde ihm nie wieder vertrauen können.

»Schön«, zischt er. »Ich ziehe in ein Hotel. Den Kindern werde ich sagen, es ist wegen der Arbeit. Aber morgen möchte ich sie haben. Und zwar *hier*. Dann kannst du ja im Hotel übernachten. Oder bei Julias Lover. Ist mir doch scheißegal.«

Ich öffne den Mund und will widersprechen, aber Will stürmt hinaus, bevor ich etwas sagen kann. Ich stehe wie betäubt mitten in der Garage. Für einen Moment ist es, als würden sich der Raum, das Haus und die ganze Welt in meinem Kopf im Kreis drehen. Will hat die Tür zur Küche offen gelassen. Ich höre, wie er über die Diele geht, dann seine Schritte auf der Treppe. Es vergehen zwei, drei Minuten. Dann trampelt er die Stufen wieder herunter. Den Flur entlang. Die Haustüre fällt mit einem vernehmlichen Klick ins Schloss. Er ist fort.

Ich sinke auf den Boden. Vor der Werkzeugkiste, in der ich Julias Ring gefunden habe, liegt der kleine Stiefel mit dem Bild von Thomas der Lokomotive. Ich muss an Zack denken. Und an Hannah. Und daran, dass Will, nein, Will und ich gemeinsam, gerade ihr Leben zerstören. Ich habe ihm nichts von alldem erzählt, was Damian und ich über Julia herausgefunden haben – weder von dem Feuer noch von Shannons Tod. Und als ich mich dann noch daran erinnere, wie sehr ich ihn mir vorher an meiner Seite gewünscht hatte, als ich mir so verletzlich vorkam, da werde ich endgültig zu einem wimmernden Häufchen Elend, drücke meine Wange an den kalten schmutzigen Boden und glaube, dass mein Herz in eine Million winziger Teile zerspringt.

Den nächsten Morgen bringe ich wie betäubt hinter mich. Beide Kinder schlafen lange – bei Zack bedeutet das allerdings nur bis acht. In der Nacht schlafe ich so gut wie gar nicht, teils wegen Will, teils weil ich mich um meine Sicherheit und die der Kinder sorge. Ich drehe an allen Türen den Schlüssel zweimal herum und kontrolliere dreimal, ob die Fenster auch alle fest verriegelt sind.

Um elf wird Zack von Barneys Eltern zu einem Ausflug in den Paignton-Zoo mit seinen Freunden Noah und Barney abgeholt. Ich lasse ihn nur unter großen Bedenken gehen.

Der gestrige Schrecken um Hannahs Verschwinden hat möglicherweise nichts mit Julias Ermordung zu tun, aber der Mann, der Damian und mich verfolgt hat, ist noch immer unterwegs. Obwohl ich keine Beweise dafür habe, bin ich mir sicher, dass er sowohl Shannon als auch meine Schwester und Julia umgebracht hat. Und er hat das Cottage angezündet, während Damian und ich uns im Innern befanden.

Er weiß, wer ich bin; gut möglich, dass er alles über mich weiß. Ich bin in Gefahr und damit auch meine Kinder. Im hellen Licht des Sommertags finde ich aber keinen logischen Grund, warum ich Zack den Ausflug verbieten sollte. Der Brand ist immerhin schon zwei Tage her, und seither hat es keine weitere Drohung gegeben. Damian ruft immer wieder an, um zu hören, ob alles in Ordnung ist. Ihn beschäftigt noch immer, was wir über Julias letzte Lebenstage herausgefunden haben, und stellt fest, dass ich ihm in der ganzen Aufregung um Hannah noch immer nicht erzählt habe, was das Gespräch mit Robbie ergeben hat.

Ich zögere. Seit gestern Morgen habe ich kaum Gedanken an dieses Treffen und die gewonnenen Erkenntnisse verschwendet.

»Worum ging es, Livy?«

Ich hole tief Luft und berichte ihm über Julias Testament, und dass Robbie es vernichtet hat.

»Robbie sagte, sie habe dir alles vermacht, aber das Testament sei nie einem Notar übergeben worden, und deshalb …«

Damian stockt der Atem. »Davon hatte ich keine Ahnung«, meint er aufgewühlt.

Ich glaube ihm. Andernfalls hätte er die Polizei bestimmt

aufgefordert, danach Ausschau zu halten. Und er hätte Julia bestimmt nicht ihres Geldes wegen umgebracht, bevor er sich absolut sicher sein konnte, dass er auch erben würde. Außerdem brauche ich einfach jemanden, dem ich trauen kann.

Ich erzähle Damian allerdings nichts über Will und mich. Ich habe es noch niemandem erzählt. Es ist noch viel zu früh, um Mum damit zu beunruhigen, und auf das Mitleid meiner Freunde kann ich verzichten. Julia hätte ich es bestimmt anvertraut – zum einen, weil sie mir sofort versichert hätte, dass sie auf meiner Seite steht, ganz egal, was ich tue, und zum anderen, weil ich ihr ohnehin immer alles erzählt habe. Robbie hätte meine Erinnerungen an Julia gestern beinahe verdorben. Ich werde deshalb versuchen, alles zu vergessen, was er über sie gesagt hat, und betone gegenüber Damian ausdrücklich, wie sehr mir Julias Esprit und ihre praktische und nüchterne Lebensauffassung fehlen. Er antwortet mit seinen eigenen Geschichten über Julias Humor und Hilfsbereitschaft. Dass sie ihn unterstützt hat, als er drei Aufträge hintereinander verlor und an seinen Fähigkeiten zu zweifeln begann, wie sie ihn zum Lachen brachte und wie gütig und verletzlich sie war, »innen, wo es niemand sieht, Livy«. Damians Sicht auf Julia lässt sich kaum mit Robbies Version in Einklang bringen. Eigentlich erkenne ich meine beste Freundin in beiden Porträts nicht wieder. Und diese Erkenntnis bedrückt mich zutiefst.

Wir überlegen, was wir als Nächstes tun sollten. Damian kann sich inzwischen mit der Vorstellung anfreunden, dass ich die Polizei einschalte, aber selbst möchte er nicht hingehen.

»Ich weiß, dass wir keine Beweise haben, aber das, was

wir herausgefunden haben, ergibt doch einen Sinn«, sagte er. »Shannons Tod. Das Feuer. Der Typ, der uns erst die Warnung geschickt und uns dann verfolgt hat. Das musst du der Polizei alles erzählen. Sollen sie doch die Sache übernehmen.« Er überlegt kurz. »Du musst ihnen aber auch erzählen, dass Will Julias Ring gestohlen hat.«

»Daran habe ich auch schon gedacht«, sage ich langsam und muss an das denken, was mir gestern Abend durch den Kopf gegangen ist. »Wer uns die Warnung geschickt hat, muss in unserem Haus gewesen sein, um die Puzzleteile für die Botschaft zu holen. Dann hätte er aber auch leicht den Ring in der Garage verstecken können.«

Damian seufzt. »Und damit ist es noch wahrscheinlicher, dass Will beides getan hat, meinst du nicht?«

Er hat recht. In mir macht sich Verzweiflung breit. Über all das möchte ich nicht mit der Polizei sprechen. Mit *niemandem.* Ich verabrede mich aber für später mit Damian – wenn Will tatsächlich den Abend hier mit den Kindern verbringen will, dann brauche ich einen anderen Platz zum Übernachten. Mir ist klar, dass Will und ich das so nicht lange durchhalten werden, aber weiter als bis heute Abend kann ich im Augenblick nicht denken.

Ich beende das Gespräch, und fast im selben Moment klingelt mein Handy. Es ist Robbie.

»Hi, Livy«, haucht er so erwartungsvoll, dass es mir den Magen umdreht.

»Hi.« Ich zögere. »Hör mal, es passt gerade nicht.«

»Okay, klar. Ich kann später anrufen. Es ist nur …« Er hält kurz inne. »Ich wollte dir nur sagen, wie schön es gestern war, dich zu sehen. Ich wollte fragen, ob wir uns später vielleicht treffen könnten. Auf einen Drink vielleicht?«

Ich schüttle den Kopf über seinen Optimismus.

»Danke, Robbie, aber es passt gerade nicht. Ich ruf dich an.«

»Klar, schon gut.« Er lässt mich vom Haken.

Ich sitze auf dem Sofa, den Kopf auf die Hände gestützt. Ich kann nicht mehr klar denken. In meinem Hirn ist alles vernebelt. Robbie kann ich jetzt überhaupt nicht gebrauchen. Hannah schlurft ins Wohnzimmer. Zu meiner Überraschung kommt sie und kuschelt sich an mich. Ich lege zaghaft den Arm um sie. Eine Minuten lang sitzen wir schweigend da, dann macht sich Hannah los und reckt sich wie eine Katze.

»Kann ich zu Romayne rübergehen?«, fragt sie.

Deshalb also die demonstrative Zuneigung. Berechnende Liebe, würde meine Mutter dazu sagen. »Nein, Hannah«, antworte ich gereizt. »Du hast für den Rest der Woche Hausarrest. Dad hat dir das gestern doch deutlich genug zu verstehen gegeben.«

Hannah sitzt kerzengerade, die Mundwinkel rebellisch nach unten gezogen. »Das ist nicht fair«, schmollt sie.

Ich schüttle den Kopf. »Nichts zu machen.« Ich stehe auf und gehe in die Küche.

Hannah bleibt mir auf den Fersen und protestiert weiter. Am Ende schreien wir uns an, Hannah flieht tränenüberströmt in ihr Zimmer, hinter sich die Zimmertür zuschlagend. Die nächste Stunde sitze ich am Küchentisch. Es ist, als wäre ich unfähig, mich zu bewegen. Schließlich merke ich, dass ich Hunger habe, dass ich seit dem gestrigen Abendessen nichts mehr gegessen habe. Ich mache mir eine Scheibe Toast zu Mittag. Und schaffe nur die Hälfte. Hannah ist noch nicht wieder aufgetaucht.

Es klingelt. In einem Nebel aus Selbstmitleid schleppe

ich mich an die Haustür. Paul steht auf der Schwelle. Die Sonne scheint, aber der Asphalt glänzt vor Nässe. Ich habe gar nicht mitbekommen, dass es geregnet hat. Paul lächelt. Seine Zähne sind strahlend weiß, Hose und Hemd gebügelt. Er wirkt frisch und ausgeschlafen. Ich stehe ihm mit einem weiten Top, Jogginghose und ungeschminkt gegenüber. Das Haar fällt mir in Strähnen ins Gesicht. Ich schirme meine Augen gegen die Sonne ab und schäme mich zu allem anderen nun auch noch für mein Aussehen.

»Alles in Ordnung?«, fragt Paul vorsichtig.

»Schon. Bin nur noch nicht ganz stadtfein.«

Paul kichert. »Jetzt klingst du wie Julia. Hm, aber du siehst wirklich beschissen aus.«

»Besten Dank. Nein, ist wirklich alles bestens.«

Er legt den Kopf schief. »Das klingt nicht besonders überzeugt.« Er lächelt noch einmal. Ein warmherziges, besorgtes Lächeln.

Es bringt meinen Widerstand augenblicklich zum Erliegen, und bevor ich es recht begreife, laufen mir wieder Tränen übers Gesicht. Paul runzelt die Stirn, legt mir sacht den Arm um die Schultern und schiebt mich über die Diele zurück in die Küche. Ich habe einen Schluckauf, kämpfe vergeblich gegen die Tränen, schäme mich furchtbar und bin doch gleichzeitig erleichtert, dass ich etwas von dem, was mich bedrückt, herauslassen kann. Paul setzt mich auf einen Stuhl und holt ein Stück Küchentuch von der Arbeitsfläche. Das reicht er mir, geht dann zum Wasserhahn und füllt den Wasserkocher auf.

»Tee oder Kaffee?«, fragt er.

»Tee, bitte«, schniefe ich und schneuze mir die Nase. »Großer Gott, Paul, es tut mir so leid.«

»Nicht doch.« Er kommt mit einem Milchkarton vom

Kühlschrank zurück. »Du brauchst dich nicht zu entschuldigen. Ich weiß, wie schrecklich das ist, was mit dir und Will geschieht.«

Es geht nicht nur um meine Ehe.

Während Paul Becher holt und den Tee aufgießt, überlege ich, wo ich beginnen soll, wenn ich ihm alles erzähle, was ich weiß: dass Julia so gut wie sicher ermordet wurde, weil sie herausfand, wer Kara damals umgebracht hat, und dass der Mörder weiß, dass ich ihm auf der Spur bin, und dass er jemand aus meinem Bekanntenkreis sein muss.

Paul sitzt mir gegenüber. Er stellt die dampfende Teekanne zwischen uns auf den Tisch.

»Will hat gestern Abend angerufen. Dad wollte nicht mit ihm sprechen, und ich habe getan, als wäre er nicht zu Hause.«

»Ich weiß. Paul, hör mal …«

»Und dann ist Will vorbeigekommen. Er war völlig aufgebracht.«

»*Was?*« Ich stelle mir sofort einen Kampf vor: Will mit wutverzerrtem Gesicht und blutigen Knöcheln. »Will ist bei Leo aufgetaucht? Was ist passiert?«

»Er stand auf der Schwelle, hat gebrüllt wie ein Wahnsinniger und gegen die Tür getrommelt.«

Ich mache große Augen. »Mein Gott, hat Leo mit ihm gesprochen? Oder du?«

»Nein.« Paul schüttelt den Kopf. »Wir sind gar nicht an die Tür gegangen, sondern im Wohnzimmer sitzen geblieben, bis er schließlich aufgegeben hat.«

Ich berge das Gesicht in meinen Händen. Welch ein Chaos!

Paul räuspert sich. »Liv?«, sagt er. »Kann ich dir etwas erzählen?«

»Sicher.« Ich schneuze mich noch einmal und sehe auf.

»Becky und ich haben auch Probleme«, sagt er. »Ich weiß nur zu gut, wie sich das anfühlt. Ich wollte es dir gestern schon erzählen, aber es kam mir – ich weiß nicht – unpassend vor nach allem mit Hannah.«

Er macht wohl Späße. Ich starre ihn an und muss daran denken, wie ich die beiden auf Leos Party eng umschlungen gesehen habe.

»Ihr beide?«, frage ich. »So hat das neulich nicht ausgesehen.«

»Wir verbergen das ganz gut vor anderen Leuten, aber sie ist gar nicht zu ihren Eltern nach Spanien geflogen. Sie will sich von mir trennen – probeweise. Ich habe gestern mit ihr gesprochen. Sie hat gesagt, sie denke über eine Scheidung nach.«

»Nein.« Mir fällt die Kinnlade herunter.

»Leider«, sagt Paul betrübt. »Wir haben uns nichts anmerken lassen, um Dads Party nicht zu verderben, aber …«

»Du nimmst mich doch auf den Arm, oder?«

»Nein.«

Mein Mund steht immer noch offen. Ich kann es nicht glauben, dass ich nicht das leiseste Anzeichen für ihre Probleme bemerkt habe. »Aber wie … *Warum?* Was ist passiert?«

»Ich weiß es nicht.« Paul zuckt mit den Achseln. »Ich liebe sie immer noch, aber sie sagt, dass ich ihr nicht zuhöre, nicht aufmerksam bin, dass sie keine Lust hat, immer den Anfang machen zu müssen. Die üblichen Klischees.« Er überlegt. »Ich glaube eher, dass ihr das eigene Leben leer vorkommt, obwohl sie das nie zugeben würde. Sie war sich immer so sicher, dass sie keine Kinder haben wollte, aber in den letzten Jahren sind so viele von ihren

Freundinnen Mütter geworden; das ist nicht leicht für sie.« Er sieht mich an. »Ich habe mich oft gefragt, wie ihr beide euch so gut versteht – ihr seid so verschieden. Becky steckt so voller Energie, keine Kompromisse ... sie nimmt sich, was sie haben will.«

»Während ich mich an den Rändern meines Lebens herumtreibe?« Ich kann meine Verbitterung nicht verbergen. Habe ich seit Karas Tod wirklich nur als Mitläuferin gelebt? Als Schmarotzer an Julias Abenteuern, Wills glänzender Karriere und meinen eigenen Kindern?

»Nein.« Paul wird rot. »Das ging nicht gegen dich. Du bist großartig, Livy. Eine wunderbare Ehefrau. Eine tolle Mutter ...«

»Schon klar.«

Wir schweigen. Ich will nicht darüber nachdenken, was Pauls Worte bedeuten; sie ähneln dem, was Damian gesagt hat, nur allzu sehr. Stattdessen rufe ich mir die Party bei Leo und Martha vor wenigen Wochen wieder in Erinnerung, und wie sehr ich Paul und Becky damals beneidet habe. Die Beziehungen anderer Menschen kann man einfach nicht verstehen.

»Das hätte ich in einer Million Jahren nicht von euch beiden gedacht«, sage ich.

»Ja, nun ...« Paul gießt den Tee ein. Sein Telefon piept. »Ich dachte, es hilft vielleicht, wenn man weiß, dass es in allen Ehen schwierige Phasen gibt.«

»Bei uns ist es aber anders«, schniefe ich. »Er macht das ja schließlich nicht zum ersten Mal. Außerdem haben wir zwei Kinder, deren Leben dadurch auf den Kopf gestellt wird ...«

»Ich weiß.« Paul sieht aufs Display. »Umso mehr Grund, nicht aufzugeben, meinst du nicht auch?« Er steht auf.

»Entschuldige, Liv, ich muss los. Ich wohne in einem Haus meiner Mutter, während bei uns renoviert wird. Mum möchte, dass ich mich um irgendeine Dämmung kümmere.« Er schweigt kurz. »Genau genommen lassen wir das Haus herrichten, um es zu verkaufen. Auch darüber haben Becky und ich gestern Abend gesprochen.«

»Paul, das tut mir so leid.« Die Worte kommen mir so unangemessen vor.

»Danke«, sagt er und seufzt. »Ähm, jetzt muss ich wirklich los.«

Ich starre auf die Becher auf dem Tisch. »Und was ist mit deinem Tee?«

Er zieht eine Grimasse. »Müssen wir auf ein andermal verschieben. Pass auf dich auf.« Er beugt sich herunter und küsst mich auf die Schläfe. »Bleib ruhig sitzen, ich finde allein hinaus. Ich ruf dich an. Und nicht vergessen, ich bin für dich da. Jederzeit.«

Er geht. Ich trinke einen Schluck Tee. Er ist perfekt, hat genau die richtige Stärke. Will gießt ihn immer zu schnell ab, und ich vergesse, dass ich welchen aufgebrüht habe und muss ihn dann kalt trinken. Beim Absetzen des Bechers klingelt mein Verlobungsring am Porzellan. Er scheint lose auf dem Finger zu sitzen, genau wie meine Hose um die Hüften. Mir geht Julias Smaragdring mit Brillanten durch den Sinn. Ich weiß immer noch nicht, wie er in unserer Garage gelandet ist. Und ich weiß immer noch nicht, was Julia über Karas Mörder herausgefunden hat. Oder wer sie getötet hat.

Wenige Minuten später taucht Hannah aus ihrem Zimmer auf, das Handy triumphierend in die Höhe gereckt. »Dad hat erlaubt, dass ich zu Romayne gehe«, verkündet sie.

»*Was?*« Ich nehme das Telefon. Will bestätigt, dass er bei ihrer Strafe nachgegeben hat. Das ist so außergewöhnlich, dass ich nur annehmen kann, er will sich als »guter Cop« von uns beiden etablieren, um mir eins auszuwischen. Es reizt mich, ihm vorzuwerfen, dass er meine Autorität untergräbt, und ihn zu fragen, was er sich gestern Abend wohl dabei gedacht hat, bei Leo vorbeizugehen und dort an die Haustüre zu trommeln – aber Hannah steht immer noch völlig aufgeregt vor mir. »Also schön«, sage ich. »Ich werde dich so in einer Stunde dort hinbringen.« Sie hüpft begeistert im Zimmer auf und ab. Dann wende ich mich wieder an Will. »Du kannst sie dann später abholen«, sage ich knapp. »Zack wird gegen sechs zurück sein. Soll ich auf ihn warten oder bist du dann schon da?«

»Ich werde da sein«, antwortet Will leise. »Du brauchst nicht zu warten.«

»Gut«, sage ich. »Essen ist im Kühlschrank, ihr werdet es also heute Abend ohne mich schaffen. Wenn du das so willst.«

»Ich will das überhaupt nicht«, entgegnet er kühl.

Wir verabschieden uns und legen auf. Es zerreißt mich innerlich fast, als ich Hannah das Handy zurückgebe. Es fehlt nicht viel, dass ich ihn zurückrufe und ihm sage, dass ich das auch nicht will. Dann erinnere ich mich an Catrina und daran, dass er nicht einmal zugeben kann, dass er die Affäre wiederaufgenommen hat. Dann hat alles Reden keinen Sinn.

Beim Abliefern von Hannah lasse ich mir nichts anmerken, aber schon auf dem Nachhauseweg laufen wieder die Tränen. Ich komme mir wie eine Versagerin vor. Als ich den Wagen an der Straße vor unserem Haus parke, ist es kurz nach fünf und deutlich kühler, nicht mehr so schwül wie gestern. Ich steige aus, gehe aber nicht direkt zur Haustür. Die kühle Luft ist angenehm auf meinen heißen Wangen. Im Haus wird es furchtbar einsam sein. *Himmel,* mein ganzes Leben kracht zusammen wie ein Kartenhaus. Ich lehne mich ans Gartentor, meine Glieder fühlen sich bleischwer an, mein Kopf wie benebelt. Außer dem halben Toast habe ich den ganzen Tag noch nichts gegessen. Beim Gedanken an Essen wird mir übel.

Ich strecke mich und schöpfe tief Atem. Was auch geschieht, ich werde stark sein, für die Kinder.

Jetzt weiß ich, Liebster, was ich weiß, und tue, was ich tu. Wenn du mich so nicht leiden kannst, dann fahr zur Hölle, du.

Julias scharfe Zunge liegt mir im Ohr, mit einem ihrer Lieblingszitate von Dorothy Parker. Fast gelingt mir ein Lächeln. Irgendwie werde ich das alles überstehen.

Ich drehe mich um und will das Tor öffnen. Aus heiterem Himmel läuft es mir eiskalt den Rücken hinunter. Ich bin überzeugt, dass ich beobachtet werde. Ich schnelle herum und spähe nach beiden Seiten die Straße entlang. Ich sehe etwas huschen, ein Schatten, der auf der anderen Straßenseite hinter einem Lieferwagen verschwindet.

Ich starre eine Sekunde lang hin und halte die Luft an. Dann kommt eine junge Frau mit T-Shirt und Shorts hinter dem Lieferwagen hervor. Sehr dünn, mit strähnigem braunem Haar. Sie überquert die Straße und lässt mich dabei nicht aus den Augen.

Ich stehe wie angewurzelt. Bedroht fühle ich mich nicht, denn sie ist kleiner und dünner als ich. Außerdem wirkt sie irgendwie niedergeschlagen und verängstigt. In der Ferne hört man es leise donnern, als sie den Gehsteig erreicht und auf mich zukommt.

Sie muss Ende zwanzig, Anfang dreißig sein und hat eine schlimme Haut, lauter Pusteln und vernarbte Pickel.

»Du bist Livy, oder?«, fragt sie. Sie klingt verblüffend nach Mittelklasse. Ihr Gesicht ist käsig aufgedunsen, und sie ist eindeutig viel, viel zu dünn.

»Woher weißt du, wie ich heiße?«

»Ich habe etwas, das du haben möchtest«, sagt sie und kratzt sich dabei am Arm.

Ich sehe an ihr herunter. Ihre Arme sind entlang der Venen mit Einstichstellen übersät. Ich trete einen Schritt zurück. Sie ist ein Junkie.

»Geh nicht«, sagt sie, als Bitte – nicht wie ein Befehl.

Ich sehe ihr in die Augen. Sie sieht gequält aus. Erbärmlich. Um den Hals trägt sie eine abgewetzte Kette mit einem Anhänger in Form eines »P«.

»Wie heißt du?«, frage ich.

Sie blinzelt mich an.

»Fängt dein Name mit ›P‹ an?«

Sie sagt nichts.

»P wie Penny?«, hake ich nach. »Patsy? Pippa?«

Sie schüttelt den Kopf. Wieder fernes Donnergrollen. »Das war ich, die Shannon das Medaillon gegeben hat, nach dem du suchst«, sagt sie. »Ich bin hier, weil ich dir sagen will, wo ich es herhatte. Ich wollte gerade bei euch klingeln.«

Mir dreht sich alles im Kopf. Meine Gefühle liegen im Widerstreit. Könnte das mit dem Medaillon eine Lüge sein? Aber wenn ja, woher zum Teufel weiß sie dann, dass Shannon es hatte? Aber sie ist drogensüchtig, verdammt noch mal. Sie *muss* einfach lügen. Trotzdem muss ich Bescheid wissen. Wenn sie auch nur etwas weiß, dann muss ich es herausfinden.

»Wer bist du? Woher weißt du, wo ich wohne?«

»Spielt keine Rolle.«

Könnte sie Karas Mörder sein? Vielleicht ist sie älter als sie aussieht. Aber dann wäre sie ganz bestimmt nicht hier, um Behauptungen aufzustellen und Informationen zu verkaufen.

»Dieses Medaillon«, sage ich. »Wie sah es aus?«

»Silber«, antwortet sie sofort. »Und innen ein Bild von zwei Mädchen.«

»Okay, und wo hast du es her?«

Das Mädchen kratzt sich wieder am Arm. »Das sage ich, wenn du mich dafür bezahlst«, sagt sie.

Ich überlege. Bezahlen. Natürlich. Sie will Geld.

»Woher weiß ich, dass du die Wahrheit sagst?«

Sie schüttelt den Kopf und weicht zurück.

»Warte.« Ich packe sie am Arm. Sie ist nur Haut und Knochen. Sie krümmt sich zusammen und windet sich dann los. »Ich will nur Geld«, sagt sie. »Fünfhundert Pfund.«

Ich sehe die Straße hinunter, dann zurück zum Haus. Ich werde panisch. Dieses Mädchen ist drogensüchtig. Sie weiß, wer ich bin. Wo ich wohne. Wo meine Kinder wohnen. Meine Kehle ist wie ausgedörrt. Das Mädchen weicht wieder zurück.

»Und?«

»Warte, okay.« Ich ziehe die Karte zu meinem alten Bankkonto aus der Tasche. Gestern habe ich bei der Bank Ersatzkarten beantragt, aber im Augenblick ist das meine einzige Möglichkeit, an Bargeld zu kommen. »Ich habe kein Bargeld bei mir, aber wenn wir zu einem Bankautomaten gehen, kannst du haben, was er uns ausgibt.«

Das Mädchen zögert und nickt dann kurz. »Okay.«

Ich gehe auf den Wagen zu, aber sie bleibt zurück. »Ich steige da nicht mit dir ein.«

»Aber …« Mein Herz pocht so sehr, dass es schmerzt. Eine Stimme in meinem Kopf sagt, dass ich weggehen sollte, dass ich ihr nicht trauen darf, dass sie unmöglich etwas wissen kann. Aber sie wusste Shannons Namen und hat das Medaillon beschrieben …

»Gut, dann gehen wir zur Fore Street, da ist ein Geldautomat.«

Sie nickt. Wir gehen zusammen los. Das Mädchen sagt nichts. Sie keucht, und ich begreife, dass ich zu schnell bin. Ich versuche, langsamer zu gehen, aber mein Körper hüpft förmlich vor Aufregung und in meinem Kopf stürzen immer wieder dieselben Fragen durcheinander: Was weißt du? Woher hast du das Medaillon? Ich überlege, ob ich Damian anrufen soll, aber ich will sie nicht verscheuchen.

Nach wenigen Minuten erreichen wir die Bank mit dem Automaten. Ich schiebe meine alte Karte in den Schlitz und hoffe, dass das Geld reicht, um von dem Mädchen Antworten auf meine Fragen zu bekommen. Sie steht neben mir, und ich halte die Hand über das Zahlenfeld, während ich die Nummer eingebe – Karas Geburtsdatum. Ich versuche es mit einhundert Pfund. Der Automat spuckt die Scheine aus. Ich greife schnell danach. Das Mädchen kommt näher.

»Bitte sag mir, wer du bist und wo du das Medaillon herhast.«

Sie starrt mich trotzig an.

»Okay.« Ich versuche es noch mal. »Wenn du mir nicht sagen willst, wer du bist, dann sage mir, woher du Shannon kennst.«

Sie schüttelt wieder den Kopf.

»Etwas musst du mir sagen, bevor ich dir Geld geben kann.« Ich atme durch. »Woher hast du das Medaillon? Warum hast du es Shannon gegeben?«

»Ich habe ihr Geld geschuldet, und sie ist langsam sauer geworden«, antwortet sie zögernd. »Sie hat dafür gesorgt, dass mich diese großen Kerle von einem Klub bedrohen, wenn ich es nicht zurückzahle.«

Ich nicke. Das passt zu dem, was uns Shannon selbst erzählt hat. »Und das Medaillon?«

»Habe ich gefunden.«

»Wo?«

»Dort, wo ich gewohnt habe.«

»Und das ist *wo* genau?«, frage ich.

»Zuerst das Geld«, sagt sie.

Ich zähle ihr sechzig Pfund in Zwanzigern in die Hand.

»Mehr«, sagt sie.

Ich gebe ihr die restlichen vierzig. »Mehr kann ich dir im Augenblick nicht geben. Jetzt sag mir, wo du das Medaillon gefunden hast. Den Rest bekommst du später.«

Das Mädchen legt die Stirn in Falten. Sie steckt das Geld sorgfältig in die Tasche. Ich sehe zu und warte. Die grauen Wolken hängen tief, Autoabgase steigen mir in die Nase, die Luft ist schwer und feucht.

Das Mädchen tritt einen Schritt zurück. Ihr Mund verzieht sich zu einem Fauchen. Ich spüre, dass sie entwischen will und greife nach ihr.

»Fick dich.« Sie tritt aus und erwischt mich voll am Schienbein.

Ich umklammere mein Bein und spüre für ein paar Sekunden nichts als Schmerz. Ich stemme mich wieder hoch. Das Mädchen jagt den Gehweg hinunter. Ich mache einen Schritt nach vorn. Wieder schießt mir der Schmerz ins Bein. Ich beiße die Zähne zusammen und trabe los. Das Mädchen will zur Bushaltestelle.

Sie wird langsamer, ich laufe schneller.

Ich muss sie erwischen, bevor sie in den Bus steigt. Ich muss herausfinden, was sie weiß. Ich jage hinter ihr her, renne so schnell ich kann.

Shannon

Der Zorn Gottes ruht noch. Million Jahr, bevor es Menschen gab, hat er sich zurückgezogen, und nur der Mensch kann ihn wecken.

CORMAC MCCARTHY, *Die Abendröte im Westen*

Als ich herausfand, dass Shannon meinen Anhänger hat, war ich sehr wütend. Wütend auf alle.

Auf Shannon natürlich, aber auch auf Poppy, weil sie ihn gestohlen hatte. Und am meisten auf Julia, diese hinterhältige, selbstgefällige kleine Schlampe.

Es dauerte lange, bis ich wusste, dass Shannon den Anhänger hat. Poppy behauptete, sie hätte ihn anonym bei eBay verkauft. Dabei hatte sie ihn Shannon als Anzahlung auf ihre Junkie-Schulden gegeben und Shannon hatte ihn dann online angeboten. Julia selbst erzählte mir dann, sie habe den Anhänger auf eBay gesehen und mehrere Tage gebraucht, um Poppy ausfindig zu machen.

Da keine von beiden Shannon erwähnte – die das erbärmliche Ding die ganze Zeit besaß –, nahm ich an, dass die beiden direkt miteinander gehandelt hatten. Die Wahrheit erfuhr ich erst, als Livy anfing herumzuschnüffeln. Diese drei tragen die Schuld an Shannons Tod.

Nachdem ich Livy zu Shannons Wohnung in Torquay gefolgt war, konnte ich auch leicht ihrer Spur zu Julias Cottage in Lympstone folgen. Ich war wütend, weil ich nicht früher daran gedacht hatte, dass sich Shannon vielleicht dort verstecken könnte.

Bei dem Brand kam leider keiner ums Leben, aber wenigstens wurden dabei alle Spuren von Julias Eigentum zerstört. Shannon zu finden war danach ziemlich einfach. Ich war ihr schon seit mehr als einer Woche auf der Spur und wusste deshalb, wer ihre Freunde waren. Shannon tauchte ziemlich vorhersehbar bei der ihr am nächsten stehenden Person auf – einer Schlampe in Exmouth. Dort habe ich sie schon erwartet, die dumme Nutte.

Damit hat sie das Geld für die schicken Klamotten und den Schmuck verdient – als hoch bezahlte Prostituierte. Alexa Carling hat das für sie eingerichtet – sie ist auch eine Hure. Trotzdem glaube ich nicht, dass Shannon glücklich mit ihrem Leben war, trotz des Geldes. Ich glaube, der Job bei Honey Hearts war ihr lieber. Dort konnte sie Männer in die Falle locken und abzocken, ohne ihnen etwas dafür geben zu müssen.

Jedenfalls folgte ich Shannon, als sie zum Shoppen ging. Sagte ihr, dass ich ein Messer habe. Zwang sie, in meinen Wagen zu steigen. Brachte sie zu einem abgelegenen Strand.

Hinter einem Felsen tat ich, was getan werden musste, holte Karas Anhänger und nahm mir einen von Shannons Chanel-Ohrringen als Erinnerungsstück mit. Bla bla … noch ein leichter Mord, der dank Alkohol und Drogen wie ein Selbstmord aussah.

So, Shannon ist also Geschichte. Ein ungeplanter, aus Notwendigkeit geborener Vorfall. Ich mag es einfach nicht, wenn man mich drängt oder herausfordert.

Die Verantwortlichen müssen dafür bezahlen.

Julia hat bereits mit ihrem Leben bezahlt.

Für Livy wird der Preis sehr viel höher sein.

Kapitel 19

Ich jage den Gehsteig entlang. Der Bus steht bereits an der Haltestelle. Die Nummer 57 nach Brixington. Das Mädchen drängt sich durch die Reihe der einsteigenden alten Damen, die erbost die Köpfe wenden. Ich renne auf sie zu. Fast habe ich sie erreicht. Da schließen sich mit einem Zischen die Türen, und der Bus fährt ab.

Nur wenige Sekunden zu spät. Ich schlage mit der Hand auf die Wand des Häuschens und lasse keuchend den Kopf hängen.

»Shit.«

Die Wartenden starren mich an, als wäre ich geistesgestört. Dabei ist es mein Leben, das im Augenblick verrückt ist. So verrückt, dass es mir völlig vernünftig vorkommt, hinter einer Drogensüchtigen herzujagen, die Geld für Informationen haben will. Wenn dieses abgemagerte Mädchen mit den fettigen Haaren Shannon Karas Medaillon gegeben hat, dann weiß sie auch etwas über ihren Mörder. Und damit auch, wer Julia umgebracht hat.

Ich darf sie nicht entwischen lassen. Es beginnt zu regnen. Der Bus ist schon ein gutes Stück weg, aber ich bin mir sicher, dass ich das Mädchen sehe, wie es mich ängstlich durchs Rückfenster beobachtet. Resigniert muss ich mit ansehen, wie der Bus um eine Ecke verschwindet.

»Haben Sie's eilig, meine Liebe?« Ein alter Mann mit Spazierstock und einem fröhlichen, geröteten Gesicht lächelt mich an.

Ich nicke und verziehe das Gesicht.

»Macht nichts.«

Aber das stimmt natürlich nicht. Eben ist die beste Möglichkeit, die Wahrheit über Julias und Karas Tod herauszufinden, aus meinem Blickfeld verschwunden, das darf ich nicht zulassen. Ich spurte ein Stück weiter zur kleinen Taxizentrale und stolpere hinein.

»Ich brauche ein Taxi. *Sofort*«, sage ich.

Der Jüngling am Schalter beäugt mich argwöhnisch. »Ben!«, ruft er. Ein Mann in mittlerem Alter mit grauem Bürstenschnitt schlendert vom hinteren Büro herüber.

»Und wohin?«, fragt er heiter.

»Eine alte Freundin von mir ist gerade in einen Bus eingestiegen«, lüge ich mit verblüffender Leichtigkeit. »Wir waren sehr eng befreundet, haben uns aber leider aus den Augen verloren. Ich muss sie unbedingt finden. Bitte, beeilen Sie sich.«

Die Männer sehen sich an, der Ältere grinst.

»Der Wagen steht draußen, meine Liebe. Auf geht's.«

Ich erkläre ihm, in welchem Bus ich das Mädchen gesehen habe. Mein Fahrer kennt die Busroute und nach einigen angespannten Minuten taucht er vor uns auf. »Soll ich Sie absetzen, damit Sie einsteigen können«, fragt er.

»Äh, nein«, sage ich und werde rot, weil ihm das seltsam vorkommen muss. »Ich warte lieber ab, bis sie aussteigt.«

»Okay.« Er wirft einen Blick auf das Taxameter und fährt weiter.

Ich kann das Mädchen sehen, es steht immer noch hinten im Bus, sieht jetzt zum Seitenfenster hinaus. Ich versinke im Autositz. Ich möchte nicht, dass sie mich entdeckt.

Wir fahren weiter. Die Buslinie führt offenbar nach Topsham und weiter nach Lympstone – wo Julias Cottage liegt. Bei jeder Haltestelle macht mein Fahrer langsam. Ich spähe so angestrengt nach dem Mädchen, dass mir die Augen wehtun. Er muss mich für verrückt halten. Verlegen streiche ich mir das Haar glatt. Wir erreichen Lympstone, aber das Mädchen steigt nicht aus. Hinter Lympstone fahren wir an Rapsfeldern vorbei, die im Licht der tief stehenden Sonne gelb leuchten, und biegen dann auf die Hauptstraße nach Exmouth ein.

Eine Haltestelle nach der anderen. Es beginnt zu nieseln, dann schieben sich die Wolken auseinander und für ein paar Sekunden glänzen die vorüberhuschenden Asphaltflächen in der Sonne, bevor alles wieder in Grau versinkt. Das dürre Mädchen mit dem strähnigen Haar und den zerstochenen Armen bleibt im Bus, der sich nun wieder langsam füllt, sodass ich sie aus den Augen verliere.

Minuten vergehen, und ich fürchte schon, dass ich sie irgendwie verpasst habe, als der Bus nahe der Stadtmitte von Exmouth hält und das Mädchen aussteigt. Sie sieht sich mit unruhigen Augen um, duckt sich gegen den Regen und huscht davon.

Mein Handy klingelt, als ich dem Fahrer gerade ein paar Geldscheine zuschiebe und hastig aussteige. Es ist Robbie.

Herrschaft noch mal!

»Hi, Livy.« Seine Stimme klingt mitfühlend und vertraulich. Viel zu vertraulich. »Hast du Zeit? Ich war ein bisschen besorgt, weil wir vorher so schnell aufhören mussten. Ich …«

»Ich habe keine Zeit, Robbie«, schnauze ich. Ich bin jetzt mehr als genervt. Ich stehe unter Hochspannung und habe keine Lust mehr, nett zu sein. »Ich habe dir vorher gesagt, dass ich anrufe, wenn ich Zeit habe.«

»Ich weiß, es ist nur …«

»Du hörst mir nicht zu«, unterbreche ich in. »Ruf jetzt bitte nicht mehr an.«

Das Mädchen biegt an einem Kreisverkehr weiter vorn ab. Ich folge ihr und halte den Kopf gesenkt. Wenn sie sich umdreht, wird sie mich sofort erkennen, aber sie geht weiter, biegt nach rechts, dann nach links, ohne Zögern, als hätte sie ein bestimmtes Ziel.

Das Mädchen biegt jetzt scharf nach rechts. Ich spähe um die Ecke und erkenne mit pochendem Herzen, wo wir sind. Auf halbem Weg die Straße hinunter ist das Haus mit den Räumen von Honey Hearts. Das Mädchen geht direkt darauf zu. Einen Augenblick später bleibt sie stehen und drückt auf den Klingelknopf. Eine Stimme tönt aus der Sprechanlage. Ein Mann. Ich verstehe nicht, was er sagt, aber das Mädchen antwortet laut.

»*Ja,* Honey Hearts im ersten Stock …«

Ich erstarre. Damian und ich hatten uns gefragt, ob Shannon das Medaillon ursprünglich von jemandem bei dieser Agentur bekommen hatte und Julia herkam, weil sie auf diese Verbindung gestoßen war. Das dürre Mädchen sieht ganz bestimmt nicht nach einer Mitarbeiterin der Agentur aus, aber was will sie dann bei Honey Hearts?

»Da ist jetzt niemand oben an der Rezeption, aber ich weiß, dass Mrs. Carling da ist.« Das Mädchen ruft jetzt laut. »Sie ist *jeden* Sonntagnachmittag hier und erledigt ihren Schreibkram. Bitte lassen Sie mich rein, sie ist meine *Mutter,* verdammter Mist.«

Alexa Carling ist die Mutter des Mädchens? Mein Herz schlägt schneller.

Ich schiebe mich näher heran. Wenn sich das Mädchen umdreht, dann sieht sie mich, aber sie drückt gegen die Tür, als ob sie erwartet, dass der Schnapper aufgeht. Die Tür bleibt zu.

Ich schaffe es bis zum Bürogebäude gleich neben Honey Hearts. Ich husche hinter die Ecke und spähe vorsichtig heraus. Der Regen wird stärker. Ich wische mir eine nasse Strähne aus den Augen.

Das Mädchen schlägt nun mit der Faust gegen die Tür. Sie flucht laut und holt dann ein Handy aus einer kleinen Plastiktüte in ihrer Hand. Sie drückt Tasten und hält es ans Ohr.

Es vergehen ein, zwei Sekunden. Das Mädchen kauert unter dem Eingang, eine klägliche, leicht schwankende Gestalt mit weißem Gesicht.

»Mum?« Ihre Stimme klingt scharf und angegriffen. Sie ist nahe daran zu weinen. »Ich bin draußen. Der Scheißkerl von Wachmann lässt mich nicht rein.«

Sie schweigt, während die andere Person spricht.

»*Bitte,* Mum. Ich werde auch nicht …« Sie bricht ab, als sich die Tür öffnet.

Eine Sekunde später ist sie im Haus verschwunden.

Ich lehne mich an die Hauswand hinter mir. Ich bin nahe dran an den Antworten. Alles läuft wieder auf dieses Medaillon hinaus, und Honey Hearts ist die Verbindung zwischen all den Erkenntnissen, die Damian und ich bislang vergeblich versucht haben, zu einem sinnvollen Ganzen zusammenzufügen.

Und ich verstehe immer noch nicht, wie.

Der Regen fällt nun stärker und sticht mir wie winzige Messer ins Gesicht. Mir läuft Wasser ins Genick. Ohne groß zu überlegen, marschiere ich ebenfalls zur Tür des

Gebäudes. Ich drücke den Klingelknopf von Honey Hearts im ersten Stock. Als sich nichts rührt, klingle ich bei »Hauptempfang«.

»Ja, bitte?« Es ist der Wachmann, der mit dem Mädchen gesprochen hat.

»Hallo.« Ich nenne meinen Mädchennamen Small wie zuvor. »Ich bin eine, äh, Kundin von Mrs. Carling bei Honey Hearts. Es tut mir leid, am Sonntag zu stören, aber ich muss dringend mit ihr sprechen. Lassen Sie mich bitte herein, damit ich bei ihr oben vorbeischauen kann? Es wird nicht lange dauern, aber ich muss sie sofort sehen. Es ist ein Notfall.«

Ich warte. Ein Tropfen wandert langsam meine Wange hinunter. Es vergeht viel Zeit. Und dann summt es. Ich drücke die Tür auf. Vor Anspannung wird mir ganz eng in der Brust.

Ich bin drin.

Der Wachmann schaut zweimal hin, als er mich sieht – durchnässt und mit schmuddeligen Haaren.

»Ich habe mit Mrs. Carling gesprochen«, erklärt er. »Es ist gerade jemand bei ihr, aber sie sagt, dass sie in einer Minute für Sie Zeit hat. Wenn Sie oben am Empfang warten wollen?«

»Danke.« Ich nehme die Treppe in den ersten Stock.

Ist es wirklich erst eine Woche her, dass ich hier war? Es kommt mir vor, als hätte ich in der Zwischenzeit schon mehrere Lebensspannen hinter mir gelassen.

Ich stehe im verwaisten Empfangsbereich mit Parkett und beigefarbenen Wänden und erinnere mich, wie seriös und unspektakulär mir dieser Ort vorgekommen war. Ich sehe mich um, aber vom Mädchen oder Alexa Carling ist nichts zu sehen.

Ich gehe auf und ab, bin viel zu aufgedreht, um still zu sitzen. Was hat Alexa Carling mit alldem zu tun? Ich äuge den Korridor entlang zu ihrem Büro. Dort muss sie sein. Ich gehe hin, nähere mich langsam der Tür. Ich sehe mich um. Sonst ist niemand hier. Ich lege mein Ohr an die Tür.

Ich kann Alexa Carling sofort hören. »Ich will nichts davon wissen, Poppy.« Sie sagt es so verächtlich, dass mich schaudert.

»Es tut mir leid, Mummy.« Das ist das Mädchen, Poppy, die ihrer Mutter fast in Kindersprache Honig um den Mund schmiert. Sie möchte offenbar liebenswert erscheinen, was ihr, nach dem Klang von Alexa Carlings Stimme, nicht recht gelingt.

Ich sehe noch einmal den Korridor entlang. Niemand zu sehen. Ich bücke mich und luge durchs Schlüsselloch. Die beiden stehen sich in der Mitte des Zimmers gegenüber. Alexa packt ihre Tochter am Handgelenk und dreht die Innenseite des Unterarms nach oben. Sie starrt auf die Einstichstellen, die ich schon kenne, und schüttelt den Kopf.

»Gib mir die Schlüssel zurück«, sagt sie.

»Nein.« Poppy versucht sich loszumachen, aber Alexa lässt sie nicht los.

»Das war deine letzte Chance, ich habe dich gewarnt. Wenn du wieder damit anfängst …« Ihre Worte klingen schneidend scharf, aber ich nehme auch den Schmerz wahr, der sich dahinter verbirgt. Für eine Sekunde vergesse ich, warum ich eigentlich hier bin, und stelle mir meine Reaktion vor, wenn meine eigene Tochter drogenabhängig wäre.

»Bitte, Mummy.« Jetzt weint Poppy und lässt den Kopf hängen. »Ich habe ein bisschen Geld. Ich …«

»Mir geht's nicht um Geld.« Selbst durchs Schlüsselloch kann ich die Qual in Alexas Zügen erkennen. »Ich ertrage das einfach nicht mehr. *Die Schlüssel!*«

Poppy hält die Plastiktüte in die Höhe. Alexa nimmt sie und lässt ihre Tochter endlich los. Poppy sinkt an der Wand zusammen. »Wo soll ich nur hin? Du kannst mich nicht einfach so rausschmeißen.«

Alexa kramt in der Tüte und angelt die Schlüssel heraus. Ich höre ein metallisches Klirren, als Alexa sie in die Schublade hinter sich packt und diese zuknallt.

»Du musst begreifen, dass dir die anderen nur bis zu einem gewissen Punkt helfen können«, blafft Alexa und kommt wieder in mein Blickfeld. »Eine Chance nach der anderen habe ich dir gegeben. Ich weiß, dass du in Crowdale gestohlen hast. Wie konntest du das nur tun, Poppy?«

»Das habe ich nicht«, erwidert Poppy, wagt aber nicht, ihrer Mutter in die Augen zu sehen. »Es war nicht meine Schuld«, sagt sie leise.

»Wie immer, nicht wahr?«, seufzt Alexa. »Geh jetzt.«

»Nein«, schluchzt Poppy.

»Sofort!«

Ich weiche von der Türe zurück, während sich Schritte nähern. Ich drehe mich um, haste zur Toilette und verschwinde gerade noch rechtzeitig, bevor die Tür von Alexas Büro aufschwingt. Mit klopfendem Herzen verstecke ich mich in einer Kabine.

Ich komme der Sache immer näher. Vorhin sagte mir Poppy, das Medaillon stamme von dem Ort, wo sie wohnt. Nun hört es sich so an, als hätte sie es an einem Ort namens Crowdale gestohlen, und die Schlüssel dazu liegen jetzt in einer Schublade in Alexa Carlings Büro.

Ich verlasse die Kabine und sehe mich im Spiegel an.

Ich sehe fürchterlich aus. Das nasse Haar klebt an meinen leuchtend roten Wangen, ich bin ohne Make-up, blicke wild und verstört drein. Kein Wunder, dass der Wachmann zweimal hingesehen hat.

Ich schiebe mich weg vom Waschbecken und gehe hinaus. Alexa Carling wartet schon. Sie sieht auf, als sie mich erblickt, und begrüßt mich mit einem glatten, berufsmäßigen Lächeln. Ihr ist keine besondere Regung anzumerken.

»Mein Güte, Olivia, Sie sind ja vollkommen durchgeweicht.«

»Geht schon«, antworte ich, als sie mir die Bürotüre aufhält. Mein Blick sucht sofort die Schublade mit dem Schlüssel.

Alexa deutet auf das Sofa. Beim Hinsetzen wird mir erst bewusst, wie durchnässt ich bin. Meine Hände sind kalt und gleichzeitig feucht vor Schweiß. Jetzt, wo ich hier bin, weiß ich nicht, was ich sagen soll.

»Olivia, ist etwas passiert?« Alexa lehnt sich vor – ein Inbegriff der Anteilnahme. »Warum kommen Sie an einem Sonntag?«

Für einen Augenblick stelle ich all meine Befürchtungen infrage. Wie kann diese Frau etwas mit Julias Tod zu tun haben? Ich hole tief Luft. »Ich habe Sie gerade gehört«, falle ich mit der Tür ins Haus. »War das Ihre Tochter?«

Alexa blickt beiseite, aber der Schmerz in ihrem Blick war noch zu sehen. Anscheinend hat Alexa ihre Tochter jahrelang unterstützt, aber nun ist ihr endgültig der Kragen geplatzt.

»Sie sagten, sie hätte Sie bestohlen! War das bei Ihnen zu Hause? Ich weiß, ich wage mich viel zu weit vor mit meinen Fragen, aber ich muss es einfach wissen.«

Alexa runzelt die Stirn. »In meinem Ferienhäuschen«,

sagt sie. »Aber hier geht es doch um *Sie,* Olivia. Es tut mir leid, wenn Sie etwas Unangenehmes mit anhören mussten.«

Verwirrt fahre ich mir mit der Hand durchs feuchte Haar. Was hatte Karas Medaillon in einem vermieteten Ferienhaus zu suchen?

»Ist schon okay«, antworte ich schnell. »Aber im eigenen Haus ist so ein Diebstahl irgendwie schlimmer. Fast wie eine Vergewaltigung.«

Sie blickt mich noch ernster an. »Olivia, bitte erzählen Sie mir, warum Sie gekommen sind.«

Ich zwinge mich, ihr ins Gesicht zu sehen und nicht auf die Schublade mit den Schlüsseln. Ich werfe einen Blick auf den Rest des Büros. In den Regalen reihen sich die Ordner mit den Akten, und auf dem Schreibtisch stapeln sich Papiere.

»Es geht um meinen Mann.« Ich seufze tief. »Ich bin mir vollkommen sicher, dass er sich mit einer anderen Frau trifft.« Die Wahrheit meiner Worte treibt mir echte Tränen in die Augen. Ich drücke sie weg.

Doch dann brechen alle Dämme. Ich schütte ihr mein Herz aus. Ich nenne keine Namen, sondern erzähle, dass ich seit meinem letzten Besuch neue Beweise für Wills Untreue erhalten habe.

»Wissen Sie, der Chef meines Mannes hat mit eigenen Augen gesehen, wie er aus ihrem Hotelzimmer kam, es ist die gleiche Frau, mit der er schon früher geschlafen hat.«

Alexa nickt teilnahmsvoll.

»Das Schlimme ist, dass mein Mann noch immer nicht zugibt, was passiert ist. Ich kann das aber erst verarbeiten, wenn er seinen Fehltritt eingeräumt hat. Ich muss doch wissen, wozu er fähig ist.«

»Oh, meine Liebe«, tröstet Alexa. »Das tut mir so leid. Das muss alles schrecklich für Sie sein.«

»Das ist es.« Schniefend sehe ich mich im Zimmer um. Keine Taschentücher zu sehen. »Hätten Sie vielleicht ein Taschentuch?«

»Natürlich.« Sie greift hinter die Couch, auf der wir sitzen, und reicht mir eine Schachtel mit Papiertaschentüchern von einem Tischchen, das ich gar nicht gesehen hatte.

Ich nehme eines. »Danke.«

Ich schiele wieder zur Schublade mit den Schlüsseln und fasse einen Plan. Vielleicht könnte ich ja selbst einen Blick auf dieses Ferienhäuschen werfen. Vielleicht finde ich dort ja irgendwelche Hinweise. Da Alexa ihre Tochter rausgeworfen hat, müsste es ja leer stehen.

Aber dazu brauche ich die Schlüssel. Und dazu muss ich Alexa irgendwie aus dem Zimmer bekommen.

»Lassen Sie mich mal nachsehen ...« Alexa blättert eine Mappe durch, während ich mir die Nase schneuze. »Ah ja ... haben Sie sich das mit Brooke überlegt? Sie ist gerade hier. Ich war gerade dabei, sie über einen neuen Kunden zu informieren, sie ist gleich nebenan. Wollen Sie sie kennenlernen? Mir scheint, es wäre das Beste, wenn Sie möglichst schnell Gewissheit hätten.«

»Ja, bitte«, antworte ich und hoffe, dass sie das Büro verlässt, aber sie geht zum Schreibtisch und greift zum Telefon.

»Könntest du mal eben in mein Büro kommen, Brooke?« Alexa legt den Hörer zurück und lehnt sich vorne an den Schreibtisch. Mein Blick fällt auf die Wasserkaraffe mit den beiden Gläsern. Ich habe eine Idee.

Noch bevor ich mir überlegen kann, wie ich sie ausführen kann, geht die Tür auf und eine große, kurvenreiche

Blondine kommt herein. Abgesehen von ihrer Größe ist sie derselbe Typ wie Shannon – auf eine schüchterne Babydoll-Art mit einem engen, bauchfreien T-Shirt und einer roten Seidenhose, die lässig von ihren schmalen Hüften herabfließt. Sie ist hinreißend, wohl etwa Ende zwanzig und mit einer gewissen schläfrigen Anzüglichkeit in den dunklen, leicht schräg stehenden Augen.

Sie kommt geradewegs auf mich zu und schüttelt mir die Hand.

»Olivia, Brooke.« Alexa ist auf einmal wieder ganz forsch und geschäftsmäßig. »Olivia, könntest du Brooke jetzt deinen Fall schildern?«

Ich tue, was mir gesagt wird. Brooke nickt immer wieder. Das Mädchen ist nicht dumm. Ich kann es an ihren Augen erkennen. Als ich fertig bin, sieht sie zu Alexa hinüber, die sie mit einem Nicken zum Reden auffordert.

»Also, das funktioniert so …«, sagt Brooke. »Sie erzählen mir, wo ich Ihren Ehemann am ehesten finden kann – eine Bar vielleicht, die er nach der Arbeit besucht – und ich werde mich ihm an einem Abend in den kommenden Wochen nähern. Ich werde Blickkontakt aufnehmen, ihm sagen, dass er in seinem Anzug gut aussieht oder dass sein Aftershave fantastisch riecht – irgendeine Kleinigkeit. Wir werden ins Gespräch kommen, ein wenig flirten, und ich werde ein bisschen sondieren. Normalerweise erzähle ich dann, dass ich ganz in der Nähe ein Hotel führe und lenke die Unterhaltung auf Leute, die dort für ein kurzes Abenteuer einchecken, insbesondere verheiratete Männer. Die meisten erzählen dann von erotischen Treffen, von denen sie gehört haben. Wir tauschen ein paar Geschichten aus, und wenn es etwas zu beichten gibt, dann rücken sie an diesem Punkt meistens damit raus.«

Ich starre sie an und vergesse für einen Augenblick die Schlüssel in Alexas Schublade. »Sie sagen, die Typen, die Sie verführen, *erzählen* Ihnen, was sie getan haben – einfach so?«

Brooke lächelt und zieht die Augen dabei zu Schlitzen zusammen wie eine Katze. »Also: Erstens verführen wir die Männer nicht. So weit gehen wir nie. Es gibt nicht einmal einen Kuss. Die ganze Unterhaltung wird aufgenommen, Sie können das also selbst alles hören. Und zweitens: Sie erzählen es mir tatsächlich. Wenn wir uns eine Weile unterhalten und dabei das eine oder andere Glas getrunken haben, und ich inzwischen über alles lache, was sie sagen, nun, dann fangen sie an zu prahlen, mit was sie schon allem ungestraft davongekommen sind, um mich zu beeindrucken.«

Alexa neben uns lächelt. Mir bleibt der Mund offen stehen. Muss man einem Mann wirklich bloß ein bisschen schmeicheln, und schon fängt er an zu reden?

»Sind die Männer wirklich so dumm?«, platzt es mit einem atemlosen Flüstern aus mir heraus.

Brooke und Alexa lachen. Bei Alexa ist das ein feines Geklingel, aber Brooke lacht herzhaft und genauso sexy, wie es ihre Augen sind. Mit einem Mal wundert es mich nicht mehr, dass die Männer ihr Geheimnisse offenbaren. Für einen Moment schwankt mein Entschluss. Dann muss ich an Will denken, der noch immer nicht eingesteht, dass er die Affäre mit Catrina wiederaufgenommen hat. Ich beiße die Zähne zusammen. Will hat es verdient. Und ich verdiene es, die Wahrheit zu kennen. Wenn ich Nein sage, gehe ich ohne Aussicht von hier weg, sie je zu erfahren. Und ohne diese Schlüssel.

»Sagen wir, Männer sind nicht ganz so schlau, wie

sie meinen«, sagt Alexa mit einem etwas gequälten Lächeln.

Ich nicke. Ich werde dies hier durchziehen. »Wo muss ich unterschreiben?«, frage ich.

Alexa geht, und Brooke macht sich auf einem Formular, wie ich es in den Fallakten mehrfach gesehen habe, Notizen. Ich zögere, bevor ich Wills Daten angebe. Nicht weil ich es mir noch einmal überlege, sondern weil mir klar ist, dass dieser Name bereits auf Julias Formular steht. Trotzdem ist es natürlich möglich, dass es in Exeter zwei Will Jacksons gibt. Weder der Vor- noch der Nachname sind ungewöhnlich. Wir füllen das Formular aus. Ich schicke Brooke von meinem Handy ein Bild von Will, sage ihr, wo er freitags nach der Arbeit ein Bier trinken geht, unterschreibe unten und blicke erwartungsvoll auf.

»Danke, Brooke.« Sie geht, als Alexa zurückkommt und sich wieder neben mich setzt. »Sie werden diesen Schritt nicht bereuen, Olivia. Brooke zählt zu unseren besten Mädchen. Sie wird die Wahrheit aus Ihrem Mann herauskriegen, und dann wissen Sie genau, woran Sie sind.«

»Wie, äh, wie lange wird das dauern?«, frage ich.

»Das liegt nun ganz an Brooke«, meint Alexa sanft. »Sie wird sich in ein oder zwei Wochen bei Ihnen melden, vermute ich, und ein Treffen vereinbaren, um Ihnen zu berichten.« Sie holt ein tragbares Kartenlesegerät hervor, und ich bezahle mit meiner alten und einzigen Bankkarte, die noch immer auf meinen Mädchennamen läuft. Alexa stempelt ein »B« auf mein Formular.

»B« für »bezahlt«.

Ich erinnere mich plötzlich an Julias ungestempeltes Formular. Julia hat Shannon also gar nicht dafür bezahlt, dass sie sich an Will heranmacht. Das deckt sich damit, was Shannon gesagt hat: dass das Ganze nur eine Tarnung war.

Ich kaue auf meiner Unterlippe und bin angespannt. Jetzt muss es passieren. Ich stehe auf und gehe durchs Zimmer. Nicht gleich zum Schreibtisch, nur zum anderen Ende des Sofas. Ich gehe wieder zurück und ringe die Hände.

»Mein Mann wird doch nicht dahinterkommen, oder?« Ich sehe zum Schreibtisch hinüber, wo zwischen dem Computer und der Karaffe Alexas Akten ausgebreitet liegen.

»Nein«, entgegnet Alexa mit Nachdruck. »Diskretion geht unseren Honeys über alles. Schließlich hängt unser Geschäft davon ab.«

Sie muss vergessen haben, dass bei meinem letzten Besuch Damian hereingestürmt kam – oder sie hofft zumindest, dass ich es vergessen habe.

Ich drehe mich um und gehe wieder auf und ab. Diesmal gehe ich bis zum Schreibtisch und deute auf die Karaffe. »Könnte ich einen Schluck haben?«, frage ich.

»Natürlich.« Alexa steht auf, aber ich bin viel näher dran.

Ich greife nach der Karaffe. Und stoße sie um. Das Wasser schwappt über den Telefonapparat, die Papiere auf dem Schreibtisch und auf den beigen Teppichboden. »Oh«, sage ich, knie mich auf den Boden und tupfe mit den Händen vergeblich an der Wasserlache herum. »Oh, das tut mir so leid.«

»Kein Problem«, sagt Alexa. Für einen Moment fürchte ich, dass sie versucht, mit dem überschwemmten Telefon Hilfe zu rufen, aber sie eilt zur Tür. »Ich hole ein Tuch.«

Kaum ist sie aus dem Zimmer, rapple ich mich hoch. Im

Nu bin ich bei der Schublade auf der anderen Zimmerseite, ziehe sie auf und greife nach den Schlüsseln. Es hängen zwei am Schlüsselring und dazu ein kleines Plastikschild mit der Aufschrift »Crowdale«.

Draußen sind Schritte zu hören. Mir bleibt keine Zeit zum Überlegen. Ich stopfe die Schlüssel in die Hosentasche meiner Jeans, schließe die Schublade und haste zurück zum Schreibtisch. Ich bin gerade wieder auf den Knien, als Alexa hereinkommt, ein Handtuch in der einen und ein Glas Wasser in der anderen Hand.

Sie kommt zu mir. »Ach, das brauchen Sie nicht …«, sagt sie.

Ich stehe auf und nehme das angebotene Glas. Ich nippe ein paarmal, verschlucke mich aber fast daran. Die Schlüssel in meiner Hosentasche fühlen sich an, als würden sie in Neonfarben blinken. *Ganz ruhig,* sage ich mir.

»Nun …« Ich ringe mir ein mattes Lächeln ab. »Dann ist so weit alles klar?«

Alexa sieht vom Boden auf, wo sie das Handtuch auf den nassen Fleck drückt, und nickt kurz. »Absolut.« Sie steht vom Boden auf. »Wie schon gesagt, jetzt ist Brooke an der Reihe. Sie wird sich bald melden.«

Ich passe auf, dass ich die Treppe hinuntergehe und nicht renne, komme dann aber auf den letzten Stufen doch unwillkürlich ins Traben. Draußen hat es zu regnen aufgehört, aber der Himmel ist noch immer von schweren, stahlgrauen Wolken bedeckt.

Ich mache, dass ich vom Honey Hearts wegkomme. Mein Herz pocht heftig. Ich bin eine Diebin. Ich habe einen Schlüsselbund gestohlen. Dabei habe ich im ganzen Leben noch nie etwas genommen, das mir nicht gehört, nicht einmal als Kind. Kara schon. Die Erinnerung daran ist scharf und unstrittig. Es ist schwer mit meinem heutigen Bild von Kara in Einklang zu bringen, aber etwa mit dreizehn Jahren stahl sie dem Zeitschriftenhändler in unserm Viertel Süßigkeiten. Sie strahlte den älteren Mann asiatischer Herkunft mit ihrem Engelslächeln an, und er lächelte zurück, ohne zu merken, dass sie mit ihren schlanken Fingern nach den Schokoriegeln griff und sie in die Tasche schob, sobald er sich abwandte, um sich um andere Kunden zu kümmern.

Panik war ihr völlig fremd; sie schlenderte aus dem Laden wie ein Gewohnheitsverbrecher. Ich beobachtete das Ganze von der Tür aus, halb ehrfürchtig und halb entsetzt. Ich habe ihr immer wieder vorgeworfen, sie sei böse und dumm, aber in Wirklichkeit war ich neidisch, weil sie so abgebrüht war und keinerlei Schuldgefühle kannte. Ich mochte den alten, buckligen Asiaten mit dem ergrauten Bart gern. Bei dem Gedanken, dass wir ihn bestohlen hatten, brannten mir die Wangen.

Aber verraten habe ich Kara nie. Und das nicht nur, weil sie mir immer einen Schokoriegel abgab. Ich wollte sie nicht bloßstellen, weil mir ihre Schuld in irgendeiner Weise peinlich war. Vielleicht wollte ich schon damals das Bild schützen, das meine Familie von meiner kleinen Schwester hatte, das Mum und Dad und ich selbst über die Jahre aufgebaut hatten: Kara die Verträumte, Kara die Naive, Kara die Sanftmütige.

Aber vielleicht war unser Bild von Kara nur Einbildung, eine Illusion, an die wir einfach glauben wollten. Nach ihrem Tod wurde die »unschuldige Kara« zur einzig möglichen Version dessen, was sie gewesen war: das Opfer, das zu gut für diese Welt war und zu früh von uns genommen wurde. Alle, die sie kannten, glaubten an die »unschuldige Kara«.

Alle außer Julia, denke ich voller Wehmut. Vielleicht bewunderte Kara sie deswegen so sehr, weil sie bei Julia sie selbst sein konnte.

Ich erreiche das Ende der Straße und beginne zu traben, als ich um die Ecke gebogen bin – nur so schnell, dass ich kein Aufsehen errege, aber die Schlüssel brennen mir förmlich in der Hosentasche, und ich stelle mir vor, wie Alexa ihr Fehlen bemerkt und sofort die Polizei ruft. Ich bin so in dieser Vorstellung gefangen, dass ich fast die Polizeisirenen höre, als ich ein Café betrete. Es ist eine ziemliche Spelunke mit fleckigen Plastiktischen. Über dem schmutzigen Linoleumboden hängt der Geruch von abgestandenem Kaffee. Ich suche mir einen Tisch im hinteren Teil und bitte die bleiche Bedienung um einen Cappuccino. Sie geht wieder hinter die Theke. Ich sehe mich um. Außer mir sind nur drei Gäste im Café, ein Zeitung lesender Mann in der Ecke und zwei Frauen, die sich vorn beim Fenster angeregt unterhalten.

Niemand beachtet mich. Ich stecke die Hand in die Tasche und ziehe den Schlüsselbund heraus. Ein Sicherheitsschlüssel und einer für eine Art Türriegel. Auf einem Plastikschildchen steht »Crowdale«.

Ich google mit dem Handy danach und finde: Crowdale, in Princeton, Dartmoor. Ich habe sogar die Postleitzahl. Ich starte das Immobilienportal Zoopla. Das Haus hat vor drei Jahren den Besitzer gewechselt.

Ich schüttle den Kopf. Ich kann mir noch immer nicht vorstellen, dass man etwas Wichtiges in einem Ferienhaus aufbewahrt. Selbst wenn die gepflegte Geschäftsfrau Alexa – allerdings in einem ziemlich anrüchigen Gewerbe – etwas mit einer Vergewaltigung und einem Mord vor achtzehn Jahren zu tun hat, warum sollte sie dann Beweise dazu an einem so frei zugänglichen Ort lagern?

Ich betrachte die Schlüssel. Princeton liegt etwa eine Autostunde entfernt, in einem ziemlich abgelegenen Teil von Dartmoor. Mein Cappuccino kommt. Ich trinke einen Schluck. Der Kaffee ist zu schwach und schmeckt gleichzeitig verbrannt. Schauderhaft.

Ich rufe Damian an, erkläre ihm, wo ich bin, dass ich Neuigkeiten habe, aber im Augenblick nicht reden kann. Er sagt, er sei am Bahnhof von Honiton, um seinen Wagen abzuholen, und meint, ich solle warten, er werde mich abholen. Den Kaffee kann ich unmöglich trinken und bestelle einen Orangensaft. Dann treibe ich in der Damentoilette mit dem Handtrockner die ärgste Nässe aus meinen Haaren. Meine Kleidung ist immer noch feucht auf der Haut. Ich trinke meinen Saft und überlege, ob ich Will anrufen soll. Inzwischen sollten Zack und Hannah bei ihm sein. Ich schicke ihm eine SMS und frage, ob die Kinder einen schönen Tag hatten, aber er antwortet nicht.

Es vergeht eine Stunde. Damian steckt im Stau. Ich bestelle noch einen Saft und warte. Die Sonne geht unter und das Café schließt bald, als Damian kommt. Er springt aus seinem Mercedes und ist im Café, bevor ich vom Tisch aufstehen kann. Wir eilen durch den Regen, und im Wagen erzähle ich, dass Poppy bei mir war und mir Informationen verkaufen wollte. »Ich glaube nicht, dass sie vorhatte, mir zu sagen, woher sie das Medaillon hat – oder von wem. Ihr ging es nur um mein Geld. Aber ich bin ihr gefolgt, und zwar zum Honey Hearts …«

Damian macht große Augen, die noch größer werden, als er hört, dass ich ihre Unterhaltung mit ihrer Mutter belauschen konnte und dann die Schlüssel zum Ferienhaus, in dem Poppy gewohnt hat, gestohlen habe.

»Es heißt Crowdale und liegt im Dartmoor.«

»Und was ist mit der Polizei, Livy?«, unterbricht mich Damian schockiert. »Wir haben doch ausgemacht, dass wir mit allem, was wir haben, zur Polizei gehen?«

Ich starre ihn an. Ich hatte völlig vergessen, dass ich das vorgehabt hatte.

»Das kann ich immer noch tun.« Der Regen prasselt aufs Autodach. »Ich kann die Schlüssel doch der Polizei geben, und die sehen sich dann im Ferienhaus um.«

»Aber ... Aber ...« Damian schüttelt den Kopf. »Verstehst du nicht? Wenn Alexa etwas mit Julias Tod zu tun hat, dann weiß sie auch, wie wichtig das Medaillon ist, das Poppy gestohlen hat – genauso wie der Ort, an dem sie es gestohlen hat.«

»Und?«

»Wenn sie bemerkt, dass du die Schlüssel gestohlen hast, dann wird sie sofort versuchen, ihre Spuren zu verwischen.«

»Aber das hindert mich doch nicht daran, die Schlüssel zur Polizei zu bringen.« Ich sehe ihn etwas verwirrt an. »Wie gesagt, dann können ja *die* hingehen und nachsehen.«

Damian starrt mich an, als hätte ich den Verstand verloren. »Ohne einen Durchsuchungsbeschluss werden sie überhaupt nichts tun, und es gibt keinen Grund, einen auszustellen, es sei denn, du sagst ihnen, dass das Medaillon dort war.«

»Aber das *war* es doch auch. Poppy sagte, sie habe es dort gefunden, wo sie wohnt. Und das war im Ferienhaus ihrer Mutter.«

Damian schüttelt noch einmal den Kopf. »Auf die Aussage einer Drogenabhängigen werden sie nicht viel geben, glaub mir. Außerdem musst du sie erst einmal finden, oder Alexa dazu bringen, dass sie ihre Geschichte bestätigt, was ich beides nicht für besonders wahrscheinlich halte.« Er seufzt und lässt den Kopf aufs Lenkrad sinken.

»Und was tun wir dann?«

Damian schaut auf. »Eine große Wahl haben wir nicht. Alexa Carling sagt, dieses Crowdale ist ein Ferienhaus, richtig?«

Ich nicke.

»Wenn ihre Tochter, die dort gewohnt hat, gerade die Schlüssel zurückgeben musste, dann müsste das Haus gerade unbewohnt sein. Wir müssen uns also so schnell wie möglich dort umsehen – bevor Alexa merkt, was du getan hast.«

Wir fahren schweigend in Richtung Dartmoor. Es wird langsam dunkel. Ich sehe auf mein Telefon, aber Will hat nicht auf meine SMS geantwortet. Er muss jetzt bei Zack und Hannah sein. Der Gedanke, dass die drei ohne mich bei uns zu Hause zusammen sind, schneidet mir ins Herz. Ich sehe zu Damian hinüber. Plötzlich kommt er mir sehr jung vor und weit weniger attraktiv als gestern.

Der Regen wird stärker. Er erzeugt einen feinen, grauen Nebel, in dem die Schilder am Straßenrand schlecht zu erkennen sind. Wir verfahren uns auf dem Weg nach Princeton zwar nur einmal, aber auch dort ist Crowdale schwierig zu finden. Die Häuser liegen übers Moor verstreut und fernab der von Trockenmauern gesäumten Landsträßchen. Der strömende Regen und die gruseligen Nebelschwaden machen die Sache nicht einfacher. Wir tasten uns im Schritttempo voran. Der Himmel ist nun vollständig schwarz, aber dann tröpfelt es nur noch. Die

Dunkelheit und Feuchte lassen es später erscheinen, als es wirklich ist.

»Hier.« Damian sieht von der Karte auf und deutet auf eine Abzweigung nach links. Wir biegen in die Zufahrt ein – nicht viel mehr als ein schlammiger Fahrweg – und halten an einem niedrigen geschlossenen Tor. Auf einem Schild neben dem Tor steht »Crowdale«. Das Haus liegt etwa fünfzig Meter weiter hinten – ein gedrungenes, zweigeschossiges Cottage aus Stein. Ich steige aus und ziehe mir die Kapuze meiner Jacke über den Kopf. Damian schlägt seinen Kragen hoch. Wir steigen übers Tor und stapfen zum Haus. Es wirkt trostlos vor dem pechschwarzen und silbrigen Himmel. Verlassen. Unheimlich. Die dunklen Vorhänge sind zugezogen. Es brennt kein Licht.

Die Haustür besitzt zwei Schlösser. An beiden Seiten rankt sich Efeu hoch. Über der Tür klappert ein Schild gegen den Stein: »Crowdale.« Damian schaut mich an.

»Du bist dran«, sagt er.

Ich ziehe Alexas Schlüssel aus der Tasche und stecke den Sicherheitsschlüssel ins obere Schloss. Klick. Er lässt sich drehen. Ich nehme den Schlüssel für den Türriegel und zwänge ihn ins untere Schlüsselloch. Er klemmt, und ich muss stärker zupacken. Auch die alte, schwere Tür klemmt, schwingt aber dann auf. Im Haus ist es dunkel. Wir treten ein. Die Kälte der Steinfliesen ist selbst durch die Schuhsohlen zu spüren.

Damian fummelt hinter mir am Lichtschalter herum.

Mit einem Schnippen wird es taghell im Gang. Auf beiden Seiten je eine Tür, geradeaus führt eine Treppe nach oben. Die Türen stehen offen. Ich spähe durch die eine ins Wohnzimmer. Alles ist sauber, wie geleckt.

Mir kommt ein Ergebnis der damaligen Ermittlungen zu

Karas Tod in den Sinn: *Unsere Profiler sagen, der Typ, der das getan hat, muss besessen davon gewesen sein, alle Spuren zu verwischen. Er hat absolut nichts hinterlassen, keinen Hinweis darauf, dass er da war.*

Mich schaudert, als ich Damian ins Wohnzimmer folge. Es sind kaum Möbel da. Nur zwei niedrige Sofas und ein Fernseher. Der Einbauschrank an der anderen Wand lässt sich leicht öffnen. Ein Regalboden voller DVDs. Ich ziehe ein paar heraus, lauter anspruchsvolle Filme, die meisten ausländisch.

»Komische Filme für ein Ferienhäuschen«, flüstere ich. »Da müssten doch Sachen für Kinder sein, nicht solches Zeug.«

Damian nickt.

Ich halte nach Anzeichen für Poppys Aufenthalt Ausschau. Die Drogenabhängige mit dem strähnigen Haar müsste doch eigentlich mehr Unordnung hinterlassen haben? Ich gehe über den Gang ins andere Zimmer hinüber: die Küche. Auf dem Tisch steht eine große, offene Flasche Pepsi, daneben die Reste einer Mahlzeit – Brot, ein Stück Butter, etwas Käse.

Wir gehen nach oben. Der obere Treppenabsatz ist winzig, voraus liegt ein kleines Bad, zu beiden Seiten geschlossene Türen. Ich sehe ins Badezimmer. Ein Waschbecken mit einem Badezimmerschränkchen darüber und eine Wanne. Keine Verzierungen. Keine Dekoration. Wie das übrige Haus. Nicht einmal ein Spiegel.

Ich öffne das Schränkchen. Es enthält eine Flasche Mundwasser, eine Zahnbürste und Zahnpasta auf einem Bord, Rasierschaum, einen Rasierpinsel und einen Rasierer auf dem anderen. Ein großes orangefarbenes Stück Seife. Links daneben ein fadenscheiniges Handtuch.

»Ich verstehe das nicht. Es sieht aus, als ob ein *Mann* hier wohnt«, sage ich, als ich aus dem Bad komme. »Ein *Mönch.*«

»Tatsächlich?« Damian zeigt ins recht Zimmer. Er steht in der Tür. Ich sehe hinein. Es ist ein winziges Schlafzimmer in unglaublicher Unordnung. Der Boden ist mit Kleidungsstücken und Zeitschriften übersät. Ein kleiner Holzschrank ist leer, die Türen stehen offen. Das niedrige Bett steht in der Mitte des Zimmers. Auf der schmutzigen Matratze liegt eine einzelne Decke. Keine Laken. Zwei speckige Polster scheinen als Kissen zu dienen. Auf der Matratze liegt ein offener Kulturbeutel. Zwei Lippenstifte kullern auf die Decke, eine offenbar unbenutzte Zahnbürste und eine Schachtel Tampons.

»Himmel, ich weiß nicht.« Ich drehe mich um und gehe zum gegenüberliegenden Zimmer. Ich öffne die Tür.

Wir sind wieder bei Mr. Pingelig. Ein weißes Daunenbett liegt faltenfrei auf dem eisernen Bettgestell. Wände, Boden und Einbauschränke sind weiß gestrichen. Damian kommt herüber und zieht die Türen auf. Da hängen sauber aufgereiht Hemden, ein paar Anzüge und Hosen alles so auf Abstand, dass sich die Bügel nicht berühren. Unter der Kleidung eine Reihe Herrenschuhe, die meisten braun oder schwarz und sehr gepflegt. Damian widmet sich der Kommode unter dem Fenster, und ich sehe mich um. Hier ist absolut nichts, was auf die Person schließen lässt, die hier wohnt. Keine Bücher – kein einziges im ganzen Haus. Kein Computer. Keine Fotos. Keine Bilder. Kein Nippes. Selbst oben auf der Kommode: nichts. Ich sehe unter die Kissen. Nichts. Ich finde nur einen großen, altmodischen Schlüssel, versteckt unter der Matratze.

Das Zimmer wirkt auf unheimliche Weise steril. Mich

schaudert. Damian legt mir die Hand auf die Schulter. »Ich versteh das nicht.«

Wir gehen wieder nach unten. Ich will ihm gerade erzählen, dass das ganze Haus – das verdreckte Schlafzimmer ausgenommen – zum Profil von Karas Mörder passt, als ich eine kleine Tür unter der Treppe entdecke. Ich frage Damian: »Und dort?«

Damian probiert die Tür, sie ist abgesperrt. Er stöhnt und tritt zurück. »Wenn ich sie aufbreche, dann sieht jeder, dass wir hier waren.«

Ich öffne die Hand und zeige ihm den Schlüssel, den ich unter der Matratze gefunden habe.

»Versuch's mal damit.«

Er passt tatsächlich. Damian dreht ihn mit einem Klick im Schloss. Dahinter eine Treppe. Schmale Zementstufen, die ins Dunkel führen. Damian tastet nach einem Schalter. Knipst das Licht an. Ich folge ihm die Treppe hinunter. Sie führt in einen kleinen quadratischen Kellerraum. Keine Türen, keine Fenster, nur kahle Backsteinmauern und ein Zementboden. In einer Ecke stehen zwei Kartons. Ich sehe hinein – nichts als Bücher: Taschenbuchkrimis mit Eselsohren, ein paar alte Lexika. Nichts Persönliches, aus dem man auf den Besitzer schließen könnte. Von der Decke hängt eine nackte Glühbirne.

»Das bringt uns auch nicht weiter.« Damians Stimme klingt hohl.

Ich suche den ganzen Raum ab, suche irgendetwas, das erklären könnte, wo Alexa Carlings Tochter in diesem seltsamen Haus Karas Medaillon gefunden haben könnte. Ich fahre mit den Händen über die Wand am Kellerende. Meine Finger gleiten über die Backsteine, spüren einen Absatz. Ich taste die Stelle ab. Die Fuge zwischen diesen beiden Ziegeln und den beiden darunter ist lockerer als die anderen und die Steine ragen minimal vor. Ich stochere im Mörtel. Er zerbröselt unter meinen Fingern.

»Sieh mal«, sage ich.

Damian kommt herüber und kniet sich neben mich. Wir schieben unsere Finger zwischen die Backsteine. Alle vier lassen sich leicht lösen, und dahinter kommt ein dunkles Loch zum Vorschein. Es ist völlig still. Das einzige Geräusch ist mein eigenes Keuchen.

»Weiter«, drängt Damian.

Ich stecke meine Hand in die Öffnung. Meine schwitzenden Hände stoßen an kühles Metall. Es ist ein Kästchen. Ich packe es an den Seiten und ziehe es hervor. Es ist hübsch und aus silberfarbenem Metall gearbeitet. Sehr einfach und sehr ungewöhnlich.

»So etwas habe ich noch nie gesehen«, flüstere ich.

»Machen wir es auf.« Damian hockt sich hin und greift nach dem Deckel. Er ist verschlossen, und diesmal ist kein Schlüssel weit und breit.

Ich sehe Damian an, und mir läuft es kalt den Rücken hinunter.

»Etwas an diesem Kästchen ist böse«, sage ich mit belegter Stimme.

Ich lege meine Hand ans Metall. Es fühlt sich kalt an. Ich glaube nicht an Gespenster oder böse Geister, aber wenn doch, dann wäre ich mir sicher, das in diesem Kästchen ein böser Geist lauert, und zwar jetzt in diesem Augenblick.

»Ich möchte es nicht öffnen«, sage ich. Die Stille um uns – vom Haus und vom umliegenden Moor – legt sich fast körperlich auf mich. Das Böse ist hier, in diesem Raum, es kommt aus diesem Kästchen. »Wenn wir es öffnen, lassen wir das Böse heraus.«

»Das ist doch lächerlich.« Damian nimmt mir das Kästchen aus der Hand. »Wir müssen wissen, was hier drin ist.«

Starr vor Angst sehe ich auf. Damian besieht das Schloss.

»Spürst du das nicht?«, frage ich.

Er schüttelt den Kopf und untersucht das Kästchen weiter. Er verschwindet und kommt eine Minute später wieder, mit einem Messer aus der Küche. Er schiebt die Klinge zwischen Deckel und Unterteil und hebelt – knack – das Schloss auf.

Mir stockt der Atem.

»Wir müssen das tun, Livy, er hat das versteckt.« Damian stellt das Kästchen zwischen uns auf den Boden.

Ich nicke und lasse es nicht aus den Augen, während Damian langsam den Deckel hebt.

Ich sehe hinein. Es scheint ein wahllose Ansammlung von Dingen zu sein: ein kleines Notizbuch, ein Plastikknopf, eine winzige vergoldete Brosche, ein Fläschchen Nagellack, eine Gürtelschnalle in Form einer Schlange, eine schmetterlingsförmige Haarspange und ein einzelner Chanel-Ohrring mit doppeltem C.

»Was sind das für Dinge?«, frage ich.

Damian zeigt auf den Ohrring. »Shannon hat den getragen, als wir sie trafen.«

Er hat recht. Ich sehe mir das Notizbuch genauer an. Auf dem Umschlag steht »Wissenschaftliches Experiment«. Ich hebe es hoch. Darunter liegt Karas Medaillon. Mit rasendem Herzschlag nehme ich es heraus. Es ist ohne jeden Zweifel Karas Medaillon, mit dem Kratzer hinten neben dem Scharnier und dem Bild von mir und Julia im Innern. Ich starre es an, und mir wird übel.

Das ist es. Dieses Kästchen gehört dem Mörder.

Wir haben ihn gefunden.

Kapitel 20

»Herr im Himmel«, haucht Damian. Er hält den Nagellack in die Höhe. »Ich glaube, der gehörte Julia.«

Er hat recht. Dasselbe schimmernde Silber wie auf ihren Zehennägeln in der Nacht, als sie starb. Ich weiche zurück. Mir kribbelt die Haut. Ich kann den Gedanken nicht ertragen, dass ihr Mörder, *Karas* Mörder, dieses Kästchen berührt hat.

»Okay, das reicht.« Damian klappt das Kästchen zu. »Wir verschwinden. Bring das zur Polizei. Gib ihnen alles.«

Ich nicke und stolpere hinter ihm die Treppe hinauf. Damian hält das Kästchen mit einer Hand. Mit der anderen angelt er nach seinem Handy. Und flucht. »Kein Netz.«

Ich sehe auf mein eigenes Telefon. Dasselbe. Das ist keine Überraschung. Wir sind mitten im Dartmoor. Draußen ist es kalt und der Himmel dunkel. Es regnet wieder, ein leichtes Nieseln. Ich kann noch immer keine Verbindung zwischen Alexa Carling und dem männlichen Gast im Haus herstellen, aber das ist jetzt nicht wichtig. Wir müssen jetzt erst einmal weg von hier und unseren Fund der Polizei übergeben.

Wir rennen den Weg zurück und steigen über das Tor. Es ist noch düsterer als zuvor, dunkel mit Sprühregen, und der matschige Weg in Nebel gehüllt. Mir sitzt der Schreck noch immer in den Gliedern, und ich haste in Damians

Wagen. Er steigt ebenfalls ein und legt mir das silberne Kästchen auf den Schoß. Ich will es nicht anfassen und lasse meine Hände am Armaturenbrett. Damian startet den Motor und schaltet das Fernlicht an. Er wendet auf dem hell erleuchteten Fahrweg, und wir setzen uns langsam in Bewegung.

Um uns wabert der Nebel im gespenstischen Widerschein der Scheinwerfer. Wir sind kaum losgefahren, als sich vor uns etwas bewegt: Ein Schatten huscht über die Fahrspur.

»Was war das?«

»Wahrscheinlich nur ein Fuchs«, sagt Damian, aber er scheint sich auch nicht ganz sicher zu sein.

Ich sehe auf das Kästchen auf meinem Schoß, und wieder schaudert mich. Das ist dumm, ich weiß das, aber ich bekomme den Gedanken an die bösen Geister einfach nicht aus den Kopf.

»Was ist *das*?« Damian reckt sich vor und stiert durch die Windschutzscheibe.

Ich folge seinem Blick. Da liegt etwas auf dem Weg vor uns. Mir läuft ein Schauer über den Rücken. Damian lässt den Wagen langsam näher rollen.

Da liegt ein Kind von höchstens sieben oder acht Jahren am Boden, in Jeans und einem zu großen Kapuzenpulli, der an der Taille zusammengeschoben ist und die Form verzerrt. Damian stoppt den Wagen. Der Puls pocht laut in meinen Ohren.

Ist das Kind überfahren worden? Ich sehe kein Blut. Die Kapuze ist übers Gesicht gezogen und man sieht nicht, ob es ein Junge oder ein Mädchen ist. Wir stehen nur wenige Meter entfernt. Das Kind rührt sich nicht. Mein Hals ist vor Angst wie zugeschnürt.

»Heiliger Himmel.« Damian sitzt starr neben mir.

Er schaltet den Motor aus, lässt die Scheinwerfer aber an. Das Kind trägt gelbe Turnschuhe. Ich lehne mich vor, sehe genauer hin. Zack hat genau die gleichen.

Mit einem Mal gibt es eine leichte Verschiebung der Realität, und die Wahrheit trifft mich wie ein Faustschlag.

»Zack!« Ich hauche seinen Namen, schiebe das Kästchen beiseite und stürze aus dem Wagen. Ich falle neben ihm auf die Knie und nehme den nassen, kalten Schlamm unter mir kaum wahr. Es gibt nur noch Zack. Meinen wunderbaren Jungen.

Ich lege die Hand an seine Wange. Drehe sein Gesicht zu mir. Seine Augen sind geschlossen. Kein Blut. Ist er tot? Das *darf* nicht sein. Ich benetze meinen Finger und halte ihn unter seine Nase, wie ich es getan habe, als er noch ein kleines Baby war. Jede einzelne Zelle in meinem Körper entspannt sich, als sein flacher Atem meinen Finger kühlt.

»Zack? Zack?« Ich rufe seinen Namen, schüttle seine Schulter, aber er bleibt regungslos liegen. In mir steigt Panik auf. Ich taste seine Arme und Beine ab, seinen Bauch. Nichts fühlt sich ungewöhnlich an. Keine Knochenbrüche. Ich berühre seinen Kopf. Keine Schwellungen, keine Beulen, keine Blutergüsse.

Ich verstehe das nicht. Ich verstehe das nicht.

»Damian!« Warum ist er nicht hier! Ich suche nach meinem Telefon. Immer noch kein Netz. »Damian!« Wo ist er nur? Er muss mir helfen, Zack in den Wagen zu bekommen.

Als ich mich nach ihm umsehe, gehen die Scheinwerfer aus. Die Fahrspur liegt in völliger Finsternis.

»Damian!«, kreische ich.

Es regnet jetzt stärker. Ich bekomme Zacks schlaffen

Körper nicht vom Boden hoch und muss ihn zum Wagen schleifen.

»Damian!«, schreie ich noch einmal.

Was geht nur hier vor? Das Herz schlägt mir bis zum Hals und ich komme schier um vor Angst.

»Hilfe!!« Zacks Beine schleifen durch den Matsch. Am Wagen angekommen, lehne ich Zack gegen meine Beine und suche nach dem Türgriff. Abgeschlossen.

»Damian?« Ich reiße noch einmal am Griff. Warum ist der Wagen versperrt? »Damian!«

Die Angst kribbelt mir wie Ameisen auf der Haut. Ich schwanke und der Regen strömt mir übers Gesicht. Zack lehnt immer noch an meinen zitternden Beinen, während ich das Handy aus der Tasche ziehe. Das Display leuchtet auf, als ich es berühre. Immer noch kein Netz. Ich halte das Gerät ans Wagenfenster. Im fahlen Schein kann ich Damians Umriss gerade so erkennen. Er sitzt noch wie zuvor aufrecht auf dem Fahrersitz. Seine Augen sind glasig, aber geöffnet.

»Damian?« Ich schlage gegen die Seitenscheibe und rufe noch mal seinen Namen. Was ist nur mit ihm los? Warum hört er mich nicht? Dann fällt das Licht auf eine glänzende, dunkelrote Lache auf dem Armaturenbrett, von wo es auf den Wagenboden heruntertropft. Ich spähe durch die Scheibe, wische mir den Regen aus den Augen und zwinge mein Gehirn, dem, was ich sehe, einen Sinn zu geben.

Blut. Es strömt aus Damians Hals, färbt sein Hemd, ein riesiger, glänzender Fleck. Es vergeht eine entsetzliche Sekunde, dann rollt sein Kopf zur Seite. Ich starre hin und kann es nicht fassen. Seine Kehle ist durchgeschnitten. Mit einem Klick öffnet sich das Türschloss. Ich fahre herum.

»Wer ist da?«

Da ist nur der gleichmäßig plätschernde Regen.

Mein ganzer Körper bebt. Zack liegt noch immer zu meinen Füßen. Sein Anblick gibt mir neuen Schwung. Ich ziehe ihn weg von der Tür und reiße sie auf. Das Wageninnere wird erleuchtet. O Gott, hier ist alles rot vor Blut – die Sitze, der Wagenhimmel, das Armaturenbrett.

Ich strecke die Hand aus und streiche Damian übers Gesicht. Seine Augen sind weit aufgerissen. Mit zitternden Fingern berühre ich ihn am Arm. Er hängt schlaff und schwer herunter. Ich drücke sein Handgelenk, taste mit den Fingern. Kein Puls.

»Damian?« Ich stöhne leise. Ich taste nach seinem blutüberströmten Hals und weiter bis an die Kehle. Nichts.

»Oh, Damian«, flüstere ich. Ich weiche vom Wagen zurück. Muss würgen. Der Blutgeruch steigt mir in die Nase, scharf, metallisch, eklig. Ich sauge tief die kühle, frische Nachtluft in mich ein. Wer hat das getan? Wo ist er?

Ich blicke mich nach allen Seiten um. Ich sehe niemanden, aber er oder sie muss in der Nähe sein.

Zack ist noch immer bewusstlos. Ich versuche, mich zu konzentrieren, zwinge meinen ins Chaos gestürzten Verstand zum Denken. Ich muss Zack von hier fortschaffen. Ich muss weg von hier.

Das bedeutet, dass ich Damian bewegen muss – sonst kann ich den Wagen nicht fahren. Sein Hals starrt vor Blut. Ich beiße die Zähne zusammen und versuche, ihn vom Fahrersitz zu schieben. Er ist zu schwer. Ich renne auf die Beifahrerseite und versuche, ihn zu mir herüberzuziehen. Ich schaffe es nicht. Schluchzend trabe ich zurück und reiße an seinem Arm. Ich bin völlig verzweifelt und will ihn nur noch aus dem Auto heraushaben.

Und dann höre ich Schritte hinter mir. Ich drehe mich um. Jemand mit einer Fackel kommt auf mich zu.

»Hallo?«

Die Person antwortet nicht. Das Licht ist so hell, dass ich das Gesicht nicht erkennen kann. Ich halte die Hand über die Augen. Es ist ein Mann. So viel ist sicher. Er trägt einen Plastikoverall, wie ihn auch Forensiker tragen.

Er ist es. Der Mörder.

Ich stolpere rückwärts und greife nach Zack. Der Mann kommt näher. Er steht direkt über Zacks Beinen.

»Trink das.« Er stellt eine Wasserflasche auf den Boden. Er trägt Handschuhe. Er spricht mit einem heiseren Flüstern. Ich kann es nicht genau einordnen, aber ich bin mir sicher, dass ich die Stimme kenne.

»Nein.« Ich weiche zurück und zerre Zack hinter mir her. »Wer sind Sie?«

Er kommt wieder näher. Er streckt mir ein Messer entgegen. »Halt.«

Ich erstarre. Der Mann hockt sich neben Zack. Ich kann sein Gesicht immer noch nicht erkennen. Der Plastikoverall ist weiß. Auch seine Schuhe haben weiße Überzüge, wie die Gerichtsmediziner in Julias Wohnung.

»Trink. Sonst werde ich ihn töten.« Die lange Klinge schimmert im Fackelschein. Er setzt Zack die Spitze an den Hals.

»O Gott, nein, bitte!« Ich haste nach vorn und greife nach der Wasserflasche. »Bitte tun Sie ihm nicht weh.«

»Trink«, flüstert er beruhigend. Ich *weiß*, dass ich diese Stimme schon einmal gehört habe. »Trink, und ich verspreche, dass du deinen Sohn wiedersehen wirst.«

Ich setze die Flasche an die Lippen und trinke einen Schluck. Es schmeckt salzig.

»Mehr«, befiehlt der Mann.

»Was ist das?«

»Es wird dich nicht umbringen.«

Ich zögere wieder, den Blick starr auf des Messer an Zacks Hals gerichtet. Nur ein leichtes Zucken, und seine feine Haut ist aufgeschlitzt, genau wie bei Damian.

Ich trinke zwei große Schlucke. Und noch einmal zwei. Die Flasche ist etwa halb leer.

»Gut. Jetzt steig in den Kofferraum, ich lege Zack neben dich.«

Es trifft mich wie ein Schlag, dass er Zacks Namen kennt. »Warum? Was werden Sie mit uns tun?«

»Willst du deinen Sohn mit im Kofferraum haben? Oder soll ich ihm hier die Kehle aufschlitzen?«

»Okay. Okay.« Mir bleibt keine Wahl. Ich schiebe mich um den Wagen. Die Fackel blendet mich immer noch. Er ist vor mir am Kofferraum, lässt ihn aufschnappen. Ich klettere hinein und blicke hinaus. Ich sehe nur den Schein der Fackel, ein weißes Loch im Nachthimmel. »Zack!«, rufe ich. Mein Verstand dreht sich im Kreis. Wenn Zack hier bei uns ist, wo sind dann Hannah und Will?

»Handy.«

Ich greife in die Tasche und geb ihm mein Telefon. »Was haben ...«

Die Klappe wird zugeschlagen. Ich werde panisch. Was ist mit Zack? Ich schlage gegen das Blech über meinem Kopf. Es ist eng. Ich kann mich kaum bewegen. Ich bekomme Platzangst. Ich reiße den Mund auf, um zu schreien, aber bevor ich einen Ton herausbringe, öffnet sich der Kofferraumdeckel wieder. Keine Fackel, nur der Umriss eines Mannes. Sein Gesicht kann ich nicht erkennen. Er trägt eine OP-Maske.

Er hält Zack in den Armen. Ich recke ihm meine Hände entgegen, während er neben mich gelegt wird. Ein Handschuh streift meine Wange. Er riecht nach Gummi und Chemikalien.

»Was wollen …?«

»Still, oder ich töte deine Tochter.«

Mir stockt der Atem. Der Deckel wird wieder zugeschlagen. Ich drücke Zack an mich. Mein Herz schlägt wie wild.

Er hat auch Hannah!

Ist auch Hannah hier im Wagen? Was ist mit Will?

Ich fasse Zack noch enger. Er ist immer noch ohne Bewusstsein.

Der Motor wird angelassen. Wir fahren los.

Ich versuche, ruhig zu atmen. Wie in aller Welt soll ich fliehen? Die Kofferraumklappe ist verschlossen. Wo ist Hannah? Wo ist Will?

Ich liege still und versuche mich zu konzentrieren. Die Zeit vergeht. Zack bleibt bewusstlos. Ich kenne die Stimme des Mannes. Aber woher? Das alles ergibt keinen Sinn. Die Dunkelheit umfängt mich. Ich halte Zack ganz fest und fürchte, dass ich falle. Aber von wo soll ich fallen? Plötzlich merke ich, dass ich Zack nicht mehr spüre. Ich spüre überhaupt nichts mehr. Ich kann mich nicht rühren, nicht einmal meine Finger. Ich kann nicht sprechen.

Es fühlt sich wie ein Traum an. Zack ist das einzig Wirkliche. Ich zwinge meine Augen, offen zu bleiben und ins Dunkel zu sehen.

Die Welt tanzt in meinem Kopf. Ich bin völlig nass geschwitzt.

Und wenn ich jetzt sterbe?

Wenn das der Tod ist?

Der Mann hat gesagt, ich werde nicht sterben.

Ihm ist nicht zu trauen.

Er sagte, ich wäre mit Zack zusammen, und das stimmt.

Ihm ist nicht zu trauen.

Man darf nichts und niemandem trauen.

Ich schließe die Augen und nehme die Erschütterungen des fahrenden Wagens in mich auf, so wie das Dunkel mich aufnimmt.

Mein Kopf brummt. Der Hals ist ausgedörrt und tut weh. Meine Muskeln schmerzen. Ich kann mich nicht rühren. Um mich ist es stockfinster, ich ertrage es kaum. Einen Augenblick lang glaube ich, dass ich in einem Sarg liege. Dann erinnere ich mich. Ich bin im Kofferraum von Damians Wagen.

Zack.

Die Erinnerung an meinen bewusstlosen Jungen wischt alle anderen Gedanken beiseite. Wir lagen dicht aneinandergedrängt. Ich taste herum und versuche, im Dunkeln etwas zu erkennen. Wo ist er?

Fort.

Ich möchte schreien, mit den Fäusten gegen den Kofferraumdeckel trommeln, aber ich bin gelähmt. Mich packt das Entsetzen. Ich begreife, dass der Wagen steht, der Motor nicht mehr läuft. Es vergehen lange Minuten. Dann öffnet sich die Klappe. Kalte Luft streicht mir übers Gesicht. Ich rieche das Meer. Ich höre die Brandung an den Felsen. Der Mann von vorher ist da, noch immer von Kopf bis Fuß in seinen Plastikoverall gehüllt, vor dem Gesicht eine OP-Maske. Ich will fliehen, aber er hebt mich mit einem Ächzen aus dem Kofferraum.

Er trägt mich weg vom Wagen. Vor meinem Gesicht

sehe ich nur die dünne Folie seines Overalls. Den Kopf kann ich nicht drehen. Es ist dunkel. Wie viel Zeit ist vergangen? Wo ist Zack? Ich versuche zu sprechen, aber es kommt kein Laut heraus. Wir gehen bergab. Der Wind wird stärker. Meine Haare werden mir vor die Augen geweht.

Dann höre ich ein Klicken. Licht blitzt auf. Dann ein dumpfer Schlag. Vor mir öffnet sich ein Kofferraum. Wie können wir zurück am Wagen sein? Wir sind doch eben davon weggegangen, bergab. Ich verstehe das nicht.

Im Kofferraum liegen Dinge. Verschiedene Formen, die gegen mich drücken. Es riecht anders in diesem Kofferraum. Ich bin mir sicher, dass er größer ist. Ein anderer Kofferraum. Ein anderes Auto. Was soll das?

Ich liege und spähe ins Dunkel.

Es vergehen Stunden. Der Wagen rührt sich nicht. Benommen bewege ich meine Hand. Ich kann mich wieder bewegen! Ich recke mich. Mein Bein stößt an etwas T-förmiges aus Plastik. Ich fahre mit der Hand daran entlang. Es ist der Lenkerschaft eines Rollers. Ich fühle auch das Trittbrett aus Metall.

Ich versuche zu schreien. »Hilfe!« Ich bin heiser, kann aber wenigstens wieder sprechen.

Allmählich kann ich mich auch besser bewegen. Lauter rufen. Ich schreie, trommle und trete. Niemand kommt.

Und dann öffnet sich ohne Vorwarnung die Klappe. Eine Gestalt zeichnet sich ab. Wieder der Mann. Er starrt auf mich herunter. Über der Maske sind nur die Augen zu sehen.

»Wo ist Zack?«

Er reagiert nicht. Er fasst mich am Arm.

»Raus!«

Ich zwinge meine schmerzenden, verkrampften Muskeln in Aktion. Beim Herausklettern schlage ich mir Kopf und Schienbein an. Ich erkenne nicht genau, wo wir sind, auf jeden Fall am Meer, nahe der Steilküste. Der Nachthimmel ist nun heller. Wie viel Zeit ist vergangen? Links von mir sehe ich tief unten die Kämme der sich brechenden Wellen. Rechts ist nichts außer Himmel und in der Ferne Umrisse von Bäumen. Kein Licht. Keine Gebäude.

Keine Menschen.

Vor meinem inneren Auge sehe ich Damian: seinen glasigen Blick, das am Hals herabrinnende Blut. Mir wird übel, ich muss würgen.

Ich drehe mich dem Mann zu.

»Wo ist Zack?«, frage ich noch einmal.

Der Mann packt mein Handgelenk. Ich reiße mich los. Mein Schädel brummt immer noch, aber ich bin stärker, als er erwartet. Ich verschaffe mir festen Stand und lasse mich von der steifen Salzwasserbrise durchpusten, um vollends aufzuwachen. Dann reiße ich ihm die Maske vom Gesicht.

Der Schrecken trifft mich wie ein Schlag.

Ich kenne ihn. Aber ich kann es nicht glauben.

Und dann lächelt er. »Beruhige dich, Livy. Ich bringe dich zu den Kindern. Vertrau mir.«

Livy

Liebe gießt Gott mit großzügiger Hand über alle aus, die Rache aber spart er für seine Getreuen.

MARK TWAIN

Livy hat meine Bude gefunden. Mein zweites Zuhause, verdammt noch mal. Jede Wette, dass ich den Schlamassel dieser verfluchten Alexa

Carling verdanke. Die Frau ist nicht bloß eine Nutte, sie ist ein schwarzes Loch.

Livy hat auch mein Kästchen gefunden. Genau wie Poppy. Aber die schwachköpfige Poppy hat nur das Medaillon gestohlen, um ihre Schulden abzuzahlen. Livy und Julias Lover, dieser Idiot, haben gleich das ganze Kästchen mitgenommen, um mich auffliegen zu lassen.

Wie können sie es wagen?

Ich koche vor Wut. Nie habe ich mit größerem Vergnügen Haut aufgeschlitzt und den Anblick von spritzendem Blut genossen.

Damians Tod beruhigte mich. Aber er geschah in Eile, eine überhastete, unelegante Art des Mordens. Das gilt auch für die Entsorgung der Leiche. Mit Livy werde ich mein Gleichgewicht wiederfinden und dann alle meine vorigen Leistungen übertreffen.

Ich habe einen Plan. Reine Wonne, dieser Augenblick der Vorfreude. Und welche süße Ironie, dass ich das ganze Ausmaß meiner Vergeltung ausgerechnet gegen die Schwester der einzigen Frau üben werde, die ich jemals wirklich geliebt habe.

Wenn Kara ein Engel war, dann ist Livy der Teufel persönlich. Und wie der Teufel soll sie ihrer eigenen und tiefsten Schande ins Auge sehen. Ja. Jetzt … hier … durch Livy … werde ich eine neue, dunkle Poesie erschaffen.

Mehr werde ich nicht schreiben. Noch nicht. Erst, wenn es vollbracht ist. Ah, wie ging das … »Wär's abgetan, so wie's getan ist, dann wär's gut, man tät es eilig …«

Haargenau mein Gedanke.

Also wieder zurück.

Kapitel 21

Es ist *Paul.* Paul, einer meiner ältesten Freunde, der noch vor wenigen Stunden bei mir in der Küche saß, Anteil am Zustand meiner Ehe nahm und mit mir seine eigenen Sorgen, seine eigene Geschichte teilte.

Ich bin so schockiert, dass ich es kaum glauben kann.

»Du hast *Julia* umgebracht? *Kara* umgebracht?«

Paul sieht mir in die Augen. Im Schein der Kofferraumbeleuchtung sehe ich die starke Wölbung seiner Wange, die aufeinandergepressten Lippen.

»So ist es.« Es klingt stolz, ja beinahe arrogant.

Meine Beine wollen unter mir nachgeben. Er ist ein Mörder. *Der* Mörder. »Und Damian? Und Shannon?«

»Auch.« Paul packt mich am Handgelenk.

»Wie? *Warum?* Ich verstehe das nicht. Paul, bitte, *ich* bin's doch. Wir *beide.*«

Er sagt nichts. Ich blicke mich verzweifelt um. Das Auto, aus dem er mich eben gezerrt hat, steht ganz oben auf der Klippe. Entsetzt erkenne ich, dass es Wills Rover ist. Paul muss mich aus Damians Auto umgeladen haben, und ich lag im eigenen Kofferraum, wo mich Zacks Roller am Bein gedrückt hat. Ungläubig wende ich mich wieder Paul zu. »Wo sind Zack und Hannah?«

Er sagt noch immer nichts. Ich schreie: »Zack! Hannah!«

Ich erwarte, dass er mich am Schreien hindert, aber er lächelt nur.

»Hier ist niemand, der dir helfen kann, Livy«, sagt er.

Der Abgrund ist nur wenige Meter entfernt. Jetzt bin ich mir auch sicher, wo wir sind: etwa fünfzig Kilometer vom Ferienhaus entfernt, wo wir das Kästchen gefunden haben und der arme Damian umgebracht wurde. Wir sind ganz in der Nähe von Julias Lieblingsplätzchen, Bolt Head. Über dem Meer ist es pechschwarz. Was hat Paul vor?

»Wo sind meine Kinder? Du hast gesagt, du würdest mich zu meinen Kindern bringen.« Ich kann das alles nicht fassen, begreife es einfach nicht. Hinter der Felskante bricht das Gestein steil ab. Paul zerrt an meinem Handgelenk. Ich stolpere hinter ihm her, am Wagen vorbei. Will sitzt im Wagen, den Kopf an die Scheibe gelehnt, die Augen geschlossen.

»Will!«, rufe ich. »*Will!*«

Will wacht nicht auf. Ist er betäubt? Ist er tot?

Paul reißt wieder an meinem Arm. »Still jetzt!«, blafft er wütend. »Er hat dasselbe Schlafmittel bekommen wie du. Er hört dich nicht.«

»Will!« Paul zerrt mich vom Wagen weg. »*Will!*«

»Schluss jetzt.« Er verpasst mir eine Ohrfeige. Mir stockt der Atem – eher aus Erschütterung darüber, dass Paul mich geschlagen hat, als aus Schmerz. Meine Wange brennt. Er zieht mich weiter die Felskante entlang. Ich drehe den Kopf nach hinten, um zurück zum Wagen zu sehen. Die kleine, teilweise in der Felswand verborgene Hütte sehe ich erst, als wir die Tür erreichen. Davor steht ein riesiger Felsblock. Ohne mich loszulassen, greift er nach dem Stemmeisen, das am Stein lehnt.

Ich zerre und trete um mich, um von ihm loszukommen.

Er verdreht mir schmerzhaft den Arm. »Da sind Hannah und Zack drin«, zischt er. »Willst du sie nicht sehen?«

Ich halte still, erstarrt von seinem bedrohliche Tonfall. Paul nimmt das Stemmeisen und hebelt den Felsblock beiseite. Er schiebt mich durch die Tür. Es ist dunkel. Kalt. Nur eine Petroleumlampe in der Ecke spendet fahles Licht. Davor kauern zwei kleine Gestalten.

Paul lässt mein Handgelenk los. Ich stolpere nach vorn. Als die Tür hinter mir zuschlägt, saust die eine Gestalt auf mich zu. Ich sehe noch blondes Haar wehen, dann ist sie bei mir, vergräbt ihren Kopf in meiner Brust und klammert sich an mich, als würde ihr Leben davon abhängen.

»Hannah.«

»Oh, Mummy, Mummy.« Sie schluchzt laut, hysterisch. Ich halte sie fest. »Hannah.« Ich bin heiser. Ich sehe mich um. Paul ist fort. Ich drücke gegen die Tür, stemme mich mit aller Kraft dagegen. Sie gibt nicht nach.

Hannahs Schluchzen lässt langsam nach. Ich führe sie durch den Raum zur Lampe. Zack liegt zusammengerollt daneben. Seine Augen sind geschlossen. Ich beuge mich über ihn, ohne Hannah loszulassen. Ich rüttle an seiner Schulter. »Zack?« Er ist nach wie vor bewusstlos. Mein Kopf schmerzt noch immer, als ich die Arme wieder um Hannah lege und zu Boden sinke. Nach einer Weile gewöhnen sich meine Augen an das Halbdunkel. Die Decke ist sehr niedrig, kaum eins achtzig hoch. Außer der Lampe ist der Raum völlig leer, mit nacktem Betonfußboden und Wänden. Durch den Spalt unter der Tür zieht es. An meinem Top und meinen Händen sind Blutflecke von Damian. Ich wiege meine schluchzende Tochter. »Was ist passiert, Hannah?«

»Paul hat uns hergebracht, er hat Zack krank gemacht, und er hat Daddy gefesselt«, piepst sie voller Entsetzen, und ihre Worte überschlagen sich fast.

Ich drücke sie an mich. »Hey, ganz ruhig. Ich bin hier. Sag mir, was passiert ist.«

Hannah bebt in meinen Armen. »Daddy hat mich bei Romayne abgeholt. Zack hatte er schon dabei. Er hatte schlechte Laune, und er hatte vorne schon Zack einsteigen lassen, also konnte ich nicht nach vorne und musste hinten sitzen.«

»Und weiter?«

»Wir kommen also zu Hause an, und Paul kommt vorbei, dabei sind wir noch nicht einmal ausgestiegen, und er und Daddy reden über ein Motorrad, und dann steigt Paul ein und setzt sich hinten neben mich, das war komisch. Und dann hat er ein Messer herausgezogen und – er wollte mich umbringen, wenn Daddy nicht fährt.« Sie ist in Tränen aufgelöst.

»O mein Gott.« Ich drücke sie fester und streiche ihr über die Arme. Sie zittert. Ich ziehe sie noch enger an mich. »Und was ist dann passiert?«

»Dann fängt Zack zu schreien an. Und Paul sagt, er soll aufhören, aber das tut er nicht, also sagt es ihm Daddy noch mal. Und dann holt der Mann eine Wasserflasche heraus und Zack muss daraus trinken. Ich muss auch davon trinken, es ist salzig, aber er zwingt mich dazu. Und wir fahren weiter. Und dann weiß ich nichts mehr.«

Ich nicke. Ich habe wieder das Bild von Damian mit durchgeschnittener Kehle vor Augen. Ich muss mich beinahe übergeben. Ich werfe einen Blick auf Zack. Wenn wir alle drei betäubt wurden, warum ist er als Einziger immer noch bewusstlos?

»Warum passiert das alles, Mummy?« Hannah rollt sich neben mir zusammen. Sie kommt mir plötzlich so jung vor, fast so klein wie Zack.

»Ich weiß nicht.« Ich sitze an die Wand gelehnt und versuche klar zu denken. So unfassbar es ist, Paul hat Damian, Julia und Shannon umgebracht – und meine kleine Schwester. Ich muss daran denken, wie sehr Kara vor ihrem Tod misshandelt wurde, und mir gefriert das Blut in den Adern bei dem Gedanken, wozu Paul fähig ist.

»Mummy, da ist noch etwas.« Ich öffne die Augen. Hannah schaut mit einer Mischung aus Angst und Schmerz zu mir auf. Ihre Wange ist mit Dreck verschmiert. Ich reibe sie sauber.

»Was denn, Liebling?«

»Ich habe etwas weggenommen …« Ihre Stimme bebt. »Vor einiger Zeit.«

Ich runzle die Stirn. »Ich glaube …«

»Am Tag, als wir Julia fanden.«

Ich starre sie an. »Was sagst du da?«

Sie ringt die Hände. Sie zittert.

»Ist schon in Ordnung«, sage ich, um sie zu beruhigen. »Erzähl's mir einfach.«

»Es war Julias Ring«, beichtet Hannah und schluchzt. »Ich habe ihn aus ihrem Schlafzimmer weggenommen, als du mit Zack draußen warst. Es tut mir leid, Mummy, ich weiß, dass es verkehrt war. Ich habe ihn dort gesehen und …« Ihre Worte gehen in Tränen unter.

»Hey, Hannah, ist schon gut, kein Problem.« Ich umarme meine Tochter und wiege sie wieder. »Das macht nichts.« Und ich dachte, Will sei es gewesen. Und habe es ihm vorgeworfen.

»Ich habe ihn in Daddys Werkzeugkasten versteckt, weil du doch immer sagst, dass er den nie benutzt, und deshalb habe ich gedacht, dass dort niemand nachschaut«, heult sie.

»Ist schon gut. Das spielt jetzt keine Rolle.« Ich kaue auf der Lippe. Will hat den Ring also nicht gestohlen. Dann hat er mit Julias Tod nichts zu tun. Und jetzt sitzt er da draußen gefesselt in unserem Wagen.

Was wird Paul mit ihm tun? Warum ist Will nicht hier bei uns? Mich überläuft ein eiskalter Schauer. Es ist mir egal, was Will getan hat, die Affäre mit Catrina ... Ich liebe meinen Mann immer noch. Wie sehr, dass wird mir erst in diesem Moment bewusst. Ich darf ihn nicht verlieren. Ich darf meine Kinder nicht verlieren.

Das geht mir alles im Kopf herum, während sich Hannah allmählich beruhigt. Ich streiche ihr über die Wange und wische ihre Tränen weg. Sie sieht jünger aus denn je, und so hübsch, mit ihren hellen, blau glänzenden Augen und ihrer blassen, reinen Haut.

»Das mit dem Ring ist nicht so wichtig, Hannah. Ich habe ihn gefunden und habe mit Daddy auch schon darüber ...«

»Ich weiß.« Hannahs Lippen zittern. »Ich habe euch streiten gehört. Du hast gedacht, er hätte ihn gestohlen, nicht wahr? Deswegen bist du wütend geworden. Und deswegen ist er ausgezogen, oder nicht?« Ihr ganzes Gesicht knautscht sich zusammen.

Ich starre sie an und bin entsetzt, dass sie so vieles verstanden – und missverstanden – hat.

»Nein«, erkläre ich entschlossen, um sie zu beruhigen. »Daddy und ich hatten andere Probleme, die nichts damit ...«

Ein Schlüssel dreht sich im Schloss, dann wird die Tür aufgestoßen. Erschrocken drehen Hannah und ich uns um. Ich komme gerade auf die Füße, als Paul eintritt. Er ist noch immer von Kopf bis Fuß in seinen weißen Plastikanzug und enge Gummihandschuhe gekleidet, nur ohne Gesichtsmaske.

Er will sichergehen, dass er keine Spuren hinterlässt.

Hannah drängt sich an meinen Rücken. Ich schirme sie ab und sehe nach Zack, der noch immer bewusstlos am Boden liegt.

Paul starrt uns an.

»Warum sind wir hier? Was hast du vor?«

Er antwortet nicht.

Eine Sekunde lang überlege ich, ob ich Hannah an der Hand packen und an ihm vorbeistürmen soll. Sein Messer ist nicht zu sehen, und die Tür steht so weit offen, dass die kalte Meeresluft hereinweht und mir auf den Armen Gänsehaut verursacht. Dann fällt mir Zack ein. Mit beiden Kindern werde ich es unmöglich durch die Tür schaffen. Ich könnte Zack wahrscheinlich nicht einmal hochheben. Und was ist mit Will?

Paul sieht uns nur an. Seine Augen schimmern hell im Lampenschein.

»Was willst du?« Mir versagt die Stimme.

Keine Antwort.

»Hannah, komm her.« Paul streckt ihr die Hand hin.

Hannah zuckt zusammen, klammert sich an mich und wimmert.

»Nein«, sage ich, fast panisch.

Paul kommt auf uns zu, die Hand noch immer ausgestreckt. Ich schiebe Hannah hinter mich. »Nein«, sage ich noch einmal. »*Bitte,* nein.«

Paul lächelt und dabei legen sich Fältchen um seine Augen. Einen fürchterlichen Moment lang erkenne ich, dass er glaubt, charmant zu wirken. »Wie sie Kara doch gleicht«, sagt er. »Das war mir lange nicht klar, aber jetzt ...«

Mir stockt der Atem. Er packt Hannah am Handgelenk. Sie leistet keinen Widerstand und lässt mich los.

»Nein.« Mein Instinkt treibt mich vorwärts. Ich hebe den Arm, damit er loslässt. Aber mit seiner freien Hand stößt er mich zurück. Heftig. Ich falle neben Zack auf den Boden.

Hannah schreit: »Mummy! Mummy!«

Paul hat sie schon halb durch den Raum gezerrt. »Still!«

»Hannah!« Ich rapple mich hoch, aber er zieht sie schon durch die Tür. Sie schlägt vor meiner Nase zu. Hannahs Schrei verklingt.

»Komm zurück!«, kreische ich. »Bring sie zurück!«

Aber sie sind fort. »Hilfe! Komm zurück!« Es hat keinen Zweck. Ich wende mich ab, zu schockiert und zu verängstigt zum Schreien. Ich kann kaum atmen. Zack ist immer noch bewusstlos. Ich beuge mich über ihn, berühre sein Gesicht und streiche sein Haar zurück. Er wacht immer noch nicht auf. Zum ersten Mal bin ich froh darum. Ich möchte nicht, dass er mich so entsetzt und verstört sieht.

Ich gehe auf und ab. Der Raum ist zehn Schritte lang und fünf Schritte breit. Fester Beton. Keine Fenster. Die Tür ist der einzige Weg hinaus. Ich sehe wieder nach Zack. Ich kann nichts Besonderes an ihm feststellen, er wacht einfach nicht auf. Was macht Paul mit Hannah? Ich denke an das, was der Mörder – was *Paul* – Kara angetan hat, bevor er sie tötete.

O Gott! Mir steigt die Galle bis in den Hals. Ich atme schwer. Ich kann nicht ruhig bleiben.

Denk nach, Livy! Ich zwinge mich, mich hinzusetzen. Zu atmen. Ich muss mir etwas einfallen lassen.

Ich zähle zehn langsame Atemzüge, aber wilde Bilder drängen in mein Bewusstsein. Damian, blutüberströmt.

Will bewusstlos in unserem Wagen. Und jetzt Hannah, den Mund zum Schrei aufgerissen, während der Mann, der sie mitgenommen hat, sie mit der Hand an ihrem Hals niederdrückt. Ich zwinge mich, Zack anzustarren und seinen gleichmäßigen Atemzügen zu folgen.

»Hilfe«, bete ich ins Leere. »Helft mir.«

Die Zeit verrinnt, und mein Verstand gibt keine Ruhe.

Wieder geht die Tür auf, und Paul kommt herein. Er ist allein. Ich stehe vor Zack. »Wo ist Hannah?«, frage ich. »Was hast du mit ihr gemacht? Wo ist Will?«

Paul legt den Kopf auf die Seite und beobachtet mich. Es ist nicht auszuhalten. Im Moment geschieht nichts. Ich fasse einen neuen Entschluss. Ich werde nicht zulassen, dass dieser Mann meiner Familie Schaden zufügt. Bevor das geschieht, will ich lieber sterben.

»Ich brauche Zack«, sagt Paul.

Ich sehe meinen Jungen an. Mir schießen Tränen in die Augen. »Nein, den kriegst du nicht!« Ich balle kampfbereit die Fäuste. »Da musst du mich schon zuerst umbringen.«

Paul kichert, als hätte ich überhaupt nichts kapiert. »Nein, Livy. Du kommst auch mit. Nimm ihn auf.«

Ich versuche, ihn hochzuheben, aber er ist zu schwer. Ich kann ihn nur halb hochnehmen und durchs Zimmer zerren. Draußen blicke ich mich nach dem Wagen um. Er steht immer noch da, aber ich kann nicht erkennen, ob Will immer noch drin sitzt. Es ist jetzt heller, bald wird es dämmern. Paul weist mich zur Steilkante, einem schmalen Felsabsatz, nur zehn Meter vom Meer entfernt. Hannah liegt schon dort.

Mir stockt der Atem.

»Sie ist nur bewusstlos«, erklärt Paul. »Ich habe ihr noch mehr GHB gegeben, das alle bekommen haben.«

»GHB?«, frage ich ihn. »Was ist das?«

»K.-o.-Tropfen«, antwortet er. »Wie Rohypnol, nur wirkt es schneller. Nach ein paar Stunden nicht mehr nachzuweisen.«

»K.-o.-Tropfen?« Ich starre ihn an. »Hast du … Bist du …?« Ich bin nicht fähig, die Frage zu stellen.

Paul wirft mir einen verächtlichen Blick zu. »Um Himmels willen, Livy«, sagt er. »Sie ist doch noch ein *Kind.*«

Ich muss Zack neben Hannah legen. Sein dunkler Schopf kommt neben ihrem blonden zu liegen. Es sieht aus, als würden sie schlafen.

»Und was wirst du *dann* mit ihnen tun?« Ich zittere am ganzen Körper, bin aber hellwach und sehe alles scharf und klar.

Paul lächelt, und mir kommen die vielen Abende in den Sinn, die er, Becky, Will und ich zusammen verbracht haben, und wie nett er gewesen war, als er mich erst vor Kurzem besucht hat. Mir dreht sich alles im Kopf. Wie kann ein so normaler Mensch, mit dem ich seit fast zwanzig Jahren befreundet bin, so etwas tun?

»Machst du dir keine Sorgen um deinen Mann?«, fragt er trocken.

»Doch, natürlich.« Ich spähe wieder zum Wagen hinüber. Im Lichtschein, der aus der offenen Hüttentür dringt, kann ich seinen Umriss gerade so erkennen. Ich wende mich wieder meinem Geiselnehmer zu.

Paul lächelt wieder. Er spürt meine Verwirrung. »Meine Mutter hat angerufen und gesagt, sie sei so gut wie sicher, dass eine ihrer Kundinnen – eine gewisse Olivia Small – Poppys Schlüssel mitgenommen hat …«

»Deine Mutter? Du meinst Alexa Carling?«

Paul nickt. »Ich habe dir doch erzählt, dass ich während

der Renovierung bei uns in einem Haus meiner Mutter wohne, solange Becky weg ist. Bei Leo und Marthas Party haben wir darüber gesprochen. Und erst gestern noch einmal.«

Mir gehen diese Unterhaltungen durch den Kopf. Dann war also Alexa der Grund dafür, dass sich alles um das Honey Hearts drehte.

»Poppy ist meine Halbschwester«, sagt Paul. » ich habe dir von ihr erzählt – vor Jahren schon.«

Ich schüttle den Kopf. Ich kann mich nicht entsinnen, dass Paul je von einer Schwester erzählt hat. Ich erinnere mich vage daran, wie abfällig er sich während unserer Studentenzeit über seine Mutter geäußert hatte. Paul war wütend, dass sie wieder geheiratet hatte. Ich weiß noch, wie er sagte, er hasse seinen Stiefvater, aber hat er da auch eine jüngere Schwester erwähnt? Ich bin mir nicht sicher.

»Poppy nimmt schon seit Jahren Drogen. Kein Wunder, bei dem Bastard von einem Vater. Sie kommt nicht davon los, obwohl sie unsere Mutter immer mal wieder davon zu überzeugen versucht.« Paul seufzt. Jetzt klingt er nicht mehr wütend, sonder eher betrübt. Ich werde nicht schlau aus ihm. Wir führen fast eine normale Unterhaltung. »Aus ihrer letzten Bude ist Poppy rausgeflogen, und Mum hat darauf bestanden, dass sie für ein paar Wochen bei mir im Ferienhaus wohnt. Aber dann hat sie dieses Medaillon gestohlen … ich konnte nicht erklären, warum es so wichtig war. Für Mum war nur wichtig, dass Poppy eine zweite Chance bekam. Und Poppy hat sich wirklich Mühe gegeben. Aber nach der Sache mit dem Medaillon durfte sie dort natürlich nicht bleiben. Also habe ich ihr den Wiedereinstieg leicht gemacht.« Er seufzt noch einmal. »Das ging ganz leicht.«

»Dieses Medaillon hast du meiner Schwester abgenommen.« Mein Hirn verarbeitet die Tatsache nicht. »Du hast es genommen, als du sie umgebracht hast. Sie war erst achtzehn.«

»Ich weiß«, sagt er. »Sie war schön, nicht wahr? Ein Engel.« Die Erinnerung an Kara scheint ihm wirklich etwas zu bedeuten. Ich verstehe ihn nicht. Ich verstehe überhaupt nichts. »Wie *konntest* du das tun?«

Paul verdreht die Augen. »So offensichtliche Fragen. Willst du mich nicht nach meinem Vater fragen? Es ist seine Schuld, dass Poppy dich gestern ausfindig gemacht hat.«

»Wie meinst du das?«

»Poppy hat mitbekommen, wie ich am Telefon über dich gesprochen habe, mit Dad – Leo … Gestern früh. So ist sie draufgekommen, dass du nach dem Medaillon suchst.«

Ich ziehe die Stirn in Falten. »Was hat Leo mit alldem zu tun?«

Paul schmunzelt. »Die arme Julia dachte, Leo sei der Mörder deiner Schwester.«

»Was? *Warum?*«

»Ich sagte Poppy, das Kästchen mit dem Medaillon gehöre meinem Vater, und ich bewahre es für ihn auf. Poppy hat das Shannon erzählt. Und die hat es Julia erzählt.«

»Weiß Leo, dass du das gesagt hast? Weiß er, was du … wer du wirklich bist? Weiß das *irgendjemand* …? Martha? Becky?«

»Nein, nein und nein. Aber am Tag nach Julias Tod hat Dad meine Flasche Pentobarbital gefunden. Er hat mich zur Rede gestellt. Zuerst habe ich das Poppy in die Schuhe geschoben. Als dann aber das Ergebnis von Julias Autopsie bekannt wurde, da musste er einfach die Verbindung zu mir erkennen. Voller Wut kam er bei mir angestürmt.« Paul seufzt. »Ich erzählte ihm, Julia habe mich wegen eines Artikels über Selbstmorde in der Modebranche um das Pentobarbital gebeten. Ich beteuerte, ich hätte keine Ahnung gehabt, dass sie sich das Leben nehmen wollte. Dad glaubte mir. Er *wollte* mir glauben. Aber er wusste natürlich, dass es einen riesigen Skandal geben würde, wenn herauskäme, dass ich ihr ein illegales Medikament beschafft hatte, ganz egal, für welchen Zweck.« Wieder spielt ein Lächeln um seine Lippen. »Die ganze Selbstmordgeschichte hat doch ausgezeichnet funktioniert. Fast alle haben geglaubt, dass sie insgeheim depressiv und selbstmordgefährdet war.«

»Ich nicht. Und Damian auch nicht.«

»Das stimmt«, meint Paul leise. »Und als Dad erfuhr, dass du Zweifel über Julias Tod hast, bekam er Angst, du könntest herausfinden, was ich getan hatte. Angst um mich, natürlich. Aber auch Angst vor einem Skandal. Ich hätte für vierzehn Jahre hinter Gitter gehen können. Ich, Paul Harbury, der Sohn vom Chef. Das hätte Harbury Media niemals überstanden. Dad hätte seine Firma verloren. Wir mussten dich ablenken, damit du nicht weiter nachforschst, und so habe ich mir eine Lüge ausgedacht, die er dir erzählen sollte.«

»Eine Lüge?«

»Über Will. Damit du beschäftigt bist und dich nicht mehr um Julia kümmerst. Es war beschämend einfach, dich davon zu überzeugen, dass er wieder Catrina, dieser Nutte, verfallen war«, sagt Paul abschätzig. »Kein Vertrauen.«

Was sagt er da? Dass Will nicht mit Catrina geschlafen hat? Dass Will die ganze Zeit die Wahrheit gesagt hat?

»Ich kann für Wills Treue nicht garantieren, aber mein Vater hat im Hotel in Genf jedenfalls nichts beobachtet. So viel ist sicher.«

»Leo hat mich *angelogen?*«

»Dich und seine eigene Frau«, meint Paul genüsslich. »Und du hast beiden geglaubt.«

Ich schäme mich zutiefst. Ich sehe zum Wagen hinüber, wo Will bewusstlos liegt, und in meinem Bauch zieht sich alles zusammen. »Wenn du mir und meiner Familie etwas antust, dann wird dein Vater dahinterkommen«, sage ich und versuche, überzeugend zu klingen.

Paul macht große Augen. »Wem wird denn etwas angetan?«

»Du hast Damian umgebracht.« Wieder sehe ich vor mir das blutverschmierte Wageninnere und das aus dem Hals schießende Blut.

»Das stimmt«, sagt Paul sanft. Er deutet auf einen winzigen roten Punkt auf der anderen Seite der Bucht. »Siehst du das Feuer dort?«

Ich nicke.

»Das ist Damians Wagen, mit Damian im Innern. Ich habe dich in euren eigenen Kofferraum umgepackt und seinen Wagen auf einer Wiese nicht weit von Salcombe abgefackelt. So sieht es aus, als hätten es ein paar besoffene Zigeuner zu toll getrieben.« Er scheint mit sich selbst zufrieden. »Von mir wird die Polizei dort jedenfalls nichts finden.«

O Gott. Der arme Damian. »Und was willst du mit uns tun?« Ich sehe von Zack zu Hannah und dann wieder zu Paul.

»Wir werden ein Spiel spielen.« Seine Augen leuchten.

Mir pocht das Herz gegen die Rippen. »Was für ein

Spiel?« Ich behalte seine dunklen, fiesen Augen fest im Blick.

»Ein Auswahlspiel«, sagt Paul. »Ein bisschen wie Reise nach Jerusalem.« Er kichert und blickt auf die Kinder hinab.

Mir setzt das Herz aus. »Auswahl?« Ich bringe nur ein Flüstern heraus. »Du meinst, ich soll wählen, wen du umbringst?«

»Nein.« Er schüttelt verächtlich den Kopf. Das selbstgefällige Lächeln ist verschwunden, und er meint aufgebracht: » Ein bisschen mehr Einfallsreichtum könntest du mir schon zutrauen, dumme Nuss.«

Ich starre ihn an. Mein Magen fällt ins Bodenlose. »Was meinst du denn dann?«

Er beobachtet mich. Ich habe das Gefühl, dass er abwartet, ob ich selbst darauf komme.

Meine Gedanken rasen im Kreis. Ich kann nicht klar denken. Ich will dahinterkommen, was er meint. Er ist ein Mörder, aber er sagt, er will meine Kinder gar nicht töten. »Auswählen. Auswählen.« Ich sage es immer wieder in der Hoffnung, dass ich es dann verstehe. »Was soll ich auswählen, wenn niemand stirbt?«

Paul schüttelt den Kopf. »Oh, *eines* von beiden *wird* sterben«, sagt er langsam. »Und du wirst entscheiden, wer.«

Die Angst schnürt mir die Kehle zu. Ich kann kaum sprechen. »Aber du hast doch gesagt, du würdest sie nicht umbringen. *Keines* von beiden.«

»Das stimmt, Livy«, sagt er. »Ich nicht. *Du*.«

Kapitel 22

»Eines umbringen?« Ich starre auf meine Kinder, die bewusstlos in der feuchten Nachtkälte vor mir liegen. Der Wind drückt mir das Top gegen die Brust. Gischt sprüht mir ins Gesicht. Ich bin fast erfroren, spüre die Kälte aber kaum. Eine einzelne Träne rinnt aus meinem Auge.

Paul beobachtet, wie meine Welt aus den Angeln gehoben wird. Ich sehe von meinem hübschen Jungen zu meinem Engelsmädchen, die beide auf dem kahlen Felsen zusammengerollt liegen.

Zack töten, um Hannah zu retten. Hannah töten, um Zack zu retten.

Nein.

Die Träne trocknet auf meinem Gesicht. Dieser Mann wird mir meine Kinder nicht nehmen. Sekunden verstreichen. Ich atme ein, atme wieder aus und versuche mich zu fassen. Meine Angst wandelt sich in Wut. Wie kann er es wagen, uns zu entführen und zu bedrohen?

»Hast du gewählt, Livy?«

»Wie kannst du das von mir verlangen?«, fahre ich ihn an.

»Weil ich sonst alle beide töten werde. Auf diese Weise rettest du wenigstens eines. Livy hat die Wahl.« Er lacht. Seine dunklen Augen wirken wie Geschosse. Wie konnte ich ihn jemals für einen gütigen Menschen halten?

Meine Wut wird scharf wie eine Messerspitze. Ich werde nicht zittern. Ich werde keine Furcht zeigen.

»Woher soll ich wissen, ob sie überhaupt noch am Leben sind?«, frage ich. »Zack ist seit Stunden bewusstlos.«

»Er ist kleiner als ihr anderen«, leiert Paul lustlos. »Bei ihm dauert es länger, bis sich das GHB wieder abbaut. Aber überzeuge dich selbst, wenn du willst.«

Ich falle auf die Knie und fühle nach Zacks Puls. Er schlägt gleichmäßig und kräftig. Ich rüttle an seiner Schulter, und er stöhnt im Schlaf. Ich wende mich zu Hannah. Bei ihr ist die Bewusstlosigkeit tiefer, aber ich spüre ihren warmen Atem auf meinem Finger.

Vom Wagen her dringt ein gedämpfter Ruf herüber, dann eine Folge dumpfer Schläge. Ich stehe auf und blicke mich um. Will kann ich von hier aus nicht sehen, aber ich kann ihn hören. Wahrscheinlich wirft er sich von innen gegen die Tür.

»Ah, siehst du? Will ist zu sich gekommen.« Paul reibt die in Gummihandschuhen steckenden Hände aneinander. »Perfektes Timing. Jetzt kann er sogar zusehen.«

Er geht los in Richtung Wagen. Ich kauere mich hin und beschwöre die Kinder aufzuwachen.

»Zack! Hannah!« Ich zische ihre Namen und schüttle sie an den Armen. Ich versuche, sie hochzuheben und fortzuzerren, aber sie sind zu schwer. Ich habe sie kaum einen Zentimeter weit bewegt, da ist Paul schon zurück, zusammen mit Will. Dem sind die Hände auf den Rücken gefesselt, aber der Knebel ist nun fort.

Will sieht mich fragend an. »Mit dir alles in Ordnung? Mit den Kindern?«

»Allen geht's bestens«, sagt Paul ungeduldig.

Ich nicke. »Geht schon.« Ich sehe auf die Kinder hinunter. »Sie sind betäubt, damit …«

»Wir warten, Livy …«, unterbricht mich Paul. Er hat die Arme verschränkt. »Wer soll's denn nun sein?«

»Was redest du da?« Will wird laut. »Paul, *wir* sind's doch. Wir sind *Freunde.* Du kannst …«

Er bricht ab, als Paul ein Futteral mit Messer aus der Tasche holt. Er zieht die Klinge aus der Lederscheide. Mindestens fünfzehn Zentimeter schimmernder Stahl. Das Messer, das Damian getötet hat und das ich zuletzt am Hals meines Sohnes gesehen habe. Jetzt setzt er die Spitze an Wills Hemd, gleich unter den Rippen.

»Still«, befiehlt er.

Will sieht auf das Messer hinunter, aber Paul beobachtet mich. Seine schwarzen Augen glänzen, während er meine Züge erforscht. Er erwartet, dass ich mich fürchte. Ich fürchte mich nicht. In mir gibt es nur *ein* Gefühl. Nur *eine* Idee. *Einen* Willen.

»Also, welches Kind wirst du opfern?«, fragt er.

Will verschlägt es den Atem.

»Und du versprichst, dass du das andere am Leben lässt?« Ich weiß, dass Paul dieses Versprechen nicht halten wird, aber in meinem Kopf meldet sich eine Stimme, dass er Zack wie versprochen zu mir in den Kofferraum gelegt hat und dass ich vielleicht doch mit ihm verhandeln sollte.

Will hat offensichtlich dieselbe Idee.

»Töte mich an ihrer Stelle«, sagt er. »Nimm mich. Verschone die Kinder. Verschone Livy. Bitte, um Himmels willen.« Will wirft wieder einen Blick auf das Messer. »Großer Gott, Livy, er hat über sein Motorrad geredet, als er ins Auto eingestiegen ist. Ich hatte keine …«

»Still jetzt.« Paul drückt das Messer fester in Wills Seite.

»Das mit dem Auswählen ist doch gelogen«, sagt Will. »Er wird uns *alle* umbringen und es dann so aussehen lassen, als wärest du durchgedreht, genau wie er es mit Julia gemacht hat.«

»Still«, sagt Paul noch einmal.

Will verstummt.

»Livy. *Jetzt!*«, drängt Paul.

»Ich werde mich entscheiden«, sage ich mit fester Stimme. Ich muss ihn dazu bringen weiterzureden. Um Zeit zum Nachdenken zu gewinnen. »Sag mir nur, *warum* du das alles tust? *Warum* hast du Julia umgebracht? Und meine Schwester? Sie war erst achtzehn und hatte das ganze Leben noch vor sich, und du hast es ihr genommen.«

Paul legt den Kopf schief. Er scheint meine Frage wirklich zu bedenken. »Das würdest du doch nicht verstehen, Livy *Small*.« Er grinst höhnisch, als er meinen Mädchennamen ausspricht. »Ich wollte kein eingeschränktes Leben. Ich wollte mein ganzes Potenzial ausschöpfen.«

Ich starre ihn an. Wovon spricht er?

»Du darfst Livy nicht dazu zwingen«, knurrt Will mit zusammengebissenen Zähnen. »Was erwartest du von ihr? Dass sie die Kinder damit tötet?« Er blickt auf das Messer.

»Mit den Händen«, sagt Paul. »Mit ihren bloßen Händen.«

Mich schaudert, als ich meine Hände betrachte. Sie sind kalt und taub. »Mach schon, Livy.«

Ich gehe in die Knie und sehe Hannah an. Ich lege meine Hand auf ihr Gesicht und fahre mit den Fingern zu ihrem Hals. Ihre Haut ist blass und weich, ihr Puls pocht.

»Sie sieht Kara *so* ähnlich, nicht wahr?«, sagt Paul.

Will, der neben ihm steht, erstarrt. Ich sehe auf. Was in aller Welt soll ich tun?

»Soll es sie sein – Hannah?«, frage ich.

Pauls Züge verfinstern sich. »Ich will, dass *du* die Wahl triffst, dumme Nuss. Los jetzt, auf.«

Ich lege die Hände um Hannahs Hals. Einen Augenblick lang stelle ich mir vor, wie es sich wohl anfühlt, das Leben aus ihr zu quetschen. Der Gedanke ist unerträglich.

Unmöglich.

Bitte. Hilf mir. Ich denke an Karas Beerdigung. Damals habe ich auch gebetet, und zwar für ein Zeichen einer höheren Kraft. Ich brach aber auf halbem Weg ab. *Bitte, gib mir Stärke.*

Ich bin von neuer Energie erfüllt. Ich stehe auf und sehe Paul ins Auge.

»Ich kann nicht«, sage ich. »Ich werde es nicht tun.«

Für einen Moment stehen wir schweigend da. Dann seufzt Paul. Er hält das Messer in die Höhe. »Sag deinem Mann Lebewohl, Livy.«

»Nein!« Ich springe los und werfe mich auf Will, um zwischen ihn und Paul zu kommen und das Messer wegzustoßen. Paul stolpert überrascht nach hinten. Ich schlinge die Arme um Will.

Er neigt den Kopf und flüstert mir ins Ohr: »Schnapp dir das Messer.«

Eine Sekundenbruchteil später zieht Paul mich weg von Will und stößt ihn zurück. Jetzt ist er wütend und atmet schnell. Er zerrt mich hinüber zu Zack, der näher liegt. Er zwingt mich auf die Knie und kniet sich neben mich. Dann schiebt er mir das Messer in die Finger und hält meine Hand mit der eigenen Hand fest.

»Wenn der Lehrer bereit ist, erscheint der Schüler«, murmelt er.

Ich höre kaum zu. Meine Kehle ist ausgedörrt.

»Am schnellsten geht es, wenn du die Jugularvenen

kappst«, doziert Paul. »Den Kopf zurückneigen, dann von einer Seite zur anderen. Er wird überhaupt nichts spüren.«

Meine Finger schließen sich um den Metallgriff. Er ist warm von seinen Händen. Ich muss unwillkürlich zittern. Ich rutsche näher an Zack heran. Seine Haut ist so glatt und rein. Die Vorstellung, ich könnte sie aufschlitzen, jagt mir entsetzliche Schauer durch den ganzen Körper. Ich sehe Paul an. Seine dunklen Augen sind voller gespannter Erwartung auf mich gerichtet. Will ist mehrere Meter entfernt auf den Knien und beobachtet uns.

»Ich bin so weit«, sage ich. Es beginnt zu regnen. Das Rauschen erfüllt die Luft.

»Gut.«

Ich halte das Messer fester und greife nach Zacks Kopf. Ich neige ihn nach hinten. Er stöhnt leise. Sein Haar ist weich in meiner Hand und schon feucht vom Regen. Ich halte das Messer vor seinen Hals. Nur ein Schnitt jetzt – o Gott, ich bin so dicht dran. Paul lässt ein wenig locker. Er möchte, dass es meine Entscheidung ist, meine Verantwortung, dass ich den Schnitt ausführe.

Mein Hand zittert. In mir kocht Hass und Wut hoch. Jetzt. Jetzt muss es geschehen.

Paul kauert direkt neben mir. Ich sehe auf Zack hinunter, aber ich kann die Wärme spüren, die Paul ausstrahlt, seine Erwartung.

Blitzschnell ziehe ich meinen Arm vor meiner Brust vorbei, weg von Paul. Meine Hand löst sich aus seinem Griff. Er stürzt sich auf das Messer. Ich reiße es beiseite und es blitzt hell vor meinen Augen auf. Mit einem Schrei und meinem ganzen Körpergewicht strecke ich es vor. Ich steche die Klinge durch Pauls Plastikoverall tief in seinen Bauch.

Er schreit vor Schmerz. Das Entsetzen erreicht seine Augen. Er taumelt nach hinten. Ich halte das Messer gepackt. Es gleitet aus ihm heraus. Im Bruchteil einer Sekunde begreife ich, dass Blut aus dem weißen Plastikanzug herausquillt. Er krümmt sich zusammen, und ich wende mich um.

Da steht Will. Er dreht sich um und hält mir seine gefesselten Hände hin. Ungeschickt säble ich mit dem Messer an dem Strick herum. Mir fällt Regen ins Gesicht. Ich werde von hinten gepackt. Drehe mich um. Das Messer gleitet mir aus der Hand, fällt scheppernd auf die Felsen. Paul ragt vor mir auf. Er hebt die Hand. Eine Sekunde später trifft sein Schlag meine Schläfe. Ich stürze zu Boden, und vor meinen Augen blitzt es.

Paul stolpert über mich, hält sich mit einer Hand den Bauch. Er fällt neben mir auf den Boden. Er blutet, rast vor Wut.

»Du Miststück«, keucht er. »Du verdammtes Miststück.«

Ich versuche hochzukommen, aber er ist stärker. Er drückt mich auf den Boden, flach auf den Rücken. Und plötzlich sitzt er mit seinem ganzen Gewicht auf mir. Sein Knie drückt mir in den Magen, seine freie Hand presst meine Schulter nach hinten. Ein jäher Schmerz.

Ich schreie.

Seine Hände packen meinen Hals und drücken mir die Luft ab. Der Schrei erstirbt auf meinen Lippen. Er wird mich umbringen. Und dann wird er meine Familie umbringen. Blitzartig kommen mir Bilder in den Sinn. Zack schlingt die kleinen Arme um meinen Hals. Sein Atem riecht nach Schokolade. Hannah fährt am Küchentisch mit den Fingern über ihr Make-up-Täschchen. Ich sehe Will am Tag ihrer Geburt. Er lächelt verliebt, stolz und erleichtert darüber, dass die Wehen endlich vorüber sind und alles gut ist. Ich sehe, wie Vaters Mund zittert, als er von Karas Leiche weggeht. Ich sehe Mums gütige Augen. Ich sehe Julia, der beim Lachen das Haar übers Gesicht fällt. Und ich sehe Kara, meine kleine Schwester, wie sie auf dem Weg zur Schule hinter mir her läuft, das blonde Haar sorgfältig zu Zöpfen geflochten, ihre Augen voller Bewunderung, die ich nicht wollte und erst verstand, als es zu spät war.

»Das kannst du nicht umbringen«, flüstere ich. Aber meine Worte geben keinen Laut. In meinem Gesichtsfeld blitzt Schwärze auf. Ich muss unbedingt atmen.

Ich höre jemanden brüllen. Paul bewegt sich. Will wird bewegt. Plötzlich ist sein Gewicht weg. Will hat das Messer. Er kämpft mit Paul. Sie rollen über das Felsband. Auf Knien krieche ich an die Kante. Will hält das Messer fest und drückt es in Richtung Pauls Brust. Pauls Hand schnappt nach dem Messer. Packt es.

»Nein!« Ich stürze auf die beiden zu. Paul schwingt das Messer. Daneben. Wieder sticht er zu. Er zielt auf Wills Gesicht, aber Will erwischt Pauls Arm. Verdreht ihn. Ich kann mein Gewicht gegen Pauls Arm werfen. Er drückt dagegen. Aber gemeinsam sind wir zu stark. Das Messer senkt sich, fährt in Pauls Brust. Der Schwung der Bewegung schiebt ihn über die Felskante.

Mit einem Schrei stürzt er hinunter, immer tiefer.

Dann Stille.

Kaum eine Stunde später kommt mir alles, was ich durchgemacht habe, schon wie ein Traum vor. Das Gefühl verstärkt sich noch, als Sirenen die Ankunft von Autos und einem Krankenwagen ankündigen, und dann ein netter

Sanitäter mir versichert, dass die bewusstlosen Kinder ruhig atmen, mich in eine Rettungsfolie hüllt und die Wunde an meiner Schläfe versorgt. Alles fühlt sich unwirklich an.

Will kletterte nach Pauls Absturz ein Stück den Steilhang hinunter, um ihn zu suchen, aber es war nichts von ihm zu sehen. Er muss ins Meer gefallen sein. Er hatte eine schwere Stichwunde in der Brust, und wenn diese Wunde und der Sturz ihn nicht getötet haben, dann die Felsen oder die Strömung. Und trotzdem … immer wieder muss ich an das silberne Kästchen denken und an das Böse, das ich spürte, wenn ich es berührte. Und ich muss an Pauls dunkle Augen denken.

Wir haben die Kinder zum Schutz vor dem Wind in die kleine Hütte gebracht. Als ein rosafarbener Streifen den Morgen ankündigte, machte sich Will auf die Suche nach unserem Autoschlüssel, aber er blieb verschwunden. Will meinte, der müsste in Pauls Hosentasche sein, aber weil Paul nicht gefunden wurde, fürchte ich, dass er wiederkommen will, dass er uns immer noch den Wagen wegnehmen kann und Macht über uns hat. Ich weiß, dass das unlogisch ist, aber ich kann nichts dafür – auch nicht, dass mich immer noch schaudert.

Wenigstens unsere Handys fand Will im Wagen, zusammen mit einer Packung von Plastikoveralls und einer Flasche mit einer klaren Flüssigkeit, die sich wohl als GHB entpuppen wird, das Schlafmittel, das Paul uns allen verabreicht hat. Will rief die Polizei und den Krankenwagen. Dann standen wir gemeinsam bei unseren Kindern und warteten. Zu meiner großen Erleichterung fing Zack bald an, sich zu rühren, die Wirkung des Medikaments ließ endlich nach.

Hier im Krankenhaus wurden wir zuerst von Ärzten untersucht, dann einzeln von der Polizei vernommen, und zwei Stunden nach der Ankunft durften wir wieder zu unseren schlafenden Kindern. Das Personal sagt, dass sie bald aufwachen werden. Also werden Will und ich bei ihnen warten.

Wir haben uns nicht berührt, seit ich mich an ihn klammerte und er mir sagte, ich solle Paul das Messer wegnehmen. Nach allem, was wir erlebt haben, sollte man denken, wir müssten uns aneinander festhalten und nicht mehr loslassen, aber unser gemeinsames Ziel, das Überleben, besteht nicht mehr, und ich weiß nicht, was ich ihm sagen soll.

Das liegt aber auch an Will. Er ist wütend, will vor mir aber nicht zeigen, wie sehr. Ich vermute, er ist so wütend, dass es ihm selbst Angst macht. Er geht im Krankenzimmer auf und ab, blickt auf die Kinder, dann wieder auf die Uhr. Nach ungefähr zehn Minuten geht er Kaffee holen.

»Will?«, sage ich und folge ihm hinaus auf den Gang.

Er dreht sich zu mir um. Sein Augen funkeln.

»Bei dir alles okay?«

Er nickt. »Es ist nur, wenn ich daran denke, wie dicht er dran war …« Ihn schaudert.

»Ich weiß.« Ich zögere. Jetzt ist nicht der richtige Zeitpunkt für eine Aussprache, aber da ist etwas, das ich unbedingt sagen muss.

»Paul sagte, Leo habe mich wegen dir und Catrina angelogen«, beginne ich.

Will sieht mich an.

»Sie wollten mich davon ablenken, Julias Tod näher zu untersuchen, und wussten, dass du mir zuvor untreu warst …« Ich wende mich ab und spüre, wie meine Wangen glühen. »Es tut mir leid, dass ich dir nicht vertraut habe.« Meine Stimme ist nur noch ein Flüstern. »Es tut mir leid, dass du so lange mit jemandem leben musstest, der dir misstraut.«

Es entsteht eine lange Pause. Eine Schwester kommt vorbei. Ihr Wagen voller Medikamente klappert über den Linoleumboden.

Will nimmt meine Hand. »Jetzt musst du mir vertrauen«, sagt er, leise und betrübt. »Es ist … Ich weiß, dass ich vor sechs Jahren einen Fehler gemacht habe, und ich verstehe auch, wie schwierig es ist, darüber hinwegzukommen, aber wenn wir das nicht schaffen, dann bleibt uns gar nichts.«

»Wir haben sie.« Ich zeige auf das Zimmer, in dem Hannah und Zack schlafen.

»Ich weiß, was du meinst.«

Ich nicke. »Dann müssen wir ehrlich zueinander sein«, sage ich.

»Okay.« Er denkt kurz nach. »Wenn du die Wahrheit wissen willst – bitte schön. Auf der Reise nach Genf hat Catrina tatsächlich mit mir geflirtet. Sie hat mich wissen lassen, dass wir die Sache wiederaufleben lassen könnten. Ich habe deutlich gemacht, dass ich das nicht will.«

Ich schlucke. »War es verlockend für dich?«

Will sieht mir in die Augen. »Ein paar Sekunden lang. War Damian für dich verlockend?«

Ich überlege und muss an den Kuss an der Bushaltestelle denken. »Ein paar Sekunden lang.«

Wir sehen uns an. »Solche Momente wird es immer wieder geben«, sagt Will.

»Ich weiß.«

Und das ist der Augenblick, in dem ich die Vergangenheit akzeptieren kann.

Es vergeht eine weitere Stunde. Zack wacht auf. Er ist benommen und hat Kopfschmerzen, aber auch Hunger. Erstaunlicherweise scheint er das Ganze nicht allzu schwer zu nehmen, aber er war, wie auch die Ärzte meinen, die meiste Zeit betäubt und kann sich nicht daran erinnern, was er durchgemacht hat. Als wir ihm versichern, dass Paul fort ist, ist er wieder der Alte, verputzt zwei Ladungen Toast und ein Glas Milch und verdreht allen Krankenschwestern, die vorbeischauen, den Kopf.

Bei Hannah dauert es länger, bis sie erwacht, und als es dann so weit ist, bebt sie vor Angst wegen der Erinnerung an die vergangene Nacht. Paul hat ihr keine körperliche Gewalt angetan, ihr aber Schweinereien ins Ohr geflüstert, um sie zu peinigen. Mich erfasst neuer Hass auf diesen Mann, der unsere Freundschaft verraten und meine Familie auf schlimmste Weise missbraucht hat. Aber Hannah tut meine Wut nicht gut, also verberge ich sie, so gut es geht, genau wie Will, und wir trösten unsere Tochter nach Kräften.

Beide sind wir inzwischen noch einmal von der Polizei befragt worden. Langsam fügen sich die Teile zu einem Ganzen zusammen. Ich erfahre, dass Leo seine Lüge über Wills Fremdgehen eingeräumt hat, aber jedes Wissen über Pauls wahres Wesen und seine Taten abstreitet. Dasselbe gilt für Alexa Carling. Nach dem Polizeiverhör soll sie ans andere Ende des Landes geflohen sein, weit fort vom Gerede in Devon.

Beim Blick auf meine Kinder frage ich mich, wie man mit dem Wissen leben kann, dass das eigene Fleisch und Blut zu solcher Grausamkeit und Gewalt fähig ist.

Ich erzähle meiner Mutter, dass Paul Karas Mörder ist, dass er es mir vor seinem Sturz von der Klippe gestanden hat. Sie nimmt die Nachricht mit ihrer gewohnten Gleichmut auf. Dieses Wissen, sagt sie, bringt uns Kara auch nicht zurück. Aber Paul hat nicht nur Kara umgebracht. Die Polizei hat das silberne Kästchen – und sein Tagebuch – gefunden und ermittelt gerade die Verbindungen der Gegenstände zu anderen Opfern.

Im Gegensatz zu meiner Mutter kann Joanie die Nachricht, dass Julia ermordet wurde – noch dazu von jemandem, der bei ihrer Trauerfeier anwesend war –, nur schwer verkraften. Das erzählt jedenfalls Robbie. Mit mir selbst redet Joanie nicht; sie hat offenbar entschieden, dass Wills Rückgabe von Julias Ring zweifelsfrei bestätigt, dass ich ihn gestohlen habe – und dass wir Hannah als Schuldige nur vorschieben.

Robbie selbst ruft mich an drei aufeinanderfolgenden Tagen an, und ich werde schließlich so wütend darüber, dass er mich trotz meiner Bitte nicht in Ruhe lässt, dass ich den Hörer an Will weiterreiche, der ihm sagt, er solle sich verpissen und mich in Frieden lassen.

Das hilft. Nicht nur bei Robbie. Es bringt auch Will und mich wieder näher zusammen. Er begleitet mich eine Woche später zu Damians Beerdigung, einer traurigen Veranstaltung mit einer riesigen, in Tränen aufgelösten Verwandtschaft und vielen Verflossenen. Ich nehme ein Foto von Julia mit und stelle es neben das Grab. Andere Menschen und ihre Beziehungen sind immer schwer zu verstehen, aber ich glaube, dass sie sich wirklich geliebt haben, und in einem romantischen Teil meines Bewusstseins lasse ich den Gedanken zu, dass die beiden nun vereint sind.

Am selben Abend wird Pauls Leiche an der Küste angespült, und meine Furcht vor bösen Geistern lässt langsam nach. Am folgenden Tag reicht Will bei Harbury Media sein Kündigung ein. Mit Leo hat er kein Wort gewechselt. Niemand hat das. Er und Martha sind in ihrem Designerhaus abgetaucht; nach allem, was man hört, ist Leo ein gebrochener Mann. Wegen seiner Rolle beim Vertuschen von Pauls Machenschaften hat man ihn vorübergehend festgenommen, aber nicht angeklagt. Seit der Nachricht von Pauls Tod hat er sich nicht im Büro blicken lassen. Auch Becky geht allen aus dem Weg, indem sie in Spanien bleibt. Von Pauls Doppelleben will sie nichts gewusst haben. Auch soll es in ihrer Ehe keine Probleme gegeben haben. Dann hat Paul sogar damit gelogen. Ich bringe es nicht übers Herz, sie anzurufen, und auch sie meldet sich nicht. Doch was sie auch sagt – und die Polizei glaubt ihr –, ich kann mir einfach nicht vorstellen, dass sie all die Jahre mit Paul zusammengelebt hat, ohne den leisesten Verdacht zu schöpfen.

Bei Pauls Eltern ist das anders. Genau wie seine Freunde waren sie leichter zu täuschen. Ich versuche mir vorzustellen, was in Leo und Alexa nun vorgeht: Sie habe nicht nur ihren Sohn verloren, er hat sich auch noch als grausamer Killer entpuppt. Zuerst nehme ich Leo übel, dass er mich angelogen hat. Dann frage ich mich, wie weit ich selbst gehen würde, um Zack oder Hannah zu schützen. In jener Nacht auf dem Kliff war ich bereit zu töten. Ohne Bedenken, ohne Zögern. Und so tut mir Leo, bei aller Wut auf ihn, auch leid. Über die Zukunft von Harbury Media gibt es reichlich Spekulationen. Manche in der Unternehmensleitung denken über einen Management-Buyout nach, aber Will möchte sich lieber verändern, etwas Neues beginnen.

Ich bin froh darüber, und wir reden stundenlang über

die Zukunft und lassen dabei keine noch so abwegige Möglichkeit aus, von einer sechsmonatigen Reise durch Südamerika bis zu einem Umzug nach London mit all seinen beruflichen Möglichkeiten. Will neigt dazu, sich selbstständig zu machen. Ehrlich gesagt ist es mir egal, wie er sich entscheidet, ich finde es einfach nur großartig, dass er so viel mit mir redet wie noch nie und dass wir so glücklich sind wie seit Jahren nicht mehr. Wir lieben uns, entweder spätabends oder gleich nach dem Aufwachen, wie früher, als wir noch keine Kinder hatten. Wir sagen uns, wie sehr wir uns lieben.

Und vor allem sage ich ihm, dass ich ihm vertraue. Und das tue ich auch.

Nach einiger Zeit erhalten wir die Bestätigung, dass wir keine Anklage, keinen Prozess zu fürchten brauchen. Nur eine Untersuchung zu Julias Tod steht uns bevor, geplant für Anfang September. Obwohl wir beide eigentlich nicht mit einer Anklage wegen Pauls Tod gerechnet haben, sind wir doch sehr erleichtert.

Meine Gedanken drehen sich mehr und mehr um Julia. Ich bin stolz, weil ich an sie geglaubt und ihren vermeintlichen Selbstmord nie akzeptiert habe. Und doch nagt der Zweifel an mir, Damian könnte noch leben und meinen Kindern wäre die schreckliche Nacht an der Steilküste erspart geblieben, wenn ich nicht so verbissen nach der Wahrheit gesucht hätte.

Und die Folgen lassen sich nicht leugnen. Nicht so sehr bei Zack. Schon nach ein paar Tagen redete er nicht mehr über den »gruseligen Paul«, und seither geht Will oft mit ihm zum Fußballspielen in den Park, und Zack genießt die gemeinsame Zeit. Hannah dagegen ist zu einem ängstlichen Schatten ihrer selbst geworden. Sie erträgt es nicht, allein zu sein, folgt mir durchs ganze Haus und besteht darauf, dass ich jeden Abend an ihrem Bett sitzen bleibe, bis sie eingeschlafen ist.

»Sei vorsichtig mit dem, was du dir wünschst«, geht die alte Redensart. Nun – mein Wunsch, das kleine Mädchen von früher wiederzubekommen, ist mir erfüllt worden, aber um welchen Preis! Ich hätte nie für möglich gehalten, dass mir Hannahs Launen und Unverschämtheiten einmal fehlen würden. Jetzt schlottert sie vor Angst, wenn eine Tür zuschlägt, und wartet vor der Tür, bis ich wieder von der Toilette komme, und ich wünsche mir nichts sehnlicher, als dass sie wieder die Alte wird. Die Ärzte sagen, dass wir das mit beständiger Fürsorge und Zuspruch schaffen werden, aber ich frage mich doch, ob ihr das Ganze nicht ein Leben lang anhängen wird.

Wenigstens braucht sie sich um Will und mich keine Sorgen mehr zu machen.

Es vergeht eine weitere Woche und es wird immer wärmer. Wir haben einen Last-Minute-Strandurlaub in Portugal gebucht und werden noch diesen Vormittag starten. Ich wache früh auf und packe die letzten Sachen für die Reise ein. Ich schlendere in Wills Arbeitszimmer. Er brütet über seinem Laptop und informiert sich über das Steuerrecht von GmbHs. Zack werkelt um ihn herum, spielt mit seinen Action-Figuren und ist nur froh, bei seinem Dad zu sein. Ich luge in Hannahs Zimmer. Sie schläft noch, das blonde Haar übers ganze Kissen ausgebreitet und alle viere von sich gestreckt. Sie wird in einer oder zwei Stunden aufwachen und sich dann sofort auf die Suche nach mir begeben.

Ich nutze die freie Zeit, räume den Kühlschrank leer und

sammle im ganzen Haus die schmutzige Wäsche zusammen. Ich habe mir eine neue Kamera zugelegt. War nicht ganz billig. Ich will auf der ganzen Reise Bilder machen und brauche deswegen mehrere Objektive und anderes Zubehör. Ich bin so damit beschäftigt, alles auszuprobieren, dass ich den entgangenen Anruf auf meinem Handy fast eine Stunde lang nicht bemerke. Die Nummer sagt mir nichts, aber auf der Mailbox ist eine Nachricht.

»Hi, Olivia, hier ist Brooke. Tut mir leid, dass es ein bisschen länger gedauert hat als erwartet, wir hatten hier ein paar – äh – technische Probleme … Aber ich habe jetzt den ›Bericht‹ fertig, den du angefordert hast, und den würde ich gern mit dir zusammen besprechen. Falls ich nichts von dir höre, versuche ich's später noch mal. Ich weiß, dass ihr heute in Urlaub fahrt, und ich wollte dich vorher noch erreichen, also … jedenfalls … bis dann, bye.«

Ich runzle die Stirn. Einen Moment lang habe ich keine Ahnung, wer Brooke sein könnte und wovon in aller Welt sie da redet. Dann erinnere ich mich plötzlich an die Besprechung bei Honey Hearts, bei der ich Alexa Carling von Will erzählte und Brooke den Auftrag gab, meinen Mann zu verführen. *Au, Scheiße!* Das hatte ich völlig vergessen. Ich höre mir die Nachricht noch einmal an. Brooke hat eine tiefe, raue Stimme, aber da ist auch eine Leichtigkeit, etwas Spitzbübisches an ihrem Tonfall. Ich erinnere mich, wie ich sie angesehen und mich gefragt habe, wie ein Mann ihr widerstehen könnte. Sie spricht von einem »Bericht«, was bedeutet, dass sie irgendwann, vermutlich während der vergangenen Woche, ein Zusammentreffen mit Will inszeniert haben muss … Ich kann mir nicht recht vorstellen, wann, und er selbst hat mir ganz bestimmt nichts davon erzählt. Und doch weiß sie über unseren Urlaub Bescheid und dass wir heute abreisen wollen …

Mit klopfendem Herzen gehe ich in der Küche auf und ab. Wie konnte ich das nur vergessen? Einen Moment lang bin ich verblüfft, dass Alexa Carling nicht aufgegangen ist, wer ich bin und aus meinem Auftauchen bei Honey Hearts nicht die naheliegenden Schlüsse gezogen hat. Dann fällt mir wieder ein, dass Pauls Mutter aus Exeter geflohen ist. Seit dem Tag nach dem Treffen mit Brooke bei Honey Hearts versteckt sie sich in einem anderen Landesteil. Für Brooke gibt es daher keinen Grund, ihre Auftraggeberin Olivia Small mit Livy Jackson in Verbindung zu bringen – der Frau, die beinahe von Alexas Sohn umgebracht wurde. Wenn ihr der Name Livy Jackson überhaupt etwas sagt. Dank unserer minderjährigen Kinder sind unsere Namen und Fotos – zum Glück – nicht in der Presse aufgetaucht.

Ich höre oben Will und Zack über etwas lachen. Dann knarrt die Tür zum Badezimmer und schließt sich wieder. Das muss Hannah sein. Sobald sie dort fertig ist, wird sie herunterkommen und nach mir suchen.

Mir bleibt nicht viel Zeit, um mich zu entscheiden. Ich höre mir die Nachricht noch einmal an: *»Ich habe jetzt den ›Bericht‹ fertig, den du angefordert hast.«* Ich brauche keinen Bericht. Ich muss nur wissen, ob mein Mann geflirtet hat, ob er nach ihrer Telefonnummer gefragt, mit Affären geprahlt oder in ein weiteres Treffen mit ihr eingewilligt hat.

Das Handy klingelt. Sie ist es. Brooke.

Mein Finger schwebt über dem Annehmen-Knopf. *Mist. Mist. Mist.*

Ich vertraue Will. Wirklich. Aber ich *muss* es wissen.

Dann vertraust du ihm auch nicht, Süße, klingt mir Julias Stimme in den Ohren.

Es klingelt noch einmal.

Schritte auf der Treppe. Ich nehme das Handy. Ich muss es wissen.

Ich lege es wieder hin. Ich muss es nicht wissen. Wenn ich meinem Mann vertraue und dann mit Brooke spreche, dann breche ich das Vertrauen, denn wenn sie gute Nachrichten hat, darf Will nicht wissen, dass ich ihn getestet habe, und wenn es schlechte Nachrichten sind, muss ich ihn zur Rede stellen. Und ich bin in beiden Fällen nicht ehrlich, so viel ist klar.

Das Telefon klingelt zum dritten Mal.

Und trotzdem brauche ich Gewissheit.

»Mum?«, ruft Hannah mit ängstlich bebender Stimme. Und plötzlich sehe ich alles ganz klar. Es gibt nur eine Möglichkeit.

Nur eine Zukunft.

»Hier unten, Liebes.«

Ich nehme das Handy. »Hallo.«

»Olivia?« Brooke klingt berufsmäßig und vertraulich. »Ich habe letzten Freitag Ihren Mann getroffen. Ich dachte, Sie würden gern Bescheid haben.«

Mein Hirn rattert auf Hochtouren. Letzen Freitag? *Aber wie?* Will war den ganzen Tag zu Hause. Nur abends war er ein oder zwei Stunden unterwegs. Ein Bierchen mit Mike von der Arbeit, hatte er gesagt.

»Olivia, wenn es gerade unpassend ist, können wir uns auch treffen. Ich weiß aber, dass Sie in wenigen Stunden in Urlaub fahren, und deshalb ...«

»Hat *Will* Ihnen das erzählt?«

»Ja, ich habe ihn im Pub angesprochen. Ich ...«

»Stopp.« Ich hole tief Luft. »Sehen Sie, Brooke, es ist so: Es tut mit sehr leid, dass ich Ihre Zeit in Anspruch genommen habe, aber ich möchte die Sache nicht weiterführen.«

Stille.

»Sie meinen, Sie wollen gar nicht wissen, was Ihr Mann zu mir gesagt hat?« Brooke klingt entgeistert. »Wie er darauf reagiert hat, dass ich ihn angesprochen habe?«

Ich zögere. In Wirklichkeit *will* ich es natürlich wissen. Sehr gern sogar. Aber was wird es mir nützen?

Selbst wenn Will eine ganze Kette von Liebschaften hätte, könnte ich ihn jetzt unmöglich verlassen. Schon wegen Hannah müssen wir auf absehbare Zeit zusammenbleiben. Und auch Zack zuliebe.

Aber es geht nicht nur um die Kinder. Es geht um unsere Ehe. Wenn Will eine Affäre braucht, dann wird ihn Honey Hearts nicht davon abhalten. Und wenn nicht, dann sind auch keine Nachforschungen nötig.

»Sind Sie noch dran?«, fragt Brooke, inzwischen ein bisschen ungeduldig.

»Ja.« Ich überlege, was ich ihr sage, wie ich meine Gefühle erklären soll. In Wahrheit werde ich mir nach Wills Affäre mit Catrina vor sechs Jahren wohl niemals mehr völlig sicher sein, dass er mir immer treu sein wird. Na und? Es kann passieren, dass dich Menschen im Stich lassen, die du für Freunde gehalten hast. Menschen, die du liebst, können lange vor ihrer Zeit sterben. Es gibt keine Sicherheit im Leben.

Aber so ganz stimmt das auch nicht. Ich weiß, dass Will mich liebt. Und ich weiß, dass er uns, seine Familie, liebt. Ich sehe es noch vor mir, wie er oben auf der Klippe kniet und sein eigenes Leben anbietet, damit Paul uns drei verschont.

»So viel ist sicher«, murmle ich vor mich hin.

»Wie bitte?«, sagt Brooke. »Was haben Sie gesagt?«

»Ja, Brooke – eigentlich habe ich mich von Ihnen verabschiedet.«

Ich lächle noch, als Hannah hereinkommt. Sie ist blass, mit dunklen Ringen unter den Augen. Und ich lege das Handy weg, damit ich die Arme um meine Tochter legen kann, damit sie sich sicher fühlt und wir die dunklen Schatten vertreiben.

Danksagung

Mit herzlichem Dank an Jessica McCarthy und Philippa Makepeace, die Devon für mich zum Leben erweckt haben. Ebenso an meine Lektoren Maxine Hitchcock bei Simon & Schuster in London und Jennifer Weis bei St Martin's Press in New York für ihre wertvollen Erkenntnisse und Ratschläge.